KB083390

서하객유기 7

徐霞客遊記

The Travel Diaries of Xu Xia Ke

지은이 서하객(徐霞客, 1587~1641)은 본명이 서홍조(徐弘祖)이며, 명나라 말의 걸출한 문인이자 지리학자, 여행가, 탐험가로서 세계의 문화명인으로 손꼽히고 있다. 그는 중국의 곳곳을 여행하면서 유람일기인 『서하객유기』를 남겼는데, 이 책은 유기문학의 최고의 성과이자, 명말의 사회상을 반영한 백과전서로 평가받고 있다.

옮긴이 김은희(金垠希, Kim, Eun Hee)는 이화여자대학교 중어중문과를 졸업하고 서울대학교에서 문학박사 학위를 취득했으며, 현재 전북대학교 인문대학 중어중문과 교수로 재직하고 있다. 주요 논문으로는 「1920년대와 1980년대의 여성소설 비교 연구」, 「1920년대 중국 여성소설의 섹슈얼리티」 등이 있으며, 저역서로는 『신여성을 말하다』, 『역사의 혼 사마천』 등이 있다.

옮긴이 이주노(李珠魯, Lee, Joo No)는 서울대학교 중어중문과를 졸업하고 같은 대학에서 문학박사 학위를 취득했으며, 현재 전남대학교 인문대학 중어중문과 교수로 재직하고 있다. 주요 논문으로는 「魯迅의 「狂人日記」의 문학적 시공간 연구」, 「王蒙 소설의 문학적 공간 연구」 등이 있으며, 저역서로는 『중국현대문학과의 만남-중국현대문학의 인물들과 갈래』(공저), 『중화유신의 빛 양계초』 등이 있다.

서하객유기 | 徐霞客遊記 7

1판 1쇄 인쇄 2011년 10월 20일 **1판 1쇄 발행** 2011년 11월 1일

지은이 서하객 **옮긴이** 김은희 · 이주노 **펴낸이** 박성모 **펴낸곳** 소명출판
등록 제13-522호 **주소** 137-878 서울시 서초구 서초동 1621-18 (란빌딩 1층)
대표전화 (02) 585-7840 **팩시밀리** (02) 585-7848
이메일 somyong@korea.com **홈페이지** www.somyong.co.kr

ISBN 978-89-5626-629-9 94820   값 31,000원   ⓒ 2011, 한국연구재단
ISBN 978-89-5626-622-0(전7권)

이 번역도서는 2005년도 정부재원(교육인적자원부 학술연구조성사업비)으로 한국연구재단의 지원에 의하여 연구되었음.

▲ 옥룡설산(玉龍雪山)

▲ 호도협(虎跳峽) _사진 : 박하선

▲ 난창강(瀾滄江) _사진 : 박하선

▲ 금사강(金沙江) _사진 : 박하선

서하객 지음 | 김은희 · 이주노 옮김

서하객유기 7

徐霞客遊記

소명출판

1. 역문의 단락은 기본적으로 날짜를 기준으로 나누었으며, 하루의 기록이 긴 경우에는 여정을 기준으로 나누었다.
2. 주석에 기술된 판본은 각각 다음과 같이 간략히 일컬었다. 계회명초본(季會明抄本)은 계본(季本), 서건극초본(徐建極抄本)은 서본(徐本), 양명시초본(楊明時抄本)은 양본(楊本), 양명녕초본(楊明寧抄本)은 영본(寧本), 진홍초본(陳泓抄本)은 진본(陳本), 사고전서본(四庫全書本)은 사고본(四庫本), 서진(徐鑛)의 건륭본(乾隆本)은 건륭본(乾隆本), 섭정갑본(葉廷甲本)은 섭본(葉本), 주혜영교주본(朱惠榮校注本)은 주혜영본(朱惠榮本) 등으로 약칭했다.
3. 역문과 원문의 괄호는 다음과 같은 의미를 지닌다.
　(본문 크기의 글자) : 저본 및 참고문헌의 정리자가 개별적으로 보완한 부분
　(작은 크기의 글자) : 계본이나 건륭본 등의 원문에 주석의 형태로 원래 있던 글자
　[본문 크기의 글자] : 건륭본에는 있으나 계본에 빠져 있는 글자를 보충한 부분
　[작은 크기의 글자] : 계본과 건륭본의 내용이 서로 합치되지만 건륭본의 기술이 계본보다 상세한 부분
4. 매 편마다 해제를 두어 유람의 대강을 설명하고, 이어 날짜에 따라 역문과 역주를 두었으며, 각 편 뒷부분에 원문과 주석을 실었다. 아울러 각 편에 해당하는 여행노선도를 유람일정 혹은 유람노선에 따라 매 편의 앞에 실었다.
5. 권말에 주요 인물과 지명의 색인을 두어 참고하도록 했다.
6. 서하객의 여행노선도에 나타난 지도 기호의 의미는 다음과 같다.

기호	의미	기호	의미
◎	성성(省城)의 소재지	⌣⌣	호 수
◉	부(府) · 직예주(直隸州) · 위(衛)의 치소	ᠬᠬᠬᠬ	성 벽
◉	주(州) · 현(縣) · 소(所) · 사(司)의 치소	天台山	산 맥
○	진(鎭)과 마을	▲	산봉우리 및 동굴
×	요새 및 요충지	⟵	여행 노선
⊐	교 량	⟵-----	추측 노선
〰	하 천	⟷	왕복 노선

7. 유람노선도 일람표

천태산 · 안탕산 유람노선도	제1권 32쪽	강서 유람노선도	제2권 8쪽
백악산 · 황산 · 무이산 유람노선도	제1권 67쪽	호남 유람노선도1	제2권 174쪽
여산 · 황산(후편) 유람노선도	제1권 120쪽	호남 유람노선도2	제2권 175쪽
구리호 유람노선도	제1권 150쪽	광서 유람노선도(1-2)	제3권 8쪽
숭산 · 화산 · 태화산 유람노선도	제1권 166쪽	광서 유람노선도(3-4)	제4권 8쪽
복건 유람노선도(전편)	제1권 216쪽	귀주 유람노선도	제5권 8쪽
복건 유람노선도(후편)	제1권 237쪽	운남 유람노선도(1-4)	제5권 156쪽
천태산 · 안탕산 유람노선도(후편)	제1권 261쪽	운남 유람노선도(5-9)	제6권 8쪽
오대산 · 항산 유람노선도	제1권 305쪽	운남 유람노선도(10-13)	제7권 10쪽
절강 유람노선도	제1권 331쪽		

11　　운남 유람일기10(滇遊日記十)

103　　운남 유람일기11(滇遊日記十一)

179　　운남 유람일기12(滇遊日記十二)

281　　운남 유람일기13(滇遊日記十三)

313　　반강고(盤江考)

325　　소강기원(溯江纪源)

부록

337　　운남의 꽃나무(滇中花木記)

339　　수필 두 편(隨筆二則)

348　　영창지략(永昌志略)

352　　등월 부근의 여러 소수민족에 관한 약술(近騰諸彝說略)

356　　여강에 관한 간략한 기록(麗江纪略)

358　　법왕연기(法王緣起)

361　　계산지목(鸡山志目)

365　　계산지략1(鸡山志略一)

373　　계산지략2(鸡山志略二)

380　　계몽량의 서문(季夢良序)

383　　사하륭의 서문(史夏隆序)

388　　반뢰의 서문(潘耒序)

394　　해우부의 서문(奚又溥序)

400　　양명시의 서문1(楊名時序一)

405　　양명시의 서문2(楊名時序二)

409　　사고전서·서하객유기총목제요(四庫全書·徐霞客遊記總目提要)

413　　『하객유기』를 베껴 쓴 후에(書手鈔『霞客遊記』後)

415　　『서하객유기』를 쓴 후(書『徐霞客遊記』後)

418   서진의 서문(徐鎭序)

422   섭정갑의 서문(葉廷甲序)

428   중인본 『서하객유기』 및 신저 『연보』의 서문(重印徐霞客遊
記及新著年譜序)

336   서하객 연표

440   찾아보기

서하객유기 전체 차례

서하객유기 1
  천태산 유람일기(遊天台山日記)
  안탕산 유람일기(遊雁宕山日記)
  백악산 유람일기(遊白岳山日記)
  황산 유람일기(遊黃山日記)
  무이산 유람일기(遊武彝山日記)
  여산 유람일기(遊廬山日記)
  황산 유람일기 후편(遊黃山日記後)
  구리호 유람일기(遊九鯉湖日記)
  숭산 유람일기(遊嵩山日記)
  태화산 유람일기(遊太華山日記)
  태화산 유람일기(遊太和山日記)
  복건 유람일기 전편(閩遊日記前)
  복건 유람일기 후편(閩遊日記後)
  천태산 유람일기 후편(遊天台山日記後)
  안탕산 유람일기 후편(遊雁宕山日記後)
  오대산 유람일기(遊五臺山日記)
  항산 유람일기(遊恒山日記)
  절강 유람일기(浙遊日記)

서하객유기 2
  강서 유람일기(江右遊日記)
  호남 유람일기(楚遊日記)

서하객유기 3
  광서 유람일기1(粵西遊日記一)
  광서 유람일기2(粵西遊日記二)

서하객유기 4
  광서 유람일기3(粵西遊日記三)
  광서 유람일기4(粵西遊日記四)

서하객유기 5
　귀주 유람일기1(黔遊日記一)
　귀주 유람일기2(黔遊日記二)
　운남 유람일기1(滇遊日記一)
　　태화산 유람기(遊太華山記)
　　안동 유람기(遊顏洞記)
　운남 유람일기2(滇遊日記二)
　운남 유람일기3(滇遊日記三)
　운남 유람일기4(滇遊日記四)

서하객유기 6
　운남 유람일기5(滇遊日記五)
　운남 유람일기6(滇遊日記六)
　운남 유람일기7(滇遊日記七)
　운남 유람일기8(滇遊日記八)
　운남 유람일기9(滇遊日記九)

서하객유기 7
　운남 유람일기10(滇遊日記十)
　운남 유람일기11(滇遊日記十一)
　운남 유람일기12(滇遊日記十二)
　운남 유람일기13(滇遊日記十三)
　반강고(盤江考)
　소강기원(溯江紀源)
　부록

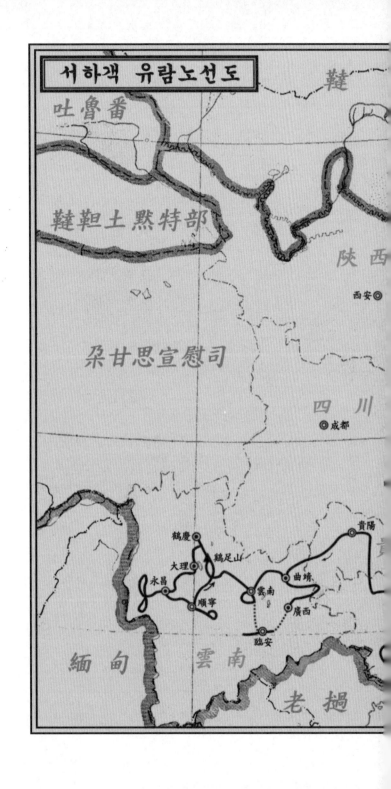

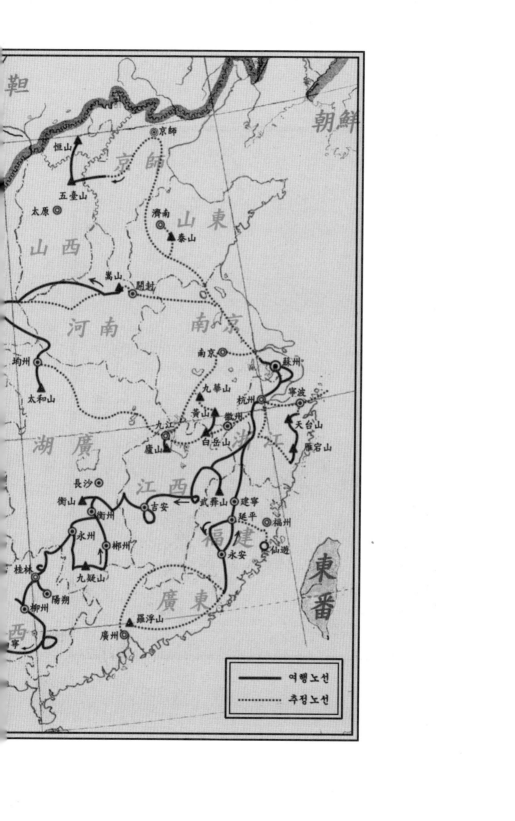

韃

朝鮮

恒山

京師

京師

五臺山

太原

濟南

山東

泰山

山西

嵩山

開封

河南

南京

珣州

南京

蘇州

太和山

九華山

杭州

寧波

黃山

徽州

天台山

九江

白岳山

浙江

雁宕山

湖廣

廬山

長沙

江西

衡山

吉安

武彝山

建寧

衡州

延平

福州

永州

郴州

福建

仙遊

桂林

九疑山

永安

柳州

陽朔

廣東

羅浮山

西寧

廣州

東番

여행노선

추정노선

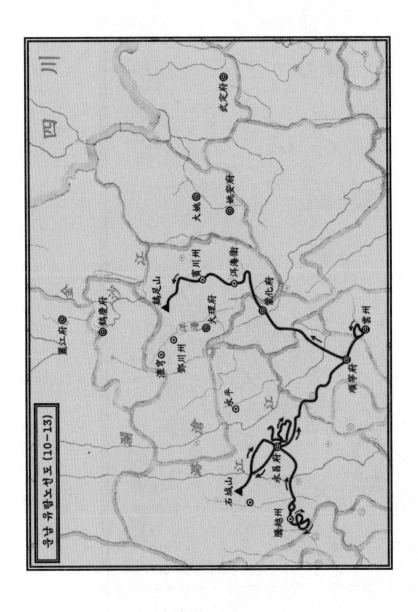

윈난 유람노선도 (10-13)

운남 유람일기10(滇遊日記十)

해제

　「운남 유람일기10」은 서하객이 운남성 등월주(騰越州)와 영창부(永昌府)를 유람한 기록이다. 숭정 12년(1639년) 5월 초에 등월주의 남부지역을 유람한 후, 5월 19일 등월주를 떠나 동쪽으로 나아가 5월 24일 영창부로 되돌아왔으며, 이후 영창부의 남동부지역을 유람하는 등 6월 내내 영창부 지역에 머물렀다. 그는 등월주의 남부지역을 유람하는 동안, 기라(綺羅)와 반개산(半個山), 나한충(羅漢衝)과 대동(大洞)온천 등을 살펴보았으며, 영창부의 남동부지역을 유람하는 동안, 태보산(太保山)과 역라지(易羅池), 애뢰산(哀牢山), 금계(金鷄)온천 등을 살펴보았다. 약 두 달동안의 기록은 운남성 서부의 자연지형을 상세히 보여줄 뿐만 아니라, 이 지역의 각종 생활상을 풍부하게 담고 있다.

　이번 유람의 주요 여정은 다음과 같다. 등월주(騰越州) → 기라촌(綺羅村)

→ 나한충(羅漢衝) → 기라촌(綺羅村) → 양광초(楊廣哨) → 반개산(半個山) → 등월주(騰越州) → 대동온천(大同溫泉) → 뇌타전(雷打田) → 감람파(橄欖坡) → 태평포(太平鋪) → 팔만(八灣) → 낙마창(落馬廠) → 파초동(芭蕉洞) → 영창부(永昌府) → 애뢰사(哀牢寺) → 낙수갱(落水坑) → 영창부(永昌府) → 금계촌(金鷄村) → 영창부(永昌府)

역문

기묘년 5월 초하루

날이 밝아 일어나자, 가게 주인이 "첨산(尖山)에 가신 이후로, 참장부의 오(吳)공께서 여러 차례 파총을 보내 기다리게 했으며, 아울러 가게에 돌아오시는 대로 곧바로 관청에 들어와 알리라고 명했습니다"라고 말했다. 나는 그 까닭을 알 수 없어 잠시 보고를 늦추어 달라하고서 저자를 구경하려고 했으나, 가게 주인은 듣지 않았다.

잠시 후 오공이 파총에게 명함을 들려 보내와 "직접 찾아뵈려 했으나 여인숙이 불편하오니, 왕림하여 주신다면 고맙겠습니다"라고 말했다. 나는 그러겠노라고 고개를 끄덕이고서, 저자를 구경하러 밖으로 나갔다.

(이곳은 닷새마다 한 번씩 큰 장이 서는데, 큰 장은 남문 밖의 내봉산來鳳山 기슭에서 열린다. 이날은 가뭄으로 인해 도축을 금지하고 기우제를 지내는지라, 저자를 성안으로 옮겨갔다. 가뭄이 들면 저자를 옮기는 것은 여러 마을마다 모두 마찬가지이다.)

이에 반첩여(潘捷余)를 만나러 갔다. 반첩여는 보석을 사려는 사인(舍人)들을 위해 연회를 베풀었는데, 함께 가자면서 나를 붙들었다. 나는 사양하고서, 성에 들어가 참장부의 오공을 배알했다. 그와 만나자마자 의기투

합했는데, 환대하는 예의가 자못 정성스러웠다. 이날 그의 아들이 고향에 돌아온다고 내실에서 짐을 정리하기에, 나는 작별을 고하고 나왔다.

(오씨는 사천四川 송반松潘 사람이다. 그는 나에게, 대강大江은 그가 사는 곳의 분수령에서 발원하여 나뉘어 흐르다가 성성을 에돌아 합쳐진다고 이야기해주었다. 아울러 예전에 귀주貴州의 도사를 지낼 적에 학헌인 진평인陳平人 사기士奇와 함께 일했는데, 황석재黃石齋의 비범함에 대해 잘 알고 있다고 말했다.)

오후에 숙소로 돌아왔다. 집응산(集鷹山)의 보장(寶藏) 스님의 제자인 경공(徑空) 스님이 방문했다가 저물녘에 작별을 고하고서 떠났다.

5월 초이틀

나는 숙소에 머물러 있었다. 운봉산(雲峰山, 즉 첨산이다)의 노법사님인 법계(法界)께서 찾아오셨다. 주학(州學)의 서생인 이호변(李虎變)의 형제가 찾아왔다. (이씨는 기라埼羅에 살고 있다.)

5월 초사흘

참장부에서 사람을 보내와 연회에 가자고 기다렸다. 잠시 후 관음사(觀音寺)의 천의(天衣) 법사가 그의 제자를 보내와 기다렸지만, 나는 참장부와 선약이 있기에 사양했다. 오전에 참장부의 초대에 응하여 갔더니, 진열되어 있는 것이 대부분 납미[1]이다. 도축을 금했기 때문이다. (납미 가운데 죽오竹鯃부터 먹기 시작했다.)

오후에 작별을 고하고서 나왔다. 술에 취한 채 만수사(萬壽寺)에 들러 법계 법사께 인사를 드리려 했으나, 계시지 않았다. 서문을 나와 반리만에 능운교(凌雲橋)를 지난 뒤, 서쪽으로 반리를 더 가서 옥천지(玉泉池) 남쪽의 둑에서 서쪽 산의 기슭을 올랐다. 관음사가 이곳에 있다.

관음사는 동쪽을 향한 채 옥천지를 굽어보고 있다. 절 남쪽에 오래된 절이 나란히 늘어서 있다. 곧 옥천사(玉泉寺)이다. 천의 법사는 관음사에서 불경을 받들면서 3년동안 밖에 나가지 않았는데, 나를 만나자 몹시 기뻐하며 묵어가라고 나를 붙들었다. 나는 다음에 오겠노라고 사양하고서, 그가 대접한 콩물죽을 마신 뒤 돌아왔다. 어느덧 날이 어둑어둑해졌다.

---

1) 납미(臘味)는 건어물 따위의 말린 식품의 총칭으로, 주로 겨울철에 만들기 때문에 이렇게 일컫는다.

5월 초나흘

참장부에서 문지기에게 명하여 『주지』를 보내왔다. 막 책을 펼쳐드는데, 이(李)씨가 인사드리러 왔다. 이때 보슬비가 내리고 있었다. 그와 함께 나란히 말을 타고서 내봉산의 동쪽 기슭에서 산을 따라 남쪽으로 6리를 나아가 기라(綺羅)에 이르러 이씨의 집을 방문했다. 기라는 『지』에 의라(矢羅)로 되어 있는데, 서쪽으로 내봉산에 기대어 있고, 남쪽으로 수미산(水尾山)을 굽어보면서, 두 산이 모여드는 곳에 자리해 있다.

대체로 나한충(羅漢衝)의 물길은 대동(大洞)과 장동(長洞)이라는 조그마한 두 곳의 언덕 사이를 거쳐 흘러 북쪽으로 굽이져 움푹한 평지로 흘러든 후, 두 줄기로 나뉜다. 북쪽의 줄기는 음마하(飲馬河)이며, 성의 동쪽에 이른다. 남쪽의 줄기는 기라수(綺羅水)이며, 남쪽 산 아래에 바짝 다가섰다가 서쪽의 내봉산 남동쪽 기슭에 바짝 다가선 뒤, 이내 남쪽의 두 산 사이로 세차게 흘러든다.

이 마을은 골짜기 어귀에 자리하고 있는데, 대나무와 나무가 무성하고, 밭과 구렁이 빙 두른 채 엇섞여 있다. 이곳 또한 하나의 그윽한 지경이다. 이날 밤 이씨의 집에 묵었다.

내가 처음에 등월주 안의 움푹한 평지를 바라보니, 동쪽은 구모산(球

王车山과 의비파(吳比坡)이고, 서쪽은 보봉(寶峰)과 비로산(毗盧山)이며, 남쪽은 내봉산과 나생산(羅生山)이고, 북쪽은 간아산(干峩山)과 비봉산(飛鳳山)이다. 북서쪽은 농종산(巃嵸山)이 가장 높고, 용담(龍潭)과 청해(淸海)의 물이 거기에서 넘쳐흐른다. 남동쪽은 나한충이 가장 깊고, 나생산과 황파(黃坡)의 물길이 거기에서 발원한다. 북동쪽은 적토산(赤土山)이 가장 멀고, 나무당(羅武塘)과 마읍촌(馬邑村)의 물길의 거기에서 발원하며, 대영강(大盈江)은 단지 남서쪽의 용광대(龍光臺)와 내봉산의 서쪽 기슭을 부딪치며 흘러간다.

그렇다면 등월주의 줄기는 대체로 북서쪽의 집응산에서 갈라져, 남쪽으로 뻗어내린 것은 보봉과 비로산을 이루었다가 용광대에서 끝난다. 또한 동쪽으로 굽어진 것은 처음 솟구쳐 필봉(筆峰)을 이루고 두 번째로 솟구쳐 농종산을 이루었다가, 동쪽으로 내려와 간아산의 고개로 건너뻗고, 다시 남동쪽으로 에돌아 영안초(永安哨)와 난전초(亂箭哨)를 이룬다.

서쪽으로 굽이지는 것을 나는 처음에 남쪽의 나생산과 수미산에서 비롯되어 북쪽으로 돌아들어 내봉산을 이룬다고 여겼다. 그런데 이곳에 이르고서야, 나한충의 물길이 다시 나저충(羅苴衝)에서 남쪽으로 흘러내리니, 내봉산의 줄기는 남쪽의 나생산과 수미산에서 비롯되는 것이 아니라, 사실은 동쪽의 황파와 의비파의 두 비탈에서 비롯된다는 것을 알게 되었다. 다만 두 비탈의 서쪽은 온통 움푹한 평지이지만, 남쪽의 나생산에 이르러, 줄기는 밭두둑을 따라 서쪽으로 건너뻗는다.

(이곳의 진사인 진의전陳懿典이 지은 『문성각기文星閣記』에는 이렇게 적혀 있다. "가정嘉靖 임자년에 성 바깥 주위에 해자를 파는데, 정남쪽에서 동쪽으로 땅속을 한 길 남짓 파들어가자 쭉 이어진 바위가 나왔다. 일꾼들이 이것을 잘라냈다. 이 바위는 등성이 뼈대처럼 겹겹이 땅속을 뚫고서 뻗어오며, 곧 수봉秀峰의 근본이 되는 정맥이다"라고 씌어 있다. 이 말은 나의 견해와 서로 딱 들어맞는다.)

토박이들은 나한충의 물길을 파내 나누어진 한 줄기가 북쪽으로 흘러 음마하를 이루었다가 성의 동쪽에 이른다는 사실을 알지 못했다. 이렇듯 이 산줄기는 갈라진 물길에 의해 한 차례 손상을 입고, 또다시 해자를 팔 때 끊기고 말았다. 두 차례나 해를 입었던 것이다. 토박이들은 이것을 풀이하여, 산줄기가 용광대(龍光臺)에서 땅속으로 모습을 감춘 채 질수하(跌水河) 아래로 건너뻗는다고 말한다. 질수하는 바위의 뼈대가 아래로 뻗지만 커다란 물길이 흘러가는 곳으로서, 구렁의 물길이 이곳으로 엇섞여 흘러드는 곳이다. 또한 음마하는 본래 하나의 물길이 양쪽으로 나뉠 까닭이 없으니 인공적으로 만들어진 것이다. 그럼에도 이를 알지 못한 채 이것으로 저것을 덮으려 하지만, 그럴 수는 없는 일이다.

5월 초닷새

아침 일찍 식사를 하자마자, 이씨를 좇아 남쪽 산의 기슭을 따라 동쪽으로 나아갔다. 먼저 반리를 가서 수응사(水應寺)를 지났다. 동쪽으로 2리를 더 가서, 남쪽 산이 북쪽으로 뻗어내리는 갈래를 두 차례 넘었다. 남쪽 골짜기 속에 절이 북쪽을 향한 채 솟구쳐 있다. 이곳은 곧 천응사(天應寺)이다. 그 뒤는 나생산의 주봉인데, 쳐다보니 대단히 가파르다. 『지』에서 길쭉한 언덕이 여기저기 퍼져 있다고 한 말이 헛소리가 아니었다.

다시 동쪽으로 반리를 더 가서 북쪽으로 뻗어내리는 갈래를 올랐다가, 갈래를 따라 북쪽으로 내려왔다. 모두 1리를 가자, 언덕의 동쪽 끄트머리에 대나무와 나무가 빽빽하게 우거져 있다. 푸른 나무그늘이 엄습해오더니 마음속까지 드리워진다. 그 앞에는 또 둥그런 언덕이 솟아나 평탄한 들판 속에 서 있다. 이곳은 단산(團山)으로, 이곳 언덕과 끊어졌다가 다시 이어져 있다. 언덕 동쪽에는 마을이 이어져 있다.

내가 대나무 속에서 내려오자, 한 노인이 자기 집으로 맞아들이더니, 절여 말린 고기와 따끈따끈한 술을 갖추어 대접했다. 이날은 단오절인데, 노인은 이씨와 친분이 있기에 우리를 맞아들여 대접한 것이다.

정오가 지나 다시 동쪽으로 남쪽 산을 따라 나아가 반리를 갔다. 그 북쪽에 또 하나의 기다란 언덕이 솟아 있다. 마치 반달이 앞에 가로놓여 있는 듯하다. 이곳은 장동산(長洞山)이다. 동쪽으로 2리를 더 가서 산골짜기에 들어서자, 시내가 가운데를 뚫고서 흘러나온다. 이곳은 나한충이다. 시내의 남북쪽은 모두 마을이 골짜기 어귀에 끼어 있다.

남쪽의 마을에서 시내를 거슬러 동쪽으로 나아가다가 2리를 더 가서 시내의 북쪽을 넘었다. 북쪽 산 아래에 기대어 있는 한길은 동쪽의 고개를 넘어 맹련(猛連)으로 가는 길이다. 그 북쪽의 움푹한 평지 속을 따라 온천을 찾아갔다. 이 온천은 뜨겁지 않고 따뜻하며, 물살은 세차지 않고 완만하다. 커다란 바위 하나가 밭두둑 사이에 불쑥 솟아 있고, 물이 그 곁에 고여 있으나, 얕아서 목욕하기에는 적당하지 않다.

동쪽 산 아래에 '대동온천'이 있다. 팔경(八景) 가운데의 하나인 이곳은, 그 북쪽 고개의 골짜기에 있으며, 이곳과는 한 줄기 고개를 사이에 두고 있다. 북쪽으로 넘어가면 꽤 가까우나, 이씨가 집에 급히 돌아가야 하는지라, 나를 안내하여 큰길을 따라 서쪽으로 나왔다. 2리를 가서 시내 남쪽 마을을 지나 골짜기 어귀로 나와, 시내를 따라 서쪽으로 나아갔다.

1리를 가서 다리 하나를 지나고, 시내 남쪽에서 서쪽으로 1리를 더 가서 장동산의 북쪽 기슭을 지났다. 북쪽을 바라보니, 대동(大洞)이 있는 언덕이 시내를 사이에 낀 채 우뚝 솟아 있다. 나는 그곳으로 걸음을 재촉하여 온천에서 목욕을 즐기고 싶었다. 이씨는 온천이 동쪽 골짜기 속에 있으며, 들어가는 길이 아직 멀다면서 억지로 나를 돌아가게 했다. 서쪽으로 1리를 더 가서 단산의 북쪽 기슭을 지난 뒤, 서쪽으로 3리를 더 가서 이씨의 집으로 돌아왔다.

5월 초엿새

아침 일찍 식사를 하고서, 하인 고(顧)씨에게 침구를 휴대하라고 시켰다. 양광초(楊廣哨)로 놀러갈 작정이었다. 이에 앞서 이씨가 나에게, 이곳에서 남동쪽으로 나한충에서 200리를 들어가면 옹려산(瀛呂山)이 있고, 남동쪽으로 나생산에서 40리를 가면 마록당(馬鹿塘)이 있는데, 모두 볼만한 봉우리와 산이 있다고 했다. 나는 이에 먼저 가까운 곳에 갔다가 유황당(硫磺塘)과 반개산(半個山)을 거쳐 돌아올 작정이었다.

동쪽으로 3리를 가서 수응사와 천응사의 두 절 사이를 따라 남쪽의 산을 올랐다. 오르막길은 갈수록 가파르다. 7리만에 꼭대기에 올랐다. 북쪽을 굽어보니, 천응사가 그 구렁의 기슭에 매달려 있다. 주성의 움푹한 평지에서 북쪽으로는 농종산만이 이곳과 마주하여 치솟아 있다. 서쪽을 굽어보니, 옆의 골짜기가 나뉜 채 치달린다. 그 기세가 마치 깃발에 매달린 술과 같다. 모두 기라의, 남쪽을 향해 있는 골짜기로 떨어져내리고, 그 아래에서 솟구치는 용정이 있다. 오직 동쪽을 바라보니, 이 봉우리는 맞선 채 절로 감추어져 있고, 남쪽을 바라보니, 짙은 안개가 자욱하게 깔려 있다. 마치 산등성이를 경계로 삼은 듯 코앞조차 보이지 않는다.

여기에서 남쪽의 고개 위를 따라 골짜기를 감돌아 온통 자욱한 안개속을 나아갔다. 아득하여 마치 바다 속을 걸어가는 듯하다. 반리를 가서 남쪽으로 내려왔다. 2리 남짓을 내려오니, 산중턱에는 구렁이 빙 두르고 있고, 등성이는 남동쪽에서 서쪽으로 에워싸고 있다. 그 가운데에 움푹한 평지가 둥그렇게 감추어져 있고, 조그마한 물길이 서쪽으로 흐르고 있다. 움푹한 평지 속에는 안개 그림자가 조금 걷혀 있으나, 비가 차츰 다가오는지라 가까이로는 그곳의 밭두둑이 보이지만, 멀리로는 축축이 젖어 있지 않을 수 없다.

다시 남쪽의 비탈을 올라 비탈의 등성이를 따라 남쪽으로 나아갔다.

5리를 가자, 한 줄기 갈림길은 등성이를 따라 남서쪽으로 뻗어 있고, 다른 한 줄기는 비탈을 꺼져내려 동쪽으로 뻗어 있다. 나는 느긋하게 등성이 위를 따라 쭉 남쪽으로 나아갔다. 잠시 후 길은 차츰 동쪽으로 내려가더니 끝이 난다.

2리를 가자, 동쪽 비탈 아래에 마을이 기대어 있다. 안개를 헤치고서 마을로 가서 물으니, 청수둔(淸水屯)이다. 『지』에 따르면, 주성 남쪽 30리에 청수랑(淸水朗)이 있다고 했는데, 여기가 바로 그곳이다. 그러나 마록당으로 가는 길은 틀림없이 북쪽의 갈림길에서 갈라져 동쪽으로 나아가야 했을 터인데, 어느덧 넘어선 채 남쪽으로 지나와 버렸다.

청수둔에 있는 사람이 나에게 비탈을 따라 동북쪽으로 내려가면 틀림없이 한길이 나올 거라고 가리켜주었다. 그의 말대로 반리를 가서 북동쪽의 매우 깊은 구렁을 넘었다. 안개 그림자 속에서 살펴보니, 그 남동쪽으로 휘감아도는 구렁이 아래에 빙 둘러 있다. 이때에는 그것이 어디로 뻗어가는지 알지 못했다. 나중에야 그 남쪽에 줄지은 높다란 봉우리가 서쪽의 죽가둔(竹家屯)에서 동쪽으로 불쑥 솟구쳐 진파기초(陳播箕哨)를 이루고 있음을 알게 되었다.

다시 북동쪽으로 비탈을 반리 올라가자, 동쪽으로 내려가는 길이 보였다. 문득 이 길을 따라 나아가니, 뜻밖에도 마록당으로 가는 바른 길은 여전히 그 북쪽에 있었다. 안개가 자욱하여 길을 분간할 수 없는지라, 비틀거리면서 동쪽으로 내려갔다. 1리 남짓을 가자, 골짜기가 북쪽에서 남쪽으로 뻗어있고, 시냇물이 골짜기를 꿰뚫어 흐르고 있다. 골짜기 바닥에는 밭두둑이 움패어 있으나, 사는 사람이 아무도 없었다. 밭두둑 안에는 모내기 한 벼가 벌써 가득하지만, 역시 한 사람도 보이지 않았다.

밭두둑에 이르자 길이 끊겨버렸다. 밭두둑은 실처럼 비좁다. 지팡이로 밭두둑을 짚으면서 동쪽으로 나아가 시내에 이르렀으나, 시내 양쪽이 무성하게 뒤덮여 있는지라 건널 수 없었다. 다시 서쪽 비탈을 따라 남쪽으로 나아가 1리를 가니 오솔길이 나왔다. 시내를 건너 동쪽으로 올랐다. 1리를 가자, 길은 풀숲에 뒤덮인 채 끊일 듯 이어질 듯한데, 오르막길은 몹시 가파르다. 3리를 가서 동쪽으로 고갯마루에 오른 뒤, 고개 위에서 남동쪽으로 또 하나의 고개를 올랐다.

반리를 가자, 고개 북쪽에 움푹 꺼진 곳이 북쪽에서 남쪽으로 건너뻗어 있는데, 가운데가 움푹 낮아졌다가 솟구친다. 그 동쪽은 갈라진 벼랑이 푹 꺼져내리고, 그 지세는 훤히 트여 있다. 마치 그 등성이가 가운데로 쪼개지고, 좌우 양쪽의 휘장이 완만하게 떨어져내리는 듯하다. 움푹 꺼진 곳의 북쪽에는 갈라진 벼랑의 북쪽 고개에서 동쪽으로 나아가는 길이 나 있고, 남쪽에도 갈라진 벼랑의 남쪽 고개에서 동쪽으로 올라가는 자그마한 길이 나 있다. 움푹 꺼진 곳에만 북쪽으로 교차하는 길이 없다.

나는 이에 벼랑의 남쪽 길을 따라 올라갔다. 동쪽으로 1리를 가자, 길은 갈라진 벼랑에 의해 꺼져내렸다. 다시 갈라져 남쪽으로 나아가다가 다시 남쪽 고개를 올랐다. 반리를 가서 동쪽의 고개등성이를 나아갔다. 2리를 가서야 비로소 남쪽에서 뻗어오는 길이 나왔다. 이 길을 따라 동쪽으로 나아갔다. 북쪽을 바라보니, 갈라진 벼랑은 움푹 가라앉아 동쪽으로 구렁을 이루고, 나무숲은 깊고 울창하다.

동쪽으로 반리를 더 가서 고개를 넘으니, 고개는 남쪽으로 뻗어가고, 가느다란 길은 북동쪽으로 비탈을 내려가기 시작한다. 구불구불 잇달아 3리를 가면서, 나는 북쪽 구렁의 바닥에 닿으리라 생각했다. 그런데 이 길을 따라 나오니, 곧 마록당이 나타났다. 하지만 비탈이 가운데로 빙 두르고, 갈라져 동서로 에워싼 길은 오래지 않아 끊겨버린 채, 온통 띠풀이 무성하고 가시덤불이 빽빽하며, 그 아래로 움팬 구렁이 대단히 깊을 줄 그 누가 알았으랴.

나는 처음에 그 남쪽을 따라 나아갔으나, 길을 찾지 못하여 동쪽으로 돌아들었다. 그러나 역시 길을 찾지 못했다. 왔다갔다 여기저기를 서성

거렸으나, 띠풀과 가시덤불이 깊고 무성하여 여기저기를 헤맨 채 앞으로 나아가지 못했다. 한참만에야 남쪽 비탈 아래에서 가느다란 길을 찾아, 1리 남짓만에 동쪽의 구렁 바닥으로 내려왔다. 구렁 속에는 졸졸 흐르는 물이 갈라진 벼랑에서 남동쪽으로 흐르는데, 구렁의 양쪽 옆은 온통 가파른 벼랑이 빽빽이 뒤덮고 있는지라 길의 흔적조차 보이지 않는다. 하지만 구렁 바닥은 대단히 평탄하고, 자갈 사이로 물길이 어지러이 흐르며, 때로 평탄한 모래밭이 물길을 에워싸고 있다.

이에 물길을 따라 나아갔다. 동쪽을, 혹은 남쪽을 올려다보니 벼랑이 바짝 붙어 있고, 길은 흔적조차 보이지 않는다. 3리를 가자 약간 트였다. 둘러싸고 있는 모래밭 위를 굽어보니, 호랑이의 발자국이 너무나 선명하다. 쭉 이어진 발자국 모양이 마치 방금 막 찍힌 듯하다. 물길을 따라 남동쪽으로 1리 남짓을 더 가자, 조그마한 시내가 남서쪽에서 흘러들고, 길은 남쪽으로 시내를 따라 나아갔다. 비로소 구렁을 벗어나 남쪽의 비탈을 올라 1리만에 비탈 위에 올라섰다.

나는 비탈을 넘어 동쪽으로 내려갈 작정이었는데, 길은 오히려 비탈 등성이를 따라 남쪽으로 나아간다. 마음속으로 뭔가 잘못되었다는 것을 알았다. 그러나 길이 차츰 넓어지는데다 때도 차츰 어두워지는지라, 한 길을 따라가면 설사 마록당에 닿지 않더라도 묵을 곳이야 구할 수 있으리라는 생각이 들었다.

이에 등성이를 건너 서쪽으로 2리를 잰걸음으로 달려갔다. 서쪽 봉우리의 꼭대기에 마치 뒤짚어 엎은 종 모양으로 기대어 있는 봉우리가 보였다. 한길은 여기에서 갈라졌다. 한 갈래는 남동쪽의 비탈에서 내려갔다가 올라가고, 다른 한 갈래는 북서쪽의 봉우리 꼭대기를 향하여 올라가며, 또 다른 한 갈래는 남서쪽에서 구렁을 감돌아 나아간다.

어느 길로 가야할지 정하지 못한 채, 잠시 가져온 식사를 꺼내 식사를 했다. 위아래의 두 길을 따져보니, 사람이 있는 곳에서 틀림없이 멀 터이니, 구렁을 감돌아 가는 것이 나을 듯했다. 이리하여 남동쪽으로 3

리를 더 가서 비탈을 타고서 내려오자, 차츰 사람들의 소리가 들려왔다.

1리 남짓을 내려오자, 골짜기 사이에 띠로 이은 감실이 두 곳 있다. 달려가 보니 너무 좁고 허름하여 묵을 수가 없었다. 멀리 남쪽 비탈 위에 몇 채의 감실이 보이기에, 깊은 구렁을 내려갔다가 올라와 가파른 길을 기어 1리만에 그곳 감실에 들어갔다. 이곳은 대나무를 엮어 만든 움집으로, 아래에서는 소와 돼지를 키우고, 위에서는 밥을 짓고 잠을 잔다. 영락없이 광서성(廣西省)과 다름이 없다. 손가락을 꼽아 남단(南丹)에서 이곳으로 떠나 오늘에 이르기까지를 헤아려보았다. 벌써 열다섯 달이 흘렀는데, 그동안 수천 리 길에서 보지 못하다가 서부의 모퉁이에서 이를 다시 만나게 된 것이다.

갈라진 벼랑의 등성이에 올라 멀리 바라보니, 남쪽으로 뻗은 고려공산(高黎貢山)의 갈래가 동쪽에 병풍처럼 늘어서 있다. 아래에는 깊은 골짜기가 있으나, 용천강(龍川江)은 보이지 않았다. 추측컨대 그 아래에 움패어 있으리라. 다시 남서쪽으로 20여리를 가서 묵어갈 비탈에 이르러 아래를 굽어보니, 남쪽의 골짜기가 대단히 깊다. 곧 멀리 고려공산과의 사이에 끼어 있는 곳이다. 아마도 용천강은 이곳을 따라 흘러가리라. 서쪽의 움푹한 평지는 훤히 트여 있는데, 멀리 겹겹의 산이 밖으로 뻗어 있고, 커다란 구렁이 가운데에 감돌고 있다. 아마 남전(南甸)이 기대어 있는 곳이리라.

이때 안개가 자욱하고 날이 어두워져 방향을 분간할 수 없었다. 게다가 마을 사람들과는 중국어가 통하지 않는지라, 외지고 깊은 이곳을 제대로 알 수 없었다. 이곳의 이름을 물어보니, 그들의 이야기에 따르면 봉전총부장(鳳田總府莊)이라고 한다. 남쪽의 나복사장(羅卜思莊)까지는 하루가 더 걸리고, 북동쪽의 마록당은 20리 너머에 있다고 하지만, 확실한 근거는 없다. 밤에 가지고 온 쌀로 죽을 끓여 마시고서 잠자리에 누웠다.

5월 초이레

날이 흐리고 비가 부슬부슬 내렸다. 식사를 마친 후 잠시 걸음을 멈춘 채 길을 나서지 않았다. 잠시 후 마을 사람이 날이 곧 맑게 개리라 하니, 나는 날이 개면 떠날 작정이었다. 마록당은 북동쪽에 있고, 유황당은 북서쪽에 있다. 또한 북쪽 산의 등성이는 어제 이미 넘어왔고, 서쪽 산의 등성이는 아직 오르지 않았음을 고려해볼 때, 마록당을 포기하고 서쪽 등성이를 넘어 유황당으로 가는 게 나을 듯하다. 그런데 이곳에서 등월주로 가는 길은 유황당을 거치는 것이 바른 길이라고 하는지라, 이 길을 따르기로 했다.

토박이들은 나에게 마을 뒤쪽에서 북서쪽으로 커다란 산을 향해 나아가라고 가리켜주었다. 그런데 나는 길을 잘못 들어 쭉 북쪽으로 1리 남짓을 갔다가 내려가 산골물을 건넜다. 이어 산골물을 거슬러 북쪽의 비탈을 올라 1리 남짓을 갔다가 다시 내려가 산골물을 건넜다. 이곳의 한 줄기 산골물은 서쪽 골짜기의 갈라진 벼랑에서 흘러나오고, 다른 한 줄기의 산골물은 북쪽 골짜기의 높다란 산에서 흘러나온다. 나는 서쪽에서 흘러오는 산골물을 건넜다.

다시 북쪽으로 비탈을 올라 반리를 가자, 길은 다시 갈라진다. 한 줄기는 북쪽 골짜기로, 다른 한 줄기는 서쪽 골짜기로 나아가는데, 모두 골짜기를 감돌아 비탈을 올라간다. 나는 북쪽 골짜기의 길을 따라 2리를 갔다. 길이 차츰 사라졌다. 잠시 후 북쪽으로 내려오니, 서쪽에서 흘러오던 산골물이 앞쪽에 움푹 패어 있다. 산골물은 비록 조그맣지만 자못 깊고, 등나무와 대나무가 빽빽하게 덮여 있는데다가, 비안개로 흠뻑 젖어 있는지라 들어갈 수 없었다. 이에 다시 되돌아나와 갈림길 어귀에 이르러 서쪽 골짜기로 돌아들었다.

1리를 가자, 길은 역시 차츰 사라졌다. 그 남쪽의 갈라진 벼랑은 산골물이 아래로 흘러지나는 곳인데, 아래로 움패어 있는지라 건널 수 없었다. 다시 되돌아나와 갈림길 어귀에서 남쪽의 산골물을 건넜다. 산골물 남쪽을 따라 또 한 갈래의 길이 서쪽으로 뻗어오른다. 이 길은 대단히 가늘다. 1리를 가서 북쪽의 비탈을 넘었다. 이어 북쪽으로 1리를 더 가자, 갈라진 벼랑의 서쪽 맞은편 비탈이 나왔다. 비탈 위쪽은 온통 벼랑을 개간해 놓았으나, 길이 나 있지는 않다.

비탈을 타고 나아가 1리만에 서쪽의 꼭대기에 올랐다. 꼭대기는 높고 구름은 시커멓다. 어디로 가야할지 막막하기만 했다. 되돌아 산을 내려 가야겠다는 생각이 들어, 남쪽으로 돌아들어 가시덤불 사이를 나아갔다. 젖은 띠풀과 길을 가로막는 대나무숲을 뚫고서 엎어지고 넘어지면서 남동쪽으로 2리를 가자, 차츰 길이 나타났다. 아래로 봉전(鳳田)에서 묵었던 곳을 바라보니, 거리는 겨우 2~3리에 지나지 않는다.

다시 남쪽으로 반리를 가자, 서쪽으로 뻗어가는 한길이 나왔다. 한길을 따라 나아갔다. 서쪽으로 북쪽 산을 따라 1리를 나아가자, 비탈 아래에서 밭을 가는 이가 있다. 그에게 물어보고서야 그 위에 나도(攞圖)라는 조그마한 산채가 있음을 알게 되었다. 곧 양광초(楊廣哨)에서 등월주로 들어가는 바른 길이다.

이에 서둘러 북서쪽으로 올라 비탈을 타고서 1리를 가자, 두 채의 띠집이 골짜기의 평지 사이에 자리하고 있다. 이곳은 나도채(攞圖寨)이다. 나도채 뒤쪽에서 다시 가파른 길을 타고서 북쪽으로 반리만에 언덕에 올랐다. 서쪽을 바라보니, 빙 두른 구렁은 아래로 툭 트여 있고, 논은 드넓게 펼쳐져 있으며, 그 사이로 시냇물이 흐르고 있다. 구렁의 서쪽에는 또 높다란 산이 바깥에 솟구쳐 있고, 그 남쪽에도 높다란 산이 치솟은 채 남쪽으로 이어져 있다. 서로 이어지는 곳 사이에는 물길이 꿰뚫어 흘러가는 듯하다.

다시 북쪽으로 1리 반을 올라, 커다란 등성이를 타넘었다. 북쪽의 휘 감아도는 골짜기 속을 내려가 반리를 가자, 남쪽 비탈에 마을이 기대어 있다. 이곳은 양광초(楊廣哨)이다. 이곳에서 북서쪽을 향해 골짜기 바닥으로 1리 반을 내려오자, 조그마한 시내가 북동쪽에서 남서쪽으로 쏟아진다. 시내는 매우 깊숙이 움패어 있다. 어제 건너왔던 갈라진 벼랑의 남쪽 고개에서 갈라져 흘러내린 것이다. 시내를 건너 북서쪽으로 오른 뒤, 1리 남짓만에 그 등성이를 올랐다. 나는 여기에서 등성이를 따라 북쪽의 커다란 봉우리로 오를 수 있으리라고 생각했지만, 가운데가 끊긴 갈래일 줄 누가 알았으랴?

반리를 가서 등성이를 넘은 뒤, 북쪽의 골짜기 바닥으로 내려갔다. 1리 남짓을 가자, 북쪽에서 남쪽으로 떨어져 내리는 커다란 시내가 온통 바위벼랑 속에서 암벽을 뚫고서 흘러가고 있다. 이것은 곧 청수랑의 동쪽 시내이다. 시냇물은 골짜기 바닥을 대단히 바짝 움패어 있고, 그 위에 외나무다리가 가로놓여 있다. 나는 차라리 나무다리 아래로 물길을 건너는 게 낫다고 여겨, 곧바로 북서쪽의 비탈을 올랐다.

처음에는 벼랑의 바위를 따라가다가 둔덕의 등성이를 올라 1리 남짓을 갔다. 이어 북동쪽으로 돌아들어 1리를 올라가 봉우리 꼭대기에 이르렀다. 봉우리 꼭대기에서 서쪽으로 반리를 감돌았다가, 골짜기를 따라 북쪽으로 나아갔다. 이 골짜기는 자못 평탄하다. 골짜기 속을 1리 남짓 나아가 골짜기가 동서로 나뉘는 곳에 이르자, 그곳에 진파기초(陳播箕哨)라는 마을이 기대어 있다. 진파기초의 북쪽에서 곧장 북서쪽으로 내려와 2리를 가서, 남쪽 산을 따라 서쪽으로 나아가 1리를 갔다. 비탈에 죽가채(竹家寨)라는 마을이 비탈에 자리하고 있다.

죽가채 동쪽에서 북쪽으로 나아가니, 죽가채 뒤쪽에 또 하나의 봉우리가 솟아 있고, 그 사이에 골짜기가 가로놓여 있다. 길은 두 갈래로 나누어졌다. 북쪽의 봉우리를 따라 쭉 나가는 길은 등월주와 남전으로 가는 한길이고, 북쪽 봉우리의 남쪽 골짜기를 뚫고서 서쪽으로 나아가는 길은 유황당으로 가는 길이다. 이에 나는 한길을 제쳐둔 채 가로놓인 골짜기를 따라 서쪽으로 나아갔다. 반리를 가자, 홀연 꺼져내린 골짜기가 서쪽으로 뻗어내린다. 이 골짜기는 대단히 비좁은데다, 내리막길이 몹시 가파르다. 층계를 타고 구렁을 걸으면서, 물과 비좁은 길을 다투었다.

1리 남짓을 나아가 바라보니, 서쪽의 골짜기는 북쪽에서 남쪽으로 뻗어오고, 시내 한 줄기가 그 사이를 뚫고 흐른다. 이 시내는 의라촌(矣羅村)의 물길로서, 수미산의 서쪽 골짜기를 끼고서 남쪽으로 흐른다. 시내 서쪽의 산이 우뚝 솟은 채 남쪽에 자리하고 있다. 이곳은 반개산이다. 『일통지』에 따르면 나저충이 있고, 나저충에 유황당이 있다고 했는데, 바로 이 산이 아닌가 싶다. 그런데 『주지』에서는 두 곳으로 기록했으니, 나저충은 바로 시내 동쪽에서 뻗어내리는 산이 아닐까?

다시 서쪽으로 반리를 더 내려와 곧장 시내 위에 이르렀다. 두 곳의 못이 동쪽 벼랑 아래에 있다. 온천수 가운데 규모가 자그마한 곳이다. 그 북쪽 벼랑의 아래에 몇 채의 민가가 자리하고 있다. 이곳은 유황당촌(硫磺塘村)이며, 시내 위에 다리가 걸려 있다. 내가 유황이 생산된다는 큰 못에 대해 물어보자, 토박이들은 남쪽 골짜기에 있다고 가리켜주었다. 다리 남쪽의 하류에서 시내를 건너 서쪽으로 나아가, 서쪽 산을 따라 남쪽으로 나아갔다.

이때 비바람이 거세게 몰아닥쳤다. 밭두둑이 미끄럽고 비좁은지라, 나는 넘어지고 엎어지면서 남쪽으로 나아갔다. 반리를 가서야 길을 만났다. 남쪽으로 1리를 가자, 서쪽의 산은 남쪽으로 갈라지고, 골짜기 동쪽으로 흘러드는 커다란 시내가 보였다. 멀리 바라보니 골짜기 속에 피어오르는 증기가 동서의 몇 군데에서 마치 짙은 안개연기가 말려 오르듯 자욱하게 뿜어져 나온다. 증기는 동쪽으로 커다란 시냇가까지 퍼져 있고, 서쪽의 산골짜기를 꿰뚫는다.

먼저 시내 가까이의, 연기가 유독 자욱한 곳으로 달려가 보았다. 못은 네댓 무(畝)의 크기에, 가운데는 솥처럼 웅덩이져 있다. 그 안에 고인 물은 절반밖에 차 있지 않고, 색깔은 혼탁한 흰색이다. 아래에서 보글보글 끓어오르다가 기세가 더욱 사나와지더니, 탄환만한 거품이 백 개나 일제히 솟구치면서 소리를 낸다. 이 가운데 높이 솟구치는 것은 한 자 남짓이다. 이 또한 기이한 장관이었다.

이때 빗발 또한 더욱 거세졌다. 그 위에서 우산을 받쳐들고 바라보노라니 도저히 몸을 담글 용기가 나지 않았다. 그 동쪽의 커다란 시내는 남쪽에서 흘러내려 산의 남쪽을 빙글 돌아 서쪽의 대영강에 합쳐지며, 서쪽 골짜기의 조그마한 시내는 뜨거운 못의 남쪽에서 동쪽의 커다란 시내로 흘러든다. 조그마한 시냇물 속에도 뜨거운 열기가 넘쳐흐른다. 못 속의 물은 고인 채 흐르지 않으며, 시냇물과도 섞이지 않는다.

조그마한 시내를 거슬러 서쪽으로 반리를 오르자, 비탈 사이의 연기는 더욱 짙어진다. 평평하게 튀어나온 바위투성이 비탈 위로 북동쪽에 동굴이 하나 열려 있다. 마치 입을 치켜든 채 잇몸을 쩍 벌린 듯하다. 동굴 속의 아래쪽은 목구멍처럼 죄어진 채, 물과 증기가 그 속에서 뿜어져 나온다. 마치 풀무가 아래에서 불꽃에 바람을 부채질하는 듯하다. 물은 한 차례 끓어올랐다가 멈춘 채 잠잠해진다. 흡사 숨을 들이마시고 내쉬는 듯한 모양이다.

튀어 오르는 서슬에 바람과 물이 맞부딪치니, 마치 화살을 날리듯 내뿜고, 호랑이가 포효하듯 소리를 내지른다. 몇 자 높이로 튀어 오른 물은 산골로 떨어져 흘러내리는데, 펄펄 끓듯이 뜨겁다. 간혹 튀어오를 때에 바람이 가운데에서 말려오를 때마다 물은 옆으로 내뿜어져 몇 자 너머에 있는 사람에게 흩뿌려진다. 흩어지는 물방울은 얼굴을 델 듯이 뜨겁다.

나는 동굴의 목구멍 속을 들여다보고 싶었으나, 물을 내뿜는 바람에 가까이 다가갈 수 없었다. 동굴의 잇몸 위에는 유황이 빙 둘러 묻어 있다. 그곳의 동쪽으로 몇 걸음을 가자, 못을 파서 물을 끌어들이고, 위에 조그마한 띠집이 지어져 있다. 그 안에 초석을 양생하는 통이 놓여 있다. 곰곰이 생각해보니, 유황이 있는 곳이라면 초석이 있기 마련이다.

다시 북쪽으로 비탈을 올라 백 걸음을 가자, 비탈 사이로 자욱하게 피어오른 연기가 벼랑 아래를 빙 두르고 있다. 평평한 모래밭에 수백

곳의 구멍이 나 있고, 끓는 물이 튀어 오른다. 마치 수십 명이 아래에서 부채질을 하는 듯하다. 누군가 인력으로 물을 끌어들여 모래밭 사방을 빙 두르고 있는 듯한데, 그 물은 비록 작으나 뜨겁고, 사방의 모래 역시 뜨거운지라, 오래도록 걸음을 멈춘 채 서 있을 수 없다.

이 위쪽에 연기가 솟구치는 곳은 비록 많으나, 기세는 이 세 곳에 미치지 못했다. 누군가 모래를 마치 뒤집어놓은 솥처럼 둥글게 쌓고, 조그마한 물길을 끌어들여 사방으로 그것을 에워쌌다. 비록 약간의 열기는 있으나 모래밭은 뜨겁지 않았다. 우산자루로 모래밭을 찔러보니, 깊이는 한두 자이고, 그 안의 모래는 유황색을 띠고 있다. 찔러본 구멍에서 열기는 솟아나지 않는다. 이 모두는 사람들이 유황을 만드는 곳이다.

이때 비는 그칠 기미가 보이지 않았으나, 그 위에 길이 보이기에 곧바로 서쪽의 고개를 넘어갔다. 이곳이 반개산으로 가는 길임을 알고 있기에 비를 무릅쓰고 벼랑을 올랐다. 이 벼랑에는 꽃잎이 나란히 늘어선 듯 구름이 쌓여 있고, 높고도 험준하게 움푹 패어 있다. 아래는 우묵하고, 위는 이어져 있기도 하고, 옆으로 뚫리고 갈라지기도 했는데, 사람들은 그 위를 따라 다니고 있다. 아래에서 나오는 열기로 인해, 모두 갈라지고 깎인 부분은 남은 뼈다귀와 같고, 무너지고 떨어져내린 부분은 벗겨진 피부와 같다. 이른바 '반개(半個)'라는 명칭도 이런 지형에서 비롯된 것일까?

벼랑을 타고 반리를 올라 그 남쪽에서 고개를 따라 서쪽으로 1리를 올랐다. 이어 차츰 골짜기를 따라 남쪽으로 돌아들자, 골짜기는 남쪽 고갯마루에서 꺼져내린다. 가운데에 매달린 물줄기는 폭포를 이루고 있는데, 두 겹을 이룬 채 북쪽으로 떨어져 내린다. 이것은 골짜기 물길의 상류이다. 반리를 더 오른 뒤, 서쪽의 폭포 위를 넘었다.

다시 골짜기 서쪽에서 남서쪽으로 1리를 더 올라, 차츰 서쪽으로 돌아들어 반리를 갔다. 한길은 서쪽 벼랑이 꺼져내린 곳을 빙 둘러 남쪽의 움푹 꺼진 곳으로 뻗어나가고, 오솔길은 서쪽의 봉우리 꼭대기에 올랐다가 차츰 북쪽으로 돌아들어 나아간다. 아마 이곳은 반개산의 꼭대기일 것이다. 이곳에서 남쪽으로 내려가면 움푹 꺼진 곳이 나올 것이다. 그렇다면 성으로 들어가는 길은 틀림없이 그 북동쪽에 있을 것이다. 서쪽으로 가면 안 되리라는 생각이 들어 한길을 버리고 오솔길을 따라갔다.

서쪽으로 반리를 올라가, 봉우리 동쪽을 따라 북쪽으로 2리 남짓을 나아갔다. 이어 북서쪽으로 내려오자, 대나무가 무성한 움푹한 평지와 마을이 나타났다. 이때 비는 몹시 거세게 내리는지라, 마을의 집에 들어가 비를 피했다. 불을 피워 물을 끓이고 밥을 지어 먹었다. 이곳은 반개산촌(半個山村)이다. 예전에는 길가에 진이관(鎭彝關)을 설치하여 둔병(屯兵)이 지키는 초소였는데, 이제 관문은 없어지고 마을만 남아 있다.

마을 동쪽에서 비탈을 내려와 골짜기를 따라 동쪽으로 1리 남짓을 가자, 남쪽에서 뻗어오는 한길과 합쳐졌다. 서쪽 산을 따라 북쪽으로 돌아들어 나아가니, 수미산의 서쪽 시내는 이 골짜기에서 남쪽의 유황당으로 흘러간다. 북쪽으로 2리 남짓을 나아간 뒤, 동쪽에 불쑥 솟은 비탈을 올랐다. 비탈의 골짜기를 나아가 5리만에 약간 내려왔다. 이어 1리를 더 가자, 기라촌이 동쪽의 비탈 아래에 자리하고 있다.

날이 이미 저물어가기에 등월주로 가는 한길을 버린 채, 동쪽으로 1리 남짓을 가서 이호변(李虎變)의 집에 묵었다. 이호변은 말을 타고서 마록당으로 가는 길에서 기다렸으나, 나를 만나지 못했다. 그는 집에 돌아오자마자, 죽오(竹鼯)를 삶아 대접했다.

5월 초여드레

비가 많이 내리는 바람에 길을 떠나지 못했다. 이씨의 집에 앉아 『전서주기정사요[田署州期政四謠]』를 썼다. 이는 이씨의 부탁이었다.

5월 초아흐레

큰비가 퍼붓는지라 길을 떠나지 못한 채, 이씨의 집에 앉아 『등지(騰志)』를 베꼈다.

5월 초열흘

비가 그치지 않고 내렸다. 정오가 지나자, 날이 조금 갰다. 이씨와 함께 나란히 말을 타고서 마을 서쪽에서 반리를 가서 반개산과 남전으로 가는 한길에 올랐다. 남초장(南草場)을 거쳐 반리만에 서쪽 고개의 비탈에 올랐다. 이 비탈은 내봉산이 남쪽의 반개산으로 건너뻗는 등성이이다. 내봉산은 이곳에 이르러 남쪽으로 내려와 낮게 엎드리고, 등성이 사이에 우묵한 웅덩이는 평탄한 못을 이루었으나 물이 고여 있지는 않다.

웅덩이의 서쪽은 금은퇴(金銀堆)로서, 남쪽으로 건너뻗은 등성이다. 웅덩이에서 북쪽으로 반리를 가자, 평지가 내봉산에 기댄 채 남쪽의 반개산을 굽어보고 있다. 예전에 상서인 왕기(王驥)의 군대가 주둔했던 곳인데, 『지』에서는 상서영(尙書營)이라 일컫고 있다. 평지 북쪽으로 반리를 오르자, 내봉산 봉우리의 남쪽을 따라 길이 가로놓여 있다. 이 길은 서쪽의 금은퇴를 넘어 파초관(芭蕉關)으로 뻗어나간다.

(파초관은 서쪽의 하상둔河上屯, 면전緬甸으로 가는 길로 통한다. 등월주 서쪽의 질수하跌水河로 가는 길은 이 길만큼 평탄하지 않다. 예전에 병부낭중 공영길龔永吉이 왕기를 따라 남쪽으로 정벌에 나섰다가 "파초관을 좁다랗게 돌아들매, 감람파橄欖坡보다 어렵네"라는 글귀를 남겼다.)

여기에서 다시 말머리를 돌려 내봉산의 동쪽 봉우리를 따라 북쪽으로 나아가 8리만에 관청의 숙소로 돌아왔다. 밤이 되자, 또 비가 내렸다.

5월 11일

비가 그치지 않은지라 관청의 숙소에 앉아 있었다. 오전에 이씨가 왔다. 오후에 비가 조금 그쳤으나, 길이 몹시 질척거렸다. 진창길을 밟아 서생인 반(潘)씨의 집에 갔으나, 만나지 못했다. 편지로 나를 위해 물건을 사달라고 했으나, 아무 응답이 없다. (서생 반일계潘一桂는 수재임에도 미얀마에 다니는지라, 집에 미얀마의 물건이 많았다. 이때 순안巡按인 예倪씨가 심부름꾼을 보내 벽옥을 구해달라고 했다. 이로 고민하던 반씨는 번번이 손님을 피했다.)

5월 12일

비가 내리는지라 관청의 숙소에서 지냈다. 이씨가 『기정사요(期政四謠)』를 몰래 관원대리인 부직(副職)의 전(田)씨에게 보냈으나, 아무 응답이 없다.

5월 13일

비가 그쳤다 내렸다 하고, 길의 진창은 더욱 심했다. 이씨가 왔기에, 함께 소현옥(蘇玄玉)의 집에 가서 옥을 구경했다. 소씨는 운남성 사람으로 본래 수재였으나, 글을 버리고 무인의 길로 나아가 참장부의 오공의 막료가 되었다. 이전에 나를 만나러 온 적이 있었는데, 나 역시 그에게 기이한 자질이 있다고 보았다. 그는 속세의 평범한 사람이 아니었다.

5월 14일부터 18일

연일 비가 그치지 않은지라 숙소 안에서 지내면서 한 걸음도 움직이지 못했다. 반첩여는 순안인 예씨가 소씨 성의 심부름꾼을 보내 벽옥의 보석을 구해달라고 하기에 몹시 난처한지라, 여러 차례 재촉했지만 나의 숙소에 들리지 않았다. 또한 물건 한 가지도 사람들에게 보여주려 하지 않았는데, 아마 심부름꾼이 가져갈까봐 염려했기 때문이리라. 다행히 참장부의 오공이 여비를 나에게 주었기에, '여덟 관문'과 '세 곳의 선무사', '여섯 곳의 선위사' 등의 여러 지도를 구해, 일일이 베끼느라 며칠 동안 한 시도 쉬지 않았다. 숙소 안에 있으면서도, 비가 오고 있다는 사실조차 알지 못했다. (반씨는 취생석[1] 두 덩이를 보내주었다. 소현옥은 화차죽방환을 답례로 보내왔다.)

---

1) 취생석(翠生石)은 보석의 하나로서, 비취를 의미한다.

5월 19일

아침 일찍 비가 잠시 그쳤다. 짐꾼을 구하는데, 연일 내린 비로 진창인지라 품삯이 몹시 비싸다. 얼마 안 있어 비가 다시 내리더니, 오전에야 그치자 길을 나섰다. 숙소 주인이 나의 비단을 빼앗으려 했으나, 뜻을 이루지 못했다. 그와 입씨름을 한 후에 길을 떠났다. 동쪽 거리를 따라 가는데, 처음에는 몹시 질척거리더니 잠시 후 점차 마른 길이 되었다. 2리를 가자 민가가 끝나고, 비탈을 내려와 밭두둑 사이를 나아갔다.

반리만에 잇달아 두 곳의 조그마한 다리를 건넜다. 두 곳의 물은 남동쪽에서 흘러온다. 모두 나한충에서 갈라져 흘러나온 물이다. 2리 남짓을 더 나아가 뇌타전(雷打田)에 이르자, 몇 채의 민가가 동쪽을 향해 있다. 마을 앞에서 동쪽으로 돌아들어 1리 남짓을 가서, 다시 정자가 딸린 조그마한 다리를 지났다. 다리 아래의 물길 역시 남동쪽에서 북서쪽으로 흘러간다. 황파천(黃坡泉)에서 넘쳐흐르는 물이다.

다시 동쪽으로 1리 남짓만에 동쪽 비탈 아래에 이르러, 술집에 짐을 부렸다. 대동온천(大洞溫泉)으로 가는 길을 물었다. 토박이는 남동쪽 산의 움푹 꺼진 곳을 가리켰다. 여기에서 아직 몇 리나 떨어져 있다고 한다. 이때 날이 어느덧 갰기에, 짐꾼과 하인 고씨에게 그의 집에서 기다리라 하고서, 나는 동쪽 산을 따라 남쪽으로 나아갔다.

2리를 가서 토주묘(土主廟)를 지났다. 토주묘는 산에 기댄 채 서쪽을 향해 있다. 앞에 있는 두 그루의 잣나무가 대단히 커다랗다. 남쪽으로 2리를 더 가자, 길은 두 갈래로 나누어진다. 남쪽의 산기슭을 따라가는 한 갈래는 황파(黃坡)로 가는 길이고, 남동쪽의 비탈을 오르는 또 다른 갈래는 온천으로 가는 길이다.

이에 비탈을 오르는 길을 따라 남쪽으로 1리를 가서 비탈의 부리를 올랐다. 서쪽의 산기슭을 굽어보니, 샘물이 아래에서 서쪽으로 넘쳐흐르고 있다. 이곳은 황파의 발원지이다. 여기에서 동쪽으로 돌아들자, 꽤 널따란 길이 나 있다. 길을 가로질러 남동쪽의 오솔길로 나아갔다. 1리를 가서 차츰 비탈을 올라가 북동쪽으로 꺾어져 쳐다보니, 온천이 있는 골짜기는 그 남쪽에 있다. 가운데에 남쪽으로 내려가는 골짜기가 또 있다. 띠풀로 가로막힌 채 길이 없는지라, 길을 따라 북서쪽으로 올랐다.

1리를 가자, 길이 차츰 높아졌다. 문득 길을 잘못 들었다는 생각이 들었다. 꼴을 짊어진 두 사람이 오기에 길을 묻자, "이곳은 나무하러 산에 들어가는 길로, 근채당(芹菜塘)으로 통하지요. 온천은 남쪽에 있는데, 아직도 봉우리 하나 너머에 있습니다"라고 말했다. 그리하여 그들과 함께 왔던 길을 되짚어 1리를 가서, 띠풀로 가로막힌 골짜기로 내려왔다. 그들은 나에게 남쪽으로 가라고 가리켜주었다.

나는 그들의 말에 따라 골짜기 속을 가로질렀다. 잠시 후에 차츰 오솔길이 나타났다. 반리를 가자 홀연 골짜기는 발아래에서 서쪽으로 푹 꺼져내려가고, 그 위에는 바위벼랑이 문처럼 나란히 불쑥 솟구쳐 있다. 그 동쪽에서 남쪽으로 반리를 더 가서 비탈을 올랐다가 내려가서야, 골짜기는 비로소 널찍해진다. 골짜기 속에는 졸졸거리는 소리를 내면서 물이 흐르고, 밭두둑이 물길을 휘감고 있다. 이곳은 곧 대동촌(大洞村)의 뒤쪽 골짜기이다. 한길이 골짜기 속에서 동쪽으로 뻗어올라 있다. 남쪽으로 반리를 더 가서, 한길을 따라 동쪽으로 나아갔다.

반리를 가서 비탈을 오르니, 한길은 북동쪽으로 뻗어오른다. 이 길은 근채당으로 가는 길이다. 이에 비탈에서 남동쪽으로 내려가 반리만에 시내에 닿았다. 다시 동쪽으로 시내를 거슬러 반리를 가자, 시냇물은 커다란 바위 속을 내달리면서 튀어오르고, 오른쪽 벼랑은 불쑥 튀어나온 채 시내를 굽어본다. 벼랑 아래에는 바위를 따라 못이 이루어져 있다., 이곳에 온천이 흘러모여 있다. 이 못과 시내는 골짜기에 함께 있으나, 못의 물은 시냇물과 이어져 있지 않다.

벼랑의 바위는 마치 바둑알을 쌓아놓은 듯이 겹겹이 덮여 있고, 벼랑의 아래에는 물이 고인 채 삼면이 에워싸여 있다. 이곳에 조그마한 구멍이 이루어져 있는데, 한 사람이 앉아서 목욕을 할 만하다. 그 뒤쪽에 거꾸로 내리덮은 바위는 두 조각으로 드리워져 있으며, 가운데는 마치 이른바 시검석(試劍石)처럼 갈라져 있다. 물이 조각난 바위 속에서 졸졸 흘러내린다. 이것이 온천의 원천이다.

못의 구멍 속의 물은 모두 그다지 뜨겁지 않은지라, 몸을 적실 만하다. 그 위쪽에는 또한 정자 하나가 지어져 있으니, 비바람을 맞을 염려는 덜었다. 이때 못 위에는 십여 명이 함께 목욕을 하고 있었다. 나는 그 옆에 바위동굴이 있을까싶어 잠시 두루 찾아보았으나, 찾지 못한 채 못으로 돌아와 목욕을 했다.

다시 3리를 가서 산의 서쪽 부리를 따라 황파에 이른 뒤, 북쪽으로 돌아들어 1리를 가서 기슭 사이로 물이 넘쳐흐르는 곳의 위를 지났다. 북쪽으로 3리를 더 간 뒤, 올 적에 길이 갈라졌던 곳에 들어섰다. 다시 북서쪽으로 4리를 가서 의비파(矣比坡)의 기슭에 이르렀다. 짐꾼을 재촉하여 길을 가고자 했으나, 날이 늦었다면서 손사래를 치는지라 걸음을 멈추었다.

5월 20일

아침 일찍 일어나 식사를 하고서 비탈을 올랐다. 비가 또 내렸다. 완만한 길을 2리 오르고, 가파른 길을 8리 올라 고갯마루에 이르렀다. 다시 고개 위에서 완만하게 4리를 나아간 뒤, 약간 1리를 내려와 근채당을 지났다. 다시 동쪽으로 비탈을 올라 반리를 가서 내려왔다가 반리만에 목창(木廠)을 지난 뒤, 2리를 내려와 북쪽 아래의 골짜기를 지났다. 동쪽으로 3리를 더 올라 비탈 등성이에 이르렀다. 등성이 사이로 완만하게 나아가 1리를 가서 영안초(永安哨)에 이르니, 대여섯 채의 민가가 비탈 사이에 자리하고 있을 뿐이다.

다시 남동쪽으로 반리를 가서 고개등성이를 넘어 내려갔다. 1리를 가자, 물길이 북쪽에서 남쪽으로 뻗어 있고, 길은 물길을 따라 나 있다. 반리를 간 뒤, 동쪽으로 비탈을 올라 완만하게 등성이 위를 나아갔다. 3리를 가서 감로사(甘露寺)에 이르러 식사를 했다. 감로사에서 동쪽으로 3리를 내려와 적토포교(赤土鋪橋)에 이르니, 다리 아래의 물길은 남쪽에서 북쪽으로 흐른다. 이것은 대영강의 물길이다. 『일통지』에서 대영강의 원류는 적토산에서 비롯된다고 했는데, 이 말은 틀리지 않다.

다리 동쪽에서 반리를 더 오르자, 비탈의 움푹 꺼진 곳에 네댓 채의 민가가 있다. 이곳은 적토포(赤土鋪)이다. 적토포의 동쪽에서 반리를 더 올라, 고개등성이를 따라 남동쪽으로 나아갔다. 1리를 가자 갈림길이 남쪽으로 나 있다. 이 길은 맹류(猛柳)로 가는 길이다. 나는 계속해서 남동쪽으로 나아가 3리를 간 뒤 동쪽으로 내려갔다가, 10리를 더 나아가 감람파(橄欖坡)에서 걸음을 멈추었다. 때는 겨우 정오였으나, 비가 내렸다 그쳤다하기에 더 이상 나아가지 않았다.

5월 21일

날이 밝자 일어나 식사를 했다. 감람파에서 동쪽으로 내려와 5리만에 용천강(龍川江)의 서쪽 언덕에 이르러, 순검사를 지나자마자 내려가 다리를 건넜다. 서쪽 언덕은 담처럼 가파른지라, 언덕 북쪽으로 쌓인 층계를 따라 다리에 닿았다. 다리 동쪽에 있는 누각에 올라가 강물이 굽이쳐 흐르는 기세를 바라볼 수 있었다. 다시 남쪽으로 동쪽 언덕을 따라 반리를 나아갔다가, 동쪽으로 완만하게 1리 남짓을 오른 뒤, 구불구불 가파른 길을 오르기 시작했다.

5리를 가서 차를 공양하는 집을 지났는데, 승방에는 한 사람도 없었다. 다시 가파른 길을 3리 올라가 죽파포(竹笆鋪)를 지났다. 7리 남짓을 더 올라가 소헐장(小歇場)에서 식사를 했다. 다시 5리를 더 올라가 태평포(太平鋪)를 지난 뒤, 완만하게 나아가 움푹한 평지로 들어섰다.

2리 남짓을 가자, 북쪽의 산골에서 흘러오는 물길을 건너 동쪽으로 올랐다. 위로 오를수록 더욱 가파르다. 양옆은 온통 대나무와 바위가 깊숙하고 빽빽하게 가리고 있는데다, 서쪽에서 휘몰아치는 비바람은 하늘 가득 끝이 없다. 이에 파도처럼 밀려오는 빗속을 뚫고서 나아갔다. 3리를 나아가 가장 높은 고개를 넘은 뒤, 여러 차례 등성이와 움푹 꺼진 곳을 오르내리면서 빽빽한 나무숲속을 나아갔다.

7리를 가서 신안초(新安哨)에 이르렀다. 두세 채의 민가가 고갯마루를 끼고 있다. 모두 등나무와 대나무를 쪼개는 일을 생업으로 삼고 있다. 이때 옷이 흠뻑 젖어 몹시 추운지라, 그곳의 집으로 가서 땔감을 살라 옷을 말렸다. 다시 2리 남짓을 가서 분수관(分水關)에 이르니, 대여섯 채의 민가가 관문의 동쪽에 자리하고 있다. 이에 나는 불에 다가가 옷을 말리고, 소주를 사서 네댓 잔 마시고서 길을 나섰다. 날은 활짝 개고, 층계길은 말라 있다. 관문의 이름이 '물길을 나눔(分水)'이라고 알고 있으나, 실제로는 흐리고 맑음을 나누고 있다.

여기에서 동쪽으로 8리를 내려가, 비로소 동쪽으로 나아가는 등성이에 올라섰다. 2리를 더 가서 포만초(蒲滿哨)를 지났다. 다시 완만하게 고개 위를 나아가 동쪽으로 15리를 가서 마반석(磨盤石)의 노(盧)씨의 집에 묵었다. 집에는 대여섯 개의 방이 있는데, 퍽 깨끗했다.

5월 22일

날이 밝자 식사를 하고서 길을 나섰다. 내리막길은 대단히 가파르다. 구불구불한 길을 6리 내려가 고개 북쪽의 산골물에 닿았다. 이 고개는 포만초에서 갈라져 동쪽으로 불쑥 솟구쳐 있으며, 좌우에는 모두 깊은 골짜기가 물길을 끼고 있다. 지난번에 올 적에는 남쪽의 골짜기 위를 따라 나아오다가 이곳에 이르러 북쪽 골짜기의 어귀로 내려와 지났었다.

북쪽의 산골물을 건넌 뒤, 북쪽 고개의 동쪽으로 불쑥 튀어나온 산부리를 넘어 1리 남짓만에 팔만(八灣)을 지났다. 팔만에는 몇 채의 민가가 비탈 위에 자리하고 있다. 사람들은 이곳이 무덥고 풍토병이 심한지라 발을 들여놓지 않으려 한다고 말했다.

여기에서 동쪽으로 완만한 비탈 사이를 나아가 12리만에 강에 이르렀다. 성난 물길이 내달리면서 솟구친다. 물살은 올 적보다 배나 거셌다. 이에 커다란 나무 아래에 앉아 배가 건너오기를 기다렸다. 거센 물살이 사납게 일렁이고, 다투어 강을 건너려는 이들을 바라보노라니, 마치 절벽 위에서 구경하는 듯하다.

한참이나 기다려서야 강을 건너 동쪽의 비탈에 올랐다. 3리를 가서 북쪽 산의 기슭에 이르러, 비탈을 따라 동쪽으로 나아갔다. 5리를 가서 남쪽으로 뻗어내린 산부리를 넘자, 산골물에 다리가 걸쳐져 있다. 이곳은 정구(箐口)이다. 여기에서 산골물을 건너 골짜기로 들어서서, 산골물의 남쪽 벼랑을 따라 동쪽으로 올라가 2리를 가서 비석 하나를 지났다.

이것은 올 적에 보았던 반사곡(盤蛇谷)의 비석이다.

동쪽으로 3리를 더 가서 서쪽에서 뻗어오는 말라붙은 산골물을 지났다. 2리를 더 가서 남쪽에서 북쪽으로 꺾어진 뒤, 그 북쪽에 불쑥 튀어나온 산부리를 넘어 동쪽으로 갔다. 남동쪽으로 차츰 올라가니, 이 골짜기는 구불구불 가려지더니, 서쪽의 고려공산의 봉우리도 보이지 않게 되었다. 남쪽으로 6리를 더 가서, 양류만(楊柳灣)에 이르러 식사를 했다. 이에 남쪽에서 뻗어오는 골짜기를 넘고 동쪽에서 흘러오는 물길을 거슬러 2리를 가자, 산골물 위에 걸쳐진 다리가 있다. 서쪽으로 다리를 건넜다.

산골물의 서쪽에서 나무숲을 거슬러 올라 1리만에 타판정(打板篝)에 이르니, 산골물 서쪽에 수십 채의 민가가 있다. 다시 북동쪽으로 4리를 가서, 완만하게 건너뻗은 등성이를 지났다. 이 등성이는 골짜기 속으로 건너뻗은 뒤, 북쪽에서 남쪽으로 향한다. 곧 냉수정(冷水篝)에서 서쪽의 포표(蒲縹)로 건너뻗은 뒤, 북쪽으로 이곳을 지나 포표의 물길을 사이에 낀 채 북쪽으로 뻗어나갔다가 노강(潞江)으로 뻗어든다.

이날은 몹시 무더워 그늘을 만날 때마다 걸음을 멈춘 채 바람을 쐬느라 여러 번 나무그늘에서 쉬었다. 길이 멀고 가까움에 더 이상 신경 쓰지 않았던 것이다. 등성이를 지나 동쪽으로 1리를 내려가 낙마창(落馬廠)에서 걸음을 멈추었다. 때는 겨우 오후이나, 너무 무더워 짐꾼이 앞으로 나아가려 하지 않았다.

5월 23일

날이 밝자 낙마창에서 동쪽으로 나아갔다. 3리를 가서 동쪽으로 불쑥 솟은 산부리를 넘어 남쪽으로 나아가 1리 남짓을 더 가자, 서쪽 산 위에 암자가 기대어 있다. 남쪽으로 4리를 더 가서 석자초(石子哨)를 지나 남쪽으로 내려가기 시작했다. 2리 남짓을 가자, 동쪽 산 아래에 있는 온천이 보였다. 이에 갈림길에서 남동쪽으로 내려갔다.

2리 남짓을 가서 북쪽으로 돌아들어 북쪽으로 흐르는 산골물을 건넌 뒤 반리를 더 가자, 동쪽의 바위산의 산부리를 따라 온천이 나타났다. 온천의 물은 뜨겁지 않고 따뜻하며, 맑지 않고 흐렸으나, 뜨거운 증기가 없어서 목욕할 만했다. 이 산은 동쪽 산에서 서쪽으로 불쑥 솟아 있다. 포표(蒲縹)의 하류의 안산(案山)이다.

한참동안 목욕하고 나서, 산골물의 동쪽에서 물길을 거슬러 2리 남짓을 갔다. 이어 포표(포인蒲人과 표인縹人은 영창부永昌府의 아홉 미개인 중의 두 종족이다)의 동쪽 마을에 이르러 식사를 했다. 짐꾼이 나아가려 하지 않기에 한참동안 머물렀다. 이에 동쪽으로 2리를 가서 비탈을 오르고, 5리를 가서 구불구불 봉우리의 꼭대기에 올랐다. 이어 골짜기 사이를 완만하게 나아가 1리만에 약간 동쪽으로 내려오니, 골짜기 사이에 정자가 딸린 다리가 걸쳐져 있다.

이때 비바람이 거세게 불어닥쳤다. 게다가 짐꾼은 아직 뒤쳐져 있었다. 그래서 정자가 딸린 다리에 앉아 한참동안 기다리다가 정오가 넘어서야 길을 떠났다. 다시 남동쪽으로 비탈을 올라 한 겹의 비탈을 넘어 북쪽으로 돌아든 뒤, 또 한 겹의 비탈을 넘어 6리만에 공작사(孔雀寺)를 지났다.

다시 동쪽으로 비탈을 올라 5리를 가서, 동쪽 봉우리 남쪽에 불쑥 솟구친 꼭대기로 쭉 올라갔다. 북쪽에서 남쪽으로 뻗어 있는 이 꼭대기는, 여기에서 완만하게 꺼져내리다가 건너뻗어 골짜기를 이루고 있다. 또한 서쪽으로 비스듬히 이어지는 언덕은 다시 솟구쳐 벼랑을 이루었다가, 건너뻗어 포표의 뒷산을 이루고 있다. 이 언덕은 북쪽으로 뻗으면, 포표의 산골물을 사이에 끼고 있고, 남쪽으로 뻗으면 반지화(攀枝花)에서 끝난다.

동쪽으로 1리를 더 가서 약간 오른 뒤, 남쪽으로 불쑥 솟은 산부리를 감돌았다. 여기에서 차츰 북쪽으로 돌아들어 2리를 가자, 언덕마루에 공관이 자리하고 있다. 이에 북쪽으로 1리를 내려와 냉수정에서 걸음을 멈추었다.

때는 마침 오후인데, 짐꾼이 나아갈 수 없다고 하는지라 그만 가기로 했다. 집의 침상 옆에 누운 채 신음하는 이가 보였다. 그는 방금 앞길로 가다가 도적의 겁탈로 상처를 입고서 이곳으로 돌아와 누워 있었다. 겁탈당한 곳이 여기에서 6리밖에 되지 않고, 날도 고작 정오를 넘긴 때였다. 이렇게 도적이 횡행하다니, 참으로 두렵기 짝이 없다.

5월 24일

비가 날이 밝도록 내렸지만, 그다지 세차지는 않았다. 날이 밝자 식사를 하고서 길을 나섰다. 동쪽으로 펼쳐진 나무숲을 따라 그 북쪽의 비탈을 올라 3리를 가서, 산부리를 따라 북쪽으로 돌아들었다. 2리를 차츰 내려갔다가, 1리만에 움푹 꺼진 곳에 이르렀다. 이곳은 곧 어제 겁탈당했던 상인이 강도를 만났던 곳이다. 그 북쪽에는 우거진 산이 양쪽으로 늘어서 있다. 이 골짜기를 뚫고서 3리를 나아갔다가, 동쪽으로 불쑥 솟은 비탈을 지났다. 이곳의 물길은 북쪽으로 흘러내리기 시작한다.

물길을 따라 북쪽으로 2리를 가서 움푹 꺼진 곳의 웅덩이 속으로 내려간 뒤, 동쪽으로 돌아들어 올랐다. 1리를 가서 요자포(坳子鋪)를 지나면, 햇불을 구해 파초동(芭蕉洞)을 구경할 작정이었다. 동쪽으로 반리를 더 가서 언덕마루의 웅덩이진 곳을 지난 뒤, 북쪽으로 돌아들어 내려갔다. 이어 3리 남짓을 가서 비탈의 등성이를 넘어, 웅덩이 속에 물이 고인 벼랑을 지났다. 벼랑 위에는 바위가 꽂혀 있고, 벼랑 바닥에는 물이 고여 있는데, 사방이 온통 가파르며, 물은 빠져나가는 곳이 없어 몹시 흐렸다.

벼랑의 남쪽에서 다시 등성이를 넘어 내려가 1리 남짓만에 파초동에 이르렀다. 동굴 입구에서 불씨가 오기를 기다렸다. 짐꾼이 동굴 입구의 시커먼 과일을 따서 씹어먹었다. 이것은 진짜 복분자이다. 복분자의 색깔은 붉은색이고, 익으면 까매져 먹을 수 있다. 전에 갔을 때 거리에서 팔던 노란 과일과 비교해보면, 모양은 같으나 색깔이 다르고, 그 익은 것 또한 다르니, 그 쓰임새 또한 틀림없이 다를 것이다. (노란 과일은 복분자가 아니다. 복분자는 콩팥에 좋으며, 하얀색에서 검은색으로 변한다. 이 과일이 복분자임에 틀림없다.)

불씨가 왔기에, 횃불을 붙여 동굴로 들어갔다. 처음에는 북쪽으로 나아가다가 곧바로 동쪽으로 돌아들어 네 길 남짓 내려갔다. 지난 번에 들어왔을 적에 캄캄했던 곳에 이르자, 곧장 북쪽으로 돌아들었다. 그 아래는 얼마 후 평평해지고, 양쪽 벼랑은 더욱 비좁고 높아졌다. 예닐곱 길을 나아가자 다시 널찍하고 높아졌다. 기둥 하나가 가운데에 매달려 있다. 크기는 뒤짚어놓은 종만 하고 두들겨보니 커다란 소리가 울렸다. 이곳은 이 바위만 소리를 내는 것이 아니라, 동굴 바닥도 발을 딛을 때마다 소리가 울려퍼진다. 아마 이 아래쪽도 비어 있을 것이다.

대여섯 길을 더 들어가자, 양쪽 벼랑의 바위색깔은 물이 흘러내리면서 하얗게 변해 있다. 횃불로 비추어보고 손으로 만져보니, 바위는 매끄럽지 않으나 말라 있고, 무늬는 대단히 가늘고도 투명하다. 토박이의 말에 따르면, 2월에 바위는 윤택이 나고 무늬가 더욱 밝게 자란다고 한다. 이것을 '개화(開花)'라 일컫는다. 동굴의 이름을 '석화(石花)'라 한 것은 이 때문이다. 석화라는 이름이 대단히 아름다우니, 『지』에서 파초라 일컬은 것은 이곳 말이 지닌 미묘함만 못하다.

다시 북쪽으로 나아가자 길이 끝났다. 이에 서쪽의 겨드랑이에서 틈새를 비집어 들어가니, 다시 문처럼 조그맣다. 다섯 길을 나아가자, 3층의 둥근 바위가 있다. 마치 휘장의 덮개가 드리워져 있는 듯, 커다란 영지버섯이 세 층으로 쌓여있는 듯하다. 바위 아래에서 다시 북쪽으로 돌아들자, 동굴 안은 높다랗게 봉긋 솟아 있다.

다시 대여섯 길을 나아가자 북서쪽의 길은 끝나고, 동굴은 두 갈래로 나누어진다. 한 갈래는 남쪽으로 올라 빙 둘러 아늑한 밀실을 이루었다가 세 길을 나아가 끝나며, 또 한 갈래는 북쪽으로 들어가면서 내려가 푹 꺼져내리는 길을 이루었다가 일곱 길을 나아가 끝난다. 이 동굴은 구불구불하나 옆으로 트인 구멍은 많지 않으며, 굽이돌지만 바닥은 평탄한 채 물이 고여 있지 않다. 이 때문에 유람객들은 서슴없이 깊이 들어간다. 만약 가운데에 밝은 빛이 통하는 곳이 있다면, 사람들에게 더욱 황홀한 느낌을 안겨주리라.

지난번에 들어갔다가 어두컴컴하여 북쪽으로 돌아들었던 곳으로 나오니, 지금은 벌써 밝은 빛이 스며들어와 있었다. 정동쪽에 또 한 갈래의 길이 보이기에 그 길로 들어가자, 기둥이 가운데를 가로막고 있다. 남은 횃불을 들고서 그 안으로 들어가 살펴보니, 역시 봉긋 솟은 채 예닐곱 길을 가서 끝난다. 동굴을 나와 동굴 입구 밖에서 남은 횃불을 들고 서쪽 벼랑 사이의 조그마한 구멍 속으로 들어가 살펴보았다. 이 구멍은 북쪽을 향한 채 절벽 사이에 매달려 있다. 동굴 입구는 매우 좁고, 구멍 안 역시 좁기는 하지만 깊다. 그러나 더러운 기운이 덮쳐오는지라 포기하고 말았다.

동굴을 나와 백여 걸음을 내려가 골짜기에 이른 뒤, 아래의 물동굴을 구경했다. 물동굴은 곧 이 동굴의 아래층으로, 비록 몇 길이나 떨어져 있지만, 실제로는 하나의 동굴이다. 방금 전에 동굴 안에 들어가자 소리가 난지라, 그 아래가 텅 비어 있음을 이미 알고 있었다. 동굴 앞 역시 동쪽을 향해 있고, 약간 들어가자 역시 굽이진 채 북쪽에서 뻗어온다. 윗동굴과 뼈대는 같지만, 물이 그 안에 가득차 있어 나아갈 수 없었다. 여기에서 동쪽으로 꺾어졌다가 북쪽으로 나아가 1리 남짓만에 와사와촌(臥獅窩村)에 이르렀다. 마을 아낙네의 집에서 식사를 했다.

북쪽으로 3리를 가서 마을 한 곳을 지나자마자, 동쪽의 둑을 올랐다. 이곳은 대해자(大海子)이다. 호수의 남쪽 둑을 따라 동쪽으로 나아가 2리만에 둑을 내려갔다가 동쪽으로 1리를 더 가니 사하교(沙河橋)가 나온다.

반원형의 구멍이 다섯 개 뚫려 있는 이 다리는 중안교(衆安橋)라고 일컫는다. 다리의 동쪽을 넘자마자, 갈림길에서 북서쪽의 산을 따라 나아갔다.

2리를 가서 호가분(胡家墳)을 지났다. 이곳은 정통(正統) 연간[1]에 지휘사를 역임한 호침(胡琛)의 무덤이다. 무덤에는 봉긋한 비석이 있다. 이것은 학사 왕영(王英)이 지은 것이다. 또 하나의 비석은 그의 아들의 것으로, 한림원 찬수인 왕시(王時)가 글을 썼다. 그의 글은 문체와 규모가 나의 고향인 오등리(梧塍里)의 무덤과 자못 흡사하고, 무너져 황폐한 모습 또한 비슷하다.

한때의 숭상함은 황량한 변경과 바닷가까지의 만 리 사이에 기풍이 같건만, 번화한 곳이 잡초에 묻혀 쇠락함 또한 오랜 세대에 걸쳐 다름이 없으니, 슬프기 짝이 없도다! 이 무덤은 물길을 마주하여 북동향을 하려다 보니, 오른편의 용사를 잃어버린데다, 한쪽으로 치우쳐 구룡산(九隆山)의 주요 줄기에 기대지 않게 되어버렸다. 호씨에게 대대로 하사되는 은사는 간신히 이어졌지만, 당시 성을 독점했던 성세는 마침내 바뀌고 말았다.

(영창永昌은 예전의 군인데, 호씨가 당시 마침 지휘사로 바꾸어 이 일대를 독점했다. 지금은 다시 군으로 회복하고 유관을 두었으며, 호씨는 마침내 쇠락하고 말았다. 토박이들의 이야기에 따르면, 호씨의 장묘 방법은 제왕이 나올 만한데, 이 사실이 조정에 알려진 뒤 그 지맥을 파서 끊어버렸다. 내가 고찰해보니, 지맥을 파버린 일은 제갈량諸葛亮이 남방을 정벌할 때 했던 일이니, 토박이들이 잘못 알고 있는 것이다.)

다시 산을 따라 북쪽으로 나아가 1리만에 동쪽으로 감도는 산부리를 올랐다. 이곳에서는 언덕을 따라 둔덕을 빙 둘러 돌을 쌓아 물길을 내고 구룡지(九隆池)의 물길을 나누었으며, 남쪽의 비탈가를 빙 둘러 동쪽의 움푹한 평지의 밭두둑에 물을 댔다. 길은 물길의 둑을 따라 북쪽으로 나아갔다. (이 둑은 융경隆慶 2년[2]에 쌓았으며, 41개의 구멍을 내어 물이 통하게 했는데, 차례대로 번호를 매긴지라 '호당號塘'이라 일컫는다. 800여 냥의 황금이 들었다.)

골짜기가 동쪽으로 뻗어나가는 곳에 이르자, 돌을 쌓아 허공에 걸쳐

물이 지나도록 해놓았다. 사람과 물은 모두 다리 위로 다니고, 다리 아래의 골짜기는 오히려 말라붙어 있다. 이곳에서부터 대나무와 나무가 무성하고, 과일나무가 움푹한 평지에 이어져 있다. 3리를 더 가서 용천문(龍泉門)에 이르렀다. 이곳은 성의 남서쪽 모퉁이이다. 성 밖의 산은 절을 빙 둘러 뻗어나가고, 성 아래에는 맑은 못이 고여 있다. 이 못은 구룡지(九隆池)이다.

동쪽의 둑을 따라 나아가자, 산성이 에워싸고 있는 사이로 맑은 물이 깊이 고여 있는 모습이 사람의 마음을 시원하게 트여준다. 못 북쪽에는 정자가 딸린 누각이 물결을 굽어보고 있는데, 산바람을 맞이하면서 비취빛을 움켜쥐고 있으며, 일렁이는 물결은 빛을 내뿜는다. 둑에 앉아 낚싯대를 드리운 사람은 손가락만큼 작은 고기를 낚고 있다. 그늘가에서 마실 거리를 파는 이도 있다. 아쉽게도 짐꾼이 동행하고, 서둘러 묵을 곳에 가야 하기에, 함께 성으로 들어갔다.

반리를 가서 북쪽의 법명사(法明寺)에 이르러, 전과 다름없이 회진루(會眞樓)에서 쉬었다. 최(崔)씨(최씨는 강서江西 사람으로, 이곳에 살면서 염색가게를 운영하고 있다. 전에 갔을 때 마반석에서 동행하여 등월주에 이른 뒤 아쉽게 헤어졌다. 나중에 다시 함께 돌아오는데, 짐꾼의 걸음이 늦자 표표에 이르러 먼저 돌아갔다. 내가 하루 늦게 이르렀기에, 나를 만나러 다시 이곳에 온 것이다)도 왔기에, 함께 저자로 들어가 돈을 바꾸어 짐꾼에게 주고, 물고기를 사서 술집에서 삶아 최씨와 함께 술을 마셨다. 날이 저물어서야 회진루로 돌아왔다. 밤에 큰 비가 내렸다.

---

1) 정통(正統)은 명나라 영종(英宗)의 연호로서, 1436년부터 1449년까지이다.
2) 융경(隆慶)은 명나라 목종(穆宗)의 연호로서, 융경 2년은 1568년이다.

5월 25일

새벽에 날이 갰다. 최씨가 와서 내가 식사하기를 기다렸다. 그와 함께 저자에 들어가 호박록충(琥珀綠蟲)을 샀다. 최씨의 친구 가운데 고(顧)씨라는 서생이 있는데, 옥을 가는 사람의 집으로 안내해주기로 했다. 가서 취생석을 갈아 인주합과 잔을 만들려 했으나, 그를 만나지 못했다. 내일 아침에 오기로 약속했다.

5월 26일

최씨와 고씨가 옥을 가는 사람과 함께 왔다. 취생석을 그에게 건네주었다. 두 개의 인주합과 하나의 잔을 만드는 데에 한 냥 다섯 전의 값을 치르니, 가공비가 매입가보다 비쌌다. 하지만 취생석이 무거워 가지고 다니기에 불편한지라 하는 수 없이 그에게 넘겨주었다.

(이 취생석은 서생 반(潘)씨가 보내준 것이다. 처음의 돌은 하얀색이 많고 사이에 비취빛이 약간 섞여 있는데, 비취빛이 선명하고 아름다워 보통의 돌보다 훨씬 낫다. 사람들은 모두들 비취빛이 적다고 내치거나, 간혹 상사의 요구를 무마하기 위해 사용하는 등, 모두 사용하지 않는다. 나는 오히려 비취빛이 하얀 바탕에 드러나는 것이 마음에 들어 이것을 취했다. 이 돌이 쓸모없다고 여긴 반씨는, 순 비취빛의 돌을 또 내게 보내주면서 진귀한 물건이라 여겼다. 하지만 나는 도리어 어둡고 빛이 없다고 보았다. 이제 옥공에게 하얀 바탕의 돌로는 두 개의 인주합을 만들고, 순 비취빛의 돌로는 잔을 만들라고 했다.)

이때 나의 주머니에는 이미 은자가 한 푼도 없었다. 그래서 여강부(麗江府)의 은잔 하나(무게는 두 냥 남짓이다)를 고씨에게 주고서 서도[1] 30 자루와 바꾸고, 나머지는 옥공에게 가공비로 주었다. 이날 정오에 옥공이 술과 안주를 가져와 북쪽 누각에서 술을 마시다가, 밤늦게야 흩어졌다.

1) 서도(書刀)는 죽간이나 목간에 글자를 새기거나 깎아 고치는 데에 사용하는 칼을 가리킨다.

5월 27일

회진루에 앉아 일기를 적었다.

5월 28일

옥공이 해체한 돌을 가져와 보여주었다.

5월 29일

회진루에 앉아 있었다. 오전에 섬지원(閃知愿)을 뵈러 가서, 전에 맡겨 두었던 서찰과 비첩을 찾아가려 했다. 섬씨는 거절하면서 내일 보자고 했다. 돌아오는 길에 반련화(潘蓮華)의 집을 지났다. 만나러 들어가는 도중에 계족산(雞足山)의 안인(安仁) 법사를 만났다. (여강부의 목공이 소두령을 보내 와달라고 초청하면서, 섬씨에게 서문을 써달라고 부탁했다.) 서생인 구(邱)씨 (구씨는 신첨新添 사람으로, 한쪽 눈이 멀고, 기선箕仙[1]이라고 하여 술법을 행했다. 전에 등월주에서 만났는데, 이곳에 먼저 와 있었다)와 동행했다. 만 리 밖에서 친한 벗을 뜻밖에 만나니 너무나 기뻐서 나의 숙소로 함께 왔다. 한참동안 앉아 있다가, 나 역시 그를 따라 그의 숙소를 찾아갔다. 오후에야 돌아왔다.

1) 기선(箕仙)은 신선으로, 예전의 미신에 따르면 무당의 초청을 받아 길흉을 점쳐주었다고 한다.

5월 30일

아침 일찍 식사를 한 후, 반련화를 찾아갔다가, 곧바로 섬지원에게 갔다. 그러나 그는 아직 나와 있지 않았다. 사람들이 선생이 배탈이 났다고 전해주면서, 서쪽의 정자로 모시기에 들어가서 그를 만났다. 안인 법사가 멀리서 오셨다. 평소 행동이 범상치 않은데다 여강부의『운중전집(雲中全集)』을 가져왔기에, 함께 보자고 부탁했다. 섬씨는 고개를 끄덕였다. 이에 나는 밖으로 나가 안인 법사의 숙소로 찾아가 전집을 가져오라고 재촉한 뒤, 용천문을 나와 구룡천(九龍泉)을 구경했다.

용천문은 성의 남서문으로, 태보산(太保山)의 남쪽 기슭에 있다. 성문 밖에는 산골물이 서쪽 산의 북쪽 골짜기에서 흘러나오고, 새로운 성은 산골물을 따라 위로 올라간다. 산골물의 남쪽에는 한 갈래의 산이 태보산과 함께 나란히 드리워져 있고, 역라지(易羅池)가 그 동쪽 끄트머리에 자리하고 있으며, 주위에는 수백 무가 두르고 있다. 동쪽에는 둑을 쌓아 물을 가두었는데, 물은 그 남서쪽의 모퉁이에서부터 못에 넘실거리면서 위쪽으로 넘쳐흐르고 있다. 그 위에 정자가 걸쳐져 있으며, 동쪽의 커다란 못으로 흘러든다.

커다란 못의 북쪽에도 정자가 있다. 못의 가운데에는 참장인 등자룡(鄧子龍)이 세운 정자가 있다. 조각배로 건너가 구경했다. 못의 남쪽에는 못물이 나뉜 채 산허리를 따라 남쪽으로 흘러가고, 동쪽의 물구멍으로 새어 흘러내려 너른 들판의 밭을 적신다. 모두 40여 곳의 물구멍이 있다. 물은 5리를 흐르다가 호(胡)씨네 무덤에 가까워져 끝난다. 못의 서쪽을 따라 산을 오르면, 북쪽 언덕에 탑이 있고, 남쪽 언덕에는 절이 기대어 있다.

절 뒤에는 대단히 커다란 누각이 있다. 누각 앞의 남쪽 빈터에는 대단히 붉은 꽃나무 한 그루가 있다. 이 꽃은 비송(飛松)이라는 오동나무꽃인데, 색깔은 산부용과 흡사하다. 꽃 모양은 능소화와 같으나 대단히 작으며, 꽃만 피울 뿐 열매를 맺지 않는다. 그래서 토박이들은 웅수(雄樹)라고 부른다. 잠시 후 성에 들어가자마자 성의 북쪽에 올라 성을 타고서 비스듬히 올라갔다. 1리 남짓을 가서 서쪽을 향해 있는 문에 들렀는데, 잠긴 채 열려 있지 않았다.

이에 북쪽으로 돌아들어 1리 남짓을 가자, 산이 동쪽으로 불쑥 튀어나온 평지가 나왔다. 그 서쪽에는 보개산(寶蓋山)이 봉긋이 높다랗게 솟아 있는데, 동쪽으로 뻗어내리다가 등성이로 건너뻗는다. 남북으로 몹시 좁다란 등성이는 다시 건너뻗어 동쪽으로 나아가다가 평평한 꼭대기를 펼치고 있다. 이곳은 태보산의 꼭대기로서, 예전에는 채자성(寨子城)이었다. 호연(胡淵)이 툭 트인 채 안쪽으로 이 꼭대기를 에워싸다가, 서쪽에 건너뻗은 등성이에 이르러 끝난다. 이곳에도 관문이 세워져 있으나 잠긴 채 열려 있지 않다. 이곳은 이른바 영정(永定)과 영안(永安)의 두 곳의 성문이다.

예전에는 무후사(武侯祠)가 제갈영(諸葛營)에 있었으나, 지금은 이 꼭대기로 옮겨와 있다. 내가 들어가 그곳의 누각에 올라보니, 순안사인 강(姜)씨가 세운 시비(詩碑)가 있다. 평지의 앞에는 정자가 그 동쪽에 자리하고 있다. 여기에서 꺼져내려가는 길은 몹시 가파르다. 반리를 내려가 옥황각(玉皇閣) 뒤에 이르렀다. 그 서쪽에서 누각 앞으로 돌아들어 회진루로 들어가 식사를 했다.

6월 초하루

회진루에서 쉬었다.

6월 초이틀

동문을 나오자, 용천문에서 성으로 흘러들어 동쪽으로 흐르던 시내역시 성을 가로질러 흘러나온다. 출렁다리를 건너 시내를 따라 동쪽의 밭두둑 사이를 나아갔다. 10리를 가서 하중촌(河中村)에 이르자, 돌다리가 있다. 북쪽에서 흘러오는 물길은 두 줄기로 나누어진다. 한 줄기는 다리에서 남동쪽으로 쏟아지고, 다른 한 줄기는 마을을 감싼 채 남서쪽으로 굽이진다. 다리를 넘어 동쪽으로 1리 남짓을 갔다. 이 일대는 우묵하게 웅덩이진 채 질척거린다.

다시 1리 남짓을 가서 언덕을 넘어 동쪽으로 나아가 1리만에 동쪽 산의 기슭에 닿았다. 갈림길에서 북동쪽으로 2리를 나아가 대관묘(大官廟)를 지났다. 산을 오르는 길은 구불구불 매우 가파르다. 2리 남짓을 가서 애뢰사(哀牢寺)에 이르렀다. 절은 층층의 바위 아래에 기댄 채 남서쪽을 향해 있다. 그 위쪽의 벼랑은 중중첩첩으로 솟구쳐 있다. 이곳은 애뢰산(哀牢山)이다. 절에서 식사를 했다.

절 뒤쪽에서 벼랑을 따라 올라 1리만에 북쪽으로 돌아들어 꼭대기 벼랑의 서쪽으로 나아갔다. 이어 반리를 가서 동쪽으로 돌아들어 꼭대기 벼랑의 북쪽으로 나아가고, 1리를 가서 남쪽으로 돌아들어 꼭대기 벼랑의 동쪽으로 나아갔다. 꼭대기의 벼랑은 바위병풍이 봉우리 꼭대기에 높다랗게 꽂혀 있는데, 남북 양쪽에 모퉁이가 솟구쳐 있고 가운데는 평평하다.

옥천(玉泉)의 두 개의 샘구멍은 평탄한 등성이 위에 있다. 구멍은 두개의 커다란 신발처럼 나란히 늘어선 채 한 치쯤 떨어져 있다. 모두 물로 가득 차 있으나 흘러넘치지는 않으며, 깊이는 한 자 남짓이다. 이것은 금정(金井)이라는 곳이다. 지금은 그 위에 비를 세웠는데, '옥천(玉泉)'이라고 크게 씌어져 있다.

고찰해보니, 옥천은 산 아래의 대관묘앞에 있고 구멍도 두 개이며,

안에서 비목어가 나온다. 이에 반해, 이 금정은 산꼭대기에 있다. 위아래의 차이가 있는데도 비석을 세운 이가 섞여버렸으니, 어찌 된 일일까? 또 하나의 비석이 북쪽 꼭대기에 세워져 있는데, 애뢰(哀牢)라는 이름을 싫어하여 '안락(安樂)'으로 바꾸어버렸으니, 더욱 증거를 잃고 말았다.

남쪽으로 1리를 가서 남동쪽으로 내려갔다. 1리를 더 가서 남서쪽으로 내려갔다. 이곳의 바위벼랑은 중중첩첩인데, 대체로 북서쪽의 애뢰사(哀牢寺)와 평평하게 마주한 채, 모두 벼랑을 따라 기대어 있다.

남쪽으로 1리 남짓을 더 내려가자, 서쪽에서 뻗어오는 한길이 나오고, 길가에 세 칸짜리 띠집이 기대어 있다. 이곳은 다암(茶庵)이다. 이곳에서 동쪽을 향하여 골짜기를 따라 들어가 5리만에 움푹 꺼진 곳을 지났다. 움푹 꺼진 곳에는 서쪽을 향해 있는 사당이 있다.

동쪽으로 1리를 가서 가운데가 우묵하게 웅덩이진 구렁을 건넌 뒤, 동쪽으로 움푹 꺼진 곳을 지났다. 다시 고개에서 2리 남짓을 올라 북쪽으로 불쑥 튀어나온 산부리를 감돌았다. 그 북쪽 골짜기의 바닥에는 자못 밭의 모양이 보인다. 여기에서 남동쪽으로 내려가 2리를 가서 골짜기를 넘어 동쪽으로 나아가 1리만에 동쪽의 언덕을 올랐다.

다시 1리 남짓을 더 가서 움푹 꺼진 곳을 넘어 남동쪽으로 나아갔다. 그 동쪽에 남북으로 펼쳐진 골짜기가 보이는데, 가운데는 말라붙어 물이 없다. 골짜기 동쪽의 그 산 역시 남북으로 뻗어 있고, 한두 채의 민가가 산에 기대어 있다. 이곳은 청수구(淸水溝)이다. 청수구 속의 물은 물길을 이루지 못했다. 골짜기 바닥에서 동쪽으로 건너뻗은 산줄기 때문이다.

골짜기를 따라 남쪽으로 1리를 나아갔다가, 동쪽으로 건너가 언덕을 올랐다. 비로소 남쪽 구렁 속의 웅덩이가 보인다. 그 남쪽에는 까마득하게 치솟은 봉우리가 한 가운데에 서 있다. 이곳은 필가산(筆架山)의 북쪽 봉우리이다. 이전에 수채(水寨)에서 남서쪽의 고개를 감돌 때에 정남쪽에 두 개의 봉우리가 말안장처럼 불쑥 솟아 있는 게 보였는데, 바로 이 봉우리이다.

이 봉우리는 영창부 부성의 남동쪽 30리 남짓에 있으며, 청수구의 서쪽 산이 남쪽으로 뻗어내린 줄기이다. 이 산줄기는 이곳에 이르러 끝나면서 이 산으로 맺힌 채, 남북으로 가로뻗어 있다. 서쪽의 부성에서 바라보면 네 꼭대기가 뾰족하게 나뉘어 있고, 북쪽의 이곳에서 굽어보면 하늘 기둥처럼 북쪽으로 늘어진 봉우리만 보인다.

언덕 위에서 동쪽으로 북쪽 봉우리를 감돌아 3리를 내려갔다가 웅덩이로 내려가자, 조그마한 물길이 북쪽 골짜기에서 흘러내린다. 1리를 나아가서 물길을 건넜다. 다시 동쪽으로 북쪽 산을 따라 1리 남짓만에 등성이의 움푹 꺼진 곳을 건넜다.

서쪽으로 약간 내려가 1리를 가자, 동쪽 산이 차츰 훤히 트이기 시작한다. 산언덕은 남동쪽으로 뻗어내리며, 가운데로 난 길이 언덕을 따라 나 있다. 또 한 갈래의 갈림길은 북동쪽의 와도(瓦渡)로 나뉘어 뻗어 있고, 또 다른 갈래의 갈림길은 남서쪽의 구렁으로 뻗어내린다. 이 구렁 속에는 물소리가 들려오기 시작한다.

서너 채의 민가가 서쪽 산벼랑 아래에 기대어 있다. 이곳은 심가장(沈家莊)이며, 그 아래로 골짜기 바닥에 밭이 펼쳐져 있다. 날이 이미 저문지라 투숙하고자 하여, 남서쪽으로 1리 남짓을 내려가 구렁 바닥에 닿았다. 조그마한 물길을 건너 남서쪽으로 반리를 가서 마을의 민가에 투숙했다. 마침 저녁비가 내렸다.

6월 초사흘

비가 주룩주룩 그치지 않고 내렸다. 식사를 하고서 길에 오르자, 날이 약간 갰다. 남쪽으로 구렁 바닥에 더 내려가 반리만에 구렁의 산골물을 건넜다. 다시 남동쪽의 비탈을 올라 1리 남짓을 가자, 북쪽에서 한길이 뻗어온다. 한길을 따라 남쪽의 언덕 등성이를 타고서 3리를 나아갔다. 이 언덕은 산자락의 움푹한 평지 속에 있다.

이곳을 따라 1리를 내려와 남쪽의 움푹한 평지 속을 나아갔다. 이 안에는 졸졸거리며 흐르는 조그마한 물길이 있다. 물길은 구렁을 뚫고 남서쪽으로 흘러 필가산 북동쪽의 기슭에 바짝 다가갔다가, 북쪽에서 흘러오는 심가장의 물길과 합쳐진 뒤, 함께 동쪽으로 흐르다가 섬 태사의 묘 앞에서 에돈다.

길은 남쪽으로 1리를 더 가서 조그맣게 움푹 꺼진 곳을 넘었다. 1리를 약간 내려가 움푹한 평지를 따라 동쪽으로 나아가니, 움푹한 평지는 비로소 툭 트인 채 동쪽으로 펼쳐지고, 물길은 그 남서쪽의 필가산 가까이의 북쪽 언덕에서 역시 그 언덕을 따라 동쪽으로 꺾어진다. 1리 남짓을 가서 조그마한 언덕을 넘어 내려가니, 곧 섬 태사 무덤의 호사(虎砂)이다.

북쪽을 바라보니 한가운데 비탈의 산부리에 무덤이 있다. 이에 구렁을 타고서 올라가보니, 곧 섬 태사 부인인 마(馬)씨의 무덤이다. 섬 태옹[1]이 골라 매장한 지 벌써 10여 년이 되었다. 이 산줄기는 북서쪽의, 어제 건넜던 심가장의 동쪽 갈래의 등성이에서 남동쪽으로 뻗어내린 뒤, 다시 커다란 산으로 치솟았다가 내려간다.

서쪽에서 동쪽으로 뻗어가는 것은 호사(虎砂)로서, 곧 오던 길에 두 번 넘었던 곳이다. 동쪽에서 남쪽으로 뻗어가는 것은 용사(龍砂)로서, 곧 장원이 밖에 기대어 자리하고 있는 곳이다. 그 사이에 매달려 있는 무덤은 남동쪽을 향해 있다. 외당은 곧 동쪽을 향해 있는 움푹한 평지이며, 물길이 그 앞으로 흐르고 있다. 또한 내당[2]은 구렁을 타고 오르는 곳이며, 약간 비좁고 가파르게 쏟아져 내린다.

둑 하나가 가로로 쌓인 채, 호사와 용사의 사이에 가로놓여 있고, 그 안에는 물이 고여 있다. 비로소 완전한 틀을 이룬 셈이다. 호사 위에 소나무 한 그루가 둥글게 홀로 솟구쳐 있다. 나는 이 나무를 베어버려야 마땅하다고 생각한다. 이 장원은 곧 용사의 동쪽 비탈 위에 있고, 조그마한 움푹한 평지를 사이에 두고 있으며, 졸졸거리는 자그마한 물길도 있다. 이 물길은 남쪽의 외당으로 쏟아졌다가 동쪽으로 흘러내린다.

무덤에서 동쪽으로 반리를 더 가서 조그마한 물길을 넘어 장원에 이르렀다. 장원의 저택은 마을의 서쪽에 자리하고 있으며, 저택의 문은 남쪽을 향해 있다. 앞쪽의 세 칸은 섬 태옹의 영구를 모셔둔 곳으로, 잠긴 채 열려 있지 않다. 뒤쪽은 사람이 거주하는 집인데, 서쪽의 세 칸은 그런 대로 쉬어갈 만하다. 이때 저택의 문지기는 외출하고, 어린 아이만 있었다.

나는 한참동안 기다리다가, 아이에게 문을 열게 하여 섬 태옹의 영전에 절을 올리고 싶었다. 그러나 그렇게 할 수 없었다. 이에 마을 동쪽에서 '낙수갱(落水坑)'이라는 곳에 대해 물어보았다. 어떤 이는 멀다고 하고, 어떤 이는 가깝다고 하는지라 위치를 종잡을 수가 없었다. 어떤 이가 북동쪽 모퉁이를 가리키기에 그곳으로 달려갔다.

언덕 등성이를 넘어 북쪽으로 나아가 2리 남짓을 가자, 가운데가 우묵하게 웅덩이진 못이 있다. 그 바닥에는 물이 움패어 있고, 사방은 모두 높으며, 주위의 크기는 백 무(畝)나 된다. 그렇지만 물이 어디에서 흘러나오는지 도무지 알 길이 없다. 웅덩이 위에서 그 북쪽을 따라 동쪽으로 비탈을 올라 1리 남짓을 더 가자, 라라(羅羅)의 산채가 나타났다. 수십 가구의 민가가 산꼭대기 여기저기에 흩어져 있다.

이 고개 역시 북쪽에서 남쪽으로 뻗어 있으며, 남동쪽의 천생교(天生橋)로 이어져 있다. 섬장(閃莊) 동쪽의 병풍 같은 산이다. 나는 이때 이것이 천생교인 줄 알지 못했다. 그저 낙수갱을 찾다가 찾지 못한 채, 오직 섬장의 정동쪽을 바라보고 있을 뿐이었다. 그러다가 이 산이 병풍처럼 솟구쳤다가 움푹 꺼져내리는지라, 이 속에 틀림없이 기이한 풍광이 있으리라 여겨, 잠시 후 토박이가 가리켜 준 길을 따라 그 북쪽을 넘었다. 산채 안의 라라에게 두루 물어보았으나, 중국어를 알아듣는 이가 끝내 없었다.

그리하여 동쪽 고개에서 남서쪽으로 내려와 웅덩이진 못의 동쪽에 이르자, 남쪽에서 뻗어오는 길이 나왔다. 이 길을 타고서 동쪽 고개를 따라 남쪽으로 나아갔다. 2리를 가자 골짜기가 동쪽의 병풍 같은 산이 움푹 팬 곳에서 나타났다. 골짜기 안에는 물이 없으나 물소리는 몹시 요란했다. 이에 내려가 보니, 물이 서쪽의 구렁바닥에서 거꾸로 동쪽으로 솟구쳐 뛰어올랐다. 아래로 흘러나가는 물이 보이지 않는지라, 마음속으로 기이하다고 여겼지만 도무지 어찌된 영문인지 알 수 없었다.

이에 우선 말라붙은 골짜기를 거슬러 북쪽 고개를 따라 동쪽으로 들어서서 2리만에 움푹 팬 곳으로 내려갔다. 나란히 늘어선 바위벼랑이 보이는데, 가운데에 평탄한 바닥이 끼어 있다. 반리를 가자 골짜기는 두 갈래로 나누어진다. 북쪽으로 들어서는 한 갈래는 골짜기의 절벽이 양쪽에 나란히 늘어서 있고 바닥은 대단히 평평하다. 가운데에는 한 방울의 물도 없어 마치 구렁을 파들어간 듯하나, 끝내 길은 그림자조차 보이지 않았다. 남쪽으로 들어서는 다른 갈래는 동쪽의 절벽이 대단히 웅장하고, 골짜기 바닥은 약간 봉긋 솟아 있다. 물과 길은 모두 역시 흔적조차 보이지 않았다.

길은 동쪽으로 쭉 고개를 타고서 올랐다. 나의 관심은 벼랑 끝까지 가보는 것이지 산을 오르는 것이 아니기에, 먼저 북쪽을 향하여 골짜기로 걸음을 재촉했다. 골짜기 바닥은 마치 움팬 듯이 평탄하고 홍구(鴻溝)의 경계와 같지만, 가운데에는 온통 띠풀이 가로막은 채 1리를 가도 끝이 나지 않는다. 다시 돌아들어 남쪽의 골짜기로 나아가 띠풀을 헤치고 들어갔다. 반리를 가자, 동쪽의 벼랑은 불쑥 솟구치고, 길은 문득 서쪽 벼랑을 따라 올라간다.

골짜기 속을 굽어보니, 그 남쪽은 홀연 완만하게 떨어져 내리고, 몇 길 깊이로 움패어 있다. 동쪽으로 유난히 솟구친 벼랑 아래에 휑뎅그렁한 동굴이 있는데, 서쪽을 향한 채 구렁 바닥에 열려 있다. 길 역시 서쪽 벼랑에서 구렁 속으로 가파르게 내려갔다. 무성한 풀숲 사이로 동굴에 들어섰다. 동굴 입구는 높이가 몇 길이지만, 너비는 한 길 남짓에 지나지 않는다. 물의 흔적이 아직도 축축한데, 밖에서 동굴 속으로 흘러든 물이다. 이때 비가 막 지나가고, 구렁의 근원이 길지 않은지라, 이미 말라붙은 채 물길은 나 있지 않았다.

동굴로 2길을 들어가자, 동굴 속은 홀연 컴컴한 채 아래로 떨어져내렸다. 그 깊이를 헤아릴 길이 없었다. 이에 나는 돌덩이를 던져보았다. 한참동안 돌이 떨어지는 소리가 나는 것으로 보아, 수십 길이 넘을 듯하다. 그러나 동굴 바닥에 닿는 소리인 듯도 하고, 물속에 빠지는 소리인 듯도 한지라, 그 아래에 물이 있기는 하지만 온통 물투성이이지는 않음을 알 수 있다.

동굴을 나와 남쪽을 바라보니, 남쪽에 끼어 있는 구렁 역시 그 끝을 알 수 없다. 어떤 곳은 높고 어떤 곳은 웅덩이진 채, 바닥 역시 높이가 일정하지 않았다. 이에 왔던 길을 되짚어 북쪽으로 반리를 나와, 다시 한길을 따라 골짜기 바닥으로 반리를 나아갔다. 이어 북쪽 고개의 오솔길을 따라 2리를 나아가 서쪽의, 물소리가 들리던 곳에 이르렀다. 이 비탈은 섬 태사 무덤의 정동쪽에 있다.

2리를 가서 가로누운 골짜기를 넘어 남쪽으로 나아가자, 몇 채의 민가가 이루어진 산채가 있다. 이곳은 서쪽으로는 산과(山窠)로 통하고, 남쪽으로는 낙수채(落水寨)로 통하는 길이 합쳐지는 곳이다. 한길은 산과에서 천생교로 나아갔다가 고가(枯柯), 순녕(順寧)으로 뻗어있다. 곧장 이 산채에서 남쪽 고개를 따라 들어섰다. 나는 이때 들어서고 있는 고개가 바로 천생교인 줄은 알지 못한 채, 그저 서둘러 서쪽의 까마득한 구렁을 내려갔다. 솟구쳐 뛰어오르는 물이 서쪽에서 흘러오는 것이 보였다.

1리를 가서 구렁이 까마득히 매달려 있는 곳에 이르렀다. 물길이 갑자기 바위구멍을 뚫고서 흘러내린다. 이곳의 바위는 어지러이 쌓인 채 기대거나 낮게 엎드려 있는지라, 서쪽에서 흘러온 물은 바위틈을 뚫고 장애물을 헤집고서 나아간다. 이 물은 틀림없이 동쪽의 천생교 아래에서 합쳐질 것이다.

이 물길, 곧 심가장의 북서쪽 고개의 움푹 꺼진 곳의 여러 물길은 섬태사의 무덤과 섬장(剡庄) 앞을 빙 두른 뒤, 동쪽의 언덕 부리를 감돌았다가 북쪽으로 굽이져 동쪽의 이곳으로 흘러든다. 이것이 소낙수갱(小落水坑)이라는 곳이며, 토박이들이 말하던 가까운 곳이다. 나는 이곳을 찾았으나 찾지 못하다가, 뜻밖에 지나는 길에 우연히 만나게 되었던 것이다.

이때 어느덧 정오가 지나 있었다. 남쪽의 언덕을 넘어 서쪽으로 1리를 더 내려간 뒤, 남쪽의 물굽이를 건넜다가 서쪽의 비탈을 넘어 1리만에 다시 섬장에 이르렀다. 나는 하인 고씨에게 물을 끓여 밥을 지으라 했다. 식사를 마치자, 문지기 한 사람이 돌아왔으나 열쇠를 찾지 못했다. 이에 그 바깥문을 열고서 뜨락에서 인사를 올리고 나서, 천생교와 낙수동(落水洞)으로 가는 길을 물어보았다.

알고 보니, 낙수동은 두 군데였다. 작은 곳은 가까이 있는데, 방금 전에 내가 만났던 곳이며, 이곳의 움푹한 평지의 물길이다. 큰 곳은 멀리 남동쪽 10리 너머에 있는데, 산과로 가는 남쪽 길이 거치는 곳이며, 부성 근처에서 합쳐지는 여러 물길이다. 아울러 천생교는 다리가 아니라, 대(大) 낙수동이 구멍을 뚫고서 땅속으로 흐르는 것임을 알게 되었다. 길은 산을 넘어 오르는데, 그 산은 정동쪽 2리 너머에 있다.

나는 그가 일러준 대로, 먼저 정동쪽의 천생교를 찾아나섰다. 2리를 가서 가로놓인 골짜기의 남쪽 고개에 있는 산채에 이르러, 남쪽 고개의 한길을 따라 동쪽으로 들어서려고 했다. 다시 길가는 이를 붙들어 물어보고서야, 방금 전에 평평한 바닥의 골짜기 속에서 동쪽으로 올랐던 비탈이 천생교이고, 그곳을 넘으면 바로 고가임을 알았다.

나는 이에 더 이상 들어가지 않은 채, 남쪽의 낙수채로 가려고 했다. 이치에 밝은 한 토박이 노인이 나의 관심이 산수에 있음을 알고서 이렇게 말했다. "낙수동을 찾아가려는 것이지, 낙수채를 찾아가려는 게 아니시구료. 이 동굴은 내가 아니면 가리켜줄 수 없다오. 낙수채에 이르렀다가 돌아오려면 한참을 구불구불 꺾어져야 할 게요."

　그리고서 노인은 나를 안내하여 그 산채의 뒤쪽에서 동쪽의 고개를 넘어갔다. 짙푸른 풀숲에는 길이 없는지라 잠시 그를 따라 나아갔다. 2리를 가서 고개를 넘어 동쪽으로 내려가자, 남서쪽의 낙수채 뒤쪽에서 바위문에 부딪치면서 동쪽으로 흘러나온 시내 한 줄기가 북쪽으로 구불구불 흘러가더니, 이곳 고개의 동쪽 기슭에 이르러 골짜기로 쏟아져 들었다.

　골짜기의 동쪽은 병풍 같은 산이 움푹 팬 남쪽 봉우리로서, 넘어왔던 고개와의 사이에 남북으로 골짜기를 이루고 있다. 물은 남쪽에서 골짜기로 흘러드는데, 비스듬히 쏟아지는 몇 길의 물줄기가 고여 못을 이루고 있다. 동쪽 벼랑은 홀연 갈라져 문을 이루고 있다. 높이는 십여 길에 너비는 겨우 몇 자로, 서쪽을 향한 채 못 위에 솟구쳐 있다. 물은 못 속에서 동쪽으로 치달려 들어오니, 물살이 들끓듯이 몹시 사납다.

　내가 서쪽 벼랑에서 마주하여 바라보니, 그 흘러드는 모습은 마치 목구멍으로 물을 마시는 듯 쿨럭쿨럭 흘러든다. 그 속의 동굴이 어떤 모습일지 알 수 없다. 내가 서쪽 벼랑에서 다시 벼랑의 바위를 따라 북쪽으로 나아가다 보니, 골짜기 속의 물은 동쪽으로 흘러들지만, 골짜기는 여전히 북쪽으로 통해 있다. 틀림없이 말라붙은 골짜기 남쪽의, 어떤 곳은 높고 어떤 곳은 웅덩이진 채 남쪽으로 뻗어나오는 골짜기일 것이다. 그렇다면 여기에서 북쪽으로 골짜기 바닥으로 갔다가, 서쪽의 말라붙은 구렁의 동굴로 향하여도 좋으리라.

　본래 두 개의 동굴이 남북 양쪽에 각각 솟아 있으리라고 알고 있었다. 그런데 하나의 골짜기 속에 함께 있었다. 다만 북쪽의 동굴에는 들어오는 물이 없고, 남쪽의 동굴은 커다란 하천을 빨아들이고 있을 따름인데, 그 사이로 통하지 않는 곳이 없다. 그래서 방금 전에 돌을 던져보니 물소리가 났던 것이고, 위에 있는지라 다리라고 일컬었던 것이다. 서쪽 벼랑에서 한참동안 굽어보다가 남쪽으로 돌아들어 나왔다.

토박이 노인은 나를 붙들어 묵어가라고 했지만, 나는 해가 아직 높은지라 그와 작별했다. 남쪽 길을 따라가면 부성에 이를 수 있으나, 오직 이곳에서만은 길을 찾을 수 없었다. 대체로 커다란 시내를 따라 남쪽으로 나아가 서쪽의 산골짜기 어귀에 이르면 곧 낙수채가 나온다. 또한 서쪽으로 비탈을 넘어 조그마한 시내를 거슬러 서쪽으로 고개를 오른 뒤, 필가산의 남쪽을 감돌면, 곧 부성에서 고가로 가는 한길이 나온다. 이에 나는 서쪽으로 가는 길을 따라갔다.

비탈을 따라 움푹한 평지를 넘어 8리만에 서쪽 비탈 아래에 이르자, 몇 채의 민가가 모여 있는 라라채(羅儸寨)가 나타났다. 이에 서쪽의 비탈을 올라 중중첩첩의 길을 타고서 8리를 올랐다. 이곳의 산은 북쪽으로 감돌아 구렁을 이루고, 남쪽으로는 아래로 움패어 있는 산골물을 굽어 보고 있다. 네댓 가구의 민가가 북쪽 골짜기에 기대어 있고, 골짜기 위에는 밭이 일구어져 있다.

다시 서쪽으로 서쪽 봉우리의 남쪽 산부리를 감돌아 3리를 올랐다. 오르막길은 매우 가파르다. 봉우리 꼭대기를 완만하게 2리 나아갔다. 나는 이곳이 필가산의 남쪽 봉우리이려니 여겼는데, 동쪽으로 뻗어나가는 갈래일 줄이야 뉘 알았으랴? 그 서쪽은 다시 꺼져내려 구렁을 이루고, 필가산과는 아직도 움푹한 평지를 사이에 두고 있다.

수십 채의 민가가 남쪽 벼랑에 기대어 있다. 이곳은 산과이다. 이곳에서 투숙해야 마땅했다. 그런데 나무 아래를 따라 길을 나아가다가 민가가 있는 곳을 알 수 없는지라, 숲을 기어올라 1리만에 마을 뒤쪽으로 나오고 말았다. 서쪽 길로 가면 꺾어져 돌아들 수 있다고 생각하여, 그 서쪽에 이르렀다. 그러나 돌아올 갈림길이 없기에, 하는 수 없이 한길을 따라 북서쪽으로 내달렸다. 2리 남짓을 가서 산골물을 건넌 뒤, 북서쪽의 비탈을 올랐다. 이어 2리 남짓만에 비탈을 넘었다가 내려가 산골물을 건넜다.

모두 3리를 가서 다시 비탈을 오른 뒤, 서쪽으로 완만하게 내려갔다.

2리를 가서 골짜기 어귀로 나오니, 날이 어느덧 저물었다. 어둠속에서 2리를 가파르게 내려와 남서쪽의 시내 위의 다리를 건넌 뒤, 북서쪽의 갈림길을 따라 비탈을 넘었다. 하지만 어둠속에서 끝내 길을 잃고 말았다. 넘어지고 자빠지면서 2리를 나아가자, 비탈 사이에 산채가 보였다. 이곳은 소채(小寨)이다. 민가의 문을 두드려 집 옆에 짐을 풀어놓은 채 외양간을 이웃 삼아 잠자리를 마련했다. 주머니에서 약간의 쌀을 꺼내 죽을 끓여 먹고 잠자리에 누웠다.

---

1) 태옹(太翁)은 조부(祖父)를 의미한다
2) 외당(外堂)은 고대 제왕의 능묘 속의 바깥쪽의 묘실(墓室)을 가리키고, 내당(內堂)은 안쪽으로 들어가 있는 묘실을 가리킨다.

6월 초나흘

이 집은 모내기를 하느라 정신없이 바쁜지라, 나를 위해 밥을 지어주지 못했다. 나는 잠자리에서 일어나 사정을 알고서 빈속으로 길을 나섰다. 부성까지는 30리가 채 되지 않으리라 생각했다. 서쪽으로 나아가 두 겹의 비탈을 넘어 8리를 가자, 민가가 산에 기댄 채 서쪽을 향해 있다. 비로소 아래쪽으로 부성 남쪽의 너른 들판이 보인다.

다시 비탈을 따라 서쪽으로 완만하게 5리를 가서 서쪽으로 뻗어내린 조그마한 골짜기를 나아갔다. 이어 서쪽으로 불쑥 솟은 언덕을 올라 비로소 너른 들판에 바짝 다가섰다. 아래를 굽어보니, 너른 들판을 흐르는 물은 비탈을 따라 남서쪽으로 비탈 발치를 빙 두르고, 남동쪽으로 에워싼 물길은 골짜기로 흘러든다. 비탈 남쪽에는 둑이 물길을 가로막고 있다. 이 물길은 바로 청수관(清水關) 사하(沙河)의 여러 물길이다. 이 물길들은 합쳐진 채 남동쪽의 이곳에 이르러, 골짜기로 흘러들었다가 동쪽의 낙수채로 흘러나간다.

여기에서 북동쪽으로 1리 남짓을 가서 비탈기슭을 내려갔다. 산부리를 따라 북쪽으로 돌아들어 반리를 가서야, 비로소 산을 제쳐둔 채 북서쪽의 평원 속을 나아갔다. 2리를 나아가 서쪽의 커다란 시내에 이르자, 커다란 나무다리가 시내 위에 가로놓여 있다. 서쪽으로 다리를 건너, 북서쪽의 너른 들판을 나아갔다. 도중에 여러 차례 너른 들판 사이의 마을을 지나 16리만에 부성의 남동쪽 모퉁이에 닿았다. 조그마한 다리를 건너 부성의 남쪽에서 서쪽으로 나아가 1리만에 남문에 들어섰다. 비로소 저자에 들어가 만두와 국수를 배불리 사먹었다. 오후에 회진루로 돌아왔다.

6월 초닷새와 초엿새

회진루에서 쉬었다.

6월 초이레

섬지원이 만나러 와서, 내가 그의 집안의 영구에 절을 올린 대해 감사했다. 이것은 이곳의 예절이다. 섬지원이 두 가지 떡을 보내왔다.

6월 초여드레

섬지원이 돼지고기, 양고기와 술, 쌀을 보내왔는데, 대단히 풍성했다.

6월 초아흐레

섬 태사가 마원(馬園)에 놀러가자고 초대했다. 마원은 용천문 밖에 있는데, 나와 아침 일찍 가기로 약속했었다. 나는 먼저 법명사 남쪽을 따라 새로 지은 섬 태웅의 사당을 지났다. 아직 완공되지 않은 사당은, 법명사와 마찬가지로 산에 기댄 채 동쪽을 향해 있다. 그 남쪽은 바로 방충민공사(方忠愍公祠, 이름은 정政이며, 녹천鹿川을 정벌하다가 강 위에서 죽었다)이며, 역시 동쪽을 향해 있다. 정실(正室)은 세 칸이며, 모두 사당지기들이 그 안에 거처하고 있다. 양쪽 곁채는 모두 함께 죽음을 맞았던 이들을 제사지내는데, 모두 기울어 쓰러지고, 상(像)만이 한 데에 놓여 있다.

사당을 나와 남쪽의 용천으로 나왔다. 못 동쪽의 둑 위를 따라 못 남쪽에 이르자마자, 서쪽으로 꺾어져 골짜기로 들어섰다. 반리를 가자, 마원은 골짜기 서쪽의 비탈 위를 굽어본 채, 용천사(龍泉寺)와 나란히 늘어서 있다. 마원의 북쪽은 곧 골짜기 바닥이며, 서쪽의 구룡산(九隆山) 뒤쪽에서 골짜기를 빙 둘러 뻗어온다. 조그마한 물길이 골짜기 바닥에서 동쪽으로 흘러나가는데, 실처럼 끊이지 않는다. 마원 안에는 비탈진 못이 층층이 고여 있다. 이곳 북쪽의 못은 지대가 훨씬 높고, 물이 그 바닥에서 방울방울 가득 차올라 넘쳐나온다. 이 못은 얕으나 물이 유난히 맑아 반짝이며, 여기에서 바깥의 못으로 졸졸 흘러나간다. 바깥의 못 안에는 마름과 연꽃이 가득하다.

동쪽 언덕에는 예전에 채근정(茱根亭)이 있었다. 마옥록(馬玉麓)이 지은 것인데, 마원의 여러 건물과 더불어 모두 기울어 무너지고 말았다. 태사공이 새로 사들여 짓기 시작하면서 바깥 못의 남쪽 언덕에 정자 하나를 세웠다. 이 정자는 북쪽을 향한 채 물길을 굽어보고 있다. 못 너머로는 용천사의 전각들이 들쑥날쑥하고, 언덕의 불탑들은 물결 위에 거꾸로 그림자가 일렁인다. 이곳은 구룡지(九龍池)보다 훨씬 높고, 비탈의 못이 한데 어우러져 돋보이는데다, 샘의 근원이 들끓듯이 출렁이는지라, 더욱 기이하다.

대체로 뒤쪽 골짜기는 빙 두른 채 매우 깊이 끼어 있고, 골짜기의 물은 본래 대단히 크다. 그런데 골짜기 어귀에 이르러 마원이 가로막고 있는지라, 골짜기 안의 물은 시내를 따르지 않은 채 땅속으로 스며든다. 그래서 시냇물이 실처럼 가느다랗지만, 땅속에서 옆으로 새나가 이 못과 구룡지로 흘러든다. 물이 거침없이 쉬지 않는 것은 바로 뒤쪽 골짜기의 시냇물 덕분이다.

내가 당도했을 때, 태사는 이미 그의 동생 지원과 함께 기다리고 있었다. 먼저 뒤쪽의 못물이 넘쳐흐르는 샘을 함께 구경하고서, 못 남쪽의 새로 지은 정자에서 식사를 했다. 정자 안에서 연회를 베풀어 종일토록 즐겁게 마시면서 잔을 씻어 다시 마시다가, 저물어서야 헤어졌다.

이날 비로소 황도주의 소식을 들었다. 그는 작년 7월에 조정에 불려가 대책을 아뢰다가 황제의 면전에서 조정의 과실을 지적하여 간했기에, 후에 강서부 막료로 좌천당했다고 한다. 항수심(項水心)은 서첩을 뇌물로 받았다하여 역시 막료로 강등되었다. 유동승(劉同升)과 조사춘(趙士春) 역시 상소한 탓에 막료로 강등되었다. 한림원의 정인군자들이 한꺼번에 사라져 버린 셈이다. 산동성의 함락은, 전해지는 이야기로는 정월 초이틀이었는데, 산동성의 여러 관료들 가운데 교체되지 않은 이가 없다고 한다. 확실한 통보를 보지는 않았으나, 안동란(顔同蘭)도 재난을 입었음을 미루어 짐작할 수 있다.

6월 초열흘

마원중(馬元中)과 유북유(劉北有)가 잇달아 찾아왔으나, 모두 만나지 못했다. 내가 옥공의 집에 갔기 때문이다. 회진루로 돌아와 이 일을 알고서, 바로 마원중을 찾아갔다가, 함께 유우석(兪禹錫)을 만나러갔다. 두 사람은 동서 사이로서, 모두 섬 태옹의 사위이다. 이전에 그를 섬지원의 술자리에서 만난 적이 있으나, 찾아갈 겨를이 없었다. 또한 유우석은 본적이 소주(蘇州)이며, 그의 조부는 이름이 언(彦)으로, 신축년¹⁾에 진사에 급제했다. (급제했을 당시에는 이름이 아직 이시언李時彦이었으나, 나중에 유兪씨라는 성을 회복하고 이름은 언이라 했다.) 금릉(金陵)의 대공방(大功坊) 뒤로 옮겨가 살았다. 그의 조부와 부친이 모두 장년일 적에, 금릉에 살던 섬 태옹은

집을 남방으로 옮기고자 하면서 막내딸을 유우석과 정혼케 했다. 재작년에 섬 태옹이 세상을 뜨자, 유우석이 혼인하러 왔으며, 내년 봄에는 아내와 함께 돌아갈 작정이라고 한다. 이때 유우석은 자리에 없는지라, 회진루로 돌아왔다. 섬 태사는 황제께 아뢴 대책을 가져와 보여주었다.

---

1) 신축년(辛丑年)은 만력(萬曆) 29년인 1601년이다.

6월 11일

유우석이 연회를 베풀어 초대했다. 마원중과 처숙부인 섬해식(閃孩識)과 섬해심(閃孩心) 등을 기다렸다가 함께 술을 마시고, 함께 와불사(臥佛寺)를 구경가기로 약속했다.

6월 12일

유우석이 좋은 금을 선물로 보내왔다. 오후에 마원중이 자리를 옮겨와 회진루에서 술을 마셨는데, 유우석을 함께 데려왔다. 우레와 바람이 크게 일어났다. 저물녘에야 헤어졌다.

6월 13일

유우석이 다른 일로 와불사에 갈 겨를이 없어, 나 홀로 길을 떠났다. 동쪽의 태보산 기슭을 따라 반리를 가서 인수문(仁壽門)을 나왔다. 인수문은 북서쪽으로 태보산의 북쪽 기슭에 기대어 있고, 성은 용천문과 마찬가지로 산세를 따라 서쪽으로 첩첩이 올라간다. 성을 나오자마자, 깊은 산골물이 서쪽 산에 높이 매달린 구렁에서 흘러내린다. 이것은 곧 태보산 꼭대기의 성 뒤쪽의 건너뻗은 등성이에서 갈라진 물이다.

다리를 건너 서쪽 산을 따라 북쪽으로 쭉 반리를 가자, 갈림길이 너른 들판에서 북동쪽으로 뻗어있다. 이 길은 지방촌(紙房村)으로 가는 샛길이고, 산을 따라 북쪽으로 쭉 나 있는 길은 고개를 넘어 서쪽으로 나아가 청호패(青蒿壩)쪽의 건해자(乾海子)로 통하는 길이다. 이에 나는 샛길을 따라 2리를 나아가 북쪽의 지방촌을 지난 뒤, 동쪽으로 1리 남짓을 더 가서 한길로 나왔다. 한길은 공북문(拱北門)에서 와불사로 향하는 길이다.

다시 북쪽으로 1리를 가서 동쪽에서 흘러나오는 조그마한 산골물을 넘자, 그 북쪽으로 언덕마루에 사당이 자리하고 있다. 이 사당은 성에서 5리 떨어져 있는 관사이다. 한길은 너른 들판 사이를 나아가는데, 여전히 사통팔달의 판교(板橋)의 서쪽에 있다. 북쪽으로 5리를 더 가서 사당 한 곳을 지났다. 사당은 길의 서쪽에 있다. 사당의 서쪽에도 커다란 사당이 서쪽 산에 기대어 있고, 홍묘촌(紅廟村)이라는 마을이 거기에 기대어 있다.

북쪽으로 8리를 더 가자, 산골물 한 줄기가 서쪽 산에서 동쪽으로 흘러나왔다. 산골물을 건너 북쪽으로 가니, 이곳은 낭의촌(郎義村)이다. 마을에는 집들이 이어져 있고, 그 사이에 긴 길은 대단히 기다랗다. 북쪽으로 2리를 가서야 마을은 끝이 난다. 마을을 따라 서쪽으로 돌아들자, 물길이 북쪽의 둑에서 흘러온다. 이 물길은 용왕당(龍王塘)의 하류이다.

물길을 거슬러 비탈을 따라 북서쪽으로 나아가 3리를 가자, 반원형의 문이 동쪽을 향한 채 길가에 늘어서 있다. 그 북쪽에는 깊은 산골물이 비탈을 따라 흘러내린다. 반원형의 문의 서쪽으로 들어가 남쪽 비탈을 따라 북쪽의 산골물을 굽어보면서 서쪽으로 들어섰다. 반리를 가자, 구렁 북쪽에서 요란스러운 물소리가 들려온다. 구렁 안에는 깊은 물과 무성한 나무숲이 위아래를 뒤덮고 있다. 길은 구렁을 따라 북쪽으로 돌아든다.

반리를 채 가지 않아 산문을 지나 북쪽으로 오르자, 용왕사(龍王祠)가 우뚝 동쪽을 향해 늘어서 있다. 그 앞쪽과 왼쪽은 모두 무성하게 뒤덮인 구렁으로 둘러싸이고, 샘물소리가 들끓듯이 요란하다. 이에 전각의 왼쪽에서 나무숲으로 내려갔다. 백 걸음을 채 가지 않아 구멍에서 흘러나온 깊은 샘물이 동쪽을 향해 구렁으로 떨어져 내린다. 그 북쪽의 구렁 속에서도 나무뿌리에서 흘러나온 물이 구렁으로 떨어져 함께 흘러간다. 그 아래는 깎아지른 듯 대단히 깊이 떨어져 내리는데, 등나무 덩굴이 빽빽하게 뒤덮고 있다.

나는 덩굴을 헤치고 구렁을 건너 샘을 찾아보았다. 그러나 아래쪽 골짜기에 이르면 위쪽과 사이가 뜨고, 위쪽 골짜기를 타오르면 아래쪽과 사이가 뜬다. 게다가 무성한 가지가 허공에 매달려 있고, 빽빽한 덩굴이 겹겹이 장막을 치고 있는지라, 바로 코앞인데도 보이지 않고, 그저 들끓는 듯한 요란스러운 소리만이 귀를 따갑게 뒤흔들 따름이다.

얼마 있다가 그 위를 넘어 가시덤불 속에서 북서쪽 벼랑을 기어올랐다. 『일통지』에 따르면, 용왕암(龍王巖)은 끊긴 벼랑이 가운데가 갈라진 채 우뚝 만 길 높이로 서 있다고 했다. 나는 위쪽의 산꼭대기에 기대어 있는 한 쌍의 동굴을 바라보면서, 이곳에 당도할 수 있는 길이 있으리라 여겨 구불구불 오르내렸다. 하지만 끝내 길을 찾지 못한 채, 전각 앞으로 되돌아와 식사를 했다.

이어 반원형의 문을 나서서 북쪽으로 내려가 산골물 위의 다리를 건넜다. 다리 북쪽을 바라보니, 갈림길이 산골물을 따라 서쪽으로 접어들고, 산꼭대기의 한 쌍의 동굴이 그 서쪽에 치솟아 있다. 나는 이 길을 따라 나아갔다. 처음에는 산골물을 따라 북쪽으로 나아가다가, 반리만에 비탈을 타고서 서쪽으로 올랐다. 쭉 3리를 올라가 한 쌍의 동굴 아래에 이르자, 길은 북쪽 동굴의 동쪽을 타고서 움푹 꺼진 곳을 넘어 북서쪽으로 나아갔다.

나는 갈래진 봉우리의 북동쪽 자락을 굽어보면서, 와불사가 틀림없이 그 북서쪽 봉우리 아래에 있으리라 생각했다. 그래서 북서쪽으로 갈래진 봉우리를 넘어 구렁으로 내려와 골짜기를 감돈 뒤, 북쪽 비탈을 따라 동쪽으로 나아갔다. 2리를 가자, 북쪽의 비탈에서 동쪽으로 뻗어 오는 길이 북서쪽의 움푹 꺼진 곳을 감돌아 오른다. 이것이 바로 와불사로 가는 길이니, 산에서 내려가야지 산을 올라서는 안 된다고 여겨, 동쪽으로 내려가려고 했다. 그러자 토박이가 "동쪽으로 내려가면 온통 구렁과 벼랑뿐이니 갈 수가 없습니다. 남쪽으로 돌아들어 길을 따라가야 내려갈 수 있습니다"라고 말했다.

그의 말을 따라 남쪽으로 돌아든 뒤 2리를 더 가서, 방금 전에 동쪽으로 뻗어오던 길을 따라 비탈을 내려갔다. 2리를 가자 비탈의 기슭에서 마을이 나타나고, 마을 앞에는 기슭을 따라 북쪽으로 나아가는 한길이 있다. 한길을 따라 북쪽으로 나아가 5리를 더 가서 약간 서쪽으로 골짜기에 들어서니, 와불사가 서쪽 골짜기 속을 빙 두르고 있다. 골짜기 앞의 한길을 따라 북서쪽으로 비탈을 올라갔다.

대체로 서쪽 산의 갈래는 이곳에 이르러 동쪽으로 드리워져 뻗어나오는데, 북쪽의 골짜기는 청수관이고, 남쪽으로 에워싼 채 와불암을 이룬다. 다만 청수관은 깊이 들어간 반면, 와불암은 앞쪽을 빙 두르고 있을 따름이다. 골짜기에 들어서자, 절 앞에 못이 자리하고 있다. 못의 크기는 구룡지(九隆池)만 못하지만, 훨씬 빈틈없이 에워싸여 있다. 못 동쪽에 정자 하나가 골짜기 어귀를 가로막고 있다. 못의 북쪽에서 못을 따라 들어서자 못은 끝나고, 그 서쪽에 세 칸짜리 관사가 못 위에 다가서 있다. 북쪽 칸의 아래에는 샘물이 졸졸 움푹 꺼진 곳의 바위 사이에서 흘러나와 못 속으로 흘러든다. 못은 대단히 맑고 얕다.

관사의 서쪽에서 층계를 따라 오르자, 곧 절의 문이 나왔다. 절의 문은 동쪽을 향한 채 못을 굽어보고 있다. 그 안에는 높은 용마루가 동굴에 기대어 있다. 문은 세 개의 반원형인데, 역시 동쪽을 향해 있다. 반원형의 문은 기둥을 쓰지 않은 채, 다리처럼 벽돌을 반원형으로 가로놓았다. 반원형의 문 바깥은 처마인데, 기와를 바위에 덮은 채 동굴 입구의 위쪽 벽까지 이어 놓았다. 동굴과 반원형의 문은 하나의 방으로 연결되어 있다. 반원형의 문은 높고 동굴은 낮지만, 반원형의 문이 동굴을 가리지 못한 점이 이곳의 기이한 경관이다.

이 동굴은 높이가 한 길 남짓에, 깊이 들어가는 곳은 두 길이고, 가로의 너비는 세 길이며, 위에 덮인 바위는 대단히 평평하다. 서쪽 끄트머리의 북쪽에는 아래로 움푹 도려내진 입구가 있고, 남쪽에는 네 자 높이의 평대가 있다. 평대는 위쪽이 움푹 도려내져 있다. 평대에는 접개의자가 가로놓여 있고, 움푹 도려내진 곳에는 석상(石像)이 있다. 팔베개를 한 채 평대 위에 누워보니, 길이는 세 길이고, 머리를 북쪽에, 다리를 남쪽에 둘 수 있다.

대체로 이 동굴은 가로의 너비는 세 길밖에 되지 않은데, 북쪽의 한 길은 움팬 채 안쪽 동굴의 입구를 이루고, 남쪽의 두 길은 석상을 받아들이기에 넉넉지 않은지라, 무릎 아래부터는 남쪽의 동굴 벽에 구멍을 파서 석상의 발을 들여놓았다. 이 석상은 예전에는 자연히 이루어진 것인데, 요새 수비대의 내관[1]이 동굴 앞쪽에 건물을 지으면서, 깎고 쪼아낸 다음 금을 입혀 놓았다. 그래서 지금은 영락없는 소상(塑像)이지만, 본래의 참모습은 잃어버리고 말았다. 안쪽 동굴의 입구는 북서쪽 모퉁이에서 동굴 벽을 뚫고 들어간다. 입구는 움푹 패어 내려가고, 그 안은 차츰 높아진다. 횃불을 마련해야 했기에 들어가지는 않았다.

이때 반원형 문이 있는 전각에서는 술을 가져온 서너 명의 유생이 기녀를 껴안고 스님을 불러다가 한데 어울려 술판을 벌이고 있었다. 나는 잠시 전각을 나왔다가 북쪽 곁채의 누각 아래에 잠잘 곳을 마련해놓고서, 쌀을 사다 밥을 지어먹었다. 북쪽 곁채의 서쪽에도 동굴이 있다. 동굴의 높이와 깊이는 모두 한 길 다섯 자이고, 입구 역시 반원형이다. 이 동굴은 본 동굴의 북쪽 모퉁이에서 남쪽을 향해 있다. 그 가운데에 산신의 상을 만들어 호법신으로 섬기고 있다. 이날 밤 절에 누워 있노라니, 달은 휘영청 밝건만, 동굴 안에 외설스러운 사람들이 있고 절속에

훌륭한 스님이 없음을 어찌 하랴. 맥이 쭉 빠진 채 잠자리에 누웠다.

---

1) 내관(內官)은 황제 및 황실 가족을 모시는 환관을 가리키며, 태감(太監)이라고도 한다.

6월 14일

승방에서 아침을 먹은 뒤, 횃불을 구해 안쪽 동굴로 들어갔다. 처음에는 동굴 입구에서 서쪽으로 쭉 들어갔다. 동굴 속은 네댓 길의 높이에 너비는 두 길이고 깊이는 몇 길인데, 조금씩 갈라지더니 문득 끝이나고, 달리 기이한 점은 없었다. 되돌아 나와 동굴 입구 안쪽에서 남쪽으로 동굴의 옆구멍을 찾아 올라갔다. 두 길을 들어가자 역시 끝나는지라 밖으로 나왔다. 이 동굴이 너무 싱겁게 끝나기에 헛웃음이 절로 나왔다.

그러자 한 어린아이가 입구 밖에서 이렇게 말했다. "윗동굴에는 올라가보셨습니까? 저는 오늘 아침에 어둠속을 들어갔다가 위험한 동굴 안에서 하마터면 떨어질 뻔했습니다. 만약 동굴을 뚫고서 올라가시려면 남쪽을 따라가야지, 북쪽을 따라가서는 안됩니다." 나는 아이의 말이 대단히 기이하게 느껴졌다. 이에 횃불을 더 구해 다시 동굴로 들어갔다.

남쪽을 향한 동굴 옆구멍을 따라 조그마한 구멍을 찾아내, 동쪽을 향해 올랐다. 이 동굴 구멍은 마치 시루처럼 둥글다. 올라가니, 동굴 구멍이 곧추서 있는데, 역시 우물처럼 둥글다. 우물 같은 동굴 구멍 속에서 남쪽 언덕을 기어올랐지만, 높고도 미끄러워 도저히 오를 수 없다. 그래서 밖으로 나와 기다란 나무걸상을 가져와 사다리로 삼아 올라갔다. 올라가니, 그 입구는 마치 우물의 난간과 같다. 위쪽에 갈라진 틈이 우물 입구의 서쪽에 가로놓여 있다.

다시 틈을 감돌아 북쪽으로 나아갔다가 동굴 입구를 빠져나오니, 골짜기가 동서로 치솟아 있다. 북쪽을 향하여 골짜기를 나오자, 아래로 깊숙이 꺼져내린다. 그 깊이를 도무지 살필 수 없을 정도이다. 이곳은 방금 전에 안쪽 동굴로 쭉 들어갔던 바닥이다. 타오를 만한 층계가 없는지라, 그 동쪽에서 층층의 구멍을 길로 삼아 올라갈 따름이다.

남쪽으로 골짜기를 한 길 남짓 내려가자, 서쪽을 향해 들어가는 동굴이 있다. 동굴 아래는 대단히 평평하고, 위는 높이가 서너 길에 너비는 한 길 다섯 자 가량이다. 서쪽으로 대여섯 길을 들어가니, 약간 나뉘어 갈라지더니 끝이 나고 말았다. 북쪽 동굴로 쭉 들어갔던 것과 마찬가지이다. 이 동굴의 기이한 점은, 남쪽의 시루 같은 구멍을 뚫고서 층층이 우물처럼 생긴 구멍 입구로 올라가면 쭉 들어가는 동굴이 나타난다는 점이다. 대체로 하나의 동굴인데도 안팎의 두 겹으로 나뉘고, 위아래의 두 겹으로 나뉘며, 남북의 두 겹으로 나뉘어 있는 것이다. 대단히 기이한 느낌이 들었다.

동굴을 나와 못의 왼쪽에서 골짜기 어귀의 한길에 이르렀다. 나는 이때 동쪽의 금계온천(金雞溫泉)을 찾아갈 생각인지라, 마땅히 너른 들판을 가로질러 남동쪽의 판교로 가야만 했다. 그래서 잠시 한길을 따라 북쪽으로 바라보았다. 반리를 가서 약간 북서쪽으로 비탈을 오르자, 길은 더욱 서쪽으로 뻗어오른다. 이에 동쪽으로 꺾어져 옆의 갈림길을 따라 비탈을 내려갔다.

대체로 북서쪽으로 오르는 길은 청수관으로 가는 길로서, 북충(北衝)으로 통한다. 너른 들판에서 쭉 북쪽으로 5리를 가면 장판촌(章板村)이 나오는데, 이 길은 운룡주(雲龍州)로 가는 길이다. 또한 너른 들판의 동쪽에서 관문의 비탈을 따라 오르면 천정포(天井鋪)로 가는 길이다. 여기에서 멀리 바라보니, 모두가 서로 마주하고 있다.

비탈을 1리 내려가 평평히 가로놓인 나무다리를 건넜다. 이어 시내 동쪽 언덕에서 동쪽으로 반리를 더 가서 병사의 주둔지를 지난 뒤, 밭두둑 사이의 오솔길을 따라 남쪽으로 나아갔다. 반리를 가서 약간 서쪽으로 꺾어진 뒤, 남쪽으로 조그마한 물길에 다가섰다. 물길을 따라 동쪽으로 내려가니, 길이 사라졌다. 풀이 무성하게 자란 밭두둑 사이로 나아가 남동쪽으로 1리 반을 가서야, 비로소 북쪽에서 뻗어오는 오솔길이 나타났다.

오솔길을 따라 남쪽으로 나아가다가, 서쪽에서 뻗어오는 한길을 만나 한길을 따라갔다. 한길의 남동쪽으로 1리 되는 곳에는 시내가 북쪽에서 남쪽으로 흐르고 있다. 이 시내는 크기가 청수계(淸水溪)와 비슷하고, 그 위에 커다란 나무다리가 걸쳐져 있다. 다리의 동쪽을 건넌 뒤, 남쪽으로 나아갔다. 두 물길은 모두 서쪽으로 굽이져 합쳐졌다가, 용왕당의 물을 받아들인 뒤 판교의 남쪽에서 동쪽으로 꺾어진다.

길은 남쪽의 밭두둑 사이로 나아가 2리 반만에 판교거리의 가운데로 나왔다. 거리에서 약간 남쪽으로 가다가 조그마한 다리를 지나, 조그마한 시내를 따라 동쪽으로 올랐다. 반리를 가서 시내를 넘어 밭두둑을 올라 남동쪽으로 2리 반을 가자, 차츰 동쪽 산에 바짝 다가섰다. 마을 한 곳을 지나 약간 남쪽으로 가다가 다시 동쪽으로 나아가 반리를 갔다. 조그마한 시내가 북동쪽에서 남서쪽으로 흐르고 있기에 이 시내를 건넜다.

시내의 동쪽 언덕을 따라 다시 남동쪽으로 2리를 가서 곧바로 동쪽 산 아래에 바짝 다가서니, 또다시 마을이 산에 기대어 있다. 마을 남쪽에서 동쪽으로 들어가자, 물레방앗간이 언덕 위에 자리하고 있다. 언덕 남쪽에는 목고산(木鼓山)의 북쪽 골짜기에서 흘러오는 산골물이 언덕 남쪽을 에돌아 서쪽으로 흘러가고, 정자가 딸린 다리가 산골물 위에 걸쳐져 있다. 이 길은 한길이다. 오솔길은 북쪽 등성이에서 골짜기로 들어섰다가 언덕을 감돌아 동쪽으로 뻗어내린 뒤, 시내 언덕을 거슬러 동쪽으로 나아간다.

1리를 가자, 조그마한 나무다리가 상류에 평평하게 걸쳐져 있다. 남쪽으로 다리를 건넜다. 다시 동쪽의 비탈을 올라 1리만에 금계촌(金雞村)에 이르렀다. 이 마을의 집들은 양쪽에 줄지어선 채 대단히 번성한데,

목고산의 남동쪽 기슭에 자리하고 있다. 마을 동쪽에는 두 군데의 못이 있다. 못물은 바위구멍에서 흘러나온다. 하나는 따뜻하고, 다른 하나는 차다.

주민들은 거리에 따뜻한 물을 끌어들여 못을 만들고, 그 위에 집을 지어놓았으며, 세 칸짜리 본집이 못을 남쪽으로 굽어보고 있다. 뜨락 안에는 두 그루의 백일홍이 몹시 아름답고, 앞쪽에 공관과 같은 문이 있다. 이에 술을 사고 시장에서 식사를 한 후, 못에서 목욕을 했다. 못은 사방을 돌로 쌓았으며, 못물은 멈춘 채 그다지 흐르지 않고, 그다지 뜨겁지도, 맑지도 않다. 이 못은 그래도 영평(永平)의 온천 아래에는 뒤지지만, 공관과 문이 있는 것은 마찬가지이다.

마을 뒤에서 남동쪽으로 골짜기를 따라 고개를 몇 리 올랐다가, 금계촌에서 고개를 넘어 동쪽으로 내려왔다. 이 길은 대채(大寨)와 와도로 가는 길이다. 마을 뒤쪽에서 쭉 동쪽으로 나아가 목고산의 남서쪽 봉우리를 올라 20리를 가자, 보정사(寶頂寺)가 새로 지어져 있다. 나는 오를 겨를도 없이, 마을에서 남서쪽으로 내려갔다.

3리를 가서 북쪽으로 꺾어져 정자가 딸린 다리를 건너 북쪽을 나아가, 시내를 따라 남서쪽으로 밭두둑 사이를 나아갔다. 5리를 가서 서쪽의 커다란 시내와 마주쳤다. 시내의 동쪽에 마을이 있다. 이에 시내를 거슬러 약간 북쪽으로 나아가 커다란 나무다리를 건너 서쪽으로 밭두둑 사이를 나아갔다.

4리를 더 가서 견룡리(見龍里)에 이르렀다. 그 남쪽에 보공사(報功祠)가 있는데, 대단히 크다. 사당의 문은 서쪽을 향해 있으며, 누각은 남쪽을 바라보고 있다. 그 안에 들어가보니, 사당은 텅 비어 있고 누각 또한 텅 비어 있다. 누각 위에는 문창제군의 좌상만이 한가운데에 자리하고 있다. 절의 스님의 말에 따르면, 예전에는 왕정원(王靖遠) 등의 여러 신위가 있었다고 하지만, 찾아보아도 보이지 않았다.

이곳에서 10리를 더 나아가 공북문(拱北門)에 들어섰다. 2리를 더 가서 회진루로 돌아왔다. 사람을 보내 안인 법사의 소식을 알아보았더니, 그는 이미 서쪽의 등월주로 가고 없었다.

6월 15일

회진루에서 쉬었다.

6월 16일

섬지원을 만나러 갔다. 돌아오는 길에 유북유(劉北有)에게 인사드리러 갔다. 그가 붙잡기에 식사를 하고서, 곧장 함께 태보산 기슭의 서관에 갔다. 꽃나무가 무성한 서관은 자못 그윽하고 한적한 느낌이 들었다. 한참동안 앉아 있노라니 비가 내렸다. 마침 섬지원이 『남원록(南園錄)』과 『영창지(永昌志)』를 보내왔기에, 서관 안에 놓아두었다.

유북유가 나를 붙들어 서관 안으로 숙소를 옮기라고 했으나, 나는 여러 차례 사양했었다. 이곳에 이르러 그윽하고 아담한 모습을 보고서 바로 그렇게 하겠노라고 하여, 내일 옮겨오기로 약속했다. 비가 그치자, 유북유는 열쇠를 나에게 넘겨주었다. 그가 가을에 치러지는 향시에 가느라 다시 올 겨를이 없기 때문이었다. 나는 이에 그와 작별하고서 회진루로 돌아왔다.

6월 17일

섬지원이 또다시 연회에 초대했다. 그의 형인 섬 태사, 그리고 그의 당숙인 섬해식을 기다렸다가 함께 연회에 갔다. 밤이 깊어서야 헤어졌다.

6월 18일

거처를 산기슭 남서쪽의 타색가(打索街), 곧 유북유의 서관으로 옮겼다. 이 서관밖에 세들어 사는 이가 일상용품을 들여왔다. 역시 유북유의 명에 따른 것이다. 나는 홀로 서관 안에 앉아 『남원만록』¹⁾을 베꼈다. 얼마 지나지 않아 마원중이 다시 『속록(續錄)』을 구해 보내왔다. 나는 먼저 『속록』을 베꼈다. 비가 내리는 틈에 뜨락 안의 화상화(花上花)를 꺾어 나무공 허리춤의 구멍에 꽂아두었더니, 문득 살아나고 꽃술 역시 꽃을 피워낸다.

(화상화는 잎과 가지가 우리 고향의 무궁화와 비슷하고, 새빨간색의 꽃은 복건성(福建省)의 부상²⁾과 흡사하다. 다만 부상은 예닐곱 송이가 한데 모여 꽃을 이루지만, 이 꽃은 한 송이가 네 장의 꽃잎으로 이루어져 있기에 꽃술에서 뽑아내도 그 위에 꽃이 겹쳐 있으며, 새빨갛게 오래도록 피어 있는지라 봄부터 가을까지 피어 있다. 마치 석류처럼 땅에 꽂기만 해도 살아나지만, 뜨락의 왼쪽에 심으면 살아나고 오른쪽에 심으면 말라죽으니, 참으로 기이한 일이다.)

또한 진달래, 어자란³⁾(이 난은 진주란과 같으나 덩굴이 없고, 줄기는 짧으며, 잎은 둥글고 빛이 난다. 이삭을 뽑으면 가늘고 누런 알갱이가 마치 물고기 알처럼 그 위에 빼곡히 모여 있다가 꽃을 피우지 않은 채 떨어지는데, 그윽한 운치가 마치 난과 같다), 어린 산차를 각각 나무공의 구멍에 심었는데, 모두 살아 있다.

오후에 유우석이 빗속에 찾아오면서 식사를 가져오고 술을 사왔으며, '하교(下喬)'라는 시구가 있는 시를 내게 주었다. (회진루는 높고 훤히 트여 너른 들판 일대의 흐리고 맑음을 한 눈에 볼 수 있음을 말하고 있다.) 이에 나는 '유서해조(幽棲海嘲)'라는 5언 율시로 화답했다. (책을 베끼기에 편함을 말하고 있다.)

---

1) 『남원만록(南園漫錄)』과 『속록』은 명나라 장지순(張志淳)의 저작이다. 장지순은 호가 남원(南園)이며, 남경 호부시랑을 역임했다. 이 책은 가정(嘉靖) 이전에 씌어졌으며, 운남의 여러 사정을 담고 있다.
2) 부상(扶桑)은 관목으로서, 잎은 계란형이며, 꽃부리는 크고 붉거나 희다. 중국의 남

방에서 흔히 재배되는데, 일년내내 꽃을 피우기에 관상용으로 쓰인다.
3) 어자란(魚子蘭)은 진주란(眞珠蘭) 혹은 미란(米蘭)이라고도 한다. 꽃은 구슬 모양에 노란색을 띠고 있는데, 쌀 낟알이나 물고기 알처럼 생겼기에 어자란이라 일컫는다. 관상용 분재로 흔히 사용된다.

6월 19일

서관에서 책을 베꼈다. 섭지원이 대나무 종이와 호필을 선물했다. 이곳에는 종이와 붓이 없어 글을 쓸 수 없기 때문이었다.

1) 호필(湖筆)은 절강성 호주(湖州)에서 생산되는, 품질 좋은 붓을 가리킨다.

6월 20일

기슭의 서관에서 책을 베꼈다.

6월 21일

섭해식이 찾아왔다.

6월 22일

기슭의 서관에서 책을 베꼈다.

6월 23일

아침에 큰비가 내렸다. 약간 개이자, 심해식을 답방하고, 아울러 유북유에게도 감사드렸다. 오후에 섭해식의 초대를 받아 갔는데, 섭지원과 유북유도 모두 연회를 즐겼다. 밤이 깊어서야 헤어졌다.

6월 24일

식량이 떨어졌다. 유북유가 머잖아 향시를 치르러 성성에 가는지라, 술자리를 마련하여 나를 부르리라는 것을 알았다. 이에 나는 편지를 써서 이렇게 말했다. "술 백 잔의 초대가 며칠 배불리 먹을 만한 한 말의 곡식만 못합니다."

6월 25일

신첨(新添) 사람으로 술사인 구(邱)씨가 유(劉)씨 성을 가진 사람을 데려 왔다. (구씨는 유생이라 자처하지만, 귀신을 불러 점치는 것을 업으로 삼고 있다.) 그가 구룡지로 놀러가자고 불러내니, 배를 띄워 못 속의 정자로 갔다. 유씨가 술을 가져오기를 기다렸으나 오지 않자, 나는 숙소로 돌아와 책을 베꼈다.

북쪽 이웃집의 화홍[1]은 무르익어 가지가 담의 남쪽을 내리누르고 있다. 붉고 아름다우며 사랑스러웠다. 열매를 따서 먹어보니, 오얏나무 열매의 맛이다. (이 일대에는 화홍의 열매가 매우 풍성하다. 이 열매는 날 것일 때에는 푸르다가 무르익으면 붉어지는데, 우리 고향은 이와 달리 익으면 노랗게 변한다. 우리 고향에는 붉은 색의 열매가 없으니, '화홍'이라는 명칭은 이곳에서 비롯되었다.)

오후에 유북유가 소고기와 쌀 한 말을 보내주었다. (유북유와 섬지원, 마원중은 모두 이슬람교도로서, 돼지고기를 먹지 않고 소고기를 먹는다.) 유북유는 네 가지 종류의 야채를 보내주었다.

---

1) 화홍(花紅)은 낙엽 교목으로, 잎은 계란형 혹은 원추형이고, 꽃은 분홍색을 띤다. 열매는 사과와 비슷하지만 작다.

6월 26일부터 29일까지

매일 기슭의 서관에서 책을 베꼈다. 연일 비가 내렸는데, 때로 그쳤다가도 내렸다. 하루도 맑게 갠 날이 없었다.

원문

己卯五月初一日 平明起, 店主人言 : "自往尖山後, 參府吳公屢令把總來候, 且命店中一至卽入報." 余不知其因, 令姑緩之, 且遊於市, 而主人不聽. 已而吳君令把總持名帖來, 言 : "欲躬叩, 旅肆不便, 乞卽枉顧爲幸." 余領之, 因出觀街子. (此處五日一大街, 大街在南門外來鳳山麓. 是日因旱, 斷屠祈雨, 移街子於城中. 旱卽移街, 諸鄕村皆然.) 遂往晤潘捷余. 捷余宴買寶舍人, 留余同事. 余辭之, 入城謁參府. 一見輒把臂入林, 款禮頗至. 是日其子將返故鄕, 內簡拾行囊, 余辭之出. (吳, 四川松潘人. 爲余談大江自彼處分水嶺發源, 分繞省城而復合. 且言昔爲貴州都閫,[1] 與陳學憲平人士奇同事, 知黃石齋之異.) 下午還寓. 集鷹山寶藏徒徑空來顧, 抵暮別去.

---

1) 도곤(都閫)은 한 지방의 군정을 관장하는 도지휘사사(都指揮使司)를 가리키며, 도사(都司)라 일컫기도 한다.

初二日 余止寓中. 雲峰山(卽尖山.)老師法界來顧. 州庠彦李虎變崑玉來顧. (李居綺羅.)

初三日 參府來候宴. 已又觀音寺天衣師令其徒來候, 余以參府有前期, 辭之. 上午赴參府招, 所陳多臘味, 以斷屠故也. (臘味中始食竹鼲.) 下午別之出. 醉後過萬壽寺拜法界, 不在. 出西門半里, 過凌雲橋, 又西半里, 由玉泉池南堰上西山之麓, 則觀音寺在焉. 寺東向臨玉泉池, 寺南有古刹並列, 卽玉泉寺矣. 天衣師拜經觀音寺, 三年不出, 一見喜甚, 留余宿. 余辭以他日, 啜其豆漿粥而返, 已昏黑矣.

初四日 參府令門役以『州志』至. 方展卷而李君來候. 時微雨, 遂與之聯騎, 由來鳳山東麓循之南, 六里, 抵綺羅, 入叩李君家. 綺羅, 『志』作矣羅, 其村頗盛, 西倚來鳳山, 南瞰水尾山, 當兩山夾湊間. 蓋羅漢衝之水, 流經大洞、長洞二小阜間, 北曲而注於平塢, 乃分爲二流, 北爲飮馬河而抵城東, 南爲綺羅水而逼南山下, 又西逼來鳳東南麓, 乃南搗兩山夾間. 是村絀其谷口, 竹樹扶疏, 田塍紆錯, 亦一幽境云. 是夜宿李君家.

余初望騰越中塢, 東爲球王车、矣比, 西爲寶峰、毗盧, 南爲來鳳、羅生, 北爲干峨、飛鳳. 西北則巃嵸最聳, 而龍潭淸海之水溢焉; 東南則羅漢衝最深, 而羅生、黃坡之流發焉; 東北則赤土山最遠, 而羅武、馬邑之源始焉; 大盈江惟西南破龍光臺、來鳳西麓而去. 則是州之脈, 蓋西北由集鷹山分脈: 南下者, 爲寶峰、毗盧, 而盡於龍光臺; 東曲者, 一峙爲筆峰, 再聳爲巃嵸, 遂東下而度干峨之嶺, 又東南而紆爲永安、亂箭之哨. 其曲而西也, 余初疑南自羅生、水尾, 而北轉爲來鳳, 至是始知羅漢沖水又南下於羅苴衝, 則來鳳之脈, 不南自羅生、水尾, 而實東自黃坡、矣比二坡也. 但二坡之西皆平塢, 而南抵羅生, 脈從田塍中西度. (郡人陳懿典進士『文星閣記』云: "嘉靖壬子,[1] 城外周鑿城隍, 至正南迤東, 竃地丈許, 有絡石, 工役斫截之. 其石累累如脊骨, 穿地而來, 乃秀峰之元龍[2]正脈也." 其說可與余相印証.) 土人不知, 乃分濬羅漢沖水一枝, 北流爲飮馬河而抵於城東. 是此脈一傷於分流, 再鑿於疏隍, 兩受其病矣. 土人之爲之解者曰, 脈由龍光臺潛度於跌水河之下. 不知跌水河雖石骨下亘, 乃大水所趨, 一壑之流交注焉; 飮馬河本無一水兩分之理, 乃人工所爲, 欲以此掩彼不可得也.

1) 가정(嘉靖) 임자년(壬子年)은 가정 31년인 1552년이다.
2) 원룡(元龍)은 도가의 용어로서 인체의 양기의 근본을 의미하며, 원양(元陽)이라고도
한다. 여기에서는 산줄기의 근본을 의미한다.

初五日 晨餐後, 卽從李君循南山之麓東向行. 先半里, 過水應寺. 又東二
里, 兩逾南山北下之支, 有寺在南峽中北向岇, 卽天應寺也. 其後卽羅生主
峰, 仰之甚峻, 『志』稱其條岡分佈, 不誣也. 又東半里, 上一北下之支, 隨之
北下. 共一里, 岡東盡處, 竹樹深密, 綠蔭襲人, 披映心目. 其前復起一圓阜,
立平疇中, 是爲團山, 與此岡斷而復續. 岡東村廬連絡. 余從竹中下, 一老
人迎入其廬, 具臘肉[1]火酒獻. 蓋是日端午, 而老人與李君有故, 遂入而哺
之. 旣午, 復東向循南山行, 半里, 其北復起一長阜, 如半月橫於前, 是爲長
洞山. 又東二里, 遂入山峽, 有溪中貫而出, 是爲羅漢衝. 溪南北皆有村夾
岇峽口. 由南村溯溪而東, 又二里, 越溪之北, 有大路倚北山下, 乃東逾嶺
趨猛連者, 從其北塢中覓溫泉. 其泉不熱而溫, 流不急而平, 一大石突畦間,
水匯其旁, 淺不成浴. 東山下有'大洞溫泉', 爲八景之一, 卽在其北嶺峽中,
與此隔一支嶺, 逾而北頗近, 而李君急於還家, 卽導余從大路西出. 二里,
過溪南村, 出峽口, 隨溪西行. 一里, 過一橋, 從溪南又西一里, 過長洞北麓.
北望大洞之阜, 夾溪而岇, 余欲趨之, 浴其溫泉. 李君謂泉在東峽中, 其入
尙遠, 遂强余還. 又西一里, 過團山北麓, 又西三里而還李君家.

1) 납육(臘肉)은 겨울에 소금에 절였다가 말린 육류를 의미한다.

初六日 晨飯, 令顧僕攜臥具, 爲楊廣哨之遊. 先是李君爲余言, 此地東南
由羅漢衝入二百里, 有瀗呂山, 東南由羅生四十里, 有馬鹿塘, 皆有峰巒可
觀. 余乃先其近者, 計可從硫磺塘、半個山而轉也. 東三里, 從水應、天應
二寺之間, 南向上山. 愈上愈峻, 七里, 登絶頂. 北瞰卽天應寺懸其坑麓, 由
州塢而北, 惟巋嵸山與之對峙焉; 西瞰則旁峽分趨, 勢若贅旒,[1] 皆下墜於
綺羅南向之峽, 有龍井出其下焉; 惟東眺則本峰頡頑自掩; 而南眺則濃霧

彌淪, 若以山脊爲界, 咫尺不可見. 於是南從嶺上盤峽, 俱行氤氳中, 茫若蹈海. 半里, 南下. 下二里餘, 山半復環一壑, 其脊自東南圍抱而西, 中藏圓塢, 有小水西去. 其內霧影稍開, 而雨色漸逼, 雖近睹其田塍, 而不免遠罹其沾溼矣. 復上南坡, 躡坡脊而南, 五里, 一岐隨脊而西南, 一歧墜坡而東向. 余漫從脊上直南, 已而路漸東下而窮. 二里, 有村倚東坡下, 披霧就訊之, 乃清水屯也. 按『志』, 城南三十里爲清水朗, 此其地矣. 然馬鹿塘之徑, 當從北歧分向而東, 此已逾而過南.

屯人指余從坡北東下, 當得大路. 從之, 半里, 東北涉一坑甚深, 霧影中窺其東南旋壑下盤, 當時不知其所出何向, 後乃知其南界高峰, 反西自竹家屯而東突, 爲陳播箕哨也. 復東北上坡半里, 見有路東向下, 輒隨之行, 不意馬鹿塘正道尙在其北. 霧漫不辨, 踉蹌東下. 一里餘, 有峽自北而南, 溪流貫之, 有田塍嵌其底, 而絕無人居. 塍中揷禾已遍, 亦無一人. 抵塍而路絕, 塍狹如線, 以杖拄畦中, 東行抵溪, 而溪兩岸蒙翳不可渡. 復還依西坡南向, 一里得小徑, 渡溪東上. 一里, 路伏草間, 復若斷若續, 然其上甚峻. 三里, 東向登嶺頭, 復從嶺上東南再陟一嶺. 半里, 始見嶺北有坳, 自北南度, 中伏再起, 其東則崩崖下墜, 其勢甚拓, 其墜甚峭, 若中剖其脊, 並左右兩幃而平墜焉. 坳北有路自崩崖北嶺東行, 南亦有微路, 自崩崖南嶺東上, 而坳中獨無北交之路. 余遂循崖南路上. 東一里, 路爲崩崖所墜, 復歧而南, 再陟南嶺. 半里, 復東行嶺脊. 二里始有南來之路, 循之東. 北瞰崩崖下陷, 東向成坑, 箐木深翳. 又東半里, 再陟嶺, 嶺乃南去, 微徑始東北下坡. 曲折連下三里, 余以爲將及北坑之底, 隨之出即馬鹿塘矣; 孰知一坡中環, 路歧而東西繞之, 未幾遂絕, 皆深茅叢棘, 坑嵌其下甚深. 余始從其南, 不得道, 轉而東, 復不得道. 往返躑躅, 茅深棘翳, 遍索不前. 久之, 復從南坡下得微徑, 下一里餘而東抵坑底. 則坑中有水潺潺, 自崩崖東南流, 坑兩旁俱峭崖密翳, 全無路影, 而坑底甚平, 水流亂礫間, 時有平沙瀠之, 遂隨之行. 或東或南, 仰眺甚逼, 而終絕路影. 三里, 稍開, 俯見瀠沙之上, 虎跡甚明, 累累如初印. 隨之又東南一里餘, 有小溪自西南來注, 有路影南緣之, 始舍坑而南陡坡, 一里, 越其上. 余意將逾坡東下, 而路反從坡脊南行, 余心知其誤, 然其路漸大, 時亦漸暮, 以爲從大道, 卽不得馬鹿塘, 庶可得棲宿之所. 乃躡脊西馳二里, 見西峰頂有峰特倚如覆鐘, 大道從此分歧, 一自東南坡下而上, 一向西北峰頂而趨, 一從西南盤壑而行. 未審所從, 姑解所攜飯啖之. 余計上下二徑, 其去人必遠, 不若從盤壑者中行. 於是又東南三里, 遂墜坡而下, 漸聞人聲.

下里餘, 得茅二龕在峽間, 投之, 隘鄙不堪宿. 望南坡上有數龕, 乃下陡深坑, 攀峻而上, 共一里而入其龕, 則架竹爲巢, 下畜牛豕, 而上托爨臥, 儼然與粤西無異. 屈指自南丹去此, 至今已閱十五月, 乃復遇之西陲, 其中數千里所不見也. 自登崩崖之脊, 卽望見高黎貢南亘之支屛列於東, 下有深峽, 而莫見龍川, 意嵌其下也. 又西南二十餘里, 至所宿之坡, 下瞰南峽甚深, 卽與高黎貢遙夾者, 意龍江從此去. 西塢甚豁, 遠見重山外亘, 巨壑中盤, 意卽南甸所托也. 時霧黑莫辨方隅, 而村人不通漢語, 不能分晰微奧. 卽徵其地名, 據云爲鳳田總府莊, 南至羅卜思莊一日餘, 東北至馬鹿塘在二十里外, 然無確據也. 夜以所攜米煮粥, 啜之而臥.

---

1) 췌류(贅旒)는 고대의 깃발 가장자리에 매달려 있는 술을 가리킨다.

初七日 陰雨霏霏, 飯後余姑止不行. 已而村人言天且大霽, 余乃謀所行. 念馬鹿塘在東北, 硫磺塘在西北, 北山之脊, 昨已逾而來, 西山之脊, 尙未之陟, 不若舍馬鹿而逾西脊, 以趨硫磺塘, 且其地抵州之徑, 以硫磺塘爲正道, 遂從之. 土人指余從村後西北向大山行. 余誤由直北, 一里餘, 下涉一澗, 溯之北上坡, 一里餘, 又下涉澗. 其處一澗自西峽崩崖來, 一澗自北峽崇山來, 涉其西來者. 又北上坡半里, 路復分歧, 一向北峽, 一向西峽, 皆盤其上坡. 余從其北峽者, 二里, 路漸湮. 已北下, 則其澗亦自西來, 橫亙於前, 雖小而頗深, 藤箐蒙塞, 雨霧淋漓, 遂不能入. 乃復出, 至岐口, 轉向西峽. 一里, 路亦漸湮, 其南崩崖下嵌, 卽下流之所從出, 而莫能逾焉. 復出, 從岐口南涉其澗, 從澗南又得一岐西上, 其路甚微. 一里, 北逾一坡, 又北一里, 卽崩崖西對之坡也, 其上皆墾崖, 而仍非通道. 躡之行, 一里, 上西頂. 頂高雲黑, 莫知所從, 計返下山, 乃轉南行莽棘中. 濕茅壅箐, 躑躅東南向, 二里, 漸有徑, 下眺鳳田所宿處, 相距止二三里間.

更南半里, 得大道西去, 遂從之. 西循北山行一里, 得耕者在坡下, 問之, 始知其上有小寨, 名擺圖, 卽從楊廣哨入州正道矣. 乃亟西北上, 躡坡一里, 有二茅當峽坪間, 是爲擺圖寨. 由寨後更躡峻而北, 半里, 登岡. 西望盤壑下開, 水田漠漠, 有溪流貫其中, 壑西復有崇山外峙, 其南又起一崇山, 橫接而南, 交接之中, 似有水中貫而去. 又北上一里半, 遂凌大脊. 北下迴峽中, 半里, 一村廬倚南坡, 是爲楊廣哨. 從此西北下峽底一里餘, 有小溪自東北隥西南, 其嵌甚深, 乃從昨所度崩崖南嶺分隥而成者. 涉之西北上, 復一里餘而躋其脊, 余以爲卽從此緣脊上北大峰矣, 而執意猶中界之支也. 半里越脊, 又卽北下峽底. 一里餘, 有大溪自北南隥, 皆從石崖中破壁而去, 此卽淸水朗東溪也. 水嵌峽底甚逼, 橫獨木渡其上. 余寧木下涉水, 卽西北上坡. 始循崖石, 繼躡隴脊, 一里餘, 轉而東北上, 一里躋峰頭. 由峰頭西盤半里, 復隨峽北行. 其峽頗平, 行其中一里餘, 當其東西分峽處, 有村廬倚其中, 是爲陳播箕哨. 從哨北卽西北下, 二里, 循南山而西, 一里, 有村廬當坡, 是爲竹家寨. 由寨東向北行, 寨後復起一峰, 有峽橫其中, 路分爲二: 循北峰直去, 爲騰越, 南甸大道; 穿北峰南峽而西, 爲硫磺塘道. 余乃舍大道從橫峽西行. 半里, 忽隆峽西下. 其峽甚逼, 而下甚峻, 隆級歷坎, 與水爭隘. 一里餘, 望見西峽自北而南, 一溪貫其中, 卽矣羅村之水, 挾水尾山西峽而南者. 溪西之山, 峽屼南踞, 是爲半個山. 按『一統志』有羅苴衝, 硫磺塘在焉, 疑卽此山. 然『州志』又兩書之, 豈羅苴衝卽溪東所下之山耶?

又西下半里, 直抵溪上, 有二塘在東崖之下, 乃溫水之小者. 其北崖之下, 有數家居焉, 是爲硫磺塘村, 有橋架溪上. 余訊大塘之出硫磺處, 土人指在南峽中, 乃從橋下流涉溪而西, 隨西山南行. 時風雨大至, 田塍滑隘, 余躑躅南行, 半里得徑. 又南一里, 則西山南迸, 有峽東注大溪, 遙望峽中蒸騰之氣, 東西數處, 鬱然勃發, 如濃煙捲霧, 東瀕大溪, 西貫山峽. 先趨其近溪煙勢獨大者, 則一池大四五畝, 中窪如釜, 水貯於中, 止及其半, 其色渾白, 從下沸騰, 作滾湧之狀, 而勢更廣, 沸泡大如彈丸, 百枚齊躍而有聲, 其中高且尺餘, 亦異觀也. 時雨勢亦甚大, 持傘觀其上, 不敢以身試也. 其東大溪, 從南下, 環山南而西合於大盈; 西峽小溪, 從熱池南東注大溪. 小溪流水中亦有氣勃勃, 而池中之水, 則止而不流, 與溪無與也. 溯小溪西上半里, 坡間煙勢更大, 見石坡平突, 東北開一穴, 如仰口而張其上齶, 其中下縮如喉, 水與氣從中噴出, 如有爐橐鼓風煽燄於下, 水一沸躍, 一停伏, 作呼吸狀. 躍出之勢, 風水交迫, 噴若發機, 聲如吼虎, 其高數尺, 墜澗下流, 猶熱若探湯. 或躍時, 風從中捲, 水輒旁射, 攬人於數尺外, 飛沫猶爍人面也. 余欲俯窺喉中, 爲水所射, 不得近. 其齦齶之上, 則硫磺環染之. 其東數步, 鑿池引水, 上覆一小茅, 中置桶養硝, 想有磺之地, 卽有硝也. 又北上坡百步, 坡間煙勢復大, 環崖之下, 平沙一圍, 中有孔數百, 沸水叢躍, 亦如數十人鼓煽於下者. 似有人力引水, 環沙四圍, 其水雖小而熱, 四旁之沙亦熱, 久立不能停足也. 其上煙湧處雖多, 而勢皆不及此三者. 有人將沙圓堆如覆釜, 亦引小水四週之, 雖有小氣而沙不熱. 以傘柄戳入, 深一二尺, 其中沙有磺色, 而亦無熱氣從戳孔出, 此皆人之釀磺者. 時雨勢不止, 見其上有路, 直逾西嶺, 知此爲半個山道, 遂凌雨躋崖. 其崖皆堆雲駢瓣, 峋岈嵌空, 或下陷上連, 或旁通側裂, 人從其上行, 熱氣從下出, 皆迸削之餘骨, 崩墜之剝膚也, 所云‘半個’之稱, 豈以此耶?

躋崖半里, 從其南循嶺西上一里, 漸隨峽南轉, 則其峽自南嶺頭墜, 中有水懸而爲瀑, 作兩疊墜北下, 卽峽水之上流也. 又上半里, 遂西逾瀑布之上. 復從峽西更西南上一里, 漸轉而西半里, 見大道盤西崖墜處, 出南坳去, 小徑則西上峰頂, 漸轉北行, 蓋此卽半個山之頂, 至此南下爲坳, 入城之路, 當在其東北, 不應西去, 遂捨大道從小道. 西上半里, 隨峰東向北行二里餘, 乃西北下, 得竹塢村廬. 時雨勢甚大, 避雨廬中, 就火沸湯, 淪飯而食之. 其處卽半個山村也, 昔置鎭彝關於路次, 此爲屯哨, 今關廢而村存云. 由其東

下坡, 隨峽東行里餘, 與南來大道合. 隨西山北轉而行, 於是水尾西溪卽從
此峽南下硫磺塘矣. 北行二里餘, 復陟東突之坡. 行坡峽中, 五里稍下, 又
一里而綺羅村在東坡下矣. 時已薄暮, 遂捨入州大道, 東里餘, 宿李虎變家.
虎變以騎候於馬鹿道中, 不遇, 甫返, 煮竹鼬相待.

初八日 大雨, 不成行, 坐李君家作『田署州[1]期政四謠』, 以李君命也.

---

1) 서주(署州)는 주(州)의 관원이 이임한 경우 다른 관원이 잠시 대신하여 업무를 처리
하는 것을 가리킨다.

初九日 大雨, 復不成行, 坐李君家錄『騰志』.

初十日 雨不止. 旣午稍霽, 遂同李君聯騎, 由村西半里, 橫陟半個山、南
甸大路, 經南草場, 半里, 西上嶺坡, 乃來鳳南度半個山之脊也. 來鳳至是
南降而下伏, 脊間中窪爲平塘而不受水. 窪之西爲金銀堆, 卽南度之脊. 窪
北半里, 有坪倚來鳳而南瞰半個山, 乃昔王尙書驥駐營之處, 『志』稱爲尙
書營. 陟坪北半里, 有路橫沿來鳳峰南, 西越金銀堆, 出芭蕉關. [芭蕉關西
通河上屯、緬箐之道, 州西跌水河路, 不若此之平, 昔兵部郎中龔永吉從
王公南征, 有"狹轉芭蕉關, 難于橄欖坡"之句.] 從此復轉騎, 循來鳳東峰而
北, 八里, 乃還官店. 迨晚復雨.

十一日 雨不止, 坐官店. 上午, 李君來. 下午, 雨少止, 泞甚, 蹠泥往潘生家,
不遇; 以書促其爲余買物, 亦不答. (潘生一桂雖靑衿而走緬甸, 家多緬貨. 時倪按
君命承差來覓碧玉, 潘苦之, 故屢屢避客.)

十二日 雨, 坐店中. 李生以『期政四謠』私投署州田二府,[1] 不答.

十三日 雨時止時作, 而泥濘尤甚. 李生來, 同往蘇玄玉寓觀玉. 蘇, 滇省人, 本靑衿, 棄文就戎, 爲吳參府幕客. 先是一見顧余, 余亦目其有異, 非風塵中人也.

十四至十八日 連雨不止, 坐寓中, 不能移一步. 潘捷余以倪院承差蘇姓者, 索碧玉寶石, 窘甚, 屢促不過余寓, 亦不敢以一物示人, 蓋恐爲承差所持也. 幸吳參府以程儀惠余, 更索其'八關'併'三宣' 、'六慰'諸圖, 余一一抄錄之, 數日無暇刻, 遂不知在寓中, 並在雨中也. [潘生送翠生石二塊. 蘇玄玉答華茶竹方環.]

十九日 晨, 雨少止. 覓擔夫, 以連日雨滂, 貴甚. 旣而雨復作, 上午乃止而行. 店人欲捎余羅一端, 不遂, 與之鬨而後行. 由東街, 始濘甚, 已而漸燥. 二里, 居廬始盡, 下坡行塍中. 半里, 連越二小橋, 水皆自東南來, 卽羅漢衝所出分流之水也. 又二里餘, 爲雷打田, 有數家東向. 從其前轉而東行里餘, 又過一小亭橋, 其流亦自東南向西北者, 乃黃坡泉所溢也. 又東里餘, 抵東坡下, 停擔於酒家. 問大洞溫泉道, 土人指在東南山坳中, 此去尙有數里. 時天色已霽, 令擔夫與顧行待於其家, 余卽循東山而南.

二里, 過土主廟. 廟倚山西向, 前二柏巨甚. 又南二里, 路歧爲二: 一南循山麓, 爲黃坡道; 一東南上坡, 爲趨溫泉道. 乃從上坡者, 南一里, 登坡嘴. 西暌山麓, 有泉西向溢於下, 卽黃坡之發源處也. 於是東轉, 有路頗大, 橫越之, 就其東南小徑. 一里, 漸上坡, 折而東北, 睨溫泉之峽, 當在其南, 中亦有峽南下, 第茅塞無徑, 遂隨道西北上. 一里, 其道漸高, 心知其誤. 有負蒭者二人至, 問之. 曰: "此入山樵道, 可通芹菜塘者. 溫泉在南, 尙隔一峰." 遂與之俱返, 一里, 下至茅塞之峽, 指余南去. 余從之, 橫跨峽中, 旣漸得小徑. 半里, 忽有峽從足下下墜而西, 其上石崖駢突如門. 從其東又南半里,逾坡而下, 其峽始大, 有水淙淙流其中, 田塍交瀠之, 即大洞村之後峽也.
有大道從峽中東上, 又南下半里, 從之東. 半里, 上一坡, 大道東北上, 亦芹
菜塘道; 乃從坡東南下, 半里, 及溪. 又東溯溪半里, 則溪流奔沸盤石中, 右
一崖突而臨之, 崖下則就石爲池, 而溫泉匯焉. 其池與溪同峽, 而水不關溪
流也. 崖石疊覆如累棋, 其下湊環三面, 成一小孔, 可容一人坐浴. 其後倒
覆之石, 兩片下垂而中劃, 如所謂試劍石, 水從片石中淙淙下注, 此溫泉之
源也. 池孔之中, 水俱不甚熱, 正可着體. 其上更得一亭覆之, 遂免風雨之
慮矣. 時池上有十餘人共浴, 余恐其旁有石洞, 姑遍覓之, 不得, 乃還浴池
中. 又三里, 隨山之西嘴抵黃坡, 轉北一里, 過麓間溢水之上. 又北三里, 乃
入來時分岐處. 又西北四里, 至矣比坡之麓. 促挑夫行, 以晚辭, 遂止.

二十日 晨起, 飯而登坡, 雨色復來. 平上二里, 峻上八里, 抵嶺頭. 又平行
嶺上四里, 又稍下一里, 過芹菜塘. 復東上坡, 半里而下, 半里過木廠, 又下
二里, 過北下之峽. 又東上三里, 至坡脊. 平行脊間, 一里至永安哨, 五六家
當坡間而已. 又東南半里, 逾嶺脊而下. 一里, 有水自北而南, 路從之. 半里,
乃東陟坡, 平行脊上. 三里, 至甘露寺, 飯. 從寺東下三里, 至赤土鋪橋, 其
下水自南而北, 即大盈江水也. 『一統志』謂大盈之源出自赤土, 其言不謬.
橋東復上半里, 有四五家當坡坳, 爲赤土鋪. 鋪東又上半里, 遂從嶺脊東南
行. 一里, 有岐南去, 爲猛柳道; 余仍東南, 三里, 乃東下, 又十里而止於橄
欖坡. 時才午, 雨時下時止, 遂止不前.

二十一日 平明起飯. 自橄欖坡東下, 五里, 抵龍川江西岸, 過巡檢司, 即下
渡橋. 西岸峻若堵牆, 乃循岸北向疊級, 始達橋. 橋東有閣, 登之可眺江流
夭矯之勢. 又南向隨東岸行半里, 東向平上者一里餘, 始曲折峻上. 五里,
過茶房, 僧舍無一人. 又峻上三里, 過竹笆鋪. 又上七里餘, 飯於小歇場. 又
上五里, 過太平鋪, 又平行入塢. 二里餘, 有水自北澗來, 涉之, 遂東上. 其
上愈峻, 兩旁皆竹石深翳, 而風雨西來, 一天俱漫, 於是行雨浪中. 三里, 逾

一最高之嶺, 乃屢上屢下, 屢脊屢坳, 皆從密箐中行. 七里抵新安哨, 兩三家夾嶺頭, 皆以劈藤竹爲業. 時衣濕透寒甚, 就其家燒薪烘之. 又二里餘, 抵分水關, 有五六家當關之東. 余乃就火炙衣, 賞燒酒飲四五杯乃行. 天色大霽, 路磴俱燥, 乃知關名分水, 實分陰晴也. 於是東向下者八里, 始就東行之脊. 又二里, 過蒲滿哨. 又平行嶺上, 東十五里, 宿於磨盤石之盧姓者; 家有小房五六處, 頗潔.

二十二日 平明飯而行. 其下甚峻, 曲折下者六里, 及嶺北之澗. 是嶺自蒲滿哨分大東突, 左右俱有深峽夾流, 來時從南峽上行, 至此墜北峽之口過. 涉北澗, 又越北嶺東突之嘴, 共一里餘而過八灣. 八灣亦有數家居坡上, 人謂其地暑瘴爲甚, 無敢置足者. 於是東向行平坡間, 十二里抵江, 則怒流奔騰, 勢倍於來時矣. 乃坐巨樹下待舟, 觀洪流洶湧, 競渡者之紛紜, 不啻從壁上觀也. 俟久之, 乃渡而東上坡. 三里, 抵北山之麓, 循坡東行. 五里, 逾南下之嘴, 得一橋跨澗, 是爲箐口. 於是渡澗入峽, 循澗南崖東向上, 二里, 過一碑, 卽來時所見盤蛇谷碑也. 又東三里, 過一西來枯澗. 又二里, 南折而北, 乃逾其北突之嘴而東, 遂東南漸上, 其峽遂曲折掩蔽, 始不能西見高黎貢峰矣. 又南六里, 抵楊柳灣而飯. 乃逾南來之峽, 溯東來之流, 二里, 有橋跨澗, 西渡之. 從澗西溯箐上, 又一里, 爲打板箐, 有數十家當澗西. 又東北四里, 過平度之脊. 其脊度峽中, 乃自北而南, 卽從冷水箐西度蒲縹, 又北過此, 夾蒲縹之水北出而入潞江者也. 是日熱甚, 得一蔭輒止而延颺, 數息樹邊, 不復問行之遠近矣. 過脊東下一里, 止於落馬廠. 時才下午, 以熱甚, 擔夫不前也.

二十三日 平明, 從落馬廠東行. 三里, 逾東突之山嘴而南, 又一里餘, 有一庵倚西山之上. 又南四里, 過石子哨, 始南下. 二里餘, 望溫泉在東山下, 乃從岐東南下. 二里餘, 轉而北涉石流一澗, 又半里, 東從石山之嘴, 得溫泉焉. 其水溫而不熱, 渾而不澄, 然無氣焰, 可浴. 其山自東山橫突而西, 爲蒲標下流之案也. 浴久之, 從澗東溯流二里餘, 抵蒲縹之東村, (蒲人[1]、縹人乃永昌九蠻中二種.) 飯. 以擔夫不肯前, 逗留久之. 乃東二里上坡, 五里, 迤邐上峰頭, 又平行嶺夾, 一里稍東下, 有亭橋跨峽間. 時風雨大至, 而擔夫尙後, 坐亭橋待久之, 過午始行. 又東南上坡, 逾坡一重, 轉而北, 又逾坡一重, 共六里, 過孔雀寺. 又東上坡五里, 直躡東峰南突之頂. 此頂自北而南, 從此平墜度爲峽, 一岡西迤, 乃復起爲崖, 度爲蒲縹後山, 北去而夾蒲縹之澗, 南去而盡於攀枝花者也. 又東一里稍上, 復盤一南突之嘴, 於是漸轉而北, 二里, 有公館踞岡頭. 乃北下一里, 而止於冷水箐. 時方下午, 以擔不能前, 遂止. 見邸榻旁有臥而呻吟者, 乃適往前途, 爲劫盜所傷, 還臥於此. 被劫之處, 去此纔六里, 乃日纔過午, 而盜卽縱橫, 可畏也.

---

1) 포인(蒲人)은 포랑족(布朗族)을 가리킨다.

二十四日 雨復達旦, 但不甚大. 平明, 飯而行. 隨東行之箐, 上其北坡, 三里, 循嘴北轉. 二里漸下, 一里下至坳, 卽昨被劫之商遇難處也. 其北叢山夾立, 穿其峽行三里, 再過一東突之坡, 其水始北下. 隨之北二里, 下至坳窪中, 乃東轉而上. 一里, 過坳子鋪, 覓火把爲芭蕉洞遊計. 又東半里, 過岡頭窪地, 遂轉北下. 三里餘, 越一坡脊, 過窪中匯水之崖. 崖石上挿而水蓄崖底, 四面俱峻, 水無從出而甚渾. 由其南再越脊而下, 一里餘, 至芭蕉洞, 乃候火於洞門. 擔夫摘洞口黑果來啖, 此眞覆盆子也; 其色紅, 熟則黑而可食, 比前去時街子所鬻黃果, 形同而色異, 其熟亦異, 其功用當亦不同也. (黃者非覆盆. 覆盆補腎, 變白爲黑, 則爲此果無疑.) 火至, 燃炬入洞. 始向北, 卽轉東下四丈餘, 至向所入昏黑處, 卽轉北向, 其下已平, 兩崖愈狹而愈高. 六七丈, 更寬崇, 一柱中懸, 大如覆鐘, 擊之聲鈜鈜然. 其處蓋不特此石有聲, 卽洞底頓足, 輒成應響, 蓋其下亦空也. 又入五六丈, 兩崖石色有垂溜成白者, 以火燭之, 以手摩之, 石不潤而燥, 紋甚細而晶. 土人言, 二月間石發潤而紋愈皎苴, 謂之'開花', 洞名'石花'以此. 石花名頗佳, 而『志』稱爲芭蕉,

不如方言之妙也. 更北路盡, 由西腋透隙入, 復小如門. 五丈, 有圓石三疊,
如幢蓋下垂, 又如大芝菌而三級累之者. 從其下復轉而北, 其中復穹然宏
甓. 又五六丈, 西北路盡, 洞分兩岐：一南上環爲曲室, 三丈而止; 一北入降
爲隧道, 七丈而止. 是洞曲折而旁竇不多, 宛轉而底平不汗, 故遊者不畏深
入, 使中有通明之處, 則更令人恍然矣. 出至向所入昏黑北轉處, 今已通明.
見直東又一岐, 入, 有柱中間之, 以餘炬入探其中, 亦穹然六七丈而止. 出,
從洞門外以餘炬入探西崖間小竇. 其竇北向懸壁間, 其門甚隘, 而中亦狹
而深, 穢氣撲人, 乃舍之. 出洞, 下百餘步, 抵坑峽, 下觀水洞. 水洞, 卽此洞
之下層也, 雖懸數丈, 實當一所, 前中入有聲, 已知其下之皆空矣. 洞前亦
東向, 稍入, 亦曲而自北來, 與上洞同一格, 但水溢其中, 不能進也. 由此東
折而北, 共里餘, 抵臥獅窩村, 飯於村婦家.

北三里, 過一村, 卽東上堤, 是爲大海子. 隨海子南堤東行, 二里下堤, 又
東一里爲沙河橋. 其橋五鞏, 名衆安橋. 越橋東, 卽從岐西北循山行. 二里,
過胡家墳, 爲正統間揮使胡琛墓. 墓有穹碑, 爲王學士英所撰, 又一碑, 乃
其子者, 則王翰撰時之文, 與吾家梧塍之隴, 文翰規制頗相似, 其頹蕪亦相
似也. 其一時崇尙, 窮徼薄海,[1] 萬里同風. 至荊棘銅駝,[2] 又曠代無異, 可慨
也! 其墓欲迎水作東北向, 遂失下手砂,[3] 且偏側不依九隆正脈, 故胡氏世
賞雖僅延, 而當時專城之盛遂易. (永昌, 故郡也, 胡氏時適改爲司, 獨專其地. 令復
爲郡, 設流官, 胡氏遂微. 土人言, 胡氏墓法宜出帝王, 爲朝中所知, 因掘斷其脈. 余按,
鑿脈乃諸葛南征時所爲, 土人誤耳.) 更循山而北, 一里, 上一東盤之嘴. 於是循岡
盤壟, 甃石引槽, 分九隆池之水, 南環坡畔, 以潤東塢之畦. 路隨槽堤而北,
[是堤隆慶二年築, 置孔四十一以通水, 編號以次而及, 名爲'號塘', 費八百
餘金.] 遇有峽東出處, 則甃石架空渡水, 人與水俱行橋上, 而橋下之峽反
涸也. 自是竹樹扶疏, 果塢聯絡, 又三里抵龍泉門, 乃城之西南隅也. 城外
山環寺出, 有澄塘匯其下, 是爲九隆池. 由東堤行, 見山城圍繞間, 一泓清
涵, 空人心目. 池北有亭閣臨波, 迎嵐掬翠, 灩漱生輝. 有坐堤垂釣者, 得細
魚如指; 亦有就蔭賣漿者. 惜有擔夫同行, 急於稅駕, 遂同入城. 半里, 北抵

法明寺, 仍憩會眞樓. 而崔君亦至, (崔, 江西人, 寓此爲染鋪. 前去時從磨盤石同行,
抵騰依依, 後復同歸, 以擔夫行遲, 至蒲縹先返. 余遲一日至, 故復來此看余.) 遂與同入
市, 換錢畀給夫, 市魚烹於酒家, 與崔共酌. 暮返樓. 夜大雨.

---

1) 궁요(窮儌)는 황량하고 머나먼 변경을 의미하고, 박해(薄海)는 바닷가에 이름을 의미
   한다.
2) 동타(銅駝) 혹은 동타가(銅駝街)는 옛 낙양성(洛陽城) 안에 있는 번화가의 지명이다.
   이 거리의 양쪽에는 한나라 때에 구리로 주조한 낙타 두 마리가 마주하고 있기에
   동타가라고 일컬어진다.
3) 하수(下手) 혹은 하수(下首)는 오른쪽의 위치를 가리키며, 하수사(下手砂)는 오른쪽
   의 용사(龍砂)를 의미한다.

二十五日 曉霽. 崔君來候余餐, 與之同入市, 買琥珀綠蟲. 又有顧生者, 崔
之友也, 導往碾玉者家, 欲碾翠生石印池杯, 不遇, 期明晨至.

二十六日 崔、顧同碾玉者來, 以翠生石畀之. 二印池、一杯子, 碾價一兩
五錢, 蓋工作之費逾於買價矣, 以石重不便於行, 故强就之. (此石乃潘生所送
者. 先一石白多而間有翠點, 而翠色鮮艶, 逾於常石. 人皆以翠少棄之, 間用搪抵上司取
索, 皆不用之. 余反喜其翠, 以白質而顯, 故取之. 潘謂此石無用, 又取一純翠者送余, 以
爲妙品, 余反見其黯然無光也. 今命工以白質者爲二池, 以純翠者爲杯子.) 時囊中已
無銀, 以麗江銀杯一隻, (重二兩餘) 畀顧生易書刀三十柄, 餘付花工碾石. 是
午, 工攜酒肴酌於北樓, 抵晚乃散.

二十七日 坐會眞樓作記.

二十八日 花工以解石來示.

二十九日 坐會眞樓. 上午往叩閃知愿, 將取前所留翰札碑帖. 閃辭以明日.
還過潘蓮華家, 將入晤, 遇雞足安仁師. (麗江公差目把[1]延至, 求閃序文.) 與邱

生, (邱新添人, 眇一目, 以箕仙行術, 前會於騰, 先過此) 同行. 萬里知己, 得之意外, 喜甚, 遂同過余寓. 坐久之, 余亦隨訪其寓. 下午乃返.

---

1) 목파(目把)는 중국 남서부의 소수민족의 소두령을 가리킨다.

三十日 晨餐後, 往拜潘, 卽造閃知愿, 猶不出. 人傳先生以腹瀉, 延入西亭相晤. 余以安仁遠來, 其素行不凡, 且齋有麗江『雲中全集』來至, 並求收覽. 閃公頷之. 余乃出, 往安仁寓, 促其以集往, 而余遂出龍泉門, 觀九龍泉.

龍泉門, 城之西南門也, 在太保山之南麓. 門外卽有澗自西山北夾而出, 新城循之而上. 澗之南有山一支, 與太保並垂, 而易羅池當其東盡處, 周迴幾百畝, 東築堤匯之, 水從其西南隅泛池上溢, 有亭跨其上, 東流入大池. 大池北亦有亭. 池之中, 則鄧參將子龍所建亭也, 以小舟渡遊焉. 池之南, 分水循山腰南去, 東泄爲水竇, 以下潤川田. 凡四十餘竇, 五里, 近胡墳而止焉. 由池西上山, 北岡有塔, 南岡則寺倚之. 寺後有閣甚鉅. 閣前南隙地, 有花一樹甚紅, 卽飛松之桐花也, 色與刺桐[1]相似, 花狀如凌霄而小甚, 然花而不實, 土人謂之雄樹. 旣而入城, 卽登城北, 躡其城側倚而上. 一里餘, 過西向一門, 塞而不開. 乃轉而北又里餘, 則山東突之坪也. 其西竇蓋山穹立甚高, 東下而度一脊, 其南北甚狹, 度而東, 鋪爲平頂, 卽太保之頂也, 舊爲塞子城. 胡淵拓而包此頂於內, 西抵度脊處而止, 亦設門焉; 塞而不開, 所謂永定、永安二門也. 舊武侯祠在諸葛營, 今移於此頂, 余入而登其樓, 姜按君有詩碑焉. 坪之前有亭踞其東. 由此隆而下, 甚峻, 半里卽下臨玉皇閣後, 由其西轉閣前, 而入會眞飯焉.

---

1) 자동(刺桐)은 해동(海桐) 혹은 산부용(山芙蓉)이라고도 일컫는 낙엽의 교목이다. 꽃과 잎은 관상용으로 활용되며, 가지와 줄기 사이에 원추형의 가시가 있기에 자동이라 부른다.

六月初一日 憩會眞樓.

初二日 出東門, 溪之自龍泉門灌城而東者, 亦透城而出. 度弔橋, 遂隨之東行田塍中. 十里至河中村, 有石橋, 北來之水遂分而爲二:一由橋而東南注, 一繞村而西南曲. 越橋東一里餘, 則其地中窪而沮洳. 又里餘, 越岡而東, 一里, 抵東山之麓. 由岐東北二里, 過大官廟. 上山, 曲折甚峻, 二里餘, 至哀牢寺. 寺倚層巖下, 西南向, 其上崖勢層疊而起, 卽哀牢山也. 飯於寺. 由寺後沿崖上, 一里轉北, 行頂崖西, 半里轉東, 行頂崖北, 一里轉南, 行頂崖東. 頂崖者, 石屛高揷峰頭, 南北起兩角而中平. 玉泉二孔在平脊上, 孔如二大屨, 並列, 中隔寸許, 水皆滿而不溢, 其深尺餘, 所謂金井也. 今有樹碑其上者, 大書爲'玉泉'. 按玉泉在山下大官廟前, 亦兩孔, 而中出比目魚, 此金井則在山頂, 有上下之別, 而碑者顧溷之, 何也? 又一碑樹北頂, 惡哀牢之名, 易爲'安樂'焉, 益無徵矣. 南一里至頂. 南一里, 東南下. 又一里, 西南下. 其處石崖層疊, 蓋西北與哀牢寺平對, 俱沿崖而倚者也.

又南下里餘, 爲西來大道, 有茅庵三間倚路旁, 是爲茶庵. 由此東向循峽而入, 五里, 過一坳. 坳中有廟西向. 東一里, 度中窪之宕, 復東過坳. 又從嶺上二里餘, 盤北突之嘴. 其北峽之底, 頗見田形. 於是東南下, 二里, 越一峽而東, 一里, 東上岡. 又里餘, 逾坳東南行, 見其東有南北峽, 中乾無水. 峽東其山亦南北亘, 有一二家倚之, 是爲淸水溝. 溝中水不成流, 以從峽底東度脈者. 隨峽南行一里, 復度而東上岡, 始望見南壑中窪, 其南有峰危聳中立, 卽筆架山之北峰也; 前從水寨西南盤嶺時, 所望正南有峰雙突如馬鞍者, 卽此峰也. 其峰在郡城東南三十餘里, 卽淸水西山南下之脈, 至此而盡, 結爲此山, 南北橫亘, 西自郡城望之, 四頂分尖, 北自此臨之, 只見北垂一峰如天柱. 從岡上東盤北峰, 三里降而下窪, 始有小水自北峽下, 一里, 涉之. 又東循北山一里餘, 過一脊坳. 又西稍降一里, 始見東山漸豁. 山岡向東南下, 中路因之; 又一岐東北分趨瓦渡; 又一岐西南下坑, 坑中始聞水聲. 有三四家倚西山崖下, 是爲沈家莊, 其下有田塍當坑底焉. 已暮, 欲投之宿, 遂西南下一里餘, 及坑底. 渡小水, 西南半里, 投宿村家, 暮雨適來.

初三日 雨潺潺不止. 飯而登途, 稍霽. 復南下坑底, 半里, 渡坑澗. 復東南上坡, 一里餘, 得北來大路, 隨之南行岡脊三里. 其岡在垂塢中, 遂隨之下一里, 南行塢中. 其中有小水啷啷, 乃穿塹西南, 逼近筆架東北之麓, 合北來<u>沈莊</u>水, 同東而繞於閃太史墓前者也. 路又南一里, 逾一小坳. 一里稍下, 遂沿塢東行, 其塢始谿而東向去, 水從其西南瀕筆架山之北岡, 亦隨之東折. 一里餘, 逾一小岡而下, 卽閃墓之虎砂也. 北望有塋當中坡之嘴, 乃涉塹而登之, 卽閃太史夫人馬氏之塚, 太翁所擇而窆者, 已十餘年矣. 其脈西北自昨所度<u>沈家莊</u>東岐之脊東南下, 又峙爲一巨山下墜. 自西而東者爲虎砂, 卽來道所再逾者; 自東而南爲龍砂, 卽莊居外倚者, 而穴懸其中, 東南向. 外堂卽向東之塢, 水流橫其前, 而內堂卽涉塹而登者, 第少促而峻瀉. 當橫築一堤, 亘兩砂間, 而中蓄池水, 方成全局. 虎砂上有松一圓獨聳, 余意亦當去之. 其莊卽在龍砂東坡上, 又隔一小塢, 亦有細流啷啷, 南注外堂東下之水. 從墓又東半里, 逾小水抵莊. 莊房當村廬之西, 其門南向. 前三楹卽停太翁之柩者, 鑰之未啓; 後爲廬居, 西三楹差可憩. 時守者他出, 止幼童在.

余待久之, 欲令其啓鑰入, 叩太翁靈几, 不得. 遂從村東問所謂'落水坑'者, 其言或遠或近, 不可方物.[1] 有指在東北隅者, 趨之. 逾岡脊而北, 二里餘, 得一中窪之潭, 有水嵌其底, 四面皆高, 週遭大百畝, 而水無從出. 從窪上循其北而東上坡, 又里餘而得儸儸寨, 數十家分踞山頭. 其嶺亦從北而亘南, 東南接天生橋者, 爲<u>閃莊</u>東障之山. 余時不知其爲<u>天生橋</u>, 但求落水坑而不得, 惟望<u>閃莊</u>正東, 其山屛起下陷, 如有深穴, 意此中必有奇勝, 然已隨土人之指逾其北矣. 遍叩寨中儸儸, 終無解語者. 遂從東嶺西南下, 仍抵窪潭之東, 得南趨之道, 乃隨之循東嶺而南. 二里, 見有峽東自屛山下陷處出, 峽中無水而水聲甚沸. 乃下, 見有水西自塹底, 反東向騰躍, 而不見下流所出, 心奇之而不能解. 乃先溯旱峽遵北嶺東入, 二里抵下陷處, 見石崖騈列, 中夾平底. 半里, 峽分兩岐: 一北向入者, 峽壁雙騈而底甚平, 中無滴水, 如抉塹而入, 而竟無路影; 一南向入者, 東壁甚雄, 峽底稍隆起, 而水與路影亦俱絶. 路則直東躡嶺而上, 余意在窮崖, 不在陟岵, 乃先趨北向峽中, 底平若嵌, 若鴻溝之界, 而中俱茅塞, 一里未有窮極. 復轉, 再趨南向峽中, 披茅而入. 半里, 東崖突聳, 路輒緣西崖上. 俯瞰峽中, 其南忽平墜而下, 深嵌數丈. 東崖特聳之下, 有洞岈然, 西向而闢於坑底. 路亦從西崖陟下坑中, 遂伏莽而入洞. 洞門高數丈, 闊止丈餘, 水痕尚濕, 乃自外入洞中者. 時雨甫過, 坑源不長, 已涸而無流. 入洞二丈, 中忽闇然下墜, 其深不測. 余乃以石塊擲之, 久而硞然, 若數十丈不止. 然有聲止洞底, 有聲如投水中, 固知其下有水而又不盡水也. 出洞南眺, 其坑亦南夾, 不知窮極, 然或高或窪, 底亦無有平準. 乃從舊路北出半里, 復隨大路行峽底半里, 復隨北嶺小徑二里, 西抵聞水聲處, 其坡在閃墓正東. 二里, 逾橫峽而南, 有寨數家, 乃西通山窠, 南通落水寨總道, 大路自山窠走天生橋, 出枯柯、順寧, 卽從此寨沿南嶺而入者. 余時尚不知所入嶺卽天生橋也, 惟亟西下絶壑, 視西來騰躍之水. 一里, 抵壑之懸絶處, 則水忽透石穴下墜. 其石皆磊落倚伏, 故水從西來, 掏空披障而投之, 當亦東合天生橋之下者也. 其水卽沈家莊西北嶺坳諸水, 環閃墓、閃莊之前, 又東盤岡嘴, 始北曲而東入於此. 此所謂小落水坑也, 卽土人所謂近者, 余求之而不得, 不意過而遇之.

時已過午, 遂南越一岡, 又西下一里, 仍南渡其水曲, 復西逾坡, 一里再至閃莊. 余令顧奴淪水餐飯. 旣畢, 而其守者一人歸, 覓匙鑰不得, 乃開其外門而拜於庭, 始詢所爲天生橋、落水洞之道. 乃知落水有二洞, 小者近, 卽先所遇者, 爲本塢之水; 大者遠, 在東南十里之外, 乃山窠南道所經, 爲合郡近城諸流. 又知天生橋非橋也, 卽大落水洞透穴潛行, 而路乃逾山陟之, 其山卽在正東二里外.

余隨其指, 先正東尋天生橋. 二里, 至橫峽南嶺之寨, 將由南嶺大路東入. 再執途人問之, 始知卽前平底峽中東上之坡, 是爲天生橋, 逾之卽爲枯柯者. 余乃不復入, 將南趨落水寨. 一土人老而解事, 知余志在山水, 曰:"是將求落水洞, 非求落水寨者, 此洞非余不能指. 若至落水寨而後迴, 則迂折多矣." 遂引余從其寨之後東逾嶺, 莽蒼無路, 姑隨之行. 二里, 越嶺東下,卽見一溪西南自落水寨後破石門東出, 盤曲北來, 至此嶺東麓, 卽搗入峽. 峽東卽屛山下陷之南峰, 與所逾之嶺夾成南北峽. 水從南入峽, 懸溜數丈, 匯爲潭. 東崖忽迸而爲門, 高十餘丈, 闊僅數尺, 西向峙潭上, 水從潭中東搗而入之, 其勢甚沸. 余從西崖對瞰, 其入若飮之入喉, 汩汩而進, 而不知其中之崆峒作何狀也. 余從西崖又緣崖石而北, 見峽中水雖東入, 而峽猶北通, 當卽旱峽南或高或窪南出之峽, 由此亦可北趨峽底, 西向旱壑洞. 固知兩洞南北各峙, 而同在一峽中, 第北無水入而南吸大川耳, 其中當無不通, 故前投石有水聲, 而上以橋名也. 從西崖俯瞰久之, 仍轉南出. 土老翁欲止余宿, 余謂日尙高, 遂別之. 遵南路可以達郡, 惟此處猶不得路, 蓋沿大溪而南, 抵西山峽門, 卽落水寨; 西越坡, 溯小溪而西上嶺, 盤筆架山之南, 卽郡中通枯柯大道. 余乃西從之.

沿坡涉塢, 八里抵西坡下, 有儸儸寨數家, 遂西上坡. 層累而上八里, 其山北盤爲壑, 而南臨下嵌之澗, 有四五家倚北峽而居, 上復成田焉. 又西盤西峰南嘴而上三里, 其上甚峻. 又平行峰頭二里, 余以爲此筆架南峰矣, 而孰知猶東出之支也, 其西復下墜爲坑, 與筆架尙隔一塢. 乃下涉坑一里, 越坑西上, 始爲筆架南垂. 有數十家卽倚南崖而居, 是爲山窠. 當從投宿, 而路從樹底行, 不辨居址, 攀樹叢而上, 一里遂出村居之後. 意西路可折而轉, 旣抵其西, 復無還岐, 竟遵大路西北馳. 二里餘, 下涉一澗, 復西北上坡. 二里餘, 越坡, 復下而涉澗. 共三里, 又上逾一坡, 乃西向平下. 二里出峽門, 已暮, 從昏黑中峻下二里, 西南渡一溪橋, 又西北從岐逾坡, 昏黑中竟失路. 躑躅二里, 得一寨於坡間, 是爲小寨. 叩居人, 停行李於其側, 與牛圈鄰, 出囊中少米爲粥以餐而臥.

---

1) 방물(方物)은 사리를 분별함을 의미하며, 여기에서는 방향이나 위치를 분별함을 가리킨다.

初四日 其家揷秧忙甚, 竟不爲余炊. 余起問知之, 卽空腹行, 以爲去城當

不及三十里也. 及西行, 復逾坡兩重, 共八里, 有廬倚山西向而居, 始下見
郡南川子. 又隨坡西向平行五里, 趨一西下小峽, 復上一西突之岡, 始逼近
西川. 下瞰川中之水, 從坡西南環坡足, 東南抱流而入峽, 坡之南有堰障之,
此卽<u>清水關沙河</u>諸水, 合流而東南至此, 將入峽東向而出<u>落水寨</u>者也. 於
是東北一里餘, 下至坡麓. 循嘴北轉半里, 始舍山而西北行平陸間. 二里,
西及大溪, 有巨木橋橫其上, 西渡之. 西北行川間, 屢過川中村落, 十六里
而及城之東南隅. 度小橋, 由城南西向行, 一里而入南門, 始入市食饅麵而
飽焉. 下午, 返<u>會眞樓</u>.

初五、初六兩日 憩<u>會眞樓</u>.

初七日 <u>閃知愿</u>來顧, 謝余往叩靈几, 禮也. <u>知愿</u>饋餠二色.

初八日 <u>知愿</u>又饋豬羊肉並酒米甚腆.

初九日 <u>閃太史</u>招遊<u>馬園</u>. 園在<u>龍泉門</u>外, 期余晨往. 余先從<u>法明寺</u>南, 過
新建太翁祠. 祠尙未落成, 倚山東向, 與<u>法明</u>同. 其南卽<u>方忠愍公</u>祠, (名政,
征<u>鹿川</u>, 死於江上者.) 東向. 正室三楹, 俱守者棲止於其中, 兩廡祀同難者, 俱
傾倒, 惟像露坐焉. 出祠, 遂南出<u>龍泉</u>, 由池東堤上抵池南, 卽折而西入峽.
半里, 園臨峽西坡上, 與<u>龍泉寺</u>相並. 園之北, 卽峽底也, 西自<u>九隆山</u>後環
峽而來. 有小水從峽底東出, 僅如線不絶. 而園中則陂池層匯. 其北一池,
地更高, 水從其底泛珠上溢, 其池淺而水獨澄映有光, 從此潺潺潺瀉外池.
外池中滿芰荷. 東岸舊有<u>荣根亭</u>, 乃<u>馬玉麓</u>所建者, 並園中諸榭俱頹圮. 太
史公新得而經始之, 建一亭於外池南岸, 北向臨流. 隔池則<u>龍泉寺</u>之殿閣
參差, 岡上浮屠, 倒浸波心. 其地較<u>九龍池</u>愈高, 而破池罨映, 泉源沸漾, 爲
更奇也. 蓋後峽環夾甚深, 其水本大, 及至峽口, 此園當之, 峽中之水, 遂不
由溪而沁入地中. 故溪流如線, 而從地旁溢如此池與<u>九龍池</u>, 其滔滔不舍

者, 卽後峽溪中之流也.

余至, 太史已招其弟知愿相待. 先同觀後池溢泉, 遂飯於池南新亭. 開宴亭中, 竟日歡飮, 洗盞更酌, 抵暮乃散. 是日始聞黃石翁[1]去年七月召對[2]大廷, 與皇上面折廷諍, 後遂削江西郡幕. 項水心[3]以受書帕, 亦降幕. 劉同升[4]、趙士春亦以上疏降幕. 翰苑[5]中正人一空. 東省之破, 傳言以正月初二, 其省中諸寮, 無不更易者. 雖未見的報, 而顔同蘭之被難可知矣.

---

1) 황석옹(黃石翁)은 서하객의 절친한 벗인 석재(石齋) 황도주(黃道周, 1585~1646년)를 가리킨다.
2) 소대(召對)는 군왕이 신하를 불러 정사(政事)나 경의(經義) 등과 같은 문제에 대해 대답하도록 하는 것을 가리킨다.
3) 항수심(項水心)은 오현(吳縣) 사람인 항욱(項煜)을 가리킨다.
4) 유동승(劉同升, 1587~1646)은 강서성 길수(吉水) 사람으로, 자는 진경(晋卿) 또는 효칙(孝則)이다. 숭정(崇禎) 10년(1637년)에 장원으로 급제했다.
5) 한원(翰苑)은 한림원(翰林院)의 별칭이다.

初十日 馬元中、劉北有相繼來拜, 皆不遇, 余往玉工家故也. 返樓知之, 隨拜馬元中, 並拜兪禹錫. 二君襟連[1]也, 皆閔太翁之婿, 前於知愿席相會而未及拜. 且禹錫原籍蘇州, 其祖諱彦, 中辛丑進士, (中時猶李時彦, 後復兪姓, 名彦.) 移居金陵大功坊後. 其祖父年俱壯, 閔太史寓金陵時, 欲移家南來, 遂以季女字兪. 前年太翁沒, 兪來就婚, 擬明春偕返云. 時禹錫不在, 遂返會眞. 閔太史以召對報來示.

---

1) 금련(襟連)은 자매의 지아비, 즉 동서를 의미한다.

十一日 禹錫招宴. 候馬元中並其內叔閔孩識、孩心等同飮, 約同遊臥佛.

十二日 禹錫饋兼金[1]. 下午, 元中移酌會眞樓, 拉禹錫同至. 雷風大作, 旣暮乃別.

十三日 禹錫以他事不及往臥佛, 余遂獨行. 東循太保山麓, 半里, 出仁壽門. 仁壽西北倚太保山北麓, 城隨山西疊而上, 與龍泉同. 出城, 卽有深澗從西山懸坑而下, 卽太保山頂城後度脊所分之水也. 逾橋循西山直北半里, 有岐東北行平川中, 爲紙房村間道; 其循山直北者, 乃逾嶺而西, 向青蒿壩通乾海子者. 余乃由間道二里, 北過紙房村, 又東一里餘, 出大道, 始爲拱北門直向臥佛寺者. 又北一里, 越一東出小澗, 其北有廟踞岡頭, 乃離城五里之舍也. 大道中川而行, 尙在板橋孔道之西. 又北五里, 再過一廟, 在路之西. 其西又有巨廟倚西山, 村落倚之, 所謂紅廟村也. 又北八里, 有一澗自西山東出, 逾之而北, 是爲郎義村. 村廬聯絡, 夾道甚長, 直北二里, 村始盡. 緣村西轉, 有水自北堰中來, 卽龍王塘之下流也. 溯流沿坡西北行, 三里, 有一卷門東向列路旁, 其北卽深澗緣坡下, 乃由卷門西入, 緣南坡俯北澗西入. 半里, 聞壑北水聲甚沸, 其中深水叢箐, 虧蔽上下, 而路乃緣壑北轉. 不半里, 穿門北上, 則龍王祠巍然東向列, 其前與左, 皆盤壑蒙茸, 泉聲沸響. 乃由殿左投箐而下, 不百步, 而泓泉由穴中溢, 東向墜坑. 其北坑中, 又有水瀉樹根而出, 亦墜壑同去. 其下懸墜甚深, 而藤蘿密蔓. 余披蔓涉壑求之, 抵下峽則隔於上, 凌上峽則隔於下, 蓋叢枝懸空, 密蔓疊幕, 咫尺不能窺, 惟沸聲震耳而已. 已乃逾其上, 從棘蔓中攀西北崖而上. 按『統志』謂龍王巖斷崖中劈, 兀立萬仞. 余望雙巖上倚山頂, 謂此有路可達, 宛轉上下, 終不可得, 乃返殿前而飯.

仍出卷門, 遂北下度澗橋, 見橋北有岐緣澗西入, 而山頂雙巖正峙其西, 余遂從之. 始緣澗北, 半里遂登坡西上. 直上者三里, 抵雙巖之下, 路乃凌北巖之東, 逾坳而西北去. 余瞰支峰東北垂, 意臥佛當在其西北峰下, 遂西北逾支峰, 下坑盤峽, 遵北坡東行. 二里, 見有路自北坡東來, 復西北盤坳上, 疑以爲此卽臥佛路, 當從山下行, 不登山也, 欲東下. 土人言 : "東下皆坑崖, 莫可行; 須仍轉而南, 隨路乃下." 從之轉南, 又二里, 隨前東來之路下坡. 二里, 從坡麓得一村, 村之前卽沿麓北行之大道. 沿之北, 又五里, 稍西向入谷, 則<u>臥佛寺</u>環西谷中, 而谷前大路, 則西北上坡矣.

蓋西山一支, 至是東垂而出, 北峽爲<u>清水關</u>, 南抱爲<u>臥佛巖</u>, 但<u>清水</u>深入, 而<u>臥佛</u>前環耳. 入谷卽有池一圍當寺前, 其大不及<u>九隆池</u>, 而迴合更緊. 池東有一亭縮谷口. 由池北沿池入, 池盡, 其西有官房三楹臨其上. 北楹之下, 泉泪泪從坳石間溢入池中, 池甚淸淺. 官房之西歷砌上, 卽寺門也, 亦東向臨之. 其內高甍倚巖, 門爲三卷, 亦東向. 卷中不楹而磚亦橫鞏如橋, 卷外爲簷, 以瓦覆石連屬於洞門之上壁. 洞與鞏連爲一室, 鞏高而洞低, 鞏不掩洞, 則此中之奇也. 其洞高丈餘, 而深入者二丈, 橫闊三丈, 其上覆之石甚平. 西盡處, 北有門, 下嵌而入; 南有臺, 高四尺, 其上剜而入. 臺如胡牀[1]橫列, 而剜有石像, 曲肱臥臺上, 長三丈, 頭北而足南. 蓋此洞橫闊止三丈, 北一丈嵌爲內洞之門, 南二丈猶不足以容之, 自膝以下, 則南穴洞壁而容其足. 其像乃昔自天成者, 自鎮守內官鞏其前軒, 又加斧琢而貼之金, 今則宛然塑像, 失其眞矣. 內洞門由西北隅透壁入, 門凹而下, 其內漸高, 以覓炬未入. 時鞏殿有攜酒三四生, 挾妓呼僧, 團飮其中, 余姑出殿, 從北廡廂樓下覓睡處, 且買米而炊焉. 北廡之西亦有洞, 高深俱丈五尺, 亦卷其門, 而南向於正洞之北隅, 其中則像山神以爲護法者. 是夜臥寺中, 月頗明, 奈洞中有嬲, 寺中無好僧, 懋懋而臥.

---

[1] 호상(胡牀)은 간편히 접을 수 있는 침대식 의자로서, 서역에서 전래되었다고 하여 이렇게 불린다.

十四日 早飯於僧舍, 覓火炬入內洞. 初由洞門西向直入, 其中高四五丈, 闊二丈, 深數丈, 稍分岐輒窮, 無甚奇也. 仍出, 從門內南向覓旁竇而上. 入二丈, 亦窮而出, 笑此洞之易窮. 有童子語於門外曰: "曾入上洞乎? 余今早暗中入, 幾墜危竇. 若穿洞而上, 須從南, 不可從北也." 余異其言, 乃益覓炬再入. 從南向旁竇得一小穴, 反東向上, 其穴圓如甑. 旣上, 其穴豎而起, 亦圓如井. 從井中攀南岸, 則高而滑, 不可上, 乃出, 取板凳爲梯以升. 旣上, 其口如井欄, 上有隙橫於井口之西. 復盤隙而北, 再透出一口, 則有峽東西橫峙. 北向出峽, 則淵然下墜, 其深不可睹, 卽前內洞直入之底也, 無級可梯, 故從其東道層穴而上耳. 南向下峽丈餘, 有洞仍西向入, 其下甚平, 其上高三四丈, 闊約丈五, 西入亦五六丈, 稍分爲岐而止, 如北洞之直入者焉. 此洞之奇, 在南穿甑穴, 層上井口, 而復得直入之洞. 蓋一洞而分內外兩重, 又分上下二重, 又分南北二重, 始覺其奇甚也.

旣出, 仍從池左至谷口大路. 余時欲東訪<u>金雞溫泉</u>, 當截大川東南向<u>板橋</u>, 姑隨大路北瞰之. 半里, 稍西北上坡, 見其路愈西上, 乃折而東, 隨旁岐下坡. 蓋西北上者爲<u>淸水關道</u>, 乃通<u>北衝</u>者; 川中直北五里, 爲<u>章板村</u>, 爲<u>雲龍州道</u>; 川東躡關坡而上, 爲<u>天井鋪道</u>, 從此遙望皆相對也. 下坡一里, 其麓有一村. 從此由田塍隨小溪東南行, 二里, 始遇<u>淸水關</u>大溪, 自北而南流川中. 隨之南行半里, 渡橫木平橋, 由溪東岸又東半里, 過一屯, 遂從田塍中小徑南行. 半里, 稍折而西, 復南就一小水. 隨之東下, 遂無路. 莽蒼行草畦間, 東南一里半, 始得北來小路. 隨之南, 又得西來大路, 循之. 其東南一里, 又有溪自北而南, 其大與<u>淸水溪</u>相似, 有大木橋架其上. 度橋東, 遂南行. 二水俱西曲而合, 受<u>龍王塘</u>之水, 東折於<u>板橋</u>之南焉. 路南行塍中, 又二里半而出<u>板橋</u>街之中. 由街稍南過一小橋, 則沿小溪東上. 半里, 越溪上梗,[1] 東南二里半, 漸逼東山. 過一村, 稍南又東, 半里, 有小溪自東北流西南, 涉之. 從溪東岸, 又東南二里, 直逼東山下, 復有村倚之. 從村南東向入, 有水舂踞岡上. 岡之南, 卽有澗自<u>木鼓山</u>北峽來, 繞岡南西去, 有亭橋跨其上, 此大道也; 小徑卽由北脊入峽, 盤岡東下, 遂溯溪岸東行. 一里, 有小木橋平跨上流, 乃南度之. 又東上坡, 一里而至<u>金雞村</u>. 其村居廬連夾甚盛, 當<u>木鼓山</u>之東南麓. 村東有泉二池, 出石穴中, 一溫一寒. 居人引溫者匯於街中爲池, 上覆以屋. 又有正屋三楹臨池之南, 庭中紫薇[2]二大樹甚豔, 前有門若公館然. 乃市酒餐於市, 而後浴於池. 池四旁石甃, 水止而不甚流, 亦不甚熱, 不甚淸, 尙在<u>永平溫泉</u>之下, 而有館有門則同也. 從村後東南循峽上嶺數里, 自<u>金雞村</u>逾嶺東下, 通<u>大寨</u>、<u>瓦渡</u>之路也; 從村後直東, <u>上木鼓</u>西南峰, 二十里, 有新建<u>寶頂寺</u>. 余不及登, 遂從村西南下.

　三里, 北折, 度<u>亭橋</u>北, 隨溪西南行塍中. 五里, 西値大溪, 溪之東有村傍之, 乃稍溯之北, 度大木橋而西行塍中. 又四里而至<u>見龍里</u>. 其南有<u>報功祠</u>甚巨, 門西向, 而祠樓則南面. 入其中, 祠空而樓亦空, 樓上止<u>文昌</u>一座當其中. 寺僧云, 昔有<u>王靖遠</u>諸公神位, 覓之不見也. 由此又十里, 入<u>拱北門</u>. 又二里而返<u>會眞</u>. 令人往訊<u>安仁</u>, 已西往<u>騰越</u>矣.

---

　1) 경(梗)은 경(埂)과 통하여, 밭두둑을 의미한다.
　2) 자미(紫薇)는 백일홍을 가리킨다.

十五日 憩<u>會眞樓</u>.

十六日 往唔<u>閃知愿</u>. 還拜<u>劉北有</u>, 留飯, 卽同往<u>太保山</u>麓書館. 館中花木叢深, 頗覺幽閒. 坐久之, 雨過, 適<u>閃知愿</u>送『南園錄』並『永昌志』至, 卽留館中. <u>北有</u>留余遷寓其內, 余屢辭之, 至是見其幽雅, 卽許之, 約以明日. 雨止, <u>劉</u>以鑰匙付余, 以<u>劉</u>將赴秋闈,[1] 不暇再至也. 余乃別, 還<u>會眞</u>.

---

　1) 추위(秋闈)는 가을에 치르는 향시(鄕試)를 가리킨다.

十七日 <u>閃知愿</u>再候宴, 並候其兄<u>太史</u>及其族叔<u>孩識</u>同宴. 深夜乃別.
　獨坐館中, 爲抄『南園漫錄』. 旣而<u>馬元中</u>又覓『續錄』至, 余因先抄『續錄』. 乘雨折庭中花上花, 揷木球[1]腰孔間輒活, 蕊亦吐花. [花上花者, 葉與枝似吾地木槿, 而花正紅, 似<u>閩</u>中扶桑, 但扶桑六七朵幷攢爲一花, 此花則一朵四瓣, 從心中又抽出疊其上, 殷紅而開久, 自春至秋猶開. 雖揷地輒活, 如榴然, 然植庭左則活, 右則槁, 亦甚奇也.] 又以杜鵑、魚子蘭[蘭如眞珠蘭而無蔓, 莖短葉圓, 有光, 抽穗, 細黃, 子叢其上如魚子, 不開而落, 幽韻同蘭.], 小山茶分植其孔, 無不活者. 旣午, 兪禹錫雨中來看, 且攜餐貰酒, 贈余詩, 有‘下喬’之句. [謂會眞樓高爽, 可盡收一川陰晴也.] 余答以‘幽棲解嘲’五律. [謂便於抄書也.]

---

1) 목구(木球)는 나무로 만든 공 모양의 공예품으로서, 향기를 내거나 꽃을 꽂는 등의 용도로 흔히 사용된다.

十八日 遷館於山麓西南打索街, 卽劉北有書館也. 其館外有賃居者, 以日用器進, 亦劉命也. 余獨坐館中, 爲抄『南園漫錄』. 旣而馬元中又覓『續錄』至, 余因先抄『續錄』. 乘雨折庭中花上花, 挿木球腰孔間輒活, 蕊亦吐花. (花上花者, 葉與枝似吾地木槿, 而花正紅, 似閩中扶桑, 但扶桑六七朶幷攢爲一花, 此花則一朶四瓣, 從心中又抽出疊其上, 殷紅而開久, 自春至秋猶開. 雖揷地輒活, 如榴然, 然植庭左則活, 右則槁, 亦甚奇也.) 又以杜鵑、魚子蘭(蘭如眞珠蘭而無蔓, 莖短葉圓, 有光, 抽穗, 細黃, 子叢其上如魚子, 不開而落, 幽韻同蘭.)、小山茶分植其孔, 無不活者. 旣午, 兪禹錫雨中來看, 且攜餐貰酒, 贈余詩, 有‘下喬’之句. (謂會眞樓高爽, 可盡收一川陰晴也.) 余答以‘幽棲解嘲’五律. (謂便於抄書也.)

十九日 抄書書館. 悶知愿以竹紙湖筆饋, 以此地無紙筆, 俱不堪書也.

二十日 抄書麓館.

二十一日 孩識來顧.

二十二日 抄書麓館.

二十三日 晨, 大雨. 稍霽, 還拜孩識, 並謝劉北有. 下午, 赴孩識之招, 悶、兪俱同宴. 深夜乃別.

二十四日 絶糧. 知劉北有將赴省闈, 欲設酌招余, 余乃作書謂 : "百杯之招, 不若一斗之粟, 可以飽數日也."

二十五日 新添邱術士挾一劉姓者至, (邱自謂諸生, 而以請仙行.) 招遊九龍池, 遂泛池中亭子. 候劉攜酌不至, 余返寓抄書. 北鄰花紅正熟, 枝壓牆南, 紅豔可愛. 摘而食之, 以當井李.[1] (此間花紅結子甚繁, 生靑熟紅, 不似余鄉之熟輒黃也. 余鄉無紅色者, '花紅'之名, 俱從此地也.) 下午, 北有以牛肉斗米餽, (劉、閃、馬俱教門, 不食猪而食牛.) 劉以素肴四品饋.

1) 『맹자 · 등문공하(滕文公下)』에 "우물 위에 오얏나무가 있으매, 굼벵이가 파먹은 것이 태반이었다(井上有李, 螬食者過半矣.)"는 글귀가 있는데, 정리(井李)는 오얏나무의 열매를 의미한다.

二十六至二十九日 俱抄書麓館. 俱有雨, 時止時作, 無一日晴也.

운남 유람일기11(滇遊日記十一)

해제

　「운남 유람일기11」은 서하객이 「운남 유람일기10」에 이어 운남성의 영창부(永昌府) 북서부와 남동부를 유람한 기록이다. 숭정 12년(1639년) 7월 초에 서하객은 영창부의 북서부 지역으로 떠나, 호파(虎坡), 송파(松坡), 맹뢰(猛賴), 만변(蠻邊), 북충(北衝), 정구(箐口)를 거쳐 17일에 영창부로 되돌아왔다. 이후 영창부에서 지내다가 29일 영창부의 남동부 지역으로 떠나 삼조구(三條溝), 아금(阿今)을 거쳐 소랍이(小臘彛)에 이르렀다.

　서하객은 영창부의 북서부 지역을 유람하는 동안 마원강(馬元康)과 조룡강(早龍江)의 극진한 도움 아래, 건해자(乾海子)와 마노산(馬瑙山), 그리고 '운남 으뜸'으로 손꼽히는 수렴동(水簾洞) 폭포와 고려공산(高黎貢山)의 석성(石城)을 두루 구경했다. 서하객은 이번 여정에서 몸에 상처를 입고 병에 걸리며 식량이 떨어지는 등 수많은 고생을 겪었지만, 소수민족의 생활풍속과 생산물 등을 상세히 기록했을 뿐만 아니라, 지역에 관한 전문 저술이라 할 수 있는 「영창지략(永昌志略)」과 「근등제이설략(近騰諸彝說略)」을 남겼다.

이번 유람의 주요 여정은 다음과 같다. 영창부(永昌府)→ 호파(虎坡)→ 마노산(馬瑙山)→ 수렴동(水簾洞)→ 송파(松坡)→ 타랑(打郎)→ 맹뢰(猛賴)→ 만변(蠻邊)→ 중대사(中臺寺)→ 석성(石城)→ 맹강(猛岡)→ 북충(北衝)→ 정구(篝口)→ 영창부(永昌府)→ 삼조구(三條溝)→ 아금(阿今)→ 소랍이(小臘彝)

역문

기묘년 7월 초하루부터 초사흘까지

기슭의 서관에서 책을 베꼈다. 역시 하루도 맑게 갠 날이 없었다. 이에 앞서 유우석(兪禹錫)의 하인이 고향에 돌아가는 길에 나를 위해 집에 보내는 편지를 가져가겠노라고 했다. 정처 없이 떠도는 신세임을 생각하니, 아마 집안의 식구들은 이미 나를 세상을 떠난 사람으로 여기고 있을 터인데, 만약 편지가 집안에 도착하여 내가 아직 살아있음을 알게 되면, 도리어 몸이 자유롭지 못할까봐, 편지를 써서 그의 제안을 거절했다. 이날 밤 잠을 이루지 못한지라, 편지 한 통을 썼다. 내일 그 하인 편에 부칠 작정이다.

7월 초사흘

유우석의 처소에 집에 부치는 편지를 보내려고 했는데, 유우석은 남쪽 성의 오(吳)씨의 화원에 가고 없었다. 내가 되돌아가려는 참에, 그의 서동(書童)이 나를 안내하여 함께 갔다. 남쪽 관문을 지나 서쪽으로 1리를 가서, 남쪽 성에서 북쪽의 오씨 화원에 들어갔다. 화원에는 못과 다리가 있고, 못 안에는 정자도 있다. 주인은 나이가 매우 젊은 형제 두 사람이다. 그들은 나를 보자마자 붙들어 정자 안에서 술을 마셨다. 저물녘에 유우석과 함께 그들 형제와 헤어졌다. 그제야 두 주인은 오린징(吳麟徵)[1]의 아들인데, 이들이 사천(四川)의 아버지의 임지에서 막 돌아왔음을 알게 되었다. (오린징은 향촌의 천거를 받아 처음에는 비릉毗陵에서 교유를 지내다가 남경南京으로 승진하여 부임했기에, 유우석과 만나게 되었으며, 지금은 사천성 건창도建昌道에 부임했다.)

---

1) 오린징(吳麟徵)은 절강성 해염(海鹽) 사람으로, 자는 성생(聖生)이며, 천계(天啓) 2년(1622년)에 벼슬길에 올라 태상소경(太常少卿)을 역임했다. 이자성(李自成)의 기의군이 북경을 공격했을 때 서직문(西直門)을 지키다가 함락되자 자살했다.

7월 초닷새

또다시 식량이 떨어졌다. 나는 편지를 써서 반련화(潘蓮華)에게 보내고, 또 성성(省城) 안의 오방생(吳方生)에게 부쳤다. (반씨 부자는 초여드레에 북경北京으로 회시를 보러 간다.) 아울러 반씨와 함께 식량을 구하려고 했다. 기다릴 여유가 없는지라 오씨 형제를 찾아갔으나 만나지 못했다. 곧바로 날이 맑게 갠 틈을 타서 용천문(龍泉門)으로 나가 건해자(乾海子)를 구경하기로 했다.

구룡지(九龍池) 왼쪽에서 북쪽의 비탈을 따라 서쪽으로 올라 1리를 가서 절 뒤로 나왔다. 남쪽의 골짜기 사이의 마가원(馬家園)을 굽어보니, 며칠 전에 섬(閃) 태사가 나를 위해 연회를 베풀어주었던 곳이다. 예전에는 마씨의 가업이었는데, 지금은 섬씨에게 팔려버렸다. 여기에서 좀 더 서쪽으로 올라가 1리를 갔다. 그 북쪽 골짜기를 굽어보니, 태보산(太保山)에 새로 쌓은 성이 그 위를 빙 두르고 있다. 이에 그 서쪽이 보개산(寶蓋山)의 꼭대기임을 알았다. 지금은 그 남쪽 언덕을 따라 오르는 중이었다.

다시 구불구불 이어져 오르는 길을 3리 가서야, 남쪽 골짜기를 따라 비탈을 감돌아 들어섰다. 2리를 가자, 길 북쪽의 나무숲은 울창하게 우거진 채 위로 펼쳐져 있고, 길 남쪽의 나무숲 또한 울창하게 우거진 채 아래로 펼쳐져 있다. 각각의 나무숲 가운데에는 장원의 집들이 있다. 그 북쪽에 있는 것은 설장(薛莊)이고, 남쪽에 있는 것은 마장(馬莊)이다. 나무들은 모두 배나무와 감나무 등의 과실수이다.

나는 전에 마원중(馬元中)의 형님이 이곳에 살고 있다고 들은 적이 있다. 마원중이 나에게 놀러 다녀오라고 부탁하면서, "형님이 기다린 지 오래 되었습니다"라고 말했던 것이다. 이곳에 이르러 주인을 찾으니, 이미 성으로 돌아간 채, 장원에는 아무도 없었다. 이때 날은 갓 오전이었다. 장원의 뒤쪽에서 건해자로 가는 길을 따라갔다.

이곳의 봉우리는 약간 남쪽으로 굽었으며, 그 아래의 골짜기 속에는 깊은 산골물이 북서쪽에서 빙 둘러 동쪽으로 흘러나간다. 물소리가 들끓듯 거친데, 곧 마가원의 구륭지(九隆池) 남쪽의 움푹한 평지를 조여매고 있는 상류이다. 이곳의 용솟음치는 산골물 가운데, 바깥쪽은 움푹한 평지의 어귀에 이르러 땅속으로 흘러 보이지 않는다. 남쪽으로 넘쳐흘러 아래로 넘실거리며 흐르는 물은 마가원의 안쪽 못을 이루고, 북쪽으로 넘쳐흘러 아래로 넘실거리며 흐르는 물은 구륭천(九隆泉)의 못물을 이룬다. 두 곳의 물은 모두 지하로 흐르다가 다시 흘러나온 물이다.

여기에서 산골물 북쪽 벼랑을 따라 비탈을 감돌아 올라가 1리만에 북쪽으로 꺾어져 골짜기에 들어섰다. 2리를 가서 약간 내려가 산골물을 따라 나아갔다. 이곳의 동서 양쪽에는 벼랑의 바위가 마주 치솟아 있고, 그 사이로 물이 튀어오르고 있다. 길은 산골물을 따라 올라간다. 어느덧 보개산의 서쪽 기슭을 가로지른 셈이다. 때로 물의 서쪽을 건넜다가 물의 동쪽을 건너기도 하고, 물속을 건너 올라가기도 했다.

북쪽으로 5리를 가서 차츰 서쪽으로 나아가자, 이 시내는 두 갈래로 나누어진다. 그 가운데를 따라 고개를 타고서 북서쪽으로 올라가 바라보았다. 이곳의 북쪽으로는 갈라진 골짜기가 동쪽으로 뻗어내리는 것은 보개산의 등성이를 이루고, 동쪽으로 더 뻗어내리면 태보산을 이룬다. 또한 이곳의 남쪽으로는 갈라진 골짜기가 동쪽으로 뻗어내리는 것은 구룡지 남쪽 산의 등성이를 이루고, 동쪽으로 더 뻗어내리면 구룡강(九隆岡)을 이룬다. 이곳은 그 가운데에 드리워진 짧은 지맥이다.

이곳을 타고서 구불구불 올라가 5리만에 그 등성이를 서쪽으로 넘었다. 아래로 굽어보니, 등성이 서쪽에는 골짜기가 매우 깊숙이 아래로 빙글 감싸고 있다. 그 사이에 물길이 몹시 들끓듯이 흐르고 있다. 이 물길은 바로 사하(沙河)의 상류이다. 그 서쪽에 사하를 사이에 두고 가로누워 있는 또 한 겹의 산은 남쪽의 우각관(牛角關)으로 뻗어내리는 등성이이다. 이곳의 등성이는 동쪽으로 뻗어나가는 곁갈래이다.

북쪽의 벼랑을 따라 서쪽으로 3리 남짓을 나아가, 비로소 남서쪽의 구렁을 내려갔다. 3리 남짓을 더 내려가서야 시내의 동쪽 언덕에 닿았다. 시내를 끼고 있는 양쪽 벼랑의 바위는 몹시 우뚝 솟구쳐 있다. 바위 바닥을 스치면서 흘러내리는 시냇물은 층층첩첩이 튀어오르고, 빽빽한 나무숲은 시내를 온통 뒤덮고 있다. 마치 옥룡이 푸른 비단휘장 사이에서 뛰어오르는 듯하다. 『지』에서 말한 유종탄(溜鐘灘)이 바로 이곳이 아닐까?

길은 동쪽 벼랑을 따라 내려갔다. 북쪽으로 시내를 거슬러 나아가자, 조그마한 동굴이 벼랑에 기댄 채 서쪽으로 시냇물을 굽어보고 있다. 동굴 속에 들어가 앉아 있노라니, 종유석 위에서 떨어져내리는 물방울이 마치 실에 꿴 진주처럼 흘러내린다. 동굴을 나와 다시 북쪽으로 시내를 거슬러 3리를 가자, 나무다리가 걸쳐져 있다. 서쪽으로 나아가 다리를 건너 서쪽의 고개에 오른 뒤, 사하의 상류와 헤어져 갈라졌다.

3리를 가서 남쪽으로 건너뻗은 등성이를 올랐다. 이 등성이는 가운데

가 낮고 남북 양쪽은 모두 높다. 남쪽은 곧 우각관의 산줄기이고, 북쪽
의 높은 곳은 호파(虎坡)이다. 두 곳은 북서쪽에서 건너뻗은 산줄기가 뻗
어온 것이다. 길은 거꾸로 등성이를 거슬러 북쪽 고개의 동쪽 비탈을
따라 오른다. 2리를 더 가서 고개 북쪽에서 서쪽의 움푹 꺼진 곳을 가로
질렀다. 이곳이 호파이다.

호파는 북충(北衝) 동쪽의 포만채(蒲蠻寨) 고개에서 등성이를 건너 남서
쪽으로 뻗어내리다가 빙 에돌아 북충의 남쪽 봉우리를 이룬다. 이어 남
쪽을 향해 구불구불 이어지다가 동쪽으로는 사하의 원천에 푹 꺼져내
리고, 서쪽으로는 건해자(乾海子)의 움푹 꺼진 곳을 빙 두른 뒤, 남쪽으로
이 고개를 넘어 약간 낮게 엎드렸다가 남쪽으로 우뚝 솟구쳐 우각관을
이룬다. 다시 낮게 엎드려 건너뻗은 산줄기 가운데, 나누어진 갈래가 북
서쪽으로 꼬리를 치는 것은 포표(蒲縹)의 서쪽 고개이고, 본 갈래는 동쪽
으로 치솟아 송자산(松子山)을 이루었다가 석전(石甸)의 동쪽을 에돌아 남
쪽의 요관(姚關)에서 끝이 난다.

움푹 꺼진 곳의 서쪽을 지나자마자, 서쪽으로 꺼져내리는 구렁이 있
다. 길은 북쪽의 비탈을 따라 북서쪽으로 나아간다. 5리를 서쪽으로 내
려가 골짜기 사이를 나아갔다. 이어 물길을 거슬러 산골물을 타고서 3
리만에 다시 고개를 넘었다. 3리를 더 가서 고개 서쪽으로 나와서야 비
로소 남서쪽 아래로 약간 트여 있는 구렁이 보였다. 서쪽 골짜기는 북
쪽에서 남쪽으로 펼쳐지다가, 남쪽 골짜기와 합쳐져 서쪽으로 뻗어간
다. 몇 채의 띠집이 골짜기 바닥에 움패어 있다. 이곳은 나고채(羅鼓寨)이
다. (모두 라라[羅儸]의 거주지이다.)

여기에서 동쪽 비탈을 감돌아 북쪽을 향하다가, 돌아들어 서쪽 골짜
기 위를 거슬러 나아갔다. 대체로 서쪽 골짜기에는 북쪽의 움푹 꺼진
곳에서 갈라진 채 남쪽으로 뻗어가는 산이 동쪽의 줄지은 산의 서쪽을
빙글 에워싸고 있다. 길은 그 사이에서 북쪽의 움푹 꺼진 곳을 곧장 가
로질러 들어간다.

3리를 가서 북쪽에서 흘러오는 조그마한 물길을 건넌 뒤, 움푹 꺼진 곳의 등성이를 서쪽으로 감돌았다. 2리를 가서 움푹 꺼진 곳의 서쪽으로 나오자, 그 남서쪽의 휘감은 구렁이 다시 아래에 펼쳐져 있다. 길은 이에 북쪽으로 고개를 넘어 북서쪽으로 구불거리면서 나아간다. 고개를 감돌아 올라 3리 남짓만에 고갯마루에 올랐다.

대체로 이 고개는 호파의 북쪽에 있는 건해자의 동쪽에서 갈라져 서쪽으로 불쑥 솟은 뒤, 서쪽으로 건너뻗어 대채(大寨)의 서쪽 봉우리를 이루고, 북서쪽의 대채와 마노산(瑪瑙山) 사이로 가로뻗는다. 이곳은 그것이 동쪽으로 뻗어내린 고개이다. 고개 북쪽은 높다란 등성이이고, 고개 남쪽은 층층의 구렁이다. 멀리 바라보니, 수십 채의 민가가 서쪽으로 가로뻗은 봉우리 아래에 기대어 있다. 이곳이 곧 대채이다.

여기에서 남서쪽으로 층층의 구렁 위를 감돌아 2리만에 언덕을 넘어 서쪽으로 내려갔다. 이어 2리를 더 가서 남서쪽의 움푹한 평지 속에 이르렀다. 북쪽에서 뻗어오는 조그마한 골짜기를 건넌 뒤, 서쪽으로 반리를 더 오르자, 대채가 나왔다. 대채의 주민들의 거주지는 온통 띠집이지만, 울타리를 세우지 않았다. 이 역시 라라(儸儸)의 습속이다. 이들은 열심히 일하여 산을 일구고, 오경이면 일어났다가 어두워져서야 돌아온다. 이들이 개간한 곳은 모두 메마르고 척박한 땅으로, 겨우 귀리나 호밀을 심을 뿐이며, 논은 없다. 나는 처음에 쌀을 사서 쌓아놓고서 산에 들어갈 준비를 했으나, 하인 고씨가 가져오지 않은 바람에 이곳 산채에 와서는 쌀 한 톨 먹어보지 못했다. 보리를 삶아 밥을 지어 억지로 씹어 먹고서 잠자리에 누웠다.

7월 초엿새

날이 몹시 흐렸다. 보리밥을 먹었다. 대채 뒤쪽을 따라 서쪽으로 조그마한 골짜기를 건너자마자, 서쪽으로 비탈을 올랐다. 반리만에 서쪽 산을 따라 북쪽으로 올라갔다. 2리를 가자 비탈 동쪽의 골짜기는 마치 문처럼 조여든다. 문 안쪽의 물길은 남쪽으로 흐르고, 비탈과 골짜기는 모두 평탄하다. 골짜기 속으로 나아갔다.

북쪽으로 1리를 더 가자, 갈림길이 서쪽 산의 등성이를 넘어간다. 이곳은 마노파(瑪瑙坡)로 가는 길이다. 나는 이때 건해자 끝까지 가보고 싶어서, 골짜기 속에서 쭉 북쪽으로 나아갔다. 길은 차츰 풀에 덮이고, 길은 점점 줄어들었다. 1리를 가자, 골짜기 속에는 페인 구슬 모양의 조그마한 언덕이 겹겹이 있다. 산줄기가 건너뻗어 남쪽으로 서쪽 산에 뻗어 있다. 이곳은 그 줄기의 평평한 등성이이다.

반리만에 북쪽으로 지나자마자, 북쪽으로 뻗어내리는 구렁이 있다. 구렁 동쪽에서 커다란 산을 따라 북서쪽으로 1리를 더 가니, 아래로 움패어 있는 서쪽 구렁이 보인다. 가운데는 빙 둘러싼 성처럼 둥글고 바닥은 대단히 평평하다. 이곳이 곧 건해자이다.

길은 동쪽 산에서 서쪽으로 가다가 건해자의 북쪽을 빙 둘러 뻗어있다. 1리를 가서 골짜기를 타고서 내려갔다. 동쪽 산은 곧 호파의 주요 등성이의 줄기이며, 동쪽으로 나아가는 갈림길이 있다. 등성이를 넘으면 청강패(青江壩)로 가는 길이 새로 닦여 있다. 부성으로 들어가는 지름길이다.

남쪽으로 반리를 내려와 건해자의 북쪽에 이르렀다. 북쪽 기슭 사이에 샘이 한 곳 있고, 여기에서 졸졸 흘러나온 샘물이 물길을 이루고 있다. 그 동서 양쪽의 기슭 사이에는 온통 띠집들이 비탈에 기댄 채 호수를 굽어보면서 자리하고 있는데, 서쪽 비탈의 집들이 번성하다. 반리를 더 가서 기슭을 따라 서쪽 기슭의 띠집으로 들어섰다.

이곳의 띠집은 모두 나무를 겹으로 앞에 가로놓고서, 드나들 때마다 나무를 넘었다. 마을 사람들은 모두 중국어를 할 줄 모르며, 사람을 볼 적마다 피했다. 마을 옆의 조그마한 시내는 물길을 이루어 건해자로 흘러든다. 건해자는 크기가 천 무(畝) 정도이며, 그 안에는 잡초들이 푸릇 푸릇 자라나 있다.

　건해자의 아래에는 풀과 흙이 한데 엉켜 있고, 그 사이에는 시냇물이 가로지르고 있다. 그러나 농사를 지을 수 없으니, 이곳의 흙이 물을 저장하지 못하기 때문이다. 길가는 이가 발을 구르자, 몇 길 이내의 땅들이 들썩거렸다. 물풀을 먹으러 나아가는 소나 말은 오직 물가 언덕 사이로만 다닐 뿐이다. 그 가운데에 오랫동안 서 있으면 문득 푹 빠져 헤어나오지 못하기 때문이다. 그래서 마을의 민가 역시 호수에 가까운 사방의 주변에 자리하고, 비탈을 개간하여 보리를 가득 심어놓았을 뿐, 물가까이로 다가가 논을 일구지는 못했던 것이다.

　그 남동쪽에는 두 산에 빙 둘러싸인 골짜기가 있다. 물은 이 골짜기를 따라 새나가고, 길 역시 이 골짜기를 따라 마노산에 이른다. 그렇지만 길은 호수 가운데를 거쳐 건너지 못하고, 반드시 남서쪽에서 비탈굽이를 따라 가야만 한다.

　여기에서 서쪽 벼랑에 기대어 남쪽으로 1리 남짓을 가자, 서쪽 벼랑 아래의 잡초가 우거진 호수 속에 둥근 모양의 맑은 못이 있다. 못의 직경은 한 길 남짓이고, 거울처럼 둥글며, 수정처럼 맑고 대단히 깊다. 이 역시 용담(龍潭)이라 일컬을 만하다. 평탄한 잡초 속에 있으면서도 유독 우거진 잡초에 뒤덮이지 않았으니, 그것은 무엇 때문일까?

　남쪽으로 1리를 더 가서 남서쪽 모퉁이의 띠집을 지났다. 이곳에는 집이 많다. 북서쪽의 산을 넘어가는 길이 뒷산으로 통한다고 하는데, 어디인지 알 수 없었다. 마을 남쪽에서 옆으로 돌아들자, 물이 바위벼랑 아래에서 흘러나와 조그마한 시내를 이룬 채 동쪽으로 쏟아진다. 나는 처음에 이 시내를 대수롭지 않게 여기고서, 무성한 잡초 속에서 이 물길을 건너려고 물에 가까이 다가갔다. 그런데 무성한 잡초와 흙이 번갈아 움푹 빠지면서 사방이 흔들렸다. 이에 다시 길을 에돌아 서쪽의 산굽이를 올라 바위벼랑 위를 감돌았다가, 남쪽 산에 기대어 동쪽으로 나아갔다.

1리 남짓을 가자, 갈림길이 동쪽 골짜기 위에서 남쪽의 산등성이를 넘어간다. 이것은 새로 뚫린 길로서, 여기에서 난니패(爛泥壩)로 나가는 길이다. 나는 이에 비탈을 따라 동쪽 골짜기를 내려갔다. 반리를 가자, 골짜기 속에 나무를 가로놓아 다리로 삼고 있다. 그 아래로 북쪽 호수의 부들 속에서 졸졸 흘러나온 물이 골짜기에 부딪치면서 남쪽으로 흘러내린다. 골짜기는 대단히 비좁은지라 나무토막 하나로도 건널 수 있다. 이곳이 물길 어귀에서 가장 소용돌이치는 곳이다. (이 물은 남쪽은 흘러내려, 마노산 뒤쪽 골짜기 속의 폭포가 된다.)

가로놓인 나무의 동쪽을 건넌 뒤, 비탈을 올라 반리만에 그 동쪽 언덕을 올라 등성이 위를 따라 남동쪽으로 나아갔다. 고개를 돌려 되돌아보니, 호수의 우묵한 곳은 그 북서쪽에 움패어 있고, 골짜기를 빠져나온 물길은 그 남서쪽으로 떨어지고 있다. 그 아래로 남동쪽의 움푹한 평지 속은 완만하게 꺼져내린 채 대단히 깊숙하다. 가운데는 나무숲을 이룬 채 무성한 나무에 겹겹이 가려져 있고, 벼랑과 골짜기를 무너뜨릴 듯이 요란한 물소리가 끊이지 않는다. 그 앞에는 동서로 줄지은 산들이 팔을 뻗친 채 비껴 펼쳐지고, 툭 트인 골짜기가 남쪽으로 뻗어있다. 호수의 골짜기에 있는 다리 아래의 물은 여러 차례 벼랑에 매달린 채 나무숲속으로 쏟아져 남쪽으로 흘러내리다가, 서쪽으로 돌아들어 나명패(羅明壩)로 흘러나간다.

여기에서 동쪽 산을 따라 서쪽 골짜기를 굽어보면서 남동쪽으로 1리 남짓을 나아갔다가 남쪽으로 돌아들어 내려갔다. 1리를 가자, 길이 동쪽 고개를 넘어온다. 이 길은 대채의 서쪽에서 뻗어오는 길이다. 이 길을 따라 남서쪽의 비탈을 내려갔다. 반리를 가자, 갑자기 집 한 채가 비탈에 서쪽을 향한 채 자리하고 있다. 이 집은 띠풀로 지붕을 이었으나, 처마가 높고 창문이 툭 트여 있으며, 나무를 심어 집을 빙 두르고 있다. 대채나 건해자에 있는 띠집들과는 달랐다.

잠시 들어가 이곳에 대해 물어보니, 바로 마노산이었다. 집주인이 의

관을 갖추어 입고서 나와 손을 맞잡아 읍을 한 채 나그네에게 공손히 인사를 건넸다. 그는 마원강(馬元康)이라는 사람이다. 나는 전에 마노산이 있음을 알기는 했다. 하지만 지팡이를 짚고서 천천히 지나면서 슬쩍 한 번 둘러보면 되리라고 생각했을 뿐, 마씨의 거주지인 줄은 알지 못했다. 마원중이 일찍이 그의 형이 나를 기다리고 있다고 나에게 말한 적이 있었다. 그러나 나는 구룽지 뒤쪽의 마가장(馬家莊)이리라 여겼지, 마노산의 집인 줄은 알지 못했다.

(마노산은 『일통지』에 따르면, 마노가 애뢰산袁牢山 갈래의 둔덕에서 생산된다고 했는데, 나는 동쪽 산의 뒤쪽이라 여겼다. 이제야 동쪽 산의 뒤쪽에서 생산되는 것은 흙 마노이고, 마노는 이 산에서만 생산되며, 바위구멍 속에서 바위를 뚫어 얻는다는 것을 알게 되었다. 이 산은 모두 마씨 집안의 가업이다.)

마원강은 나를 보자마자 찬찬히 살피면서 "서(徐)선생님이시지요?"라고 물었다. 어떻게 나인 줄을 알았느냐고 물었더니, 그는 "제 아우가 말해주었지요. 선생님을 기다린 지 오래되었습니다!"라고 대답했다. 아마 마원중(馬元中)이 성성으로 시험을 치러 가면서 먼저 마원강에게 편지를 써서 부탁했을 것이다. 구룽지 뒤쪽의 마가장이 아니라, 마노산이었던 것이다. 마원강은 즉시 정성을 다해 모셨다. 그는 닭을 잡아 밥을 짓고, 두 아들을 인사시켰다. 깊고 아득한 산속에 인적조차 없을 듯한데, 이처럼 알아주는 벗이 있으니, 마치 신선을 만난 듯하도다!

오후에 집의 서쪽에서 비탈진 골짜기 속을 내려왔다. 1리만에 북쪽으로 돌아들자, 아래로는 골짜기의 물길을 굽어보고, 위로는 까마득한 벼랑이 많이 있으며, 등나무와 나무가 거꾸로 덮여 있다. 벼랑을 뚫고 바위를 깨트리면, 마노가 그 사이에 움패어 있다. 마노의 색깔은 흰색도 있고 붉은색도 있으며, 모두 그다지 크지 않은 채 주먹만 하다. 이곳은 마노의 광맥이 뻗어있는 곳이다.

광맥을 따라 깊이 들어가니, 간혹 오이처럼 맺혀 있는 곳을 발견했다. 크기는 되만 하고 공처럼 둥글며, 가운데는 매달린 채 우묵한 구렁을 이루고 있는데, 바위에 붙어 있지는 않다. 우묵한 구렁에는 마노를 길러내는 물이 있다. 석질은 밝고 단단하며 치밀한지라, 보통의 광맥과는 다르다. 이것은 마노 가운데의 상품(上品)으로, 느닷없이 얻을 수 있는 것이 아니다. 늘상 쌓아두고서 남에게 파는 것들은 모두 광맥을 파서 캐낸 것이다. (주먹 크기만 한데, 단단한 것은 값이 한 근에 2전이다. 이보다 잘아 버금가는 것은 한 근에 1전일 따름이다.)

이 산은 호수의 협구교(峽口橋)에서 남동쪽으로 빙 둘러 뻗어내린다. 이곳은 그 서쪽에서 쳐올라 북쪽으로 향하는 곳으로서, 대채의 서쪽 산의 서쪽 비탈이다. 골짜기 어귀의 하류는 높이 매달린 채 세 단의 폭포를 이루고 있다. 폭포는 온통 깊은 나무숲속의 빙 두른 벼랑 사이에 있으며, 지척간이건만 물소리만 들릴 뿐이다. 나무와 바위가 엉킨 채 가리고 있는지라 모습을 볼 수 없으니, 하물며 그곳에 이를 수 있겠는가?

마노의 벼랑 동굴 사이에 앉아 있노라니, 어떤 곳은 널따란 전당처럼 뒤덮여 있고, 어떤 곳은 그윽한 밀실처럼 깊숙하다. 벼랑의 위는 온통 늘어진 나무줄기와 구불구불한 나뭇가지가 제멋대로 뒤엉킨 채 자욱한 안개기운만 있을 뿐, 이미 깎아내거나 뚫은 흔적이 없으니, 그것이 인공으로 파낸 것인지 알 수 없었다.

마원강은 벼랑을 뚫고 있는 사람에게 망치질을 멈추라 하고서, 나무숲으로 내려가 한 광주리의 수아(樹蛾, 이것은 나무 위에 자라는 버섯인데, 색깔은 황백색이다. 목이버섯에 비하면 줄기와 가지가 있으며, 계종에 비하면 땅에서 자라지 않고 나무에서 자란다. 그래서 이것을 기이한 물건으로 여길 따름이다)를 캐오더니, 나에게 이렇게 말했다. "나무숲의 삼단 폭포 가운데 맨북쪽의 것이 가장 아름답습니다. 벼랑이 무너져 길이 끊긴지라 갈 수는 없습니다. 하지만 마땅히 하인에게 채광을 멈추게 하고 풀을 베어 길을 내게 하면, 다음에 벼랑에 사다리를 타고 올라가 아래로 굽어볼 수 있을 것입니다."

그리하여 다시 비탈을 올라 그의 집 앞에 이르러, 사방의 산을 가리키면서 주변의 지세를 살펴보았다. 마원강은 차를 끓이고 술을 따르게 하며, 산속 인가의 소박한 음식을 두루 차렸다. 하룻밤 사이의 입에 깔 끄럽던 보리밥에 비하면, 신선이라 하지 않을 수 없다.

7월 초이레

비가 내렸다. 마원강과 바둑을 두었다. 바둑은 운남(雲南)에서 생산되 며, 영창(永昌)의 것을 최고로 치는데, 나는 오래도록 적수를 만나지 못 했다. 마원강은 이 일대의 고수인데, 나에게 두 점을 접고 두었다. 나는 종일토록 접전을 벌였다.

7월 초여드레

아침 일찍 식사를 하고서 작별하여 떠나려는데, 비가 또 내렸다. 주 인은 다시 나를 붙들더니 바둑판을 폈다. 오후에 비가 개기에, 그의 둘 째 아들과 함께 집의 오른쪽에서 시내를 굽어보았다. 나무에 매달려 내 려가 1리를 가자 오래된 동굴이 나타났다. 예전에 마노를 캐러 깊숙이 뚫고 들어갔던 곳인데, 높이는 네댓 자에 너비는 석 자이다. 커다란 나 무로 만들어 아래를 떠받친 다리틀은 마치 반원형의 다리처럼 생겼으 며, 한 자 남짓의 간격으로 동굴을 떠받치고 있다.

동굴 안으로 들어가니 대단히 깊다. 나무가 썩고 바위가 내리누른 곳 이 있다. 위쪽이 뚫려 있어 밝은 동굴을 이루고 있다. 나는 들어가지 않 은 채 내려와, 계속해서 나무에 매달려 1리만에 산골물 바닥으로 내려 갔다. 내달리는 물살이 대단히 거센데다, 폭포가 매달린 곳은 온통 그 위아래의 골짜기 속에 있기에, 아무데도 갈 수가 없는지라 나뭇가지를 붙든 채 기어올랐다. 손에 붙잡은 나뭇가지는 죄다 기이한 형태의 괴상 한 열매를 맺고 있고, 이끼옷과 안개 모양의 수염뿌리가 가지 위에 무성하게 덮여 있다.

이렇게 하여 2리만에 집으로 되돌아왔다. 마원강은 다시 하인에게 창을 쥐고서 앞서 가라 하고, 둘째 아들에게는 그를 인솔하라 한 뒤, 방금 왔던 길을 되짚어 올라갔다. 2리를 가서 협구교의 동쪽 언덕에 이르러, 벼랑을 내려오면서 대나무를 베어 층계를 만들어 내려갔다.

1리 남짓만에 허공을 타고서 바닥에 이르렀다. 골짜기 안의 물은 비스듬히 흘러내리는데, 양쪽 벼랑이 물길을 바짝 조이는지라, 그 기세가 대단히 웅장하다. 비스듬히 쏟아져 내리던 귀주성(貴州省)의 백수하(白水河)[1]도 이곳만큼 깊지 않으며, 높이 매달린 채 쏟아지는 등양(騰陽)의 적수(滴水)[2]도 이곳만큼 크지 않다. 기세가 높고도 먼데다 골짜기가 비좁아, 미친듯이 포효하니, 더 이상 평범한 모습이 아니다. 자잘한 물거품이 흩어져 온 구렁 가득 거꾸로 내뿜으니, 비록 수십 길 위에 있지만, 자욱하게 물방울이 말려 오르고 싸락눈이 모이는 듯하다.

운남성의 폭포 가운데, 이곳이 마땅히 으뜸일 텐데, 아쉽게도 하늘 높이 매달려 있고, 깊은 못에 가려 있는지라 오랜 세월동안 한 번도 이곳을 본 사람이 없을 것이다. 나 역시 마원강의 도움이 없었더라면, 이곳을 지나면서도 눈길조차 주지 못했을 것이다.

마원강의 집으로 돌아와 밤새워 등을 밝혀 술을 마셨다. 그는 나에게 이 일대의 그윽하고 빼어난 경관에 대해 이야기해주었다. 이곳 앞쪽의 골짜기에서 5리를 내려가면 협저교(峽底橋)가 나오고, 협저교를 지나 골짜기를 따라 남쪽으로 나오면 수렴동(水簾洞)이 나오며, 골짜기를 거슬러 북쪽으로 들어가면 삼단 폭포의 아래층이 나온다고 한다. 수렴동은 더욱 기이한데, 길이 막혀 찾기 어려우니, 내일 아침에 함께 찾아가기로 했다. 이것이 가까운 곳의 빼어난 경관이다.

상강(上江)을 건너 서쪽으로 가면, 석성(石城)이 하늘 높이 솟은 채 설산(雪山)의 동쪽에 기대어 있다. 이곳은 사람의 발길이 닿은 적이 없으며, 한밤중에 북소리가 들려오는지라 토박이들은 귀성(鬼城)이라 일컫는다.

이것은 먼 곳의 빼어난 경관이다.

상강의 동쪽, 마노산의 북쪽에는 산이 빙 두르고 골짜기가 갈라져 있다. 가운데에는 깎아지른 듯한 벼랑이 있고, 봉우리들이 거꾸로 솟구쳐 있으며, 바위동굴이 깊고도 그윽하다. 이곳은 송파(松坡)인데, 이 집안의 장원이다. 그의 숙부인 마옥록(馬玉麓)이 바위산의 굽이진 모퉁이에 청련각(靑蓮閣)을 지었는데, 마옥록이 세상을 뜬 후 지금은 그의 막내숙부인 마태록(馬太麓)이 거처하고 있다. 다음에 함께 말을 타고 가볼 작정이다. 이것은 가운데 길의 빼어난 경관이다.

나는 마원강의 이야기를 들으면서, 이 일대에 기이한 경관이 많음을 기뻐했다. 아울러 마원강이 기이한 경관을 잘 알고 있으며, 내가 이러한 기이한 경관을 들을 수 있음을 기뻐했다. 이곳에 사는 주인의 열정, 그리고 산의 신령함이 일시에 아름다운 일을 안겨다주니, 밤늦도록 기쁨에 겨워 잠을 이루지 못했다.

---

1) 귀주성의 백수하(白水河)는 귀주성의 황과수(黃果樹) 폭포를 가리킨다.
2) 등양(騰陽)의 적수(滴水)는 등충(騰衝)의 첩수하(疊水河) 폭포를 가리킨다.

7월 초아흐레

나는 아침 일찍 일어나 상강을 구경하고자 했다. 마원강에게는 두 필의 말이 있었는데, 한 필은 앞산에 갔다가 아직 돌아오지 않았기에, 내일 함께 가자고 했다. 나는 유람에 반드시 말을 타고 갈 필요도 없고 함께 갈 필요도 없으며, 그저 알려주기만 해도 따라가는 것보다 낫다고 여겼다. 내가 막 떠나려 할 때 그가 함께 가자고 할까봐 염려했다. 그는 막상 떠나려 하지 않았는데, 아직 돌아오지 않은 말이 걱정스러웠기 때문이다. 마원강은 굳이 나를 붙들었다. 나는 "돌아오는 길에 이곳을 지나면 꼭 하루를 묵어가겠습니다"라고 말했다. 이에 식사를 하고서 산을 내려왔다. 마원강은 그의 어린 아들에게 수렴동을 안내하라고 했다.

이리하여 서쪽으로 5리를 내려왔다. 골짜기 바닥에 이르러, 협구교 아래의 하류와 만났다. 대체로 삼단 폭포를 지나 북쪽의 사과애(四窠崖) 아래를 에돌았다가 굽이져 이곳에 이르니, 물길은 완만해지고, 그 위에 다리가 걸쳐져 있다. 다리를 건너 북서쪽의 오른쪽 고개의 산부리를 감돌았다. 이것은 난니패(爛泥壩)로 가는 길이다.

다리의 왼쪽에서 왼쪽 비탈 중턱을 오르자, 비탈 위는 평평하게 펼쳐져 있다. 언덕마루에는 못물이 고여 있고, 수십 채의 민가가 남쪽 산에 기대어 있다. 이곳은 신안초(新安哨)로서, 골짜기 너머로 오른쪽 고개에서 비탈을 감돌아가는 길을 마주보고 있다. 다리 남서쪽의 골짜기 바닥에 있는 수렴동은 바위고개의 기슭에 의지해 있다. 그곳은 그윽하고 깊은데다 외져서 다니는 사람이 없었다.

처음에는 물길을 따라 그곳을 찾아나섰다. 오른쪽 고개에 기대어 남서쪽의 황량한 가시덤불 속을 나아가 3리를 갔으나 보이지 않았다. 물길이 차츰 골짜기를 빠져나올 즈음, 앞쪽의 움푹 꺼진 곳에 있는 뾰족한 산의 산굽이에 수렴동이 자리하고 있다. 이에 다시 몸을 돌이켜 빙 둘러 두루 찾아 헤매다가 절벽 아래에서 수렴동을 찾아냈다. 수렴동은 협저교에서 채 1리도 떨어져 있지 않건만, 길의 흔적조차 없고, 풀숲에 깊이 가려져 알아채지 못했을 따름이다.

이곳의 벼랑은 남쪽을 향한 채 앞쪽으로 시냇물을 굽어보고 있다. 깎아지른 듯한 절벽은 층층첩첩으로 쌓여 올라가는데, 높이가 몇 길이다. 벼랑 위의 동굴 입구는 훤히 트인 채 그윽하며, 겹겹이 덮이고 층층이 이어져 있다. 동굴은 비록 그다지 깊지는 않아도, 동굴 안은 온통 옆으로 뚫려 있으니, 마치 용마루가 나는 듯하고, 전각이 겹쳐 있는 듯하며, 처마와 창문이 서로 겹쳐져 있는 듯하다. 밖으로 흩어져 흐르는 물은 처마를 따라 흘러내린다. 벼랑 아래에서 바라보니, 마치 방울져 내리는 물이 나뉜 채 매달려 있는 듯하고, 동굴 안에서 바라보니 마치 발(簾)이 바깥에 장막을 친 듯하다. '수렴(水簾)'이란 이름이 아주 잘 어울린다.

동굴의 바위는 온통 격자창의 기둥의 모습으로 얽힌 채, 마치 술이 달린 깃발이 늘어져 바람에 나부끼는 듯한지라, 깊지는 않아도 영롱함의 극치를 이루고 있다. 다만 옆에 오를 만한 곁길이 없어서, 반드시 늘어뜨린 처마와 같은 곳에 층층이 뒤덮인 층계를 따라, 떨어지는 물방울을 무릅쓰고 물결에 부딪치면서 기어올라야만 하기에, 자못 불편했다. 만약 그 곁을 따라 사다리를 놓고 잔도를 이어 놓는다면, 옆으로 가로질러 동굴로 들어가 밖으로 드리워진 발(簾)을 바라보고, 그저 동굴 속에서 날아 흩어지는 물방울을 구경하면서도 물방울에 젖지 않을 터이니, 빼어난 경관의 즐거움은 열 배나 더할 것이다.

벼랑 사이에 매달린 나무줄기와 구불구불한 나뭇가지는 물에 흠뻑 젖어 있으며, 그 껍질은 온통 엉켜붙어 돌처럼 딱딱해져 있다. 대체로 석고는 오랜 세월을 거쳐 석태(石胎)로 응결되어 형성되는데, 하나하나의 이파리와 가지가 원래의 모양을 따라 눈이 맺히고 얼음이 감싸듯, 크기대로 모양을 이룬 채 한쪽으로 치우치는 법이 없다. 이것 또한 눈처럼 맺히고 얼음처럼 감싸여 있으니, 이처럼 고르고 비슷할 수는 없다.

나는 왼쪽 겨드랑이쪽의 동굴 밖에서 늘어진 나뭇가지 하나를 얻었다. 한 아름만한 크기에 길이는 한 길 남짓이다. 이 가운데 나무줄기는 이미 썩어 문드러졌고, 바깥에 돌처럼 엉킨 껍질은 두께가 다섯 푼이고, 속은 커다란 대나무 통처럼 비어 있으나 마디가 없다. 이것을 치자, 맑고 산뜻한 소리가 울렸다.

나는 가지 전부를 끌고 갈 수 없는지라, 이 가운데에서 석 자를 끊어서 가지고 내려가고, 아울러 단단히 엉킨 나뭇가지와 이파리를 골라 대나무 통처럼 빈 줄기 속에 함께 넣었다. 이파리는 얇고 나뭇가지는 가늘어 손상되기 쉬우나, 두터운 대나무통으로 이것들을 감싸면, 가져가기가 대단히 편했기 때문이다.

수렴동의 서쪽에 마른 동굴이 하나 더 있다. 이 동굴의 깊이 역시 한

길 남짓에 지나지 않다. 그러나 까마득한 벼랑 아래를 봉긋이 뒤덮고 있는데다, 바위의 결정체가 갖가지 모습을 드러내고 있다. 즉 수많은 깃발처럼 어지럽고 선을 파내듯 가늘며, 얼음을 도려내고 옥을 새긴 듯 수천 송이 꽃받침이 머리를 내밀고 수만 개의 꽃술이 한데 모여 꽃이삭을 이루고 있다. 겨우 손바닥만한 크기에 석순과 종유석이 한데 얽힌 채 수없이 많으니, 참으로 정교한 기술로도 따를 수 없을 정도이다!

나는 마음속으로 기이하게 여긴지라 그것을 쳐서 가져가고 싶었으나 방법이 없었다. 마침 마씨의 아들이 도끼를 들고 왔기에, 도끼를 빌려 그것을 치고 옷을 아래에 받쳐 몇 개의 가지를 얻었다. 그 가운데 손상되지 않은 가지 두 개를 취하여, 돌처럼 딱딱한 대나무통 모양의 나무줄기와 함께, 마씨의 아들에게 마노산으로 가져가도록 맡겼다가, 내가 돌아올 때 가져가기로 했다.

이어 다리 오른쪽으로 나와 마씨의 아들과 헤어졌다. 오른쪽 비탈을 따라 서쪽으로 1리 남짓을 올라, 시내 너머로 신안초를 바라보면서 나아갔다. 느닷없이 소낙비가 쏟아지는지라, 잠시 나무 아래에서 쉬었다. 다시 서쪽으로 1리 남짓을 가서 돌비탈의 산부리를 감돌았다가 북쪽으로 돌아들어 나아갔다.

대체로 오른쪽 비탈은 사과애에서부터 오르락내리락 서쪽으로 뻗어오다가, 이곳에 이르러 푹 꺼져내리는 바람에 벼랑의 바위가 드러나 있다. 어떤 바위는 연꽃처럼 꽃받침이 허공에 모여 있는 듯하고, 어떤 바위는 수놓은 병풍처럼 벼랑가에 비단이 겹쳐 있는 듯하다. 그 모습이 일정치 않았다.

북쪽으로 3리를 감돌았다가 산굽이를 따라 서쪽으로 돌아들어 1리 남짓을 갔다. 다시 북쪽으로 산부리를 감돌아 북쪽의 골짜기 속을 내려갔다. 대체로 사과애에 가로뻗은 봉우리는 이곳에 이르러 서쪽으로 꺼져내려 구렁을 이루고, 그 잔갈래는 다시 북쪽으로 돌아들어 바깥에 불쑥 치솟아 있다. 길은 그 틈새를 헤치고 뻗어내린다.

2리 남짓을 가자, 움푹한 평지의 바닥에 북동쪽에서 뻗어오는 골짜기가 있다. 이 골짜기와 함께 빙 둘러 우묵한 웅덩이를 이루었다가 북서쪽으로 뻗어나간다. 이에 길은 서쪽 비탈의 기슭을 끼고서 비탈을 따라 서쪽으로 돌아든다. 그 안은 온통 진창인지라 발을 딛으면 깊은 진흙 속에 푹 빠졌다. 난니패라는 이름은 여기에서 비롯된 게 아닐까?

북서쪽의 비좁은 어귀를 나와 1리만에 동쪽 비탈을 따라 완만하게 나아갔다. 서쪽을 바라보니, 꺼져내린 구렁이 아래로 빙 두르고 있고, 그 안에 마을이 있다. 이곳은 난니패촌(爛泥壩村)이다. 길은 마을 뒤쪽에서 두 갈래로 나누어진다. 한 갈래는 서쪽의 움푹한 평지로 내려가서 마을을 따라 북서쪽으로 나아간다. 상강으로 가는 길이다. 다른 한 갈래는 북쪽으로 비탈을 감돌았다가 북동쪽으로 돌아들어 움푹 꺼진 곳을 오른다. 송파로 가는 길이다.

나는 송파로 가는 길로 들어서서 쭉 북쪽으로 1리를 더 갔다. 이어, 동쪽 비탈의 북쪽 산부리를 긴 채 감돌아 동쪽으로 나아갔다. 반리를 가서 북동쪽으로 골짜기를 헤치면서 가파른 길을 타고 반리를 오르자, 그 위쪽의 골짜기는 평탄해졌다. 골짜기를 거슬러 동쪽으로 들어서서 1리를 가자, 골짜기는 서쪽으로 돌아들었다. 반리를 가서 서쪽 골짜기를 넘어 북서쪽으로 올라갔다. 이곳의 비탈은 높다랗게 봉긋하여 깎아지른 듯하다. 1리 남짓만에 동쪽의 불쑥 솟구친 벼랑을 감돌아 1리 남짓을 더 가서 그 북쪽으로 뻗은 등성이를 넘었다.

등성이에서 북동쪽으로 비탈을 따라 1리를 가자, 길은 다시 두 갈래로 나누어진다. 한 갈래는 쭉 북쪽으로 등성이를 따라 완만하게 나아가다가, 소나무 가지에 가로막혀 사람이 다닐 수가 없다. 다른 한 갈래는 동쪽으로 돌아들어 비탈 겨드랑이로 들어선다. 나는 잠시 이 길을 따라갔다.

1리를 가자, 이 비탈의 동쪽 자락은 등성이를 이루었다가 약간 낮아져 동쪽의 높다란 봉우리로 이어진다. 이 봉우리는 뭇산 위에 높다랗게 북쪽에서 남쪽으로 펼쳐져 있는데, 동쪽으로 하늘의 절반을 가로지르고 있다. 마치 병풍이 홀로 꽂힌 채 솟구친 듯하다. 그 위에는 소나무겨우살이가 빽빽하게 모여 있다. 이 점이 다른 산과 사뭇 다르다. 이곳이 바로 송파의 주봉이 아닐까?

등성이 사이로 길은 다시 두 갈래로 나뉜다. 한 갈래는 등성이를 넘어 북쪽으로 뻗어가고, 다른 한 갈래는 등성이를 따라 동쪽으로 높다란 봉우리에 닿는다. 이에 등성이를 곁에 끼고서 남쪽으로 내려가 2리를 갔다. 길은 차츰 작아지더니 풀숲에 덮여버렸다. 나는 처음에 남쪽으로 내려가는 길을 따라 반리를 갔다. 아래로 감도는 구렁이 높다란 봉우리의 남쪽 자락을 에돌아 동쪽으로 뻗어나가는 것을 보았다. 이 구렁이 어디에서 뻗어오는지 알 길이 없지만, 송파로 가는 길은 아님을 알았다. 다시 등성이로 되돌아와 북쪽으로 나아가, 동쪽의 높다란 봉우리 서쪽의 움푹한 평지를 가로질렀다.

2리를 가자, 움푹한 평지는 북쪽의 골짜기로 꺼져내려 서쪽으로 뻗어내리고, 길은 높다란 봉우리의 북서쪽 벼랑을 따라 나아가다가 산굽이를 감돌고 불쑥 솟구친 비탈을 넘어간다. 3리 남짓을 간 뒤, 북서쪽의 골짜기 속으로 내려갔다. 내리막길은 대단히 가파른데다, 길이 황량하고 비좁은지라, 통행로가 아닌 듯했다.

2리를 내려가자, 서너 명의 사람이 북쪽 비탈에 기대어 나무를 하고 있다. 그들을 불러 물어보고서야, 송파에서 멀리 떨어져 있지 않음을 알았다. 이에 서쪽으로 돌아들어 골짜기로 다가가 평탄하게 나아갔다.

1리 남짓을 가서 골짜기 어귀를 나왔다. 이곳 서쪽의 구렁이 약간 열려 있고, 높은 언덕은 흩어져 빙 두른 흙언덕을 이룬 채, 들쑥날쑥 나란히 서 있는 형세를 보이고 있다. 서쪽으로 1리 남짓을 더 내려가자, 마을이 우묵한 곳에 자리하고 있다. 마을에는 커다란 집들이 있는데, 양씨는 북쪽에, 마씨는 남쪽에 있다. 나는 남쪽으로 달려갔다.

한 노인이 네모진 두건 차림에 명아주 줄기로 만든 지팡이를 짚고서 마중하러 나왔다. 바로 마태록이다. 마원강의 맏아들이 먼저 이곳에 이르러 그에게 말을 해놓았던 것이다. 노인은 마원강이 함께 오지 않은 것을 의아해했다. 나는 먼저 오게 된 사정을 설명했다. 노인이 마침 차를 끓이는데, 산속에 비가 세차게 내렸다.

날이 개기를 기다리다가 오후가 되었다. 이에 동쪽의 비탈을 타고 청련각에 올랐다. 그리 크지 않은 청련각은 바위 벼랑 아래에 있다. 마옥록 선생이 은거하며 수도하는 곳이다. 마태록은 이날 스님 한 분을 막 이곳에 모셔온 참이었다. 내가 도착하자마자, 술과 함께 식사를 가져오는 바람에, 벼랑 사이의 여러 빼어난 경관을 둘러볼 겨를이 없었다.

마태록은 고령으로, 도인의 기품을 지니고 있다. 아들은 둘을 두었는데, 맏아들(이름은 원진元眞이다)은 부성에서 공부를 하고 있고, 둘째 아들(이름은 원량元亮이다)은 산속에서 그의 시중을 들고 있다. 그는 이곳에는 동굴이 많은데 깊이 들어갈 만한 곳은 두세 군데이나, 길이 아직 닦여 있지 않아 가시덤불을 헤치고 들어가야 한다고 말했다. 지세는 푸른빛 산속에 자리해 있다. 그래서인지 깊은 벼랑과 푹 꺼져내린 구렁이 여전히 그 아래에 있는데도 그윽하고 외지다는 느낌이 들지 않으며, 어지러운 봉우리와 조그마한 산들이 애초에 위쪽에 빙 두르고 있는데도 외로이 높다는 느낌이 들지 않았다.

대체로 높다란 산의 북서쪽 갈래는 두 개의 팔처럼 나누어져 있는데, 그 안은 이곳의 우묵한 곳을 빙 두르고 있다. 남쪽으로는 서로의 사이에 문을 이루고 있으며, 물이 그 사이에서 흘러나온다. 게다가 바깥에는 고려공산(高黎貢山)이 병풍처럼 가로막고 있으니, 참으로 은거할 만한 명승지이다. 산을 사서 은거하기에는 이곳보다 나은 곳이 없다. 다만 골짜기 속에 밭이 없고, 쌀은 기슭 위에서 몇 리나 떨어져 있다. (송파는 마태록의 거주지이나, 마원중의 장원 역시 이곳에 있다.)

7월 초열흘

아침 일찍 일어나니, 맑게 갠 날의 아름다운 풍광이 손에 잡힐 것만 같다. 청련각 동쪽의, 대나무숲이 우거진 움푹한 평지에서 바위벼랑의 왼쪽을 에돌아 그 위로 올랐다. 이 벼랑은 높이가 대여섯 길에 크기는 네 길인데, 바위 하나가 허공에 높이 치솟아 있고, 사방은 벽처럼 우뚝 서 있다. 남쪽은 불쑥 솟아 동굴을 이루고 있다. 동굴 아래는 움패어 들어가고, 벼랑의 꼭대기는 평대처럼 평평하게 펼쳐져 있다.

언덕 등성이는 북쪽에서 뻗어와 그 뒤쪽을 에돌아 끊겼다가 다시 솟구친다. 끊긴 곳 역시 빙 둘러 골짜기를 이룬 채 벼랑의 좌우를 에돌고, 흐르는 샘물은 골짜기를 돌아나간다. 골짜기에는 대나무가 심어져 있는데, 산속 아지랑이의 비췻빛과 어울려 돋보인다. 길은 이곳을 따라 오른다. 예전에 마옥록이 꼭대기에 세 칸짜리 전당을 지었다. 그러나 불상은 채 완성되지 못한 채, 텅 빈 대들보에는 제비가 물어다놓은 진흙만 떨어져 있다.

잠시 후 청련각으로 다시 내려와, 청련각 옆에서 남쪽의 벼랑 아래로 내려갔다. 별안간 구름 장막에 휩싸인 벼랑이 높다랗게 위에서 내리덮는다. 아래를 굽어보니 발을 내딛을 곳이 없다. 그 서쪽으로 돌아드니, 동굴 역시 마찬가지이다. 다만 이 동굴 앞에는 끌어들인 물이 빙 둘러 흐른 채, 북쪽으로 통하는 비좁은 어귀를 끊고 있는지라, 아래의 동굴과 위의 평대가 둘로 나뉘어 있다.

북쪽의 비좁은 어귀를 통하게 하고 동쪽의 길을 막아, 청련각의 가운데 길이 앞쪽의 동굴 아래에서 북서쪽을 따라 뒤쪽의 골짜기로 돌아나오게 하는 편이 나을 거라는 생각이 들었다. 이렇게 하면 뒤쪽의 골짜기에서 벼랑의 평대에 오르면서 차츰 빼어난 풍광 속으로 들어서고, 두 갈래로 나뉘어지지도 않을 것이다.

얼마 있다가 마태록 노인이 지팡이를 짚고서 아침식사를 가지고 왔

다. 식사를 마치고서, 날이 차츰 개이기에 나는 서둘러 석성을 유람하고
자 했다. 마태록이 송파의 바위동굴을 찾아가려는 나를 만류했다. 나는
돌아오는 길에 들리겠노라 그에게 약속했다. 마태록은 "오늘 강변까지
가기에는 이미 늦었으니, 강을 건널 필요 없이 토사인 조룡강(早龍江)의
집을 찾아가 묵으십시오. 그가 직접 등산을 안내할 겁니다. 그렇지 않으
면, 그곳은 온통 이족의 산채인지라 중국어를 할 줄 아는 이가 없습니
다"라고 말했다. 나는 그의 말을 새겨듣고서 길을 나섰다.

남서쪽으로 내려와 그의 집 옆에 이르렀다. 이어 움푹한 평지 속에서
남쪽으로 흘러나오는 물길을 건너 그 서쪽으로 1리를 갔다. 서쪽 비탈
을 따라 북쪽으로 나아갔다. 1리를 가서 돌아들어 그 서쪽 골짜기를 헤
치고서 반리를 갔다가, 등성이를 넘어 서쪽으로 내려갔다. 1리를 가서
구렁 속으로 내려오자, 이곳에 갑자기 우묵한 곳을 감돌아 골짜기가 이
루어져 있더니, 북동쪽에서 남서쪽의 어귀로 뻗어나간다. 길은 그 남쪽
의 비탈을 따라 서쪽으로 뻗어있다. 1리를 가서, 골짜기 속의 조그마한
물길을 건너 함께 골짜기 어귀를 빠져나온 뒤, 남서쪽의 비탈을 따라
내려갔다.

3리를 갔다가 비탈을 빙 둘러 서쪽으로 돌아들었다. 남쪽의 움푹한
평지를 바라보니, 가운데는 훤히 트여 있고, 아래에는 밭이 나타나기 시
작한다. 남동쪽에서 뻗어온 길이 합쳐졌다. 이 길은 난니패의 북쪽에서
뻗어오는 길이다. 비탈의 남서쪽 기슭에는 몇 채의 민가가 비탈에 기댄
채 남쪽을 향해 있다. 이곳은 아무아무마을이다.

계속해서 비탈을 내려가 1리만에 마을 왼쪽에서 조그마한 다리를 건
넜다. 이 비탈의 좌우에는 모두 조그마한 물길이 북쪽의 골짜기에서 흘
러오고, 마을은 그 가운데에 매달려 있다. 북서쪽에는 또 하나의 골짜기
가 펼쳐져 있다. 동쪽에서 흘러오던, 꽤 큰 물길은 조그마한 물길과 합
쳐진 뒤, 함께 남쪽으로 흘러간다. 틀림없이 송파의 물길과 함께 나명패
(羅明壩)로 흘러나갈 것이다.

여기에서 그 북서쪽을 바라보면서 걸음을 재촉하여 1리만에 비탈을 넘어 들어갔다. 다시 북동쪽에서 흘러오는 조그마한 물길을 건너자마자, 북쪽 비탈을 따라 산골물을 거슬러 북서쪽으로 나아갔다. 2리를 가서 서쪽으로 내려가 움푹한 평지 속의 산골물을 건넌 뒤, 북서쪽으로 산골물 서쪽의 산을 올랐다.

다시 그 갈래진 골짜기를 따라 들어가 2리를 갔다가, 서쪽에 불쑥 솟은 비탈을 감돌아 올랐다. 비탈 서쪽에는 가운데로 빙 두른 구렁이 있다. 구렁의 북쪽 벼랑을 따라 반리를 갔다가 그 서쪽의 등성이를 감돌아 올라 3리쯤만에 등성이에서 남서쪽으로 내려갔다. 반리를 가서 메마른 골짜기 속을 완만하게 나아가 1리를 가자, 메마른 골짜기가 북쪽에서 뻗어와 합쳐졌다. 그곳을 가로질러 북쪽 고개의 비탈을 따라 서쪽으로 나아갔다.

1리를 가자, 이곳의 골짜기는 네 갈래로 나누어졌다. 동쪽에서 내가 온 길, 북쪽에서 뻗어온 골짜기 한 갈래, 그리고 남쪽에서 뻗어온 또 한 갈래의 골짜기는 모두 메말라 있지만, 물이 흘러내리는 곳이다. 그러나 서쪽으로 뻗어온 또 다른 갈래의 골짜기는 여러 물길이 거쳐 흘러내리는 어귀이다. 길은 마땅히 서쪽 골짜기의 북쪽 비탈 위를 따라 나아가야 했다. 그런데 북쪽에서 뻗어오는 골짜기 바닥으로 들어서는 길이 보이는지라, 이 골짜기를 거슬러 나아갔다.

2리를 가자, 골짜기 속에 또 하나의 구렁이 빙 두르고 있으며, 졸졸거리는 물소리가 들려왔다. 몇 채의 민가가 서쪽 비탈에 기대어 있다. 이곳은 타랑(打郎)이다. 마을에 들어가 주민에게 물어보고서야, 상강으로 가는 길은 바깥 골짜기의 서쪽에 있음을 알게 되었다. 구렁의 북동쪽에도 고개를 넘어가는 길이 있는데, 역시 부성으로 통하는 길이다. 다만 북서쪽에는 산등성이가 빙 두르고 있는지라 통하는 길이 없다고 한다.

이에 서쪽 산의 중턱을 따라 남쪽으로 나왔다. 2리를 가서 서쪽 산의 남쪽 산부리를 감돌아 서쪽으로 나아갔다. 그 앞에 골짜기 바닥에서 뻗어오다가 합쳐지는 길이 나 있다. 이것은 동쪽에서 뻗어오는 바른길이다. 여기에서 북쪽 벼랑에 의지한 채 서쪽 골짜기 위를 나아갔다. 골짜기 남쪽에는 빙글 에워싼 구렁이 여러 차례 펼쳐져 있으나, 물은 여전히 서쪽으로 쏟아진다. 골짜기 북쪽의 서쪽 자락은 차츰 뻗어내리고, 바위의 뼈대가 갈라져 나온다.

2리를 나아갔다. 때는 오전이건만 무덥기 짝이 없었다. 나는 그늘을 골라 바위에 한참동안 누워 있다가 북서쪽으로 비탈을 내려왔다. 반리를 가자, 동쪽에서 흘러오는 산골물이 졸졸 흐르고 있다. 물길을 이룬 산골물을 넘은 뒤, 계속해서 북쪽 비탈에 기댄 채 북서쪽으로 나아갔다. 2리를 가서 비탈 사이에서 식사를 했다. 다시 북서쪽으로 2리를 가서 언덕을 넘어 서쪽으로 내려갔다. 그 사이에는 구렁이 어지러이 분분하고 비탈이 뒤섞인 채, 나무가 무성하게 늘어서 있다.

2리를 가자, 길은 두 갈래로 나누어진다. 한 갈래는 남서쪽으로, 다른 한 갈래는 북서쪽으로 뻗어있다. 나는 어디로 가야 할지 몰라, 북서쪽으로 난 길을 따라갔다. 얼마 지나지 않아 어떤 사람이 오더니, "남서쪽으로 가는 길은 강을 건너려고 맹뢰(猛賴)로 가는 지름길이고, 이 북서쪽 길은 굽이돌아 맹림(猛淋)을 따라가는 길입니다"라고 말했다. 내가 몸을 돌리려 하자, 그 사람은 "기왕에 1리를 오셨으니 돌아가실 필요 없이, 맹림을 따라가셔도 됩니다"라고 말했다.

이에 북서쪽으로 골짜기를 따라 약간 내려갔다. 2리 남짓을 가자, 남쪽 비탈에 기댄 채 북쪽의 구렁을 굽어보고 있는 마을이 있다. 이곳은 맹림이다. 이곳은 타랑의 서쪽 산이 남쪽으로 뻗어내려 서쪽으로 돌아들었다가, 끝자락을 끌면서 북쪽으로 뻗은 채 빙 둘러 구렁을 이루고 있는 곳이다. 이 구렁은 북쪽을 향하여 자못 툭 트여 있다. 멀리 바라보이는 북쪽의 커다란 산은 서쪽으로 뻗어내린다. 이곳은 북충의 뒷산이다. 이 산은 시내를 끼고서 서쪽으로 나아가다가 맹뢰계(猛賴溪) 북쪽의 왕상서채(王尙書寨) 고개에서 끝난다. 구렁 속의 물길은 틀림없이 북쪽에 있는 북충 서쪽의 시내에서 흘러내릴 것이다.

그 사람이 가리켜준 대로, 나는 맹림의 마을 뒤쪽에서 남서쪽으로 고개를 넘어 나아갔다. 1리를 가서 고갯마루를 넘어 남쪽으로 내려갔다가, 끝내 길을 잃고 말았다. 1리를 내려가자, 길은 서쪽에서 뻗어와 합쳐졌다. 약간 동쪽으로 내려가 조그마한 다리를 건넜다가, 남서쪽으로 돌아들어 남쪽으로 비탈을 넘어갔다. 2리를 가자 비탈 남쪽의 커다란 산골물이 동쪽에서 서쪽으로 쏟아지고, 길 또한 산골물의 북쪽에서 서쪽으로 뻗어온다. 이 길은 비탈을 따라 오르고, 내가 거쳐 온 길은 벼랑을 타고 내려오다가, 여기에서 만나 서쪽으로 향한다.

반리를 가서 시냇가의 실과 같은 길을 따라 나아갔다. 이곳의 벼랑은 험준한 바위가 하늘 높이 솟아 있고, 아래로 절벽을 굽어보고 있다. 그 아래에는 치달리는 물길이 골짜기에 부딪치는데, 그림자만 거꾸로 비칠 뿐, 땅은 보이지 않는다. 그 사이를 따라 길이 절벽을 움팬 채 뻗어 있다. 남서쪽으로 반리를 가서 약간 내려가 벼랑의 발치에서 벗어나서 뒤돌아보니, 북쪽의 벼랑이 위에 꽂혀 있다. 마치 층층의 성벽과 겹겹의 병풍처럼 보인다.

다시 서쪽으로 2리 남짓을 가서 벼랑의 발치에서 남서쪽의 불쑥 솟구친 산부리를 감돌아 반리를 가서야, 비로소 상강 남쪽의 움푹한 평지가 보였다. 이곳의 골짜기는 훤히 트여 있고, 가운데는 움팬 채 평탄한 들판을 이루고 있는데, 골짜기의 바닥만 보일 뿐, 강물은 보이지 않는다. 서쪽 산에서 남동쪽으로 가로지른 시내는 평탄한 들판과의 경계를 이루면서, 곧장 동쪽 산의 기슭에 이른다. 내가 따라온 시내 역시 남서쪽으로 이 시내에 흘러든다. 골짜기 어귀의 물결은 사방에서 일렁인다. 이곳이 골짜기의 시내가 모이는 곳인지, 아니면 상강의 물굽이인지 똑똑히 알 수가 없다. 나는 또 남동쪽으로 가로지른 물길이 곧 상강이 아닐까 하는 의구심이 들었지만, 물살이 너무 작아 상강이라 보기에는 부족했다.

의구심만 품은 채로 불쑥 솟구친 산부리를 넘어 서쪽으로 나아갔다. 반리를 더 가서 북쪽으로 돌아든 뒤, 북쪽 골짜기를 따라 1리를 내려갔 다가 북쪽 골짜기에서 서쪽으로 돌아들었다. 비로소 상강 북쪽의 움푹 한 평지가 보였다. 평탄한 들판은 남쪽의 움푹한 평지보다 꽤 작지만, 북쪽에서 흘러오는 강이 그 사이를 구불구불 감돌아 흐르고 있다. 동쪽 골짜기에도 서쪽을 향해 강으로 흘러드는 시내가 있다. 그 남쪽의 물길 은 비록 크긴 하지만, 강물이 동쪽 산의 기슭을 따라 흐르다가 동쪽 산 에 가려져 골짜기 일부만 슬쩍 드러나 보일 뿐이니, 전체의 모습이 죄 다 드러나는 이곳만 못했다.

다시 서쪽으로 1리를 더 가자, 십여 채의 민가가 남쪽 산에 의지한 채 북쪽을 향해 있다. 마을 앞에는 동쪽 골짜기에서 흘러나온 시내가 남서쪽으로 마을을 빙 두르고 있다. 상강의 나루터가 어디 있는지를 물 어보니, 마을 사람은 마을의 북서쪽을 가리킨다. 토사인 조씨가 어디 있 는지 묻자, 마을 남서쪽의 2리 되는 곳에 있다고 한다.

이에 북쪽으로 마을의 시내를 건넜다. 시냇물은 상당히 크지만, 그 위에는 다리가 없다. 단지 나무 하나만 수면 위에 평평하게 걸쳐져 있 을 뿐이다. 양쪽이 이어져 건너가기는 하지만, 나무가 찰랑거리는 물에 흔들거리는데다가 물이 때때로 그 위로 뛰쳐오르기도 한다. 비록 맨발 로 건넌다 할지라도, 발아래를 내 마음대로 할 수 없는지라 대단히 위 험하다.

여기에서 서쪽 비탈을 올라 남쪽의 물길을 따라갔다. 밭두둑 사이를 나아가 1리만에 약간 남서쪽으로 꺾어졌다. 1리를 더 가서 조씨의 집으 로 들어가니, 날은 어느덧 저물어 있었다. 처음에 있던 바깥방은 무척 누추했지만, 잠시 후 가운데의 대청으로 안내받아 들어갔다. 주인이 나 와 읍하여 인사를 했다. 붉은 두건으로 머리를 싸매고 있었다. 나에게 어디에서 왔는지 묻자, 마씨집에서 왔다고 대답했다. 그는 "마원강은 나 와 정이 도타운데, 왜 편지 한 장이라도 보여주지 않는가?"라고 말했다.

나는 마원강의 시를 꺼내 보여주었다. 그러자 그는 머리를 싸맨 두건을 풀고서, 사대부의 두건과 의복으로 바꿔 입고서 나와 다시 손을 맞잡고서 인사를 한 후, 만찬을 베풀어 주었다. 가운데의 대청에서 묵었다.

이곳은 맹뢰(猛賴)로서, 상강 동쪽 언덕의 가운데이다. 이곳의 산줄기는 북충의 서쪽 시내의 북쪽에 줄지은 산에서 서쪽으로 불쑥 솟구쳐 왕상서영(王尙書營)을 이루고, 움푹한 평지로 뻗어내려 평탄한 들판을 이룬 채 남쪽의 이곳까지 펼쳐져 있다. 상강의 물길은 서쪽으로 맹뢰를 휘감아돌고, 북충 서쪽의 시내는 동쪽으로 맹뢰를 끼고 있다. 맹뢰는 두 줄기 물길이 만나는 중간에 자리하고 있는 것이다. 시내의 남쪽은 바로 내가 걸어내려온 고개이다. 맹림 남쪽에서 시내를 끼고 남쪽으로 뻗어내려오는 이 고개는 치솟아 하류의 용사(龍砂)를 이룬다. 왕상서영령(王尙書營嶺)은 곧 본 갈래로서, 상류의 호사(虎砂)를 이루고 있다.

상강의 동쪽은 여전히 '채(寨)'이며(28채는 모두 토박이 추장의 관사이다), 상강 서쪽은 15훤(喧)이다. ('훤'은 떠들썩하게 모여든다는 뜻에서 취했으며, 많은 사람들이 모인 곳을 의미한다. 이곳에만 이러한 명칭이 있다. 이곳 사람들은 모두가 이족彝族으로서, 간란이나 움집에서 산다. 광서성廣西省의 이족의 거주지와 비슷하다.) 조룡강(早龍江)은 이 가운데에 살면서 15훤을 관할하고 있다.

7월 11일

아침 일찍 일어나니, 조룡강이 식사를 차려놓고서 이렇게 말했다. "강 너머의 토박이들은 성질이 거칠고 고분고분하지 않으며, 사람을 만나면 피합니다. 그대가 석성을 유람하시고 싶다면, 그 산은 북서쪽의 높다란 골짜기 위에 있으니, 길은 만변(蠻邊)을 따라 들어가야 합니다. 만변 역시 저의 관할구역이니, 마땅히 격문을 보내 그곳의 화두[1]에게 필요한 것을 제공하고 길을 닦으며, 산채의 인부를 떼어내 그곳까지 안내하라고 해야겠습니다. 그렇지 않으면 잠시라도 머물 곳이 없을 것입니다." 나는 그에게 감사의 인사를 드렸다.

조룡강은 다시 나를 데리고 집 앞의 넓은 빈 터로 나와, 손가락으로 가리키면서 이렇게 말했다. "북동쪽의 봉우리 하나가 유달리 높이 솟구쳐 있는데, 서쪽으로 강 왼쪽을 굽어보고 있는 곳은 왕(王)상서가 병사를 주둔시킨 봉우리입니다. 북서쪽의 겹겹의 골짜기 아래에 언덕 하나가 동쪽으로 강 오른쪽에 불쑥 치솟은 곳은 만변으로, 예전에 녹천(麓川)의 반란 수괴인 사임(思任)이 눌러앉아 소굴로 삼았던 곳이지요. 그 뒤쪽의 겹겹의 언덕 위가 바로 석성인데, 수괴인 사씨가 이곳의 험한 지세를 믿고서, 강을 사이에 두고 왕상서와 맞섰던 곳입니다. 이곳은 예전에 싸움터로 도적떼의 소굴이었지요. 지금은 천자의 위엄과 영험함 덕분에 백성이 편안하고 지역은 안정되었으며, 물산이 넘치도록 풍부하여 다른 곳보다 흥성해졌습니다. 다른 곳들은 지금 가뭄으로 고생하는데, 이곳에는 비가 끊이지 않습니다. 다른 곳은 막 모내기를 했지만, 이곳은 벌써 새 곡식들이 여물었지요. 다른 곳은 도적이 많지만, 이곳에는 밤에도 문을 닫아걸지 않습니다. 궁벽한 변경은 지상낙원이 아니라고 말할 수 있을까요! 다만 지체 높으신 분이 여기까지 오신 일이 없었는데, 오늘 이렇게 모시게 되었으니, 어찌 산천의 행운이 아니겠습니까!"

나는 그의 과분한 말씀에 감사를 드렸다. 이때 새 곡식과 싱싱한 꽃들은 일시에 함께 자라나고, 늦벼와 향기로운 바람이 너른 들판을 가득 뒤덮고 있다. 참으로 변경 지역의 아름다운 풍광이다. 어떤 이는 풍토병이 있음을 지적하지만, 이 또한 이 지역의 일상적인 일일 따름이다.

식사를 마친 후, 조룡강이 나를 모시고 가겠다고 했다. 나는 극구 사양하면서 돌아오는 길에 다시 만나자고 약속하고서, 그의 격문을 가지고 길을 나섰다. 문을 나서자 곧바로 강의 동쪽 언덕을 거슬러 북쪽으로 나아갔다. 2리를 가자, 마침 나룻배가 서쪽 언덕에 있기에 동쪽 물가의 나무 아래에 앉아 배를 기다렸다. 한참만에야 배가 동쪽으로 저어오자, 배에 올라탔다.

물길을 거슬러 약간 북쪽으로 나아가다가, 다시 마방(馬幇)을 태웠다. 이들은 북충에서 서쪽으로 오던 이들이었다. 나룻배는 마룡강(馬龍江)의 동생인 마룡천(馬龍川)이 관할하고 있다. 마방만 각기 그에게 삯을 내고, 빈 몸으로 타는 이들은 삯을 내지 않았다. 이때 마룡천은 강 언덕에 살고 있는데, 서쪽의 만변으로 가는 길과는 동쪽으로 흘러내리는 조그마한 시내 한 줄기를 사이에 두고 있다. 나룻배의 뱃사공은 나에게, 만변에서 돌아올 적에는 꼭 시내 남쪽으로 가서 마룡천을 한 번 만나라고 말했다. 나는 그러겠노라고 했다.

이에 조그마한 시내의 북쪽 언덕에서 강 언덕에 오르자마자, 북서쪽으로 나아가 상강의 서쪽으로 건넜다. 이곳은 15환의 한가운데이다. 서쪽 산을 따라 북쪽으로 이틀을 가면 붕알(崩戞)이고, 남쪽으로 이틀을 가면 팔만이다. (붕알의 북쪽에는 붉은 털을 지닌 야만인이 거주하고 있다. 팔만의 남쪽은 노강路江 안무사安撫司이다.) 예전에 다리를 만든 덕분에 서쪽의 산심(山心)을 넘어 호병구(壺瓶口)로 나오는데, 등양(騰陽)으로 가는 길은 여전히 그 남쪽 하류의 20리에 있다. 그 천연의 바위벼랑은 다리의 터로 삼을 만하다. 바위벼랑은 그 아래에도 있다.

(예전에 사람들이 벼랑에 다리를 놓자고 의논했다. 지부知府인 손씨는 마원중 등과 함께 몸소 가서 그곳을 살펴보았다. 나중에 별가인 서씨와 등월주騰越州의 감독관이 개인의 의견에 따라 바위벼랑 북쪽의 모래부리 요충지에 다리를 세웠으나, 얼마 지나지 않아 물에 못쓰게 되고, 다리는 끝내 완성되지 못했다. 이 강은 왕정원王靖遠과 사임이 강을 사이에 두고서 대치하여 맞서는 바람에 건널 수 없었다. 왕정원은 뗏목을 많이 묶도록 명령했다. 어느 날 밤 양을 북에 묶고 햇불을 뗏목에 묶은 뒤, 뗏목을 풀어 강을 가득 메운 채 남쪽으로 내려보냈다. 이것을 본 사임은 뗏목을 타고 하류에서 건너리라고 여겨, 다투어 서쪽 언덕을 따라 하류로 달려갔으나, 왕정원의 군대는 상류에서 건넌 뒤 사임을 물리쳤다. 오늘날 동쪽 언덕의 나명패는 그가 관솔을 묶어 만든 산채이고, 나고는 그가 북을 만들었던 산채이다.)

북서쪽으로 3리를 가자, 시내가 서쪽 골짜기에서 흘러나왔다. 북쪽으로 시내를 건너 반리를 가니, 마을이 비탈 동쪽에 기댄 채 동쪽을 향해 늘어서 있다. 이곳은 만변이다. (『지』에 따르면, 15훤에는 만변이라는 이름이 없다. 생각건대 중강(中岡)이라는 곳일 것이다. 섬 태사는 이곳에도 장원을 지니고 있다.) 화두를 찾았으나 보이지 않았다. 그의 아내가 격문을 가지고 한 스님을 찾아가 읽어달라고 하더니, 나를 안내하여 대나무집에 앉히고서 식사를 차렸다.

이 스님은 석성 아래층에 있는 중대사(中臺寺)의 스님으로, 중대(中臺) 위에 집을 지어 살고 있다. 각 훤의 토박이들이 모두들 그를 믿고 따랐는데, 이제 목재를 가져오고 장인을 불러와 커다란 절을 짓고자 했다. 이 스님은 막 산을 내려가 각 훤의 화두와 절을 짓는 일을 의논하려던 참이었다. 그는 암자에 아무도 없다고 말하면서, 나에게 잠시 이곳에 머물러 있다가 그가 내일 돌아오면 암자에서 석성을 찾아갈 수 있다고 했다.

나는 그의 말에 따라, 대나무집 위층에 앉아 일기를 썼다. 오후에 산골물에서 목욕을 했다. 다시 대나무집에 올라와, 화두의 집에서 돼지새끼를 삶아 조상에게 제사를 지내는 모습을 구경했다. 한 사람에게는 밖에서 바라보게 하고, 다른 사람에게는 안에서 외치게 했다. "오시겠습니까?"라고 묻자, "그러겠소"라고 대답했다. 이렇게 주고받기를 수십 차례나 했다. 베를 길에 늘어뜨려 조상의 영혼을 감실로 이끌어 들인 뒤, 그에게 술을 따르고 식사를 하도록 했다. 마치 살아있는 사람인 양 권했다.

저물녘에 그의 아들이 고기와 술을 가져왔는데, 화주(火酒)였다. 대나무집 위층에서 술을 마시던 중에, 갑자기 비바람이 들이닥쳤다. 비록 대나무집에는 가릴 만한 것이 없었으나 너른 들판 속이 무더운지라 곧바로 대나무집에 눕고 말았다. 그의 방으로 옮길 겨를이 없었다. (화두란 한 훤의 주인으로, 곧 중원의 보장이나 이장과 같은 것이다.)

---

1) 화두(火頭)는 중국 변경의 소수민족지구의 소두령을 가리킨다.

7월 12일

화두가 식사를 차리더니, 옛 토사 한 사람을 모셔와 함께 식사를 했다. 그 사람은 아흔일곱 살이었다. 나이가 많이 든지라 후에 조룡강으로 바뀌었다. 훤 안의 사람들은 모두들, 그가 소박하고 정직하며 남을 해치지 않으며, 가장 오랫동안 토사를 지내면서도 물의를 빚은 적이 한 번도 없고, 그에게 돈을 줄 경우 천 전(錢)이상은 받지 않았다고 말했다. 권력자가 여러 번 그의 흠집을 찾아내려 했지만, 끝내 그의 과실의 흔적조차 잡아내지 못했다. 훤의 사람들은 그에게 감격하여 다함께 소 한 마리를 잡은 뒤 팔아, 그의 노년을 부양할 자금으로 삼았다.

식사를 마친 후, 그는 사람을 보내와 나를 중대사로 안내하게 했다. 나는 그 사람이 중대사를 거치지 말고 곧바로 석성으로 안내해주기를 바랐다. 그 사람은 "훤 안의 사람들은 모두 석성으로 가는 길을 알지 못하고, 중대사의 스님만이 알고 있습니다. 게다가 길은 반드시 중대사를 거쳐 가야지, 다른 길이 없습니다"라고 말했다. 나는 그의 말을 믿을 수 없어 되돌아왔다. 훤에서 두루 물어보니 그의 말과 일치하는지라, 마침내 그와 함께 중대사로 향했다.

마을 북쪽에서 시내를 거슬러 서쪽으로 들어가 2리만에 상만변(上蠻邊)을 지나 차츰 골짜기로 들어섰다. 서쪽으로 1리 남짓을 더 가서 한 줄기 도랑을 건넌 뒤, 남쪽 산골물에 이르러 북쪽 비탈에 기대어 나아갔다. 1리 남짓을 더 가자, 북쪽 비탈이 약간 트이고, 북쪽으로 뻗어가는 갈림길이 나타났다.

다시 서쪽으로 비탈을 넘고 못 한 군데를 지나, 북쪽의 골짜기 속으로 내려갔다. 모두 2리를 가자, 북쪽 골짜기에서 흘러오는 시내가 있고, 나무를 엮어 만든 다리가 있다. 서쪽으로 다리를 건넜다. 다리의 남쪽에서도 시내가 남쪽 골짜기에서 서쪽으로 흘러오더니, 다리 아래의 물과 합쳐졌다가 만변 남쪽의 커다란 시내로 흘러나간다.

다리의 서쪽으로 건너자마자, 북쪽의 비탈을 올랐다. 이 비탈은 몹시 가파른데다 질척거리기 짝이 없어, 진창에 빠져 발조차 뗄 수 없었다. 나무숲이 울창하게 우거진 이 일대에 소떼와 가축들이 마구 짓밟은 바람에 진흙탕이 되어버렸기에 기어오르기가 대단히 힘겨웠다. 2리를 가서 오솔길을 타고서 숲속을 나아갔다.

3리를 간 뒤 한길과 합쳐졌지만, 길은 더욱 가파르고 진창이 심해졌다. 다시 북쪽으로 1리를 더 올라 남서쪽으로 꺾어져 골짜기 속을 올라갔다. 1리를 가서 남쪽의 그곳 언덕을 넘었다. 이 언덕은 중대사에서 동쪽으로 뻗어내린 등성이이다. 언덕을 넘어서야 서쪽의 벼랑 아래에 자리하고 있는 띠풀 암자가 보였다. 벼랑은 뒤쪽에 벽처럼 우뚝 선 채 하늘 높이 솟구쳐 있다. 벼랑 위가 아마 석성이리라. 이에 암자로 들어갔다.

암자는 동쪽을 향해 있고, 띠풀로 지은 것이다. 암자 앞에는 대단히 커다란 나무가 쌓여 있다. 장인 한 사람이 나무를 깎아 불전을 지을 재목을 만들고 있었다. 어제 만났던 노스님(호는 창해滄海이고, 사천 사람이다)은 벌써 먼저 와서 나를 위해 식사를 차려주었다. 내가 석성에 오르고 싶다고 말하자, 스님은 "반드시 내일을 기다려야 하니, 지금은 이미 늦었습니다. 이 길은 스님만이 안내할 수 있을 뿐, 훤(喧)의 사람들도 알지 못합니다"라고 말했다.

나는 비로소 훤의 사람들의 말이 거짓이 아님을 믿게 되었다. 마침내 그 띠풀 암자에 묵기로 했다. 이 절은 중대라고 일컫지만, 사실은 산을 올라 만난 첫 번째 평지이다. 석성의 꼭대기는 뒤쪽에 솟구쳐 있으며, 이곳은 두 번째 층이다. 그 뒤에도 골짜기가 빙 두른 채 높다랗게 솟구쳐 있다. 이곳은 곧 설산의 주 등성이가 동쪽으로 불쑥 솟은 곳이며, 이것이 세 번째 층이다.

첫 번째 평지에서 올라가자, 온통 까마득한 병풍처럼 나무숲이 깊숙이 우거져 가로막고 있으며, 사람의 자취라곤 찾아볼 수도 없다. 오직 노스님만이 예전에 제자 한 사람과 함께 도끼를 가지고 횃불을 들고서 사오 일 동안 찾아 헤매다가, 위의 두 번째 층에서 수십 그루의 나무를 베어내고서 띠집을 지을 터를 골랐다. 하지만 터가 사람이 있는 곳과 너무 멀어서 아래층으로 돌아와 살았다. 이제는 불교에 귀의한 훤의 사람들이 차츰 많아졌다.

7월 13일

창해 스님은 식사를 차리자마자, 곧바로 지팡이를 들고서 앞서 나아 갔다. 나와 하인 고씨 역시 지팡이를 짚고서 그를 따라갔다. 평평한 언덕의 오른쪽 겨드랑이에 엎어진 나무 위를 타넘어 들어갔다. (이 나무는 길이가 20여 길에 크기는 한 아름이며, 가로로 벼랑의 절벽 아래에 걸쳐 있다. 그 양옆은 온통 무성한 대나무와 한데 엉킨 등나무 투성이인지라 발을 딛을 수 없고, 그 아래는 울퉁불퉁 빽빽이 덮인 채 통하는 길이 없다. 나무 위로 길을 빌 수밖에 없다.)

나무를 지나 서쪽 벼랑바위의 발치를 따라 남쪽의 무성한 가시덤불을 헤치고 나아갔다. 머리는 하늘을 보지 못하고 발은 땅을 딛지 못한 채, 마치 뱀처럼 풀숲 속을 엎드려 기어가고, 원숭이처럼 끊어진 나뭇가지를 넘어갔다. 그저 노스님을 따라 스님이 붙들면 나도 붙들고, 스님이 매달리면 나도 매달리며, 스님이 기어가면 나도 기어갔다.

2리를 가서 높다란 벼랑의 아래를 지났다. 다시 남쪽의 언덕 한 군데를 넘은 뒤, 남동쪽의 나무숲 한 곳을 건너 1리 남짓만에 남쪽의 비탈을 올랐다. 이어 쌓여 있는 띠풀을 밟으면서 비탈을 넘었다. 이곳의 띠풀은 넘어진 것의 두께가 한 자 남짓이고, 곧추선 것의 높이는 한 길 남짓이다. 그래서 고개를 들어도 하늘을 분간할 수 없고, 몸을 구부려도 땅을 분간할 수 없다.

1리 남짓을 더 가서 남쪽의 언덕 위로 나왔다. 이 언덕은 아래로 남쪽 골짜기를 굽어보고 있다. 동쪽으로 갈래를 타고 내려오자, 오솔길이 남쪽 골짜기의 바닥에서 서쪽의 언덕을 따라 나 있다. 여기에서 비로소 길을 찾은 것이다. 따라 오르는 길은 대단히 가파르다. 대체로 석성은 병풍처럼 늘어서 있는데, 이곳은 그 남동쪽의 발등이다. 또한 남쪽 골짜기가 그 바깥을 에워싸고 있는데, 오직 한 줄기 선만이 벼랑과 골짜기 사이에 매달려 있다.

선과 같은 이 길을 따라 서쪽으로 5리를 기어올랐다가, 북쪽으로 꺾어져 올랐다. 1리를 가서 북서쪽의 울퉁불퉁한 바위를 올라 반리만에 석성의 남쪽 자락의 발치에 닿았다. 그제야 이 산이 빙 둘러 있는 성이 아님을 깨달았다. 이 산은 그 뒤쪽의 설산 등성이에서 동쪽으로 건너뻗 었다가 남쪽으로 꺾어지고, 가운데에 툭 튀어나온 골짜기는 남쪽으로 움패어 뻗어내리다가 이곳 남쪽 자락의 발치에 이른다. 이곳은 곧 골짜 기의 어귀인 셈이다. 이곳의 벼랑은 남쪽으로 꺾어진 등성이에서 병풍처럼 가로로 늘어선 채 유난히 우뚝 솟구쳤다가 이곳 남쪽 자락의 발치에 이른다. 이곳은 곧 비석을 받치는 받침돌인 셈이다.

골짜기는 삼면만 둘러싸인 채 한 쪽이 트여 있고, 병풍은 하나가 둘로 나누어져 있으니, 성이라 일컬을 수는 없다. 그렇지만 골짜기는 안쪽이 아득히 막혀 있고, 바깥에는 병풍이 높다랗게 우뚝 솟아 있다. 이곳은 남쪽 자락의 병풍과 골짜기가 교차하여, 마치 황하(黃河)와 화산(華山)이 한데 모여 동관(潼關)[1]을 가로막는 듯하니, 험준하기 그지없다고 말하지 않을 수 없다.

남쪽 자락의 발치에서 그곳 동쪽 기슭을 감돌아 북쪽으로 나아가자, 벼랑의 앞쪽 절벽이 나타났다. 이곳은 중대사의 암자 위를 굽어보고 있으며, 절벽 사이에는 동굴이 있다. 동굴은 동쪽을 향한 채 높고 깊숙이 움패어 있으며, 아득한 구름 끝에 올라 옥과 같은 전각을 굽어보고 있다. 이 동굴에 부족한 점은 종유석과 동굴 구멍이 없다는 것뿐이다.

그 서쪽 기슭을 감돌아 북쪽으로 나아가자, 벼랑의 뒤쪽 절벽이 나타났다. 이 절벽은 꺼져내린 골짜기의 동쪽을 빙 두르고 있다. 깎아지른 듯 겹겹이 위에서 누르고, 깊은 구렁이 아래에서 감아오르며, 수많은 나무가 허공에 무성하고 덩굴과 이끼가 서로 엉켜 있다. 그윽하고 험준하기 그지없다.

벼랑을 따라 북쪽으로 1리를 나아가자, 길은 두 갈래로 나누어진다. 북동쪽으로 오르는 한 갈래는 벼랑의 꼭대기로 오르는 길이고, 북서쪽으로 향하는 또 다른 갈래는 골짜기의 움푹 꺼진 곳을 감도는 길이다. 이에 먼저 골짜기를 따라 나아갔다. 반리를 가서 골짜기의 바닥을 건너는데, 바닥은 대단히 평탄하다. 무성한 나무숲에는 비취빛이 허공에 떠 있으며, 한 오라기 햇살도 새어들지 못했다.

(산 위에는 부류등[2])이 매우 많다. 이른바 루자矮子라는 것이다. 이곳의 것은 유난히 크고 길어서, 길이가 여섯 길이나 되는 것도 있다. 또 직경이 한 자나 되는 나무도 있다. 털처럼 가느다란 싹이 나무껍질에 한 치의 틈새도 없이 촘촘히 뒤덮여 있다.)

이 안에는 목룡(木龍)이 있는데, 거대한 나무이다. 그 하체의 모습은 납작하며, 세로는 석 자이고 가로는 한 자 반이다. 땅에서부터 위로 높이는 두 자 다섯 치이며, 반은 꺾여 있고, 반은 무성하다. 꺾인 것은 북서쪽에 있으며, 아래의 마디만 남아 있을 뿐이다. 무성한 것은 남동쪽에 있으며, 나무줄기가 높이 솟구쳐 있다. 나무줄기는 원형이며, 둘레는 하체의 절반이지만 높이는 십여 길을 넘는다. 남아 있는 아래의 마디가 이 나무줄기에 붙어 있다. 둥글기는 높이 솟구친 나무줄기만하고, 둘레는 하체의 절반이다. 하지만 가운데는 텅 비어 있다.

바깥쪽 껍질에 감싸인 채 높이 솟구친 나무줄기에 붙어 있는 것은 그 두께가 한 치 남짓밖에 되지 않고, 가운데는 물통처럼 동그랗게 가운데가 비어 있으며, 물이 그 안에 가득 차 있다. 물통 속의 물은 깊이가 두 자 남짓이다. 대체로 아래쪽은 땅에 닿을락말락하고, 위쪽은 바깥쪽 껍질의 가장자리보다 한 치 오 푼 낮다. 물은 그다지 맑지 않다. 생각건대 나무에서 떨어진 물방울일 것이다. 물속에는 올챙이들이 뛰놀고 있는데, 물을 퍼내버리자 올챙이들은 보이지 않았다. 그런데 바닥에는 옆으로 뚫린 구멍이 보이지 않음에도, 몸을 채 돌릴 겨를도 없이 물이 가득 차오르는 것이다. 물이 어디에서 흘러오는지 보이지도 않는다. 물은 나무껍질 가장자리 아래 한 치 오 푼까지 차오르자 문득 멈춘 채 넘치지 않는다. 조절하는 무언가가 있는 듯한데, 이건 또한 무엇일까?

(이 나무는 계모수(溪母樹)라고도 하고, 수동과(水冬瓜)라고도 하는데, 이 나무에 물이 많음을 의미한다. 토박이들의 이야기에 따르면, 마음이 아픈 사람은 이곳에 와서 물을 마시기만 하면 낫는다고 한다. 노스님은 전에 나무를 베어 터를 살피러 왔다가 이곳의 물로 밥을 지어 먹었다고 한다.)

나무의 북쪽에는 완만한 언덕이 서쪽에서 동쪽으로 뻗다가, 바위벼랑의 봉우리에 이어져 있다. 건너뻗은 언덕의 북쪽에는 물이 고인 웅덩이가 있다. 이 웅덩이는 마록담(馬鹿潭)이라 하는데, 고라니가 쉬면서 물을 마시는 곳이라고 한다. 웅덩이의 북쪽은 양쪽 언덕이 문처럼 마주한 채 조여든다. 못물이 새어나가는 곳이다.

언덕을 따라 서쪽으로 반리를 오르자, 서쪽의 커다란 산의 기슭에 비탈 한 군데가 있다. 커다란 나무가 엇갈린 채 누워 있고, 구름에 가려진 해가 하늘에 떠 있다. 이곳은 곧 노스님이 예전에 나무를 베어내고 터로 삼고자 했던 곳이다. 그때 기거했던 띠집이 아직도 그 옆에 남아 있었다. 여기에서 서쪽으로 올라가면 상대(上臺)로 오를 수 있으나, 길은 더욱 가려져 있다.

이에 되돌아와 앞쪽의 갈림길에서 북동쪽의 언덕을 올라 반리만에 그 위에 올라섰다. 남쪽으로 하대의 불감 암자를 바라보니, 마치 우물 바닥의 사람은 한 치만 하고, 말은 콩만 한 채로 꿈틀꿈틀 아래로 움직인다. 이 암자는 그대로 한 폭의 그림이 되었다. 언덕의 꼭대기는 마치 담처럼 보인다. 남북으로 비록 멀지만 너비는 죄다 한 길 남짓이고, 위아래로 깎아지른듯하지만 터는 반듯이 서 있다.

그 위에서 동쪽의 상강(上江)을 바라보니 한 줄기 선과 같다. 동쪽 경계의 맨북쪽의 조간(曹澗)과 맨남쪽의 우각관(牛角關)이 한 눈에 다 들어온다. 다만 서쪽 경계의 남북 양쪽은 본 갈래에 가려져 붕알과 팔만의 경계를 다 볼 수가 없다. 서쪽의 설산의 주 등성이를 바라보니 평평하게 마주볼 수는 있다. 다만 골짜기 속이 깊이 움패어 있는지라 곧장 기어오르지 못할 뿐이다.

이에 노스님이 가져온 식사를 꺼내 벼랑의 등성이에 걸터앉아 먹은 뒤, 왔던 길을 되짚어 중대암(中臺庵)으로 내려갔다. 중대암에 닿기도 전에 비가 내리기 시작했으나, 빽빽한 숲이 가려주는지라 비가 오는 걸 느끼지 못했다. 암자에 도착한 후에 큰비가 내렸다. 스님이 또 식사를 차렸다. 오후에 비가 그치자, 스님과 헤어져 산을 내려와, 만변의 화두의 집에서 묵었다. 구운 생선과 화주를 가져와 먹고서 잠자리에 누웠다.

---

1) 동관(潼關)은 동한(東漢) 때에 설치된 관문으로, 옛 명칭은 도림색(桃林塞)이다. 이곳의 옛 터는 지금의 섬서성 동관현 남동쪽에 있으며, 이곳은 섬서성과 산서성, 하남성의 세 성의 요충지이다.
2) 부류등(扶留藤)은 등(藤)과의 식물로서, 잎은 빈랑(檳榔)과 함께 식용으로 사용한다. 열매는 오디처럼 생기고 길며, 장아찌로 담가 먹을 수 있다.

7월 14일

만변에서 식사를 하고서 길을 떠났다. 왔던 길을 되짚어 남동쪽으로 1리를 가서 마땅히 동쪽으로 내려가야 했다. 그런데 그만 길을 잘못 들어 한길을 따라 서쪽 산에 기대어 남쪽으로 나아가고 말았다. 2리를 가서 바라보니, 나루터가 어느새 북동쪽에 있었다. 돌아들어 1리를 가자, 동쪽으로 내려가는 길이 나왔다. 이어 구렁을 넘어 밭두둑을 따라 동쪽으로 나아갔다.

1리를 가서 조룡천(早龍川)의 집에 당도했다. 조룡강(早龍江)의 동생인 그는, 이곳에 분가해 살면서 이곳 나루를 관장하고 있다. 이때 나룻배는 여전히 강의 동쪽 언덕에 있었다. 조룡천은 나를 맞이하여 앉은 채 배가 오기를 기다리고, 그의 아내와 딸은 옆에서 베를 짜고 있었다. 화주 지게미와 생고기를 꺼내와 먹으라고 주었다. 나는 술만 마실 뿐, 생고기는 먹지 못했다.

소낙비가 갑자기 내렸다가 그치는 바람에, 오전에야 배를 타고서 서쪽으로 건넜다. 뱃사공이 식사하기를 기다려 정오에야 출발했다. 비가 거세게 내렸다. 함께 배를 타고 건너는 이의 말에 따르면, 맹뢰의 동쪽 시냇물이 갑작스럽게 불어 가로놓인 나무가 물바닥에 잠긴 바람에 발을 딛을 수가 없고, 걸어서 시내를 건너면 물이 가슴에까지 차오르는지라 건너기가 몹시 힘들었다고 했다.

나는 처음에 여비가 떨어져 조룡강의 집에 묵을 작정이었다. 하룻만에 송파에 이르고, 이틀째에는 마노산에 이르기까지 돈 걱정을 하지 않아도 될 터이니, 맡겨놓은 수렴동의 돌과 나무를 가지고 귀로에 오를 작정이었다. 그런데 오늘 이 이야기를 들어보니, 시내를 건너기가 어렵다는 것이다. 그러하다면 시내 북쪽 언덕을 따라 물길을 거슬러 들어갔다가 북충을 거쳐 고개를 넘어도 좋으리라는 생각이 들었다. 걸어서 물을 건너는 위험을 면할 수 있는데다, 물길이 나뉘는 등성이도 볼 수 있기 때문이다. 가는 길이 약간 멀기는 해도 오늘 왜와(歪瓦)에 닿을 수 있다면, 이틀이면 부성까지 갈 수 있을 터이니, 이 길이 오히려 빠르리라.

그리하여 나루터를 따라 동쪽으로 움푹한 평지를 가로질러 골짜기를 바라보면서 들어갔다. 먼저 움푹한 평지에서 동쪽의 밭두둑 사이를 나아갔다. 1리를 가자, 길은 풀에 덮여 있고, 풀은 비에 쓰러져 있는지라, 거의 길을 찾을 수 없었다. 다행히 함께 강을 건넜던 사람이 내가 이 길로 따라가는 것을 보고 역시 동행하러 온지라, 그에게 앞장서서 가라고 했다.

반리를 가서 골짜기 어귀에 이르렀다. 골짜기 북쪽에 불쑥 솟구친 봉우리의 남쪽 기슭을 따라 동쪽으로 들어가니, 시내가 아래에서 요란스러운 소리를 내면서 몹시 세차게 솟구쳐 흘러온다. 5리를 가자, 골짜기가 북쪽에서 뻗어오는데, 동쪽 산 아래에 맹강(猛岡)이라는 마을이 있다. 서쪽 산을 끼고서 북쪽으로 돌아들어, 비탈을 올랐다.

5리를 가서 동쪽 봉우리의 남쪽 모퉁이를 동쪽으로 돌아들었다. 동쪽으로 10리를 더 가자, 남동쪽에서 뻗어오는 골짜기가 나왔다. 맹림에서 오는 오솔길이리라. 여기에서 북쪽으로 꺾어져 산속의 움푹 꺼진 곳을 올라 2리를 가자, 개소리가 들려왔다. 1리 남짓을 더 가자, 산이 골짜기를 빙 두르고, 그 가운데에 평지가 있다. 이곳에 네댓 채의 민가가 산에 기댄 채 남쪽을 향해 있다. 이곳은 왜와이다. 가던 걸음을 멈추고서 이곳에 묵었다.

7월 15일

동틀 녘에 밥을 지었다. 날이 밝자 식사를 하고서 길을 나섰다. 비가 부슬부슬 내리는 가운데, 남쪽으로 동쪽 비탈을 올라 1리를 갔다. 이어 약간 북쪽으로 3리 남짓을 내려갔으나, 길이 보이지 않았다. 이에 서쪽을 향해 띠풀을 붙잡고 비탈을 올라 2리만에 고개에 오르자, 남쪽에서 뻗어오는 길이 나타났다. 다시 약간 북쪽으로 가다가, 벼랑의 굽이를 따라 다시 동쪽으로 나아갔다.

8리를 가자, 골짜기는 동쪽에서 뻗어오고, 커다란 시내는 북쪽 골짜기에서 흘러들어온다. 시냇물이 굽이지는 곳에는 등나무가 빽빽이 뒤덮은 채, 오직 아래에서 세차게 튀어오르는 물살만 보인다. 길은 계속해서 북쪽으로 돌아들어 시내를 거슬러 깊은 나무숲속을 따라 나아갔다. 2리를 더 가서 약간 내려가 차츰 시내 가까이로 바짝 다가갔다.

북쪽으로 5리를 더 가자, 골짜기는 다시 동쪽으로 돌아든다. 동쪽으로 시내를 거슬러 나아가는 길에, 여러 차례 내려갔다가 시내와 만났다. 길 내내 시내 오른쪽의 깊숙한 나무숲과 비스듬한 벼랑 사이를 따라 북동쪽으로 물길을 거슬러 15리를 나아갔다. 시내가 북쪽 골짜기에서 흘러나오고, 아래에 밭이 있다. 밭을 따라 차츰 나무숲에서 빠져나왔다. 다시 동쪽으로 5리를 가자, 그 아래의 밭두둑이 시내를 사이에 낀 채 이어져 있다.

동쪽으로 5리를 더 가자, 북서쪽의 골짜기에서 흘러오는 물길이 나타났다. 시내의 원류는 두 갈래로 나누어진다. 다리를 타고서 북쪽에서 흘러오는 물길을 건넌 뒤, 동쪽에서 흘러오는 물길을 거슬러 나아갔다. 그 아래의 밭은 더욱 휜히 트이고, 길은 비로소 나무숲에 가려지지 않는다. 동쪽으로 5리를 더 가자, 북쪽에 줄지은 산이 가운데로 빙 둘러 평지를 이루고 있다. 그곳에 토사가 살고 있다. (성은 역시 조(趙)씨이고, 조룡강의 조카이다.) 남쪽에 줄지은 골짜기는 휜히 트인 채 밭을 이루고 있으며, 마을이 밭을 에워싸고 있다. 이곳이 바로 북충(北衝)이다.

다시 동쪽으로 5리를 더 가자, 산속의 나무숲이 다시 모여 있다. 이곳은 정구(箐口)이다. 때는 겨우 오후이지만, 앞쪽에 묵을 객점이 없기에 걸음을 멈추었다. 오늘 밤은 중원절이다. 작년에는 석병(石屛)에 있었다. 그곳의 풍속은 조상께 제사를 드릴 줄을 알고 있었건만, 이곳은 고요한 채 쓸쓸하기 짝이 없다.

7월 16일

동틀 녘에 식사를 했다. 정구에서 동쪽으로 약간 내려가 골짜기로 들어서서 2리를 갔다. 북동쪽에서 흘러오는 산골물을 넘었다. 골짜기 속에서 동쪽으로 흘러오는 그 커다란 시내는 여전히 길 남쪽에 있다. 길은 두 줄기 산골물 사이의 갈림길에서 동쪽으로 뻗어오른다. 잠시 후 길은 어느덧 다시 북쪽의 가운데 갈림길에 기댄 채 남쪽의 커다란 시내를 굽어보고 있다. 길은 오르다가 평탄해진다.

7리를 완만하게 내려갔다가 1리를 더 내려가 시내에 이르렀다. 시내 가까이에서 시냇물을 거슬러 나아갔다. 1리 남짓을 더 가자, 시내 위에 나무다리가 걸쳐져 있다. 다리의 남쪽 언덕으로 건넌 뒤, 남쪽 벼랑에 기댄 채 동쪽으로 나아갔다. 다시 1리 남짓을 더 가서 다리를 건너 시내의 북쪽 언덕을 나아갔다. 여기에서부터 두 개의 벼랑이 산골물을 사이에 두고 있고, 산골물 위에는 여러 차례 다리가 좌우로 걸쳐져 있다. 다리 남쪽으로 건너기도 하고, 다리 북쪽으로 건너기도 했다. 온통 산골물을 휘감아돌고 비탈에 의지하던 길은 오르다가 꺾어지곤 했다.

잇달아 여섯 곳의 다리를 건너 모두 7리를 갔다. 물길이 두 줄기로 나뉘어 흘러왔다. 한 줄기는 남동쪽에서, 다른 한 줄기는 북동쪽에서 흘러온다. 두 줄기 물길은 모두 높은 곳에서 떨어져 내려오는지라, 다리가 세워져 있지 않았다. 하는 수 없이 가운데의 비탈을 따라 가파른 길을 오르고 드리워진 층계를 감돌아 올라갔다.

구불구불 8리를 가자, 언덕 등성이는 약간 평탄해졌다. 언덕 위에는 세 칸짜리 집이 가로놓여 있다. 이곳은 다암인데, 토박이들은 포만채(蒲蠻寨)라고 일컫지만, 사실 성채는 아니다. 도사 한 분이 그 안에서 차를 끓이고 있었다. 나는 앞쪽 길에 묵을 만한 곳이 없음을 알고서, 밥을 꺼내어 거기로 가서 먹었다.

다시 북쪽으로 올라갔다. 처음에는 북쪽 구렁이 굽어보이더니, 나중에는 남쪽 구렁이 굽어보였다. 처음에는 골짜기를 헤치고 물을 건너, 나중에는 층계를 오르고 등성이를 감돌아 올랐다. 10리만에 동쪽 고개의 움푹 꺼진 곳을 올랐다. 고갯마루에 오르자 비가 퍼붓듯이 쏟아졌다. 물길을 따라 남쪽으로 내려갔다. 마치 옥룡을 탄 채 푸른 바다를 움켜쥔 듯한 기분이 들었다.

남쪽으로 3리를 내려갔다. 비가 문득 그치고, 구름 안개는 멀리까지 말끔히 갰다. 2리를 더 가서 서쪽 골짜기를 따라 내려가 나무숲을 뚫고 나아갔다. 길은 무성한 풀에 뒤덮여 있다. 비가 다시 쉬지 않고 내렸다. 5리를 더 나아가, 나무숲 바닥에서 발길에 찰랑이는 물결을 따라 빠져나왔다.

남쪽으로 5리를 더 가서 약간 동쪽으로 나아갔다가, 동쪽에 병풍처럼 서쪽으로 불쑥 솟구친 비탈을 넘었다. 그 남쪽의 꺼져내린 비탈에서 쭉 3리를 내려온 뒤, 골짜기를 따라 동쪽의, 병풍처럼 솟구친 갈래에 기댄 채 남쪽으로 나아갔다. 그 서쪽의 가운데 구렁이 약간 트이고, 물길은 차츰 시내를 이룬다.

2리를 가자, 더욱 세차게 퍼붓는 비에 머리부터 발끝까지 흠뻑 젖었다. 발은 미끄러워 제대로 설 수 없는지라, 가파른 길을 오르고 물길을 건너자니 일어섰다가 넘어지곤 했다. 이렇게 3~4리를 가자, 머리와 눈에 상처가 나고 사지는 맥이 빠지고 말았다. 졸지에 어찌해볼 길이 없었다.

비가 조금 그치자 다시 남동쪽으로 5리를 갔다. 움푹한 평지가 약간 동쪽으로 굽이진다. 움푹한 평지를 가로질러 다리 하나를 건넜다. 다리 아래의 물은 사납게 날뛰고 혼탁했지만, 물살이 아직은 거세지 않은지라 가로놓인 나무를 타고서 넘었다. 이곳에 이르러 시내의 서쪽을 따라 서쪽 산을 좇아 나아갔다. 시내는 동쪽에 병풍처럼 솟구친 산에 바짝 다가가다가 흘러간다.

다시 비탈을 넘고 나무숲을 꺼져내려온 뒤, 남동쪽으로 내려와서 5리를 나아갔다. 다시 남동쪽의 비탈을 감돌아 내려가 나무숲 한 군데를 지났다. 5리를 더 가서 비탈 남쪽을 돌아들자, 비탈 겨드랑이 사이에 와불사(臥佛寺)가 나타났다. 어느덧 날이 저물었다. 급히 절의 부엌으로 들어가 불을 찾아 옷을 말리고, 뜨거운 탕을 끓여 가져온 밥 중의 남은 밥을 먹었다. 한밤중에야 그 북쪽 누각에 몸을 뉘였다.

7월 17일

아침 일찍 일어나보니, 식량이 떨어졌다. 헤아려보니 이곳은 부성에서 30리 남짓밖에 떨어져 있지 않다. 이전에 동쪽의 조그마한 산채에서 돌아갈 적과 비슷한 상황이다. 이에 빈속으로 길을 나섰다. 계속해서 두 차례 동굴의 불전에 올랐다가, 못가의 건물로 내려와 멀리 바라보았다.

남동쪽으로 1리 남짓을 나아가 조그마한 집을 지나자, 두 채의 민가가 길가에 자리하고 있다. 이곳은 세무서이다. 다시 남쪽으로 8리를 가서 용왕당의 골짜기를 지났다. 계속 서쪽 산에 기대어 나아갔다. 남동쪽으로 5리를 더 가서 낭의촌(郞義村)을 지나자, 낭의촌의 서쪽에 고개를 넘어가는 길이 나왔다. 이 길은 청강패(清江壩)와 타랑(打郞)으로 가는 길이다.

남쪽으로 20리를 더 가서 부성의 북쪽 통화문(通華門) 밖에 이르러, 성의 북쪽 산골물을 따라 서쪽으로 올랐다. 2리를 가서 인수문(仁壽門)에 들어서서 신성가(新城街)를 거쳐 1리 남짓만에 법명사 앞을 지나 서쪽의 유북유(劉北有)의 서관에 도착했다.

나는 애초에 건해자로 가서 하루를 묵은 다음 돌아올 예정이었는데, 지금까지 13일이나 걸렸다. 서관 앞의 노부인이 반련화가 남겨놓은 서찰과 여비, 그리고 회진루의 도사 도씨가 보내온 간식을 내게 건네주면서, 섭지원이 사람을 시켜 서신과 예물을 가져와 나를 기다렸노라고 말해주었다. 아마 섭지원이 조상의 묘지에 가면서 내가 동쪽으로 돌아갈까봐, 심부름꾼을 보내 기다리게 한 것이리라. 오후에 안인 법사가 오셨다. 유우석과 섭지원이 함께 왔다가, 날이 저물어서야 헤어졌다.

7월 18일

내가 잠자리에서 일어나지 않은 채 누워 있는데, 마원진(馬元眞)이 그의 사촌형과 함께 찾아왔다. 나는 그들이 일찍 찾아온 데에 깜짝 놀랐다. 그들은 이렇게 말했다. "북쪽 이웃에 있으면서도 오랫동안 알지 못했습니다. 어제 저녁에야 유우석이 이야기해주어서야 알게 되었습니다. 게다가 아버님과 약속까지 하셨다는데, 송파를 따라 돌아오시지 않으셨으니, 아버님이 기다리지 않으시겠습니까?"

나는 그제야 마태록(馬太麓)의 아들임을 깨달았다. 마태록이 그의 맏아들이 성에서 공부하고 있다고 말했지만, 유씨의 서관과 나란한 이웃인 줄은 몰랐던 것이다. 유우석이 식사에 초대하더니, 그의 장인인 섬 태사가 길흉을 점친 글을 보여주었다. 그것을 베껴 쓰다가 날이 저물어서야 돌아왔다. 섬지원은 돈과 보관하고 있던 서찰을 보내오고, 나를 위해 양운주(楊雲州)에게 보낼 편지를 써주었다.

7월 19일

섬 태사가 친히 편지를 쓰고서 나와 이야기하기를 기다린다기에, 정오에야 그에게 갔다. 서쪽 서관의 자그마한 정자로 정성껏 모시더니, 동(董) 태사의 책 한 권을 꺼내 보여주었다. 글과 그림이 모두 빼어났다. 또 대리의 점창산(點蒼山)의 돌병풍을 꺼내 좌석 사이에 펼쳐놓았다. 이밖에 신선한 계종을 구해 끓인 탕을 반찬 삼아 식사를 했다. 밤이 깊어서야 서관으로 돌아왔다. 안인 법사가 기다리던 섬 태사의 「서(序)」를 구했음을 알았다. 안인 법사는 머잖아 복명하러 여강(麗江)으로 돌아갈 것이다.

7월 20일

편지를 써서 취생석으로 만든 잔과 함께, 안인 법사께 여강의 목(木)공에게 전해달라고 부탁했다.

7월 21일

하인 고씨에게 마노산에 가서 돌과 나뭇가지를 가져오라 하고, 아울러 약속을 지키지 못했노라 마원강에게 사죄하게 했다.

7월 22일

비가 내렸다. 유우석과 섬□□가 숙소로 찾아와 종일토록 앉아 술을 사오고 안주를 가져오라 했다. 시를 이어지으면서 술을 마셨다.

7월 23일

아침에 마원진이 식사에 초대했다. 하인 고씨가 마노산에 갔기에, 유우석이 내게 식사를 차려줄 사람이 없음을 알고서 마원진에게 나를 초대하라고 한 것이었다. 이에 앞서 청수관(淸水關)에서 비를 만나, 감기에 걸리고 넘어진데다 굶기까지 한 이래로, 연일토록 몸이 매우 편치 않은지라 땀을 내어 감기를 쫓으려 했다. 막 저자로 가서 약을 가져오는데, 유우석이 나의 하인이 아직 돌아오지 않을 것을 알고서 다시 나를 초대하러 왔다. 약을 놓아두고서 그에게 가서 술을 실컷 마셨다.

밤이 이슥해서야 마원진 일행은 먼저 떠났지만, 나는 끝내 유우석의 서재에 드러눕고 말았다. 유우석은 이불을 가져와 함께 눕고, 새 비단 이불을 내게 덮어주었다. 이불과 요가 모두 화려하기 그지없다. 나는 술에 취한 후 뜨겁게 땀을 낼 생각으로 이불을 얼굴까지 당겨 덮었다. 땀이 비 오듯 흐르더니, 이튿날이 되자 많이 나았다. 참으로 비단솜이불이 약물보다 훨씬 낫다.

7월 24일

숙소로 돌아왔다. 밤이 깊어서야 하인 고씨가 돌아왔다. 마원강이 내가 돌아오지 않은 것을 보고서 나의 행적을 알아보러 친히 송파로 간 바람에, 사흘을 머물러 기다렸다가 돌아온 것이었다.

7월 25일

섬 태사가 자신이 지은 장가(長歌)를 선물하고, 아울러 여비를 또 주었다. 그의 노래는 대단히 시원시원한데다 글자의 필획이 힘차고 법도가 있다. 참으로 황석재가 나에게 준 7언의 노래와 함께 돌에 새기면 완벽해질 만했다. 잠시 후 유우석이 또 사람을 보내와 숙소를 옮기도록 했다. 나는 이에 하인 고씨에게 돌과 나뭇가지를 가져가 보여주게 했다. 서로 박수를 치면서 기이하게 여겼다. 얼마 있다가 섬태사의 후의에 감사드리러 갔더니, 섬 태사 역시 돌과 나뭇가지를 구경하고 싶어 했다. 감상하도록 유우석의 처소에서 섬 태사의 거처로 보내드렸다.

7월 26일

유우석이 아침 일찍 숙소로 와서, 그의 서재로 옮겨가자고 했다. 나는 그의 호의에 감동하여 그의 말에 따랐다. 그의 서재에 이르렀을 즈음, 섬지원이 돌아왔다. 곧장 함께 만나러 갔다가, 이내 그와 작별했다. 앞으로 복상(服喪)이 끝날 때까지 섬 태사와 함께 흐느껴 울어야하는지라, 더 이상 나그네를 만나지 못할 것이다.

문을 나설 즈음, 섬 태사가 다시 사람을 시켜 정문 스님의 이름과 호, 절의 이름을 물었다. 아마 정문 스님을 위해 지은 명문(銘文)이 이미 완성되었으니, 곧 써서 내게 주려 한 것이리라. 아울러 돌과 나뭇가지가 대단히 기이하나 멀리 가져가기에는 불편할 듯하니, 서재 책상머리에 놓고 가면, 맑은 자연의 정취를 느낄 수 있으리라고 내게 말했다. 내가 "이 돌이 천록각(天祿閣)과 석거각(石渠閣)[1]에 두어질 수 있다면 참으로 다행이겠습니다만, 나와 돌의 우정이 굳지 못하니, 이를 어쩌지요?"라고 말하자, 섬지원이 "이것이 바로 바위처럼 굳은 우정이지요"라고 말했다. 그리하여 돌을 놓아두고서 헤어졌다.

나는 유북유의 서관으로 돌아와 종일토록 일기를 썼다. 밤이 되어서야 유우석의 집으로 돌아와 묵었다. 잠자리 누웠는데, 섬 태사가 정문 스님을 위한 명문을 가져다주었다. 아울러 그는 내일 오경에 조상에게 제사를 지내는지라 집밖의 일에는 간여할 수 없다고 말했다.

---

1) 천록각(天祿閣)은 한나라 고조(高祖) 때에 지어진 궁중의 장서각으로서, 미앙궁(未央宮) 내에 있었다. 석거각(石渠閣) 역시 한나라 황실의 장서각으로서, 미앙궁 북쪽에 있었다.

7월 27일

나는 유북유의 서관으로 다시 돌아와, 채 옮기지 못한 물건을 날랐다. 아울러 5전의 은전을 유우석에게 주어 계종 여섯 근을 사게 했다. 몹시 습한지라, 유우석은 계종을 다시 찐 다음 주머니에 꿰매어 갈무리했다. 그리고 나를 위해 순녕부(順寧府)로 가는 짐꾼을 구해주었다.

7월 28일

짐꾼이 왔기에 떠나려는데, 유우석이 극구 붙잡았다. 유우석의 서재 책상머리에 앉아 『환혼기(還魂記)』를 하루 만에 다 읽었다. 밤에 술을 마시고서 취해버렸다. 밤중에 큰비가 내렸다.

7월 29일

아침 일찍 비가 오락가락 했다. 식사와 짐꾼을 기다리다가 한참 후에야 유우석과 작별의 인사를 나누었다. 마침 마원진과 섬□□ 역시 와서 나를 배웅했다. 드디어 남문을 나와 한길을 따라 남쪽으로 2리를 가서 길을 끼고 있는 마을의 거리에 이르렀다. 갈림길이 나오자, 동쪽의 갈림길을 따라 움푹한 평지 속에서 남쪽으로 나아갔다. 이 길은 서쪽의 사하로 가는 길과 마주해 있다.

5리를 가서 신제교(神濟橋)를 지났다. 다리 남쪽에는 민가가 끊임없이 이어져 있다. 이곳은 제갈영(諸葛營)이다. 이곳에 제갈량의 사당이 있는데, 동쪽을 향해 있는 사당은 꽤 조그맣다. 남쪽으로 더 나아가자 동악묘(東岳廟)가 나왔다. 역시 동쪽을 향해 있는 동악묘는 꽤 큰 편이다.

남쪽으로 5리를 더 가자 대수돈(大樹墩)이 나왔다. 민가가 제법 많다. 마을의 북쪽에는 조그마한 시내가 남동쪽으로 흐르고, 마을의 남쪽에는 조그마한 시내가 북동쪽으로 흐른다. 두 물길은 마을의 동쪽에서 합쳐져 동쪽으로 흘러간다. 이 두 줄기의 물길은 곧 와사와(臥獅窩)의 물이다. 남쪽으로 3리를 더 가자, 물길이 서쪽에서 남쪽 비탈을 따라 동쪽으로 흐르고 있다. 이것은 요자포(坳子鋪)에서 동쪽으로 쏟아지는 물이며, 그 위에 조그마한 돌다리가 걸쳐져 있다.

다리를 넘어 남쪽의 비탈을 오르자, 길은 세 갈래로 나누어진다. 하나는 남서쪽의 커다란 산의 기슭을 향하고, 다른 하나는 남동쪽의 석전(石甸)과 요관(姚關)으로 가는 길이며, 또 다른 하나는 쭉 동쪽의 양읍(養邑)으로 가는 길이다. 여기에서 쭉 동쪽의 비탈 위를 나아갔다. 3리를 가자 조그마한 시내가 남쪽에서 북쪽으로 흐르고 있다. 이 역시 남서쪽에서 흘러오다가 이곳에 이르러 북쪽의 동계(東溪)로 흘러들어 함께 동쪽을 향해 낙수갱(落水坑)으로 떨어져 흐른다. 이 시내의 원류는 냉수정(冷水菁)에서 흘러나옴에 틀림없다.

여기에서 내려가 나무다리를 넘은 뒤, 동쪽으로 비탈을 올랐다. 비탈의 북쪽에 마을이 기대어 있다. 이곳은 삼조구(三條溝)이다. 비탈의 동쪽에서 남동쪽으로 내려갔다가 다시 올라 3리만에 언덕 한 곳을 넘었다. 두세 채의 민가가 언덕마루에 자리하고 있다. 이곳은 호가파(胡家坡)이다.

언덕을 넘어 동쪽으로 3리를 나아간 뒤 다시 내려갔다. 물길이 남쪽에서 북쪽으로 흐르고, 남쪽에 움푹한 평지가 약간 트여 있다. 아래에는 빙 감돌아 밭을 이루고 몇 채의 민가가 남쪽 언덕에 기대어 있다. 이곳은 아금(阿今)이다. 아금을 지나서 동쪽으로 3리를 오르자, 그 남쪽의 움푹한 평지 속의 물은 동서 양쪽으로 나뉘어 흘러내린다. 동쪽으로 5리를 더 가서 식사를 했다.

3리를 더 가서 약간 내려가니, 양읍(養邑)이다. 남쪽의 움푹한 평지에는 밭이 빙 둘러 펼쳐져 있다. 움푹한 평지는 북쪽의 필가산(筆架山)의 남쪽 자락을 똑바로 마주하고 있다. 몇 채의 민가가 움푹한 평지에 자리하고 있다. 때는 겨우 오후이지만, 앞쪽에 묵을 곳이 없는지라 걸음을 멈추었다.

7월 30일

객점의 아낙이 닭이 울자 일어나 밥을 지었다. 나는 동틀 녘에 일어나 식사를 하고서 객점을 나와 남동쪽으로 나아갔다. 약간 내려가 남쪽에서 흘러오는 조그마한 시내를 건너자마자, 비탈을 올라 동쪽으로 넘었다가 남쪽으로 돌아들었다. 이곳은 곧 양읍의 동쪽에 빙 둘러 있는 산갈래이다. 공관이 비탈에 자리하고 있다. 서쪽의 구렁 속을 굽어보니, 밭 속의 민가가 똑똑히 보인다.

동쪽으로 비탈을 넘어 내려간 뒤, 조그맣게 움푹한 평지를 건너 동쪽으로 비탈을 올랐다. 언덕마루를 나아가 모두 5리를 갔다. 길은 두 갈래로 나뉘어졌다. 남동쪽으로 향하는 갈래는 서읍(西邑)으로 가는 길이고, 북서쪽으로 향하는 갈래는 산하패(山河壩)로 가는 길이다. 이에 앞서 길을 물어보았다. 대다수의 이야기에 따르면, 서읍에서 파초령(芭蕉嶺)을 넘어 역등(亦登)에 닿으면, 뜨거운 물이 휘감아도는 바위틈에서 넘쳐나온다. 그곳에 순녕부로 통하는 한길이 있다고 했다.

나는 이 길을 따를 작정이었다. 그런데 양읍의 객점 주인이 이렇게 말했다. "서읍으로 가는 길이 가깝기는 하지만, 산속 시내에 다리가 없다오. 지금처럼 비가 내린 후 다리가 없으면 물이 불어나 건너기 어려울 거요. 그러니 북쪽으로 꺾어져 산하패에서 그 하류를 건넜다가 고가(枯柯)에서 역등에 이르는 것이 편할 게요." 이곳에 이르러 동행하는 이들을 보니, 모두들 서읍으로 가지 않고 산하패로 가는지라, 나 역시 그들을 따라갔다.

이에 북서쪽으로 조그마한 움푹한 평지를 두 차례 건너 2리 남짓만에 비탈을 올라 동쪽으로 나아갔다. 이어 영창계(永昌溪)의 남쪽 벼랑을 따라 나아갔다. 영창계는 벼랑 아래를 움패어 흐르는데, 북쪽 벼랑의 깎아지른 듯한 절벽 아래가 움패어 있는 것만 보일 뿐, 물은 보이지 않았다.

다시 동쪽으로 2리를 나아가 약간 내려가자, 벼랑 아래를 움패어 흐르는 물길이 한 줄기 실처럼 보인다. 동쪽을 바라보니, 골짜기 어귀는 깎아낸 듯 마주한 채 조여들고, 골짜기 어귀 너머에는 빙 두른 밭이 들쑥날쑥하다. 그 사이로 시냇물이 구불구불 흐르고, 마을이 북쪽 벼랑의 동쪽에 기대어 있다. 이곳은 낙수채(落水寨)이다. 그 남쪽 벼랑의, 시내를 긴 채 너른 들판을 이루고 있는 곳은 마치 웅크린 사자처럼 동쪽으로 불쑥 솟아 있다. 물길은 그 북쪽에서 흘러나오고, 길은 그 남쪽에서 뻗어내린다.

반리를 가서 사자처럼 불쑥 솟은 곳에서 내려왔다. 길은 몹시 비좁고 기울어져 있다. 반리만에 사자처럼 불쑥 솟은 곳의 기슭에 닿았다. 동쪽으로 반리를 더 가자, 한 줄기 시내가 남쪽의 움푹한 평지에서 흘러온다. 그 상류에는 둑이 가로막고 있고, 그 하류에는 다리가 걸쳐져 있다. 다리를 건너 동쪽으로 밭두둑 사이를 나아갔다. 진창이 몹시 심했다.

1리를 나아가 움푹한 평지의 동쪽 언덕을 올라 남쪽으로 나아갔다. 1리를 가서 움푹한 평지의 서쪽을 바라보니, 서쪽 벼랑에 폭포가 걸려 있다. 두 층을 타고서 흘러내린 폭포수는 움푹한 평지의 남쪽에서 흘러오는 시내로 흘러든다. 길은 시내와 저만큼 마주한 채 동쪽의 골짜기로 뻗어든다. 비가 세차게 쏟아졌다.

2리를 가서 고갯마루를 넘자, 남서쪽에서 뻗어오는 길과 합쳐졌다. 산마루에는 구덩이진 웅덩이가 옆에 흩어져 있고, 물길이 어지러이 엇섞여 흐르고 있다. 동쪽으로 3리를 더 가서 다시 구렁 속의 움푹 꺼진 곳을 건넌 뒤, 북동쪽으로 감돌아 나아갔다. 그 아래에는 구렁이 있는데, 바위를 헤치면서 벼랑을 찾아 불쑥 솟구친 채 북쪽으로 쏟아진다.

구렁을 따라 1리 남짓을 간 뒤, 동쪽으로 내려와 그 물길을 넘었다. 다시 북동쪽으로 반리를 올라갔다. 동쪽의 움푹한 평지에 또 한 줄기의 조그마한 물길이 동쪽에서 서쪽으로 향하다가, 북쪽 벼랑 아래에서 남쪽에서 흘러오는 시내와 합쳐진다. 북쪽의 벼랑은 오로지 바위만이 높다랗게 솟구치고, 그 위에는 나무들이 울울창창하다. 아래쪽에 동굴이 있는데, 낮게 엎드린 채 어둠속으로 꺼져내린다. 이 동굴은 두 줄기의 물길이 흘러드는 곳이다.

다시 동쪽의 고개를 올라 반리만에 고개 등성이를 넘었다. 고갯마루를 나아가 반리를 가자, 비로소 동쪽 구렁 아래에 감돌아 펼쳐져 있는 밭이 보였다. 그 동쪽에 또 산이 구렁을 끼고 있다. 길은 고개 위에서 남쪽으로 돌아들어 뻗어있다. 1리 남짓을 가서 내려갔다. 반리를 내려가자, 움푹한 평지가 남쪽에서 북쪽으로 펼쳐져 있다. 물길 역시 이곳을 거쳐 흘러간다.

다리를 건너서 물길을 거슬러 남쪽으로 나아갔다. 2리를 가자, 남쪽에 움푹한 평지가 약간 펼쳐져 있다. 이곳은 오마(五馬)이다. 그 남서쪽 구렁 속에는 민가가 꽤 많으며, 동쪽의 비탈 위에도 네댓 채의 민가가 길 왼쪽에 자리하고 있다. 비탈의 남쪽에 구렁 하나가 동쪽의 골짜기에서 뻗어나오고, 조그마한 물길이 그 속에서 남서쪽의 구렁으로 쏟아진다.

구렁을 내려가 그 물길의 남쪽을 건넌 뒤, 물길을 거슬러 동쪽으로 올라갔다. 1리 남짓을 가서 골짜기를 따라 남쪽으로 돌아들자, 구렁 속의 물은 끝나고, 등성이는 동쪽에서 서쪽으로 뻗어 있다. 등성이의 남쪽을 넘은 뒤, 구렁을 떨어져 내렸다가 등성이에서 동쪽으로 나아가 구렁 동쪽의 벼랑으로 굽어돌았다. 그 아래 역시 움패어 구렁을 이루고 있으며, 구렁 속에도 민가가 있다. 민가는 깊숙한 벼랑과 겹겹의 나무숲 사이에 숨은 채, 닭 우는 소리와 절구질 소리만이 들려올 따름이다.

동쪽의 구렁이 끝나고, 그 위에서 움푹한 평지를 건넜다. 이어 언덕을 올라 언덕 남쪽을 바라보니, 봉우리 하나가 유달리 높다랗게 우뚝 솟아 있다. 하얀 안개가 봉우리의 절반을 뒤덮고 있다. 이 봉우리는 동쪽에서 뻗어온 등성이 위의 바위봉우리가 층층이 솟구친 것이다.

언덕의 북쪽에서 움푹 꺼진 곳을 뚫고서 동쪽으로 나아가 2리만에 움푹 꺼진 곳 속의 등성이에 이르렀다. 커다란 바위가 등성이 한가운데에 자리하고 있는데, 한 길의 높이에 크기도 한 길이다. 그 위에는 한 자 크기에 깊이도 한 자인 구멍이 나 있다. 구멍 안에는 물이 절반쯤 고인 채 마르지도 않고 넘치지도 않는다. 이 구멍은 애뢰산(哀牢山)의 금정(金井)의 구멍과 흡사하다. 커다란 바위에 걸터앉아 식사를 했다. 토박이들은 이 고개를 대석두(大石頭)라 일컬었다.

커다란 바위에서 동쪽의 움푹한 평지로 내려오자, 길은 두 갈래로 나누어진다. 한 갈래는 동쪽을 따라 언덕을 넘어가는 한길로서, 약간 에돌아 대랍이(大臘彝)에 이른다. 다른 한 줄기는 남동쪽을 따라 골짜기로 내려가는 지름길로서, 약간 가까우며 소랍이(小臘彝)에 이른다. 두 곳 모두 고가에 속한 산채이다. 이에 골짜기를 타고 내려갔다. 바위벼랑이 남쪽으로 불쑥 솟구쳐 있고, 무성한 나무숲이 서로 뒤엉켜 있다. 북쪽은 움패어 골짜기를 이루고 있으며, 남쪽은 솟구쳐 벼랑을 이루고 있다.

2리를 가서 남쪽 언덕 위를 나아갔다. 2리를 더 가서 언덕부리를 감돌아 남쪽으로 나아갔다. 동쪽의 골짜기는 완만하게 뻗어내리다가 남쪽으로 에돈다. 대체로 이곳의 산부리에서 동쪽으로 내려가면, 그 아래는 온통 깎아지른 듯한 벼랑이다. 그래서 길은 다시 두 갈래로 나뉘어진다. 한 갈래는 벼랑 아래에서 벼랑발치를 따라 남쪽으로 돌아들고, 다른 한 갈래는 벼랑 위에서 벼랑 가장자리를 타고서 남쪽으로 굽이돈다.

이에 벼랑 가장자리를 따라 남쪽으로 바위틈을 넘어 내려와 1리를 갔다가, 남쪽 비탈을 따라 동쪽으로 돌아들었다. 넘어온 벼랑을 뒤돌아보니, 벽처럼 우뚝 선 채 아래는 움패어 있다. 벼랑 아래에는 감돌면서 깊숙이 움푹한 평지가 펼쳐져 있고, 벼랑의 발치에는 샘물이 구멍 사이에서 졸졸 흘러나온다. 이 샘물을 따라 오솔길이 감돌아 뻗어내리고 있다. 멀리 북쪽 벼랑의 산언덕을 바라보니, 문처럼 늘어선 채 동쪽으로 뻗어나가고, 한길은 산언덕을 따라 동쪽으로 뻗어오른다.

나는 완만하게 남쪽의 언덕으로 나아갔다. 동쪽으로 1리를 더 가자, 아래로 감돌아 뻗어 있던 오솔길이 언덕을 넘어와 합쳐진다. 동쪽으로 1리 남짓을 더 가자, 남쪽의 언덕이 다시 동쪽으로 불쑥 솟구치고, 길은 그 북쪽 겨드랑이 사이로 내려간다.

다시 움푹 꺼진 곳을 감돌아 동쪽으로 반리를 올라 동쪽 언덕의 남쪽 비탈에 올라섰다. 비로소 동쪽에 고가의 너른 들판이 보였다. 들판은 동쪽 산과의 사이에 끼어 있으나, 그 서쪽의 바닥은 보이지 않는다. 다시 남서쪽으로 고갯마루의 봉우리를 바라보니, 우뚝 솟구친 채 구름안개 속에 꽂혀 있다. 봉우리는 마치 관음보살이 비단옷을 걸치고서 앉아있는 듯한 모습으로, 찬란한 빛을 번쩍이면서 우뚝하게 홀로 솟아 있다. 남쪽에서 뻗어오는 등성이 위의 봉우리이지만, 그곳의 이름이 무엇인지 알 수 없다.

동쪽으로 1리를 더 갔다가 언덕의 북쪽 비탈로 돌아들어 동쪽으로 1리를 내려갔다. 네댓 채의 민가가 언덕에 기대어 있다. 이곳은 소랍이(小臘彝)이다. 나는 비탈을 내려가 역등으로 가는 길을 물어보았다. 길가는 토박이들마다 모두들, 비탈을 내려가 강의 다리에 이르면 묵을 만한 곳이 없고 쉴 만한 집도 없으며, 강을 따라 남쪽으로 역등에 이르려면 50~60리 길인데, 때가 이미 늦은데다 도중에 묵어갈 만한 곳이 없으니, 반드시 여기에서 묵어가야 한다고 했다.

이때 겨우 정오가 지난 시각인데, 모두들 걸음을 멈추고 묵기로 했다. 다행히 객점의 주인인 양(楊)씨는 강물의 시작과 끝, 도로의 굽이를 잘 알고 있었다. 그에게 물어보면 모르는 것이 없을뿐더러, 돌판 위로 넘쳐 나오는 온천이 역등에 있는 것이 아니라 계비(雞飛)에 있다는 것도 알고 있었다. 이에 객점에 머물러 일기를 썼다. 날이 저물자 잠자리에 누웠다.

원문

己卯七月初一至初三日 抄書麓館, 亦無竟日之晴. 先是兪禹錫有僕還鄕, 請爲余帶家報. 余念浮沉之身, 恐家人已認爲無定河[1]邊物, 若書至家中, 知身猶在, 又恐身反不在也, 乃作書辭之. 至是晚間不眠, 仍作一書, 擬明日寄之.

---

1) 무정하(無定河)는 지금의 섬서성 북부에 있는 강으로, 내몽고자치구의 남단을 에돌아 장성을 거쳐 황하로 흘러든다. 만당(晩唐)의 진도(陳陶)는 「농서행(隴西行)」에서 "가련하구나, 무정하 강변의 뼈다귀여, 규방의 그리운 님은 여전히 꿈속에서 그리워할 터인데(可憐無定河邊骨, 猶是春閨夢裏人)"라고 읊고 있다. 여기에서 무정하변물(無定河邊物)은 이미 세상을 떠난 이를 의미한다.

初四日 送所寄家書至兪館, 而兪往南城吳氏園. 余將返, 其童子導余同往. 過南關而西, 一里, 從南城北入其園. 有池有橋, 有亭在池中. 主人年甚少, 昆仲二人, 一見卽留酌亭中. 薄暮與禹錫同別. 始知二主人卽吳麟徵之子, 新從四川父任歸者. (麟徵以鄕薦, 初作教[1]毗陵, 陞南部,[2] 故與兪遇, 今任四川建昌道矣.)

1) 교(敎)는 현학(縣學)에서 제사 및 고시, 교육과 학생 관리 등을 주관하는 학관(學官)인 교유(敎諭)를 가리킨다.
2) 남부(南部)는 남경(南京)을 가리키며, 흔히 남도(南都)라고 일컫는다.

初五日 又絶糧. 余作書寄潘蓮華, 復省中吳方生, (潘父子以初八日赴公車.)[1] 且與潘索糧. 不及待, 往拜吳氏昆仲, 不遇, 卽乘霽出龍泉門, 爲乾海子之遊. 由九龍池左循北坡西向上, 一里, 出寺後, 南瞰峽中馬家園, 卽前日閃太史宴余其中者, 昔爲馬業, 今售閃氏矣. 從此益西向上, 一里, 瞰其北峽, 乃太保新城所環其上者, 乃知其西卽寶蓋山之頂, 今循其南岡而上也. 又迤邐上者三里, 始隨南峽盤坡入. 二里, 路北之樹木, 森鬱而上, 路南之樹木, 又森鬱而下, 各有莊舍於其中. 其北者爲薛莊, 其南者爲馬莊, 其樹皆梨柿諸果. 余夙聞馬元中有兄居此, 元中囑余往遊, 且云 : "家兄已相候久矣." 至是問主人, 已歸城, 莊虛無人. 時日甫上午, 遂從其後趨乾海子道. 其處峰稍南曲, 其下峽中有深澗, 自西北環夾東出, 水聲驟沸, 卽馬家園縊九隆南塢之上流也. 此處騰湧澗中, 外至塢口, 遂伏流不見. 南溢而下泛者, 爲馬園內池; 北溢而下泛者, 爲九隆泉池, 皆此水之伏而再出者也.

於是循澗北崖盤坡而上, 一里, 北折入峽. 二里, 稍下就澗行. 其處東西崖石夾峙, 水騰躍其中, 路隨之而上, 蓋已披寶蓋山之西麓矣. 或涉水西, 或涉水東, 或涉水中而上. 北五里, 漸西, 其溪分兩道來. 由其中躡嶺西北上, 始望見由此而北, 分峽東下者, 爲寶蓋之脊, 又東下而爲太保; 由此而南, 分峽東下者, 爲九隆南山之脊, 又東下爲九隆岡. 此其中垂之短支, 躡之迤邐上, 五里始西越其脊. 下瞰脊西有峽下繞甚深, 水流其中沸甚, 此卽沙河之上流也. 其西又有山一重橫夾之, 乃爲南下牛角關之脊, 而此脊猶東向之旁支也. 循北崖西行三里餘, 始西南隆墊下. 下又三里餘, 始抵溪之東岸. 兩崖夾溪之石甚突兀, 溪流逗石底而下, 層疊騰湧, 而蒙箐籠罩之, 如玉龍踴躍於靑絲步障[2]中, 『志』所謂溜鐘灘, 豈卽此耶? 路緣東崖下, 北溯溪, 有小洞倚崖, 西瞰溪流. 入坐其間, 水乳滴瀝, 如貫珠下. 出, 復北溯溪三里, 有木橋跨而西. 度其西上嶺, 遂與沙河上流別.

三里, 登南度之脊. 其脊中低, 南北皆高, 南卽牛角關之脈, 北高處爲虎坡, 乃從西北度脈而來者. 路逆遡之, 循北嶺東坡而上, 又二里, 從嶺北西向穿坳, 是爲虎坡. 此坡由北衝東蒲蠻寨嶺度脊西南下, 繞爲北衝南峰, 南向透迤, 東墜沙河之源, 西環乾海子之塢, 南過此嶺, 稍伏而南聳牛角關. 又伏而度脈, 分支西北掉尾者, 爲蒲縹西嶺; 正支東峙松子山, 繞石甸東而南盡於姚關者也. 過坳西卽有坑西墜, 路循北坡西北行, 五里西下, 行峽中. 遡流躡澗, 三里, 再逾嶺. 又三里, 出嶺西, 始見西南下壑稍開, 有西峽自北而南, 與南峽合而西去, 有茅數龕嵌峽底, 曰鑼敲寨. (皆玀玀之居.) 於是盤東坡北向, 而轉遡西峽之上行. 蓋西峽有山自北坳分支南亘, 環於東界之西, 路由其中直披北坳而入. 三里, 涉北來小水, 遂西盤其坳脊. 二里, 出坳西, 其西南盤壑復下開, 而路乃北向躡嶺, 曲折西北, 盤之而升, 三里餘, 登嶺頭. 蓋此嶺從虎坡北乾海子東分支西突, 又西度爲大寨西峰, 西北橫亘於大寨、瑪瑙山之間, 此其東下之嶺也; 其北爲崇脊, 其南爲層壑. 遙望數十家倚西亘橫峰下, 卽大寨也. 於是西南盤層壑之上, 二里, 越岡西下, 又二里, 西南下至塢間. 涉北來小峽, 又西上半里, 是爲大寨. 所居皆茅, 但不架欄, 亦玀玀之種. 俗皆勤苦墾山, 五鼓輒起, 昏黑乃歸, 所墾皆磽瘠[3]之地, 僅種燕麥、蕎麥而已, 無稻田也. 余初買米裝貯, 爲入山之具, 而顧僕竟不之攜, 至是寨中俱不稻食. 煮大麥爲飯, 强齕之而臥.

---

1) 공거(公車)는 회시(會試)에 참가할 자격을 지닌 거인(擧人)을 가리킨다.

2) 보장(步障) 혹은 보장(步鄣)은 먼지를 막거나 시선을 가리기 위해 설치한 일종의 가리막을 가리킨다.

3) 교척(磽瘠)은 돌이 많아 팍팍하고 척박한 땅을 가리킨다.

初六日 天色陰沉. 飯麥. 由大寨後西涉一小峽, 卽西上坡. 半里, 循西山北向而升. 二里, 坡東之峽, 駢束如門, 門以內水猶南流, 而坡峽俱平, 遂行峽中. 又北一里, 有岐逾西山之脊, 是爲瑪瑙坡道. 余時欲窮乾海子, 從峽中直北行, 徑漸翳, 水漸縮. 一里, 峽中累累爲環珠小阜, 卽度脈而爲南亘西山, 此其平脊也. 半里過北, 即有坑北下. 由坑東循大山西北行, 又一里而見西壑下嵌, 中圓如圍城, 而底甚平, 即乾海子矣.

路從東山西向, 環海子之北, 一里, 乃趁峽下. 東山即虎坡大脊之脈, 有岐東向, 逾脊爲新開青江壩道, 入郡爲近. 南下半里, 抵海子之北, 即有泉一圓在北麓間, 水淙淙由此成流出. 其東西麓間, 俱有茅倚坡臨海而居, 而西坡爲盛. 又半里, 循麓而入西麓之茅. 其廬俱橫重木於前, 出入皆逾之. 其人皆不解漢語, 見人輒去. 廬側小溪之成流者, 南流海子中. 海子大可千畝, 中皆蕪草青青. 下乃草土浮結而成者, 亦有溪流貫其間, 第不可耕藝, 以其土不貯水. 行者以足撼之, 數丈內俱動, 牛馬之就水草者, 只可在涯涘間, 當其中央, 駐久輒陷不能起, 故居廬亦傍瀕其四圍, 只墾坡布麥, 而竟無就水爲稻畦者. 其東南有峽, 乃兩山環湊而成, 水從此泄, 路亦從此達瑪瑙山, 然不能徑海中央而渡, 必由西南沿坡灣而去. 於是倚西崖南行一里餘, 有澄池一圓, 在西崖下蕪海中, 其大徑丈餘, 而圓如鏡, 澄瑩甚深, 亦謂之龍潭. 在平蕪中而獨不爲蕪翳, 又何也? 又南一里, 過西南隅茅舍, 其廬亦多, 有路西北逾山, 云通後山去, 不知何所. 其南轉脅間, 有水從石崖下出, 流爲小溪東注. 余初狎之, 欲從蕪間涉此水, 近水而蕪土交陷, 四旁搖動, 遂復迂陟西灣, 盤石崖之上, 乃倚南山東向行. 一里餘, 有岐自東峽上, 南逾山脊, 爲新開道, 由此而出爛泥壩者. 余乃隨坡而下東峽. 半里, 則峽中橫木爲橋, 其下水淙淙, 北自海子菰蒲中流出, 破峽南墜. 峽甚逼仄, 故一木航之, 此水口之最爲濚結者. (其水南下, 即爲瑪瑙山後夾中瀑布矣.) 度橫木東, 復上坡, 半里, 陟其東岡, 由脊上東南行. 還顧海子之窩, 嵌其西北; 出峽之水, 墜其西南; 其下東南塢中, 平墜甚深, 中夾爲箐, 叢木重翳, 而轟崖倒峽之聲不絶. 其前則東西兩界山又伸臂交舒, 闢峽南去, 海子峽橋之水, 屢懸崖瀉箐中, 南下西轉而出羅明壩焉. 於是循東山, 瞰西峽, 東南行一里餘, 轉而南下.

一里, 有路逾東嶺來, 即大寨西來者, 隨之西南下坡. 半里, 忽一廬踞坡, 西向而居, 其廬雖茅蓋, 而簷高牖爽, 植木環之, 不似大寨、海子諸茅舍.

姑入而問其地, 則瑪瑙山也. 一主人衣冠而出, 揖而肅客, 則馬元康也. 余夙知有瑪瑙山, 以爲杖履所經, 亦可一寓目, 而不知爲馬氏之居. 馬元中曾爲余言其兄之待余, 余以爲卽九隆後之馬家莊, 而不知有瑪瑙山之舍. (瑪瑙山,『一統志』言瑪瑙出哀牢支隴, 余以爲在東山後. 乃知出東山後者, 爲土瑪瑙, 惟出此山者, 由石穴中鑿石得之. 其山皆馬氏之業.) 元康一見卽諦視曰: "卽徐先生耶?" 問何以知之. 曰: "吾弟言之. 余望之久矣!" 蓋元中應試省中, 先以書囑元康者, 乃瑪瑙山, 而非九隆後之馬家莊. 元康卽爲投轄,[1] 割雞爲黍, 見其二子. 深山杳藹之中, 疑無人跡, 而有此知己, 如遇仙矣!

下午, 從廬西下坡峽中, 一里轉北, 下臨峽流, 上多危崖, 藤樹倒置, 鑿崖迸石, 則瑪瑙嵌其中焉. 其色有白有紅, 皆不甚大, 僅如拳, 此其蔓也. 隨之深入, 間得結瓜之處, 大如升, 圓如球, 中懸爲宕, 而不黏於石. 宕中有水養之, 其精瑩堅致, 異於常蔓, 此瑪瑙之上品, 不可猝遇, 其常積而市於人者, 皆鑿蔓所得也. (其拳大而堅者, 價每斤二錢. 更碎而次者, 每斤一錢而已.) 是山從海子峽口橋東南環而下, 此其西掉而北向處, 卽大寨西山之西坡也. 峽口下流懸級爲三瀑布, 皆在深箐迴崖間, 雖相距咫尺, 但聞其聲, 而樹石擁蔽, 不能見其形, 況可至其處耶. 坐瑪瑙崖洞間, 有覆若堂皇,[2] 有深若曲房, 其上皆垂幹虯枝, 倒交橫絡, 但有氤氳之氣, 已無斧鑿之痕, 不知其出自人工者. 元康命鑿崖工人停搥, 而垂箐覓樹蛾一筐, (乃菌之生于木上者, 其色黃白, 較木耳則有莖有枝, 較鷄菱則非土而木, 以是爲異物而已.) 且謂余曰: "箐中三瀑, 以最北者爲勝. 爲崖崩路絶, 俱不得行. 當令僕人停鑿芟道, 異日乃可梯崖下瞰也." 因復上坡, 至其廬前, 乃指點四山, 審其形勢. 元康瀹茗命醴, 備極山家清供, 視隔宵麥飯糲口, 不謂之仙不可也.

---

1) 『한서(漢書)・진준전(陳遵傳)』에 따르면, "진준은 술을 좋아하여 실컷 마실 적마다 손님들이 가득 찬 집안의 문을 닫아걸고 손님의 수레의 비녀장을 뽑아 우물 속에 던져버리니, 아무리 급한 일이 있더라도 끝내 갈 수 없었다(遵耆酒, 每大飮, 賓客滿堂, 輒關門, 取客車轄投井中, 雖有急, 終不得去)."고 한다. 이후로 투할(投轄)은 정성을 다해 손님을 붙들어 모신다는 뜻을 지니게 되었다.

初七日 雨. 與元康爲橘中之樂.[1] 棋子出雲南, 以永昌者爲上, 而久未
見敵手. 元康爲此中巨擘, 能以雙先讓. 余遂對壘者竟日.

---

1) 귤중지락(橘中之樂)은 바둑 또는 장기를 두는 즐거움을 의미한다. 파공(巴邛)에 사는
   사람이 서리가 내린 후 뜨락의 큰 귤을 쪼개 보았더니, 그 속에서 두 노인이 바둑을
   두고 있었다는 이야기에서 비롯되었다. 흔히 귤중희(橘中戲)라고도 한다.

初八日 晨飯, 欲別而雨復至. 主人復投轄布枰. 下午雨霽, 同其次君從廬
右瞰溪. 懸樹下, 一里, 得古洞, 乃舊鑿瑪瑙而深入者, 高四五尺, 闊三尺,
以巨木爲橋圈, 支架於下, 若橋梁之罣, 間尺餘, 輒支架之. 其入甚深, 有木
朽而石壓者, 上透爲明洞. 余不入而下, 仍懸樹, 一里墜澗底. 其奔湧之勢
甚急, 而掛瀑處俱在其上下峽中, 各不得達, 仍攀枝上. 所攀之枝, 皆結異
形怪果, 苔衣霧鬢, 蒙茸於上. 仍二里, 還廬舍. 元康更命其僕執殳前驅,
令次君督率之, 從向來路上. 二里, 抵峽口橋東岡, 墜崖斬箐, 鑿級而下. 一里
餘, 憑空及底, 則峽中之水, 倒側下墜, 兩崖緊束之, 其勢甚壯, 黔中白水之
傾瀉, 無此之深; 騰陽滴水之懸注, 無此之巨. 勢旣高遠, 峽復逼仄, 蕩激怒
狂, 非復常性, 散爲碎沫, 倒噴滿壑, 雖在數十丈之上, 猶霏霏珠捲霰集. 滇
中之瀑, 當以此爲第一, 惜懸之九天, 蔽之九淵, 千百年莫之一睹, 余非元
康之力, 雖過此無從寓目也.

返元康廬, 挑燈夜酌, 復爲余言此中幽勝. 其前峽下五里, 有峽底橋; 過
之隨峽南出, 有水簾洞; 溯峽北入, 卽三瀑之下層. 而水簾尤奇, 但路閟難
覓, 明晨同往探之. 此近勝也. 渡上江而西, 有石城挿天, 倚雪山之東, 人跡
莫到, 中夜聞鼓樂聲, 土人謂之鬼城. 此遠勝也. 上江之東, 瑪瑙之北, 山環
谷迸, 中有懸崖, 峰巒倒拔, 石洞嵌岈, 是曰松坡, 爲其家莊. 其叔玉麓搆閣
靑蓮, 在石之阿,[1] 其人云亡, 而季叔太麓今繼棲遲, 一日當聯騎而往. 此中
道之勝也. 余聞之, 旣喜此中之多奇, 又喜元康之能悉其奇, 而余之得聞此

奇也. 地主山靈, 一時濟美, 中夜喜而不寐.

---

1) 아(阿)는 굽이진 모퉁이를 의미한다.

初九日 余晨起, 欲爲上江之遊. 元康有二騎, 一往前山未歸, 欲俟明日同行. 余謂遊不必騎, 亦不必同, 惟指示之功, 勝於追逐. 余之欲行者, 正恐其同, 其不欲同者, 正慮其騎也. 元康固留. 余曰, "俟返途過此, 當再爲一日停." 乃飯而下山. 元康命其幼子爲水簾洞導.

於是西下者五里, 及峽底, 始與峽口橋下下流遇. 蓋歷三瀑而北迂四窠崖之下, 曲而至此, 乃平流也, 有橋跨其上. 度橋, 西北盤右嶺之嘴, 爲爛泥壩道. 從橋左登左坡之半, 其上平衍, 有水一塘匯岡頭, 數十家倚南山而居, 是爲新安哨, 與右嶺盤坡之道隔峽相對也. 水簾洞在橋西南峽底, 倚石嶺之麓, 幽閴深阻, 絶無人行. 初隨流覓之, 傍右嶺西南, 行荒棘中, 三里, 不可得, 其水漸且出峽, 當前坳尖山之隩矣. 乃復轉, 迴環遍索, 得之絶壁下, 其去峽底橋不一里也, 但無路影, 深阻莫辨耳. 其崖南向, 前臨溪流, 削壁層累而上, 高數丈. 其上洞門嶙岈, 重覆疊綴, 雖不甚深, 而中皆旁通側透, 若飛甍複閣, 簷牖相仍. 有水散流於外, 垂簷而下, 自崖下望之, 若溜之分懸, 自洞中觀之, 若簾之外幕, '水簾'之名, 最爲宛肖. 洞石皆檽柱綢繆, 纓幡垂颺, 雖淺而得玲瓏之致. 但旁無側路可上, 必由垂簷疊覆之級, 冒溜衝波, 以施攀躋, 頗爲不便. 若從其側架梯連棧, 穿腋入洞, 以睇簾之外垂, 祇中觀其飛灑, 而不外受其淋漓, 勝更十倍也. 崖間有懸幹虯枝, 爲水所淋滴者, 其外皆結膚爲石. 蓋石膏日久凝胎而成, 卽片葉絲柯, 皆隨形逐影, 如雪之凝, 如冰之裹, 小大成象, 中邊不欹, 此又凝雪裹冰, 不能若是之勻且肖者. 余於左腋洞外得一垂柯, 其大拱把, 其長丈餘, 其中樹幹已腐, 而石膚之結於外者, 厚可五分, 中空如巨竹之筒而無節, 擊之聲甚淸越. 余不能全曳, 斷其三尺, 攜之下, 並取枝葉之綢繆凝結者藏其中, 蓋葉薄枝細, 易於損傷, 而筒厚可借以相護, 攜之甚便也.

水簾之西, 又有一旱巖. 其深亦止丈餘, 而穹覆危崖之下, 結體垂象, 紛若贅旒, 細若刻絲, 攢冰鏤玉, 千萼並頭, 萬蕊簇穎, 有大僅如掌, 而筍乳糾纏, 不下千百者, 眞刻楮[1]雕棘之所不能及! 余心異之, 欲擊取而無由, 適馬郎攜斧至, 借而擊之, 以衣下承, 得數枝. 取其不損者二枝, 並石樹之筒, 托馬郎攜歸瑪瑙山, 俟余還取之. 遂仍出橋右, 與馬郎別, 乃循右坡西上里餘, 隔溪瞰新安哨而行. 大雨忽來, 少憩樹下. 又西里餘, 盤石坡之嘴, 轉而北行. 蓋右坡自四窠崖頡頏西來, 至此下墜, 而崖石遂出, 有若芙蓉, 簇萼空中, 有若繡屏, 疊錦崖畔, 不一其態. 北盤三里, 又隨灣西轉, 一里餘, 又北盤其嘴, 於是向北下峽中. 蓋四窠橫亙之峰, 至此西墜爲壑, 其餘支又北轉而突於外, 路下而披其隙也. 二里餘, 塢底有峽自東北來, 遂同盤爲窪而西北出. 路乃挾西坡之麓, 隨之西轉, 其中沮洳, 踔陷深濘, 豈爛泥壩之名以此耶? 西北出隘一里, 循東坡平行, 西瞰墜壑下環, 中有村廬一所, 是爲爛泥壩村. 路從其後分爲二岐:一西向下塢, 循村而西北者, 爲上江道; 一北向盤坡, 轉而東北登坳者, 爲松坡道. 余取道松坡, 又直北一里, 挾東坡北嘴, 盤之東行. 半里, 遂東北披峽而上, 躡峻半里, 其上峽遂平. 溯之東入, 一里, 峽西轉, 半里, 越西峽而西北上. 其坡高穹陡削, 一里餘, 盤其東突之崖, 又里餘, 逾其北亙之脊. 由脊東北向隨坡一里, 路又分岐爲二:一直北隨脊平行者, 橫松枝阻絕, 以斷人行; 一轉東入腋者, 余姑隨之. 一里, 其坡東垂爲脊, 稍降而東屬崇峰. 此峰高展衆山之上, 自北而南, 東截天半, 若屏之獨插而起者, 其上松羅叢密, 異於他山, 豈卽松坡之主峰耶? 脊間路復兩分:一逾脊北去, 一隨脊東抵崇峰. 乃傍之南下, 二里, 徑漸小而翳. 余初隨南下者半里, 見壑下盤, 繞崇峰南垂而東, 不知其壑從何出, 知非松坡道, 乃仍還至脊, 北向行, 東截崇峰西塢. 二里, 塢北墜峽西下, 路從崇峰之西北崖行, 盤其灣, 越突坡, 三里餘, 西北下峽中. 其下甚峻, 而路荒徑窄, 疑非通道. 下二里, 有三四人倚北坡而樵, 呼訊之, 始知去松坡不遠, 乃西轉而就峽平行.

里餘, 出峽口, 其西壑稍開, 崇岡散爲環阜, 見有參差離立之勢. 又西下

里餘, 有村廬當中窩而居, 村中巨廬, 楊氏在北, 馬氏在南, 乃南趨之. 一翁
方巾藜杖出迎, 爲馬太麓; 元康長郞先已經此, 爲言及. 翁訝元康不同來,
余爲道前意. 翁方瀹茗, 而山雨大至. 俟其霽, 下午, 乃東躡坡上靑蓮閣. 閣
不大, 在石崖之下, 玉麓先生所棲眞處. 太麓於是日初招一僧止其中, 余甫
至, 太麓卽攜酒授餐, 遂不及覽崖間諸勝. 太麓年高有道氣. 二子: 長, 讀書
郡城, (元眞.) 次, 隨侍山中, (元亮.) 爲余言: 其處多巖洞, 亦有可深入者二三
處, 但路未開闢, 當披莉入之. 地當山之翠微, 深崖墜壑, 尙在其下, 不覺其
爲幽閟; 亂峰小岫, 初環於上, 不覺其爲孤高. 蓋崇山西北之支, 分爲雙臂,
中環此窩, 南夾爲門, 水從中出, 而高黎貢山又外障之, 眞棲遁勝地, 買山
而隱, 無過於此. 惟峽中無田, 米從麓上尙數里也. (松坡雖太麓所居, 而馬元中
之莊亦在焉.)

1) 『한비자(韓非子)·유로(喩老)』에 따르면, "송나라 사람 가운데 군주를 위하여 상아
로써 닥나무 잎사귀를 만드는 자가 있었는데, 3년이 걸려서 완성했다. 두툼한 곳, 얇
은 곳, 줄기와 가지, 이파리의 가느다란 까끄라기와 색깔이나 광택 등이 진짜의 닥
나무 잎사귀 속에 섞어 놓아도 구분할 수 없을 정도였다(宋人有爲其君以象爲楮葉者,
三年而成. 丰殺莖柯, 毫芒繁澤, 亂之楮葉之中而不可別也)"고 했다. 후에 각저(刻楮)는
기예가 정교하고 빼어나거나 각고의 노력을 기울여 학문을 닦음을 비유하게 되었다.

初十日 晨起, 霽色可挹. 遂由閣東竹塢, 繞石崖之左, 登其上. 其崖高五六
丈, 大四丈, 一石擎空, 四面壁立, 而南突爲巖, 其下嵌入, 崖頂平展如臺.
岡脊從北來環其後, 斷而復起, 其斷處亦環爲峽, 繞崖左右, 而流泉濚之.
種竹峽中, 嵐翠掩映, 道從之登. 昔玉麓構殿三楹在頂, 塑佛未竟, 止有空
梁落燕泥也. 已復下靑蓮閣, 從閣側南透崖下, 其巖忽綑雲罦幕, 亭亭上覆,
而下臨復跫然[1]無地. 轉其西, 巖亦如之, 第引水環流其前, 而斷北通之隘,
致下巖與上臺分爲兩截. 余謂不若通北隘, 斷東路, 使靑蓮閣中道, 由前巖
之下從西北轉達於後峽, 仍自後峽上崖臺, 庶漸入佳境, 不分兩岐也.
　旣而太麓翁策杖攜晨餐至. 餐畢, 余以天色漸霽, 急於爲石城遊. 太麓留
探松坡石洞, 余以歸途期之. 太麓曰: "今日抵江邊已晩, 不必渡, 可覓土官

早龍江家投宿. 彼自爲登山指南. 不然, 其地皆彝寨, 無可通語者." 余識之,
遂行. 乃西南下, 至其廬側, 遂渡塢中南出之水, 其西一里, 上循西坡北向
行. 一里, 轉而披其西峽, 半里, 逾脊西下. 一里, 下至壑中, 其處忽盤窩夾
谷, 自東北而透西南之門. 路循其南坡西行, 一里, 涉峽中小水, 同透門出,
乃西南隨坡下. 三里, 復盤坡西轉, 望見南塢中開, 下始有田, 有路從東南
來合, 卽爛泥壩北來道也. 坡西南麓, 有數家倚坡南向, 是爲某某. 仍下坡
一里, 從村左度小橋. 是坡左右俱有小水從北峽來, 而村懸其中. 又西北開
一峽, 其水較大, 亦東來合之, 會同南去, 當亦與松坡水同出羅明者. 由是
望其西北而趨, 一里, 逾坡入之. 又渡一東北來小水, 卽循北坡溯澗西北行.
二里西下, 渡塢中澗, 復西北上澗西之山. 又隨其支峽入, 二里, 再上盤西
突之坡. 坡西有壑中盤, 由壑之北崖半里, 環陟其西脊, 約三里, 由脊西南
下. 半里, 平行枯峽中, 一里, 有枯峽自北來合, 橫陟之, 循北嶺之坡西行.
一里, 其處峽分四岐 : 余來者自東, 又一峽自北, 又一峽自南, 雖皆中枯, 皆
水所從來者; 又一峽向西, 則諸流所由下注之口. 路當從西峽北坡上行, 余
見北來峽底有路入, 遂溯之. 二里, 其中復環爲一壑, 聞水聲淙淙, 數家倚
西坡而居, 是爲打郎. 入詢居人, 始知上江路在外峽之西, 壑東北亦有路逾
嶺, 此亦通府之道, 獨西北乃山之環脊, 無通途也. 乃隨西山之半南向出,
二里, 盤西山之南嘴而西, 其前有路自峽底來合, 則東來正道也. 於是倚北
崖西行西峽之上, 峽南盤壑屢開, 而水仍西注; 峽北西垂漸下, 石骨迸出.
行二里, 時上午暑甚, 余擇蔭臥石半晌, 乃西北下坡. 半里, 有澗自東來, 其
水淙淙成流, 越之, 仍倚北坡西北行. 二里, 飯於坡間. 又西北二里, 越岡西
下, 其間坑塹旁午, 陂陀間錯, 木樹森羅.

二里, 路岐爲兩, 一西南, 一西北. 余未知所從, 從西北者. 已而後一人至,
曰 : "西南爲猛賴渡江徑道, 此西北道乃曲而從猛淋者." 余欲轉, 其人曰 :
"旣來一里, 不必轉, 卽從猛淋往可也." 乃西北隨峽稍下. 二里餘, 有聚落
倚南坡, 臨北壑, 是爲猛淋. 此乃打郎西山, 南下西轉, 掉尾而北, 環爲此壑.
其壑北向頗豁, 遙望有巨山在北, 橫亘西下, 此北衝後山, 夾溪西行, 而盡

於猛賴溪北王尚書寨嶺者也. 壑中水當北下北衝西溪. 其人指余從猛淋村後西南逾嶺行. 一里, 陟嶺頭, 逾而南下, 遂失路. 下一里, 其路自西來合, 遂稍東下, 度一小橋, 乃轉西南越坡. 二里, 則坡南大澗自東而西向注, 有路亦自澗北西來, 其路則沿坡而上, 余所由路則墜崖而下, 於是合而西向. 半里, 沿溪半線路行. 其崖峭石凌空, 下臨絕壑, 其下奔流破峽, 倒影無地, 而路緣其間, 嵌壁而行. 西南半里, 稍下離崖足, 迴眺北崖上插, 猶如層城疊障也. 又西二里餘, 從崖足盤西南突嘴, 半里, 始見上江南塢, 其峽大開, 中嵌爲平疇, 只見峽底而不見江流. 有溪自西山東南橫界平疇中, 直抵東山之麓, 而余所循之溪, 亦西南注之. 峽口波光, 四圍蕩漾, 其處不審卽峽溪所匯, 抑上江之曲. 余又疑東南橫界之流卽爲上江, 然其勢甚小, 不足以當之. 方疑而未定, 逾突嘴而西, 又半里, 轉而北, 隨北峽下一里, 從北峽西轉, 始見上江北塢, 雖平疇較小於南塢, 而北來江流盤折其中, 東峽又有溪西向入之. 其南流雖大, 而江流循東山之麓, 爲東山虧蔽, 惟當峽口僅露一斑, 不若此之全體俱現也. 又西向者一里, 有十餘家倚南山北向而居, 其前卽東峽所出溪西南環之. 問上江渡何在, 村人指在其西北. 問早土官何在, 在其西南二里. 乃北渡其溪. 溪水頗大, 而其上無橋, 僅橫一木, 平於水面, 兩接而渡之, 而木爲水激, 撼搖不定, 而水時踴躍其上. 雖跣足而涉, 而足下不能自主, 危甚. 於是上西坡, 南向隨流. 行塍間, 一里, 稍折而西南, 又一里, 入早氏之廬, 已暮. 始在其外室, 甚陋, 旣乃延入中堂, 主人始出揖, 猶以紅布纏首者. 訊余所從來, 余以馬氏對. 曰: "元康與我厚, 何不以一束相示?" 余出元康詩示之, 其人乃去纏首, 易巾服而出, 再揖, 遂具晩餐, 而臥其中堂.

此地爲猛賴, 乃上江東岸之中, 其脈由北衝西溪北界之山, 西突爲王尚書營者, 下墜塢中爲平疇, 南衍至此; 上江之流西瀠之, 北衝西溪東夾之, 而當其交會之中; 溪南卽所下之嶺, 自猛淋南夾溪南下, 峙爲下流之龍砂, 而王尚書營嶺卽其本支, 而又爲上流之虎砂. 上江之東, 尚稱爲'寨', (二十八寨皆土酋官舍.) 江以西是爲十五喧, (喧者, 取喧聚之義, 謂衆之所集也. 惟此地有此稱. 其人皆彝, 欄居窟處, 與粤西彝地相似.) 而早龍江乃居中而轄之者.

---

1) 공연(悾然)은 텅 비어 아무 것도 없거나 드문 모양을 가리킨다.

十一日 晨起, 早龍江具飯, 且言："江外土人, 質野不馴, 見人輒避. 君欲遊石城, 其山在西北崇峽之上, 路由蠻邊入. 蠻邊亦余所轄, 當奉一檄, 令其火頭供應除道, 撥棄夫引至其處, 不然, 一時無棲托之所也." 余謝之. 龍江復引余出廬前曠處, 指點而言曰："東北一峰特聳, 西臨江左者, 爲王尙書駐營之峰. 西北重峽之下, 一岡東突江右者, 是爲蠻邊, 昔麓川叛酋思任踞爲巢. 其後重岸上, 是爲石城, 思酋恃以爲險, 與王尙書夾江相拒者也. 此地昔爲戰場, 爲賊窟. 今藉天子威靈, 民安地靜, 物産豐盈, 盛於他所. 他處方苦旱, 而此地之雨不絶; 他處甫挿蒔, 而此中之新穀已登, 他處多盜賊, 而此中夜不閉戶. 敢謂窮邊非樂土乎! 第無高人至此, 而今得之, 豈非山川之幸!" 余謝不敢當. 時新穀、新花, 一時並出, 而晚稻香風, 盈川被隴, 眞邊境之休風, 而或指以爲瘴, 亦此地之常耳.

旣飯, 龍江欲侍行, 余固辭之, 期返途再晤, 乃以其檄往. 出門, 卽溯江東岸北行. 二里, 時渡舟在西岸, 余坐東涯樹下待之, 半晌東來, 乃受之. 溯流稍北, 又受駝騎, 此自北衝西來者. 渡舟爲龍江之弟龍川所管, 只駝騎各畀之錢, 而罄身之渡, 無畀錢者. 時龍川居江岸, 西與蠻邊之路隔一東下小溪. 渡夫謂余, 自蠻邊回, 必向溪南一晤龍川. 余許之. 乃從小溪北岸登涯, 卽西北行, 於是涉上江之西矣. 此十五喧之中也, 循西山北二日爲崩戞, 南二日爲八灣. (崩戞北爲紅毛野人. 八灣南爲潞江安撫司.) 昔時造橋, 西逾山心, 出壺瓶口, 至騰陽道, 尙在其南下流二十里. 其天生石崖可就爲橋址者, 又在其下. (昔衆議就崖建橋, 孫郡尊已同馬元中輩親至而相度之. 後徐別駕及騰越督造衛官, 以私意建橋於石崖北沙嘴之沖, 旋爲水推去, 橋竟不成. 此江王靖遠與思任夾江對壘, 相持不得渡. 王命多縛筏. 一夕縛羊於鼓, 縛炬於筏, 放之蔽江南下. 思酋見之, 以爲筏且由下流渡, 競從西岸趨下流, 而王師從上流濟矣, 遂克之. 今東岸之羅明, 乃其縛松明寨, 羅鼓乃其造鼓寨也.)

西北三里, 有溪自西峽出, 北渡之. 半里, 有聚落倚坡東向羅列, 是爲蠻邊. (按『志』, 十五喧無蠻邊之名, 想卽所謂中岡也. 閃太史亦有莊在焉.) 覓火頭不見. 其妻持橄覓一僧讀之, 延余坐竹欄上而具餐焉. 其僧卽石城下層中臺寺僧, 結庵中臺之上, 各喧土人俱信服之, 今爲取木延匠, 將開建大寺. 此僧甫下山, 與各喧火頭議開建之事, 言庵中無人, 勸余姑停此, 候其明日歸, 方可由庵覓石城也. 余從之, 坐欄上作紀. 下午浴於澗. 復登欄, 觀火頭家烹小豚祭先. 令一人從外望, 一人從內呼. 問:"可來?"曰:"來了." 如是者數十次. 以布曳路間, 度入龕而酹之飯之, 勸亦如生人. 薄暮, 其子以酒肉來獻, 乃火酒也. 酹於欄上, 風雨忽來, 雖欄無所蔽, 而川中蘊熱, 卽就欄而臥, 不暇移就其室也. ('火頭'者, 一喧之主也, 卽中土保長、里長之類.)

十二日 火頭具飯, 延一舊土官同餐. 其人九十七歲矣, 以年高, 後改於旱龍江者. 喧中人皆言, 其人質直而不害人, 爲土官最久, 曾不作一風波, 有饋之者, 千錢之外輒不受. 當道屢物色之, 終莫得其過迹. 喧人感念之, 共宰一牛, 賣爲贍老之資. 既飯, 以一人引余往中臺寺. 余欲其人竟引探石城, 不必由中臺. 其人言:"喧中人俱不識石城路, 惟中臺僧能識之; 且路必由中臺往, 無他道也." 余不信, 復還. 遍徵之喧中, 其言合, 遂與同向中臺.

由村北溯溪西向入, 二里, 過上蠻邊, 漸入峽. 又西一里餘, 涉一水溝, 遂臨南澗倚北坡而行. 又里餘, 則北坡稍開, 有岐北去. 又西逾坡, 過一水塘, 北下峽中. 共二里, 有溪自北峽來, 架木爲橋, 西度之. 橋之南, 又有溪自南峽西來, 與橋水合迸, 而出於蠻邊南大溪者. 既度橋西, 卽北向上坡. 其坡峻甚, 且泞甚, 陷淖不能舉足, 因其中林木深閟, 牛畜蹂踐, 遂成淖土, 攀陟甚難. 二里, 就小徑行叢木中. 三里, 復與大路合, 峻與泞愈甚. 又北上一里, 折而西南上峽中. 一里, 南逾其岡, 則中臺東下之脊也, 始見有茅庵當西崖之下, 其崖矗然壁立於後, 上參霄漢, 其上蓋卽石城云. 乃入庵.

庵東向, 乃覆茅爲之者, 其前積木甚巨, 一匠工斲之爲殿材. 昨所晤老僧

(號滄海, 四川人.), 已先至, 卽爲余具飯. 余告以欲登石城, 僧曰:"必俟明日, 今已無及矣. 此路惟僧能導之, 卽喧中人亦不能知也." 余始信喧人之言不謬, 遂停其茅中. 此寺雖稱中臺, 實登山第一坪也. 石城之頂, 橫峙於後者, 爲第二層. 其後又環一峽, 又矗而上, 卽雪山大脊之東突, 是爲第三重. 自第一坪而上, 皆危嶂深木, 蒙翳懸阻, 曾無人跡. 惟此老僧昔嘗同一徒, 持斧秉炬, 探歷四五日, 於上二層各斲木數十株, 相基卜址, 欲結茅於上, 以去人境太遠, 乃還棲下層. 今喧人歸依, 漸有展拓矣.

十三日 僧滄海具飯, 卽執戈前驅. 余與顧僕亦曳杖從之. 從坪岡右腋仆樹上, 度而入. (其樹長二十余丈, 大合抱, 橫架崖壁下, 其兩旁皆叢箐糾藤, 不可着足, 其下坎坷蒙蔽, 無路可通, 不得不假道於樹也.) 過樹, 沿西崖石脚, 南向披叢棘, 頭不戴天, 足不踐地, 如蛇遊伏莽, 狖過斷枝, 惟隨老僧, 僧攀亦攀, 僧掛亦掛, 僧匍匐亦匍匐. 二里, 過崇崖之下. 又南越一岡, 又東南下涉一箐, 共里餘, 乃南上坡, 踐積茅而橫陟之. 其茅倒者厚尺餘, 豎者高丈餘, 亦仰不辨天, 俯不辨地. 又里餘, 出南岡之上. 此岡下臨南峽, 東向垂支而下, 有微徑自南峽之底, 西向循岡而上, 於是始得路. 隨之上躋, 其上甚峻. 蓋石城屛立, 此其東南之趺, 南峽又環其外, 惟一線懸崖峽之間. 遂從攀躋西向上者五里, 乃折而北上. 一里, 西北陟坎坷之石, 半里, 抵石城南垂之足. 乃知此山非環轉之城, 其山則從其後雪山之脊, 東度南折, 中兜一峽, 南嵌而下, 至此南垂之足, 乃峽中之門也. 其崖則從南折之脊, 橫列一屛, 特聳而上, 至此南垂之足, 則承趺之座也. 峽則圍三缺一, 屛則界一爲二, 皆不可謂之城. 然峽之杳渺障於內, 屛之突兀臨於外, 此南垂屛峽之交, 正如黃河、華嶽, 湊扼潼關, 不可不謂險之極也. 從南垂足, 盤其東麓而北, 爲崖前壁, 正臨臺庵而上. 壁間有洞, 亦東向, 嵌高深間, 登之縹緲雲端, 憑臨瓊閣, 所少者石髓[1]無停穴耳. 盤其西麓而北, 爲崖後壁, 正環墜峽之東. 削疊上壓, 淵塹下蟠, 萬木森空, 藤蘚交擁, 幽峭之甚. 循崖北行一里, 路分爲二:一東北上, 爲躋崖頂者;一西北, 爲盤峽坳者. 乃先從峽. 半里, 涉其底, 底亦甚平,森木皆浮空結翠, 絲日不容下墜. (山上多扶留藤, 所謂篗子也, 此處尤巨而長, 有長六丈者. 又有一樹徑尺, 細芽如毛, 密綴皮外無毫隙.) 當其中有木龍焉, 乃一巨樹也. 其下體形扁, 縱三尺, 橫尺五. 自地而上, 高二尺五寸, 卽半摧半茂. 摧者在西北, 止存下節; 茂者在東南, 聳幹而起. 其幹正圓, 圍如下體之半, 而高不啻十餘丈. 其所存下節並附之, 其圓亦如聳幹, 得下體之半, 而其中皆空, 外膚之圍抱而附於聳幹者, 其厚止寸餘, 中環空腹如桶, 而水盈焉. 桶中之水, 深二尺餘, 蓋下將及於地, 而上低於外膚之邊者, 一寸有五, 其水不甚淸, 想卽樹之瀝也. 中有蝌蚪躍跳, 杓而乾之則不見. 然底無旁穴, 不旋踵而水仍滿, 亦不見所自來, 及滿至膚邊下寸五, 輒止不溢. 若有所限之者, 此又何耶? (其樹一名溪母樹, 又名水冬瓜, 言其多水也. 土人言, 有心氣痛者, 至此飮之輒愈. 老僧前以砍木相基至, 亦卽此水爲餐而食.) 樹之北, 有平岡自西而東, 屬於石崖之峰. 卽度岡之北, 有窪匯水, 爲馬鹿潭, 言馬鹿所棲飮者. 窪之北, 則兩岸對束如門, 潭水所從泄也. 循岡西上半里, 西大山之麓有坡一方, 巨木交枕. 雲日披空, 卽老僧昔來所砍而欲卜之爲基者, 寄宿之茅, 尙在其側. 由此西上, 可登上臺, 而路愈蔽, 乃返由前岐東北躡岸, 半里而凌其上. 南瞰下臺之龕庵, 如井底寸人豆馬, 蠕蠕下動, 此庵遂成一畫幅. 其頂正如堵牆, 南北雖遙而闊皆丈餘, 上下雖懸而址皆直立. 由其上東瞰上江如一線, 而東界極北之曹澗, 極南之牛角關, 可一睫而盡; 惟西界之南北, 爲本支所掩, 不能盡崩戞、八灣之境也; 西眺雪山大脊, 可以平揖而問, 第深峽中嵌, 不能竟陟耳. 乃以老僧飯踞崖脊而餐之, 仍由舊徑下趨中臺庵. 未至而雨, 爲密樹所翳不覺也. 旣至而大雨. 僧復具飯. 下午雨止, 遂別僧下山, 宿於蠻邊火頭家, 以燒魚供火酒而臥.

---

1) 석수(石髓는 종유석을 가리키며, 옛 사람들은 이것을 갈아 복용하거나 약에 넣어 먹었다.

十四日 從蠻邊飯而行. 仍從舊路東南一里, 宜東下, 誤循大路倚西山南行. 二里, 望渡處已在東北, 乃轉一里, 得東下之路, 遂涉坑從田塍東行. 一里, 至早龍川家, 卽龍江之弟, 分居於此, 以主此渡者. 時渡舟尙在江東岸, 龍川迎坐以待之, 其妻女卽織綖於旁. 出火酒糟生肉以供. 余但飮酒而已, 不能啖生也. 雨忽作忽止, 上午舟乃西過. 又候舟人飯, 當午乃發, 雨大作. 同渡者言, 猛賴東溪水暴漲, 橫木沉水底, 不能著足; 徒涉之, 水且及胸, 過之甚難. 余初以路資空乏, 擬仍宿早龍江家, 一日而至松坡, 二日而至瑪瑙山, 皆可無煩杖頭,[1] 卽取所寄水簾石樹歸. 今聞此, 知溪旣難涉, 且由溪北岸溯流而入, 由北衝逾嶺, 旣免徒涉之險, 更得分流之脊, 於道里雖稍遠, 況今日尙可達歪瓦, 則兩日卽抵郡, 其行反速也. 遂從渡口東向截塢望峽入, 先由塢東行田塍間. 一里, 路爲草攤, 草爲雨偃, 幾無從覓. 幸一同渡者見余從此, 亦來同行, 令之前驅. 半里, 遂及峽口, 循峽北突峰南麓東向入, 溪沸於下, 甚洶湧. 五里, 峽自北來, 有村在東山下, 曰猛岡. 路挾西山北轉上坡. 五里, 遂東盤東峰之南椒. 又東十里, 有峽自東南來, 想卽猛淋所從來之小徑也. 於是折而北上山坳, 二里, 聞犬聲. 又里餘, 山環谷合, 中得一坪, 四五家倚之南向而居, 曰歪瓦, 遂止而宿.

---

1) 장두(杖頭) 혹은 장두전(杖頭錢)은 술을 살 돈이나 약간의 돈을 가리킨다.

十五日 昧爽而炊, 平明, 飯而行. 雨色霏霏, 南陟東坡一里, 稍北下三里餘, 不得路. 乃西向攀茅躋坡, 二里, 登嶺, 乃得南來之路. 又稍北, 循崖曲復東向行. 八里, 有峽自東來, 而大溪則自北峽來受, 其迴曲處藤木罨蔽, 惟見水勢騰躍於下. 路仍北轉溯之, 遂從深箐中行. 又二里稍下, 漸下溪逼. 又北五里, 峽復轉東, 路乃東, 溯之. 屢降而與溪會, 一路皆從溪右深箐仄崖間, 東北溯流行十五里, 有一溪自北峽出, 而下有田緣之, 漸出箐矣. 又東五里, 其下田遂連畦夾溪. 又東五里, 又有水自西北峽來, 溪源遂岐爲兩, 有橋度其北來者, 仍溯其東來者. 其下田愈闢, 路始無箐木之翳. 又東五里, 北界之山, 中環爲坪, 而土官居之; (亦早姓, 爲龍江之姪) 南界之峽, 平拓爲田,而村落繞之, 此卽所謂北衝也. 又東五里, 山箐復合, 是爲箐口. 時纔下午, 而前無宿店, 遂止. 是夕爲中元, 去歲在石屛, 其俗猶知祭先, 而此則寂然矣.

十六日 平明飯. 由箐口東稍下入峽, 二里, 有澗自東北來, 越之. 其大溪則自峽中東來, 猶在路之南. 路從兩澗中支中東上, 已復北倚中支, 南臨大溪, 且上且平. 七里稍下, 又一里, 下及溪, 瀕溪溯水而行. 又里餘, 有木橋跨溪, 遂度其南岸, 倚南崖東向行. 又里餘, 復度橋, 行溪北岸. 由是兩崖夾澗, 澗之上屢有橋左右跨, 或度橋南, 或度橋北, 俱縈澗倚坡, 且上且折. 又連度六橋, 共七里, 水分兩派來, 一東南, 一東北, 俱成懸流, 橋不復能施, 遂從中坡蹋峻, 盤垂磴而上. 曲折八里, 岡脊稍平, 有廬三楹橫於岡上, 曰茶庵, 土人又呼爲蒲蠻寨, 而實無寨也. 有一道流淪茗於中. 余知前路無居廬, 乃出飯就之而啖. 又北上, 始臨北坑, 後臨南坑, 始披峽涉水, 後蹋磴盤脊, 十里, 乃東登嶺坳. 旣至嶺頭, 雨勢滂沱, 隨流南下, 若騎玉龍而攬滄海者. 南下三里, 雨忽中止, 雲霾遙滌. 又二里, 遂隨西峽下, 墜峽穿箐, 路旣蒙茸, 雨復連綿. 又五里, 從箐底踏波隨流出. 又南五里, 稍東, 逾一東障西突之坡. 從其南墜坡直下者三里, 復隨峽倚東障之支南向行, 其西中壑稍開, 流漸成溪. 二里, 雨益大, 沾體塗足, 足滑不能定, 上險涉流, 隨起隨仆. 如是者三四里, 頭目旣傷, 四肢受病, 一時無可如何. 雨少止, 又東南五里, 塢稍東曲, 乃截塢而度一橋. 橋下水雖洶湧渾濁, 其勢猶未大, 僅橫木而度. 至是從溪西隨西山行, 溪逼東障山去. 復逾坡墜箐向東南下, 五里, 又東南盤一坡, 下涉一箐. 又五里, 轉坡南, 腋間得臥佛寺, 已暮. 急入其廚, 索火炙衣, 炊湯啖所存攜飯, 深夜而臥其北樓.

十七日 晨起絶糧. 計此地去郡不過三十餘里, 與前東自小寨歸相似, 遂空腹行. 仍再上巖殿, 再下池軒, 一憑眺之. 東南里許, 過一小室, 始有二家當路, 是爲稅司. 又南八里, 過龍王塘峽, 皆倚西山行. 又東南五里, 過郎義村, 村西有路逾嶺, 爲淸江壩, 打郎道. 又南二十里, 至郡城北通華門外, 卽隨

城北澗西上. 二里入仁壽門, 由新城街一里餘, 過法明寺前, 西抵劉館. 余
初擬至乾海子一宿卽還, 至是又十三日矣. 館前老嫗以潘蓮華所留折儀、
並會眞陶道所饋點畀余, 且謂閃知愿使人以書儀數次來候. 蓋知愿往先
塋, 恐余東返, 卽留使相待也. 下午安仁來, 兪禹錫同閃來, 抵暮乃別.

十八日 余臥未起, 馬元眞同其從兄來候. 余訝其早. 曰 : "卽在北鄰, 而久
不知. 昨暮禹錫言, 始知之. 且知與老父約, 而不從松坡返, 能不使老父盼
望耶?" 余始知爲太麓乃郎. 太麓雖言其長子讀書城中, 而不知卽與劉館並
也. 禹錫邀飯, 出其岳閃太翁降乩語[1]相示, 錄之, 暮乃返. 閃知愿使以知愿
書儀並所留束札來, 且爲余作書與楊雲州.

---

1) 계어(乩語)는 무당이 길흉을 점친 후 모래판에 쓴 글을 가리킨다.

十九日 閃太史手書候敍, 旣午乃赴之. 留款西書舍小亭間, 出董太史一卷
一冊相示, 書畫皆佳, 又出大理蒼石屛置座間. 另覓鮮雞蔆瀹湯以佐飯. 深
夜乃歸館. 知安仁所候閃「序」已得, 安仁將反命麗江矣.

二十日 作書並翠生杯, 托安仁師齎送麗江木公.

二十一日 命顧僕往瑪瑙山取石樹, 且以失約謝馬元康.

二十二日 雨, 禹錫同閃□□來寓,[1] 坐竟日, 貰酒移肴, 爲聯句之飲.

---

1) '禹錫同閃□□來寓'의 '閃□□'는 사서본(史序本)과 사고본(四庫本)에 '閃知愿'으로 되
어 있고, 엽본(葉本)에는 '閃太史'로 되어 있다. 29일의 '閃□□' 역시 마찬가지이다.

二十三日 早, 馬元眞邀飯. 以顧奴往瑪瑙山, 禹錫知余無人具餐, 故令元
眞邀余也. 先是自淸水關遇雨, 受寒受跌, 且受饑, 連日體甚不安, 欲以汗

發之. 方赴市取藥, 而禹錫知余僕未歸, 再來邀余, 乃置藥而赴之, 遂痛飮.
入夜, 元眞輩先去, 余竟臥禹錫齋. 禹錫攜袱被連榻, 且以新綿被覆余, 被
褥俱麗甚. 余以醉後覺蒸蒸有汗意, 引被蒙面, 汗出如雨, 明日遂霍然, 信
乎挾纊之勝於藥石也.

二十四日 還寓. 夜深而顧奴返. 以馬元康見余不返, 親往松坡詢蹤跡, 故
留待三日而後歸也.

二十五日 閃太史以所作長歌贈, 更饋以賻. 其歌甚暢, 而字畫遒勁有法,
眞可與石齋贈余七言歌並鐫爲合璧. 已而俞禹錫又使人來邀移寓. 余乃令
顧僕以石樹往視之, 相與抵掌爲異. 已而往謝太史之賜, 太史亦爲索觀, 遂
從禹錫處送往觀之.

二十六日 禹錫晨至寓, 邀余移往其齋. 余感其意, 從之. 比至而知愿歸, 卽
同往晤, 且與之別, 知此後以服闋[1]事, 與太史俱有哭泣之哀, 不復見客也.
比出門, 太史復令人詢靜聞名號寺名, 蓋爲靜聞作銘已完, 將欲書以畀余
也. 更謂余, 石樹甚奇, 恐致遠不便, 欲留之齋頭, 以挹淸風. 余謂 : "此石得
天祿石渠之供甚幸, 但余石交不固何." 知愿曰 : "此正所謂石交也." 遂置
石而別. 余仍還劉館, 作紀竟日. 晚還宿於俞. 旣臥, 太史以靜聞銘來賜, 謂
明日五鼓祭先, 不敢與外事也.

---

1) 결(闋)은 '마치다'를 의미하며, 복결(服闋)은 복상(服喪)의 기일을 채워 상복을 벗음
을 의미한다.

二十七日 余再還劉館, 移所未盡移者. 並以銀五錢畀禹錫, 買雞葼六斤.
濕甚, 禹錫爲再蒸之, 縫袋以貯焉. 乃爲余定往順寧夫.

二十八日 夫至欲行, 禹錫固留, 乃坐禹錫齋頭閱『還魂記』, 竟日而盡. 晚酌遂醉. 夜大雨.

二十九日 晨, 雨時作時止. 待飯待夫, 久之乃別禹錫. 適馬元眞、閃□□亦來送. 遂出南門, 從大道南二里, 至夾路村居之街, 遂分路由東岐, 當平塢中南行, 西與沙河之道相望. 五里, 過神濟橋. 其南居廬連亘, 是爲諸葛營, 諸葛之祠在焉, 東向, 頗小. 又南爲東岳廟, 頗巨, 亦東向. 又南五里, 爲大樹墩, 亦多居廬, 村之北有小溪東南流, 村之南有小溪東北流, 合於村之東而東去, 此兩流即臥獅窩之水也. 又南三里, 有水自西沿南坡而東, 此乃坳子鋪東注之水, 小石橋跨其上. 越橋南上坡, 路分爲三 : 一西南向大山之麓, 一東南爲石甸、姚關之道, 一直東爲養邑道. 於是直東行坡上. 三里, 有小溪自南而北, 此亦自西南而來, 至此北注而入於東溪, 同東向落水坑者, 其源當出於冷水箐. 於是下越一木橋, 復東上坡, 坡北有村倚之, 其地爲三條溝. 由坡東東南下而復上, 三里, 越一岡, 有兩三家當岡頭, 是爲胡家坡. 越岡而東, 三里又下, 有水自南而北, 南塢稍開, 下盤爲田, 有數家倚南岡, 是爲阿今. 過阿今, 復東上三里, 其南塢水遂分東西下. 又東五里, 乃飯. 又三里稍下, 爲養邑. 南有塢盤而爲田, 北正對筆架山之南垂, 有數家當塢. 日纔下午, 而前無止處, 遂宿.

三十日 店婦雞鳴起炊, 平明余起而飯, 出店東南行. 稍下, 渡南來小溪, 即上坡東逾南轉, 即養邑東環之支也. 有公館當坡, 西瞰墅中, 田廬歷歷. 東逾坡而下, 又涉一小塢而東上坡, 遂行岡頭, 共五里. 路分二岐 : 一東南者, 爲西邑道; 一西北者, 爲山河壩道. 先是問道, 多言由西邑逾芭蕉嶺達亦登, 有熱水從石盤中溢出, 其處有大道通順寧. 余欲從之, 而養邑店主言 ; "往西邑路近, 而山溪無橋, 今雨後無橋, 水漲難渡; 當折而北, 由山河壩渡其下流, 仍由枯柯而達亦登爲便." 至是, 見同行者俱不走西邑而走山河壩, 余亦從之.

遂西北兩涉小塢, 二里餘, 升坡而東, 遂循永昌溪南崖行. 溪嵌崖底, 止見北崖削壁下嵌, 而猶不見水. 又東二里稍下, 見水嵌崖底如一線, 遂東見其門對束如削, 門外環疇盤錯, 溪流曲折其中, 有村倚北崖之東, 卽落水寨也. 其南崖之夾溪爲川者, 東突如踞獅, 水從其北出, 路從其南下. 半里, 遂由獅腋下降, 路甚逼仄, 半里, 抵獅麓. 又東半里, 一溪自南塢來, 有壩堰其上流, 有橋跨其下流. 度橋東行田塍間, 泞甚. 一里, 登塢東岡南行. 一里, 見塢西有瀑掛西崖, 歷兩層而下, 注塢中南來之溪. 路隔對之, 東向入峽, 雨大至. 二里, 逾嶺頭, 有路西南來合, 山頭坑窪旁錯, 亂水交流. 又東三里, 再度坑坳, 盤而東北行. 其下有坑, 破石搜崖, 亦突而北注. 隨之一里餘, 乃東下越其流. 又東北上半里, 見東塢又有小水自東而西向, 與南來之溪合於北崖下. 北崖純石聳起, 其上樹木葱鬱, 而下則有穴, 伏而暗墜, 二水之所從入也. 又東向上嶺, 半里, 逾其脊. 行嶺頭半里, 始見東壑有田下盤, 其東復有山夾之. 路從嶺上轉而南行, 一里餘而下. 下半里, 其塢自南而北, 水亦經之. 度橋溯流而南, 二里, 南塢稍開, 是爲五馬. 其西南壑中居廬頗多, 東坡上亦有四五家居路左. 坡南有一坑, 自東峽出, 有小水從其中注西南壑. 下坑, 涉其水之南, 溯之東上. 里餘, 隨峽南轉, 而坑中水遂窮, 有脊自東而西. 度脊南, 復墜坑而下, 從脊東行, 轉坑東之崖. 其下亦嵌而成壑, 壑中亦有人家, 隱於深崖重箐之間, 但聞雞鳴舂響而已. 東坑旣盡, 從其上涉塢升岡, 見岡南一峰特聳而卓立, 白霧偏籠其半, 乃東來脊上石峰之層起者. 由其北穿坳而東, 共二里而抵坳中之脊. 有巨石當脊而中踞, 其高及丈, 大亦如之, 其上有孔, 大及尺, 深亦如之, 中貯水及其半, 不涸不盈, 正與哀牢金井之孔相似. 踞大石而飯. 土人卽名此嶺爲大石頭.

從石東下塢中, 道分爲二: 一由東向逾岡者, 爲大道, 稍迂而達大臘彝; 一由東南下峽者, 爲捷道, 稍近而抵小臘彝. 此皆枯柯屬寨也. 乃由峽中下, 於是石崖南突, 叢箐交縈, 北嵌爲峽, 南聳爲崖. 二里, 行南岡之上. 又二里, 盤岡嘴而南, 其東峽中, 平墜南繞. 蓋由此嘴東墜, 其下皆削崖, 故路又分爲二: 一由崖下循崖根南轉, 一由崖上躡崖端南曲. 乃從崖端南逾石隙而下, 一里, 仍隨南坡東轉. 還瞰所逾之崖, 壁立下嵌, 其下盤爲深塢, 崖根有泉淙淙出穴間, 小路之下盤者因之; 遙望北崖山岡, 排闥東出, 大道之東陟者因之. 余平行南岡, 又東一里, 下盤之小路逾岡來合. 又東一里餘, 南岡復東突, 路下其北腋間. 復盤坳東上半里, 登東岡之南坡, 始東見枯柯之川, 與東山相夾, 而未見其西底. 又西南見嶺頭一峰, 兀突挿雲霧中, 如大士之披絡而坐者, 閃爍出沒, 亭亭獨上, 乃南來脊上之峰, 不知其爲何名也. 又東一里, 復轉岡之北坡, 東下一里, 有四五家倚岡而居, 是爲小臘彝. 余欲下坡問亦登道, 土人行人皆言下坡至江橋不可止宿, 亦無居停之家, 循江而南至亦登, 且五六十里, 時已不及, 而途無可宿, 必止於是. 時纔過午, 遂偕止而止. 幸主人楊姓者, 知江流之源委, 道路之曲折, 詢之無不實, 且知溢盤溫泉, 不在亦登而在雞飛. 乃止而作紀, 抵暮而臥.

운남 유람일기12(滇遊日記十二)

해제

　「운남 유람일기12」는 서하객이 운남성 서부의 영창부(永昌府)에서 계족산(雞足山)으로 되돌아오기까지의 여정을 유람한 기록이다. 그는 숭정 12년(1639년) 8월 1일 소랍이(小臘彝)를 떠나 순녕부(順寧府), 운주(雲州), 몽화부(蒙化府), 이해위(洱海衛), 빈천주(賓川州)를 거쳐 8월 22일 계족산의 실단사(悉檀寺)로 돌아왔다. 이해 1월 22일 계족산을 떠난 지 일곱 달만이었다. 이번 여정에서 서하객은 난창강(瀾滄江)의 물길을 추적하여, 난창강이 예사강(禮社江)과 합쳐지지 않음을 입증함으로써 『일통지』의 내용을 바로잡았다. 아울러 그는 운남성 서부를 흐르는, 노강(潞江), 예사강, 양강(陽江) 등의 여러 강줄기의 발원지와 경로에 대해서도 자세히 기록했다.

　이번 유람의 주요 여정은 다음과 같다. 소랍이(小臘彝) → 중화포(中火鋪) → 석연역(錫鉛驛) → 순녕부(順寧府) → 옹계촌(翁溪村) → 운주(雲州) → 녹당

(鹿塘) → 순녕부(順寧府) → 고간조(高簡槽) → 아록사(阿祿司) → 서가자(鼠街子) → 몽화부(蒙化府) → 미도(迷渡) → 이해위(洱海衛) → 교전(蕎甸) → 빈천주(賓川州) → 연동(煉洞) → 실단사(悉檀寺)

역문

기묘년 8월 초하루

나는 소랍이(小臘彝)에서 동쪽으로 산을 내려왔다. 랍이(臘彝)는 곧 석전(石甸) 북쪽의 송자산(松子山)이 북쪽으로 굽이도는 산줄기이다. 그 등성이는 대석두(大石頭)를 건너 북쪽의 천생교(天生橋)로 이어지며, 그 동쪽 자락의 고개는 고가산(枯柯山)과 함께 동서로 마주하고 있다. 영창(永昌)의 물길은 동굴에서 나와 남쪽으로 흐르고, 그 사이에는 남북의 길이가 40리 되는 움푹한 평지가 펼쳐져 있다. 이곳은 그 서쪽에 줄지은 고갯마루이다.

대소(大小) 두 곳의 랍이채(臘彝寨)가 있다. 대랍이(大臘彝)는 북쪽 고개에 있고, 소랍이는 남쪽 고개에 있다. 둘 사이의 거리는 5리이고, 모두 고가에 속해 있다. 대석두로부터 고개를 경계로 동쪽은 순녕부(順寧府)이고, 서쪽은 영창부(永昌府)이다. 이곳에 이르면 벌써 순녕부의 경내에 8리나 들어와 있다. 하지만 내가 『영창구지(永昌舊志)』에 쓰인 내용을 기억하기로, 고가와 아사랑(阿思郞)은 모두 28채에 속한다. 그런데 이제 토박이에게 물어보니, 물품이 비록 영창부의 산물일지라도 땅은 실제로 순녕부에 속한다고 한다. 순녕부에 유관(流官)을 설치한 후, 순녕부에 떼어주었단 말인가?

또한 『일통지』와 『영창지』의 내용을 기억해보건대, 모두 영창의 물이 동쪽의 골짜기 어귀로 흘러들어 고가를 빠져나와 동쪽의 난창강(瀾滄江)으로 흘러내린다고 했다. 내가 『요관도설(姚關圖說)』을 고찰해보니, 이들 견해에 의심이 들었다. 이곳에 이르러 토박이에게 물어보고 이곳의 형세를 두루 살펴본 뒤에야 알게 되었다. 즉 이곳의 물은 협구산(峽口山)으로 흘러들어 천생교를 뚫고 곧바로 동쪽의 아사랑으로 흘러나왔다가 남쪽의 고가교(枯柯橋)를 거쳐 차츰 남서쪽으로 40리만에 합사요(哈思坳)로 흘러내린다. 이어 곧바로 남쪽의 상만전(上灣甸)으로 흐르다가 요관수(姚關水)와 합쳐지고, 다시 남쪽의 하만전(下灣甸)으로 흘러 맹다라(猛多羅)와 만난다. 노강(潞江)의 물길은 북쪽으로 꺾어들어 이 물길을 맞아 합쳐진 뒤, 남쪽으로 흘러간다.

이런 견해는 내가 여기저기 물어보다가, 랍이의 객점 주인 양(楊)씨에게서 얻어들은 것이다. 이 견해는 눈으로 보고 『요관도설』에서 말하는 것과 모두 합치된다. 이로써 『일통지』와 『군지』의 오류가 적지 않음을 알 수 있다. 이 물길이 만약 남서쪽의 노강과 합쳐진다면, 고가의 너른 들판은 온통 머리와 꼬리가 빙 둘러 영창을 에워싸고, 북쪽의 도로요(都魯坳)의 남쪽 움에 이르기까지, 그리고 남쪽의 합사요에 이르기까지는 모두 영창부에 속할 것이다. 그렇다면 대석두령(大石頭嶺)을 경계로 나눌 것이 아니라, 마땅히 고가령(枯柯嶺)을 경계로 삼아야 할 것이다.

고갯마루에서 남동쪽으로 3리를 쭉 내려가서야, 강물이 굽이굽이 남쪽의 너른 들판 속을 흘러가는 것이 보인다. 다시 3리를 내려가서 강가에 이르렀다. 강 위에 쇠사슬로 이은 다리가 가로로 걸쳐져 있다. 제조 방식은 용강(龍江)의 곡척교(曲尺橋)와 같으나, 이에 비해 절반 정도로 좁다.

(다리 위에 대여섯 칸짜리 집이 지어져 있으며, 물살이 대단히 빠르다. 토박이들의 이야기에 따르면, 다리 아래에는 예전에 몹시 악독한 흑룡이 있었는데, 흑룡을 본 사람은 누구나 죽었다고 한다. 또한 강변의 악성 풍토병을 두려워하여, 길가는 이들은 감히 발걸음을 멈추지 못한다고 한다. 그 남쪽의 합사요는 독성이 더욱 강하여, 그 기세가

노강보다 훨씬 심하다는데, 이곳의 골짜기가 비좁고 깊숙이 꺼져내리기 때문일까?)

이 강물은 아사랑에서 동쪽의 석애동(石崖洞)을 흘러나와 남서쪽의 합사요의 골짜기 속으로 흘러든다. 곧 영창의 협구산에서 동굴로 흘러드는 하류이다. 고찰해보니, 아사랑은 랍이의 북쪽 20리에 있고, 그 북쪽에는 남쪽의 움인 도로요(都魯坳)가 있으니, 곧 이곳 움푹한 평지의 맨 북쪽의 빙글 에두른 곳이다.

고개를 넘어 북쪽으로 나아가니, 그 아래는 곧 난창강이 동쪽으로 굽이진 곳이다. 그제야 나민산(羅岷山) 가운데에서 남서쪽으로 뻗어내린 것은 필가산에서 끝나고, 쭉 남쪽으로 뻗어내린 것은 협구산에서 끝나며, 남동쪽으로 난창강을 끼고서 동쪽으로 나아가면 도로요의 남쪽 움의 북쪽 등성이를 이룬다는 것을 알게 되었다.

또한 산은 그 동쪽을 따라 다시 갈라진다는 것도 알게 되었다. 즉 한 갈래는 강을 따라 동쪽으로 뻗어 있다. 다른 한 갈래는 쭉 남쪽으로 뻗어내리며, 곧 고가의 동쪽 고개이다. 이 고개는 이 일대의 물길이 나누어지는 등성이인데, 구불구불 이어진 채 만전(灣甸)과 도강(都康)에서 남쪽으로 뻗어가다가 남쪽의 난창강과 노강의 가운데를 경계짓는다. 이곳은 맹정(孟定)과 맹간(孟艮) 등의 여러 이족의 거주지역이며, 곧장 교지(交趾)에 이른다. 강을 따라 동쪽으로 뻗어가는 갈래는 한 차례 남쪽으로 에워싼 채 우전(右甸)을 이루고, 다시 한 번 남쪽으로 에워싼 채 순녕부와 대후주(大侯州, 지금의 운주雲州이다)를 이룬다.

이 움푹한 평지의 남북 양쪽의 움푹 꺼진 곳(북쪽은 도로요이고, 남쪽은 합사요이다)은 서로 40~50리 떨어져 있는데, 대단히 비좁고 깊다. 강 가까이의 양쪽 언덕은 온통 밭이다. 이곳에는 북이족(僰彝族)과 라라족(儸儸族)이 살고 있으며, 중국인은 감히 살지 못한다. 이곳에 한 번 들어가기만 하면 학질에 걸리고 만다. (오한이 나고 덜덜 떨리며 머리가 아프다.) 그래서 비옥한 땅이 있는데도 이족에게 넘겨주었던 것이다.

다리를 건너 강의 동쪽 언덕을 따라 남서쪽으로는 합사요에 이르고,

40리를 나아가면 역등에 이른다. 강의 동쪽 언덕을 따라 남동쪽으로는 언덕을 넘어 골짜기에 들어서서 60리를 나아가면 계비(雞飛)에 이른다. 내가 처음 듣기로, 돌판 속에서 뜨거운 물이 넘쳐나오고, 돌판이 평대 위에 움패어 있으며, 모두 천연으로 이루어진 것이다. 또한 한 줄기 차가운 물길이 그것을 빙 두르고 있는데, 흘러나오는 차가운 물 또한 기이하다고 들었다.

처음에는 이 돌판이 역등에 있다고 여겨 역등으로 가는 길을 물었다가, 계비에 있다는 생각이 들어 계비로 가는 길을 물었다. 그런데 풍토병 때문에 가서는 안 된다는 생각도 들고, 띠풀에 막혀 길이 없다는 생각도 들었다. 또 그곳이 마을에서 멀리 떨어져 있는지라 거주하는 이들이 전혀 없으니 밤에는 노숙을 해야 한다는 생각이 들었다. 나는 망설이다가 "산천의 참된 줄기는 내가 이미 얻었으니, 돌판 하나쯤이야 신경 쓰지 않아도 되리라"고 말했다.

그리하여 마침내 동쪽의 한길에서 비탈을 올라 고가와 우전으로 가는 길로 향했다. 처음에는 약간 북쪽으로 나아간 뒤, 동쪽으로 1리를 올라 서쪽으로 뻗어내리는 언덕을 완만하게 나아가 3리를 갔다. 장터의 띠집 서너 채가 언덕마루에 있다. 이곳은 고가의 새 저자이다.

동쪽으로 1리를 더 가자, 언덕마루에 나무 한 그루가 서 있다. 이 나무는 한 아름의 크기에 나무줄기는 쭉쭉 뻗고 나뭇가지는 빙글빙글 감돌며, 나무줄기 위에는 진득진득한 수액이 흥건하다. 이것은 자경수(紫梗樹)이며, 이 수액이 바로 자경이다. 처음에 조그마한 구멍에서 흘러나오는 수액은 복숭아나무의 진액과 비슷한 종류인데, 벌레나 개미가 바깥에 모여든지라 더럽기 그지없다. 언덕 좌우에는 모두 구렁이 언덕을 끼고 있다. 북쪽 구렁은 언덕에서 동굴을 감돌아 뻗어내리고, 남쪽 구렁은 동쪽 골짜기에서 뻗어나온다.

여기에서 남쪽으로 돌아들어 동쪽으로 북쪽 구렁을 감돌았다가, 반리를 가서 동쪽으로 돌아들었다. 이어 반리를 가서 동쪽 봉우리 아래에 이르러 층계를 타고서 기어올랐다. 3리를 가서 남쪽에 불쑥 솟은 고개를 오르자, 비로소 남쪽 골짜기의 양쪽 산이 벽처럼 나란히 선 채 동쪽에서 서쪽으로 뻗어 있는 것이 보였다. 여기에서 서쪽으로 나가면, 물길은 구렁을 감돌아 서쪽의, 강교(江橋)의 남쪽으로 흘러들어 함께 합사요로 치달린다. 그제야 이 산의 건너뻗은 등성이가 여전히 고개의 동쪽 위에 있음을 깨달았으니, 서둘러 물어볼 필요가 없다. 이 비탈의 위는 바로 단패영(團霸營)이다. 이곳은 토사가 관할하는 곳으로, 곧 고가의 야랑국(夜郞國)이다.

여기에서 남쪽의 골짜기를 따라 동쪽으로 1리를 더 올라간 뒤 고갯마루에 올랐다. 한 채의 민가가 길 남쪽에 가려져 있는데, 집 뒤쪽의 길 양쪽에는 대나무와 나무들이 자라나 있다. 나무숲을 따라 동쪽으로 1리를 나아갔다. 이어 약간 북쪽으로 돌아들어 남쪽에 불쑥 튀어나온 움푹 꺼진 곳을 감돈 뒤, 비탈을 감돌아 동쪽으로 나아갔다. 길가에 커다란 나무가 웅크린 채, 서쪽으로 흘러나가는 산골물을 굽어보고 있다.

이 나무는 남북의 크기가 한 길 남짓이고 동서의 크기는 일곱 자이다. 가운데는 불에 타서 죄다 빈 움이 되어버리고, 다만 나무껍질만이 사방에 서 있다. 두 자 남짓의 두께에 동서 양쪽은 온전하나 남북 양쪽은 모두 이지러져 있으니, 마치 두 개의 문과 같다. 가운데는 높이가 한 길 남짓에 마치 정자와 같은지라 앉아서 쉴 수 있다. 그 위의 가지와 잎은 사방으로 내리덮인 채 여전히 푸르다. 이곳은 고가(枯柯)이다. 마을이 고가라는 이름을 얻게 된 것이 이 나무 때문일까?

여기에서 다시 동쪽으로 2리를 가서 북쪽으로 꺾어져 비탈 한 곳을 오른 뒤, 그 남쪽 아래의 움푹 꺼진 곳을 감돌았다. 움푹 꺼진 곳의 북쪽에는 민가가 동서로 마주 늘어서 있다. 서쪽의 민가는 띠풀로 처마를 얹고 대나무 숲길이 나 있으며, 구름에 기댄 채 구렁을 굽어보고 있는지라, 훨씬 그윽한 정취를 띠고 있다.

그 동쪽으로는 비탈 사이에 사당이 자리하고 있다. 신에게 제사지내는 종소리와 북소리가 허공에서 들려왔다. 몹시 기이한 느낌이 들었다. 민가 한 채가 길 남쪽에 자리하고 있다. 울타리의 문과 대나무 숲길이 청아하고도 사랑스러웠다. 그 집에 들어가 물어보니, "이곳은 고가의 작은 저자입니다"라고 말했다. 오르막 비탈과는 2리나 떨어져 있다.

이에 다시 동쪽으로 북쪽 비탈을 따라 완만하게 올라갔다. 비탈의 남쪽은 곧 서쪽에서 흘러나오는 깊은 산골물이고, 북쪽은 높다란 산으로, 대나무와 나무가 빽빽이 덮여 있다. 마을의 민가는 그 가장자리에 자리한 채 동쪽으로 끊임없이 이어져 있다. 남쪽을 바라보니, 골짜기 남쪽의 고개는 북쪽 봉우리와 마주한 채 서쪽으로 뻗어내린다. 메밀밭의 밭작물과 두루 개간된 산머리가 흰 구름과 아지랑이와 더불어 떴다 가라앉았다, 보였다 사라졌다 한다. 역시 대단히 기이하다.

북쪽 산 위는 비록 높지만, 근처가 비탈에 가려져 있다. 그저 벼랑을 따라 나아갈 뿐 그 높이와 깊이를 가늠할 수 없다. 그러나 남쪽 산은 동쪽에서 서쪽으로 꺼져내렸다가 강교의 남쪽에서 끝나고, 그 동쪽에 높다랗게 봉긋 솟구친 봉우리는 홀로 빼어나다. 때마침 불어오는 흙먼지에 드러났다 감추었다 일정하지 않다. 이것이 남쪽 산의 동쪽의 최고봉으로서, 북쪽 고개에서 동쪽으로 건너뻗었다가 다시 불쑥 솟구친 것이다.

이곳을 따라 동쪽으로 나아가 남쪽을 굽어보았다. 깊숙한 구렁이 북쪽의 수많은 산봉우리에 기대어 있다. 동쪽으로 2리를 더 가자 갈림길이 나왔다. 한 갈래는 남쪽의 움푹한 평지 속으로 내려간다. 구렁을 개간하여 만든 길이다. 다른 한 갈래는 북쪽의 수많은 고개로 오르는 길인데, 비탈에 민가가 자리하고 있다. 길은 가운데에서 동쪽으로 나아갔다. 남쪽으로 아래의 움푹 꺼진 곳을 굽어보니, 물이 동굴 구멍 사이에서 흘러나온다.

동쪽으로 2리를 더 가서 남쪽 구렁을 굽어보았다. 못 한 군데가 북쪽 비탈 위에 기대어 있고, 길은 그곳을 따라 북쪽으로 올라간다. 골짜기가 빙 두른 채 동쪽으로 펼쳐져 있기 때문이다. 북쪽으로 1리 남짓을 오른 뒤 동쪽으로 돌아들어, 북쪽의 움푹 꺼진 곳을 감돌아 동쪽의 비탈을 올랐다. 여러 차례 쉬지 않고 올라 7리만에 중화포(中火鋪)에 이르렀다.

비탈 남쪽에 불쑥 솟구친 최고봉은 가운데로 남쪽 골짜기 위를 굽어보고 있으며, 골짜기의 등성이는 그 남동쪽에서 빙 둘러 서쪽으로 뻗어내린다. 비탈의 맞은편 벼랑에는 남쪽을 바라보고서 솟구친 또 하나의 봉우리가 구름과 안개 속에 덮여 있다. 곧 방금 전에 바라보았던, 동쪽에 높다랗게 봉긋 솟구친 꼭대기이다.

고가의 강교에서 동쪽의 골짜기의 비탈을 따라 구불구불 오르는 길은 대략 30리이다. 비탈 머리에 걸터앉아 서쪽으로 강교의 골짜기를 굽어보았다. 물길은 굽이굽이 남서쪽으로 흘러내리고, 송자산 북쪽을 감아 돈 고개는 북동쪽으로 뻗다가 솟구쳐 랍이의 고개를 이룬다. 또한 골짜기 남쪽의 봉긋 솟은 봉우리는 더 남쪽으로 뻗다가 갈라져 서쪽으로 에돈 뒤, 강교의 움푹한 평지의 남쪽을 가로질러 서쪽의 합사요에 이른다.

합사요의 남쪽에 또 조그마한 갈래가 있다. 랍이 남서쪽의 산굽이에서 동쪽으로 불쑥 솟구친 이 산갈래는, 움푹한 평지의 남쪽을 가로지른 산과 만나, 남서쪽으로 문처럼 나란히 치솟아 있다. 문 안의 산굽이는 바로 합사요이고, 문 너머로 서쪽을 가로막은 겹겹의 봉우리가 또 있다. 이곳은 송자산(松子山)이 남쪽으로 뻗어내린 등성이로서, 서쪽에서 석전(石甸)을 빙 두르고 있다. 이곳의 비탈에서 멀리 바라보노라니, 정오의 안개가 홀연 걷히는지라, 남서쪽 50리가 똑똑히 보인다.

비탈의 동쪽, 언덕의 남동쪽에 세 칸짜리 기와집이 자리하고 있다. 양쪽에는 띠집을 엮어 지어 놓았다. 이곳은 중화포이다. 이곳을 지키는 이는 안에서 두부를 팔고 있다. 탕을 끓여 식사를 했다. 문을 나서자 자욱한 안개가 서쪽에서 동쪽으로 흐르는지라, 그 남쪽 골짜기 근처의 고개는 온통 더 이상 보이지 않았다.

동쪽으로 반리를 내려가 등성이 한 곳을 넘어 그 남북 양쪽의 골짜기를 굽어보았다. 함정처럼 빙 둘러 꺼져내리고 빽빽한 나무숲이 우거져 있기에 바닥이 보이지 않았다. 그러나 틀림없이 물길은 서쪽으로 흘러 내렸다가 강교의 남북 양쪽으로 나뉘어 흘러들 것이다. 이곳 등성이는 대단히 비좁다. 동쪽으로 건너간 뒤 비탈을 오르는데, 느닷없이 소낙비 가 쏟아졌다.

빗속에서 비탈을 건너는 중에, 비가 내리자 안개는 오히려 갰다. 1리 남짓을 가서 벼랑을 감돌고 움푹 꺼진 곳을 넘었다. 이어 북쪽 봉우리 를 따르다가 남쪽 봉우리를 따라 두 차례 등성이를 건너고서야 동쪽으 로 오르기 시작했다. 북쪽 비탈을 따라 동쪽으로 1리 남짓을 갔다가, 남 쪽에 불쑥 치솟은, 가장 높은 고개를 넘자, 초소 한 채가 그 위에 자리 하고 있다. 이곳은 와방초(瓦房哨)이다.

여기에서 남쪽으로 남쪽 골짜기를 굽어보니, 골짜기 남쪽의 봉긋 솟 은 꼭대기와 평평하게 마주보고 있다. 이때 비가 개고 봉우리가 드러났 다. 다시 골짜기 남쪽의 봉긋 솟은 꼭대기가 쭉 남쪽으로 뻗어가는 것 이 보였다. 갈라져 서쪽으로 뻗어내리는 것은 곧 움푹한 평지의 남쪽을 가로지른 언덕으로서, 서쪽의 합사요와 합쳐져 문을 이루고 있다. 봉긋 솟은 꼭대기에서 동쪽으로 빙 두르고 있는 산줄기는 여전히 동쪽을 따 라 건너뻗는다. 다만 그 등성이는 약간 낮아진 채 서쪽 꼭대기만큼 높 지 않다. 하지만 모두 이곳 북쪽 비탈의 가장 높은 고개에서 동쪽으로 굽이져 내려가다가 건너뻗은 줄기이다.

그제야 도로요(都魯坳) 동쪽에서 갈라져 남쪽으로 뻗어내린 등성이는 이곳에 이르러 가운데가 불쑥 치솟는데, 갈라져 서쪽으로 뻗어 있는 것 은 중화포와 고가채(枯柯寨)의 고개이고, 굽이져 동쪽으로 뻗어내린 것은 등성이 남쪽을 건너 서쪽으로 돌아들어 불쑥 솟아 봉긋 솟은 꼭대기를 이룬다는 것을 분명히 알게 되었다. 이것이 물길이 나누어지는 정맥(正 脈)이다.

와방초에서 동쪽으로 반리를 내려갔다가 동쪽으로 등성이를 건넜다.

비로소 북쪽 골짜기가 깊은 구렁으로 꺼져내려 북동쪽에서 우전(右甸)으로 내려가는 상류를 이루고 있는 것이 보였다. 이것은 북쪽 물길이 나누어진 모습이다. 남쪽 물길은 여전히 서쪽으로 남쪽 골짜기에 흘러내린다.

다시 동쪽의 등성이 두 곳을 건너고 비좁은 고개 두 곳을 뚫고 지났다. 이어 1리를 나아가 남쪽 고개의 북쪽을 빙 둘러 올라갔다. 이곳에는 깊숙한 나무숲과 무성한 대나무가 비탈을 사이에 둔 채 움푹 꺼진 곳을 뒤덮고 있다. 대부분 북쪽 구렁 위를 빙 두르고 있다. 다시 1리를 더 가서 남쪽으로 돌아들어 그 서쪽 아래의 움푹 꺼진 곳을 넘었다. 남쪽 골짜기의 상류를 넘어 그 동쪽에서 언덕을 넘어 동쪽으로 오르고서야 비로소 남쪽으로 건너뻗은 등성이를 넘었다. 이것은 물길을 나누는 바른 줄기가 건너뻗어 서쪽으로 돌아든 것이다.

동쪽으로 1리를 더 가자, 북쪽 언덕에 초가가 자리하고 있다. 이곳은 초방초(草房哨)이다. 초방초의 동쪽에서 다시 북동쪽으로 1리를 내려가다가 약간 남동쪽으로 돌아들어 반리를 갔다. 또다시 남쪽으로 건너뻗었다가 동쪽으로 돌아드는 등성이가 나타났다. 이것은 우전의 남쪽을 빙 두른 고개가 높다랗게 이어져온 것이다.

여기에서 동쪽으로 2리 남짓을 내려가 산굽이를 지났다. 북쪽에서 흘러내린 조그마한 물길이 조그마한 시내를 이루고 있고, 조그마한 다리가 가로놓여 있다. 다리를 건너 동쪽의 언덕 한 곳을 넘어 4리를 내려갔다. 비로소 남쪽 골짜기는 시내를 이루고 있다. 동쪽의 움푹한 평지 속에 우전성이 바라보인다. 갈림길은 북동쪽의 비탈을 따라가고, 한길은 남쪽 골짜기를 따라 동쪽으로 완만하게 내려간다.

2리를 가자, 남쪽 골짜기 속에 마을이 움푹한 평지를 사이에 둔 채 자리하고 있다. 절구질하는 소리가 장단을 맞추어 들려왔다. 다시 남쪽으로 3리를 가서 비탈 어귀를 빠져나왔다. 이에 1리를 더 가서 비탈의 기슭에 닿았다. 길은 밭두둑 사이를 따라 남동쪽으로 나아갔다. 우전성이 남쪽 비탈 아래에 매달려 있는 것이 보인다. 우전의 평탄한 들판 속에는 마을이 꽤 번창하다.

사방을 빙 두른 산은 그다지 높지 않다. 이 산은 도로요에서 동쪽으로 갈라진 줄기이다. 북쪽에 가로놓인 한 갈래는 쭉 동쪽으로 뻗어 있고, 남쪽으로 갈라진 갈래는 남쪽으로 우전의 동쪽을 빙 두르고 있다. 초방초에서 남쪽으로 건너뻗은 산줄기는 동쪽으로 우전의 남쪽을 빙 두른 뒤, 우전의 남쪽 경계에서 북동쪽으로 돌아들었다가, 우전의 동쪽 경계에서 남쪽으로 빙 두른 갈래와 만난다. 우전의 물길은 동쪽으로 흘러 한데 모인 골짜기에 부딪치면서 석연(錫鉛)으로 흘러내려간다.

우전에는 신선이 산다는 별천지가 절로 이루어져 있다. 이 지역은 높기는 하지만 둥그스름하고 평탄하여, 비좁거나 움패어 있지 않다. 그래서 답답하고 뜨거운 풍토병이 없어 주민들은 강교의 독성 있는 풍토병에 대한 두려움이 없으며, 성의 민가들도 서로 의지하고 있다. 밭두둑 사이로 나아가 모두 4리를 가서 우전성(右甸城)의 북문에 들어섰다. 날이 저물어 저자의 한가운데에 있는 갈(葛)씨의 객점에 묵었다.(갈씨는 강서성 사람이다.)

우전은 영창부의 동쪽 150리, 순녕부의 서쪽 130리에 있다. 그 북동쪽 인근에 망수(莽水)라는 곳이 있으며, 바로 노당창(蘆塘廠)과 마주하고 있다. 또한 그 남서쪽 인근에는 계비(雞飛)라는 곳이 있으며, 바로 요관(姚關)과 마주하고 있다. 정남쪽으로는 만전(灣甸)과 마주하고 있고, 정북쪽으로는 박남산(博南山)과 마주하고 있으며, 정서쪽으로는 노강안무사(潞江安撫司)와 마주하고 있고, 정동쪽으로는 삼대산(三臺山)과 마주하고 있다. 수년전에 토박이들이 반란을 일으켜 이곳을 다스리던 두 명의 위관을 죽인 적이 있기에, 지금은 성을 설치하고 순녕부의 독포동지(督捕同知)를 주둔시켰다. 성은 크지 않으나 자못 높으며, 변경의 빼어난 요충지이기도 하다.

8월 초이틀

아침 일찍 일어나니 안개가 자욱하게 덮여 있다. 막 밥을 찾아 먹으려는데, 짐꾼이 달아나버렸다. 다시 대신 떠날 짐꾼을 찾았으나 오래도록 구하지 못했다. 비가 다시 이어 내렸다. 우울한 마음으로 숙소에서 종일토록 일기를 썼다.

8월 초사흘

비가 다시 부슬부슬 내리는데, 짐꾼을 구하지 못한 채 객점의 이층에 앉아 울적하게 종일토록 일기를 썼다. 이 객점의 주인인 갈씨는 저자의 거간 가운데 특출난 자이다. 그는 입으로는 짐꾼을 찾는다면서도 정작 한 번도 찾아 나서지 않은 채, 남의 곤란을 지켜보면서 즐기기만 했다.

8월 초나흘

아침에 안개가 자욱하더니 맑게 갰다. 하인 고씨와 객점 주인이 짐꾼을 찾노라 했지만, 모두 믿을 수 없어 직접 저자로 갔다. 이날은 우전의 장날이었다. 북문 안에서 남쪽의 언덕 등성이를 돌아드니, 이곳은 독포 동지의 공관이다. 공관의 문은 동쪽을 향해 있다. 그 남쪽은 남문으로 가는 거리이고, 동쪽은 굽이져 동문으로 향하는 거리이다. 두 곳 모두 정기시장이 서 있다.

나는 붐비는 인파 사이를 오가며 두 사람을 구했다. 한 사람은 짐을 지고서 순녕부까지 갈 사람이고, 다른 한 사람은 말에 짐을 싣고 석연까지 갈 사람이다. 두 사람 모두 정오에 갈씨의 숙소로 오기로 약속하고서야, 나는 되돌아왔다. 정오가 되어 석연으로 짐을 싣고 갈 사람이 먼저 왔기에 그를 쓰기로 했다. 순녕부로 갈 사람도 왔으나, 이미 때는 늦었다. 이에 식사를 한 후, 말에 짐을 싣고서 길을 나섰다.

동문을 나와 남쪽 비탈을 따라 동쪽으로 반리를 가서, 동쪽에서 뻗어오는 움푹한 평지를 넘어 조그마한 시내의 동쪽을 건넜다. 산언덕을 따라 차츰 남동쪽으로 꺾어져 나아가 4리만에 동쪽의 움푹한 평지에 이르렀다. 동쪽의 움푹한 평지는 우전 남동쪽의, 물이 떨어져내리는 움푹한 평지의 꼬리부분이다. 성 북쪽의 널따란 들판은 둥글게 남동쪽의 이 움푹한 평지로 펼쳐져 있고, 남쪽과 북쪽, 서쪽의 세 방면의 물길은 모두 합쳐져 이곳으로 흘러온다.

길은 그 서쪽 비탈을 굽어보고 있다. 여기에서 남쪽으로 돌아들어 2리 남짓을 간 뒤, 북동쪽으로 흘러드는 구렁 두 군데를 건넜다. 이어 남쪽 기슭을 따라 동쪽으로 2리 남짓을 나아가 북쪽에 불쑥 솟구친 산부리를 올라갔다. 북쪽에서 남쪽으로 빙 두른 들판 동쪽의 산은, 산부리의 한데 모인 골짜기와 더불어 마치 문처럼 서로 마주하고 있다. 들판의 물길은 그 사이에서 동쪽으로 흘러든다. 이곳이 우전 가운데 첫 번째 겹의, 동쪽을 잠그는 요지이자, 우전 동쪽의 첫 번째 겹의, 동쪽으로 빙 둘러 남쪽으로 뻗어내리는 갈래이다. 산부리를 오르는 길은 비록 가파르지는 않지만, 산꼭대기를 꿈틀꿈틀 기어가며, 지세는 실제로 대단히 높다.

산부리를 넘어 동쪽으로 약간 내려가자, 한데 모인 골짜기 너머에 또다시 움푹한 평지가 조그맣게 동쪽으로 펼쳐져 있다. 물길은 움푹한 평지의 바닥을 따라 흐르고, 길은 움푹한 평지의 남쪽 비탈의 중턱을 따라 나 있다. 동쪽으로 2리 남짓을 더 가자, 몇 채의 민가가 비탈에 기댄 채 북쪽의 움푹한 평지에 지어져 있다.

이곳을 지나 남동쪽으로 내려가자, 물길이 남쪽 골짜기에서 흘러나왔다. 이 물길을 건너 그 동쪽 비탈을 오른 뒤, 비탈의 남쪽 골짜기를 따라 남동쪽으로 올랐다. 물길은 그 언덕 북쪽에 있고, 길은 그 언덕의 남쪽을 따라 나 있는지라, 여기에서부터 비로소 물과 만나지 않았다.

다시 남동쪽의 언덕을 따라 3리를 가서 북쪽에서 뻗어내리는 움푹 꺼진 곳을 감돌아 언덕마루를 올랐다. 이곳은 옥벽령(玉壁嶺)이다. 옥벽령은 남쪽에서 북쪽으로 불쑥 솟아 있고, 동서 양쪽 모두 아래로 나뉘어 구렁을 이루고 있다. 봉우리 꼭대기에는 두세 채의 민가가 자리하고 있다. 이때 해는 아직 높이 떠 있으나, 앞길에 묵을 만한 곳이 없는지라 쉬어가기로 했다.

8월 초닷새

동틀 녘에 일어나 식사를 하고서 길을 나섰다. 밤사이의 안개가 아직도 걷히지 않았다. 고개 동쪽의 구렁을 내려와 구렁을 건넌 뒤, 남동쪽으로 1리를 올랐다. 이어 동쪽에서 뻗어오는 골짜기를 따라 그 사이에 낀 언덕의 남쪽으로 나아갔다. 동쪽으로 4리를 가서 그 북쪽으로 건너 뻗은 등성이를 넘은 뒤, 계속해서 골짜기를 따라 동쪽으로 내려가 사이에 낀 언덕의 남쪽으로 나아갔다.

2리 남짓을 갔다가 약간 내려와 북쪽에서 흘러나오는 물길을 건넜다. 다시 동쪽에서 뻗어오는 골짜기를 따라 사이에 낀 언덕의 남쪽으로 나아갔다. 동쪽으로 2리를 갔다가 그 북쪽에서 건너뻗은 등성이를 넘은 뒤, 여기에서 등성이 북쪽의, 동쪽으로 뻗어가는 갈래를 따라 동쪽으로 그 위를 나아갔다. 반리를 가자, 두세 채의 민가가 길 양쪽에 있다. 이곳은 수당초(水塘哨)이다.

여기에서 남동쪽의 산골짜기 사이를 나아가 5리만에 비탈을 내려가기 시작했다. 비탈 오른쪽에는 또 하나의 골짜기가 푹 꺼져내려 동쪽으로 뻗어내리고, 그 왼쪽에는 길이 다시 벼랑을 따라 동쪽으로 2리를 내려가다가, 서쪽의 오른쪽 골짜기 위를 굽어보고 있다. 길의 왼쪽이 갑자기 꺼져내려 구덩이를 이룬 채 함정처럼 두 길이나 꺼져내렸다. 물이 고여 있는 바닥은 두 길의 길이에 너비는 여덟 자이다. 좁은 곳은 겨우

두 자인데, 마치 비파 모양으로 깊이 움패어 있다. 구덩이의 왼쪽은 까마득한 절벽에 기대어 있고, 오른쪽은 잔도를 사이에 두고 있으며, 바깥쪽은 곧 깊은 골짜기가 아래로 빙 두르고 있다. 이 물이 어떻게 이곳에 고이게 되었는지 알 길이 없다.

그 남쪽에서 반리를 더 가서 산부리를 타고서 반리를 오르내렸다. 왼쪽 벼랑의 가장자리가 마침내 끝나고, 오른쪽 골짜기가 뻗어와 그 앞을 빙 두르고 있다. 왼쪽 벼랑이 끝나는 곳을 되돌아보니, 수많은 바위들이 벼랑을 빙 두르고 있는데, 영락없이 꽃이 한데 모여 있는 듯하다. 오른쪽 벼랑의 서쪽에 줄지은 커다란 산 역시 겹겹의 나무 사이로 병풍처럼 깎아지른 듯 매달려 있다. 그윽하고 기이하기 그지없다.

골짜기 바닥에서 다시 남동쪽으로 2리를 더 가자, 골짜기 너머는 문처럼 바짝 조여든다. 문을 헤치고서 남쪽으로 나와 약간 동쪽으로 돌아들어 비탈을 내려가 반리를 갔다. 물길은 동쪽에서 굽이져 서쪽으로 흐르고, 커다란 나무가 그 위에 가로걸쳐 있다. 남쪽으로 나무를 건넜다. 이곳은 대교(大橋)이다. 대교 아래의 물은 곧 우전의 하류이다. 이 물길은 동쪽으로 흐르다가 남쪽으로 돌아든 뒤, 이곳에 이르러 서쪽으로 꺾여 다리를 지났다가 서쪽 벼랑을 감돌아 남쪽으로 흘러간다. 어느덧 넓고 힘찬 물길을 이루고 있다.

다리 남쪽에 물길을 따라 이어진 골짜기에는 온통 물길을 따라 밭이 펼쳐져 있다. 서너 채의 민가가 다리 남동쪽의 비탈 위에 기대어 있고, 쉬면서 밥을 지어먹는 객사가 있다. 이곳은 우전 가운데 두 번째 겹의, 동쪽을 잠그는 요지이자, 우전 동쪽의 두 번째 겹의, 동쪽으로 빙 둘러 남쪽으로 뻗어내리는 갈래이다. 이 갈래는 남동쪽으로 뻗어가는 주요 등성이(우전)와 마주하여 골짜기를 이루고, 시내를 사이에 낀 채 남쪽으로 뻗어간다.

다리 남쪽에서 곧바로 남동쪽의 비탈을 올랐다. 물은 골짜기를 따라 쭉 남쪽으로 흘러가고, 길은 비탈을 타고서 남동쪽으로 뻗어오른다. 단숨에 2리를 올라 고갯마루에 이르렀다. 서쪽으로 시내를 끼고 있는 산을 바라보니, 약간 남쪽에 골짜기를 가르면서 서쪽에서 흘러오는 물길이 있다. 이것은 수당초에서 서쪽으로 흘러내리는 물길이다. 그 남쪽에 물길을 사이에 끼고 있는 한 갈래 역시 이곳에 이르러 동쪽으로 끝나고, 그 위에는 산채가 빙 둘러 있다.

그곳에서 더 남쪽에 한 갈래가 홀로 우뚝 솟구쳐 있고, 위에는 층층의 봉우리들이 솟아 있다. 이곳은 두위산(杜偉山)이다. 이것은 우전의 남동쪽에서 뻗어오는 주 등성이이다. 초방초에서 건너뻗은 줄기가 이곳에 이르러 다시 높다랗게 솟구친 뒤, 돌아들어 남쪽으로 쭉 뻗어가면서 동쪽으로 이 시내를 사이에 끼고 있다. 이 등성이는 남동쪽으로 뻗어내리는 주봉(主峰)인데, 운주에서 남쪽으로 뻗어내려 난창강과 노강을 나누는 등성이로서, 교지 남쪽까지 곧장 뻗어내린다. 바라보는 이곳은 여전히 산채가 빙 둘러있는 꼭대기의 북동쪽에 있다.

여기에서 다시 구불구불 남쪽으로 향하여 시내를 끼고서 차츰 올랐다. 2리를 더 가서 시내 너머로 산채가 빙 둘러있는 꼭대기와 마주했다. 다시 2리를 더 가서 비탈을 타고 남쪽으로 내려왔다. 움푹 꺼진 곳을 뚫고서 동쪽으로 나아가자, 그 동쪽이 또 꺼져내려 조그마한 구덩이를 이루고 있다. 조그마한 구덩이를 내려가 건넜다.

1리를 가서 남쪽의, 동쪽 비탈이 서쪽으로 빙 두르고 있는 움푹 꺼진 곳을 넘었다. 1리를 더 가자, 몇 채의 민가가 동쪽 비탈에 기댄 채 자리하고 있다. 그 동쪽에는 북동쪽에서 흘러오는 한 줄기 시내가 민가가 자리하고 있는 비탈을 빙글 에돌아 서쪽 골짜기로 흘러든다. 북쪽에서 남쪽으로 흘러내리는 서쪽 골짜기의 물길은 이 시냇물과 나란히 흐르다가 비탈 남쪽에서 합쳐진다.

이 비탈의 민가는 꽤 번창하다. 이곳은 소교(小橋)로서, 정서쪽의 두위산과 마주하고 있다. 멀리 두위산을 바라보니, 북서쪽에서 뻗어오다가 이곳에 이르러 남쪽으로 돌아든다. 이 가운데 팔로 안듯 남서쪽으로 감싸여 있는 곳은 모두 만전주(灣甸州)의 관할지역이며, 물길 역시 모두 남서쪽으로 흐른다. 반면 그 북쪽 골짜기와 산채가 빙 둘러있는 꼭대기가 나란히 동쪽으로 뻗어나간 곳은 순녕부의 관할지역이며, 물길은 모두 남동쪽으로 흐른다. 그러므로 이 산은 참으로 이 지역의 명산이자, 순녕부와 만전주를 동서로 경계짓는 산이다.

마을의 민가에서 식사를 하는데, 큰비가 또 내렸다. 한참 뒤에 길을 나서, 비탈에서 동쪽으로 내려와 북쪽에서 흘러오는 시내를 건넜다. 조그마한 다리가 그 위에 걸쳐져 있다. '조그맣다'고 한 것은 커다란 시내의 다리와 구별하기 위함이다.

다시 남동쪽으로 올라, 시내 너머로 두위산을 마주하면서 남쪽으로 나아갔다. 아래로 서쪽 골짜기의 바닥을 굽어보니, 두 줄기의 물길이 서로 합쳐진 뒤 구렁을 감돌아 남쪽으로 흘러간다. 이 산은 우전 동쪽의 세 번째 겹의, 동쪽으로 빙 둘러 남쪽으로 뻗어내리는 갈래로서, 석연의 산줄기를 이루고 있다.

남쪽으로 5리를 갔다. 고개 너머 왼쪽에는 고개 동쪽 근처의 골짜기가 꺼져내린 구덩이가 보인다. 그곳의 먼 봉우리는 다시 빙 둘러 솟구친 채 동쪽으로 뻗어가는데, 일부는 나뉘어 남쪽으로 뻗어간다. 고개 너머 오른쪽에는 고개 서쪽 근처의 골짜기가 보인다. 서쪽의 시내가 골짜기 바닥을 감돌아 흐르고, 두위산이 나란히 뻗어 있다.

이렇게 2리만에 그 남쪽 비탈을 내려왔다. 구렁을 감돌아 서쪽으로 돌아들기도 하고, 움푹 꺼진 곳을 넘어 동쪽으로 꺾어지기도 하면서, 오르락내리락 5리를 더 가자, 두세 채의 민가가 움푹 꺼진 곳에 자리하고 있다. 이곳은 토위초(兎威哨)이다.

여기에서 그 동쪽의 비탈을 다시 올랐다. 동서 양쪽의 구렁이 모두 한 눈에 들어온다. 서쪽 구렁은 서쪽 기슭에 바짝 다가선 채 기다랗게 펼쳐져 있는데, 두위산의 서쪽 병풍인 셈이다. 동쪽 구렁은 멀리 동쪽 골짜기를 감도는데, 그 아래는 무더기져 모여 있으나 바닥은 보이지 않는다. 그 북동쪽에는 약간의 구름 같은 것이 떠 있다. 이곳은 강(난창강)을 끼고서 남동쪽으로 뻗어 있는 고개이다. 정동쪽에는 남쪽으로 에워싸고 있는 갈래가 있다. 이것의 가운데 산자락이 순녕부의 산줄기이다.

고개에서 차츰 내려왔다. 왼쪽 혹은 오른쪽으로 가다보니, 고개 등성이는 차츰 비좁아진다. 4리를 가서야 비로소 동쪽의 움푹한 평지 속을 흐르고 있는 시내가 보였다. 골짜기의 바닥을 빙 둘러 꺾어들자, 서쪽 골짜기와 흡사하다. 서쪽 경계 너머의 산은 두위산 꼭대기의 남쪽에서부터 산세가 차츰 낮아져 남쪽으로 에돌았다가, 동쪽으로 돌아들어 그 앞을 빙 두르고 있다. 반면 동쪽 경계 너머의 산은 남쪽으로 쭉 뻗어가다가, 동쪽으로 돌아들어 앞을 빙 두르고 있는 고개와 합쳐진다.

동서 양쪽의 골짜기를 흐르는 물길에 대해 물어보니, 석연 앞쪽에서 합쳐졌다가 남동쪽의, 한데 치솟은 골짜기를 따라 흘러간다. 순녕부로 가는 길을 물어보니, 동쪽 경계의 고개를 넘어 나아간다. 앞쪽 산의 남쪽에 빙 두른 고개를 넘어가는 길이 있다. 이 길은 맹동(猛峒)으로 가는 길로서, 랍석(獵昔)과 맹타(猛打)에서 강을 건너 흥륭창(興隆廠)에 이르는 길이다.

여기에서 언덕 등성이를 따라 동쪽으로 돌아들어 나아갔다. 대단히 비좁은 이 등성이를 타고서, 2리를 더 나아갔다. 서쪽 골짜기의 시내는 남쪽 기슭에 바짝 붙은 채 흘러오고, 동쪽 골짜기의 시내 역시 가까이에서 나란히 흐른다. 마치 담 위를 걷는 듯했다.

동쪽으로 2리를 더 갔다가 남동쪽으로 2리를 더 가자, 비탈은 끝나고 석연의 마을이 비탈에 기대어 있다. 이곳은 우전의 동쪽 갈래가 남쪽으로 뻗어내린, 세 번째 겹이 끝나는 곳이다. 그 앞쪽에서는 동서 양쪽의 시내가 만나고, 그 만나는 곳의 북쪽 물가에 온천이 자리하고 있다. 물은 얕고 나무가 그 사방을 빙 두르고 있는데, 금계촌(金雞村)의 영평(永平)처럼 집이 지어져 있지도 않고, 등월주(騰越州)의 좌소(左所)처럼 돌판이 있지도 않지만, 두 물길이 합쳐지는 사이에 이 온천만 홀로 있으니, 이 또한 기이한 경관이다.

이날 오후에 마방이 있는 곳에 이르러, 그곳 여인숙에 묵기로 했다. 먼저 짐꾼 한 사람을 구하려 했는데, 부르는 값이 너무 비쌌다. 그러나 어쩔 수 없는지라 그가 요구하는 대로 주기로 했다. 남쪽의 공관에 들어섰다. 이곳은 석연역(錫鉛驛)이다. (옛『지』에 따르면 '습겸習謙'이라 했는데, 토박이들은 주석과 철이 생산되기에 '석연'이라 일컫는다.) 객점으로 돌아와 식사를 하고서, 서둘러 남쪽의 공관 옆을 따라가 온천에서 목욕을 했다. 저물녘에 되돌아와 잠자리에 누웠다.

8월 초엿새

아침 일찍 일어나 식사를 했다. 그 짐꾼이 왔기에 돈을 지불하고서 짐을 정리하여 길을 떠나려 했다. 그런데 밥 한 꾸러미를 그의 짐에 얹자, 느닷없이 짐을 팽개쳐버린 채 떠나버렸다. 이로 인해 끝내 길을 떠나지 못했다. 이에 나는 동쪽 시내를 이리저리 거닐었다. 커다란 나무가 그 시내위에 가로놓여 있다. 이것은 곧 순녕부로 가는 길이다.

계속해서 서쪽의 공관에 올랐다가 그 남서쪽에서 서쪽의 시내로 내려갔다. 이곳은 맹동으로 가는 길이다. 북쪽 언덕에 띠집이 한데 모여 있다. 이곳은 석연의 저자이다. 짐꾼을 구하려고 물어보니, 역시 요구하는 가격이 몹시 비싼데다 내일에야 떠날 수 있다고 한다. 객점으로 돌아와 일기를 썼다.

8월 초이레

전날 짐을 팽개치고 가버렸던 자가 다시 왔기에, 식사를 하고서 그와 함께 길을 나섰다. 공관에서 동쪽으로 내려가 동쪽 시내의 외나무다리를 건넌 뒤, 동쪽의 비탈을 올랐다. 반리를 가서 완만하게 비탈 위를 나아갔다가, 움푹 꺼진 곳의 남쪽으로 혹은 북쪽으로 나아갔다. 남북 양쪽은 온통 깊은 구덩이투성이이며, 길은 그 가운데로 뚫려 있다.

동쪽으로 2리 남짓을 가서 남쪽 벼랑을 따라 북쪽으로 돌아들어 반리를 갔다. 서쪽으로 불쑥 튀어나온 움푹 꺼진 곳을 반리를 갔다가, 동쪽의 고개를 넘어 남쪽으로 반리만에 남쪽 벼랑 위로 나왔다. 벼랑에서 바라보니, 남쪽에는 구렁이 커다랗게 펼쳐져 있다. 구렁 속에는 여러 갈래가 무너진 채 겹쳐 있고, 나무가 무성하게 가리고 있는데, 모두 벼랑 아래에 드러나 있다. 석연의 남쪽 산에는 그 남쪽에 겹쳐진 또 한 갈래가 남동쪽으로 에돌아 뻗어내려 이 구렁을 펼치고 있다. 올라왔던 산의 동쪽은 동쪽의 커다란 산에서 갈라졌다가, 서쪽의 이 언덕으로 불쑥 솟구쳐 석연 동쪽의 요새를 이루고, 남서쪽으로는 남쪽 산에 바짝 다가서 있다. 그 사이로 흘러내리는 물은 대단히 죄어들었다가, 이곳에 이르러 동쪽 구렁으로 흘러나오기 시작한다.

남쪽을 굽어보고 북쪽에 기댄 채 2리를 더 나아갔다. 언덕의 북쪽은 움팬 채 동서로 움푹한 평지를 이루고 있으며, 졸졸 흐르는 물소리가 들려왔다. 나는 서쪽으로 석연의 동쪽 시내로 뻗어내릴 것이라고 여겼다. 그런데 북쪽에 기대어 있는 고개를 따라 이미 등성이가 나뉘어 있으며, 이 움푹한 평지 또한 남동쪽으로 뻗어내릴 줄이야 어찌 알았겠는가?

이리하여 반대로 비탈에 기댄 채 북쪽으로 내려가 반리만에 다리 한 곳을 건너고 움푹한 평지 속의 물길을 건넜다. 이곳은 맹우(孟祐)의 서쪽 시내이다. 이 시냇물은 남쪽으로 앞쪽의 움푹한 평지로 흘러나가, 맹우의 남쪽에서 석연의 물길과 합쳐진다. 이 물길은 맹우하(孟祐河)라고 한다. 산골물의 동쪽에 마을의 민가가 겹겹이 나타나고, 북쪽에서 뻗어나온 비탈이 마을 가운데에 매달려 있다.

1리를 가서 동쪽의 비탈 위로 오르니, 비탈에 자리하여 사는 민가들이 매우 많다. 다시 동쪽으로 돌아들었다가 비탈 한 곳을 감돌아 1리를 가자, 또다시 민가가 비탈에 자리하고 있다. 이곳은 모두들 맹우촌(孟祐

村)이라 말하는 곳이다. 이곳은 우전의 동쪽 갈래가 남쪽으로 뻗어내린, 네 번째 겹이 끝나는 곳이다.

여기에서 동쪽의 움푹한 평지에서 흘러나온 또 한 줄기의 시내가 움푹한 평지를 빙 둘러 앞으로 흘러가다가, 서쪽 시내와 엇갈려 남쪽 구렁 속을 휘감아돈다. 남쪽 구렁은 평탄하게 트인 채, 남쪽으로 남쪽 산 아래에 이르고, 석연의 물길은 그 북쪽 기슭을 따라 흐르다가 골짜기에 부딪치면서 남동쪽으로 흘러간다. 남동쪽으로 펼쳐진 골짜기는 대단히 멀고, 시냇물은 그 사이를 굽이굽이 흘러 곧바로 운주의 옛 성에 이른다.

마을의 동쪽에서 곧바로 골짜기를 따라 북쪽으로 동쪽의 움푹한 평지에 들어섰다. 동쪽으로 1리를 내려가서 골짜기 속의 다리를 건넜다. 이 다리는 시내 위에 동서로 걸쳐져 있고, 위에 정자를 지어놓았다. 다리 안쪽의 커다란 물길은 북동쪽에서 골짜기를 뚫고 흘러나오고, 다리 바깥쪽의 조그마한 물길은 남동쪽에서 골짜기를 뚫고 흘러나온다.

다리를 지나 동쪽으로 나아가 서쪽 자락의 고개 위를 따라갔다. 이 오르막길은 몹시 가파르고 구불구불한 층계는 까마득하다. 왼쪽으로 꺾어지자 왼쪽 골짜기가 굽어보이고, 오른쪽으로 꺾어지자 오른쪽 골짜기가 굽어보인다. 울창한 나무와 뒤덮인 등나무는, 마치 장막이 이어지고 비췻빛이 끌어당기는 듯, 위아래는 빽빽이 가리고 좌우는 겹겹이 뒤바뀐 채 끝없이 이어져 있다.

5리를 가자 차츰 완만해졌다. 왼쪽 비탈을 따르기도 하고 오른쪽 비탈을 따르기도 하며, 가운데 등성이를 타기도 했다. 등성이는 몹시 비좁고, 좌우 아래로 굽어보이는 것 역시 앞쪽과 다름이 없다. 3리를 더 가서 비탈의 오른쪽을 따라 약간 내려갔다. 약 1리만에 등성이의 움푹 꺼진 곳을 넘어 동쪽으로 갔다가, 비탈의 왼쪽을 따라 올라갔다.

1리를 가서 남쪽 비탈의 위에 이르렀다. 여기에서 맹우와 석연의 여러 산을 되돌아보니, 층층이 두르고 겹겹이 에워싸인 채, 산 너머로 또 산이 보인다. 나는 처음에 석연의 서쪽 고개가 자못 낮은데, 어찌하여 맹동으로 가는 길이 서쪽으로 그곳의 움푹 꺼진 곳을 거치지 않고 남쪽으로 그곳의 봉우리를 오르는 걸까 의아하게 생각했다. 또한 만전의 경계가 이미 동쪽의 맹동을 기준으로 한다면, 맹동 이북과 두위산 이남의 경우 그 서쪽은 어떤 상태일까 의아했다.

이곳에 이르러 멀리 서쪽 고개를 바라보니, 또 한 겹의 높다란 봉우리가 서쪽으로 팔을 둘러 감싸고 있다. 대체로 고가(枯柯)의 동쪽 고개의 주봉이 남쪽으로 건너뻗은 줄기 가운데, 와방초(瓦房哨)에서 동쪽으로 건너뻗은 등성이는 남서쪽으로 뻗어내린다. 그 뻗어내린 산세는 오히려 높아지더니, 영창의 물길을 낀 채로 남쪽의 합사요(哈思坳)로 뻗어내리고, 합사요 남쪽의 그 산줄기는 여전히 끝나지 않는다. 따라서 역등(亦登), 온판(溫板), 계비(雞飛) 등, 이 등성이의 서쪽에 있는 곳은 여전히 순녕부에 속한다.

그 남쪽은 곧 동쪽의 두위산과 더불어 초방초에서 건너뻗은 등성이가 의자의 팔걸이처럼 빙 둘러싸고 있다. 그 가운데에는 온통 어지러이 한데 모인 산들이 남동쪽으로 쭉 뻗어내리다가, 맹동 서쪽의 움푹 꺼진 곳이 낮아지는 곳에서 훤히 트여 골짜기 바닥을 이룬다. 그 서쪽이 바로 골짜기가 훤히 트이기 시작하는 곳이고, 남쪽으로 30리를 뻗어내려 간 후에 맹동에 닿는다. (맹동은 인구가 많고 물자가 풍부한데, 그곳이 만전의 관할지에 속하기 때문이다.) 이것이 정서쪽으로 멀리 바라보이는 것이다.

정남쪽은 앞쪽에 끼어 있는 꼭대기이다. 이곳에 이르니 높이가 같아 평평하지만, 그 너머를 굽어볼 수 없다. 정북쪽은 비탈이 가로막고 있다. 정동쪽은 가로뻗은 줄기가 갈라지는 곳이다. 오직 북동쪽에서 빙 둘러 뻗어오는 남쪽 골짜기만 보일 따름이다.

다시 동쪽으로 5리 남짓을 오르자, 비탈의 등성이가 가운데에 구유 모양을 이룬 채 끼어 있다. 길은 구유 모양의 길을 따라 1리 남짓을 가서 그 동쪽으로 뚫고 나왔다. 등성이는 북쪽으로 돌아든다. 그 아래의 오른쪽 구렁은 처음처럼 빙 둘러 모여 있고, 왼쪽의 골짜기는 푹 꺼져

내려 남쪽으로 뻗어내린 구덩이를 이루고 있다. 길은 등성이를 따라 북쪽으로 돌아들었다.

1리를 더 가자, 등성이 동쪽에는 봉우리가 가운데로 불쑥 솟구쳐 있다. 조금 더 올라가자, 밥을 지어먹는 공관이 서쪽을 향해 봉우리에 기댄 채 치솟아 있다. 편액에는 '금마웅관(金馬雄關)'이라 씌어져 있다. 앞쪽에 두 채의 집이 있다. 이곳은 '당보(塘報)'(역참 기관이나 역참의 주둔병과 같은 것이다)라는 곳이다. 두부를 팔고 나그네에게 식사를 제공한다고 한다.

식사를 하고서 공관의 왼쪽에서 동쪽으로 반리를 더 가서, 북쪽으로 돌아들어 움푹 꺼진 곳을 가로질렀다. 그 서쪽 봉우리는 방금 밥을 지어먹었던 공관이 기대어 있는 곳이고, 이곳은 그 뒤쪽의 산줄기가 건너뻗은 곳인데, 동쪽의 봉우리와의 사이에 움푹 꺼진 곳을 이루고 있다.

움푹 꺼진 곳에서 북쪽으로 반리를 가로지른 뒤, 곧바로 동쪽으로 돌아들어 건너뻗은 산줄기의 동쪽 봉우리의 북쪽을 끼고서 동쪽으로 내려갔다. 반리를 가서 북쪽 구렁의 위를 굽어보다가, 양쪽에 끼어 있는 구유 모양의 길로 빙글 돌아 들어섰다. 양쪽 벼랑은 칼로 잘라낸 듯하고, 가운데는 움패어 겨우 세 자밖에 통하지 않으나, 바닥은 대단히 평평하다. 구유 모양의 길 위에는 빽빽한 나무가 얽힌 채 뒤덮고 있다.

반리를 가자, 그 위에 두 그루의 나무가 넘어진 채 잇달아 걸쳐져 있다. 마치 다리 아래를 따라 내려가듯 나아갔다. 1리를 더 가자, 걸쳐진 나무는 거대하고도 낮은지라, 반드시 허리를 굽힌 채 엎드려 지나야만 했다. 구유 모양의 길 남쪽의 틈새로 때때로 서쪽으로 꺼져내린 골짜기가 보이고, 맨 뒤쪽에도 구유 모양의 길 북쪽의 골짜기가 서쪽으로 꺼져내리는 것이 보인다.

모두 2리를 가서 약간 동쪽으로 올라가 등성이를 넘어 남쪽으로 돌아들자, 나무를 엮어 만든 문이 고개 동쪽에 자리잡고 있다. 이곳은 백사포초(白沙鋪哨)이다. 이곳은 남쪽으로 건너뻗은 등성이로서, 우전의 동쪽 갈래가 남쪽으로 뻗어내린 다섯 번째 겹이다.

이 산갈래는 유난히 길다. 즉 서쪽으로 갈라진 네 번째 갈래를 옆에 끼고서 안으로 감싸안았다가, 남쪽으로 건너뻗어 남동쪽으로 뻗어있으며, 우전 남쪽의 두위산의 등성이와 더불어 서쪽의 맹우하(孟祐河)를 사이에 낀 채 운주의 옛 성의 서쪽으로 뻗어나온다. 또한 여섯 번째 겹의, 난창강의 남쪽 벼랑을 따르는 등성이와 더불어 동쪽의 순녕하(順寧河)를 사이에 낀 채 운주의 옛 성의 동쪽으로 뻗어나온다. 여기에서 남쪽으로 건너뻗어 남서쪽으로 에돌았다가 남동쪽으로 꺾어져 뻗어내리는데, 동쪽으로 불쑥 솟구쳐 순녕부의 부성을 이루고, 다시 남동쪽으로 나아가 운주의 옛 성에서 끝난다.

백사포초의 문에서 남쪽으로 약간 내려가자, 문득 졸졸거리는 물소리가 들려온다. 물길은 남서쪽의 갈라진 골짜기에서 흘러내려 곧장 북동쪽의 구덩이로 떨어져내린다. 길은 그 남쪽에서 동쪽으로 뻗어내리며, 구유가 끼어 있는 듯하다.

그 사이로 꺼져내려 2리 남짓만에 구유 모양의 길을 빠져나와 동쪽의 언덕 등성이 위를 나아갔다. 여기에서 북쪽 구렁의 북쪽이 보인다. 즉 난창강 남쪽 언덕의 산이 동쪽을 에돌아 남쪽으로 에워싸고 있다. 이 산은 주봉(主峰) 동쪽의 여섯 번째 갈래로서, 병풍처럼 순녕하의 동쪽에 뻗어 있다. 오늘날 동산(東山)이라고 일컬으며, 곧 『지』에서 일컫는 바의 아무개 산이다.

이 등성이가 남쪽의 운주에 이르러, 남서쪽으로 불쑥 솟구친 것은 새로운 성의 서쪽에서 끝나고, 북동쪽의 모가초(茅家哨)에서 건너뻗어 남쪽으로 뻗어가는 것은 운주의 옛 성에서 합쳐진 두 물길이 동쪽으로 흘러내려 난창강으로 흘러드는 곳에서 끝난다. 남쪽 구렁의 남쪽, 즉 이 백사척(白沙脊)은 남쪽으로 건너뻗었다가 동쪽으로 돌아들어, 주봉 동쪽의 다섯 번째 갈래를 이루고, 순녕부 부성의 서쪽으로 병풍처럼 뻗어 있다. 오늘날 서산(西山)이라 일컬으며, 곧 『지』에서 일컫는 바의 아무개 산이다.

양쪽의 산 사이의 움푹한 평지는 남동쪽으로 뻗어가고, 순녕부의 부성은 그 가운데의 서산 아래에 웅크리고 있다. 북서쪽으로 동산을 감돌고 있는 움푹 꺼진 곳은 삼대산(三臺山)에서 강을 건너는 한길이며, 남동쪽의 움푹한 평지가 끝나는 틈새에는 바로 운주가 있다. 이것이 너른 들판의 대략적인 형세이다. 너른 들판이 비스듬히 기울어 있으니, 평평하게 펼쳐져 있는 영창부나 등월주와는 다르다고 할 수 있다.

언덕을 따라 완만하게 2리를 나아간 뒤 약간 1리를 내려가자, 앞쪽에 봉우리 하나가 길 가운데에 불쑥 솟구쳐 있다. 그곳의 움푹 꺼진 곳을 가로질러 올라 약 1리를 가자, 한두 채의 민가가 비탈 동쪽에 기대어 있다. 이곳은 망성관(望城關)이다. 남동쪽의 구렁에서 부성을 바라볼 수 있기에 붙여진 이름이다.

여기에서 다시 구불구불 비탈을 내려가 10리만에 비탈 아래에 이르렀다. 이어 동쪽의 한길로 나와 두 차례 조그마한 다리를 건넌 뒤, 비탈 한 군데를 올라 약 2리만에 부성의 새로운 성의 북문에 들어섰다. 남쪽으로 부성의 치소 앞을 지나 동쪽 거리로 약간 돌아들자, 저자가 그곳에 있다.

다시 남쪽으로 비탈 한 군데를 넘어 남문을 나와 반리를 가서 용천사(龍泉寺)에 들어섰다. 절의 문은 동쪽을 향해 있다. 이곳은 옛 성이라고 일컫지만, 실제로 성은 없다. 이때 절 안에서 열린 불경 강좌가 막 끝난지라, 스님과 속인들이 와자지껄 시끄럽다. 내가 들어섰을 때 마침 소식(素食)을 하고 있기에, 배불리 먹은 뒤 절 안에 짐을 부렸다.

8월 초여드레

아침 일찍 일어나 불전 뒤의 정실(靜室)에서 불경을 강론한 법사를 만나러 갔다. 그러나 마침 참선중인지라 뵙지 못한 채 나왔다. 나는 이때 운주로 걸음을 재촉할 작정이었다. 운주에는 몽화부(蒙化府)로 갈 수 있는 길이 있기 때문이다. 여기에서 가려면 짐꾼을 고용하기가 여전히 어려우니, 차라리 순녕부로 되돌아가 이틀간 짐을 줄이는 것이 낫겠다고 생각했다.

이에 짐을 주지인 달주(達周) 법사께 맡기고, 가벼운 옷차림으로 하인과 함께 나아갔다. 달주 법사는 식사하고 가라고 나를 붙들었다. 오전에야 절 앞을 나와 동쪽의 조그마한 시내를 따라 너른 들판 사이를 내려갔다. 1리를 가서 정자가 딸린 다리를 건넌 뒤, 동쪽에 줄지은 산기슭을 따라 남쪽으로 나아갔다.

3리를 가서 서쪽으로 불쑥 치솟은 비탈을 약간 오르자, 마을이 길 양쪽에 자리하고 있고, 보광사(普光寺)가 동산에 기댄 채 서쪽을 향해 있다. 다시 남동쪽으로 반리를 가서 아래로 조그마한 산골물을 건넜다. 이어 남쪽의 비탈을 오르는데, 민가가 끊이지 않고 이어져 있다. 잠시 후 이곳 산의 동쪽 골짜기를 타고 들어가자, 조그마한 물길이 동쪽 구렁에서 흘러온다.이 물길을 건넜다.

다시 남동쪽의 비탈 한 군데를 넘어 5리를 갔다. 커다란 시냇물이 서쪽에서 동쪽으로 꺾어지는데, 정자가 딸린 다리(귀화교歸化橋라고 한다)가 있다. 다리를 건넜다. 다리 아래의 물은 기세 좋게 흘러간다. 다리 남쪽에서 1리 남짓을 가서 차츰 남서쪽으로 동쪽에 불쑥 솟구친 비탈을 올랐다. 1리를 올라가자, 마을이 길 양쪽에 자리하고 있다. 서산에 기댄 채 동쪽을 향하여 기다란 가마가 서쪽 비탈에 높이 기대어 있다. 동쪽은 내려가고 서쪽은 올라가 있다. 이곳은 와관요(瓦罐窯)이다.

그곳 남쪽에서 다시 동쪽으로 불쑥 솟구친 등성이를 넘었다. 1리 남짓을 가서 동쪽으로 빠져나가는 골짜기를 남동쪽으로 1리쯤 내려갔다. 이어 남동쪽으로 올라 서쪽에 줄지은 산기슭을 따라 남쪽으로 나아갔다. 두 차례를 오르내리면서 5리를 가자, 한두 채의 민가가 동쪽으로 불쑥 솟구친 비탈에 기대어 있고, 비탈 사이에 조그마한 못이 있다. 이곳은 압자당(鴨子塘)이다.

남동쪽으로 5리를 더 가자, 언덕마루에 마을이 서쪽 언덕에 기댄 채 동쪽을 향해 있다. 이곳은 상장(象莊)이다. 아직 유관(流官)을 두지 않았을 적에 토박이 우두머리인 맹정서(猛廷瑞)가 코끼리를 기르던 곳이다. 마을 남쪽에서 약간 꺾어져 내려와 1리를 가서 산골물을 건넜다. 이 산골물은 언덕에 높다랗게 매달린 채 동쪽으로 흘러내리고, 언덕의 서쪽 산이 골짜기를 빙 두르고 있다.

다시 남동쪽으로 2리를 올라, 그 동쪽으로 불쑥 솟구친 언덕을 넘어 감돌아서 남서쪽으로 내려갔다. 2리를 가서 서쪽의 움푹 꺼진 곳 아래에 이르러 꺾어진 뒤, 남쪽 언덕을 따라 동쪽으로 올랐다. 산부리를 감돌아 남쪽으로 나아가 6리를 가자, 패방이 길 왼편에 기대어 있고, 그 위에 안락촌(安樂村)이라는 마을이 있다.

남동쪽으로 4리를 더 가서 약간 내려가자, 마을이 서쪽의 비탈에 기댄 채 동쪽을 향해 있다. 이곳은 녹당(鹿塘)이다. 귀화교에서 시내의 오른쪽으로 건넜다. 서쪽에 줄지은 산을 따라 나아가는데, 그 남쪽의 갈래진 봉우리가 동쪽으로 불쑥 솟아있고, 시냇물은 골짜기 사이를 감돌아 흐른다.

녹당에 이르자, 그 아래의 구렁은 약간 감돌더니 훤히 트이고, 밭두둑이 더욱 많아졌다. 동서 양쪽의 산에 자리하고 있는 마을의 민가는 대단히 흥성하다. 서쪽 비탈의 녹당이 더욱 으뜸이라 한다. 이때 날은 겨우 오후였지만, 앞쪽에 묵을 객점이 없기에 이곳에 머무르기로 했다. 객점의 이층에서 일기를 썼다.

8월 초아흐레

날이 밝자 식사를 하고서 길을 떠났다. 계속해서 서쪽에 줄지은 산을 따라 남쪽으로 나아갔다. 8리를 가자, 서쪽에 줄지은 산이 갑자기 가로로 불쑥 솟아 동쪽으로 뻗어있다. 커다란 시내는 북동쪽으로 꺾어져 골짜기로 흘러드는데, 남서쪽의 산겨드랑이에서 흘러온 조그마한 시내가 합쳐진다.

이에 커다란 시내를 벗어나 조그마한 시내를 거슬러 남쪽으로 반리를 갔다. 이어 동쪽의 조그마한 시내 위의 돌다리를 건넜다. 남쪽으로 반리를 가자, 서너 채의 민가가 있는 마을이 남쪽 산의 동쪽의 움푹 꺼진 곳에 기대어 있다. 남쪽 산에서 서쪽의 움푹 꺼진 곳을 넘어올라 1리만에 남쪽으로 동쪽에 불쑥 솟구친 등성이를 올랐다. 세 칸짜리 띠집이 등성이 사이에 자리하고 있다. 이곳은 파변관(把邊關)이다. 두세 채의 민가가 그 옆에 자리하고 있다. 곧 서산이 동쪽으로 불쑥 솟구친 곳이다. 시냇물은 그 동쪽 골짜기를 에둘러 남쪽으로 흐른다.

파변관 남쪽에서 골짜기 속으로 내려와 반리만에 골짜기를 지났다. 이어 서산을 따라 나아가자, 동쪽의 시냇물이 그 동쪽에서 골짜기를 꿰뚫고서 남쪽으로 흘러나온다. 1리를 더 내려가자, 시냇물은 남서쪽에서 흘러오고, 길은 남동쪽의 시내 위에 다가서 있다.

서쪽으로 굽이진 골짜기를 두 번 감돌았다가 약간 올라 1리를 가자, 길 오른쪽의 언덕 위에 마을이 자리하고 있다. 다시 남쪽으로 1리를 가서 약간 내려가다가 서쪽의 산굽이를 두 번 감돌았다. 이어 남쪽으로 바위산이 동쪽으로 뻗어있는 등성이를 넘은 뒤, 남동쪽으로 비탈의 밭두둑 사이를 나아갔다. 1리 남짓을 나아갔다가 동쪽의 불쑥 솟구친 비탈을 약간 올라가, 남동쪽으로 그 산부리를 감돌았다.

1리 남짓을 가자, 길은 두 갈래로 나뉜다. 남동쪽으로 골짜기를 내려가는 갈림길은 시내를 건너 새로운 성으로 가는 길이고, 남서쪽으로 고개를 따르는 갈림길은 옹계(翁溪)에서 옛 성으로 가는 길이다. 대체로 새로운 성으로 가는 길은 시내 동쪽의 골짜기를 따라 나아가고, 옛 성으로 가는 길은 시내 서쪽의 벼랑 중턱을 따라 나아간다.

이때 골짜기 속의 시내에 걸린 다리는 이미 불어난 물에 씻겨가 버렸다. 어쩔 수 없이 옹계를 따라 시내를 건너야 했으나, 물살이 거세어 건너기 어려웠다. 옛 성의 북동쪽에서 다리를 건너 길을 에돌아 새로운 성에 이르는 편이 나을 듯했다. 이 길은 비록 10리를 에돌아가기는 하지만, 물을 건너는 곤란을 피할 수 있다. 이때 지주(知州)인 양(楊)씨가 이미 과거감독관으로 부임하여 가버렸다는 소식을 들었다. 섬지원(閃知愿)의 편지 역시 건넬 필요가 없어지고 말았다. 이제 옛 성을 따라가면서 두루 구경할 수 있게 된 셈이다.

이에 시내 서쪽에서 남서쪽으로 산을 따라 나아갔다. 비탈의 밭두둑으로 들어서서 1리만에 남동쪽으로 동쪽에 불쑥 솟구친 비탈을 올랐다. 남쪽으로 2리를 더 가자, 서산의 고개 위에 마을이 기대어 있다. 이곳은 옹계촌(翁溪村)이다. 마을의 남쪽에는 서쪽에 줄지은 산이 빙 두르다가 동쪽으로 불쑥 솟구치고, 동쪽에 줄지은 산 역시 동쪽으로 꺾어져 뻗어간다. 그 가운데에 동서로 움푹한 평지가 훤히 트여 있는데, 커다란 시내가 움푹한 평지 바닥을 동쪽으로 감돌아 흐르고 있으며, 평탄한 들판이 시내를 끼고 있다. 옹계촌은 정동쪽을 향한 채 움푹한 평지를 굽어보고 있다. 아래로 움푹한 평지를 건너는 길이 곧 시내를 건너 새로운 성으로 가는 길이고, 마을 남쪽에서 남쪽 산을 따라 동쪽으로 돌아드는 것은 곧 옛 성으로 가는 길이다.

이에 산을 따라 동쪽으로 1리를 나아갔다가 남동쪽으로 비탈을 타고 올랐다. 북쪽을 바라보니, 움푹한 평지 속의 시내는 남쪽의 비탈 발치에 바짝 다가선 채 동쪽으로 휘감아 흐르고 있다. 비탈을 타고 오르는 길은 몹시 가파르다. 2리만에 동쪽의 고갯마루에 오른 뒤, 남쪽으로 돌아들어 나아갔다. 움푹한 평지 역시 고개를 따라 남쪽의 골짜기를 뚫고서 뻗어나간다.

남쪽으로 서쪽의 비탈을 나아가 1리를 갔다. 커다란 시내는 남동쪽으로 에돌아 흘러가고, 길은 이에 남쪽의 비탈을 내려간다. 2리를 가자, 몇 채의 민가가 움푹한 평지 속에 흩어져 있다. 이곳은 순덕보(順德堡)이다. 순덕보 남쪽에 있는 산은 서쪽의 경계에서 가로건너 동쪽으로 불쑥 솟구쳐 있고, 커다란 시내는 이 산을 에돌아 흐른다. 길은 남쪽의, 등성이가 건너뻗은 곳에서 움푹 꺼진 곳을 뚫고 지나더니, 반리만에 움푹 꺼진 곳의 남쪽에 이르러 문득 골짜기를 가르면서 뻗어내린다.

1리를 더 가자 남쪽에서 뻗어오는 골짜기가 있다. 대체로 서쪽의 커다란 산은 움푹 꺼진 곳의 서쪽에서 쭉 남쪽으로 뻗어가다가 남쪽의 옛 성에 이른다. 이어 그 동쪽의 잔갈래는 다시 마치 꼬리를 치듯이 북쪽으로 돌아들고, 가운데에는 움푹한 평지가 사이에 낀 채 자못 깊숙이 뻗어온다. 서쪽의 비탈 위에는 마을이 기대어 있으며, 두 곳의 골짜기는 앞에서 합쳐졌다가 동쪽의 물길을 이루어 골짜기로 떨어져내린다.

길 역시 북쪽의 비탈을 낀 채로 동쪽으로 뻗어내린다. 비탈을 따라 반리만에 골짜기 속의 조그마한 다리를 건넜다. 그 남쪽의 꼬리를 치는 듯한 갈래는 다시 가로로 건너뻗어 동쪽으로 불쑥 치솟고, 길은 다시 남쪽으로 그 등성이가 건너뻗은 곳을 나아간 뒤, 움푹 꺼진 곳을 가로질러 올라간다.

1리 남짓을 가서 고개의 움푹 꺼진 곳을 넘어 남쪽으로 내려가자, 남쪽의 움푹한 평지에 마을이 있다. 커다란 시내는 마안산(馬鞍山) 서쪽에서 서쪽 경계의, 동쪽으로 불쑥 솟구친 산부리를 감돌았다가, 동산을 따라 남쪽으로 움푹한 평지의 동쪽으로 흘러간다. 길은 서쪽 기슭을 따라 남쪽으로 움푹한 평지의 서쪽으로 나아간다. 2리를 가자, 서쪽에 줄지은 산의 남쪽에는 또 하나의 갈래가 가로막은 채 동쪽으로 뻗어가고, 또 몇 채의 민가가 남쪽 산에 기대어 있다. 민가 사이로 구불구불한 길이 산을 따라 동쪽으로 돌아들고, 시내는 움푹한 평지를 따라 동쪽으로 꺾어든다.

1리 남짓을 가서 그 동쪽으로 불쑥 솟구친 산부리를 감돌았다. 커다란 시내 역시 곧바로 산부리 아래로 쏟아져내리고, 길은 물길과 함께 산부리를 감싸안은 채 남쪽으로 뻗어 있다. 남쪽 구렁은 자못 훤히 트여 있고, 민가와 밭두둑이 서로 엇섞여 있다. 밭에는 기장과 벼가 무성한데, 반은 패어 있고 반은 이미 여문지라, 간혹 수확하고 있는 이도 있다. 구렁 속의 여러 민가 가운데, 함종(函宗, 지명이다)이 가장 큰데, 서산에 기댄 채 구렁 속에 자리하고 있다.

1리 남짓을 가서 함종에 이르렀다. 그 앞에서 남동쪽으로 밭두둑 사이로 1리 남짓을 갔다가, 남쪽의 커다란 시내의 서쪽 언덕을 따라 나아갔다. 2리 남짓을 가자, 동서 양쪽에 줄지은 잔갈래들이 앞쪽에 엇섞인 채 빙 두르고 있는데, 서쪽의 갈래가 더욱 심하게 빙 둘러 불쑥 튀어나와 있다. 서쪽 갈래가 동쪽으로 빙 둘러 이곳에 이르자, 가운데에 또 자그맣고 뾰족한 산이 마치 문의 표지처럼 솟아 있다. 물길은 그 동쪽의 갈라진 구덩이에서 흘러나오고, 길은 그 서쪽에서 움푹 꺼진 곳을 넘어 오른다. 이곳은 순녕부와 운주의 경계가 나뉘는 곳이다.

등성이를 넘어 남쪽으로 내려가자, 그 남쪽의 구렁이 다시 훤히 열리고, 그 사이에 엇섞여 있던 비탈의 물길이 한데 모여 있다. 멀리 있는 산은 어지러이 뒤섞여 있다. 남쪽에 비스듬히 겹쳐 있는 산은 서쪽의 커다란 등성이가 석연의 남쪽에서 동쪽으로 감돈다. 또한 동쪽에 기세 좋게 구불구불 뻗어있는 산은 동쪽 경계의 갈래로서, 난창강의 서쪽 언덕을 따라 모가초로 건너뻗었다가 남쪽의 순강(順江)의 작은 물길에서 끝난다. 이것은 그 너머로 감싸고 있는 높은 봉우리이다.

가까이 있는 산으로는, 움푹한 평지의 북쪽에 있는 서산의 산줄기가 이곳 남쪽에 이르러 서쪽으로 끝나면서 옛 성을 이룬다. 동산의 산줄기는 이곳 남쪽에 이르러 동쪽으로 끝나면서 새로운 성을 이룬다.

움푹한 평지의 서쪽은 서쪽의 커다란 등성이의 가운데다. 봉우리 하나가 산굽이에서 동쪽으로 불쑥 솟구쳐 옛 성의 서쪽까지 쭉 닿아있다. 움푹한 평지의 남쪽은 서쪽의 커다란 등성이가 동쪽으로 돌아든 갈래이다. 또다시 남쪽의 커다란 등성이의 북쪽을 따라 먼저 한 갈래를 사이에 낀 채 근처의 안산을 이루고 있다. 움푹한 평지의 동쪽은 동쪽에 줄지은 산이 강을 따르는 갈래인데, 또다시 동쪽에서 서쪽으로 돌아들었다가 새로운 성의 앞까지 쭉 에워싸면서 용사(龍砂)를 이루고 있다. 이것은 안쪽으로 바짝 다가선 채 휘감아도는 산들이다. 그러나 여전히 가까이로 구렁 속의 여러 물길은 보이지 않으며, 다만 옛 성의 마을이 남쪽의 언덕에 있는 것만 보일 뿐이다.

1리를 가서 옛 성에 이르니, 역시 수백 채의 민가가 모여 있다. 옛 성에서 식사를 하고서, 동쪽의 비탈을 내려가 반리를 갔다. 비탈을 따라 남서쪽으로 뻗어가는 한길은 흥륭창(興隆廠)으로 가는 길이고, 북동쪽으로 뻗어가는 길은 새로운 성으로 가는 길이다. 여기에서 북동쪽으로 밭두둑 사이를 나아갔다.

반리를 가자 새 담이 쌓여 있다. 그 사이에 새로 지어진 관음각(觀音閣)은 매우 가지런하다. 이 누각은 공정이 아직 끝나지 않았지만, 규모의 웅장함과 화려함은 이 일대에서는 일찍이 보지 못했다. 이곳은 구렁 가운데의, 두 물길이 만나는 곳이며, 경계가 사방으로 트여 있다. 여기에서 비로소 맹우하는 바로 그 동쪽을 에돌고, 순녕하는 그 북쪽으로 흘러나오더니, 북동쪽에서 한데 모인다.

여기에서 서쪽으로 멀리 바라보니, 유난히 솟구친 채 서쪽에 다가서 있는 것은 곧 커다란 등성이가 산굽이에서 동쪽으로 불쑥 치솟은 봉우리이다. 그 북쪽으로 틈새가 툭 트인 채 북서쪽에서 펼쳐져 있는 것은 맹우하가 흘러나오는 곳이며, 그 남쪽으로 틈새를 에돌아 남서쪽의 골짜기로 향하는 것은 흥륭창(興隆廠)으로 넘어오는 곳이다. 그 가운데를 사이에 낀 채 동쪽으로 드리워진 것은 곧 강을 따라 모가초를 건너 서쪽으로 빙 두른 갈래이다. 그 북쪽으로 툭 트인 틈새로 쭉 올라가 모가초를 사이에 끼고 있는 곳은 새로운 성이 의지하고 있는 움푹한 평지이고, 그 남쪽으로 틈새가 갈라져 동쪽으로 겹겹이 순강(順江)의 조그마한 물길로 흘러드는 곳은 여러 물길이 한데 모이는 어귀이다.

관음각에서 잠시 쉬었다. 날은 막 정오이다. 시원한 바람이 솔솔 불어왔다. 스님이 차를 끓여 공양했다. 잠시 후 둘러쳐진 담의 북쪽으로 나오니, 순녕하의 물길이 성문 앞의 구덩이로 흘러나온다. 북쪽 벼랑을 따라 동쪽으로 돌아들자, 그 위에 정자가 딸린 다리가 지어져 있다. 이 다리는 지주교(砥柱橋)이다. 강물은 다리 동쪽을 나와 관음각 뒤를 에돌아 흐르다가, 남서쪽에서 흘러오는 맹우하에 합쳐진다. 이 물길은 동쪽으로 흘러가 수구협(水口峽)으로 흘러든다.

다리를 건너 곧바로 북동쪽으로 비탈을 올랐다. 순녕부 동산의 갈래인 이 비탈은, 난창강의 서쪽 언덕에서 구불구불 뻗어나온 것이다. 이 비탈이 남동쪽으로 쭉 뻗어내리는 것은 모가초를 지나고, 그 남서쪽으로 갈라지는 것은 이곳에 이르러 곧 끄트머리 즈음에서 마안산으로 맺혀지며, 동쪽으로 뻗어내린 갈래는 새로운 성을 이룬다. 이곳은 그 남동쪽의 끄트머리이다.

비탈을 올라 1리 남짓을 가서 두 줄기 물길이 합쳐지는 것을 바라보니, 마치 옥룡이 구불거리는 듯 구렁의 바닥을 빙글 감돌아 굽이져 있다. 그 북쪽에 또 하나의 비탈이 동쪽으로 뻗어내린다. 이 비탈은 새로운 성과 옛 성의 중간 지역으로서, 물길을 낀 채 남쪽 산에 바짝 다가서 있다. 약간 내려갔다가 올라가 1리 남짓을 간 뒤, 그 등성이를 넘었다. 비로소 북쪽 골짜기의 어귀에 있는 새로운 성이 보였다. 새로운 성은 서산이 동쪽으로 뻗어내린 산줄기에 기대어 있다.

3리를 더 가서 약간 내려가 조그마한 다리를 넘은 뒤, 반리를 가서 운주성의 남동쪽 모퉁이에 이르렀다. 성을 따라 북쪽으로 나아가 반리만에 운주의 동문에 들어섰다. 운주의 부성 안은 적막하기 그지없다. 부성의 관아는 동쪽을 향해 있으며, 오직 한 줄기 거리만이 관아 앞에 자리한 채 남북으로 통해 있을 따름이다. 이곳에 이르렀을 때는 겨우 정오가 넘었으나, 운주의 치소 남쪽의 여인숙에 묵었다.

운주는 옛적의 대후주(大侯州)이다. 예전의 토박이 지주(知州)는 봉(俸)씨이다. 만력(萬曆) 연간에 봉정(俸貞)이 역모를 따르다가 죽임을 당한 후,

순녕부에 병합하고 유관을 두어, 이 주를 순녕부에 귀속시켰다. 운주의 치소 앞의 편액에는 '흠명운주(欽命雲州)'라는 네 글자가 씌어 있다. 생각건대 황제가 친히 정하여 이름지은 것이리라. 지금의 순녕부는 맹정서의 후예가 이미 끊겼으나, 봉씨의 후예 가운데에 여전히 제사를 받드는 후손이 매년 85냥의 금을 보낸다.

운주의 변경 경계는 다음과 같다. 북쪽으로는 순녕부 변경에 이르기까지 몇 리에 지나지 않다. 북동쪽으로는 난창강 나루터까지 80리이며, 몽화부와 경계를 이루고 있다. 남서쪽으로는 맹타강(猛打江)을 넘어 230리이며, 경마(耿馬)와 경계를 이루고 있다. 동쪽으로는 순강의 조그마한 물길이 150리이며, 경동(景東)과 경계를 이루고 있다. 남동쪽으로는 협리(夾裏)의 난창강 나루터까지 200리이며, 역시 경동과의 경계를 이루고 있다.

나는 애초에 운주에서 지주(知州) 양씨를 만나, 남동쪽의 난창강 하류까지 살펴볼 작정이었다. 『일통지』에서는 난창강이 경동에서 남서쪽의 차리(車里)로 흘러내렸다가, 원강부(元江府)의 임안하(臨安河)에서 원강(元江)으로 흘러내린다고 했다. 또한 그 주석에서는 예사강(禮社江)에서 흘러나와 백애성(白崖城)을 거쳐 난창강과 합쳐져 남쪽으로 흐른다고 풀이했다.

나는 원래 난창강은 예사강과 합쳐지는 것이 아니며, 예사강과 합쳐지는 것은 마룡강(馬龍江)과 녹풍(祿豐)에서 발원하는 강이리라는 의혹을 품었다. 그렇지만 난창강이 쭉 남쪽으로 흘러가지, 동쪽으로 흘러가지 않음을 증명할 길이 없었다. 그래서 이번에 이곳에 온 김에 이를 파헤쳐보고자 했던 것이다. 이전에 옛 성을 지날 적에 절름발이 한 사람을 만났는데, 그의 말에 유독 명백한 근거가 있었다. 즉 그는 이렇게 말했다. "이곳의 300여리에 있는 노강은 운주의 서쪽 경계라오. 노강은 남쪽의 경마를 거쳐 흘러가면서 사리강(渣里江)을 이루지만, 동쪽으로 굽이져 난창강과 합쳐지지는 않소. 이곳의 동쪽 150리에 있는 난창강은 운주의 동쪽 경계라오. 이 강은 남쪽의 위원주(威遠州)를 거쳐 흘러가면서 과룡강(撾龍江)을 이루고, 동쪽으로 굽이져 원강과 합쳐지지는 않소."

이제야 과룡강이라는 이름을 알게 되었으며, 동쪽으로 합쳐진다는 견해가 황당한 것임도 알게 되었다. 아울러 새로운 성의 주민들에게 물어보니, 비록 토박이들이 자세히 알지는 못하여도 그중에는 강서성과 사천성 등의 외지에 다녀본 사람들이 있는데, 그들의 말이 이 내용과 들어맞았다. 의심할 여지없이 분명해지는지라, 더 이상 남쪽을 파헤치고 싶은 생각이 들지 않았다. 이번 여정에 비록 지주인 양씨를 만나지는 못했지만, 헛걸음은 아닌 셈이다.

8월 초열흘

동틀 녘에 일어나 식사를 했다. 남문을 나와 조그마한 구덩이 위의 다리를 건너 곧장 남서쪽으로 서산의 비탈을 따라 나아갔다. 2리 남짓을 가서 차츰 꺾어졌다가, 그 남쪽 구렁의 벼랑을 따라 서쪽으로 올라 2리 남짓만에 남쪽의 벼랑부리를 감돌았다. 이 벼랑부리는 북동쪽으로 치솟아 봉우리의 꼭대기를 이룬 채 양쪽의 가장귀로 나뉘어 있다. 이곳은 마안산이다. 남동쪽 아래에는 기다란 언덕이 옛 성의 시내를 가로막았다가 동쪽의 동산에 바짝 다가선 채 두 성의 사이를 나누고 있다. 이 언덕은 옛 성의 용사(龍砂)이자, 새로운 성의 호사(虎砂)인 셈이다. 이것은 순녕부 동산의 산갈래인데, 삼구수(三溝水)의 서쪽 고개에서 등성이를 건너 남쪽으로 뻗어내리다가 이곳에서 끝난다.

여기에서 봉우리의 서쪽을 따라 북쪽으로 올라 2리를 더 나아가 완만하게 봉우리 서쪽으로 나아갔다. 1리를 가서 마안봉(馬鞍峰)의 뒤쪽으로 나오니, 마안령(馬鞍嶺)이 나왔다. 절이 봉우리에 기댄 채 북쪽을 향해 있고, 앞쪽으로 세 칸짜리 집이 고갯마루에 자리하고 있다. 이곳은 다방(茶房)이다.

고개 등성이에서 서쪽으로 가파르게 내려갔다. 2리를 가자 평탄해졌다. 반리를 더 가서 산기슭에 이르자, 북동쪽의 조그마한 골짜기에서 흘러나온 산골물이 서쪽의 순녕하로 흘러든다. 이곳은 이미 순녕부의 관할지이다. 대체로 운주의 북쪽 경계는 새로운 성의 경우 마안산이고, 옛 성의 경우 함종 남쪽의, 조그맣고 뾰족한 산이 물길을 조이는 움푹 꺼진 곳인데, 서로 떨어진 거리는 매우 가깝다.

산골물을 건너 북쪽으로 비탈을 올라 북쪽 산의 서쪽 기슭을 감돌아 4리를 나아갔다. 동서 양쪽의 벼랑이 불쑥 솟구쳐 나란히 서 있고, 순녕계(順寧溪)가 그 사이로 부딪쳐 흘러나온다. 길은 그 동쪽 벼랑을 넘어 들어간다. 다시 북쪽으로 1리를 가자, 그곳의 비탈이 서쪽으로 움푹한 평지 속에 높다랗게 매달려 있다. 이곳은 화지(花地)이며, 이 비탈은 옹계촌과 동서로 멀리 마주하고 있다. 가운데는 푹 꺼져내려 움푹한 평지를 이루고 있는데, 밭두둑과 시냇물이 서로 얽혀 있다.

이에 북서쪽의 비탈을 내려와 반리만에 움푹한 평지에 닿았다. 또 한 줄기의 산골물이 북동쪽의 조그마한 골짜기에서 흘러와 서쪽의 순녕계에 흘러든다. 시내의 북쪽에서 서쪽으로 움푹한 평지 속을 나아갔다. 3리 남짓만에 옹계촌의 기슭에 거의 이를 즈음, 북쪽의 골짜기에서 흘러나온 커다란 시내가 서쪽 기슭을 스쳐흘러 기슭을 갈라놓는다. 마땅히 이곳에서 시내를 건너 옹계촌으로 올라가 올 적의 길로 나와야 했다. 그런데 시내 동쪽에 북쪽 골짜기를 따라 들어가는 길이 보이기에, 그 길을 따라갔다.

1리 남짓을 더 가자, 길은 점점 황량해졌다. 1리 남짓을 더 가서 벼랑을 내려가 시내에 이르러보니, 다리가 끊겨 있다. 새로운 성으로 가는 길은 사실 여기에서 나와 옹계촌을 거치지 않은 채, 동쪽 벼랑에서 물길 사이에 걸쳐진 다리로 내려와 건너는 것이다. 그런데 다리가 물에 잠겨 있는지라 옹계로 가는 길을 잡아들었다. 움푹한 평지 사이로 흐르는 시냇물을 바지를 걷어붙인 채 건널 수 있기 때문이었다. 그러나 이제 시내를 굽어보니 물결이 거칠어 도저히 건널 수가 없었다.

이에 다시 남쪽으로 3리를 돌아가 서쪽으로 옹계를 건넜다. 그러나 옹계는 넓은데다 물이 불어난지라, 비록 평평한 곳이기는 하지만 물살이 여전히 세차고 거칠었다. 시내의 중간에 이르자, 물결이 아랫배까지 차올랐다. 다리를 온전하게 지탱할 수 없어 한 걸음씩 뗄 때마다 물결에 흔들거렸다. 한참만에야 가까스로 서쪽 언덕에 이른 뒤, 밭두둑 사이로 비탈을 올랐다.

1리를 가서 서쪽의 마을 아래의 한길에 이르렀다가 북쪽으로 돌아들었다. 곧 올 적의 길이다. 서산을 따라 비탈을 올랐다가 내려와 3리를 가자, 갈림길이 골짜기에서 뻗어나와 합쳐진다. 방금 전에 끊긴 다리가 있던 곳이다. 여기에서 한길을 따라 6리만에 파변관을 지났다. 이곳에서 탕을 끓여 식사를 했다.

움푹 꺼진 곳을 내려와 북동쪽으로 1리 남짓을 가서 조그마한 다리를 건넜다. 1리를 더 가서 커다란 시내와 다시 만나, 시내의 서쪽 벼랑을 거슬러 북쪽으로 10리를 가서 녹당(鹿塘)에 이르렀다. 때는 겨우 정오를 갓 지났지만, 무더위가 엄습한지라 걸음을 멈추었다. 이전에 묵었던 주인집의 이층에서 일기를 썼다.

8월 11일

녹당에서 30리를 가서 귀화교를 지났다. 시내 동쪽에서 동산의 기슭을 따라 나아가 5리만에 보광사(普光寺)에 들어섰다. 나는 동산사이리라 여겼는데, 들어가서야 동산사(東山寺)는 아직 북쪽에 있음을 알았다. 이에 다시 한길을 따라 3리만에 남쪽 관문의 비탈 아래 정자가 딸린 다리에 이르렀다. 이어 다리 동쪽의 오솔길을 따라 북동쪽의 비탈을 올랐다.

2리를 더 가자, 동산사가 동산에 기대어 서쪽을 향한 채, 새로운 성을 굽어보고 있다. 절에 들어가 층계를 타고 올랐다. 정전 앞쪽은 누각을 문으로 삼았으며, 뒤에는 층층의 전각이 있다. 전각의 위층에는 옥황대제를 모시고 있다. 전각에 올랐다. 서산의 갈래는 휘감겨 있고, 부성의 성가퀴가 빙 둘러 있다. 높이가 엇비슷하여 한 눈에 다 보였다.

전각을 내려와 그 왼쪽의 집에 들어가니, 용천사(龍泉寺)에서 뵌 적이 있는 스님 한 분이 계셨다. 스님은 나를 보더니 식사를 함께 하자며 붙들었다. 식사를 마치고서 함께 앞문의 누각에 앉아 있었다. 이 스님은 아록사(阿祿司)의 북서쪽 산사에 계시는 스님으로, 불경 강의를 들으러 용천사에 왔는데, 동산사의 스님이 그를 식사에 초대했다는 것을 알게 되었다. 나에게 어려서부터 과룡강(擱龍江), 목방(木邦), 아와(阿瓦) 등지를 두루 돌아다녔다고 이야기해주었는데, 그의 말은 옛 성의 절름발이, 새로운 성의 객상들의 이야기와 딱 들어맞았다.

오후에 절을 나왔다. 1리를 가서 동문의 정자가 딸린 다리를 건너 순녕부의 동문에 들어섰다. 짐꾼을 찾았으나 구하지 못했다. 산속의 비가 퍼붓듯 쏟아졌다. 남쪽 관문을 나와 1리를 가서, 다시 용천사에서 묵었다.

8월 12일

용천사에서 식사를 했다. 하인 고씨에게 성에 들어가 짐꾼을 구하라 하고서, 불전 뒤의 정실에서 불경을 강설하는 법사를 찾아뵈었다. 만나고서야 그가 일위(一葦) 스님임을 알았다. 그는 나를 위해 차를 끓이고 떡을 구웠으며, 계종과 잣을 내와 대접했다. 앉아 이야기하는 사이에 황신헌(黃愼軒)[1]의 서화책을 보여주었다. 아마 이리저리 떠돌다가 구해 얻은 것이리라. 오후가 되었는데도 짐꾼을 구하지 못했다. 처소를 옮겨 새로운 성의 서(徐)씨 집으로 들어가, 몽화부의 묘악(妙樂) 법사와 함께 마방(馬幫)이 오기를 기다렸다.

·1) 황신헌(黃愼軒)은 명나라의 문학가인 황휘(黃輝)이며, 신헌은 그의 호이다. 원굉도(袁宏道)와 교유했던 그는 공안파(公安派)의 일원으로 알려져 있다.

8월 13일

묘악 법사와 함께 묵으면서 마방을 기다렸으나 오지 않았다. 저물녘에야 마방이 도착했기에, 묘악 법사와 각각 말 한 필씩을 정하여 짐을 가져가기로 하고서, 내일 길을 떠나기로 약속했다. (마방은 모두 백염정白鹽井에서 소금을 싣고 오는 길이었다. 곧바로 계족산鷄足山에 이를 수 있기에 대단히 편하다. 이때 나는 몽화부를 거쳐 천모암天姥岩으로 가고 싶었으나, 기다려주지 않을까봐 몽화성蒙化城까지만 가기로 품을 샀다.)

8월 14일

아침 일찍 일어나 식사를 했다. 마방이 소금값을 받는 것을 기다리다가 정오에야 출발했다. 북문을 나와 북동쪽으로 내려가 시내를 건넜다. 약 2리를 가서 접관정(接官亭)을 지나니, 이곳에 세무서가 있다. 갈림길에서 서쪽으로 나아가는 길은 영창으로 가는 길이다. 이때 마방은 아직 도착하지 않고 내가 먼저 왔기에, 앉아서 순녕부의 형세를 둘러보고, 또 순녕에 부를 설치한 시말에 대해 물어보았다.

순녕은 옛 이름이 경전(慶甸)이고, 본래 포만(蒲蠻)의 땅이었다. 순녕부의 정북쪽은 영평(永平)이고, 북서쪽은 영창이며, 북동쪽은 몽화부이고, 남서쪽은 진강(鎭康)이며, 남동쪽은 대후(大侯)이다. 이것은 순녕의 사방 경계에 맞붙은 곳이다. 토사의 성은 맹(孟)씨이며, 곧 맹획(孟獲)의 후손이다. 만력 40년[1]에 토사인 맹정서가 전횡을 일삼고 방자하게 굴다가 남몰래 모반을 꾀했는데, 고급 관원인 진용빈(陳用賓)이 토벌하여 그를 죽였다. 대후주(大侯州)의 토사인 봉정이 그와 더불어 모반했다가 함께 죽임을 당하여 운주로 개칭되었으며, 각각 유관(流官)을 두고, 운주를 순녕부의 관할지로 삼았다. 오늘날 운남 서부의 유관이 다스리는 지역은 등월이 맨서쪽이고 운주가 맨남쪽이다.

용천사의 터는 맹정서가 거주하던 화원으로, 서산 자락의 둔덕에서 동쪽으로 뻗어내려 있다. 절 앞에는 못이 한 곳 있다. 꽤 깊고 맑으며, 그 안에 수월각(水月閣)을 지어놓았다. 그 뒤쪽에는 못을 마주하여 정전(正殿)이 지어져 있다. 정전의 오른쪽 뜨락에는 온통 물이 새어나오는 구멍투성이인데, 비록 작지만 물이 나오는 곳이 여럿이다. 서쪽으로 세 길을 더 가면, 꽤 작고 얕은 우물이 한 곳 있다. 우물에서 넘쳐흐른 물이 동쪽의 못으로 졸졸거리며 흘러든다. 이 물이 곧 용천의 근원이다. 정전 뒤에는 대전이 있다. 내가 쉬는 곳은 그 동쪽의 곁채이며, 모두 부(府)가 설치된 후에 지어졌다.

옛 성은 바로 용천사 일대로서, 민가는 있으나 성벽은 없다. 새로운 성은 그 북쪽에 있으며, 그 사이로 한 줄기 산골물이 동쪽으로 흘러내린다. 이곳의 산줄기 역시 서산 자락의 둔덕에서 동쪽으로 뻗어내린다. 봉산(鳳山)이라 일컫는다. 부성의 관아는 봉산에 기댄 채 동쪽을 향해 있다. 나는 관아의 대청에 들어가 부성의 사방 경계를 그린 지도를 보고자 했으나, 지도는 없었다.

순녕부의 부성이 기대고 있는 골짜기는 비좁은 채 툭 트여 있지 않으며, 두 산 사이의 움푹한 평지일 따름이다. 이곳의 움푹한 평지는 우전처럼 둥글게 훤히 트여 있지 않으며, 곁의 움푹한 평지 역시 맹우촌처럼 얽혀있지도 않다. 이곳의 움푹한 평지는 북서쪽의 전두촌(甸頭村)에서부터 남동쪽의 함종까지 100리이며, 동서의 너비는 4리가 채 되지 않는다.

순녕부의 지역은 북쪽이 넓고 남쪽은 좁다. 부성에서 남쪽으로 가면 만전주와 대후주가 있는데, 동서 양쪽에 끼어 마치 쟁기머리처럼 뽀족하다. 부성에서 북쪽으로 나아가다가 서쪽으로 만전주의 북쪽을 에돌면, 석연과 우전, 고가가 나오고, 경내는 영창의 물길을 넘어간다. 동쪽으로 가다가 몽화부의 겨드랑이로 들어서면, 삼대와 아록(阿祿), 우가(牛街)가 나오고, 경내는 양비(漾備)의 물길을 넘어간다. 쭉 북쪽으로 나아가면, 난창강을 넘어 타맥롱(打麥隴)을 올라 구로당(舊爐塘)의 북쪽 고개에 이르러서야 비로소 영평현(永平縣)과 경계가 나누어진다. 이 모두 200리 너머에 있는데, 마치 부채를 펼쳐놓은 듯한 모습이다. 운주를 관할지로 삼은 뒤로, 남서쪽과 남동쪽으로 각각 동쪽과 서쪽의 두 강에 이르니, 옹색하지는 않게 되었다.

난창강은 순녕부의 북서쪽 지역에서 그 가운데를 가로질러 동쪽으로 흐르다가 고사로(苦思路)의 동쪽에 이른 뒤, 가운데를 뚫고서 남쪽으로 흐르다가 삼대산의 남쪽에 이른다. 이어 남쪽으로 흘러나와 순녕부 동쪽 경계를 이루었다가 공랑(公郞)과 몽화부를 나눈 뒤, 남쪽으로 운주의 동쪽을 지나 순강과 경동을 나눈다. 순녕부를 거쳐 흐르는 주요 물길이라 할 수 있다.

부성에서 먹고 굽는 것마다 모두 호두기름을 사용한다. 이곳의 호두는 껍질이 두껍고 속살이 도톰하며, 1전에 여러 개를 살 수 있다. 이것을 빻아서 찐 다음 꽉 묶어 기름을 짜내면, 참기름이나 유채기름보다 훨씬 낫다.

마방이 당도하자 곧바로 동쪽으로 비탈을 내려가다가 북쪽에서 흘러온 시내줄기를 건넜다. 쇠사슬로 다리를 묶고 그 위에 정자를 지었는데, 그 제작방식이 난창강의 다리를 본떴다. 요충지의 한길이 지나기 때문이다. 다리의 동쪽을 건너자마자, 북쪽의 비탈을 올라 동산의 기슭을 따라 북쪽으로 올라갔다.

이때 한 무리의 마방이 늦게 출발했는지라 걸음을 재촉했다. 나도 기운을 내어 그들을 따라갔다. 오르막길은 그다지 가파르지 않으나, 여러 차례 구덩이를 끼고 있는 등성이를 지났다. 3리를 나아가 등성이 위에서 서쪽으로 망성관(望城關)을 바라보니, 골짜기 한 곳만을 사이에 두고 있을 따름이다.

다시 북쪽으로 올라 옆으로 꺼져내리는 등성이를 두 번 지나 3리를 갔다가, 갑자기 서쪽 비탈을 타내려갔다. 움푹 꺼진 곳을 돌아들어 1리를 가서 서쪽의 불쑥 솟구친 언덕을 넘었다. 그 북쪽을 따라 내려가자, 산을 빙 둘러 움푹한 평지가 이루어져 있다. 평지는 서쪽을 향해 훤히 트여 있으며, 풍성한 곡식이 밭두둑을 뒤덮고 있다. 밭두둑은 서쪽의 불쑥 솟구친 언덕에 에워싸인 채 펼쳐져 있다.

1리를 가서 평지를 넘어 북쪽으로 나아갔다가, 내려와 잇달아 두 줄기의 조그마한 시내를 넘었다. 두 줄기의 시내는 모두 남동쪽의 겨드랑이에서 흘러나와 서쪽의 골짜기로 흘러내린다. 이곳에는 지류가 종횡으로 나 있고, 길이 어지러이 뒤섞여 있다. 민가는 숨은 채 보이지 않았다. 여기에서 다시 북쪽으로 5리를 올라가자, 두세 채의 민가가 언덕마루에 기대어 있다. 이곳은 이십리초(二十里哨)이다.

언덕을 올라 북동쪽으로 완만하게 언덕 등성이를 나아갔다. 1리를 갔다가 동쪽으로 돌아들어, 언덕 북쪽의 벼랑을 따라 내려갔다. 1리 남짓을 더 가자, 시내가 동쪽 골짜기에서 흘러나온다. 나는 처음에 언덕을 넘고 여러 등성이를 거쳐, 마땅히 쭉 올라가 동쪽의 커다란 산을 넘어야 하리라고 여기고 있었다. 그래서 시내가 그 사이를 막고 있으리라고는 생각지 못했다.

언덕을 내려와 물길을 거슬러 동쪽의 골짜기에 들어섰다. 반리를 가자, 이 물길은 양쪽의 골짜기로 나뉘어 흘러나온다. 한 줄기는 남서쪽의 언덕 등성이 뒤에서 흘러오고, 다른 한 줄기는 북쪽의 커다란 고개의 건너뻗은 등성이에서 흘러온다. 이에 남쪽 기슭에 기대어 그 언덕 뒤쪽의 물길을 건너, 북쪽 산골물의 왼쪽으로 거슬러가다가 다시 북쪽으로 올랐다. 대체로 두 줄기 물길 사이로 드리워진 비탈길이다.

여기에서 빽빽하게 가려진 나무숲속을 따라 올라 2리만에 언덕 한 곳을 넘은 뒤, 남쪽 벼랑의 위를 따라 나아갔다. 1리 남짓을 간 뒤 움푹 꺼진 곳을 가로질러 서쪽으로 나아가 서쪽 벼랑 위에 이르렀다. 양쪽의 벼랑은 모두 아래로 깊숙한 나무숲이 빙 두르고 있고, 그 속은 빽빽한 나무숲에 뒤덮여 있다. 서쪽의 나무숲이 바로 순녕부 북쪽의 움푹한 평지를 흐르는 커다란 시내의 원류가 흘러나오는 곳이다.

다시 양쪽에 끼어 있는 구유 모양의 길을 뚫고서 반리를 올라갔다가, 서쪽 나무숲의 북쪽 벼랑을 따라 올라갔다. 북서쪽으로 완만하게 1리를 나아가 북쪽의 움푹 꺼진 곳으로 돌아 들어섰다. 움푹 꺼진 곳을 완만하게 가로질러 북쪽으로 1리를 가자, 그 등성이 남쪽의 나무숲은 서쪽으로 꺼져내린다. 반리를 간 뒤, 양쪽 벽 사이에 낀 구유 모양의 길로 들어섰다. 구유 모양의 길을 완만하게 반리를 나아가자, 위쪽에 걸쳐진 나무가 있다.

다시 북쪽으로 1리를 가자 약간 높아지더니, 구유 모양의 길바닥에 바위등성이가 가로놓여 있다. 이 등성이는 건너뻗어온 산갈래이다. 이 등성이는 나민산(羅岷山) 동쪽의 천정포(天井鋪)에서 남쪽으로 뻗어내려 구불구불 강의 서쪽 언덕을 따라오다가 이곳에 이르러 순녕부의 동산, 운주의 북쪽 산을 이룬 뒤, 남쪽의 순강의 조그마한 물길 어귀에서 끝난다. 나민산의 주요 등성이는 남쪽의 우묵한 곳의 북동쪽에서 남쪽으로 꺾어졌다가 초방초에서 뻗어간다.

얼마 지나지 않아 양쪽에 끼어 있는 구유 모양의 길에서 빠져나와 북동쪽의 구덩이를 내려왔다. 1리를 가자, 물길이 남동쪽의 겨드랑이에서 북서쪽의 구덩이로 날아떨어지고, 길은 물길을 따라내려간다. 이 물길은 백사초(白沙哨)에서 동쪽으로 흘러내리는 물길과 원천을 함께 한다. 다시 북동쪽의 등성이를 올라 등성이를 건넜다가 3리를 올라가자, 네댓 채의 민가가 언덕마루에 자리하고 있다. 이곳은 삼구수초(三溝水哨)이다. 대체로 언덕의 좌우에 떨어져내리는 물길은 세 갈래 도랑으로 나뉘었다가, 모두 북쪽의 난창강으로 흘러든다.

다시 북동쪽으로 7리를 내려와 언덕부리를 감돌았다. 3리를 더 내려오자, 한두 채의 민가가 길 오른쪽에 자리하고 있다. 이곳은 당보영(塘報營)이다. 3리를 더 내려와 마을 한 군데를 지나니, 어느덧 어두컴컴해졌다. 2리를 더 내려와 고간조(高簡槽)에 묵었다. 객점의 주인 노인은 성이 매(梅)씨인데, 자못 손님을 위로할 줄 아는 분이다. 그는 특별히 태화차를 달여 내게 마시라고 주었다.

1) 만력(萬曆) 40년은 1612년이다.

8월 15일

날이 밝자, 북동쪽으로 비탈을 내려갔다. 비탈 양옆은 모두 깊은 벼랑을 끼고 있으며, 비탈은 그 사이에 매달려 있다. 고간이라는 여러 마을의 집들은 그 위에 자리하고 있다. 2리를 가서 비탈 북쪽으로 돌아들어 골짜기 속을 내려갔다. 1리를 간 뒤 북동쪽으로 돌아들어 비탈을 따라 내려갔다. 4리를 가서야 난창강의 물길이 보이는데, 강물은 골짜기 바닥을 움패어 서쪽에서 동쪽으로 흐르고 있다. 골짜기 너머의 삼대산은 여전히 아침 안개에 휩싸여 있는지라, 바로 코앞조차도 분간하기 어려웠다.

여기에서 구불구불 북쪽으로 3리를 내려가자, 한두 채의 민가가 강가에 자리하고 있다. 이곳은 도구(渡口)이다. 난창강은 이곳에 이르러 다시 서쪽에서 동쪽으로 쏟아지는데, 강의 너비는 겨우 노강의 반에 지나지 않으나, 물살이 흐리고 세차다. 막 노를 젓는 소리가 들리더니, 마침 나룻배가 남쪽에서 저어왔다. 배에 올라 북쪽으로 건너갔다. 이때 마방은 뒤에 쳐져 있었으나, 기다릴 수 없었다.

북쪽 언덕에 오르자마자, 구불구불 2리 남짓을 올라 비탈 꼭대기로 올라갔다. 동쪽으로 돌아들어 비탈 등성이에 올랐다. 남쪽을 바라보니 강물이 발 아래에 있고, 북쪽을 바라보니 삼대산이 병풍처럼 고개의 북쪽을 휘감고 있다. 여기에서 층층이 올라가야겠다고 생각했다. 또다시 노를 젓는 소리가 들려왔다. 나룻배가 남쪽으로 강을 가로질러 가는데,

남쪽 언덕의 마방은 여전히 보이지 않았다.

이에 완만하게 1리를 나아갔다가 북쪽으로 꺾어져 등성이를 넘었다. 반리를 가서 동쪽 벼랑을 따라 서쪽의 움푹한 평지를 굽어보면서 북쪽으로 나아갔다. 2리를 가서야 삼대산(三臺山)의 마을 공관이 북쪽 산 중턱에 있는 것이 보였다. 공관은 허공에 매달린 채 병풍처럼 우뚝 서 있다. 나는 힘을 내어 단숨에 이를 수 있을 것만 같았다.

1리를 더 가자, 길은 동쪽으로 굽이지더니 오히려 차츰 내려가다가, 2리를 더 가서 구렁의 바닥에까지 내려갔다. 구렁 속의 산골물은 두 줄기로 나뉘어 흘러온다. 한 줄기는 북서쪽에서, 다른 한 줄기는 북동쪽에서 흘러오다가 삼대산의 기슭에서 합쳐진다. 삼대산은 그 사이에 매달려 있고, 물길은 서쪽의 움푹한 평지에서 남쪽의 난창강으로 흘러든다.

이에 조그마한 다리로 다가가 북동쪽에서 흘러오는 산골물을 건넜다. 약 1리를 가서, 곧바로 골짜기 속에서 가운데에 매달려 있는 비탈을 올랐다. 구불구불 오르는 길은 대단히 가파르다. 6리를 가자, 수십 채의 민가가 비탈의 평지에 기댄 채 자리하고 있다. 이곳이 바로 삼대산이며, 이곳에 공관이 있다.

다시 북동쪽으로 동쪽의 움푹한 평지를 굽어보면서 서쪽 벼랑을 따라 올라갔다. 12리를 나아가 남쪽으로 뻗은 등성이를 올랐다. 이 등성이의 동서 양쪽의 움푹한 평지는 여전히 남쪽으로 뻗어내려간다. 다시 층계를 올라 3리를 가자, 패방이 나왔다. 이곳의 언덕마루는 칠완정(七碗亭)이라는 곳이다. 언덕의 동쪽은 아래로 깊은 구렁을 굽어보고 있으며, 그 위에 세 칸짜리 집이 이어져 있다. 이 집은 예전의 다암(茶庵)인데, 지금은 텅 빈 채 아무도 살지 않는다.

다시 1리 남짓을 올라 불쑥 솟구친 봉우리의 동쪽으로 감돌았다. 이 봉우리는 가운데가 불쑥 튀어나와 있고, 등성이는 북쪽에서 건너뻗었다가 동쪽으로 굽이지면서 솟구쳐 있다. 그렇기에 불쑥 솟구친 봉우리는 맨 꼭대기이기는 하지만, 그 동쪽 아래의 움푹한 평지는 여전히 남쪽으로 뻗어내린다. 이에 봉우리 꼭대기에 걸터앉아 식사를 했다. 이때 사방의 산에는 구름안개가 벌써 걷히고, 오직 봉우리 꼭대기에만 운무가 자욱했다.

봉우리의 북쪽에서 북쪽으로 뻗어가는 등성이를 따라 1리 남짓을 내려왔다. 건너뻗은 등성이가 동쪽으로 불쑥 튀어나와 있다. 이곳은 산줄기가 지나는 곳이다. 이 산은 북쪽의 노군산(老君山)에서 남쪽으로 뻗어와 만송령(萬松嶺)과 천정포(天井鋪)를 거쳤다가, 건너뻗은 등성이가 남쪽으로 뻗어온다. 이곳 동쪽의 횡령(橫嶺)과 서쪽의 박남(博南)의 두 등성이는 모두 빙 에돌다가 중간에서 끊기고, 오직 이 갈래만이 이곳을 지나 남쪽의 반산(泮山)에서 끝난다.

그 북쪽에서 서쪽의 구렁을 굽어보면서 나아갔다. 두 차례 오르내려 3리 남짓을 가자, 초소가 길을 가로막고 있다. 그러나 이 초소 역시 텅 빈 채 아무도 살지 않는다. 다시 북동쪽의 고개 등성이를 따라 6리를 내려갔다. 이어 동쪽의 움푹한 평지를 따라가다가 서쪽 고개를 감돈 뒤, 2리를 내려가 북쪽의 골짜기 속의 조그마한 돌다리를 건넜다.

다리 아래의 물길은 서쪽의 골짜기에서 흘러온다. 이 물길은 다리를 지나 남쪽 골짜기에서 합쳐진 뒤, 북쪽의 아록사에서 동쪽의 신우가(新牛街)로 흘러들었다가 양비강(漾濞江)으로 흘러든다. 돌다리의 남쪽에는 길이 동서 양쪽으로 갈라진다. 동쪽 갈림길은 내가 왔던 길이고, 서쪽의 갈림길은 사천 출신의 스님이 새로이 닦은 길로, 위쪽의 산줄기가 지나는 곳과 통하게 하기 위한 길이다.

다리를 건너자마자 북쪽 비탈을 따라 남쪽 구렁을 굽어보면서 북동쪽으로 올라갔다. 3리를 가서 언덕마루를 넘자, 백 채의 민가가 언덕에 기댄 채 자리하고 있다. 이곳은 아록사이다. 이곳은 서쪽의 시내가 북쪽으로 돌아들고, 남쪽의 산이 동쪽으로 빙 두르고 있다. 언덕이 가운데가 튀어나온 채 북쪽으로 드리워져 있다. 아록사는 그 튀어나온 곳에 자리하고 있다.

그 서쪽에는 멀리 산들이 높다랗게 늘어선 채 북쪽에서 남쪽으로 에돌아 뻗어있다. 곧 만송령과 천정포에서 남쪽으로 뻗어내린 등성이이며, 이 등성이는 난창강을 낀 채 남쪽으로 뻗어내린다. 그 북쪽에는 산들이 어지러이 엇섞여 있다. 이 가운데 봉우리 하나가 유난히 튀어나와 있다. 토박이에게 물어보니, 맹보자(猛補者)의 뒷산으로, 그 옆에는 절이 있고, 한길이 지난다고 한다.

나는 이 말을 기억해두었다. 탕을 끓여 식사를 하면서 마방이 오기를 기다렸다. 마방은 오후에야 도착했는데, 앞쪽에 물과 풀이 없기에 걸음을 멈추어 이곳에 묵기로 했다. 오늘 밤은 중추절이다. 전에 순녕부에서 사온 구운 떡 하나를 가슴에 품은 채, 달구경할 때의 먹을거리로 삼을 생각이었다. 그런데 달이 구름에 가려지는지라, 끝내 잠자리에 들고 말았다.

8월 16일

동틀 녘에 식사를 하고서 북쪽으로 길을 떠났다. 비탈을 따라 완만하게 10리를 내려갔다. 내리막길은 아래쪽이 더욱 가파르다. 5리를 가서 파저(坡底)에 이르렀다. 동서 양쪽의 움푹한 평지 속의 물길이 흘러와 합쳐졌다가 북쪽으로 흘러간다. 동쪽의 움푹한 평지의 조그마한 다리를 건너 동쪽 기슭을 따라 북쪽의 움푹한 평지 속을 나아갔다.

물길을 따라 3리를 가자, 또 한 줄기의 시내가 동쪽 골짜기에서 흘러온다. 그곳의 정자가 딸린 다리를 건넜다. 북쪽으로 1리를 더 가서 커다란 시내 위의, 정자가 딸린 다리를 건넜다. 이곳은 맹가교(猛家橋)이다. 물길은 다리 동쪽에서 골짜기를 뚫고서 북쪽으로 흘러나가고, 길은 다리 북쪽에서 언덕을 넘어 뻗어오른다. 이 언덕은 동쪽의 시내 어귀를 조여매고, 그 위에 몇 채의 민가가 자리하고 있다.

그 북쪽에서 내려왔다가 시내를 따라 서쪽 언덕을 나아가 움푹한 평지를 구불구불 감돌았다. 12리를 가자, 백 채의 민가가 언덕마루에 모인 채 동쪽으로 시내 어귀를 굽어보고 있다. 이곳은 신우가이다. 이곳에는 한인들이 살고 있다. 지형은 훤히 트여 있지 않으나, 공관이 이곳에 있다. 지금은 구가(舊街)의 순검사(巡檢司)를 이곳으로 옮겨왔다.

이곳의 북쪽에서 북서쪽으로 2리를 내려가자, 조그마한 강이 서쪽에서 동쪽으로 흐르고 있다. 이 물길은 양비강의 하류이다. 이 물길은 합강포(合江鋪)에서 몽화부의 경내로 들어와 구불구불 남쪽으로 흘러내린다. 이어 승비강(勝備江)과 구도(九渡), 쌍교(雙橋)의 물과 합쳐져서 이곳에 이르러 동쪽의 맹보자(猛補者, 지명이다)에 이른 뒤, 남쪽으로 꺾어져 반산(泮山)을 빙 둘러 난창강으로 흘러든다. 강물은 난창강의 3분의 1에도 미치지 못하지만, 혼탁하기는 마찬가지이다. 비가 내린 뒤이기 때문이리라. 나란히 늘어선 두 척의 배로 강을 건넜다. 북쪽 언덕에 오르자마자, 강을 따라 남동쪽으로 나아갔다.

반리를 가서 강을 따라 북동쪽으로 돌아들었다가 불쑥 솟구친 비탈을 따라 올라갔다. 2리를 나아가 남쪽으로 불쑥 솟구친 비탈을 올랐다. 강 너머의 순검사를 굽어보니, 아록사의 시내가 강으로 흘러가는 어귀와 마주하고 있다. 강물은 시내를 받아들여 동쪽의 골짜기로 들어서고, 길은 북쪽 산의 중턱에서 역시 벼랑을 감돌아 강을 따라 뻗어있다.

반리를 가자, 한 채의 집이 언덕마루에 홀로 자리한 채 남쪽으로 강의 비탈을 굽어보고 있다. 꽤 잘 정돈되어 있다. 동쪽으로 3리를 더 가자, 깎아지른 듯한 벼랑이 길 북쪽에 높다랗게 솟아 있고, 가파른 절벽 사이에 동굴이 남쪽을 향해 있다. 벼랑의 색깔은 붉은빛이 알록달록하다. 이 벼랑은 아록사에서 바라보았던, 북쪽의 유난히 튀어나온 봉우리이다. 이곳은 그 남서쪽 모퉁이의 아래층이다.

동쪽으로 4리를 더 가자, 두세 채의 민가가 언덕에 기대어 자리하고 있다. 이곳은 마왕정(馬王箐)이다. 마을 앞의 골짜기 속에 강물이 흐르고, 마을 뒤쪽에는 유난히 높다랗게 튀어나온 봉우리에 기대어 있다. 동쪽으로 멀리 구렁을 바라보니, 가운데가 훤히 트여 있다. 북동쪽의 움푹 꺼진 곳에는 나무숲이 골짜기를 감돌아 펼쳐지다가, 서쪽의 강물과 합쳐져 남쪽으로 뻗어내려간다. 그 남동쪽의 두 봉우리는 마주하여 솟구친 채 마치 문처럼 조여져 있다. 강물은 여기에서 남쪽으로 흘러나간다. 이에 마을의 민가에서 탕을 끓여 식사를 했다.

마을에서 북동쪽으로 3리 남짓을 올라갔다. 바로 유난히 높다랗게 튀어나온 봉우리의 남쪽이다. 그 아래의 골짜기 속을 흐르던 강은 이곳에 이르러 남쪽으로 쭉 흘러간다. 다시 북동쪽으로 2리를 가서 그 남동쪽으로 드리워진 갈래를 감돌자, 두세 채의 민가가 언덕 위에 자리하고 있다. 이곳은 맹보자이다. 역시 초소가 있는 요새의 이름이다. 이곳은 유난히 높다랗게 튀어나온 봉우리의 남동쪽 기슭에 바짝 다가가 있다.

이곳의 동쪽 아래에 빙 두른 구렁은 가운데가 빙글 돌아든다. 북동쪽의 사송초(杪松哨) 남쪽의 나무숲이 뻗어내린 것이다. 그 정남쪽의 강물은 쭉 남쪽으로 흘러간다. 마치 두 문의 사이에 놓여 있는 듯하다. 다시 문 틈새로 멀리 바깥층의 산을 바라보니, 푸른빛을 띄운 채 멀리 비치고 있다. 이곳은 곧 난창강 강가의 공랑(公郎)의 경내이다.

다시 북동쪽으로 벼랑의 기슭을 감돌아 올라 2리만에 내려갔다. 반리를 가자 홀연 산골물 북쪽에 벼랑 하나가 가운데에 매달린 채 남쪽을 향해 우뚝 솟아 있다. 마치 독수봉(獨秀峰)과 같은 모양인데, 은암(隱庵) 스님이 벼랑에 기대어 3층의 날듯한 전각을 지어놓았다. 그 아래로 한길이 나 있다. 이때 마방은 이미 앞서 갔지만, 나는 이곳의 기이한 경관을 놓칠 수 없었다.

그리하여 빙글 감도는 층계를 따라 바위 틈새를 헤치고 올라갔다. 전각은 새로 지어진 것이었다. 아래층의 뒤쪽에는 봉우리 하나가 가운데에 솟구친 채 뒤쪽의 벼랑과 나란히 서 있다. 봉우리 가운데는 선 하나로 나뉘어 있으나, 가운데 층이 이것을 뒤덮고 있다. 봉우리는 가운데 층 위로 뾰족하게 튀어나와 있고, 위층이 다시 가운데 층에 겹친 채 솟아 있다. 전각의 뒤쪽은 온통 벼랑에 기댄 채 벼랑을 벽으로 삼고 있으며, 벼랑의 구멍을 쇠사슬를 이어 가로로 연결시켜 놓았다. 전각 앞쪽의 날듯한 처마와 겹겹의 창문이 구름연기를 토해내니, 참으로 멋진 경관을 이루고 있다. 이곳에 요와 이불을 두어 벼랑에 기댄 채 밝은 달 아래 누워 있을 수 없다는 것이 안타까웠다.

나를 위해 차를 끓이던 은암 스님은 침상을 내주면서 묵어가라고 했다. 그러나 나는 앞서 가는 마방을 뒤쫓아 가지 못할까봐, 서둘러 그에게 작별인사를 건네고 나왔다. 이곳의 바위는 유난히 튀어나온 높다란 봉우리의 남동쪽 골짜기에 있는데, 절의 전각에 올라보니 정남쪽으로 불쑥 튀어나온 한 쌍의 문을 마주하고 있다. 문 너머로 또 멀리 가운데에 매달려 있는 봉우리가 보였다. 이 봉우리는 마치 하늘높이 솟구친 기둥처럼 둥글게 위로 쭉 치솟아 있다. 이곳은 틀림없이 난창강과 가까울 테지만, 어디쯤인지 알 길이 없다. 은암 스님은 이곳을 발우산(缽盂山)이라 부르지만, 이 역시 이 바위를 제멋대로 일컬은 것일 뿐이다. 또한 이곳이 강 너머에 있다고 말하지만, 그것이 벽계(碧溪, 강의 이름이다) 너머에 있는 것인지, 아니면 난창강 너머에 있는 것인지 확실치 않다.

그곳의 동쪽에서 다시 비탈을 올라 2리만에 동쪽의 언덕에 올랐다. 다시 북동쪽으로 아득하게 올라가 8리만에 사송초(梣松哨)에 이르렀다. 사송초는 동쪽에서 뻗어오는 등성이이다. 이 등성이는 서쪽으로 건너뻗어 유난히 높다랗게 튀어나온 봉우리로 솟구쳤다가, 남쪽으로 벽계강(碧溪江)의 북동쪽 언덕에서 끝난다. 이곳은 순녕부 북동쪽의 끄트머리로서, 몽화부와 경계가 나뉘는 곳인데, 고개에 사송나무가 가장 크기에 사송초라 일컫은 것이다.

이때 마방이 마침 이곳에서 식사를 하고 있는지라, 마침내 이들을 따라잡았다. 다시 등성이를 따라 동쪽으로 4리를 올라갔다가 북쪽으로 돌아들어 고갯마루에 올랐다. 이곳은 구우가(舊牛街)이다. 이날 저자의 장이 아직 파하지도 않은 때였다. 어느덧 80리를 걸어왔다.

이곳은 동쪽에서 건너뻗어온 등성이의 가장 높은 곳이다. 북쪽을 바라보니, 양비강까지 그 동쪽의 점창산(點蒼山)이 하늘 높이 곧추선 채 솟구쳐 있다. 남쪽을 바라보니, 와방(瓦房)의 튀어나온 문처럼 생긴 봉우리가 동쪽에서 갈라져 서쪽으로 에돌아 앞쪽에 구렁을 빙 두르고 있다. 서쪽을 바라보니, 유난히 높다랗게 튀어나온 봉우리가 가까이에 남서쪽으로 솟구쳐 있고, 강 너머의 횡령의 여러 봉우리들이 멀리 북서쪽을 빙 두르고 있다. 이 또한 마음을 상쾌하게 하고 눈을 즐겁게 만들어주는 경관이다.

여기에서 북쪽의 고개를 따라 내려와 2리만에 벼랑을 감돌아 동쪽으로 돌아들었다. 이어 등성이 북쪽을 따라 동쪽으로 나아가 8리만에 옛 순검사에 이르렀다. 북동쪽으로 2리를 더 내려가 남쪽 구렁 위를 감돌자, 갈림길이 나타났다. 등성이를 넘어 북쪽으로 내려가는 길은 북쪽의 양비강으로 통하는 길인 듯하고, 원래 길은 더 동쪽으로 등성이를 따라 간다.

2리 남짓을 가서 동쪽 고개를 넘어 북쪽으로 내려갔다. 이곳에서 골짜기는 북쪽으로 꺼져내린다. 곧바로 골짜기의 동쪽 비탈을 따라 북동쪽으로 나아갔다. 5리를 가서 와호로(瓦葫蘆)에 이르자, 수십 채의 민가가 비탈부리에 기댄 채 빙글 감도는 구렁 속에 높다랗게 매달려 있다. 비탈 동쪽에 조그마한 물길이 있다. 한 줄기는 서쪽의 겨드랑이에서, 다른 한 줄기는 남쪽의 겨드랑이에서 흘러오다가 앞쪽의 구렁에서 엇갈려 북쪽으로 흘러간다. 이 와호로 역시 산이 한데 모여 있고 물이 넘쳐흐르는 근원이다. 이날 밤 객점의 누각에 묵었다. 달이 휘영청 밝으나, 아쉽게도 술을 함께 마실 짝이 없다. 우울한 기분으로 잠자리에 누웠다.

8월 17일

동틀 녘에 식사를 하고서 길을 나섰다. 동쪽으로 비탈을 내려갔다. 1

리를 가서 서쪽에서 흘러오는 조그마한 물길을 건너, 북쪽 산을 따라 동쪽으로 나아갔다. 반리를 가서 이 물길은 남쪽에서 흘러오는 조그마한 물길과 합쳐진 뒤, 함께 골짜기를 뚫고서 북쪽으로 흘러간다. 길 또한 물길을 따라가다가 산을 끼고서 북쪽으로 돌아든다. 1리를 가자, 정자가 딸린 다리가 이 시내 위에 걸쳐져 있다. 이 다리는 광제교(廣濟橋)이다.

다리를 건너 동쪽으로 나아가 동쪽 기슭을 따라 북쪽으로 2리 남짓을 갔다. 골짜기가 서쪽 산에서 뻗어와 합쳐졌다. 북쪽으로 5리를 더 가자, 북쪽의 구렁이 약간 트이고, 물길이 북서쪽의 골짜기를 내달린다. 동쪽의 골짜기에서 흘러온 또 한 줄기의 물길이 합쳐진다. 두 물길의 물살은 서로 엇비슷하다. 곧장 물길을 거슬러 들어갔다.

동쪽으로 1리 남짓을 나아가자, 그 위에 조그마한 다리가 걸쳐져 있다. 북쪽으로 다리를 건넌 뒤, 북쪽의 비탈을 따라 동쪽으로 반리를 올랐다. 이어 시내를 거슬러 북쪽으로 돌아들어 2리 남짓을 나아갔다. 동쪽으로 돌아들어 1리 남짓을 가자, 수십 채의 민가가 북쪽의 산에 기댄 채 자리하고 있다. 이곳은 서가자(鼠街子)이다. 골짜기는 이곳에 이르러 동서로 기다랗게 뻗어있다. 시내는 골짜기 바닥을 흘러가고, 길은 북쪽 벼랑을 거슬러 나아간다.

북쪽의 벼랑에는 여러 차례 조그마한 물길이 골짜기에 걸린 채 흘러내리고, 길은 동쪽의 물길을 감돌아 여러 차례 오르내렸다. 10리를 가서 비탈을 넘어 동쪽으로 내려오자, 동쪽의 골짜기가 약간 트여 있다. 북쪽 벼랑의 굽이를 감도니, 대체로 북쪽 벼랑은 이곳에 이르러 약간 뒤로 물러났으나, 남쪽을 가로막고 있는 병풍 같은 산은 훨씬 더 가파르다.

동쪽으로 3리를 가자, 이 시내의 한 줄기는 북쪽에서 흘러오고, 다른 한 줄기는 남쪽에서 떨어진다. 동쪽에서는 가로누운 산이 가로막고 있는지라, 길은 이에 꺾어져 북쪽에서 흘러오는 시내를 거슬러 나아간다. 2리를 약간 내려갔다가 1리 남짓을 가서 시내의 동쪽 언덕을 넘은 뒤,

시내를 거슬러 북쪽으로 나아갔다.

반리를 가자, 시내는 두 줄기로 나뉘었다. 한 줄기는 북서쪽에서 흘러오고, 다른 한 줄기는 동쪽에서 흘러온다. 이에 꺾어져 동쪽에서 흘러오는 물길을 따라 올라갔다. 반리를 가자, 몇 채의 민가가 비탈 사이에 기대어 있다. 이곳은 저시하초(猪矢河哨)이다. ('저시'는 현지의 구음口音이다. 이곳은 여러 물길이 시작되는 곳이니, 아마 제시하諸始河일 것이다.)

이곳의 산은 골짜기를 휘감은 채 한데 모여 있고, 가운데는 갈라져 비탈이 드리워져 있다. 쭉 북쪽의 고개를 넘어가는 갈림길은 양비로 가는 길이고, 비탈을 넘어 북동쪽으로 뻗어가는 길은 노당(爐塘)으로 가는 길이다. 다만 동쪽의 골짜기를 따라 오르는 길은 몽화부로 가는 한길이다.

이에 동쪽으로 3리를 올라, 약간 북쪽으로 굽이도는 산굽이를 따라 나아갔다. 산굽이에는 조그마한 물길이 남쪽의 곁에 떨어지고, 갈림길은 물길을 따라 북쪽으로 나아간다. 이곳은 양비로 가는 길이 아니라, 하관(下關)으로 가는 지름길인데, 아쉽게도 마방은 따를 수 없는 길이다.

다시 동쪽으로 한길을 따라 올랐다. 때론 가파른 길을, 때론 평평한 길을 타고서 남쪽 구렁을 굽어보면서 나아가 5리만에 고개 등성이를 넘었다. 등성이는 약간 가운데가 움푹 꺼져 있다. 북동쪽의 정서령(定西嶺)에서 나누어진 갈래는 서쪽으로 건너뻗어 전두산(甸頭山)을 이루었다가, 다시 두 갈래로 나뉜다. 한 갈래는 북쪽으로 돌아들어 이수(洱水)를 낀 채 북쪽의 창산(蒼山) 뒤쪽으로 뻗어나오고, 다른 한 갈래는 남쪽으로 뻗어내려 몽화부의 서쪽에 낀 산을 이룬다. 이곳은 그 등성이가 뻗어나온 곳이다.

등성이의 동쪽에는 움푹한 평지가 커다랗게 북쪽에서 남쪽으로 펼쳐져 있는 것이 보인다. 그 동쪽에 줄지은 산은 이 등성이와 문처럼 나란히 마주하고, 북쪽의 전두산은 가운데가 이어진 채 낮게 엎드려 있으며, 그 너머에 푸른빛을 띠운 채 높이 솟구친 것은 점창산이다. 남쪽의 전미(甸尾)에는 양강(陽江)이 가운데를 가로질러 구불구불 흘러내린다. 이

강은 정변현(定邊縣)과 경계를 이루고 있다. 몽화부의 부성은 어느덧 동쪽의 너른 들판 속에 엎드려 있다. 그러나 나는 곧바로 동쪽으로 내려가지는 않았다.

고개 등성이에서 완만하게 남쪽으로 반리를 나아갔다. 그 등성이 가운데에 힘차게 서쪽으로 뻗어가는 것은 사송초와 맹보자의 산갈래가 여기에서 나누어진 것이고, 어지러이 엇섞인 채 동쪽으로 뻗어가는 것은 부성의 한길이 뻗어있는 곳이다. 처음에 골짜기 속에서 2리를 꺼져 내렸다가, 곧바로 북쪽의 비탈을 따라 3리를 내려왔다. 다시 비탈 등성이를 따라 5리를 내려왔다. 길 남쪽의 골짜기는 푹 꺼져내려 더욱 훤히 트이고, 길 북쪽의 봉우리는 끊어졌다가 다시 솟구친다.

이 봉우리는 서쪽 등성이에서 아래로 드리워져 이곳에 이르기까지, 여러 차례 낮게 엎드렸다가 솟구친다. 그 모습이 마치 꿴 구슬이 이어져 내리는 듯하다. 모두 네댓 봉우리가 동쪽의 기슭까지 뻗어내린다. 양강의 물길은 부성 서쪽에서 서쪽으로 굽이졌다가 그곳을 향한다. 이 또한 기이한 경관이다.

길은 그 남쪽에서 잇달아 두 봉우리를 감돌았다. 남쪽의 움푹한 평지가 훤히 트여 있고, 몇 채의 민가가 남쪽 산 아래에 기대어 있다. 골짜기 속은 온통 밭두둑이 빙 두른 채 밭을 이루고 있다. 동쪽으로 1리를 더 가서 북쪽으로 돌아들었다가, 동쪽으로 불쑥 솟구친 봉우리 뒤쪽을 뚫고서 그 움푹 꺼진 곳을 가로질렀다.

이 봉우리는 곧 구슬처럼 꿰어져 내린 다섯 번째 봉우리로서, 동쪽 기슭에서 끝난다. 그 위의 여러 봉우리는 모두 산세를 따라 남쪽으로 내려오더니, 이 봉우리에 이르러 유독 가운데를 뚫고서 봉우리의 북쪽을 넘어간다. 이곳에는 신령한 기운이 깃들어 있는 듯한데, 토박이들은 깨닫지 못한 채, 간혹 옆으로 이어서 집을 지은 이도 있지만, 모두 제대로 하지는 못했다.

불쑥 솟구친 봉우리의 북쪽을 끼고서 내려와 반리만에 기슭에 닿았다. 다시 동쪽으로 반리를 더 가자, 동쪽에서 흘러오던 양강은 산에 부딪쳐 남쪽으로 돌아들어 흘러간다. 길은 강의 북쪽 언덕을 거슬러 동쪽으로 나아갔다. 반리를 가자, 강 위에 세 개의 구멍이 있는 반원형의 돌다리가 남쪽으로 걸쳐져 있다.

다리 남쪽을 넘은 뒤 동쪽으로 1리를 가서 몽화부의 서문에 들어섰다. 1리 남짓만에 성을 가로질러 동문에 이르렀다. 이어 성안으로 돌아들어 반리만에 등각사(等覺寺)를 지나 등각사 북쪽의 냉천암(冷泉庵)에서 발길을 멈추었다. 이곳은 묘악 법사가 수도하는 곳이다. 냉천암에는 우물이 있다. 매우 달고 차가워 몽화부 부성에서 으뜸가는 샘인지라, 암자의 이름을 냉천암이라 일컬은 것이다.

몽화부 부성은 대단히 가지런한 낡은 성이다. 높이는 이해(洱海)의 성과 비슷하다. 부성 안의 주민 역시 매우 많으며, 북문 밖에는 저자가 온통 모여 있다. 듣건대, 부성 안에 서너 집의 진사가 있다고 하니, 대리부(大理府)보다 훨씬 많은 셈이다. (북문 밖에서 서너 집이 떡을 파는데, 추측컨대 모두 중원에서 온 사람들일 것이다. 이들이 떡을 만드는 방법은 우리 고향의 '미공병眉公餅'과 영락없이 똑같다. 다만 여러 가지 맛을 고루 갖추지는 못했을 뿐이지만, 온 성의 누구라도 따르지는 못할 것이다.)

몽화부의 토박이 지주는 성이 좌(左)씨이다. 그는 대대로 선량하며, 경동부(景東府)처럼 사납고 난폭하지 않다. 그는 서쪽 산 북쪽의 움푹한 평지의 30리에 살고 있다. 몽화부에는 유관동지(流官同知) 한 사람이 있다. 성 안에 살고 있는 그는 성의 권력을 장악하고 있는지라, 다른 토부처럼 토사의 제약을 받지 않으며, 다른 유관들처럼 지부의 압력을 받지도 않는다. 몽화위 역시 성 안에 살고 있는데, 위관을 지내는 자 역시 다른 위(衛)보다 낫다. 대체로 경동부처럼 권력이 토박이 우두머리에게 있는 것이 아니고, 영창부의 사람들처럼 각자 정치를 하는 것도 아니다.

몽화부의 강역(疆域)은 꽤 옹색하며, 부에는 너른 들판이 오직 한 곳뿐이다. 물길은 모두 남서쪽의 난창강으로 흘러내리는데, 정서령 남쪽 등 성이가 그 동쪽과 경계를 이루고 있기 때문이다.

정서령은 주요 등성이에서 갈라졌다가 동서의 경계를 이룬다. 그 서 쪽은 몽화부, 순녕부, 영창부이고, 그 동쪽은 원강부, 임안부, 징강부(澂 江府), 신화주(新化州) 및 초웅부(楚雄府)이다. 등성이 남쪽의 주(州)와 현(縣) 의 물길은 모두 이 고개에서 나뉘어 흐른다. 남쪽 주봉의 주요 등성이 가 비록 길기는 해도, 이 고개가 남쪽 줄기의 첫 번째 갈래이다. 등성이 서쪽의 대리부, 검천주(劍川州), 난주(蘭州), 그리고 등성이 동쪽의 심전부 (尋甸府), 곡정부(曲靖府) 등은 그 북쪽에서 주요 등성이에 의해 나뉘어졌 다. 하지만 정서령이 실제로 주요 등성이를 이어 그 하류에 자리하고 있으니, 그들의 구역에 따라 판단하지 않으면 안 된다고 생각한다.

몽화부에는 천모사(天姥寺), 죽소사(竹掃寺), 강룡사(降龍寺), 복호사(伏虎寺) 의 네 절이 있다. 이 가운데 천모사가 가장 널리 알려져 있는데, 북서쪽 의 산속 움푹한 평지 사이로 35리에 있다. 나는 여기저기 두루 다닐 겨 를이 없기에, 우선 천모사에 가보고 싶었다.

8월 18일

냉천암에서 아침 일찍 일어나 하인 고씨에게 묘악 법사와 함께 마방 을 찾아가 내일 아침에 떠나기로 약속하도록 했다. 나는 서둘러 식사를 하고서 북문을 나와 말을 채찍질하여 천모사로 유람을 떠났다. 말을 타 고 가야 돌아올 수 있기 때문이었다. 북쪽으로 2리를 가서 연무장 뒤에 서 북서쪽으로 내려온 뒤, 약 1리를 가서 도랑 한 곳을 건너 북서쪽으로 너른 들판 속을 나아갔다. 5리를 가서 하지(荷池)를 지났다. 북쪽으로 1리 를 더 가서, 도랑 한 곳을 지났다. 다시 북서쪽으로 3리를 가자, 커다란 시내가 동쪽 굽이에서 서쪽으로 흘러왔다. 북쪽으로 이 시내를 건넜다.

4리를 나아가 서쪽 산의 동쪽에 불쑥 솟구친 산굽이를 감돌았다. 이 산부리는 동쪽으로 불쑥 솟구쳐 있고, 서쪽에서 흘러오는 커다란 시내의 상류 역시 산굽이에 바짝 다가서 있다. 길은 벼랑을 감돌아 북쪽으로 뻗어 있다. 이곳은 마침 몽화부와 천모사의 한가운데이다. 북쪽으로 2리를 더 가서 서쪽 산의 산굽이를 지난 뒤, 북쪽으로 2리를 더 가서 다시 동쪽으로 불쑥 튀어나온 산부리를 감돌았다. 다시 서쪽의 산굽이를 지나 3리를 가니, 동쪽으로 불쑥 튀어나온 산부리는 더욱 기다랗다.

그곳의 움푹 꺼진 곳을 넘어 북쪽으로 나아가자, 갈림길이 서쪽의 골짜기에 들어서 있다. 이 골짜기는 굽이져 서쪽을 감돌아 들어간다. 그 안쪽은 토사인 좌씨가 대대로 살고 있는 곳이다. 천모사로 가는 길은 움푹 꺼진 곳의 북쪽에서 서쪽 골짜기의 어귀를 가로질러 쭉 북쪽으로 건너 뻗어간다. 약 3리를 가서 동쪽의 불쑥 튀어나온 산부리를 다시 감돌았다. 이곳에는 민가가 끊이지 않고 이어져 있다. 비로소 북쪽의 움푹한 평지 중턱의 빙글 돌아든 겨드랑이 사이에 있는 천모사가 보였다. 이곳의 산은 모두 서쪽의 커다란 산줄기에서 기다랗게 갈라져 동쪽으로 감돌아 뻗어내린 산언덕이다.

3리를 더 가자, 둥그스름한 흙언덕이 빙 두른 산굽이 속에 자리하고 있다. 그 모습이 마치 구슬이 쟁반에 놓여 있는 듯하다. 길은 흙언덕 앞을 휘감아돈다. 다시 북쪽으로 3리를 가서 비탈을 따라 북서쪽으로 올라 1리만에 산문에 닿았다. 이곳은 천모애(天姥崖)인데, 실제로 벼랑이 있는 것은 아니다. 이 절은 동쪽을 향해 있다. 전각은 북쪽에 있고, 승방은 남쪽에 있다. 산문 안쪽에 오래된 패방이 있으며, '운은사(雲隱寺)'라고 씌어 있다.

『일통지』에 따르면, 롱우도산(龍盱圖山)이 성의 북서쪽 35리에 있다. 몽(蒙)씨 용가독(龍伽獨)이 애뢰산(哀牢山)에서 그의 아들 세노라(細奴邏)를 데려와 그 위에 살았다. 그는 롱우도성(龍盱圖城)을 짓고 스스로 기왕(奇王)에 올라 몽사조(蒙舍詔)라 일컬었다. 지금은 불탑과 운은사만 남아 있다. 그제야 천모애가 바로 운은사이며, 이 산의 실제 명칭이 용우도임을 알게 되었다. 이 불탑은 절 북쪽의 휘감아도는 산언덕 위에 있으며, 전각은 예전에 대단히 화려하고 가지런했다. 아마 토사의 집안에서 지었겠지만, 지금은 이미 영락하고 말았다.

이때 날이 어느덧 오후에 접어든지라, 서둘러 식사를 하고서 되돌아왔다. 커다란 시내를 건너 하지에 이르자, 벌써 어두컴컴해졌다. 부성에 들어서자, 묘악 법사가 마침 등불을 밝혀 기다리고 있었다. 식사를 하고서 잠자리에 누웠다.

8월 19일

묘악 법사가 유선향[1]을 나에게 선물했다. 나는 유우석(俞禹錫)의 시가 적힌 부채, 그리고 내가 지은 시를 선물로 드렸다. 마방이 왔기에, 곧바로 식사를 하고서 헤어졌다. 묘악 법사가 북문까지 배웅해주었다. 계속해서 2리를 가서 연무장의 동쪽을 지났다. 다시 북쪽으로 동쪽 기슭을 따라 1리를 가자, 길은 두 갈래로 나뉘었다. 쭉 북쪽으로 움푹한 평지를 따르는 갈림길은 대리와 하관으로 가는 길이고, 동쪽의 골짜기로 들어가 산을 오르는 갈림길은 미도(迷渡)와 이해로 가는 길이다.

이에 미도로 가는 길을 따라 동쪽으로 올랐다. 5리를 가서 서쪽으로 흘러내리는 산골물을 건넌 뒤, 여기에서 비탈을 올랐다. 2리를 가자 평지가 나타나고, 평지의 북쪽에 몇 채의 민가가 있다. 이곳은 아아촌(阿兒村)이라고 한다. 다시 비탈을 타고서 쭉 5리를 올라 비탈 꼭대기에 오른 뒤, 언덕 등성이를 완만하게 나아가 남쪽으로 언덕을 건넜다. 이 등성이는 남쪽의 봉우리에서 북쪽으로 건너 뻗어내린다. 그 동쪽은 커다란 산과의 사이에 구덩이를 이루었다가, 북쪽으로 내려가 서쪽으로 돌아들어 너른 들판으로 들어선다. 또한 그 서쪽은 너른 들판의 남쪽으로 완만하게 뻗어내린다. 그 위에서 몽화부 부성을 굽어보니, 마치 수자리하는 흙집과 같다.

다시 북쪽으로 비탈에 기대어 동쪽으로 3리를 더 올라가자, 서너 채의 민가가 등성이에 자리하고 있다. 이곳은 사탄초(沙灘哨)이다. 등성이 위에는 새로 지은 자그마한 암자가 있는데, 자못 깔끔하다. 등성이를 타고서 동쪽으로 2리를 올라 벼랑을 감돌아 북쪽으로 돌아들자, 갑자기 북쪽의 골짜기가 나란히 치솟아 있고, 길이 그 가운데로 뚫려 있다. 이 골짜기는 북쪽에서 뻗어오다가 동쪽으로 건너뻗은 뒤 남쪽으로 돌아드는 등성이다. 이곳은 용경관(龍慶關)이다.

골짜기를 가로질러 골짜기를 따라 동쪽으로 내려오니, 바위가 온통 울퉁불퉁하다. 반리를 가자 약간 평탄해졌다. 이 등성이는 북쪽의 정서령에서 남쪽으로 뻗어내린다. 동쪽으로 백애참(白崖站)과 미도를 끼고 있는 물길은 예사강이다. 이 강은 남쪽의 정변현 동쪽을 거쳐 원강으로 흘러내린다. 서쪽으로 몽화부와 전두에 접해 있는 물길은 양강이다. 이 강은 남쪽의 정변현 서쪽을 거쳐 난창강으로 흘러내린다. 경동부와 위원주, 진원주(鎭沅州) 등의 여러 부주(府州)의 산줄기가 거쳐가는 곳이다. 동쪽으로 4리를 내려오자, 몇 채의 민가가 골짜기 속에 자리하고 있다. 이곳은 석불초(石佛哨)이다. 이곳에서 식사를 했다.

다시 3리를 나아가자, 서너 채의 민가가 북쪽의 비탈에 자리하고 있다. 이곳은 도원초(桃園哨)이다. 여기에서부터 구불구불 골짜기 속을 나아가다가 물길을 따라, 때로 동쪽으로, 때로 북쪽으로 나아갔다. 2리를 채 가지 않아, 갑자기 골짜기와 함께 돌아들었다. 골짜기는 죄다 물길의 왼쪽에 있다.

이처럼 10리를 갔다가 북쪽으로 돌아드니, 그제야 골짜기 어귀가 동쪽의 너른 들판 속에 닿아있는 것이 보였다. 골짜기 속의 자그마한 집들은 첩첩이 겹친 채, 각기 물가 가까이에 기대어 있다. 지붕의 기와는 온통 하얀색이며, 이곳은 방앗간이다. 물로 기계를 돌려 보리를 빻아 면을 뽑아내는데, 대단히 희다. 이에 미도의 너른 들판에서는 벼보다 보리 생산이 더욱 풍성함을 깨달았다.

2리를 더 가서 다리를 건너 시내 오른쪽에서 골짜기 어귀를 나왔다. 이어 산을 따라 남쪽으로 돌아들어 반리를 간 뒤, 동쪽의 너른 들판을 가로질러 나아갔다. 이곳의 너른 들판은 매우 평탄하게 툭 트여 있다. 북쪽에는 높다란 산이 병풍처럼 우뚝 치솟아 있다. 이곳은 백애참이다. 북서쪽에는 한데 모인 봉우리들이 남쪽으로 가로뻗어 있다. 이곳은 정서령이 남쪽으로 건너뻗은 등성이이다. 양쪽의 높다란 곳의 사이로 움푹 꺼진 곳이 북서쪽에 있다. 이곳은 정서령이다. 고개를 넘어 서쪽으로 나아가면 하관으로 가는 길이고, 움푹 꺼진 곳에서 북쪽으로 돌아들면 조주(趙州)로 가는 길이다. 나는 그쪽으로 길을 잡아들 짬을 내지 못한 채, 그저 예사강 상류를 넘으면서 미도의 풍광을 구경할 뿐이었다. 이 모든 것은 마방의 여정과 연관되어 있다.

동쪽의 평탄한 둑 위로 3리를 나아가자, 담이 길 왼쪽에 자리한 채 너른 들판 속에 웅크리고 있다. 담은 반듯한데다 매우 긴데, 담 안에는 커다란 집이 없다. 이곳은 경동위(景東衛)의 곡식 저장소로서, 신성(新城)이라고 한다. 반리를 가자, 이 담은 동쪽으로 끝난다. 다시 둑 위로 3리를 나아가자, 길 오른쪽에 비석이 딸린 정자가 있다. 이 정자는 대리부의 부직(副職)인 왕(王)씨가 경동위의 정무를 대리할 적에 경동위의 사람들이 세운 것이다.

다시 동쪽으로 반리를 더 나아갔다. 시내는 북쪽에서 남쪽으로 흐르고, 그 위에 나무다리가 걸쳐져 있다. 물살과 시내는 모두 크지 않다. 이 시내는 예사강의 원류로서, 백애참과 정서령에서 흘러와 남쪽의 정변현으로 흘러들었다가, 원강부로 흘러내려 마룡수(馬龍水)와 합쳐져 임안하(臨安河)를 이룬 뒤, 연화탄(蓮花灘)으로 흘러내린다. 이때 너른 들판 속은 마침 가뭄에 시달리는지라, 물길이 허리띠만하다.

여기에서 바라보니, 너른 들판의 모습은 마치 쟁기의 뾰족한 부분과 같다. 북쪽은 훤히 트여 있고, 남쪽은 오므라들어 있다. 동서 양쪽에 줄지은 산들 역시 북쪽은 높고 남쪽은 낮게 엎드려 있다. 대체로 정변현과 경동부로 가는 한길은 모두 이곳을 거쳐 남쪽으로 뻗어간다.

동쪽으로 반리를 더 나아가 미도의 서문에 들어섰다. 이곳의 성벽은 신성만큼 가지런하지 않지만, 민가는 매우 번성하다. 이곳은 옛 성(舊城)으로, 순검사가 이곳에 살고 있다. 이곳은 조주, 이해위(洱海衛), 운남현(雲南縣), 몽화부의 경계가 나뉘는 곳이며, 경동위의 주둔지 역시 이곳에 있다. 성에서 쌀을 샀다.

북문을 나와 성벽을 따라 동쪽으로 돌아들어 1리를 갔다. 봉우리 한 갈래가 남동쪽에서 북쪽으로 돌아들고, 조그마한 불탑이 그 위에 서 있다. 그 산부리를 감돌아 동쪽의 움푹 꺼진 곳으로 들어가 1리를 더 가자, 그 안에는 해자(海子)라는 조그마한 구렁이 이루어져 있다. 산에 기댄 채 북쪽을 향해 있는 민가가 나타났다. 이곳에 투숙했다.

---

1) 유선향(乳線香) 혹은 유선(乳線)은 향료의 가루로 만든, 실 모양의 향이다.

8월 20일

날이 밝자 식사를 하고서 길을 나섰다. 동쪽으로 1리를 더 가서 골짜기에 들어서니, 그 안에 또 하나의 조그마한 구렁이 이루어져 있다. 2리를 가서 구렁을 따라 북쪽으로 돌아들었다가 차츰 비탈을 올랐다. 두 차례 오르고 두 차례 평탄한 길을 나아가 3리만에 고갯마루를 넘어 언덕을 따라 북쪽으로 나아갔다. 3리를 더 가자, 서쪽 비탈의 겨드랑이 사이에 주약촌(酒藥村)이라는 마을이 있다.

다시 북쪽의 비탈을 따라 나아갔다. 이 비탈은 온통 동쪽에서 서쪽으로 뻗어내린다. 기다란 언덕이 줄줄이 이어지고, 조그마한 물길들이 경계를 짓고 있다. 물길은 모두 서쪽의 미도로 흘러나간다. 두 차례씩 오르내리자, 언덕마루에 마실 거리를 파는 집이 나왔다. 이곳은 반점(飯店)이다. 동쪽 산 아래에 있는 마을은 반점촌(飯店村)이다. 다시 북쪽으로 언덕 한 곳을 넘어 2리를 가자, 비탈 서쪽에 산이 있다. 이 산은 동쪽의 비탈과의 사이에 골짜기를 이루고 있다. 골짜기의 조그마한 물길은 남쪽으로 흘러내리다가 서쪽의 미도로 흘러든다.

길은 골짜기에서 물길을 거슬러 북쪽으로 나아간다. 2리 남짓을 갔다가, 북동쪽으로 돌아들어 2리 남짓을 올라 움푹 꺼진 곳을 넘었다. 이것은 오룡패(烏龍壩)에서 남쪽으로 뻗어온 주요 등성이이다. 등성이는 이곳에 이르러 동쪽으로 건너뻗었다가 남쪽으로 돌아들어 우뚝 치솟아 수목산(水目山)을 이룬다. 등성이는 꽤 평탄하다. 남쪽의 비탈 사이를 여러 차례 오르내리지만, 실제로 오르막길은 많지 않으며, 북쪽의 내리막길은 자루처럼 완만하다. 이것이 남쪽으로 뻗어가는 주요 등성이라는 것은 알지 못했다.

내가 2월 13일에 학경부(鶴慶府)에서 주요 등성이를 건너 서쪽으로 나아간 이래, 남서쪽을 이리저리 돌아다닌 지 반년 남짓만에, 다시 이곳 등성이를 건너 북쪽으로 되돌아온 셈이다. 헤아려보니 고향을 떠난 지 3년 동안 주요 등성이를 넘고 동서로 건너다녔으니, 베를 짜듯 오가는 베틀 북과 다를 바 없도다!

등성이의 북쪽에서 완만하게 반리를 내려가자, 청화동이 서쪽 산에 기댄 채 동쪽을 향해 있다. 동굴에 들어가니, 그 안에는 싯누런 물이 가득 고인 채 동굴 입구에까지 가득 차 있다. 내가 작년 섣달 19일에 왔을 적에는 비가 내린 뒤인지라 동굴 바닥이 진창이긴 했으나, 물이 밖으로 넘치지는 않아 깊숙이 들어갈 수 있었다. 그런데 지금은 마침 가뭄으로 고생하던 때인데도 물이 동굴 입구를 가로막고 있는지라 바깥의 평대에조차도 이를 수 없다. 그 안쪽 입구는 모두 물속에 잠긴 채 오직 이곳 틈새만 뚫려 있고 그 위에서도 빛이 스며드는데, 동굴 안의 꼭대기만큼 높고 깊숙하지는 않다.

북쪽으로 약간 돌아들자, 그 위쪽의 구멍은 곧바로 어두워지면서 끝이 나고, 그 아래의 입구는 물에 잠겨 있는지라 가운데 동굴로 들어갈 길이 없었다. 이 동굴은 예전에 횃불이 없어 깊숙이 들어갈 수 없었으나, 진창을 밟으면서 수십 길을 나아가 동굴 속을 헤치고 꼭대기의 창까지 뚫고 들어갔었다. 그러나 이번에는 동굴 입구를 그저 바라보면서 걸음을 멈출 수밖에 없었다. 훗날 돌아가는 길에 이곳을 들러 동굴에 간직된 참모습을 두루 볼 수 있을지 없을지 알 수 없는 일이다.

동굴을 나와 북쪽으로 반리를 가서 고개를 넘자마자, 서쪽의 백애참으로 가는 한길이 나왔다. 한길을 제쳐두고 계속해서 북쪽으로 나아갔다. 2리를 가자 못 하나가 서쪽의 비탈 아래에 있고, 그 남서쪽 벼랑에 바위가 줄줄이 늘어서 있다. 이곳 역시 용담이다. 북쪽으로 1리를 더 가서 마을 한 곳을 지났다. 마을 북쪽의 길 오른쪽에 담이 있다. 토박이 지현인 양(楊)씨의 저택이다. 북쪽으로 1리를 더 가자, 곧 이해위의 성 남서쪽 모퉁이이다.

서쪽의 성 밖에서 반리를 나아가 서문을 지났다. 이곳은 내가 이전에 투숙했던 곳이다. 다시 성을 따라 북쪽으로 반리를 갔다가 동쪽으로 돌아들었다. 반리만에 북문 밖에 이르러 객점을 찾아 식사를 했다. 이에 앞서 나는 도중에 목동이 계종 하나를 손에 들고 있는 것을 보았다. 계종은 대단히 큰데다 싱싱하고도 깨끗했다. 이때 계종은 이미 철이 지난 때이니, 아마 마지막으로 홀로 자라나 커진 것이리라. 나는 그것을 사서 이곳 객점에서 탕으로 끓여 식사를 했다. 입맛에 딱 맞았다.

이해위에서 계족산으로 가는 길은 구정산(九鼎山)과 양왕산(梁王山)의 사이에 있다. 이 길은 내가 전에 지났던 길인데, 마부가 집이 교전(蕎甸)에 있는지라 억지로 이곳까지 에돌았던 것이다. 대체로 이해위를 빙 두른 움푹한 평지는 대단히 크다. 즉 서쪽으로는 주요 등성이의 드높은 언덕에 기대어 있고, 동쪽으로는 동쪽 산을 마주하여 늘어서 있다. 남동쪽으로는 고인 물이 청룡해자(靑龍海子)를 이루었다가, 골짜기를 뚫고서 소운남역(小雲南驛)을 에돌아 물길의 어귀를 이루고, 그 남쪽으로는 청화동 앞에서 남쪽의 움푹 꺼진 곳으로 넘어간다. 그 북쪽은 양왕산의 동쪽 아래의 갈래로서, 평평하게 엎드린 채 동쪽의 산으로 이어진다. 이해 위에서 북쪽을 바라볼 적에 물이 이곳을 따라 새나간다고 여겼는데, 이 곳이 상류임을 알지 못했다.

나 역시 이곳을 들러 이 점을 검증하고 싶었다. 그래서 북쪽으로 밭 두둑 사이를 나아갔다. 서쪽의 구정산으로 가는 길을 굽어보면서 비탈을 따라 오르니, 산골물 너머 몇 리밖에 있다. 6리를 가서 양왕산의 동쪽 갈래의 남쪽에 이르자, 그 서쪽 겨드랑이에 절이 나타났다. 남쪽을 향한 채 너른 들판을 굽어보고 있는 이 절은 반야사(般若寺)이다.

이에 동쪽의 언덕을 넘어 1리 남짓을 갔다. 품전(品甸)이라는 마을이 서쪽 산에 기대어 있다. 마을에서 동쪽으로 1리 남짓을 갔다가 북쪽의 비탈을 오르니, 한 줄기 둑이 있다. 둑의 북서쪽에는 산과 구렁이 에워싸고 있으며, 남동쪽에는 물이 고여 호수를 이루고 있다. 이때 오래도록 가물었는지라 호수는 반 너머 이미 말라 있다.

둑에서 동쪽으로 반리를 가자, 둑에 기댄 채 사당 한 곳이 북쪽의 호수에 매달려 있다. 이곳은 용왕사(龍王祠)이다. 동쪽으로 반리를 가서 북쪽으로 돌아들자, 둑은 비로소 끝이 난다. 다시 동쪽의 불쑥 튀어나온 비탈을 올라 1리를 가자, 서쪽 겨드랑이로 상반해자(尚蟠海子)의 지류가 보인다.

고개 등성이를 완만하게 나아가다가 북쪽으로 3리를 갔다. 동쪽 골짜기는 뻗어내려 멀리 동쪽 산에 이어지고, 산겨드랑이 속에는 물이 가득 차 있다. 이곳은 주관사해자(周官蓼些海子)이다. 그 북쪽은 완만한 언덕이 동쪽으로 건너뻗어 동쪽 산에 이어진다. 이 주관사해자는 사실 청룡해자의 원류이다. 양왕산의 산줄기는 이곳을 거쳐 동쪽으로 건너뻗으며, 남쪽으로 빙 둘러 이해위성의 동쪽 산을 이룰 뿐만 아니라, 교전 북쪽과 빈천(賓川) 동쪽으로도 높다랗게 봉긋 솟아 철색정(鐵索箐)과 홍석애(紅石崖)를 이루고 있다. 이들 모두는 이 등성이가 교전의 동쪽을 에돌아 기세 좋게 뻗은 것이다.

나는 전에 이해위성의 북쪽에 미전(米甸)과 화전(禾甸), 교전이라는 지명이 있다고 들은 적이 있다. 아울러 청해자(靑海子)의 물길이 소운남역을 거쳐 너른 들판을 따라 북쪽으로 돌아들었다가, 연지패(胭脂壩)를 거쳐 화전과 미전 등의 여러 들판의 물길과 합쳐져 북쪽의 금사강(金沙江)으로 흘러든다고 알고 있었으며, 이 등성이의 북쪽과 교전의 물길 역시 북동쪽으로 흘러가리라고 짐작하고 있었다.

이곳에 이르러서야 이것만은 북서쪽의 빈천으로 흘러나감을 알게 되었다. 비로소 이 등성이가 □□산에서 남쪽으로 건너뻗어 □□산을 이루었다가 소운남역에서 끝나고, 북쪽으로는 교전의 동쪽과 경계를 이루어 빈천의 동쪽 산으로 우뚝 솟구쳤다가 금사강 언덕의 홍석애에서 끝나며, 등성이 북쪽의 빙 두른 구렁이 교전이고, 화전과 미전의 두 곳의 이름은 비록 세 발 달린 솥처럼 함께 병렬되어 있으나, 물길은 나뉘어 흐른다는 것을 깨닫게 되었다.

고개 위에서 북서쪽으로 돌아들어 1리를 갔다. 이어 북쪽의 움푹한 평지를 따라 내려와 3리만에 움푹한 평지의 바닥에 이르렀다. 북쪽에는 움푹한 평지가 펼쳐져 있다. 그 북쪽에 가로뻗은 높다란 산은 빈천의 동쪽에 비스듬히 치켜들린 채 웅장하게 솟구쳐 있다. 서쪽에 줄지은 커다란 산은 곧 양왕산이 북쪽으로 뻗어내린 갈래이다. 또한 동쪽에 줄지은 커다란 산은 곧 주관사해자의 북쪽 언덕이 동쪽으로 건너뻗은 등성이인데, 북쪽으로 돌아들어 곧바로 높다란 산으로 이어진다.

고개 위에서 바라보니, 동서 양쪽에 줄지은 산들은 높이가 등성이와 나란한데, 이곳에 이르러 위로 드높이 솟구치고 경사가 심하다. 움푹한 평지 속에는 마을이 겹겹이 이어져 있다. 이곳은 교전이다. 남서쪽 골짜기에서 흘러나오는 산골물을 건너 약간 북쪽으로 비탈을 올랐다. 1리를 더 가서 마부의 집에서 걸음을 멈추었다. 오후에 무더위가 심한지라, 이곳에서 묵기로 하고 나아가지 않았다.

8월 21일

날이 밝자 식사를 하고서 길을 떠났다. 마부는 그의 아들에게 짐을 지고 따르게 했다. 막 문을 나서려는데, 아들이 짐이 무겁다면서 되돌아 가더니, 아버지가 식사를 마치기를 기다렸다가 말을 타고서 나아갔다. 어느덧 오전이었다.

북쪽으로 서쪽 산의 기슭을 따라 5리를 가자, 너른 들판의 동쪽에 마을이 있다. 이곳은 해자(海子)이다. 마을은 너른 들판의 웅덩이진 곳에 자리하고 있다. 이곳은 실제로 호수가 아니고, 그저 동쪽 산에 호수로 통하는 골짜기가 있을 따름이다. 차츰 북서쪽으로 돌아들어 5리를 가서, 서쪽 산 아래에 있는 마을을 지났다.

4리를 더 가자, 수십 채의 민가가 서쪽 산에 기댄 채 자리하고 있고, 그 앞에 빙 둘러 있는 둑에는 물이 고여 있다. 이곳은 풍익촌(馮翊村)이다. 그 북쪽은 곧 높다란 산이 가로막고 있는 기슭이다. 너른 들판 속의 물은 처음에는 동쪽 산을 따라 북쪽으로 흐르다가, 이곳에 이르러 서쪽으로 돌아든 뒤 북쪽 산을 스치면서 서쪽으로 흘러간다. 서쪽 산은 다시 북쪽으로 불쑥 솟구쳐 물길을 가로막은 채, 북쪽의 기슭과 마주 솟아 문을 이루고 있다. 물길은 그 사이를 따라 서쪽으로 골짜기를 뚫고 흘러가고, 길은 그 남쪽에서 서쪽의 움푹 꺼진 곳을 넘어 들어가더니, 물길과 더 이상 만나지 않는다. 대체로 북쪽의 불쑥 솟구친 산부리가 물길을 끼고서 나아갈 수 없기에, 물길은 그 남쪽을 따라 틈새를 헤치고서 산부리를 넘어간 것이리라.

풍익촌에서 북쪽으로 1리를 가서 이곳의 움푹 꺼진 곳의 기슭에 이른 뒤, 서쪽으로 벼랑을 감돌아 구렁을 지났다. 소낙비가 느닷없이 대야로 퍼붓듯이 골짜기에 쏟아지더니, 땅위 곳곳에 물이 흘러넘쳤다. 2리를 가서 남서쪽으로 돌아들어 벼랑 위를 감돌았다가, 1리를 더 가서 북서쪽으로 돌아들었다. 이어 바위비탈을 타고서 1리 남짓을 나아가 언덕마루에 올랐다. 갈림길이 나왔다. 서쪽으로 움푹 꺼진 곳을 넘어가는 길은 빈거(賓居)로 가는 길이고, 북쪽으로 언덕을 넘는 길은 빈천(賓川)으로 가는 길이다.

이에 북쪽으로 반리를 올라 고갯마루에 올랐다. 서쪽의 너른 들판을 굽어보니, 너른 들판 너머로 빈거해(賓居海) 동쪽의 산과 멀리 마주하고 있다. 너른 들판의 남북 양쪽은 가까운 산에 가로막혀 전체의 모습을 볼 수 없으나, 봉우리 북쪽의 교전의 물길은 이미 골짜기를 뚫고서 서쪽으로 흘러나와 구불구불 북쪽으로 흘러간다.

이에 북서쪽으로 산을 내려왔다. 1리 남짓을 가자, 마부가 북쪽 봉우리의 언덕 사이를 가리켰다. 그곳은 철성(鐵城)의 옛 터인데, 예전에 토박이 우두머리가 험준함을 믿고 근거지로 삼은 곳이다. 대체로 양왕산의 북쪽 끄트머리의 갈래는, 북쪽에는 교전의 물길이 깊은 구덩이를 이루어 경계를 짓고 있고, 남쪽에는 봉우리 꼭대기에서 푹 꺼내려 구덩이를 빙 두르고 있다. 이곳의 언덕은 그 가운데에 매달린 채 서쪽을 향해 우뚝 서 있다. 마치 불광채(佛光寨)가 일녀관(一女關)의 험준함에 의지하고 있는 듯하다. 중승[1]인 추(鄒), 응룡(應龍)[2]이 여러 도적 소굴을 소탕하지 않았다면, 어찌 이렇게 평안한 세상을 누릴 수 있으랴!

다시 1리 남짓을 내려와 꺼져내린 구덩이의 물길을 건넌 뒤, 동쪽 산을 따라 북쪽으로 나아갔다. 3리를 더 가서 교전의 물이 흘러나가는 어귀에 이르렀다. 이 물길은 이리저리 흩어져 사방으로 흘러간다. 북쪽으로 물길을 따라가니, 혹은 물속을 가기도 하고, 혹은 여울을 건너기도 하며, 혹은 물길의 왼쪽을 건너기도 하고, 혹은 물길의 오른쪽을 건너기도 한다. 아득하여 바른 길이 없다.

4리를 간 뒤 동쪽 기슭에 올라서야 길이 나타났다. 북쪽으로 나아갔다. 기슭을 따라 6리를 가서 길 서쪽을 바라보니, 반원형의 다리가 너른 들판 속에 자리하고 있다. 이 길은 대리부에서 빈거를 거쳐 오는 한 길이다. 다리 서쪽에 주관영(周官營)이라는 마을이 있다.

마을의 동쪽에서 쭉 북쪽으로 3리를 가자, 조그마한 패방이 언덕 위에 있다. 패방을 지나서야 비로소 빈천주의 성이 보였다. 북쪽으로 1리를 더 가서 남훈교(南薰橋)를 지나 성의 남문으로 들어섰다. 성안을 나아가 북쪽의 치소 앞을 지난 뒤, 약 1리를 가서 북문을 나와 식사를 했다. 고기를 사서 먹었다.

북쪽으로 1리를 가서 작은 언덕 위의 패방을 지났다. 이어 북서쪽의 비탈을 내려가 1리만에 너른 들판 속의 산골물에 이르렀다. 그 북쪽에는 다섯 개의 구멍이 뚫린 반원형의 다리가 있는데, 꽤 가지런하다. 산골물이 겨우 허리띠만한지라, 다리로 가지 않고 산골물을 건넜다.

다시 북서쪽으로 2리 남짓을 가서 서쪽 산의, 동쪽으로 불쑥 튀어나온 산부리에 닿았다. 산부리를 감돌아 북쪽으로 나아가 2리를 더 가자, 남서쪽에서 고개의 움푹 꺼진 곳을 넘어오는 길과 합쳐졌다. 이 길은 내가 예전에 양왕산에서 왔던 길이다. 그 북쪽에 홍모촌(紅帽村)이라는 마을이 서쪽 봉우리 아래에 기대어 있다. 이곳은 내가 전에 들러 식사를 했던 곳이다.

마을 뒤쪽에서 서쪽 산을 따라 북쪽으로 4리를 나아갔다. 서쪽 산에 조그마한 골짜기가 펼쳐져 있다. 여기에서 길이 두 갈래로 나누어져 있다. 서쪽을 향해 골짜기로 들어섰다. 1리를 가서 조그마한 산골물을 타고서 북쪽으로 올랐다. 이어 1리만에 언덕마루에 올라 패방 한 곳을 지난 뒤, 북서쪽으로 나아갔다.

2리를 가서 서쪽의 언덕 등성이를 넘었다. 남쪽 산이 서쪽에서 병풍처럼 늘어선 채 동쪽으로 뻗어온다. 이곳은 배사(排沙)의 북쪽에 줄지은 산으로, 서쪽으로는 이해의 동쪽에서 동쪽의 빈거에 이르며, 남쪽으로는 주요 등성이인 오룡패산(烏龍㘵山)과의 사이에 끼어 있다. 토박이들은 이 산을 북산(北山)이라 일컬으며, 그 북쪽의 움푹한 평지에 관음정(觀音箐)이 있다. 그 북서쪽으로 이해의 가까이에는 삼간문(三澗門)에서 뻗어온 등성이인 노파산(魯擺山)이 있으며, 다시 동쪽의 상창(上倉)과 하창(下倉)의 물길을 끼고서 북쪽의 염화사(拈花寺) 남쪽 다리 아래로 뻗어나간다.

언덕마루에서 다시 북서쪽으로 3리를 나아갔다가 약간 내려왔다. 물길이 남서쪽에서 흘러오고, 정자가 딸린 다리가 북쪽에 걸쳐져 있다. 이곳은 건과교(乾果橋)이다. 북쪽에는 언덕에 기대어 몇 채의 민가가 있다. 이곳은 내가 전에 묵었던 곳인데, 오늘 다시 묵게 되었다. 건과교의 북쪽에는 뾰족한 봉우리가 동쪽을 향한 채 불쑥 하늘높이 솟아 있다. 대체로 남서쪽에는 노파산과 이해의 동쪽에서 뻗은 등성이가 북동쪽으로 갈라져 있으며, 위쪽은 상창과 하창, 관음정의 분계선이고, 아래쪽은 연동계(煉洞溪)와 건과계(乾果溪)의 가운데 자락이다. 이곳은 계족산 동쪽의 첫 번째 물길 어귀의 산이다.

---

1) 중승(中丞)은 어사중승(御史中丞)으로서, 명나라 때에 도찰원(都察院)의 부도어사(副都御史)를 가리킨다.
2) 추응룡(鄒應龍)은 명나라의 대신으로, 난주(蘭州) 출신이며, 자는 운경(雲卿)이고 호는 난곡(蘭谷)이다. 병부시랑 겸 우첨도어사(右僉都御史)를 맡아 운남을 순무했다.

8월 22일

날이 밝자 식사를 하고서 길을 나섰다. 북서쪽으로 3리 남짓을 가서 조그마한 시내를 건넌 뒤, 1리쯤을 올라 뾰족한 봉우리 아래에 이르렀다. 봉우리의 동쪽 벼랑을 따라 북쪽으로 1리를 간 뒤, 벼랑을 따라 서쪽으로 돌아들었다가 봉우리 북쪽으로 나왔다. 여기에서 북쪽의 움푹한 평지는 서쪽에서 동쪽으로 펼쳐져 있다. 계족산의 물길은 연동(煉洞)에서 동쪽의 우정가(牛井街)로 흘러내렸다가 빈천계(賓川溪)와 합쳐져 북쪽으로 흘러간다.

남쪽 벼랑을 따라 서쪽으로 뻗어내려 2리를 갔다. 길가에 마을이 있고, 위쪽에 '금우일정(金牛溢井)'이라 씌어 있는 패방이 있다. 토박이들은 시내 북쪽의 마을 곁을 가리키면서, 황금 소가 넘쳐흐르는 바위구멍이 있고, 저자는 그 너머에 있다고 한다. 다시 서쪽의 골짜기를 감돌아 비탈을 올라 2리만에 아래로 내려왔다. 조그마한 물길을 건넌 뒤, 북서쪽으로 올라갔다.

두 차례 오르내려 5리만에 언덕마루를 올랐다. 언덕마루는 온통 남쪽에서 북쪽으로 불쑥 솟구쳐 있다. 2리를 더 가서 약간 내려가 '광전류방(廣甸流芳)'이라 씌어진 패방을 지났다. 북쪽으로 1리를 더 가자 마을이 서로 바라다보였다. 이곳은 연동의 경내이다. 남쪽의 비탈에 기댄 채 북쪽으로 움푹한 평지를 굽어보면서 2리를 더 가서 공관가(公館街)를 지났다. 다시 북쪽으로 1리를 가서 중계장(中谿莊)을 지났다.

(이중계李中谿가 연로하여, 연동의 쌀을 먹으면 소화가 잘 되었기에 별장을 지어 식사를 바쳤다. 계족산에는 이중계의 유적이 세 가지 있다. 즉 동쪽에는 이 별장이 있고, 서쪽에는 도화정 아래에 중계서원이 있으며, 맨꼭대기 곁의 예불대禮佛臺에는 중계독서처가 있다.)

다시 북쪽으로 언덕을 올라 1리를 가자, 띠집이 언덕마루에 쭉 이어진 채 퍼져 있다. 이곳은 연동의 저자이다. 북쪽으로 반리를 더 가서 '연법룡담(煉法龍潭)'이라 씌어진 패방을 지났다. 북쪽으로 1리 남짓을 더 가서 약간 내려와 다리 하나를 지나자, 여러 채의 민가가 서쪽 산의 움푹한 평지 속에 기대어 있다. 민가 앞에는 못이 하나 있고, 그 위에는 우물이 있다. 조그마한 정자가 우물을 덮고 있다. 이 우물은 곧 용담이다. 불법을 수련하는 이가 누구인지 알 길이 없다. 마을 북쪽에 거대한 나무 한 그루가 있다. 나무뿌리는 구불구불 땅 위로 대여섯 자나 나와 있는데, 가운데는 빈 채 반원 모양으로 휘어져 다시 땅속으로 들어가 있다. 휘어진 뿌리 아래로 사람이 다닐 수 있을 정도이다.

여기에서 다시 북서쪽으로 2리를 가서 비탈 한 곳을 넘고, 북서쪽으로 1리 남짓을 더 가서 다암을 지났다. 다시 북서쪽으로 내려가 구덩이를 건너고, 1리를 가서 구덩이를 건너 올랐다. 이어 북쪽 산이 빙 두른 겨드랑이를 따라 서쪽으로 올랐다. 1리 남짓을 나아가 그 남쪽의 구렁을 굽어보니, 가운데는 그림쇠처럼 감돌고, 바닥은 대단히 평평하다. 다시 서쪽으로 1리를 오르자, 길은 두 갈래로 나뉘었다. 북쪽으로 고개를 넘어가는 길은 계족산으로 가는 길이다.

이에 북쪽으로 올라 고갯마루를 2리 나아갔다가 서쪽으로 꺾어져 내려갔다. 2리 남짓을 내려가자, 골짜기는 남서쪽에서 뻗어오고, 골짜기 바닥의 물은 골짜기를 뚫고서 북동쪽으로 흘러간다. 이 물길은 하창해자(下倉海子)의 물이 우정가로 흘러드는 것이다. 정자가 딸린 다리가 물길 위에 걸쳐져 있다. 이곳은 계족산 동쪽의 두 번째 물길 어귀의 산이다.

다리 서쪽을 건넌 뒤, 북쪽의 비탈을 올랐다. 남쪽으로 꺾어져 서쪽 골짜기를 감돌아 북쪽으로 1리 남짓을 갔다. 이어 골짜기를 따라 북서쪽으로 올랐다. 1리 남짓을 더 가자 고갯마루에 초소가 있다. 여기에서 쭉 남쪽으로 완만하게 나아가는 길은 하창으로 가는 길이다. 고개를 넘어 북쪽으로 1리를 내려가니, 염화사가 동쪽을 향한 채 서쪽 산에 기대어 빙 두른 구렁 속에 자리하고 있다. 절로 들어가 식사를 했다. 식사를 마치자 비가 내리는지라, 잠시 쉬었다.

절의 왼쪽에서 서쪽으로 돌아들어 올라 1리 남짓만에 북쪽의 불쑥 솟구친 고개를 넘었다. '불대앙지(佛臺仰止)'라고 씌어진 패방이 나왔다. 비로소 계족산의 모습이 온전히 보였다. 꼭대기는 북서쪽에 솟구쳐 있고 꼬리 부분은 남동쪽으로 흔든 채, 하늘높이 매달려 있다. 마음이 절로 끌린다.

등성이를 넘어 서쪽으로 내려가자마자 북쪽으로 돌아들어 1리만에 내려가 북쪽으로 꺼져내린 골짜기를 건넜다. 반리를 더 가서 서쪽으로 북쪽에 불쑥 튀어나온 움푹 꺼진 곳을 넘었다. 움푹 꺼진 곳의 남쪽 갈래에 패방이 비탈에 기대어 있다. 이것은 백석애의 동쪽 기슭의 패방으로, 내가 전에 왔을 적에는 미처 구경할 겨를이 없는지라 백석애의 서쪽 기슭의 패방을 따라 동쪽으로 꺾어져 올랐었다.

움푹 꺼진 곳을 지나 서쪽을 향해 한길을 따라 1리 남짓 걸음을 재촉하여 백석애의 서쪽 패방을 지났다. 서쪽으로 1리 남짓을 더 가자 갈림길이 나오기에 약간 내려갔다. 계족산 앞쪽 골짜기의 시내는 동쪽을 향하여 우정가로 흘러든 뒤, 빈천의 시내와 합쳐져 북쪽의 상원(桑園)으로 향하다가 금사강으로 흘러내린다. 시내 위에는 조그마한 정자가 딸린 다리가 걸쳐져 있다.

다리의 북쪽을 지나자, 마부는 동쪽으로 돌아들어 북쪽으로 올라 사지(沙址)로 향했다. 나는 서쪽의 시내를 거슬러 하자공(河子孔)이라는 곳을 찾아볼 작정이었다. 이때 물이 불고 탁류가 솟구쳐 흐르는지라 더 이상 찾을 수 없다는 생각이 들었다. 마침 한 노부인을 만나 물어보니, 남서쪽 벼랑 아래를 가리켰다. 그곳에는 시내를 따르는 길이 끊긴 채, 시내의 지류가 흐르고 있으며, 가시덤불이 빽빽하게 뒤덮고 있다.

물길을 건너고 덤불을 지나 서쪽으로 2리를 갔다. 홀연 시내 위에 정자가 딸린 다리가 걸쳐져 있다. 이곳의 다리는 하류인 사지의 다리보다 두 배나 크고, 북쪽에서 뻗어오는 길이 나 있다. 다리 남쪽을 넘어 곧바로 남쪽 산을 따라 동쪽을 향하여 백석애 앞으로 나오니, 산에 오르는 관도가 나왔다. 그제야 사지의 조그마한 다리는 지름길이고, 이곳의 다리는 세심교(洗心橋)이며, 하자공은 바로 다리 남쪽의 바위벼랑 아래에 있음을 알게 되었다.

이곳의 바위는 두세 길이나 가로누워 있고, 물은 그 아래에서 북쪽으로 넘쳐나온다. 구멍의 가로 길이는 그 바위의 길이만 하지만, 높이는 세 자가 채 되지 않는다. 구멍에서 넘쳐흐르는 물은 대단히 맑으나, 다리 서쪽에서 흘러오는 시냇물은 멀건 장처럼 혼탁하다. 다리 서쪽의 물길은 두 줄기에서 흘러온다. 즉 북쪽에서 흘러오는 물줄기는 골짜기 속의 폭포가 실단사(悉檀寺)와 용담 두 곳의 물과 합쳐진 것이고, 서쪽에서 흘러오는 물줄기는 도화정에서 동쪽으로 흘러내리는 물길이다.

이 두 줄기는 다리 서쪽에서 한데 합쳐져 다리 동쪽으로 흘러나갔다가 이곳 하자공의 맑은 지류와 만난다. 이것은 계족산 남쪽 산골물의 상류이다. (하자공 위에 신을 모시는 사당이 있다. 그 남쪽의 벼랑 위에 또 정실이 있다.) 여기에서 북쪽에서 뻗어오는 한길을 따라 '영산일회(靈山一會)'라 씌어진 패방으로 올랐다.

2리를 가서 패방 아래에 이르렀다. 이곳에서 사지의 서쪽에서 뻗어오는 길과 만난다. 그 남서쪽의 산골물 너머로 절이 비탈 기슭에 자리하고 있다. 이곳은 접대사(接待寺)이다. 옛 사찰인 이 절은 서쪽의 첫 번째 산갈래의 동쪽 끄트머리의 기슭에 있다. 계족산의 여러 사찰 가운데, 산길이 닦이지 않았을 때 맨 먼저 이 절이 있었고, 나중에 온 이들이 위에 살면서부터 이 절은 퇴락하고 말았다.

이때 나는 마부와 하인 고씨가 앞서가는지 뒤쳐져 있는지 알지 못한지라, 서성거리면서 1리를 갔다가 차츰 시내의 동쪽 언덕을 따라 올랐다. 그 동쪽 봉우리 아래를 굽어보니, 동쪽의 세 번째 갈래가 빙 두른 고개이다. 고개 위는 탑의 터가 새로 닦여 있다. 그 사이에는 대사각(大士閣)이 있는 가운데의 두 번째 갈래와 마주한 채 골짜기가 이루어져 있다. 길은 그 아래로 지나가고 있다.

다시 북쪽으로 1리를 가서 비탈을 감돌아 약간 올라 보은사(報恩寺)를 지났다. 보은사는 동쪽의 세 번째 갈래의 산기슭에 있는 으뜸가는 절이다. 서쪽 갈래에서 접대사가 으뜸가는 절인 것과 마찬가지이다. 다만 가운데의 두 번째 갈래의 경우, 이 기슭은 양쪽의 시내가 만나는 곳인데, 양쪽이 뾰족하여 의탁할 만한 절이 없는 채, 그 위에 바로 대사각이 자리하고 있을 따름이다.

보은사의 서쪽에서 다시 북쪽으로 1리를 가자, 다리가 산골물 위에 서쪽으로 걸쳐져 있다. 다리를 건너 대사각의 동쪽 기슭을 따라 북쪽으로 반리를 오르자, 갈림길이 나왔다. 남서쪽으로 고개를 감돌아가는 길은 대사각으로 가는 한길이고, 쭉 북쪽으로 동쪽 시내의 서쪽 벼랑을 굽어보면서 들어가는 길은 실단사와 용담으로 가는 길이다. 물어보니 마방이 이미 앞서 용담으로 향했다기에, 나는 그들을 따라갔다.

1리를 갔다가 동쪽으로 다리를 건너 산골물 동쪽에서 가파른 길을 올랐다. 오르막길에는 마방의 발자국이 겹겹이 찍혀 있다. 커다란 소나무가 둔덕을 끼고 있고, 푸르른 녹음이 날듯이 흐르는지라, 오르는 발걸음이 힘든 줄을 몰랐다. 2리를 더 가서 용담 위로 돌아들었다가, 반리만에 실단사에 들어섰다. 이때 네 분의 스님들은 모두 계시지 않고, 오직 순백(純白) 스님만이 나와 맞아주었다. 이에 북쪽 누각에 묵었다. 연초에 이곳을 떠날 때를 떠올리니, 어느덧 반년이 훌쩍 지나 있었다.

원문

己卯八月初一日 余自小臘彝東下山. 臘彝者, 卽石甸北松子山北曲之脈, 其脊度大石頭而北接天生橋, 其東垂之嶺, 與枯柯山東西相夾. 永昌之水, 出洞而南流, 其中開塢, 南北長四十里, 此其西界之嶺頭也. 有大小二臘彝寨, 大臘彝在北嶺, 小臘彝在南嶺, 相去五里, 皆枯柯之屬. 自大石頭分嶺爲界, 東爲順寧, 西爲永昌, 至此已入順寧界八里矣. 然余憶『永昌舊志』, 枯柯、阿思郎皆二十八寨之屬, 今詢土人, 業雖永昌之産, 而地實隷順寧, 豈順寧設流後界之耶? 又憶『一統志』、『永昌志』二者, 皆謂永昌之水東入峽口, 出枯柯而東下瀾滄. 余按『姚關圖說』, 已疑之. 至是詢之土人, 攬其形勢, 而後知此水入峽口山, 透天生橋, 卽東出阿思郎, 遂南經枯柯橋, 漸西南, 共四十里而下哈思坳, 卽南流上灣甸, 合姚關水, 又南流下灣甸, 會猛多羅, 而潞江之水北折而迎之, 合流南去. 此說余遍訪而得之臘彝主人楊姓者, 與目之所睹, 『姚關圖』所云, 皆合, 乃知『統志』與『郡志』之所誤不淺也. 其流卽西南合潞江, 則枯柯一川, 皆首尾環向永昌, 其地北至都魯坳南窩, 南至哈思坳, 皆屬永爲是, 其界不當以大石頭嶺分, 當以枯柯嶺分也.

由嶺頭東南直下者三里, 始望見江水曲折, 南流川中. 又下三里, 乃抵江上. 有鐵鎖橋橫架江上, 其制一如龍江曲尺, 而較之狹其半. (其上覆屋五六楹, 而水甚急. 土人言, 橋下舊有黑龍毒甚, 見者無不斃. 又畏江邊惡瘴, 行者不敢竚足云. 其南哈思坳更惡, 勢更甚于潞江, 豈其峽逼而深隆故耶?) 其水自阿思郎東向出石崖洞, 而西南入哈思坳峽中者, 卽永昌峽口山入洞之下流也. 按阿思郎在臘彝北二十里, 其北有南窩都魯坳, 則此坳極北之迴環處也. 逾嶺而北, 其下卽爲滄江東向之曲. 乃知羅岷之山, 西南下者盡於筆架, 直南下者盡於峽口山, 東南挾滄江而東, 爲都魯南窩北脊, 山從其東復分支焉. 一支瀕江而東; 一支直南而下, 卽枯柯之東嶺也, 爲此中分水之脊, 迤邐由灣甸、都康而南界瀾滄、潞江之中, 爲孟定、孟艮諸彝, 而直抵交趾者也. 其瀕江東去之支, 一包而南, 爲右甸, 再包而南, 爲順寧、大侯(卽今之雲州)焉. 是坳南北二坳, (北都魯, 南哈思.) 相距四五十里, 甚狹而深. 瀕江兩岸俱田, 惟僰彝、儸儸居之, 漢人反不敢居, 謂一入其地卽'發擺', [1] (寒戰頭疼也.) 故雖有膏腴而讓之彝人焉.

渡橋沿江東岸, 西南至哈思坳, 共四十里而至亦登; 沿江東岸, 東南逾岡入峽, 六十里而至雞飛. 余初聞有熱水溢於石盤中, 盤復嵌於臺上, 皆天成者; 又一冷水流而環之, 其出亦異. 始以爲在亦登; 問道亦登, 又以爲在雞飛; 問道雞飛, 又以爲瘴不可行, 又以爲茅塞無路, 又以爲其地去村遠, 絶無居人, 晚須露宿. 余輾然曰 : "山川眞脈, 余已得之, 一盤可無問也." 遂從東大路上坡, 向枯柯、右甸道. 始稍北, 遂東上一里, 而平行西下之岡, 三里, 有墟茅三四在岡頭, 是爲枯柯新街. 又東一里, 有一樹立岡頭, 大合抱, 其本挺植, 其枝盤繞, 有膠淋漓於本上, 是爲紫梗樹, 其膠卽紫梗也. 初出小孔中, 亦桃膠[2]之類, 而蟲蟻附集於外, 故多穢雜云. 岡左右俱有坑夾之, 北坑卽從岡盤窟下, 南坑則自東峽而出. 於是南轉東盤北坑, 又半里轉東, 半里抵東峰下, 乃拾級上躋. 三里, 始登南突之嶺, 始望見南峽兩山壁夾, 自東而西, 從此西出, 則盤壑而西注於江橋之南, 同赴哈思之坳者. 乃知其山之度脊, 尚在嶺之東上, 不可亟問也. 此坡之上卽爲團霸營, 蓋土官之雄一方者, 卽枯柯之夜郎矣. 於是循南峽而東躡, 又一里, 再登嶺頭, 有一家隱路南, 其後竹樹夾路. 從樹中東行一里, 稍轉而北, 盤一南突之坳, 又向上盤坡而東, 有大樹踞路旁, 下臨西出之澗. 其樹南北大丈餘, 東西大七尺, 中爲火焚, 盡成空窟, 僅膚皮四立, 厚二尺餘, 東西全在, 而南北俱缺, 如二門, 中高丈餘, 如一亭子, 可坐可憩, 而其上枝葉旁覆, 猶青青也. 是所謂枯柯者, 里之所從得名, 豈以此耶? 由此又東二里, 折而北, 上一坡, 盤其南下之坳. 坳北有居廬東西夾峙, 而西廬茅簷竹徑, 倚雲臨壑, 尤有幽思. 其東有神宇踞坡間, 聞鯨音鼓賽[3]出絶頂間, 甚異之. 有一家踞路南, 藩門竹徑, 淸楚可愛. 入問之, 曰: "此枯柯小街也". 距所上坡又二里矣. 於是又東沿北坡平上. 其南卽西出深澗, 北乃崇山, 竹樹蒙蔽, 而村廬踞其端, 東向連絡不絶. 南望峽南之嶺, 與北峰相持西下, 而蕎地旱穀, 墾遍山頭, 與雲影嵐光, 浮沉出沒, 亦甚異也. 北山之上雖高, 而近爲坡掩, 但循崖而行, 不辨其崇隆; 而南山則自東西隆, 而盡於江橋之南, 其東崇巘穹窿, 高擁獨雄, 時風霾蒙翳, 出沒無定, 此南山東上最高之峰, 自北嶺東度, 再突而起者也. 沿之東行, 南瞰深壑, 北倚叢巘, 又東二里有岐: 一南下塢中, 爲墾壑之道; 一北上叢嶺, 爲廬坡之居; 而路由中東行, 南瞰下坳, 有水出穴間. 又東二里, 下瞰南壑, 有水一方倚北坡之上, 路卽由之北向而上, 以有峽尚環而東也. 北上里餘, 又轉而東, 盤北坳而東上坡, 屢上不止, 又七里而至中火鋪.

其坡南突最高, 中臨南峽之上, 峽脊由其東南環而西下. 於坡之對崖, 南面復聳一峰, 高籠雲霧間, 卽前所望東畔穹窿之頂也. 自枯柯江橋東沿峽坡迤邐而上, 約三十里矣. 踞坡頭西瞰江橋峽中, 其水曲折西南下, 松子山北環之嶺, 東北而突爲臘彝之嶺, 峽南穹窿之峰, 又南亙分支西繞, 橫截於江橋塢之南, 西至哈思坳. 坳之南復有小支, 自臘彝西南灣中東突而出, 與橫截塢南之山湊, 西南騈峙如門. 門內之灣, 卽爲哈思坳, 門外又有重峰西障, 此卽松子山南下之脊, 環石甸於西者也. 自此坡遙望之, 午霧忽開, 西南五十里歷歷可睹.

坡之東有瓦室三楹, 踞岡東南, 兩旁翼以茅屋, 卽所謂中火鋪. 有守者賣腐於中, 遂就炊湯而飯. 及出戶, 則濃霧自西馳而東, 其南峽近嶺俱不復睹. 東下半里, 渡一脊, 瞰其南北二峽, 環墜如窆, 而叢木深翳, 不見其底, 當猶西下而分注江橋南北者也. 其脊甚狹, 度而東, 復上坡, 山雨倏至. 從雨中涉之, 得雨而霧反霽. 一里餘, 盤崖逾坳, 或循北峰, 或循南峰, 兩度過脊, 始東上. 沿北坡而東, 一里餘, 又涉一南突最高之嶺, 有哨房一龕踞其上, 是爲瓦房哨. 於是南臨南峽, 與峽南穹窿之頂平揖而對瞰矣. 至是雨晴峰出, 復見峽南穹頂直南亘而去, 其分支西下者, 卽橫截塢南之岡, 西與哈思坳相湊成門者也. 穹頂東環之脈, 尙從東度, 但其脊稍下, 反不若西頂之高, 皆由此北坡最高之嶺, 東下曲而度脈者. 始辨都魯坳東所分南下之脊, 至此中突, 其分而西者, 爲中火鋪、枯柯寨之嶺, 其曲而東降者, 度脊南轉西向而突爲穹窿之頂. 此分水之正脈也.

由瓦房哨東下半里, 復東度脊, 始見北峽墜坑, 爲東北而下右甸之上流, 是北水之所分也, 而南水猶西下南峽. 又東度兩脊, 穿兩夾嶺, 一里, 復盤南嶺之陰而上. 其處深木叢篁, 夾坡籠坳, 多盤北坑之上. 又一里, 南轉而凌其西下之坳, 始逾南峽上流, 從其東涉岡東上, 始逾南渡之脊, 此分水正脈所由度而西轉者也. 又東一里, 有草龕踞北岡, 是爲草房哨. 從其東又東北下一里, 稍轉而東南半里, 有脊又南度而東轉, 此右甸南環之嶺所由盤礴者也. 於是東向而下二里餘, 下度一曲, 有小水北下成小溪, 小橋橫涉之. 又東逾一岡, 共下四里, 始南峽成溪, 遂望見右甸城在東塢中, 有岐從東北坡去, 而大道循南峽東向平下. 二里, 南峽中始有村廬夾塢, 舂杵之聲相應. 又南三里, 遂出坡口. 乃更下一里而及坡麓. 路由田塍中東南行, 望見右甸之城, 中懸南坡之下, 甸中平疇一圍, 聚落頗盛. 四面山環不甚高, 都魯坳東分之脈, 北橫一支, 直亘東去, 又南分一支, 南環右甸之東; 草房哨南度之脈, 東環右甸之南, 從甸南界東北轉, 與甸東界南環之支湊; 甸中之水, 東向而破其湊峽, 下錫鉛去. 甸中自成一洞天, 其地猶高, 而甸乃圓平, 非狹嵌, 故無熱蘊之瘴, 居者無江橋毒瘴之畏, 而城廬相托焉. 由塍中行, 共四里, 入其北門. 暮宿街心之葛店. (葛江西人.)

右甸在永昌東一百五十里, 在順寧西一百三十里. 其東北鄰莽水之境, 正與蘆塘廠對; 其西南鄰雞飛之境, 正與姚關對. 其正南與灣甸對, 正北與博南山對, 正西與潞江安撫司對, 正東與三臺山對. 數年前土人不靖, 曾殺二衛官之蒞其地者, 今設城, 以順寧督捕同知駐守焉. 城不大而頗高, 亦邊疆之雄也.

---

1) 발파(發擺)는 악성 학질에 걸림을 의미한다.
2) 도교(桃膠)는 복숭아나무의 껍질에 함유된 일종의 지교(脂膠)로서, 한의학에서는 이 질의 치료에 쓰이며, 공업에서는 접착제의 원료로 사용된다.
3) 경음고새(鯨音鼓賽)는 신에게 제사를 올리는 종과 북의 소리를 가리킨다.

初二日 晨起, 霧色陰翳. 方覓飯而夫逃. 再覓夫代行, 久之不得. 雨復狎至, 遂鬱鬱作記寓中者竟日.

初三日 雨復霏霏, 又不得夫, 坐邸樓鬱鬱作記竟日. 其店主葛姓者, 乃市儈之尤, 口云爲覓夫, 而竟不一覓, 視人之悶以爲快也.

初四日 早霧而晴. 顧僕及主人覓夫俱不足恃, 乃自行市中. 是日爲本甸街子. 仍從北門內南轉岡脊, 是爲督捕同知公署, 署門東向, 其南卽往南門街, 而東則曲向東門街, 皆爲市之地也. 余往來稠人中, 得二人, 一擔往順寧, 一馱往錫鉛, 皆期日中至葛寓, 余乃返. 迫午, 往錫鉛駝騎先至, 遂偕之; 而往順寧者亦至, 已無及矣. 乃飯, 以駝騎行.

出東門, 循南坡東向半里, 涉東來之塢, 渡小溪東, 山岡漸折而東南行, 四里, 遂臨東塢. 東塢者, 右甸東南落水之塢尾也. 城北大甸圓而東南開此塢, 南北西三面之水, 皆合而趨之. 路臨其西坡, 於是南轉二里餘, 又涉二東北注之坑, 復依南麓東行二里餘, 上北突之嘴, 則甸東之山, 亦自北南環, 與嘴湊峽, 於是相對若門, 而甸水由其中東注焉. 此甸中第一重東鎭之鑰,亦爲右甸東第一重東環南下之分支, 雖不峻, 而蜿蜒山頂, 地位實崇也.

逾嘴東稍下, 湊峽之外, 復開小塢而東, 水由其底, 路由其南坡之半. 又東二里餘, 有數家倚坡, 北向塢而廬. 過此東南下, 有水自南峽出, 涉之, 上其東坡, 遂循坡之南峽東南上, 水流其岡北, 路由其岡南, 於是始不與水見. 又東南循岡三里, 盤一北下之坳而上岡頭, 是爲<u>玉壁嶺</u>. 其嶺自南北突, 東西俱下分爲坑, 有兩三家駐峰頭. 時日尚高, 以前路無可止, 遂歇.

初五日 平明起, 飯而行, 宿霧未收. 下其東坑, 涉之, 復東南上一里, 又循東來之峽, 而行夾岡之南. 東向四里, 度其北過之脊, 仍循峽東下, 行夾岡之南. 二里餘又稍下, 涉北出之水, 又循東來之峽, 而行夾岡之南. 東向二里, 復度其北過之脊, 於是從脊北東行之支, 東向行其上. 半里, 有兩三家夾道, 是爲<u>水塘哨</u>. 由此東南行山夾間, 五里, 始隆坡而下. 其右又隆一峽東下, 其左路再隨崖東下者二里, 西臨右峽之上. 而路左忽隆一坑, 盤窄而下者二丈, 有水沉其底, 長二丈, 闊八尺, 而狹處僅二尺, 若琵琶然, 淵然下嵌. 左倚危壁, 右界片棧, 而外卽深峽之下盤者, 不知此水之何以獨止也. 由其南又半里, 而躡嘴下墜者半里, 左崖之端遂盡, 而右峽來環其前. 還望左崖盡處, 叢石盤崖, 儼如花簇, 而右崖西界大山, 亦懸屏削於重樹間, 幽異之甚. 由峽底又東南行一里, 其峽外束如門. 披門南出, 稍轉東而下坡, 半里, 有水自東曲而西, 大木橫架其上, 南度之, 是爲<u>大橋</u>. 橋下水卽<u>右甸</u>下流, 東行南轉, 至是西折過橋, 又盤西崖南去, 已成湯湯之流. 橋南沿流之峽, 皆隨之爲田, 而三四家倚橋南東坡上, 有中火[1]之館. 此右甸第二重東鎖之鑰, 亦爲右甸東第二重東環南下之分支, 與東南行大脊(<u>右甸</u>)相對成峽, 夾溪南去者也.

由橋南卽躡東南坡而上, 水由峽直南去, 路躡坡東南升. 一上者二里, 凌嶺頭. 西望夾溪之山, 稍南有破峽從西來者, 卽<u>水塘哨</u>西下之水也; 其南夾水一支, 亦至是東盡, 而有寨盤其上焉; 其又南一支, 嶙峋獨聳, 上出層巒, 是爲<u>杜偉山</u>. 此乃<u>右甸</u>南東來之正脊, 自<u>草房哨</u>度脈至此, 更崇隆而起, 轉而直南去, 而東夾此溪. 其脊乃東南下老龍, 自雲州南下, 分瀾滄、潞江之脊, 而直下交南者也. 所望處尙在寨盤頂之東北, 從此更夭矯南向, 夾溪漸上, 又二里而隔溪與寨盤之頂對. 又二里, 降坡南下, 穿坳而東, 見其東又墜爲小坑, 路下而涉之. 一里, 又南逾東坡西環之坳. 又一里, 有數家倚東坡而居, 其東又有一溪自東北來, 環所廬之坡而注西峽, 西峽水自北南下, 與此水夾流而合於坡南. 此坡居廬頗盛, 是爲小橋, 正西與杜偉山對. 遙望杜偉山自西北來, 至此南轉, 其挾臂而抱於西南者, 皆灣甸州之境, 水亦皆西南流; 其北峽與寨盤之頂夾而東出者, 皆順寧之境, 水皆東南流. 則此山眞一方之望, 而爲順寧、灣甸之東西界者也.

飯於村家, 大雨復至. 久而後行, 由坡東下, 渡北來之溪, 小石梁跨之. 所謂'小'者, 以別於大溪之橋也. 復東南上, 隔溪對杜偉山而南, 下瞰西峽之底, 二流相合, 盤壑南去. 此山爲右甸東第三重東環南下之分支, 爲錫鉛之脈者也. 南五里, 或穿嶺而左, 見嶺東近峽墜坑, 其遠峰又環峙而東, 又或分而南; 穿嶺而右, 見嶺西近峽, 西溪盤底, 杜偉駢夾. 如是二里, 乃墜其南坡, 或盤壑西轉, 或躡坳東折, 或上或下, 又五里, 有兩三家當坳而廬, 是爲兎威哨. 於是再上其東坡, 則東西壑皆可並睹矣. 西壑直逼西麓而長, 以杜偉西屛也; 東壑遙盤東谷, 其下叢沓, 而猶不見底. 其東北有橫浮一抹者, 此挾江(瀾滄)而東南之嶺也; 其正東有分支南抱者, 此中垂而爲順寧之脈也. 從嶺漸下, 或左或右, 嶺脊漸狹. 四里, 始望見東塢有溪, 亦盤折其底, 與西峽似; 而西界外山, 自杜偉頂南, 其勢漸伏, 又紆而南, 則東轉而環其前; 東界外山則直亘南向, 與東轉前環之嶺湊. 問東西峽水, 則合於錫鉛之前, 而東南當湊峙之峽而去. 問順寧之道, 則逾東界之嶺而行; 有道逾前山南環之嶺者, 爲猛峒道, 從獵昔、猛打渡江而至興隆廠者也. 於是從岡脊轉東行. 其脊甚狹, 又二里, 西峽之溪直逼南麓下, 而東峽溪亦近夾, 遂如堵牆上行. 又東二里, 又東南下者二里, 坡盡而錫鉛之聚落倚之. 此右甸東分支南下第三重之盡處也. 其前東西二溪交會, 有溫泉當其交會之北涘, 水淺而以木環其四週, 無金雞永平之房覆, 亦無騰越左所之石盤, 然當兩流交合之間而獨有此, 亦一奇也.

是日下午至駝騎, 稅駕逆旅, 先覓得一夫, 索價甚貴, 强從之, 乃南步公館, 卽錫鉛驛也. (按舊志作'習謙', 土人謂出錫與鐵, 作'錫鉛'.) 返飯於肆, 亟南由公館側浴於溫泉, 暮返而臥.

---

1) 중화(中火)는 길을 가는 중에 쉬면서 밥을 지어먹는 것을 의미한다.

初六日 晨起而飯. 其夫至, 付錢整擔而行; 以一飯包加其上, 輒棄之去, 遂不得行. 余乃散步東溪, 有大木橫其上爲橋, 卽順寧道也. 仍西上公館, 從其西南下西溪, 是爲猛峒道. 有茅茨叢北岡上, 是爲錫鉛街子. 問得一夫, 其索價亦貴甚, 且明日行, 遂返邸作記.

初七日 前棄擔去者復來, 乃飯而同之行. 從公館東向下, 涉東溪獨木橋, 遂東上坡. 半里, 平行坡上, 或穿坳而南, 或穿坳而北, 南北皆深坑, 而路中穿之. 東去二里餘, 沿南崖北轉, 半里, 穿西突之坳, 半里, 復東逾嶺而南, 半里, 又出南崖上. 於是見南壑大開, 壑中支條崩疊, 木樹茸蘢, 皆出其下, 而錫鉛南山, 其南又疊一支, 紆而東南下, 以開此壑. 所陟山東自東大山分支, 西突此岡, 爲錫鉛東鎖鑰, 直西南逼湊南山, 水下其中甚東, 至此而始出東壑也. 瞰南倚北, 又二里, 見岡北亦嵌爲東西塢, 聞水聲淙淙, 余以爲卽西下錫鉛東溪者, 而孰知從倚北之嶺已分脊, 此塢且東南下矣. 於是反倚坡北下, 共半里而涉一橋, 度塢中水, 是爲孟祐之西溪. 其水南出前塢, 與錫鉛之水合於孟祐之南, 所謂孟祐河者也. 澗之東, 居廬疊出, 有坡自北來懸其中, 一里, 東向躋其上, 當坡而居者甚盛; 又東轉, 再盤一坡, 共一里, 又有居廬當坡, 皆所謂孟祐村矣. 此右甸東分支南下第四重之盡處也. 於是又見一溪自東塢出, 環塢而前, 與西溪交盤南壑中. 南壑平開, 而南抵南山下, 錫鉛之水, 沿其北麓, 又破峽東南去, 東南開峽甚遙, 而溪流曲折其間, 直達雲州舊城焉.

由村東卽循峽北入東塢，一里東下，度峽中橋，其橋東西跨溪上，上覆以亭，橋內大水自東北透峽出，橋外小水自東南透峽出。過橋東向，緣西垂之嶺上，其上甚峻，曲折梯危，折而左，則臨左峽，折而右，則臨右峽，木蔭藤翳，連幄牽翠，高下虧蔽，左右疊換，屢屢不已。五里漸平，則或沿左坡，或沿右坡，或涉中脊，脊甚狹，而左右下瞰者，亦與前無異也。又三里，則從坡右稍下。約一里，陟脊坳而東，又緣坡左上。一里，臨南坡之上，於是回望孟祐、錫鉛諸山，層環疊繞，山外復見山焉。余初疑錫鉛西嶺頗伏，何以猛峒之道不西由其坳而南陟其岑。又疑灣甸之界，旣東以猛峒，而猛峒以北，杜偉山以南，其西又作何狀？至是而遙見西嶺，又有崇峰一重臂抱於西。蓋枯柯東嶺老脊之南度者，一由瓦房哨東度脊西南下，其亙反高，夾永昌之流而南下哈思坳；坳之南其脈猶未盡，故亦登、溫板、雞飛在此脊之西者，猶順寧屬；而其南卽東與杜偉山自草房哨度脊者，如椅之交環其臂，其中皆叢杳之山，直下東南，而開峽底於猛峒西坳之伏處，其西正開峽之始，南降三十里而後及猛峒焉。(猛峒富庶，以其屬灣甸境也。) 此正西遙望之所及者。而正南則前夾之頂，至是平等，而猶不能瞰其外，正北則本坡自障之；正東卽其過脈分支之處，第見南峽之猶自東北環來也。

又東上五里餘，坡脊遂中夾爲槽。路由槽中行里餘，透槽東出，脊乃北轉，其下右墊盤杳如初，而左峽又墜南下之坑，故路隨脊北轉焉。又一里，脊東有峰中突，稍上，有中火之館，西向倚峰而峙，額曰'金馬雄關'，前有兩家，卽所謂'塘報'也。(鋪司鋪兵之類) 賣腐以供旅人之飯云。旣飯，由館左又東半里，轉而北透一坳。其西峰卽中火之館所倚者，此其後過脈處，與東峰夾成坳。由其中北透半里卽東轉，挾過脈東峰之北東向下。半里，又臨北墊之上，旋入夾槽中，兩崖如剖，中嵌僅通三尺，而底甚平。槽上叢木交蔽。半里，有倒而橫跨其上者，連兩株，皆如從橋下行，又一里，其跨者巨而低，必僂伏而過焉。槽南闕處，猶時時見西墜之峽，最後又見槽北之峽猶西墜也。共二里，稍東上，逾脊南轉，有架木爲門，踞嶺東者，爲白沙鋪哨。此南度之脊也，乃右甸東分支南下之第五重。其脈獨長，挾西分四支而抱於內，又南度而東南行, 與右甸南杜偉山之脊, 西夾孟祐河而出於雲州舊城西; 又與第六重沿瀾滄南崖之脊, 東夾順寧河而出於雲州舊城東; 從此南度, 紆而西南, 折而東南下, 東突爲順寧郡城, 又東南而盡於雲州舊城焉.

由哨門南向稍下, 輒聞水聲潺潺, 從西南迸峽下, 卽東北墜坑去, 而路從其南東向下, 猶有夾槽. 墜其中二里餘, 出槽, 東行岡脊上, 於是見北墾之北, 則瀾滄南岸之山, 紆迴東抱而南, 爲老脊東之第六支, 屏亘於順寧河之東, 今謂之東山, 卽『志』所稱某山也. 其脊南至雲州西南突者, 盡於新城西; 東北由茅家哨過脈而南者, 盡於雲州舊城所合二水東下而入瀾滄處. 南墾之南, 則卽此白沙脊南度東轉, 爲老脊東之第五支, 屏亘於順寧城之西, 今謂之西山, 卽『志』所稱某山也. 兩山夾塢東南去, 而順寧郡城踞其中西山下; 西北盤東山之坳, 爲三臺山渡江大道; 東南塢盡之隙, 則雲州在焉. 此一川大概也, 而川中欹側, 不若永昌、騰越之平展云.

從岡平行二里, 又稍下一里, 前有一峰中道而突, 穿其坳而上, 約一里, 有一二家倚坡東, 是爲望城關, 從東南墾中遂見郡城故也. 從此又迤邐下坡, 十里, 抵坡下, 東出大路, 兩度小橋, 上一坡, 約二里, 入郡城新城之北門. 南過郡治前, 稍轉東街, 則市肆在焉. 又南逾一坡, 出南門, 半里而入龍泉寺, 寺門亦東向, 其地名爲舊城, 而實無城也. 時寺中開講甫完, 僧俗擾擾, 余入適當其齋, 遂飽餐之而停擔於內.

初八日 晨起, 從殿後靜室往叩講師, 當其止靜, 未晤而出. 余時欲趨雲州, 雲州有路可達蒙化. 念從此而往, 則雇夫尙艱, 不若仍返順寧, 可省兩日負載. 乃以行李寄住持師達周, 以輕囊同僕行. 達師留候飯. 上午, 乃出寺前, 東隨小溪下川中. 一里, 渡亭橋, 循東界山麓南行. 三里, 稍上一西突之坡, 村廬夾道, 有普光寺傍東山西向. 又東南半里, 下涉一小澗, 仍南上坡, 居廬不絶. 已而其山東夾而入, 又有小水自東墾來, 渡之. 又東南逾一坡, 共五里, 則大溪之水自西而東折, 有亭橋(名歸化)跨之, 其水湯湯大矣. 由橋南里餘, 漸西南上東突之坡. 上一里, 村廬夾道. 倚西山東向, 有長窯高倚西

坡, 東下而西上, 是爲瓦罐窯. 由其南再越東突之脊一里餘, 東南下東出之
峽一里, 又東南上, 循西界山麓南行. 再下再上, 五里, 有一二家倚東突之
坡, 坡間有小池一方, 是爲鴨子塘. 又東南五里, 岡頭有村, 倚西岡東向, 是
爲象莊, 此未改流時土酋猛廷瑞畜象之所也. 由其南稍折而下, 一里, 渡一
澗. 其澗懸岡東下, 其西山環峽. 復東南上二里, 逾其東突之岡, 盤之而西
南下. 二里, 抵西坳下, 折而循南岡東上. 盤嘴而南, 六里, 有坊倚路左, 其
上有村, 曰安樂村. 又東南四里, 稍下, 有村倚西坡東向, 是爲鹿塘. 自歸化
橋渡溪右. 循西界山行, 其南支峰東突, 溪流盤峽中; 至鹿塘, 其下壑稍盤
而開, 田塍益盛, 村廬之踞東西兩山者甚繁, 而西坡之鹿塘尤爲最云. 時日
纔下午, 前無宿店, 遂止邸樓作記.

初九日 平明, 飯而行. 仍循西界山南行, 八里, 西界山忽橫突而東, 大溪乃
東北折入峽, 有小溪自西南山腋來合. 乃舍大溪, 溯小溪南半里, 東度小溪
石橋, 又南半里, 有村三四家倚南山東坳. 由南山躡西坳而上, 一里, 南逾
東突之脊, 有茅屋三楹踞脊間, 是爲把邊關, 有兩三家傍之居, 卽西山之東
突者, 而溪流則繞其東峽而南焉. 由關南下峽中, 半里, 透峽, 仍循西山行,
復東見溪流自其東破峽南出. 又下一里, 溪流西南來, 路東南臨其上. 兩盤
西灣之峽, 又稍上, 共一里, 有村踞路右岡上. 又南一里, 稍下, 再盤西灣,
南逾小石東行之脊, 遂東南行坡塍間. 一里餘, 又稍上東突之坡, 東南盤其
嘴. 一里餘, 路分兩岐, 一東南下峽者, 爲渡溪往新城道, 一西南循嶺者, 爲
翁溪往舊城道, 蓋新城道由溪東峽中行, 舊城道由溪西崖半行也. 時峽中
溪橋已爲水漲衝去, 須由翁溪涉溪而渡, 而水急難涉, 个若由舊城東北度
橋, 迂道至新城, 雖繞路十里, 而免徒涉之艱焉. 時聞楊州尊已入簾[1]去, 閃
知愿書亦不必投, 正可從舊城兼收之.

乃由溪西西南循山行, 復入坡塍, 一里, 東南上東突之坡. 又南二里, 有
村倚西山嶺上, 是爲翁溪村. 村之南, 西界山又環而東突, 東界山亦折而東
向去, 中開東西塢, 大溪東盤塢底, 平疇夾之. 翁溪之村, 正東向而下臨塢

中, 有路下涉塢中者, 卽渡溪往新城道也, 由村南循南山東轉者, 卽舊城道也. 乃循山東行一里, 復東南緣坡上, 北瞰塢中溪, 南逼坡足, 濚而東流. 路躡坡上, 甚峻, 二里, 東登嶺頭, 乃轉南行, 塢亦隨之, 南向破峽出. 路南行西坡, 一里, 大溪紆東南去, 路乃南下坡. 二里, 有數家分廬塢中, 是爲順德堡. 堡南有山, 自西界橫度而東突, 大溪紆之. 路南由其度脊處穿坳而過, 半里, 抵坳南, 輒分峽下. 又一里, 有峽自南來. 蓋西大山由坳西直南去, 南抵舊城之後, 其東餘支又北轉如掉尾, 而中夾爲塢, 其來頗深, 有村廬倚西坡上, 二峽合於前, 遂東向成流墜峽下. 路亦挾北坡東下, 隨之半里, 度峽中小橋, 其南則掉尾之支, 又橫度東突, 路復南向其度脊處穿坳而上. 一里餘, 逾嶺坳南下, 有村在南塢, 大溪自馬鞍山西, 盤西界東突之嘴, 循東山南行塢東, 路循西麓南行塢西. 二里, 西界山之南, 復一支橫障而東, 又有數家倚南山, 廬間曲路隨山東轉, 溪亦隨塢東折. 一里餘, 盤其東突之嘴, 大溪亦直搗其下, 路與水俱抱之而南. 南壑頗開, 廬塍交錯, 黍禾茂盛, 半秀半熟, 間有刈者. 壑中諸廬, 函宗(地名)最大, 倚西山而居壑中. 一里餘及之, 由其前東南行塍間, 一里餘, 南從大溪西岸行. 二里餘, 東西兩界餘支交環於前, 而西支迴突爲尤甚, 旣東向環而至, 中復起一小尖, 若當門之標; 水由其東裂塹出, 路由其西逾坳上, 是爲順寧、雲州分界.

越脊南下, 則其南壑又大開, 坡流雜沓於其間. 而遠山旁午, 或斜疊於南, 則西大脊自錫鉛南盤繞而東者; 或天矯於東, 則東界分支, 沿瀾滄西岸, 度茅家哨而南盡於順江小水者. 此其外繞之崇峰也. 而近山, 則塢北西山之脈, 至此南盡於西, 爲舊城, 東山之脈, 至此南盡於東, 爲新城; 塢西則西大脊之中, 一峰從灣中東突, 直臨舊城之西; 塢南則西大脊東轉之支, 又從南大脊之北, 先夾一支爲近案; 塢東則東界沿江之支, 又從東西轉, 直抱於新城之前爲龍砂. 此其內逼之迴巒也. 然猶近不見壑中諸水, 而只見舊城廬落卽在南岡; 一里及之, 亦數百家之聚也.

飯於舊城, 乃東向下坡. 半里, 有大道沿坡西南去者, 興隆廠道也; 東北去者, 新城道也. 於是東北行田塍間. 半里, 有新牆一圍, 中建觀音閣甚整,而功未就, 然規模雄麗, 亦此中所未睹也. 其處當壑之中兩水交會處, 目界四達. 於是始見孟祐河卽繞其東, 順寧河卽出其北, 遂共會於東北焉. 於是西向遙望, 有特出而臨於西者, 卽大脊灣中東突之峰; 其北開一隙自西北來者, 孟祐河所從出也, 其南紆一隙向西南峽者, 興隆廠所從逾也. 有中界而垂於東者, 卽沿江渡茅家哨西環之支; 其北開一隙, 直上而夾茅家哨者, 新城所托之塢也; 其南迸一隙, 東疊而注於順江小水者, 諸流所匯之口也.

小憩閣中, 日色正午, 涼風悠然. 僧瀹茗爲供. 已出圍牆北, 則順寧之水, 正出當門之壑. 循北崖東轉, 架亭橋其上, 名曰砥柱. 其水出橋東, 繞觀音閣後, 則孟祐河自西南來合之, 東去入水口峽者也. 度橋卽東北上坡. 是坡卽順寧東山之支, 自瀾滄西岸迤邐而來, 其東南直下者, 過茅家哨; 此其西南分支者, 至此將盡, 結爲馬鞍山, 東下之脈爲新城, 而此其東南盡處也. 登坡里餘, 下瞰二流旣合, 盤曲壑底, 如玉龍龍折. 其北又有一坡東下, 卽新舊兩城中界之砂, 夾水而逼於南山者. 稍下而上, 里餘, 又越其脊, 始望見新城在北峽之口, 倚西山東下之脈. 又三里, 稍下, 越一小橋, 又半里, 抵城之東南角. 循城北行, 又半里, 入雲州東門. 州中寥寥, 州署東向, 只一街當其前, 南北相達而已. 至時日纔過午, 遂止州治南逆旅.

雲州卽古之大侯州也. 昔爲土知州俸姓, 萬曆間, 俸貞以從逆誅, 遂幷順寧, 設流官, 卽以此州屬之. 州治前額標'欽命雲州'四字, 想經御定而名之也. 今順寧猛廷瑞後已絶, 而俸氏之後, 猶有奉祀子孫, 歲給八十五金之餼焉.

雲州疆界 : 北至順寧界止數里, 東北至滄江渡八十里爲蒙化界, 西南逾猛打江二百三十里爲耿馬界, 東至順江小水一百五十里爲景東界, 東南至夾裏滄江渡二百里亦景東界.

余初意雲州晤楊州尊, 卽東南窮瀾滄下流, 以『一統志』言瀾滄從景東西南下車里, 而於元江府臨安河下元江, 又注謂出自禮社江, 由白崖城合瀾滄而南. 余原疑瀾滄不與禮社合, 與禮社合者, 乃馬龍江及源自祿豐者, 但無明證瀾滄之直南而不東者, 故欲由此窮之. 前過舊城遇一跛者, 其言獨歷歷有據, 曰 : "潞江在此地西三百餘里, 爲雲州西界, 南由耿馬而去, 爲渣里江, 不東曲而合瀾滄也. 瀾滄江在此地東百五十里; 爲雲州東界, 南由威遠州而去, 爲攔龍江, 不東曲而合元江也." 於是始知攔龍之名, 始知東合之說爲妄. 又詢之新城居人, 雖土著不能悉, 間有江右、四川向走外地者, 其言與之合, 乃釋然無疑, 遂無復南窮之意, 而此來雖不遇楊, 亦不虛度也.

1) 과거를 치를 때 과거시험의 감독관으로 들어가는 것을 입렴(入簾)이라 한다.

初十日 平明起飯. 出南門, 度一小坑橋, 卽西南循西山坡而行. 二里餘, 漸折而沿其南坑之崖西向上, 二里餘, 南盤崖嘴. 此嘴東北起爲峰頂, 分兩丫, 卽所謂馬鞍山也; 東南下爲條岡, 直扼舊城溪而東逼東山, 界兩城之間, 爲舊城龍砂, 新城虎砂者也. 此乃順寧東山之脈, 由三溝水西嶺過脊南下而盡於此者. 由此循峰西向北上, 又二里, 始平行峰西. 一里, 出馬鞍峰後, 爲馬鞍嶺. 有寺倚峰北向, 前有室三楹當嶺頭, 爲茶房. 從嶺脊西向峻下, 二里始平, 又半里及山麓, 有澗自東北小峽來, 西注順寧河, 此已爲順寧屬矣. 蓋雲州北界, 新城以馬鞍山, 舊城以函宗南小尖束水之坳, 其相距甚近也.

渡澗北上坡, 盤北山西麓行, 四里, 東西崖突夾, 順寧溪搗其中出, 路逾其東崖而入. 又北一里, 其坡西懸塢中, 是爲花地, 其坡正與翁溪村東西遙對, 中墜爲平塢, 則田塍與溪流交絡焉. 乃西北下坡, 半里及塢, 又有澗自東北小峽來, 西注順寧溪. 路從溪北西向行塢中, 三里餘, 將逼翁溪村之麓, 大溪自北峽出, 漱西麓而界之, 當從此涉溪上翁溪村, 出來時道, 見溪東有路隨北峽入, 遂從之. 又里餘, 路漸荒. 又里餘, 墜崖而下, 及於溪, 卽斷橋處也. 新城之道, 實出於此, 不由翁溪, 從東崖墜流間架橋以渡; 自橋爲水汨, 乃取道翁溪, 以溪流平塢間, 可揭而涉也. 臨溪波湧不得渡, 乃復南還三里, 西渡翁溪. 然溪闊而流漲, 雖當平處, 勢猶懸激, 抵其中流, 波及小腹, 足不能定, 每一移趾, 輒幾隨波蕩去. 半晌乃及西岸, 復由田塍間上坡. 一里, 西抵村下大路, 乃轉而北, 卽來時道也. 循西山躡坡而下, 三里, 有岐自峽中來合, 卽斷橋舊境矣. 於是隨大路又六里, 過把邊關, 淪湯而飯. 下坳東北一里餘, 渡小橋·又一里, 復與大溪遇, 溯其西崖, 北十里而至鹿塘. 時纔過午, 以暑氣逼人, 遂停舊主人樓作記.

十一日 由鹿塘三十里, 過歸化橋. 從溪東循東山麓行, 五里, 入普光寺. 余疑以爲卽東山寺也, 入而始知東山寺尙在北. 乃復隨大路三里, 抵南關坡下亭橋, 卽從橋東小徑東北上坡. 又二里而東山寺倚山西向, 正臨新城也. 入寺, 拾級而上. 正殿前以樓爲門, 而後有層閣, 閣之上層奉玉帝, 登之, 則西山之支絡, 郡堞之迴盤, 可平揖而盡也. 下閣, 入其左廬, 有一僧曾於龍泉一晤者, 見余留同飯. 旣飯而共坐前門樓, 乃知其僧爲阿祿司西北山寺中僧也, 以聽講至龍泉, 而東山僧邀之飯者. 爲余言, 自少曾遍歷過龍、木邦、阿瓦之地, 其言與舊城跛者、新城客商所言, 歷歷皆合. 下午乃出寺. 一里, 度東門亭橋, 入順寧東門. 覓夫未得, 山雨如注, 乃出南關一里, 再宿龍泉寺.

十二日 飯於龍泉. 命顧僕入城覓夫, 而於殿後靜室訪講師. 旣見, 始知其卽一葦也. 爲余淪茗炙餠, 出雞葼松子相餉. 坐間, 以黃愼軒翰卷相示, 蓋其行脚中所物色而得者. 下午, 不得夫, 乃遷寓入新城徐樓, 與蒙化妙樂師同候駝騎.

十三日 與妙樂同寓, 候騎不至. 薄暮乃來, 遂與妙樂各定一騎, 帶行囊, 期明日行. (駝騎者, 俱從白鹽井駝鹽而至. 可竟達鷄足, 甚便. 時余欲從蒙化往天姥岩, 恐不能待, 止偃至蒙化城止.)

十四日 晨起而飯, 駝騎以候取鹽價, 午始發. 出北門, 東北下涉溪. 約二里, 過接官亭, 有稅課司在焉. 其岐而西者, 卽永昌道也. 時駝騎猶未至, 余先至, 坐覽一郡形勢, 而並詢其開郡始末.

順寧者, 舊名慶甸, 本蒲蠻之地. 其直北爲永平, 西北爲永昌, 東北爲蒙化, 西南爲鎭康, 東南爲大侯. 此其四履之外接者. 土官猛姓, 卽孟獲之後. 萬曆四十年, 土官猛廷瑞專恣, 潛蓄異謀, 開府[1]陳用賓討而誅之. 大侯州土官俸貞與之濟逆, 遂幷薙獮之, 改爲雲州, 各設流官, 而以雲州爲順寧屬. 今迤西流官所涖之境, 以騰越爲極西, 雲州爲極南焉.

龍泉寺基, 卽猛廷瑞所居之園也, 從西山垂隴東下. 寺前有塘一方, 頗深而澈, 建水月閣於其中. 其後面塘爲前殿. 前殿之右庭中皆爲透水之穴, 雖小而所出不一. 又西三丈, 有井一圓, 頗小而淺, 水從中溢, 東注塘中淙淙有聲, 則龍泉之源矣. 前殿後爲大殿, 余之所憩者, 其東廡也, 皆開郡後所建.

舊城卽龍泉寺一帶, 有居廬而無雉堞. 新城在其北, 中隔一東下之澗. 其脈亦從西山垂隴東下, 謂之鳳山. 府署倚之而東向. 余入其堂, 欲觀所圖府境四止, 無有也.

順寧郡城所託之峽, 逼不開洋, 乃兩山中一塢耳. 本塢不若右甸之圓拓, 旁塢亦不若孟祐村之交錯. 其塢西北自甸頭村, 東南至函宗百里, 東西闊處不及四里.

順寧郡之境, 北寬而南狹. 由郡城而南, 則灣甸、大侯兩州, 東西夾之, 尖若犁頭. 由郡城而北, 西去繞灣甸之北, 而爲錫鉛, 爲右甸, 爲枯柯, 而界逾永昌之水; 東去入蒙化之腋, 而爲三臺, 爲阿祿, 爲牛街, 而界逾漾備之流; 其直北, 則逾瀾滄上打麥隴, 抵舊爐塘北嶺, 始與永平分界. 俱在二百里外, 若扇之展者焉. 自以雲州隸之, 而後西南、東南各抵東、西二江, 不爲蹙矣.

瀾滄江從順寧西北境穿其腹而東, 至苦思路之東, 又穿其腹而南, 至三臺山之南, 乃南出爲其東界, 旣與公郞分蒙化, 又南過雲州東, 又與順江分景東. 郡之經流也.

郡境所食所燃皆核桃油. 其核桃殼厚而肉嵌, 一錢可數枚, 捶碎蒸之, 籍搞爲油, 勝芝麻、荣子者多矣.

駝騎至, 卽東下坡, 渡北來溪身. 以鐵索架橋亭於其上, 其制仿瀾滄橋者,以孔道所因也. 度橋東, 卽北上坡, 循東山之麓, 北向而登. 是時駝騎一群, 以遲發疾趨, 余賈勇隨之. 上不甚峻, 而屢過夾坑之脊, 三里, 從脊上西望望城關, 只隔一峽也. 又北上, 兩過旁墜之脊, 三里, 忽隨西坡下. 轉一拗, 復一里, 越一西突之岡. 由其北下, 環山爲塢, 有坪西向而拓, 豐禾被塍, 卽西突之岡所抱而成者. 一里, 陟坪而北, 又下, 連越二小溪, 皆從東南腋中來下西峽者. 其處支流縱橫, 蹊徑旁午, 而人居隱不可見. 從此復北上五里, 有兩三家倚岡頭, 是爲二十里哨. 登岡東北, 平行其脊. 一里, 復轉東向, 循岡北崖下. 又里餘, 則有溪自東峽來. 余初以爲旣登岡, 歷諸脊, 當卽直上逾東大山, 而不意又有此溪中間之也. 旣下, 乃溯流東入峽. 半里, 其水分兩峽出, 一西南自岡脊後, 一北自大嶺過脊處. 乃依南麓涉其岡後之流, 溯北澗之左, 復北向上, 蓋卽兩水中垂之坡也. 於是從叢木深翳中上, 二里, 逾一岡, 復循南崖之上行. 一里餘, 又穿坳而西, 臨西崖之上. 兩崖俱下盤深箐, 中翳叢木, 而西箐卽順寧北塢大溪源所出矣. 穿夾槽而上半里, 循西箐北崖上. 西北平行一里, 轉入北坳. 平透坳北一里, 其脊南之菁, 猶西墜也. 半里, 復入夾壁之槽. 平行槽中半里, 亦有上跨之樹. 又北一里, 稍高, 有石脊橫槽底, 卽度脈也. 此脊自羅岷山東天井鋪南度, 迤邐隨江西岸, 至此爲順寧東山、雲州北山, 而南盡於順江小水之口; 若羅岷大脊, 則自南窩東北折而南, 自草房哨而去矣. 已出夾槽, 東北墜坑而下. 一里, 卽有水自東南腋飛墜下西北坑者, 路下循之, 與白沙哨之東下者, 同一胚胎. 又東北陟脊, 度脊再上, 共三里, 有四五家踞岡頭, 是爲三溝水哨. 蓋岡之左右, 下墜之水分爲三溝, 而皆北注瀾滄矣. 又東北下七里, 盤一岡嘴. 又下三里, 有一二家當路右, 是爲塘報營. 又下三里, 過一村, 已昏黑. 又下二里, 而宿於高簡槽. 店主老人梅姓, 頗能慰客, 特煎太華茶飲予.

---

1) 개부(開府)는 고대에 삼공(三公) 혹은 대장군(大將軍) 등의 고급 관원이 부서(府署)를 설치하고 속관을 두는 것을 가리킨다. 흔히 부서를 설치할 수 있는 권한을 가진 관원을 의미하기도 한다.

十五日 平明, 東北下坡. 坡兩旁皆夾深崖, 而坡中懸之, 所謂高簡諸村廬, 又中踞其上. 二里, 轉坡北, 下峽中. 一里, 復轉東北, 循坡而下. 四里, 始望見瀾滄江流下嵌峽底, 自西而東; 其隔峽三臺山猶爲夙霧所籠, 咫尺難辨. 於是曲折北下者三里, 有一二家瀕江而居, 是爲渡口. 瀾滄至此, 又自西東注, 其形之闊, 止半於潞江, 而水勢正濁而急. 甫聞擊汰聲, 舟適南來, 遂受之北渡, 時駝騎在後, 不能待也.

登北岸, 即曲折上二里餘, 躋坡頭. 轉而東行坡脊, 南瞰江流在足底, 北眺三臺山屛迴嶺北, 以爲由此即層累而升也. 又聞擊汰聲, 則渡舟始橫江南去, 而南岸之駝騎, 猶望之不見. 乃平行一里, 折而北向逾脊. 半里, 乃循東崖瞰西塢北向行. 二里, 始望見三臺村館, 在北山之半, 懸空屛峙, 以爲賈勇可至. 又一里, 路盤東曲, 反漸而就降, 又二里, 遂下至壑底. 壑中澗分二道來, 一自西北, 一自東北, 合於三臺之麓, 而三臺則中懸之, 其水由西塢而南入瀾滄. 乃就小橋渡東北來澗, 約一里, 即從夾中上躋中懸之坡. 曲折上者甚峻, 六里, 始有數十家倚坡坪而居, 是爲三臺山, 有公館焉. 又東北瞰東塢循西崖而上, 十二里, 躋南亘之脊, 其脊之東西塢, 猶南下者. 又躋蹬三里, 有坊, 其岡頭爲七碗亭者. 岡之東, 下臨深壑, 廬三間綴其上, 乃昔之茶庵, 而今虛無人矣. 又上里餘, 盤突峰之東. 其峰中突, 而脊則從北下而度, 始曲而東起, 故突峰雖爲絶頂, 其東下之塢, 猶南出云. 乃踞峰頭而飯. 其時四山雲霧已開, 惟峰頭猶霏霏釀氤氳氣.

由峰北隨北行之脊, 下墜一里餘, 乃度脊東突, 是爲過脈. 是山北從老君山南行, 經萬松嶺、天井鋪, 度脊南來, 其東之橫嶺, 西之博南二脊, 皆繞斷於中, 惟此支則過此而南盡於泮山. 從其北臨西壑行, 再下再上三里餘, 有哨房當路, 亦虛無棲者. 又東北隨嶺脊下六里, 循東塢, 盤西嶺, 又下二里, 乃北度峽中小石橋. 其水從西峽來, 出橋而合於南峽, 北從阿祿司東注於新牛街, 入漾濞者也. 石橋之南, 其路東西兩岐︰東岐即余所從來道, 西岐乃四川僧新開, 欲上達於過脊者. 度橋, 即循北坡臨南壑東北上. 三里, 躋岡頭, 有百家倚岡而居, 是爲阿祿司. 其地則西溪北轉, 南山東環, 有岡中突而垂其北, 司踞其突處. 其西面遙山崇列, 自北南紆, 卽萬松、天井南下之脊, 挾瀾滄江而南者; 其北面亂山雜沓, 中有一峰特出, 詢之土人, 卽猛補者後山, 其側有寺, 而大路之所從者. 余識之, 再瀹湯而飯, 以待駝騎. 下午乃至, 以前無水草, 遂止而宿. 是夜爲中秋, 余先從順寧買胡餅一圓, 懷之爲看月具, 而月爲雲掩, 竟臥.

十六日 昧爽, 飯而北行. 隨坡平下十里, 而下更峻. 五里, 至坡底, 東西二塢水來合而北去, 乃度東塢小橋, 沿東麓北行塢中. 隨水三里, 又一溪自東峽來, 渡其亭橋. 又北一里, 渡一大溪亭橋, 是爲猛家橋. 水由橋東破峽北出, 路從橋北逾岡而上. 其岡東縮溪口, 有數家踞其上. 從其北下, 復隨溪行西岸, 曲折盤塢十二里, 有百家之聚踞岡頭, 東臨溪口, 是爲新牛街. 俱漢人居, 而地不開洋, 有公館在焉, 今以舊街巡司移此. 由其北西北下二里, 有小江自西而東, 卽漾濞之下流也, 自合江鋪入蒙化境, 曲折南下, 又合勝備江、九渡、雙橋之水, 至此而東抵猛補者(地名), 乃南折而環泮山, 入瀾滄焉. 江水不及瀾滄三之一, 而渾濁同之, 以雨後故也. 方舟渡之, 登北岸, 卽隨江東南行.

半里, 隨江東北轉, 遂循突坡而上. 二里, 登南突之坡, 下瞰隔江司, 與阿祿司溪出江之口對, 江流受之, 遂東入峽, 路從北山之半, 亦盤崖而從之. 半里, 有一家獨踞岡頭, 南臨江坡而居, 頗整. 又東三里, 有削崖高臨路北, 峭壁間有洞南向, 其色斑赭, 卽阿祿所望北面特出之峰, 此其西南隅之下層也. 又東四里, 有兩三家倚岡而居, 是爲馬王箐, 江流其前峽中, 後倚特出崇峰. 東望遙壑中開, 東北坳中有箐盤峽而下, 西與江流合而南去, 其東南兩峰對峙, 夾來如門, 而江流由此南出焉. 乃瀹湯而飯於村家. 由村東北上三里餘, 當特出崇峰之南, 其下江流峽中, 至此亦直南去. 又東北二里, 盤其東南之垂支, 有兩三家踞岡上, 是爲猛補者, 亦哨寨之名也, 於是逼特出崇峰東南麓矣. 其東下盤壑中迴, 卽東北杪松哨南箐之所下者; 其正南江流直去, 恰當兩門之中. 又從門隙遙見外層之山, 浮青遠映, 此乃瀾滄江

畔公郎之境矣. 又東北盤崖麓而上, 二里而下. 半里, 忽澗北一崖中懸, 南
向特立, 如獨秀之狀, 有僧隱庵結飛閣三重倚之. 大路過其下, 時駝馬已前
去, 余謂此奇境不可失, 乃循迴磴披石關而陟之, 閣乃新構者. 下層之後,
有片峰中聳, 與後崖夾立, 中分一線, 而中層卽覆之, 峰尖透出中層之上,
上層又疊中層而起. 其後皆就崖爲壁, 而綴之以鐵鎖, 橫係崖孔. 其前飛甍
疊牖, 延吐煙雲, 實爲勝地, 恨不留被襆於此, 倚崖而臥明月也. 隱庵爲瀹
茗留榻, 余恐駝騎前去之不及追, 匆匆辭之出. 此岩在特出崇峰東南峽中, 登
其閣, 正南對雙突之門. 門外又見一遠峰中懸, 圓亘直上如天柱, 其地當與
瀾滄相近, 而不知爲何所. 隱庵稱爲鉢盂山, 亦漫以此岩相對名之耳; 又謂
在江外, 亦不辨其在碧溪(江名)外, 抑在瀾滄外也.

　由其東又上坡, 二里, 登東岡. 又東北迢遙而上, 八里而至杪松哨. 是哨
乃東來之脊, 西度而起爲特出崇峰, 南盡於碧溪江東北岸, 是爲順寧東北
盡處, 與蒙化分界者也, 以嶺有杪松樹最大, 故名. 時駝騎方飯於此, 遂及
之. 又隨脊東上四里, 轉而北, 登嶺頭, 是爲舊牛街. 是日街子猶未散, 已行
八十里矣. 此東來度脊之最高處, 北望直抵漾濞, 其東之點蒼, 直雄挿天半;
南望則瓦房突門之峰, 又從東分支西繞, 環壑於前; 西望則特出崇峰, 近聳
西南, 江外橫嶺諸峰, 遙環西北, 亦一爽心快目之境矣.

　於是北向隨嶺下, 二里, 盤崖轉東, 循脊北東行, 八里, 至舊巡司. 又東北
下二里, 盤南壑之上, 有路分岐: 逾脊北下, 想北通漾濞者; 正路又東隨脊.
二里餘, 逾東嶺北下, 於是其峽北向墜, 卽隨峽東坡東北行. 五里, 至瓦葫
蘆, 有數十家倚坡嘴, 懸居環壑中. 坡東有小水, 一自西腋, 一自南腋, 交於
前壑而北去. 則此瓦葫蘆者, 亦山叢水溢之源也. 是夜宿邸樓, 月甚明, 恨
無賈酒之侶, 悵悵而臥.

　十七日 昧爽, 飯而行, 卽東下坡. 一里, 渡西來小水, 循北山而東. 半里,
南來小水與之合, 同破峽北去, 路亦隨之, 挾山北轉, 一里, 有亭橋跨其溪,
曰廣濟. 渡而東, 循東麓北行二里餘, 有峽自西山來合. 又北五里, 北壑稍

開, 水走西北峽去; 又有一水自東峽來合, 其勢相埒, 卽溯之入. 東行里餘, 有小橋架其上, 北度之. 復循北坡東上半里, 溯溪北轉二里餘, 轉而東一里餘, 有數十家倚北山而居, 是爲鼠街子. 峽至是東西長亘, 溪流峽底, 路溯北崖. 北崖屢有小水掛峽而下, 路東盤之, 屢上屢下. 十里, 逾坡東降, 東峽稍開, 盤北崖之紆, 蓋北崖至是稍遜, 而南障之屏削尤甚也. 東三里, 其溪一自北來, 一自南墜, 而東面則橫山障之, 路乃折而溯北來之溪. 二里稍下, 一里餘, 涉溪東岸, 復溯溪北行. 半里, 溪仍兩派, 一西北來, 一東來, 乃折而從東來者上. 半里, 有數家倚坡間, 是爲猪矢河哨. ('猪矢', 乃土音. 此處爲諸河之始, 恐是諸始河也.) 其處山迴峽湊, 中迸垂坡 : 一岐直北逾嶺者, 爲漾備道; 一岐逾坡東北去者, 爲爐塘道; 惟東向隨峽上者, 爲蒙化大道. 乃東上三里, 稍隨一北曲之灣. 灣中有小水南墜其側, 岐徑緣之而北, 此非漾備, 卽下關捷徑, 惜駝騎不能從也. 又東隨大道上, 或峻或平, 皆矚南鏨行, 五里, 乃逾嶺脊. 脊稍中坳, 乃東北自定西嶺分支, 西度爲甸頭山, 又分兩支 : 一支北轉, 挾洱水北出蒼山後, 一支南下, 亘爲蒙化西夾之山, 而此其脊出. 脊東卽見大塢自北而南, 其東界山與此脊排闥相對; 而北之甸頭山, 則中聯而伏, 其外浮青高擁者, 點蒼山也; 南之甸尾, 陽江中貫, 曲折下墜, 而與定邊接界焉. 蒙化郡城已東伏平川之中, 而不卽東下也.

從嶺脊平行而南半里, 其脊之盤礴西去者, 抄松、猛補者之支所由分; 旁午東出者, 郡城大路隨之下. 始由峽中墜者二里, 卽隨北坡下者三里, 又從坡脊降者五里, 於是路南之峽, 墜而愈開, 路北之峰, 斷而復起. 其峰自西脊下垂至是, 屢伏屢聳, 若貫珠而下, 共四五峰, 下至東麓, 而陽江之水, 自城西西曲而朝之, 亦一奇也. 路從其南連盤二峰, 則南塢大開, 有數家倚南山下, 而峽中皆環塍爲田. 又東一里, 乃轉北, 穿一東突峰後而透其坳. 此峰卽連珠下第五峰, 盡於東麓者, 其上諸峰, 皆隨下而循其南, 至此峰獨中穿而逾其北. 此處似有神皐蘊結, 而土人不識, 間有旁綴而廬者, 皆不得其正也. 挾突峰之北而下, 半里至麓. 又東半里, 則陽江自東來, 抵山而南轉去. 路溯江北岸東行, 半里, 有三鞏石橋南架江上. 逾橋南, 復東一里, 入蒙化西門. 一里餘, 竟城而抵東門, 內轉半里, 過等覺寺, 稅駕於寺北之冷泉庵, 即妙樂師棲靜處. 中有井甚甘冽, 爲蒙城第一泉, 故以名庵.

蒙化城甚整, 乃古城也, 而高與洱海相似. 城中居廬亦甚盛, 而北門外則闤闠皆聚焉. 聞城中有甲科三四家, 是反勝大理也. (北門外有賣餠者三四家, 想皆中土人. 其制酷似吾鄉"眉公餠", 但不兼各味耳, 卽省中亦不及.)

蒙化土知府左姓, 世代循良, 不似景東桀驁, 其居在西山北塢三十里. 蒙化有流官同知一人, 居城中, 反有專城之重, 不似他土府之外受酋制, 亦不似他之流官有郡伯[1]上壓也. 蒙化衛亦居城中, 爲衛官者, 亦勝他衛, 蓋不似景東之權在土酋, 亦不似永昌之人各爲政也.

蒙化疆宇較蹙, 其中止一川, 水俱西南下瀾滄者, 以定西嶺南脊之界其東也.

定西嶺從大脊分支, 又爲一東西之界, 其西則蒙化、順寧、永昌, 其東則元江、臨安、澂江、新化及楚雄. 脊南之州縣水, 皆從是嶺而分, 南龍大脊雖長, 此亦南條第一支也. 至脊南之大理、劍川、蘭州, 脊東之尋甸、曲靖, 雖在其北爲大脊所分, 而定西實承大脊而當其下流, 謂非其區域所判不可也.

蒙化有四寺, 曰天姥、竹掃、降龍、伏虎, 而天姥之名最著, 在西北山塢間三十五里. 余不及遍窮, 欲首及之.

---

1) 명나라와 청나라 때에는 지부(知府)를 군백(郡伯)이라고도 일컬었다.

十八日 從冷泉庵晨起, 令顧僕同妙樂覓駝騎, 期以明日行. 余亟飯, 出北門, 策騎爲天姥游, 蓋以騎去, 始能往返也. 北二里, 由演武場後西北下, 約一里, 渡一溝, 西北當中川行. 五里, 過荷池. 又北一里, 過一溝. 又西北三里, 則大溪自東曲而西流, 北涉之. 四里, 盤西山東突之嘴, 其嘴東突, 而大溪上流, 亦西來逼之, 路盤崖而北, 是爲蒙化、天姥適中處. 又北二里, 過西山之灣, 又北二里, 再盤一東突之嘴. 又過西灣三里, 其東突之嘴更長.

逾其坳而北, 有岐西向入峽, 其峽灣環西入, 內爲土司左氏之世居. 天姥道由坳北截西峽之口, 直度北去. 約三里, 又盤其東突之嘴, 於是居廬連絡, 始望見天姥寺在北塢之半迴腋間, 其山皆自西大山條分東下之迴岡也. 又三里, 有一圓阜當盤灣之中, 如珠在盤, 而路縈其前. 又北三里, 循坡西北上, 一里而及山門, 是爲天姥崖, 而實無崖也. 其寺東向, 殿宇在北, 僧房在南. 山門內有古坊, 曰'雲隱寺'. 按『一統志』, 巂岼圖山在城西北三十五里, 蒙氏龍伽獨自哀牢將其子細奴邏居其上, 築巂岼圖城, 自立爲奇王, 號蒙舍詔, 今上有浮屠及雲隱寺. 始知天姥崖卽雲隱寺, 而其山實名巂岼圖也. 其浮屠在寺北迴岡上, 殿宇昔極整麗, 蓋土司家所爲, 今不免寥落矣. 時日已下午, 亟飯而歸. 渡大溪, 抵荷池已昏黑矣. 入城, 妙樂正篝燈相待, 乃飯而臥.

十九日 妙樂以乳線贈余. 余以兪禹錫詩扇, 更作詩贈之. 駝騎至, 卽飯而別, 妙樂送出北門. 仍二里, 過演武場東. 又北循東麓一里, 有岐分爲二 : 一直北隨大塢者, 爲大理、下關道; 一東向入峽逾山者, 爲迷渡、洱海道. 乃從迷渡者東向上. 五里, 涉西下之澗, 於是上躋坡. 二里, 得坪, 有數家在坪北, 曰阿兒村. 更躡坡直上五里, 登坡頭, 平行岡脊而南度之. 此脊由南峰北度而下者, 其東與大山夾爲坑, 北下西轉而入大川, 其西則平墜川南, 從其上俯瞰蒙城, 如一甌脫[1]也. 又北倚坡再東上三里, 有三四家當脊而居, 是爲沙灘哨. 脊上有新建小庵, 頗潔. 又躡脊東上二里, 盤崖北轉, 忽北峽騈峙, 路穿其中, 卽北來東度而南轉之脊也, 是爲龍慶關. 透峽, 卽隨峽東墜, 石骨嶙峋. 半里, 稍平. 是脊北自定西嶺南下, 東挾白崖、迷渡之水, 爲禮社江, 南由定邊縣東而下元江; 西界蒙化、甸頭之水, 爲陽江, 南由定邊縣西而下瀾滄, 乃景東、威遠、鎭沅諸郡州之脈所由度者也. 東向下者四里餘, 有數家居峽中, 是爲石佛哨, 乃飯.

又三里, 有三四家在北坡, 曰桃園哨. 於是曲折行峽中, 隨水而出, 或東或北. 不二里, 輒與峽俱轉, 而皆在水左. 如是十里, 再北轉, 始望見峽口東達川中, 峽中小室累累, 各就水次, 其瓦俱白, 乃磨室也, 以水運機, 磨麥爲面, 甚潔白, 乃知迷渡川中, 饒稻更饒麥也. 又二里, 度橋, 由溪右出峽口, 隨山南轉半里, 乃東向截川而行. 其川甚平拓, 北有崇山屏立, 卽白崖站也, 西北有攢峰橫亘而南, 卽定西嶺南度之脊也. 兩高之間, 有坳在西北, 卽爲定西嶺. 逾嶺而西, 爲下關道, 從坳北轉, 爲趙州道. 余不得假道於彼, 而僅一涉禮社上流, 攬迷渡風景, 皆馳騎累之也. 東行平堤三里, 有圍牆當路左, 踞川中, 方整而甚遙, 中無巨室, 乃景東衛貯糧之所, 是曰新城. 半里, 其牆東盡, 復行堤上三里, 有碑亭在路右, 乃大理倅王君署事[2]景東, 而衛人立於此者. 又東半里, 有溪自北而南, 架木橋於上, 水與溪形俱不大, 此卽禮社之源, 自白崖、定西嶺來, 南注定邊, 下元江, 合馬龍, 爲臨安河, 下蓮花灘者也. 時川中方苦旱, 故水若衣帶. 從此望之, 川形如犁尖, 北拓而南斂, 東西兩界山, 亦北高而南伏, 蓋定邊、景東大道, 皆由此而南去. 又東半里, 入迷渡之西門. 其牆不及新城之整, 而居廬甚盛, 是爲舊城, 有巡司居之. 其地乃趙州、洱海、雲南縣、蒙化分界, 而景東之屯亦在焉. 買米於城. 出北門, 隨牆東轉一里, 有支峰自東南繞而北, 有小浮屠在其上. 盤其嘴入東塢中, 又一里, 其中又成一小壑, 曰海子. 有倚山北向而居者, 遂投之宿.

---

1) 구탈(甌脫)은 고대 중국의 소수민족이 수자리하던 흙집을 가리킨다.
2) 쉬(倅)는 부직(副職)을 의미하며, 서사(署事)는 직무를 대리함을 의미한다.

二十日 平明, 飯而行. 又東一里, 入峽, 其中又成一小壑. 二里, 隨壑北轉, 漸上坡. 再上再平, 三里, 逾嶺頭, 遵岡北行. 又三里, 有村在西坡腋間, 爲酒藥村. 又北循坡行, 其坡皆自東而西向下者, 條岡縷縷, 有小水界之, 皆西出迷渡者. 再下再上約十里, 有賣漿者廬岡頭, 曰飯店, 有村在東山下, 曰飯店村. 又北逾一岡, 二里, 坡西於是有山, 與東坡夾而成峽, 其小流南下而西注迷渡. 路乃從峽中溯之北, 二里餘, 轉而東北上, 二里餘, 陟而逾其坳. 此烏龍壩南來大脊, 至此東度南轉, 而峙爲水目者也. 脊頗平坦, 南雖屢升降坡間, 而上實不多, 北下則平如兜, 不知其爲南龍大脊. 余自二月十三從鶴慶度大脊而西, 盤旋西南者半載餘, 乃復度此脊北返, 計離鄉三載, 陟大脊而東西度之, 不啻如織矣!

脊北平下半里, 卽清華洞, 倚西山東向. 再入之, 其內黃潦盈溢, 及於洞口. 余去年臘月十九日, 當雨後, 洞底雖潭, 而水不外盈, 可以深入; 茲方苦旱, 而水當洞門, 卽外臺亦不能及, 其內門俱垂垂浸水中, 止此穿一隙, 其上亦透重光, 不如內頂之崇深也. 稍轉而北, 其上寶卽黑暗而窮, 其下門俱爲水沒, 無從入中洞也. 此洞昔以無炬不能深入, 然猶踐潭數十丈, 披其中透頂之局, 茲以張望門而止, 不知他日歸途經此, 得窮其蘊藏否也.

出洞, 北行半里, 逾嶺卽西向白崖大道, 仍舍之而北. 二里, 有池一方, 在西坡下, 其西南崖石嶙峋, 亦龍潭也. 又北一里, 過一村聚, 村北路右有牆一圍, 爲楊土縣之宅. 又北一里, 卽洱海衛城西南隅. 從西城外行半里, 過西門, 余昔所投宿處也. 又隨城而北半里, 轉東半里, 抵北門外, 乃覓店而飯. 先是余從途中, 見牧童手持一雞葼, 甚巨而鮮潔, 時雞葼已過時, 蓋最後者獨出而大也. 余市之, 至是瀹湯爲飯, 甚適.

洱海往雞山道, 在九鼎、梁王二山間, 余昔所經者, 騎夫以家在蕎甸, 故强余迂此. 蓋洱海衛所環之塢甚大, 西倚大脊崇岡, 東面東山對列, 東南匯爲青龍海子, 破峽而繞小雲南驛爲水口, 其南卽清華洞前所逾南坳. 其北卽梁王山東下之支, 平伏而橫接東山者, 自洱海北望, 以爲水從此泄, 而不知反爲上流. 余亦欲經此驗之, 於是北行田塍間, 西瞻九鼎道, 登緣坡, 在隔澗之外數里也. 六里, 抵梁王山東支之南, 有寺在其西腋, 南向臨川, 曰般若寺. 路乃東向逾岡, 一里餘, 有村廬倚西山而居, 曰品甸. 由其東一里餘, 再北上坡, 乃一堤也. 堤西北山迴堅抱, 東南積水爲海, 於時久旱, 半已涸矣. 從堤而東半里, 一廟倚堤而北懸海中, 爲龍王祠. 又東半里轉北, 堤始盡. 復逾東突之坡, 一里, 復見西腋尚蟠海子支流. 平行嶺脊, 又北三里, 則東峽下墜, 遙接東山, 腋中有水盈盈, 則周官嵾海子也. 其北則平岡東度, 而屬於東山, 此海實青龍海子之源矣. 梁王之脈, 由此東度, 不特南環爲洱

城東山, 卽蕎甸北賓川東大山崇窿, 爲鐵索箐、紅石崖者, 皆此脊繞蕎甸
東而磅礴之. 余夙聞洱城北有米甸、禾甸、蕎甸之名, 且知靑海子水經小
雲南隨川北轉, 經胭脂壩, 合禾、米諸甸水而北入金沙, 意此脊之北, 蕎甸
水亦東北流. 至此乃知其獨西北出賓川者, 始晤此脊自□□山南度爲□□
山而盡於小雲南, 北界於蕎甸之東, 聳賓川東山而盡於紅石崖金沙江岸,
脊北盤壑是爲蕎甸, 與禾、米二甸名雖鼎列, 而水則分流焉. 從嶺上轉西
北一里, 隨北塢下, 三里而至塢底. 直北開一塢, 其北崇山橫亘, 卽斜騫於
賓川之東而雄峙者; 西界大山, 卽梁王山北下之支; 東界大山, 卽周官些北
岡東度之脊, 所轉北而直接橫亘崇山者. 從嶺上觀之, 東西界僅與脊平, 至
此而巖巖直上, 其所下深也. 塢中村廬累落, 卽所謂蕎甸. 度西南峽所出澗,
稍北上坡, 又一里而止於騎夫家. 下午熱甚, 竟宿不行.

二十一日 平明, 飯而行, 騎夫命其子擔而隨. 纔出門, 子以擔重復返, 再候
其父飯, 仍以騎行, 則上午矣. 北向隨西山之麓, 五里, 有一村在川之東, 爲
海子. 村當川窪處, 而實非海也, 第東山有峽向之耳. 漸轉西北, 五里, 西山
下復過一村. 又四里, 有數十家倚西山而廬, 其前環堤積水, 曰馮翊村, 其
北卽崇山橫障之麓. 川中水始沿東山北流, 至是西轉, 漱北山而西, 西山又
北突而扼之, 與北麓對峙爲門, 水由其中西向破峽去, 路由其南西向逾坳
入, 遂與水不復見, 蓋北突之嘴, 夾水不可行, 故從其南披隙以逾之也. 由
馮翊村北一里, 至此坳麓, 乃西向盤崖歷壑. 山雨忽來, 傾盆倒峽, 浹地交
流. 二里, 轉西南盤崖上, 又一里, 轉西北, 遂躡石坡, 里餘, 升岡頭. 有岐西
向逾坳者, 賓居道也; 北向陟岡者, 賓川道也, 乃北上半里, 遂登嶺頭. 於是
西瞰大川, 正與賓居海東之山, 隔川遙對, 而川之南北, 尙爲近山所掩, 不
能全睹, 然峰北蕎甸之水, 已透峽西出, 盤折而北矣.

乃西北下山. 一里餘, 騎夫指北峰夾岡間, 爲鐵城舊址, 昔土酋之據以爲
險者. 蓋梁王山北盡之支, 北則蕎甸水界爲深塹, 南則從峰頂又墜一坑環
之, 此岡懸其中, 西向特立, 亦如佛光寨特險一女關之意也, 非鄒中丞[應

龍〗芟除諸巢, 安得此寧宇乎! 又下里餘, 渡隆坑之水, 乃循東山北行. 又三里, 抵蕎甸水所出口. 其水分衍漫流, 而北隨之, 或行水中, 或趨磧上, 或涉水左, 或涉水右, 茫無正路. 四里, 乃上東麓, 始有路北向. 循麓行六里, 望路西有鞏橋當川之中, 則大理由賓居來大道. 有聚落在橋西, 是爲周官營. 從其東直北三里, 一小坊在岡上, 過之, 始見賓川城. 又北一里, 過南薰橋, 入其南門. 行城中, 北過州治前, 約一里, 出北門飯, 市肉以食.

北一里, 過小岡坊, 西北下坡, 一里, 抵川中澗. 其北有鞏橋五洞, 頗整, 以澗水僅一衣帶, 故不由橋而越澗. 又西北二里餘, 遂抵西山東突之嘴. 盤之北, 又二里, 有路自西南逾嶺坳來合, 卽余昔從梁王山來者. 其北有村廬倚西峰下, 是爲紅帽村, 余昔來飯處也. 從村後隨西山北行四里. 西山開小峽, 於是路分爲二, 遂西向入峽. 一里, 涉小澗北上, 一里, 登岡頭, 過一坊, 復西北行. 二里, 西逾岡脊, 望見南山自西屛列而東, 是排沙北界之山, 西自海東, 東抵賓居, 南與大脊烏龍壩山並夾者, 土人稱爲北山, 而觀音箐在其北塢. 其西北瀕洱海, 爲魯擺山, 則三澗門所來之脊, 又東挾上、下倉之水, 而北出拈花寺南橋下者也. 從岡頭又西北行三里, 稍下, 有水自西南來, 有亭橋北跨之, 是爲乾果橋. 北有數家倚岡, 余昔之所宿, 而今亦宿之. 乾果北有一尖峰, 東向而突, 亭亭凌上, 蓋西南自魯擺海東之脊, 分支東北, 上爲上、下倉、觀音箐分界, 下爲煉洞、乾果二溪中垂, 亦雞山東第一水口山也.

二十二日 平明, 飯而行. 西北三里餘, 涉一小溪, 又上里許, 抵尖峰下. 循其東崖而北, 一里, 隨崖西轉, 遂出峰北. 於是北塢自西而東, 卽雞山之水, 自煉洞而東下牛井街, 合賓川而北者也. 路隨南崖西向下, 二里, 有村在路旁, 上有坊, 曰'金牛溢井', 土人指溪北村旁, 有石穴爲金牛溢處, 而街則在其外. 又西盤峽陟坡, 二里, 下渡一小水, 復西北上. 再下再上, 五里, 登一岡頭, 皆自南而北突者. 又二里, 稍下, 過'廣甸流芳'坊. 又北一里, 於是村廬相望, 卽煉洞境矣. 南倚坡, 北矙塢, 又二里, 過公館街, 又北一里, 過中谿

莊. (李中谿公以年老, 煉洞米食之易化, 故置莊以供餐. 鷄山中谿公有三遺迹 : 東爲此
莊, 西桃花菁下有中谿書院, 大頂之側禮佛臺有中谿讀書處.) 又北上岡一里, 茅舍累
累布岡頭, 是爲煉洞街子. 又北半里, 過'煉法龍潭'坊. 又北里餘, 稍下, 過
一橋, 有數家倚西山塢中, 前有水一塘, 其上有井, 一小亭覆之, 卽龍潭也,
不知煉法者爲誰矣. 村北有巨樹一株, 根曲而出土上五六尺, 中空, 鞏而復
倒入地中, 其下可通人行. 於是又西北二里, 逾一坡, 又西北一里餘, 過茶
庵. 又西北下涉一坑, 一里, 涉坑復上, 乃循北山之環腋而西上. 一里餘, 瞰
其南壑, 中環如規, 而底甚平. 又西上一里, 遂分兩岐, 北向逾嶺爲鷄山道.
乃北上行嶺頭二里, 復西折而下. 下二里餘, 有峽自西南來, 其底水破峽東
北出, 卽下倉海子水所由注牛井者, 有亭橋跨之, 是鷄山東第二水口山也.
渡橋西, 復北上坡. 折而南, 盤西峽而北一里餘, 循峽西北上, 又里餘, 有哨
當嶺頭, 從此平行直南, 乃下倉道. 逾嶺北下一里, 則拈花寺東向倚西山,
居環壑中, 乃入而飯. 旣飯, 雨至, 爲少憩. 遂從寺左轉而西上, 一里餘, 逾
一北突之嶺, 有坊曰'佛臺仰止', 始全見鷄山面目. 頂聳西北, 尾掉東南, 高
懸天際, 令人神往.

　逾脊西下, 卽轉而北, 一里, 下涉北墜之峽. 又半里, 西逾一北突之坳. 坳
南岐有坊倚坡, 此白石崖東麓坊也, 余昔來未及見, 故從其西麓之坊, 折而
東上. 過坳復西向, 循大路趨里餘, 過白石崖西坊. 又西里餘, 有岐稍下, 則
鷄山前峽之溪, 東向而入牛井街, 合賓川溪北向桑園而下金沙矣. 溪有小
亭橋跨其上, 過橋北, 騎夫東轉北上而向沙址, 余西向溯溪, 欲尋所謂河子
孔者. 時水漲, 濁流奔湧, 以爲不復可物色. 遇一嫗, 問之, 指在西南崖下,
而沿溪路絶, 水派橫流, 荊棘交翳. 或涉流, 或踐莽, 西二里, 忽見一亭橋跨
溪上, 其大倍於下流沙址者, 有路自北來, 越橋南, 卽循南山東向, 出白石
崖前, 乃登山官道. 始知沙址小橋乃捷徑, 而此橋卽洗心橋也, 河子孔卽在
橋南石崖下. 其石橫臥二三丈, 水由其下北向溢出, 穴橫長如其石, 而高不
及三尺, 水之從中溢者甚淸, 而溪中之自橋西來者, 渾濁如漿. 蓋橋以西水
從二派來 : 一北來者, 瀑布峽中, 與悉檀, 龍潭二水所合 ; 一西來者, 桃花

箐東下之流. 二派共會橋西, 出橋東, 又會此孔中清派, 此雞山南澗之上流也. (孔上有神祠. 其南崖之上, 更有靜室.) 於是隨北來大路, 上'靈山一會'坊.

二里, 至坊下, 卽沙址西來路所合者. 其西南隔澗, 有寺踞坡麓, 爲接待寺. 此古刹也, 在西第一支東盡之麓, 雞山諸刹, 山路未辟, 先有此寺, 自後來者居上, 而此刹頹矣. 時余不知騎僕前後, 徘徊一里, 漸隨溪東岸而上. 其東峰下臨, 卽東第三支迴環之嶺, 新構塔基於其上, 中與大士閣中第二支相對成峽, 而路由其下者也. 又北一里, 盤坡稍上, 過報恩寺. 寺爲東第三支山麓之首刹, 亦如接待之在西支之首. 惟中第二支, 其麓爲兩溪交會處, 夾尖無刹可托, 其上卽大士閣中臨之而已. 從報恩西又北一里, 有橋西跨澗上. 度橋, 循大士閣東麓北向上半里, 有岐西南盤嶺者, 大士閣大道也; 直北臨東溪西崖而入者, 悉檀、龍潭道也. 問馱騎已先向龍潭, 余隨之. 一里, 又東度橋, 從澗東踽峻上, 其上趾相疊, 然巨松夾隴, 翠蔭飛流, 不復知有登陟之艱也. 又二里, 轉龍潭上, 半里而入悉檀寺. 時四長老俱不在, 惟純白出迎. 乃稅駕北樓. 回憶歲初去此, 已半載餘矣.

운남 유람일기13(滇遊日記十三)

해제

「운남 유람일기13」은 서하객이 다시 한 번 계족산(鷄足山)을 유람한 기록으로, 지금까지 보존된 『서하객유기』의 마지막 편이다. 서하객은 8월 23일부터 9월 14일까지 계족산에 머물면서 풍토병에 걸린 몸을 추스르는 한편, 계족산의 여러 사찰과 암자를 돌아다녔다. 그러나 이 시기에 그동안 오랫동안 유람을 함께 해온 하인이 그의 여비와 물건을 훔쳐 달아나버려 그에게 정신적 충격을 안겨주기도 했다. 서하객이 세상을 떠난 후 『서하객유기』를 정리했던 계몽량(季夢良)의 부기에 따르면, 15일 이후 서하객은 여강부(麗江府)의 토사인 목증(木增)의 부탁을 받아 『계산지(鷄山志)』를 썼으나, 아쉽게도 『계산지』는 물론 이후의 일기 또한 모두 일실되었으며, 『계산지목(鷄山志目)』과 『계산지략(鷄山志略)』 1·2권만 전해질 따름이다.

역문

기묘년 8월 23일

종일토록 비가 내렸다. 실단사(悉檀寺)에서 쉬었다.

8월 24일

또 비가 내렸다. 실단사에서 쉬었다.

8월 25일

계속해서 비가 종일토록 내렸다. 오후에 홍변(弘辨) 법사가 나천(羅川) 과 중소(中所) 등의 별장에서 돌아왔다. 오방생(吳方生)이 3월 24일에 보낸 편지를 받았다. (이 편지는 여강(麗江)의 목공(木公)이 사람을 시켜 나에게 보낸 편지를 오방생에게 가져가 초청하자, 부쳐온 것이다.) 홍변 법사가 먹을거리를 마련하여 밤새워 이야기를 나누었다.

8월 26일

정오에 비가 개더니, 밤에 다시 쉬지 않고 내렸다.

8월 27일

날이 갰다. 장경각(藏經閣)을 이리저리 거닐다가 라일락꽃을 구경했다. 이 꽃은 매우 어여쁜데, 가을 해당화와 서부 해당[1] 사이에 피어난다. 이 꽃은 운남성(雲南省)에 매우 많으며, 계족산(鷄足山)에 무성하게 피어있다. 해당화를 꺾어 어풍구(御風球)에 꽂았다. 이때 어풍구 아래의 작은 토막이 마부의 어깨에 부딪쳐 부서지는 바람에, 위쪽 토막과 이어지는 부분에 약간 금이 가고 말았다. 나는 잠시 그것을 담 그늘에 드리워 놓은 채, 제 본성에 따르도록 했다. '어풍(御風)'의 뜻은, 생각건대 그것이 벼랑에 매달려 바람 부는 대로 나부끼는 데에서 비롯된 이름일 것이다.

---

1) 명나라의 왕세무(王世懋)의 『학포여소(學圃餘疏)』에 따르면, 서부(西府) 해당은 해당화의 일종으로, 해당화 가운데 가장 아름답다고 한다.

8월 28일

날이 화창하게 갰다. 오후에 체극(體極) 법사가 마니산(摩尼山)에서 돌아왔는데, 마니산의 장로인 복오(復吾) 법사와 함께 왔다. 채소로 만든 식사가 대단히 정갈했다. 먹을거리를 차려놓고서 밤새워 이야기를 나누었다.

8월 29일

홍변 법사의 생일이다. 차려놓은 밀가루음식이 대단히 정갈하다. 정오에 커다란 못에서 목욕을 했다. 나는 전에 풍토병이 심한 곳을 오래도록 다녔기에, 머리와 얼굴, 사지 곳곳에 일어난 부스럼이 살결 사이에 가득하고, 왼쪽 귀와 왼쪽 발은 종종 꿈틀거리는 증상을 보였다. 보름 전에는 이가 생겼나 싶어 찾아보았으나 없었다. 이 지경에 이르러 중풍임을 알았으나, 약이 없어 고생했다. 이곳의 뜨거운 못물은 대단히 깊고, 약초를 넣어 끓였다. 오래도록 몸을 담근 채 스며들게 하노라니, 땀이 비오듯 흘렀다. 중풍 치료의 이 기막힌 방법을 문득 운 좋게 만났으니, 병을 치료할 적기임을 알았다.

오후에 간일(艮一) 스님과 난종(蘭宗) 스님이 왔다. 체극 법사가 또한 자신이 베낀 산속의 여러 사찰의 비문을 보여주었다. 아울러 나를 위해 계첩(揭帖)을 써서 여강(麗江)에 전해줄 작정이다. (여러 비문은 여강의 목공이 전에 그에게 베끼라고 명한 것이다.)

9월 초하루

실단사에서 지냈다. 오전에 난종 스님, 간일 스님과 함께 남쪽 누각에서 국화를 감상했다. 오후에 그들은 헤어져 떠났다.

9월 초이틀

실단사에서 지내면서 북쪽 누각에서 일기를 썼다. 이날 체극 법사가 사람을 시켜 여강부(麗江府)에 알렸다.

9월 초사흘, 초나흘

북쪽 누각에서 일기를 썼다.

9월 초닷새

종일토록 비가 내렸다. 토삼을 사서, 목욕을 하면서 그것을 불에 쬐었다.

9월 초엿새, 초이레

종일토록 밤비가 그치지 않았다. 이날 체극 법사의 초대를 받아 남쪽 누각에 앉아서, 차와 떡을 차려 식사를 했다. 순안사인 주(朱, 태정泰貞), 순무사인 사(謝, 존인存仁)이 쓴 시권(詩卷), 그리고 이곳 계족산의 대력(大力) 스님, 본무(本無) 법사, 야우(野愚) 법사가 소장하고 있는 시발(詩跋), 정이유(程二游, 이름은 환環이며, 성성의 사람이다. 당초에 금릉金陵에서 유학했는데, 영창永昌 사람인 왕회도王會圖가 그가 은자를 편취했다고 무고했다. 중승인 전錢씨가 그를 체포하여 옥에 가두고 그의 가산을 몰수했다. 운남의 관리이자 학도인 허강許康이 그의 재주를 긍휼히 여겨 몰래 그를 풀어주어 산속으로 들어가게 했다. 지금은 편각에 살고 있는데, 이곳은 마니산 동쪽 30리에 있다)의 시화와 도장(圖章), 장타산(章他山), 진혼지(陳渾之)와 진항지(陳恒之)의 시문을 꺼내와 한나절 감상했다.

9월 초여드레

비가 내리다가 갰다. 북쪽 누각에서 일기를 썼다. 본무 법사가 붓 가는 대로 쓴 시고(詩稿)를 체극 법사가 보여주었다.

9월 초아흐레

날이 화창하게 갰다. 아침 식사를 하고서, 나는 대리(大理)로 가서 맡겨둔 옷과 짐을 찾아오고, 아울러 창산(蒼山)과 이해(洱海)에서 둘러보지 못한 유람의 흥취를 마저 맛보고 싶었다. 체극 법사가 오더니 나를 만류하면서 "이미 심부름꾼을 특별히 여강에 보냈습니다. 만약 떠나셨는데, 여강에서 사람을 보내온다면, 이는 그를 속인 꼴이 되고 맙니다"라고 말했다. 나는 금방 돌아오겠노라고 대답했다. 체극 법사는 "목공의 편지가 오기를 기다렸다가 가시는 게 나을 것입니다"라고 말했다. 나는 그의 말에 따르기로 하고서, 화광(和光) 법사와 함께 대각사(大覺寺)의 산세를 살펴보기로 했다.

절에서 서쪽으로 1리를 나아가 난나사(蘭那寺)에서 남동쪽으로 흘러내리는 물길을 건너, 영상사(迎祥寺), 석종사(石鐘寺), 서축사(西竺寺), 용화사(龍華寺)를 지났다. 이어 그 남쪽으로 중계독서처(中谿讀書處), 즉 만수사(萬壽寺)에 이르렀다. 이들 절에는 모두 들어가지 않은 채, 북서쪽으로 약 2리를 가서 대각사에 들어가 편주(遍周) 스님을 찾았다. 편주 스님은 편각장(片角莊)에서 한가로이 지내다가 월말에야 돌아온다고 한다.

대각사를 나와 쇄수각(鎖水閣)을 지났다. 이곳에서 다리 서쪽을 따라 올라 1리만에 적광사(寂光寺) 동쪽 기슭에 이르렀다. 계속해서 동쪽의 산골을 지나 산골의 동쪽에서 대각사 뒤쪽의 커다란 등성이를 타고서 북쪽으로 올라갔다. 1리 남짓을 가서 그곳 가운데의 언덕을 올랐다. 동쪽을 바라보니 난나사의 골짜기이고, 서쪽을 바라보니 수월암(水月庵) 뒤쪽의 상연하실(上煙霞室)의 골짜기이다.

1리 남짓을 더 오른 뒤 언덕 한 곳을 올랐다. 이 언덕은 서쪽으로 빙두른 골짜기를 굽어보고, 북서쪽에는 폭포가 벼랑에 매달려 떨어져 내리고 있다. 폭포 위에는 정실이 자리하고 있다. 그곳은 전단림(旃檀林)이다. 동쪽으로 불쑥 솟구친 언덕은 둘러싼 채 난타사(蘭陀寺) 뒤쪽의 등성이를 이루고 있으며, 언덕 뒤에는 골짜기가 나뉘어 동쪽으로 뻗어내린다. 그곳은 곧 사자림(獅子林) 앞쪽으로 꺼져내린 구렁이다.

이곳의 고갯마루에서 길이 갈라졌다. 남동쪽에서 뻗어오는 길은 난나사에서 서쪽으로 오르는 길이고, 북동쪽으로 뻗어가는 길은 사자림으로 가는 길이며, 북서쪽으로 벼랑을 감돌아 오르는 길은 전단령으로 가는 길이고, 남서쪽에서 뻗어오는 길은 곧 내가 대각사에서 온 길이다.

이제야 이곳 등성이가 분명해졌다. 즉 그 위쪽의 망대(望臺)에서부터 잇달아 솟구친 세 개의 조그마한 봉우리가 남쪽으로 뻗어내린다. 등성이 양쪽에서 서쪽으로 떨어지는 물은 남쪽으로 흘러내려 폭포를 이루었다가 쇄수각의 다리로 흘러나가고, 동쪽으로 떨어지는 물은 남쪽으로 흘러내려 사자림의 여러 물길과 합쳐졌다가 난나사의 동쪽으로 흘러나간다. 이것은 동쪽으로 흘러내리는 물길의 원천으로서, 가운데 갈래와 동쪽 갈래의 경계가 나뉘는 기점임에 분명하다.

나는 이때 동쪽으로 사자림에 갈 작정이었다. 그런데 갑자기 폭포가 흰 비단처럼 매달려 있는 것이 보였다. 전에 계족산에 올랐을 적에 본 적이 없었는지라, 잠시 우선 북서쪽으로 올랐다. 이에 오를수록 더욱 가파른데다 길은 더욱 비좁아진다. '지(之)'자처럼 구불구불 북쪽으로 2리를 간 뒤, 서쪽의 망대 남쪽의 산부리를 감돌았다.

이 등성이는 아래로 건너뻗어 대각사의 주요 등성이를 이루고 있다. 동쪽으로 꺾어진 그 꼬리부분은 용화사, 서축사, 석종사, 영상사(迎祥寺) 등의 여러 절을 이루고, 동쪽의 대룡담(大龍潭) 남쪽에 가로놓인 채 실단사 앞쪽의 안산을 이루었다가 그 아래에서 끝난다. 이 등성이는 계족산의 가운데에 자리하고 있으며, 그 산줄기는 똑바르고도 웅장하다. 망대가 맨 처음 솟구친 곳은 세 개의 구슬이 꿰어져 있는 듯하다. 따라서 그 아래쪽은 틀림없이 대각사와 연결되어 있을 터이다. 대각사는 온 산의 으뜸가는 절이며, 그 산자락 끄트머리의 석종사 역시 산사 가운데 가장 오래된 유적이다.

그런데 이 산을 하나의 갈래로 여기고자 하는 이가 있다. 그렇게 보려면 탑이 세워진 터는 앞의 세 발톱 가운데의 하나가 될 수 없고, 이 갈래로 대신해야 한다. 하지만 이 갈래는 실제로 짧은데다 가운데가 오므려 있다. 서쪽의 대사각과 동쪽의 탑원(塔院)이 사실 앞쪽에 엇갈려 솟구쳐 있고, 서쪽 갈래의, 전의사(傳衣寺)가 있는 고개와 함께 솥의 세 발처럼 앞쪽에 늘어서 있다.

그러므로 논하건대, 갈래는 마땅히 적광사 앞쪽에 뻗어 있는 언덕을 가운데 발톱으로 여기고, 탑의 터 위를 감싸안고 있는 등성이는 동쪽의 발톱으로 여겨야 한다. 그리고 이 산줄기의 가운데가 오므라든 갈래는 포함시키지 말아야 한다. 절은 마땅히 가운데에 매달려 있는 대각사를 으뜸으로 치고, 서쪽의 적광사는 대각사를 보좌하는 날개로 쳐야 하되, 동쪽의 실단사는 따로이 동쪽의 맹주로 친다. 이 절이 빙 둘러싸인 곳은 홀로 존귀한 곳이다. 그러므로 갈래는 한가운데에 붙어 있고, 이 절은 한가운데의 가장 뛰어난 곳에 자리하고 있는 셈이다. 이 절은 한가운데의 지위가 중첩된 셈이니, 한가운데에 절을 겹쳐지어서는 안된다.

산부리의 서쪽에 돌들이 어지러이 드리워진 골짜기가 있다. 이곳에서 북쪽의 골짜기를 감돌아 올라가면, 전단령(旃檀嶺)의 위로 뻗어나가는 길이 나온다. 이 길은 나한벽(羅漢壁)으로 가는 길이다. 여기에서 골짜기를 건너 서쪽으로 올라가면, 전단림 속의 정실로 가는 길이나 있다. 하지만 폭포가 그 아래에 층층이 매달려 있는지라 보이지 않는다.

이에 다시 골짜기의 서쪽 벼랑을 건너 벼랑을 따라 남쪽으로 내려갔다. 1리를 가서 동쪽의 갈림길로 돌아들자, 새로 지어진 조그마한 집이 나타났다. 폭포가 어디 있는지 물어보았다. 그 집의 스님은 소박하면서도 호기심이 많은지라 이렇게 말했다. "이 일대에는 세 곳의 폭포가 있지요. 동쪽의 나무숲에 있는 것은 가장 높지만 작고, 서쪽 골짜기에 있는 것은 중앙에 매달려 있으면서 길며, 아래의 움푹한 평지에 있는 것은 수량은 많지만 짧지요. 중앙에 매달려 있는 폭포가 경관이 가장 빼어난데, 지금 이 무렵이 가장 볼 만하답니다. 봄과 겨울에는 물이 없으니, 그래서 지난번에는 들어보지 못했을 겁니다."

노스님이 나의 옷자락을 잡아당기면서 차를 끓일 테니 잠깐만 기다리라고 했다. 그러나 내가 폭포 구경에 다급해하자, 스님이 앞장서 안내했다. 서쪽으로 가파른 층계를 반리 내려왔다가, 층계가 굽어진 곳의 서쪽을 넘어갔다. 조그마한 물길이 벼랑 앞에 드리워진 채 푹 꺼져내려 구렁을 이루고 있으며, 길은 그 위쪽에서 남쪽으로 감돌아 뻗어내린다.

반리를 더 가자, 구렁 동쪽에 까마득한 벼랑이 감돌아 솟구쳐 있다. 그 위에 폭포 한 줄기가 허공에 드리워진 채 골짜기에 떨어진다. 멀리

서 날듯이 흩뿌려져 아래로 구렁 바닥에 닿기까지 높이가 백여 길이고, 살랑거리는 산바람과 아른거리는 바위가 구름안개 속에 떠 있는 듯하다.

폭포의 기세는 비록 옥룡각(玉龍閣) 앞의 골짜기 어귀에 있는 폭포보다 작다. 그러나 그 폭포는 골짜기 어귀가 안으로 양쪽 벼랑의 옆구리에 움패어 있는지라, 구경하는 이는 맞은편 골짜기를 직접 바라볼 수 없고, 옆에서 비스듬히 굽어볼 수는 있으나 폭포의 모습을 온전히 다 볼 수는 없다. 그렇지만 이 폭포는 봉긋한 벼랑의 꼭대기에서 높이 날아 쏟아지는지라, 구경하는 이가 골짜기 너머의 비슷한 높이에서 머리 끝에서 발끝까지 한 군데도 빠짐없이 바라볼 수 있다.

그러므로 그 자유분방한 기세와 나부껴 흔들리는 모습은, 굽이져 휘어진 점에는 남음이 있는 듯하나 힘차게 뛰어오르는 기세에서는 미치지 못하더라도, 허공에 산산이 흩어지는 가루와 같고, 손바닥 위에 놓인 구슬꿰미와 같으며, 예상우의곡(霓裳羽衣曲)[1]을 춤추는 듯 온 몸에 신령한 기운이 넘치고, 고운 비단에 뒤덮인 채 풍채가 유독 빛난다. 이곳을 들르지 않았더라면 산속의 으뜸가는 경관을 하마터면 놓칠 뻔했도다!

맞은편 골짜기에서 다시 서쪽 산부리를 감돌아 야화(野和) 스님의 정실로 들어갔다. 문 안에는 세 칸짜리 집이 있는데, 매우 시원스럽다. 양쪽 사이에 낀 집 역시 그윽하고도 정갈하다. 문은 남동쪽을 향해 있다. 이 정실은 구중애(九重崖)를 용사(龍砂)로 삼고 있으며, 이곳 갈래의 전단령을 호사(虎砂)로 삼고 있다. 이 앞쪽 가까이의 산은 모두 낮게 엎드려 있다. 먼 곳은 빈천(賓川)의 동쪽 산과 양왕산(梁王山)을 용사와 호사로 삼고 있으며, 가운데는 더욱 훤히 트인 채 앞쪽으로 거침없이 소운남택(小雲南澤) 동쪽의 수반(水盤)의 여러 고개에 이른다.

대체로 계족산의 여러 절과 정실은 모두 남쪽을 향해 있고, 동서 양쪽의 갈래를 용사와 호사로 삼고 있다. 서쪽 갈래의 남쪽에 향목평산(香木坪山)이 있는데, 가장 높은데다 앞으로 빙 에둘러 있으니, 역시 호사의 날개인 셈이다. 이곳의 경관이 멋지다고 하는 것은 이 때문이고, 이곳을 높다랗다고 여기는 것 또한 이 때문이다. 다만 이 정실은 방향이 다른 사찰들과 다른데다, 이 산 역시 낮게 엎드려 보이지 않을 뿐이다. 다른 곳은 이렇지 않다.

야화 스님은 극신(克新) 스님의 제자인데도 여전히 적광사에서 지내고 있다. 그의 제자인 지공(知空) 스님이 이곳에 지내고 있기 때문이다. 지공 스님은 젊은데다 온화하다. 그가 지은 시는 비록 빼어나지는 않으나, 뜻이 매우 절실하다. 그는 스승의 사제(師弟)인 견효(見曉) 스님이 보내온 시와 함께 자신의 시를 내게 보여주었다. 그는 고쳐주기를 청하면서 식사를 차렸다. (견효 스님의 이름은 독철讀徹이고, 호는 창설蒼雪이다. 그는 산을 떠나 20년간 우리 고향의 가운데 봉우리에 있었는데, 문담지文湛持[2]의 찬사를 받았으며, 시와 문장 모두 맑고 우아하다.) 극신 스님이 전에 살던 정실을 물어보니, 서쪽 1리에 있다고 한다. 극신 스님 역시 적광사에 계신다.

이에 서쪽으로 가지 않고, 폭포 위에서 동쪽의 망대의 남쪽으로 감돌았다. 동쪽으로 2리를 가자, 그 동쪽 옆구리에 정실 한 곳이 보인다. 이곳의 스님은 일종(一宗) 스님이다. 어느덧 사자림의 서쪽 경계에 와 있었다. 정실의 동쪽에는 조그마한 골짜기 속에서 뿜어져 나오는 물이 있다. 남쪽으로 내려가 물길을 건넜다.

다시 동쪽으로 가자 체극 법사의 정실이 나왔다. 그 위는 표월(標月) 스님의 정실이다. 골짜기에서 뿜어져나오는 조그마한 물길은 곧바로 떨어져내려 난나사 동쪽의 산골물을 이루는데, 여기가 그 원천이다. 그 위쪽은 주요 등성이로부터 그다지 멀지 않으나, 벼랑 사이에는 길이 나 있지 않았다. 길은 망대를 거쳐 올라갈 수 있다. 이곳에 이르러보니, 어느덧 가운데 갈래의 꼭대기를 넘어 동쪽의 갈래를 맞이하고 있다.

여기에서 동쪽으로 반리를 가서 백운(白雲) 법사의 정실에 들어갔다. 이곳은 염불당(念佛堂)이다. 백운 법사는 계시지 않았다. 이곳의 영천(靈泉)을 둘러보니, 골짜기에서 흘러나오는 것이 아니라 등성이에서 흘러나오고, 벼랑 바깥에서 흘러나오는 것이 아니라 벼랑 안에서 흘러나오며,

동굴 구멍에서 흘러나오는 것이 아니라 동굴의 꼭대기에서 흘러나온다.

높이 매달려 있으니 흘러내려오는 곳이 있을 법하지만 보이지 않고, 떨어져 내리니 물을 대기 위해 힘을 빌 필요가 없지만 마르지 않으니, 어찌 이런 물이 있단 말인가? 불교의 신묘함이 이로써 입증되도다. 어찌하여 전에는 흘러나오지 않은 채 절이 지어지기를 기다리고, 어찌하여 나중에는 끊이지 않은 채 여러 원류의 시원을 독차지하는가? 이러하니 '공덕수(功德水)'라 일컬을 만하지 않은가? 만불각(萬佛閣)의 암벽 아래에 고인 물의 구멍과 비교해보니, 하늘과 땅의 차이이다.

다시 동쪽으로 1리를 가서 야우 법사의 정실에 들어섰다. 이곳은 대정실(大靜室)이다. 한나절간 대화에 푹 빠졌다. 남서쪽으로 1리를 내려가 영공(影空) 스님의 정실에서 식사를 했다. 헤어진 지 어느덧 반년이 흘렀다. 만나자마자 팔을 붙들고 반가워 하다가, 식사를 하고서 떠났다. 그곳의 서쪽 골짜기에서 반리를 내려가 난종(蘭宗) 스님의 정실에 이르렀다.

대체로 사자림의 가운데 등성이는 염불당에서 드리워져 뻗어내리는데, 가운데가 영공 스님의 정실이고, 아래는 난종 스님의 정실이다. 그 사이에 불쑥 솟은 바위 하나가 가로놓여 있는데, 한 곳은 바위의 가장자리에 걸터앉아 있고, 다른 한 곳은 바위의 발치에 기대어 있다. 양쪽 벼랑 모두 푹 꺼져내린 골짜기가 빙 두르고 있다.

바위는 동서 양쪽의 골짜기 사이에 솟구친 채, 남쪽으로 병풍처럼 싸안고 있다. 동쪽의 병풍 위에는 위에서 떨어지는 물이 허공에 흩어지면서 흘러내려 움팬 절벽 너머를 뒤덮고 있다. 이곳은 수렴(水簾)이다. 서쪽 병풍의 곁에는 옆에서 비치는 색이 마치 가루를 뿌려 금을 만들어내듯 층층의 벼랑 위에서 반짝인다. 이곳은 취벽(翠壁)이다. 수렴 아래에는 나무가 죄다 비스듬히 누워 있다. 새 날개처럼 비스듬히 치켜든 것도 있고, 규룡처럼 가로누운 것도 있으며, 몸을 가로누인 채 옆으로 자라나 있는 것도 있다. 뭇 나뭇가지들은 둥글지만, 이곳만은 납작하며, 뭇 재목들은 모두 쭉쭉 뻗어 있으나, 이곳만은 가로누워 있다. 역시 기이한 경관이다.

난종 스님이 멀리 대숲 사이로 나를 보더니, 다가와 묵어가라고 나의 팔을 붙들었다. 이때 심신야(沈莘野)는 이미 동쪽으로 유람을 떠나 있었다. 노인이 어쩌다 집에 계시지 않은지라, 그를 기다렸다가 만나고 싶어 그의 말에 따르기로 했다. 화광(和光) 스님이 산을 내려가고자 하기에, 하인 고씨에게 그와 함께 가라고 했다. 산간의 집에 여분의 이불이 없는지라 그가 감기에 걸릴까 염려했기 때문이다. 하인 고씨는 열쇠를 달라고 했다. 나는 대광주리의 열쇠까지 그에게 건네주었다. 단숨에 한데 묶인 열쇠꾸러미를 풀기가 불편하기 때문이었다.

하인이 떠나자, 난종 스님은 곧바로 지팡이를 짚고서 나를 안내했다. 그의 안내로 다시 수렴과 취벽, 기울어진 나무 등의 여러 빼어난 경관을 구경했다. 날이 저물자, 그의 집으로 돌아왔다. 오늘은 중양절이다. 낮에는 대단히 맑고 상쾌했고, 밤에는 달이 가운데 봉우리 위에 떠올랐다. 물처럼 흘러내리는 푸른빛과 옥과 같은 산꼭대기들로 황홀하기 짝이 없다.

---

1) 예상우의곡(霓裳羽衣曲)은 개원(開元) 연간에 하서절도사(河西節度使) 양경충(楊敬忠)이 받쳤다고 한다. 이 곡은 양귀비(楊貴妃)가 현종(玄宗)을 처음 만났을 때 이 악보를 보고서 즉석에서 이 곡에 맞추어 노래를 부르며 춤을 추었다고 하여 널리 알려졌다.
2) 문담지(文湛持)는 명나라의 문인인 문진맹(文震孟, 1574~1636)을 가리킨다. 그는 강소성 소주 사람으로, 자는 문기(文起)이고 호는 담지(湛持)으로, 서예가이자 문인화가인 문징명(文徵明)의 증손이다. 숭정(崇禎) 초에 예부좌시랑(禮部左侍郎) 겸 동각대학사(東閣大學士)를 역임했다.

9월 초열흘

아침 일찍 일어나 심노인을 물었으나, 아직 돌아와 있지 않았다. 난종 스님이 식사를 차리고, 또 떡을 만들어주어 먹었다. 나는 종이를 가져와 「사림사기시(獅林四奇詩)」를 지어 그에게 주었다. (네 가지 기이한 것은 수렴, 취벽, 옆으로 휘어진 나무, 영천 등이다.)

하인 고씨가 오지 않기에 의심이 들어 물어보았다. 난종 스님이 "그대가 금방 내려올 줄 알고 있을 터이니, 무엇하러 다시 올라오겠습니까?"라고 말했다. 하지만 나는 마음이 무겁고 마음이 놓이지 않았다. 기다리던 심노인이 오지 않자, 곧바로 난종 스님과 작별 인사를 나누고 내려가려고 했다.

막 내려가려는데, 스님 한 분이 황망히 오는 것이 보였다. 난종 스님이 따라와 무슨 일로 오는지 물었다. 그는 "실단사의 장로께서 상공을 모셔오라 했습니다"라고 대답했다. 나는 마음속으로 하인이 도망쳤음을 직감했다. 거듭 물으니, "장로께서 상공의 하인이 보따리를 지고 대리로 가는 것을 보고 화광 스님에게 물어보았답니다. 하인이 상공의 명령을 받들지 않았으리라는 의심이 들었기에, 저를 보내 알려드리는 것입니다." 나는 그가 도망갔으며, 대리로 간 게 아니라는 것을 알고 있었다.

그리하여 난종 스님과 작별하고서 스님과 함께 급히 내려갔다. 5리를 가서 난나사 앞의 환주암(幻住庵) 동쪽을 지난 뒤, 3리를 더 내려가 동서 양쪽의 산골물이 만나는 곳을 거쳐 실단사에 이르렀다. 어느덧 정오였다. 상자를 열어보니, 가지고 있던 물건이 몽땅 사라져버렸다.

체극 법사와 홍변 법사는 나를 위해 급히 절에 있는 두 스님을 보내 뒤쫓게 하려 했다. 그러나 나는 그들을 만류하면서 "뒤쫓아보아야 따라잡지 못합니다. 설사 따라잡을지라도 억지로 돌아오게 할 수도 없을 겁니다. 떠나가게 내버려둘 수밖에 없지요"라고 말했다. 하지만 고향을 떠난 지 3년째, 주인 한 사람과 하인 한 사람이 몸과 그림자처럼 서로 의지했는데, 하루아침에 만 리 밖에 나를 내버렸으니, 어찌 이리도 모질단 말인가!

9월 11일

나는 마음이 울적했다. 체극 법사는 내가 상심할까봐, 그의 조카 순백 스님을 시켜 나를 모시고 장경루(藏經樓) 등의 여러 곳을 산보하게 했다. 원통암(圓通庵)의 묘행(妙行) 스님이 장경루 앞에서 불경을 읽으면서 차를 끓이고 과일을 마련해놓았다. 순백 스님이 상황(象黃)으로 만든 염주를 내게 보여주었다.

(상황은 우황牛黃과 구보狗寶의 종류로서, 코끼리의 배위에 생기는 것이다. 크기는 은행알만 하고 가장 큰 것이 호두만하다. 배의 사방에 달려 있는데, 이것을 가져다 물러진 틈을 타서 물에 담가두었다가 염주로 만든다. 색깔은 사리처럼 황백색이고, 사리만큼 딱딱하여, 어떤 물건으로도 그것을 부술 수 없다. 인도에서 나는데, 그곳에서도 매우 귀중히 여겨 염주를 만드는 데에만 사용할 뿐, 다른 데에는 사용하지 않는다. 또한 코끼리 가운데 매우 크고 살진 코끼리에게만 그것이 있으며, 수천 수백 마리의 코끼리 가운데 한 마리도 없을 수도 있으니, 이 코끼리는 코끼리 가운데의 왕이라 할 수 있다고 한다.)

장경루 앞의 못가에 앉아 가섭(迦葉)의 행적을 묻자, 장경루의 불경 가운데 계족산과 관련이 있는 것을 가져왔다. 나는 한두 단락을 골라 베꼈다. 비로소 불경에서 "가섭이 의발을 지키고 좌선에 들자, 네 개의 바위산이 날아와 합쳐졌다"고 한 것이 바로 이곳에서의 일이며, 또한 일찍이 계족이라는 이름도 있었던 적이 없음을 깨달았다. 아울러 가섭에게도 세 명의 가섭이 있으며, 오직 가섭파(迦葉波)만은 마하가섭(摩訶迦葉)이라 일컫는다는 것을 깨달았다. '마하(摩訶)'란 크다는 뜻이며, 그 나머지는 모두 소가섭(小迦葉)일 따름이다. 이날 밤, 학경부(鶴慶府)의 사중□(史仲□)가 성성에서 왔다. (공자인 사史씨는 성에서 치른 과거에 응시했다가 낙방하여 돌아왔으며, 산에 올라 소일했다.)

9월 12일

묘행 스님이 와서 나와 화엄사(華嚴寺)에 놀러 가기로 약속했는데, 화
엄사에 노스님 야지(野池)가 계신다고 한다. 월륜(月輪) 스님의 제자이니,
만나 뵙지 않을 수 없었다. 이전에 닫힌 불감 속에서 좌선을 하고 계셨
던 터라, 직접 얼굴을 보지 못해 몹시 안타까웠기 때문이다. 이전에 내
가 연초에 화엄사를 들렀을 적에는 그곳의 제자들이 모두 외출했던 터
라, 찾을 길이 없었다. 나는 때때로 월륜 스님에게 후계자가 없음을 안
쓰러워했는데, 이번에 누군가 있다는 것을 알게 되었다. 서둘러 식사를
하고서 길을 떠났다. 화광 스님도 따라나섰다.

서쪽으로 1리를 가서 동쪽의 가운데 경계의 시내를 건너자, 곧바로
영상사가 나왔다. 이제 가운데 갈래의 경계로 건너온 셈이다. 다시 1리
남짓을 더 가서 남쪽의 쇄수각(鎖水閣) 아래를 흐르는 물길을 건너 비탈
을 올랐다. 이제 가운데 갈래의 등성이를 넘은 셈이다. 북서쪽으로 등성
이를 거슬러 1리를 가서 식음헌(息陰軒)을 지났다. 다시 폭포의 상류를
따라 북서쪽으로 1리 남짓을 나아가 북쪽에서 흘러오는 시내를 건넜다.
이제 가운데 갈래를 벗어나 서쪽 갈래의 경계로 건너온 셈이다.

다시 북쪽으로 1리 남짓을 가서 서쪽 골짜기의 시내를 건넌 뒤, 서쪽
에서 뻗어오는 조그마한 갈래의 산부리를 올라 북서쪽으로 나아갔다. 1
리를 갔다가 서쪽의 정자 딸린 다리를 건넜다. 다리 아래의 물은 화엄
사 앞을 경계짓는 물길이며, 위아래에 모두 다리가 있다. 이곳은 그 하
류를 건너는 다리이다. 다리 안쪽의 골짜기 속에는 둥근 못이 있다. 물
길 가까이에 있으나 물길과 섞이지 않으니, 역시 용담의 종류이다.

시내 남쪽에서 북서쪽으로 나아가다가, 서쪽 갈래의 등성이를 넘었
다. 반리를 가서 화엄사에 들어섰다. 화엄사는 동쪽을 향한 채 서쪽 갈
래의 주요 등성이의 북쪽에 자리하고 있다. 이 절은 월담(月潭) 스님이
창건했는데, 그가 남경(南京) 사람이기에 남경암(南京庵)이라 일컫기도 한

다. 월륜 스님에 이르러, 이 암자를 확장하여 계족산의 으뜸가는 절로 만들었으며, 자성태후(慈聖太后)[1]가 장경(藏經)을 하사하여 이 절에 소장했다. 후에 화재를 당하여 훼손되었으나 야지 스님이 중건했다. 이제 절의 규모는 남아있으나, 하사받았던 장경은 돌이킬 수 없게 되고 말았다.

야지 스님은 연세가 일흔 남짓이며, 산속의 여러 명망 있는 분들을 두루 섬겼다. 그는 이제 나이 들어서도 선배들의 공덕을 잊지 않고, 젊은 시절 학문을 궁구하지 못했다면서 문을 닫아건 채 열심히 글을 읽으며 게으름을 피우지 않으니, 역시 본받을 만하다. 내가 「계족산지」를 지을 뜻이 있음을 듣고서, 베껴둔 『청량통전(淸凉通傳)』을 내게 빌려주었다. 그의 뜻 또한 선함을 알 수 있다. 오후에 작별 인사를 드리려는데, 사(史)씨가 내가 와있다는 말을 듣고서 뒤쫓아왔다. 나는 돌아가는 길이 늦어질까 걱정되어, 야지스님과 헤어져 다른 길로 먼저 되돌아왔다. 사씨에게는 가마와 말이 있었기 때문이다.

절을 나와 북서쪽의 상류에서 다리를 건넌 뒤, 4리를 가서 잇달아 북동쪽의 산골물 세 곳을 넘어 그 동쪽 경계의 갈래에 이르렀다. 이곳은 성봉사(聖峰寺)와 연등사(燃燈寺)가 있는 갈래의 산자락이다. 1리를 더 가서 동쪽을 내려가 끄트머리에 이르니, 절이 가운데에 매달려 있다. 이곳은 천축사(天竺寺)이다. 그 북쪽의 산골물은 앙고정(仰高亭)의 골짜기 속에서 흘러내리고, 그 남쪽의 산골물은 서쪽 갈래의 동쪽 골짜기에서 여러 차례 떨어져 흘러내리다가, 성봉(聖峰)의 갈래를 낀 채 동쪽의 이곳에서 끝난다. 왕십악(王十岳)[2]의 『유기』는 성봉을 가운데 갈래로 삼고 있는데, 이것은 잘못이다.

그 산자락에서 북쪽 골짜기의 조그마한 다리를 건넜다. 다시 가운데 갈래의 서쪽 경계로 건너온 셈이다. 북쪽의 기슭을 따라 동쪽으로 반리를 가서 남쪽으로 흘러내리는 조그마한 물길을 두 번 지났다. 이 물길은 수전사(首傳寺) 앞쪽의 좌우의 물길이다. 그 남쪽 골짜기 속이 비로소 툭 트인 채 밭두둑을 이루고 있고, 가운데에 집이 있다. 이곳은 대각사

(大覺寺)의 채마밭이다.

그 왼쪽에서 북쪽으로 돌아들어 반리만에 갈래의 등성이를 넘은 뒤, 잇달아 법화암(法華庵), 천불암(千佛庵), 영원암(靈源庵)의 세 암자를 지났다. 이곳은 모두 가운데 등성이의 아래 자락이다. 반리를 가서 북쪽의 쇄수각의 하류를 넘으니, 곧 대각사가 나왔다. 계속해서 동쪽의 한길을 따라 1리만에 서축사(西竺寺) 앞을 지나 원통암에 올라 '등롱화수(燈籠花樹)'를 구경했다.

이 나무는 잎이 콩잎처럼 가늘고 뿌리는 박처럼 크다. 꽃이 피면 산수유만큼 큰데, 가운데가 붉고 뾰족하며, 꽃받침은 온통 푸른 채, 마치 등롱처럼 낮게 드리워져 있다. 나는 영창부(永昌府)의 유(劉)씨집에서 이 나무를 본 적이 있지만, 그 꽃을 본 적은 없었다. 이 암자는 묘행 스님이 예전에 거처하던 곳이다. 암자에 머물러 차를 끓여 마신 뒤 길을 떠났다.

1리를 가서 영상사 북쪽에서 산골물을 건넜다. 가운데 경계를 떠나 동쪽 갈래의 경계로 들어선 셈이다. 물길을 거슬러 북쪽으로 나아가 용천암(龍泉庵)과 오화암(五華庵)을 지났다. 오화암은 오늘날 소룡담(小龍潭)이라 일컫는데, 실단사 대룡담(大龍潭)의 상류이다. 대룡담은 이미 말라붙어 깊은 구렁이 된 반면, 소룡담은 여전히 물이 고인 채 아래로 흘러내린다.

나는 여러 차례 이곳을 찾아보고 싶었다. 이곳에 이르러, 두 스님에게 오화암 뒤쪽의 비탈을 찾아보도록 부탁했다. 졸졸 흐르던 물길이 나뉜 채 실단사 오른쪽으로 흘러드는 것이 보였다. 비탈길을 따라 올라가자, 그곳은 보이지 않았다. 두 스님이 날이 저물었다면서 돌아가자고 권하는지라 돌아오고 말았다. 절문이 곧 닫히려 했다.

이날 밤, 복오 법사의 서재에서 사씨와 이야기를 나누었다. 사씨는 산천에 마음을 두고 있었다. 그의 이야기에 따르면, 주요 등성이는 그의 마을 서쪽의 금봉초(金鳳哨) 고개에서 남쪽으로 이해(洱海)의 동쪽을 지났다가, 오룡패(五龍壩)와 수목사(水目寺), 수반포(水盤鋪)에서 역문(易門)과 곤양(昆陽)의 남쪽을 지난다. 그는 성성(省城)을 에워싼 것을 대단히 많이 알고 있었다.

그는 또 구정산(九鼎山) 앞의 양왕산의 서쪽 겨드랑이가 쭉 남쪽으로 뻗어내려 백애참(白崖站)과 미도(迷渡)에 이르는데, 그곳의 시내의 이름은 산계(山溪)라고 말했다. 후세 사람들이 그 골짜기를 뚫어 물을 이해로 끌어들이는 바람에, 이 시내는 다시 두 줄기로 나뉘게 되었다. 과연 이렇게 하여, 청화동(淸華洞)의 산갈래는 다시 양왕산의 동쪽에서 남쪽으로 돌아들어 뻗어내리며, 오늘날 뚫려 끊긴 곳이다. 나는 애초에 그 등성이는 구정산에서 서쪽으로 꺼져내린다고 생각했었다. 만약 정말로 남쪽의 백애참의 시내로 뻗어내린다면, 전에 내가 생각했던 것이 크게 틀린 것은 아니로다.

눈앞의 산줄기를 이처럼 지팡이를 짚은 채 찾아다녔기에, 탐구할 사람이 없어서는 안된다는 것을 깨달았다. 사씨는 평생에 산천을 찾아다니기를 좋아했으나, 사람들이 비웃을 때마다 하소연할 이가 없었다. 그러던 터에 우연찮게 나를 만나니, 마음이 너무나 유쾌하다고 말했다. 나역시 이런 산등성이를 찾아다닌 지 거의 40년만에 이곳에 이르러 끝이 났다. 이곳에 이르러 같은 뜻을 품은 이를 만나니, 이 또한 기이한 만남이라 하지 않을 수 없다. 밤에 달이 무척 밝고 푸른 하늘은 씻은 듯하니, 마음까지 환히 밝아지도다!

---

1) 자성태후(慈聖太后)는 융경제(隆慶帝)의 황후이자, 만력제(萬曆帝)의 어머니이다. 성은 이(李)이며, 미천한 출신의 궁녀이다. 융경제의 총애를 받아 만력제를 낳은 후 귀비(貴妃)로 봉해졌다가, 융경제가 죽고 만력제가 등극한 후 자성황태후로 받들어졌다.

2) 왕십악(王十岳)은 명나라의 유기문학가인 왕사성(王士性, 1547~1598)을 가리킨다. 그는 절강성 임해(臨海) 사람으로, 자는 항숙(恒叔)이고, 호는 원백도인(元白道人)이다. 본래 유람을 즐겼던 그는 복건성을 제외한 중국 전역을 두루 다녔으며, 수많은 유기문과 시를 남겼다. 그의 유기로는 『오악유초(五岳遊草)』『광유지(廣遊志)』와 『광지역(廣志繹)』 등이 있다. 이 글에서 서하객이 언급한 왕십악의 「유기」는 「유계족산

기(遊鷄足山記)」를 가리킨다.

9월 13일

사씨가 실단사를 위해 커다란 편액을 써주었다. 이 분은 예전부터 서예로 이름을 날리신 분인지라, 시 역시 평범하지 않았다. 또다시 즐겁게 이야기를 나누었다. 정오가 지나 가마꾼이 길을 떠나자고 재촉했다. 사씨가 나와 함께 구중애(九重崖)에 놀러갔다가 사자림과 전단림을 가로질러 서쪽으로 나아가 나한벽에서 하룻밤을 묵고, 내일 함께 꼭대기 올라 헤어지자고 간절히 부탁했다. 나는 그의 말에 따르기로 했다.

그리하여 실단사 동쪽에서 비탈을 올라 반리만에 천지(天池) 스님의 정실을 지났다. 이어 6리를 가서 하남성(河南省) 출신의 지족(止足) 법사의 정실을 지났다. 다시 북쪽으로 1리 남짓을 더 가서 까마득한 벼랑 아래를 나아갔다. 이곳은 덕충(德充) 스님의 정실이다. 덕충 스님은 복오 법사의 제자이다. 사씨와는 같은 고향이라는 정분이 있던 복오 법사는 그의 제자를 시켜 이곳 정실로 안내하여 구경하게 다음, 서쪽 길을 따라 나한벽을 올랐다가 서래사(西來寺)에서 식사를 차려 먹고 그곳에서 묵도록 준비시켰다.

이 정실은 구중애의 한가운데로서 구중애의 가장 높은 곳이다. 정실은 새로 지은지라 깨끗하다. 뒤쪽의 까마득한 바위 중턱에 동굴이 매달려 있다. 나무를 따라 오를 수 있다. 나는 예전에 이곳에 대해 들어본 적이 있었는데, 뜻하지 않게 남을 따라가다가 처음으로 이곳에 온 것이다. 하늘높이 솟구쳐 있는 빽빽한 나무숲을 쳐다보니, 그 위에 동굴 입구가 있을 것만 같았다.

이때 사씨는 쉬면서 앞으로 나아가지 않기에, 나는 즉시 험준한 길을 타고서 올라갔다. 처음에는 비록 길이 없었지만, 물을 끌어대는 나무통을 발견하고서 그것을 따라 서쪽으로 반리를 나아갔다. 다시 고개를 쳐들어 바라보니, 동굴이 그 위에 틀림없이 있겠기에, 다시 험준한 길을 타고서 올랐다.

처음부터 길도 없이 반리를 가서 바위 아래에 이르니, 나무 한 그루가 벼랑에 기댄 채 곧추서 있다. 약간 도끼질한 층계의 흔적이 있어서 발을 딛을 수 있었다. 나무를 부여잡고 벼랑을 올랐다. 몇 번이나 그 층계에 매달려서야 나무 끄트머리에 이르렀다. 돌층계 역시 마찬가지로 끄트머리에 닿은지라 온통 위험하기 그지없다. 발의 힘의 반절은 손에 기댔으나, 손의 힘의 반절은 기댈 곳이 없었다. 이것이 이른바 허공에 기댄 채 바람을 모는 것인데, 몰고 싶어도 몰 것이 없다.

동굴 입구는 정남쪽을 향해 있고, 위아래가 온통 깎아지른 듯한 절벽이다. 가운데에는 입구 하나가 움패어 있는데, 한 길 반의 높이에 너비와 깊이 역시 높이와 비슷하다. 그러나 옆으로 틈새가 전혀 없다. 동굴 안에는 물이 꼭대기에서 흩뿌려진다. 이 물을 모으면 한 사람이 마실 만하고, 이곳에서 쉬어도 겨우 한 사람의 침상만 들여놓을 수 있을 뿐이다. 다만 틈새가 전혀 없어 비바람이 닥치면 피할 도리가 없을 듯하다. 하지만 위에서 굽어보니 앞으로 거칠 것이 없다. 가까이로는 향목평(香木坪)의 고개가 아래에 낮게 엎드려 있다. 멀리로는 오룡패(五龍壩)의 병풍 같은 봉우리가 남쪽에 가로누워 있으며, 배사(排沙)와 관음정 등의 여러 산이 층층이 엇섞인 채, 각각이 그 바닥까지 남김없이 드러나 있다.

한참 뒤에 정실에서 부르는 소리가 들리는지라 내려왔다. 다시 물을 끌어대는 나무통을 따라 동쪽의 잔도를 지났다. 물이 흘러나오는 곳이 커다란 바위 아래에 있다. 흘러나오는 물은 곧바로 도려낸 나무를 통해 서쪽으로 끌어들이고 있다. 이곳은 위층의 물이다. 그 아래로 한두 길 되는 곳에서 또 흘러나오는 물은 복오 법사의 제자가 정실로 끌어대고 있다. 그 아래에서 또 흘러나오는 물은 일납헌(一衲軒)에서 끌어대고 있다. 잇달아 세 단에서 물이 흘러나오는데, 모두 같은 골짜기의 움푹 꺼진 곳이다. 흘러나오는 구멍은 다르지만 줄기는 틀림없이 보이지 않게 통할 것이다. 옆으로 나뉘어 끌어낸 물은 바위 전체에 의지하여 흘러내리고 있다.

정실로 내려와 차와 과일을 먹고서, 계속해서 떡을 먹었다. 이어 아래층의 물을 끌어대는 나무통을 따라 서쪽으로 1리를 나아가 일납헌에 들어갔다. 한참동안 바라보다가 다시 차를 마시고 나아갔다. 서쪽으로 1리를 가서 이전에 꼭대기에 오를 때 탔던 비탈을 지났다. 서쪽으로 가로지르자, 길은 차츰 좁아지더니, 비탈부리를 감돌기도 하고 골짜기의 움푹 꺼진 곳을 지나기도 한다. 등성이에는 온통 돌들이 어지러이 드리워져 있고, 그 안에는 물 한 방울도 없다. 그래서 이곳에는 집을 지을 수 없기에, 잡초만 무성한 길이 되고 말았다.

2리 남짓을 가자, 골짜기의 움푹 꺼진 곳에 커다란 나무가 마치 다리처럼 가로누워 있다. 서쪽으로 2리를 더 갔다가, 비탈을 타고서 산부리를 돌아들어 올라 야우 법사의 정실을 지났다. 반리를 더 가서 백운 법사의 정실에 올랐다. 백운 법사가 붙잡았으나 날이 저물었다면서 떠났다. 백운 법사는 체극 법사의 정실까지 따라왔다가 작별했다. 서쪽으로 반리를 가서 일종 스님의 정실을 지났다. 물길 옆으로 비탈을 반리 올라 망대 남쪽에 불쑥 솟구친 등성이를 넘었다. 어느덧 어둠이 내린지라, 달빛이 차츰 밝아진다.

1리 남짓을 가서 망대 서쪽의 움푹 꺼진 곳의 물길을 두 번 지났다. 1리를 더 가서 남쪽의 전단령을 감돈 뒤, 서쪽으로 나한벽의 동쪽 자락을 지났다. 오는 길 내내 달빛을 타고서 나아왔다. 다시 약간 산부리를 감돌아 반리를 올랐다. 이곳은 혜심(慧心) 스님의 정실이다. 이곳은 환공(幻空) 법사의 벽운사(碧雲寺) 앞쪽에 남쪽으로 불쑥 솟구친 비탈이다. 내가 전에 혜심 스님과 회등사(會燈寺)에서 헤어지고서 그를 찾아갔으나, 만나지 못한 지가 이제 벌써 반년 남짓이나 되었다.

이에 달빛을 타고서 사립문을 두드렸다. 혜심 스님이 차를 내와 달 아래에서 마시니, 참으로 기분이 흐뭇하다. 이곳은 복오 법사와 전에 약속했던 거처와는 아직 3리 떨어져 있다. 여기에서 서쪽으로 내려가 나무숲을 건너야 하지만, 어두워 갈 수 없었다. 그래서 혜심 스님이 지팡이를 짚고서 나를 위해 미로를 안내했다. 반리를 가서 나무숲을 건너 올랐다가, 반리를 더 가서 비탈을 올라 벽운사로 가는 한길과 만났다. 달이 전처럼 환해지기에, 혜심 스님은 헤어져 떠났다. 다시 서쪽으로 1리를 가서 정실 한 곳을 지난 뒤, 산부리를 감돌아 북쪽으로 비탈을 올랐다. 마침 복오 법사가 사람을 시켜 산꼭대기 여기저기에서 불러대고 있었다.

1리를 더 가서 서래사에 들어갔다. 절의 명공(明空) 스님은 출타중이었다. 그의 동생인 삼공(三空) 스님은 내가 전에 식사를 함께 했던 이인데, 내가 왔다는 소리에 정실로 나와 맞이했다. 복오 법사는 우리들이 죽을 좋아하는 걸 아는지라 죽을 끓여 공양했다. 오래도록 이런 음식을 먹어보지 않은데다, 막 길을 올라온 터에 밝은 달빛 속에 들이키니, 어찌 승로반에 고인 이슬만 못하랴!

9월 14일

삼공 스님이 먼저 간식거리로 만두에 이어 기장으로 만든 떡을 마련했다. 기장을 찐 것이지만 찹쌀가루보다 더 부드럽다. 유즙, 산초기름, 계종기름, 매실식초를 잡다하게 늘어놓으니, 풍성하지는 않아도 제법 운치가 있다. 아마 사씨가 그의 사형인 명공 스님과 오기로 약속한 모양이다.

(이하는 빠져 있다.)

계몽량(季夢良)은 다음과 같이 말했다. "왕충인(王忠紉)선생은 '숭정 12년 9월 15일 이후로는 전혀 기록이 없다'고 말했다. 내 생각에, 공은 여강부의 목공(木公)의 명을 받들어 계족산에서 『지』를 쓰다가, 석달을 넘겨서야 비로소 완성했다. 그러니 9월 이후부터 이듬해 정월까지는 줄곧 실단사에서 『지』를 쓴 나날이다. 공은 별도로 『계산지』의 요목을 가려내어 세 권의 조그마한 책을 엮어 이 뒤에 덧붙여 실었으며, 『여강기사(麗江紀事)』한 대목과 『법왕연기(法王緣起)』한 대목도 아울러 덧붙였다."

원문

己卯八月二十三日 雨浹日,[1) 憩悉檀.

---

1) 고대에는 간지(干支)로써 날짜를 만들었는데, 갑(甲)에서 계(癸)까지의 열흘을 협일(浹日)이라 했다. 여기에서는 하루종일의 의미로 쓰였다.

二十四日 復雨, 憩悉檀.

二十五日 雨仍浹日. 下午, 弘辨師自羅川、中所諸莊回, 得吳方生三月二十四日書. (乃麗江令人持余書往邀而寄來者.) 弘辨設盒夜談.

二十六日 日中雨霽, 晩復連綿.

二十七日 霽, 乃散步藏經閣, 觀丁香花. 其花嬌豔, 在秋海棠、西府海棠之間, 滇中甚多, 而鷄山爲盛. 折揷御風球. 時球下小截, 爲駝夫肩負而損, 與上截接處稍解. 余姑垂之牆陰, 以遂其性. '御風'之意, 思其懸崖飄颺而名之也.

二十八日 霽甚. 下午, 體極自摩尼山回, 與摩尼長老復吾俱至. 素餐極整, 設盒夜談.

二十九日 爲弘辨師誕日, 設麵甚潔白. 平午, 浴於大池. 余先以久涉瘴地, 頭面四肢俱發疹塊, 累累叢膚理間, 左耳左足, 時時有蠕動狀. 半月前以爲蝨也, 索之無有. 至是知爲風, 而苦於無藥. 茲湯池水深, 俱煎以藥草, 乃久浸而薰蒸之, 汗出如雨. 此治風妙法, 忽幸而值之, 知疾有瘳機矣. 下午, 艮二、蘭宗來. 體師更以所錄山中諸刹碑文相示, 且謀爲余作揭轉報麗江.
(諸碑乃麗江公先命之錄者.)

九月初一日 在悉檀. 上午, 與蘭宗、艮一觀菊南樓, 下午別去.

初二日 在悉檀, 作記北樓. 是日體極使人報麗江府.

初三日、初四日 作記北樓.

初五日 雨浹日. 買土參洗而烘之.

初六日、初七日 浹日夜雨不休. 是日體極邀坐南樓, 設茶餅飯. 出朱按君(泰貞)、謝撫臺[1](存仁)所書詩卷, 並本山大力、本無、野愚所存詩跋, 程二游(名還, 省人. 初遊金陵, 永昌王會圖誣其騙銀, 錢中丞逮之獄而盡其家. 雲南守許學道[2]康憐其才, 私釋之, 進入山中. 今居片角, 在摩尼東三十里.) 詩畫圖章, 章他山、陳渾之、恒之詩翰, 相玩半日.

---

1) 무대(撫臺)는 순무(巡撫)의 별칭으로, 무군(撫君)이라고도 한다.
2) 명나라 때에는 동생(童生)과 생원(生員)을 교육하기 위해 유학제거사(儒學提擧司)를, 후에는 제독학정(提督學政)을 두었는데, 이를 제학도(提學道) 혹은 학도(學道)라 일컫는다.

初八日 雨霽, 作記北樓. 體極以本無隨筆詩稿示.

初九日 霽甚. 晨飯, 余欲往大理取所寄衣囊, 幷了蒼山、洱海未了之興. 體極來留曰：“已着使特往麗江. 若去而麗江使人來, 是誑之也.” 余以卽來辭. 體極曰：“寧俟其信至而後去.” 余從之, 遂同和光師窮大覺來龍.[1]

從寺西一里, 渡蘭那寺東南下水, 過迎祥、石鐘、西竺、龍華, 其南臨中谿, 卽萬壽寺也, 俱不入. 西北約二里, 入大覺, 訪遍周. 遍周閒居片角莊, 月終乃歸. 遂出, 過鎖水閣, 於是從橋西上, 共一里, 至寂光東麓. 仍東過澗, 從澗東躡大覺後大脊北向上. 一里餘, 登其中岡, 東望卽蘭那寺峽, 西望卽水月庵後上煙霞室峽也. 又上里餘, 再登一岡. 其岡西臨盤峽, 西北有瀑布懸崖而下, 其上靜廬臨之, 卽旃檀林也. 東突一岡, 橫抱爲蘭陀後脊, 岡後分峽東下, 卽獅子林前墜之壑也. 於是岐分嶺頭：其東南來者, 乃蘭那寺西上之道; 東北去者, 爲獅林道; 西北盤崖而上者, 爲旃檀嶺也; 其西南來者, 卽余從大覺來道也. 始辨是脊, 從其上望臺連聳三小峰南下, 脊兩旁西墜者, 南下爲瀑布而出鎖水閣橋; 東墜者, 南下合獅林諸水而出蘭那寺東. 是東下之源, 卽中支與東支分界之始, 不可不辨也. 余時欲東至獅林, 而忽見瀑布垂綃, 乃昔登鷄山所未曾見, 姑先西北上. 於是愈上愈峻, 路愈狹, 曲折作‘之’字而北者二里, 乃西盤望臺南嘴. 此脊下度爲大覺正脊, 而東折其尾, 爲龍華、西竺、石鐘、迎祥諸寺, 又東橫於大龍潭南, 爲悉檀前案, 而盡於其下. 此脊當鷄山之中, 其脈正而雄, 望臺初湧處, 連貫三珠, 故其下當結大覺, 爲一山首刹, 爲開山第一古蹟焉. 然有欲以此山作一支者, 如是則塔基卽不得爲前三距之一, 而以此支代之. 但此支實短而中縮, 西之大士閣, 東之塔院, 實交峙於前, 與西支之傳衣寺嶺鼎足前列. 故論支當以寂光前引之岡爲中, 塔基上擁之脊爲東, 而此脈之中縮者不與, 論刹當以大覺中懸爲首, 而西之寂光, 乃其輔翼, 東之悉檀, 另主東盟, 而此寺之環拱者獨尊. 故支爲中條附庸, 而寺爲中條冠冕, 此寺爲中條重, 而中條不能重寺也. 嘴之西有亂礫垂峽, 由此北盤峽上, 路出旃檀嶺之上, 爲羅漢壁道; 由此度峽西下, 爲旃檀中靜室道, 而瀑布則層懸其下, 反不能見焉.

乃再度峽西崖, 隨之南下. 一里, 轉東岐, 得一新闢小室. 問瀑布何在? 其僧樸而好事, 曰 : "此間有三瀑 : 東箐者, 最上而小; 西峽者, 中懸而長; 下塢者, 水大而短. 惟中懸爲第一勝, 此時最可觀, 而春冬則無有, 此所以昔時不聞也." 老僧牽衣留待瀹茗, 余急於觀瀑, 僧乃前爲導. 西下峻級半里, 越級灣之西, 有小水垂崖前墜爲壑, 而路由其上, 南盤而下. 又半里, 卽見壑東危崖盤聳, 其上一瀑垂空倒峽, 飛噴迢遙, 下及壑底, 高百餘丈, 搖嵐曳石, 浮動煙雲. 雖其勢小於玉龍閣前峽口瀑, 而峽口內嵌於兩崖之脅, 觀者不能對峽直眺, 而旁覷倒瞰, 不能竟其全體; 此瀑高飛於穹崖之首, 觀者隔峽平揖, 而自顙及趾, 靡有所遺. 故其跌宕之勢, 飄搖之形, 宛轉若有餘, 騰躍若不及, 爲粉碎於空虛, 爲貫珠於掌上, 舞霓裳而骨節皆靈, 掩鮫綃[2] 而豐神獨迥, 不由此幾失山中第一勝矣!

由對峽再盤西嘴, 入野和靜室. 門內有室三楹甚爽, 兩旁夾室亦幽潔. 其門東南向, 以九重崖爲龍, 卽以本支旃檀嶺爲虎, 其前近山皆伏; 而遠者又以賓川東山並梁王山爲龍虎, 中央益開展無前, 直抵小雲南東水盤諸嶺焉. 蓋鷄山諸刹及靜室俱南向, 以東西二支爲龍虎, 而西支之南, 有香木坪山最高而前聳, 亦爲虎翼, 故藉之爲勝者此, 視之爲祟者亦此; 獨此室之向, 不與衆同, 而此山亦伏而不見, 他處不能也. 野和爲克新之徒, 尚居寂光, 以其徒知空居此. 年少而文, 爲詩雖未工, 而志甚切, 以其師叔見曉寄詩相示, 並己稿請正, 且具餐焉. (見曉名讀徹, 一號蒼雪, 去山二十年, 在余鄉中峰, 爲文湛持所推許, 詩翰俱淸雅.) 問克新向所居精舍, 尚在西一里, 而克新亦在寂光. 乃不西, 復從瀑布上, 東盤望臺之南. 二里東, 從其東脅見一靜室, 其僧爲一宗, 已獅林西境矣. 室之東, 有水噴小峽中, 南下涉之. 又東卽體極靜室, 其上爲標月靜室. 其峽中所噴小水, 卽下爲蘭那東澗者, 此其源頭也. 其上去大脊已不甚遙, 而崖間無道, 道由望臺可上, 至是已越中支之頂而御東支矣.

由此而東半里, 入白雲靜室, 是爲念佛堂. 白雲不在. 觀其靈泉, 不出於峽而出於脊, 不出崖外而出崖中, 不出於穴孔而出於穴頂, 其懸也, 似有所從來而不見, 其墜也, 似不假灌輸而不竭, 有是哉, 佛敎之神也於是乎徵矣. 何前不遽出, 而必待結廬之後, 何後不中止, 而獨擅諸源之先, 謂之非'功德水'可乎? 較之萬佛閣巖下之瀦穴, 霄壤異矣. 又東一里, 入野愚靜室, 是爲大靜室. 浹談半晌. 西南下一里, 飯於影空靜室. 與別已半載, 一見把臂, 乃飯而去. 從其西峽下半里, 至蘭宗靜室. 蓋獅林中脊, 自念佛堂中垂而下, 中爲影空, 下爲蘭宗兩靜室, 而中突一巖間之, 一踞巖端, 一倚巖脚, 兩崖俱墜峽環之. 巖峙東西峽中, 南擁如屛. 東屛之上, 有水上墜, 灑空而下, 罩於嵌壁之外, 是爲水簾. 西屛之側, 有色旁映, 傅粉成金, 煥乎層崖之上, 是爲翠壁. 水簾之下, 樹皆偃側, 有斜騫如翅, 有橫臥如虯, 更有側體而橫生者. 衆支皆圓, 而此獨扁, 衆材皆奮, 而此獨橫, 亦一奇也.

蘭宗遙從竹間望余, 至卽把臂留宿. 時沈莘野已東遊, 乃翁偶不在廬, 余欲候晤, 遂從之. 和光欲下山, 因命顧奴與俱, 恐山廬無餘被, 憐其寒也. 奴請匙鑰, 余幷箱篋者與之, 以一時解縛不便也. 奴去, 蘭宗卽曳杖導余, 再觀水簾、翠壁、側樹諸勝. 旣暮, 乃還其廬. 是日爲重陽, 晴爽旣甚, 而夜月當中峰之上, 碧落如水, 恍然群玉山頭也.

---

1) 예전에 풍수가들은 산세를 용이라 여겨, 산이 오르내리면서 뻗은 모습을 용맥(龍脈)이라 일컬었다. 래룡(來龍)은 용맥의 내원을 가리킨다. 흔히 내룡거맥(來龍去脈)이라고도 한다.
2) 교초(鮫綃)는 전설 속의 교인(鮫人)이 짠 고운 비단을 가리킨다. 교인은 남해(南海)에 산다는, 물고기 모양의 사람으로, 울면 눈물이 구슬로 변한다고 한다.

初十日 晨起, 問沈翁, 猶未歸. 蘭宗具飯, 更作餠食. 余取紙爲「獅林四奇詩」畀之. (水簾、翠壁、側樹、靈泉.) 見顧僕不至, 余疑而問之. 蘭宗曰: "彼知君卽下, 何以復上?" 而余心猶怏怏不釋, 待沈翁不至, 卽辭蘭宗下. 纔下, 見一僧倉皇至, 蘭宗尙隨行, 訊其來何以故. 曰: "悉檀長老命來候相公

者." 余知僕遁矣. 再訊之, 曰 : "長老見尊使負包囊往大理, 詢和光, 疑其未奉相公命, 故使余來告." 余固知其逃也, 非往大理也. 遂別蘭宗, 同僧亟下. 五里, 過蘭那寺前幻住庵東, 又下三里, 過東西兩澗會處, 抵悉檀, 已午. 啓篋而現, 所有盡去. 體極·弘辨欲爲余急發二寺僧往追, 余止之, 謂 : "追或不能及. 及亦不能强之必來. 亦聽其去而已矣." 但離鄕三載, 一主一僕, 形影相依, 一旦棄余於萬里之外, 何其忍也!

十一日 余心忡忡. 體極恐余憂悴, 命其姪並純白陪余散行藏經樓諸處. 有圓通庵僧妙行者, 閱藏樓前, 瀹茗設果. 純白以象黃數珠[1]見示. (象黃者, 牛黃· 狗寶之類, 生象肚上, 大如白果, 最大者如桃. 綴肚四旁, 取得之, 乘其軟以水浸之, 制爲數珠, 色黃白如舍利, 堅剛亦如之, 擧物莫能碎之矣. 出自小西天,[2] 彼處亦甚重之, 惟以制佛珠, 不他用也. 又云, 象之極大而肥者乃有之, 百千中不能得一, 其象亦象中之王也.) 坐樓前池上徵迦葉事, 取藏經中與鷄山相涉者, 摘一二段錄之. 始知『經』言"迦葉守衣入定, 有四石山來合", 卽其事也, 亦未嘗有鷄足名. 又知迦葉亦有三, 惟迦葉波名爲摩訶迦葉. '摩訶', 大也, 餘皆小迦葉耳. 是晚, 鶴慶史仲□自省來.[3] (史乃公子, 省試下第未通過歸, 登山自遣.)

---

1) 수주(數珠)는 불교도들이 불경을 암송하면서 그 횟수를 계산하기 위해 꿰어만든 구슬이며, 흔히 염주(念珠)라고 한다.
2) 소서천(小西天)은 지금의 인도를 가리킨다.
3) 이 부분이 사고본에는 '鶴慶史仲文適自省來'로 되어 있다.

十二日 妙行來, 約余往遊華嚴, 謂華嚴有老僧野池, 乃月輪之徒, 不可不一晤, 向以坐關龕中, 以未接顔色爲悵. 昔余以歲首過華嚴, 其徒俱出, 無從物色. 余時時悼月公無後, 至是而知尙有人, 亟飯而行. 和光亦從. 西一里, 逾東中界溪, 卽爲迎祥寺, 於是涉中支界矣. 又一里餘, 南逾鎖水閣下流水登坡, 於是涉中支脊矣. 西北溯脊一里, 過息陰軒. 又循瀑布上流, 西北行里餘, 渡北來之溪, 於是去中支涉西支界矣. 又北里餘, 西涉一峽溪,再上一西來小支之嘴, 登之西北行. 一里, 又西度亭橋, 橋下水爲華嚴前界水, 上下俱有橋, 而此其下流之渡橋. 內峽中有池一圓, 近流水而不混, 亦龍潭類也. 由溪南向西北行, 於是涉西支脊矣. 半里, 乃入華嚴寺. 寺東向, 踞西支大脊之北, 創自月潭, 以其爲南京人, 又稱爲南京庵. 至月輪而光大之, 爲鷄山首刹, 慈聖太后賜藏貯之. 後毀於火, 野池復建, 規模雖存, 而法藏不可復矣. 野池年七十餘, 歷侍山中諸名宿, 今老而不忘先德, 以少未參學, 掩關靜閱, 孜孜不倦, 亦可取也. 聞余有修葺「鷄山志」之意, 以所錄『清涼通傳』假余, 其意亦善. 下午將別, 史君聞余在, 亦追隨至. 余恐歸途已晚, 遂別之, 從別路先返, 以史有興騎也.

出寺, 西北由上流渡橋, 四里, 連東北逾三澗, 而至其東界之支, 卽聖峰、燃燈之支垂也. 又一里, 東下至其盡處, 有寺中懸, 是爲天竺寺. 其北澗自仰高亭峽中下, 其南澗又從西支東谷屢隊而下者, 夾聖峰之支, 東盡於此. 王十岳『遊紀』以聖峰爲中支, 誤矣. 由其垂度北峽小橋, 於是又涉中支之西界. 循北麓而東, 半里, 兩過南下小水, 乃首傳寺前左右流也. 其南峽中始闢爲畦, 有廬中央, 是爲大覺茶圃. 從其左北轉, 半里, 逾支脊, 連橫過法華、千佛、靈源三庵, 是皆中脊下垂也. 半里, 北逾鎖水閣下流, 卽大覺寺矣, 仍東隨大路一里, 過西竺寺前, 上圓通庵, 觀'燈籠花樹'. 其樹葉細如豆瓣, 根大如匏瓠, 花開大如山茱萸, 中紅而尖, 蒂俱綠, 似燈垂垂. 余從永昌劉館見其樹, 末見其花也. 此庵爲妙行舊居, 留瀹茗乃去. 一里, 由迎祥寺北渡澗, 仍去中界而入東支界. 溯水而北, 過龍泉庵、五華庵. 五華今名小龍潭, 乃悉檀大龍潭之上流. 大龍潭已涸爲深壑, 乃小龍潭猶匯爲下流. 余屢欲探之, 至是强二僧索之五華後坡. 見水流淙淙, 分注悉檀右, 而坡道上躋, 不見其處. 二僧以日暮勸返, 比還, 寺門且閉矣.

是夜, 與史君對談復吾齋頭. 史君留心淵岳, 談大脊自其郡西金鳳哨嶺南過海東, 自五龍壩、水目寺、水盤鋪, 過易門、昆陽之南, 而包省會者, 甚悉. 且言九鼎山前梁王山西腋之溪, 乃直南而下白崖、迷渡者, 其溪名山溪. 後人分鑿其峽, 引之洱海, 則此溪又一水兩分矣. 果爾, 則清華洞之脈, 又自梁王東轉南下, 而今鑿斷之者. 余初謂其脊自九鼎西隤, 若果有南下白崖之溪, 則前之所擬, 不大誤哉? 目前之脈, 經杖履之下如此, 故知講求不可乏人也. 史君謂生平好搜訪山脈, 每被人嘲, 不敢語人, 邂逅遇余, 其心大快. 然余亦搜訪此脊, 幾四十年, 至此而後盡, 又至此而遇一同心者, 亦奇矣. 夜月甚明, 碧宇如洗, 心骨俱徹!

十三日 史君爲悉檀書巨扁, 蓋此君夙以臨池[1]檀名者, 而詩亦不俗. 復相與劇談. 既午, 興人催就道, 史懇余同遊九重崖, 橫獅林、旃檀而西, 宿羅漢壁, 明日同一登絶頂作別. 余從之. 遂由悉檀東上坡, 半里, 過天池靜室, 六里而過河南止足師靜室. 更北上里餘, 直躡危崖下, 是爲德充靜室. 德充爲復吾高足,[2] 復吾與史君有鄉曲之好, 故令其徒引遊此室, 而自從西路上羅漢壁, 具飯於西來寺, 以爲下榻地.

此室當九重崖之中, 爲九重崖最高處, 室乃新構而潔, 其後危巖之半, 有洞中懸, 可緣木而上. 余昔聞之, 不意追隨, 首及於此. 余仰眺叢木森霄, 其上似有洞門彷彿. 時史君方停憩不前, 余卽躡險以登. 初雖無徑, 既得引水之木, 隨之西行, 半里, 又仰眺洞當在上, 復躡險以登. 初亦無徑, 半里, 既抵巖下, 見一木倚崖直立, 少斲級痕以受趾, 遂揉木升崖. 凡數懸其級, 始及木端, 而石級亦如之, 皆危甚. 足之力半寄於手, 手之力亦半無所寄, 所謂憑虛御風, 而實憑無所憑, 御無所御也. 洞門正南向, 上下皆削壁, 中嵌一門, 高丈五, 闊與深亦如之, 而旁無餘隙. 中有水自頂飛灑, 貯之可供一人餐, 憩之亦僅受一人榻, 第無餘隙, 恐不免風雨之逼. 然臨之無前, 近則香木坪之嶺已伏於下, 遠則五龍壩之障正橫於南, 排沙、觀音箐諸山層層中錯, 各獻其底裏而無餘蘊焉. 久之, 聞室中呼聲, 乃下. 又隨引水木而東過一棧, 觀水所出處, 乃一巨石下. 甫出, 卽剚木引之西注, 此最上層之水也; 其下一二丈, 又出一水, 則復吾之徒引入靜室; 其下又出一水, 則一衲軒引之. 連出三級, 皆一峽坳, 雖穴異而脈必潛通, 其旁分而支引者, 舉巖中皆藉之矣.

既下室中, 啜茶果, 復繼以餅餌, 乃隨下層引水之木, 西一里入一衲軒. 延眺久之, 又茶而行. 西一里, 過向所從登頂之坡. 橫而西, 路漸隘, 或盤坡嘴, 或過峽坳, 皆亂礫垂脊, 而中無滴水, 故其地不能結廬, 邃成莽徑. 二里餘, 峽拗中有一巨木, 橫偃若橋. 又西二里, 乃踐坡轉嘴而上, 過野愚靜室. 又半里, 上至白雲靜室. 白雲固留, 以日暮而去, 白雲隨過體極靜室而別. 西半里, 過一宗靜室. 傍水又躡坡半里, 逾望臺南突之脊, 於是暝色已來, 月光漸耀. 里餘, 兩過望臺西坳之水, 又一里, 南盤旃檀嶺, 乃西過羅漢壁東垂, 皆乘月而行也. 又稍盤嘴而上半里, 是爲慧心靜室, 此幻空碧雲寺前南突之坡也. 余昔與慧心別於會燈寺, 訪之不值, 今已半載餘, 乃乘月叩扉. 出茗酌於月下, 甚適. 此地去復吾先期下榻處尙三里, 而由此西下度箐, 暗不可行, 慧心乃曳杖爲指迷. 半里, 度而上, 又半里, 登坡, 與碧雲大路合, 見月復如前, 慧心乃別去. 又西一里, 過一靜室, 乃盤嘴北向躡坡, 則復吾使人遍呼山頭矣. 又一里, 入西來寺. 寺僧明空他出, 其弟三空, 余向所就餐者, 聞之, 自其靜廬來迎. 復吾知吾輩喜粥, 爲炊粥以供. 久不得此, 且當行陟之後, 吸之明月之中, 不啻仙掌金莖[3]矣.

---

1) 임지(臨池)는 동한(東漢) 때에 장지(張芝)가 집안에 있는 옷과 비단에 글씨 연습을 하고 빨다 보니, 연못의 물이 모두 까맣게 물들었다고 하는 고사에서 나온 말로, 서예를 연습함 혹은 서예를 의미하게 되었다. 흔히 임지학서(臨池學書)라고 한다.
2) 고족(高足)은 남의 제자의 재주가 뛰어남을 칭찬할 때 사용하는 경어이다.
3) 신선이 되고자 했던 한나라 무제(武帝)는 건장궁(建章宮) 신명대(神明臺)에 구리로 신선을 만들고, 그의 손바닥에 승로반(承露盤)을 받쳐두어 천상의 이슬을 모으고자 했다. 선장(仙掌)은 이 신선의 손바닥을 가리키고, 금경(金莖)은 승로반을 받친 구리 기둥을 가리킨다. 이 글에서 선장금경은 승로반에 모여 고인 이슬을 의미한다.

十四日 三空先具小食, 饅後繼以黃黍之糕, 乃小米所蒸, 而柔軟更勝於糯粉者. 乳酪、椒油、蔲油、梅醋, 雜沓而陳, 不豐而有風致. 蓋史君乃厥兄明空有約而來.

(이하는 빠져 있다.)

　季夢良曰∶"王忠紉先生云; ‘自十二年九月十五以後, 俱無所紀.’ 余按
公奉木麗江之命, 在鷄山修志, 逾三月而始就. 則自九月以迄明年正月, 皆
在悉檀修志之日也. 公另有『鷄山志』摘目三小冊, 卽附載此後, 而『麗江紀
事』一段及『法王緣起』一段, 倂附見焉.

반강고(盤江考)

해제

　서하객은 숭정(崇禎) 11년(1638년) 4월 25일, 반강(盤江)을 건너 안남위(安南衛), 신흥소(新興所), 진안위(鎭安衛)를 지나, 5월 초아흐레에 귀주의 마지막 역참인 역자공역(亦字孔驛)에 도착했다. 이 기간에 서하객은 북반강과 남반강 일대를 유람하면서 두 강의 원류에 대해 상세하게 고찰했는데, 아마 이 「반강고」는 이 무렵에 씌어졌으리라 본다.

역문

　남반강(南盤江)과 북반강(北盤江)의 두 강은 내가 광서성(廣西省)에서 이미 그 하류를 살펴보았다. 두 강의 발원지는 모두 운남성(雲南省) 동쪽 경계에 있다. 나는 귀주성(貴州省)의 역자공역(亦字孔驛)을 지나다가, 문득 이것을 궁구해보기로 했다.

　역자공역에서 서쪽으로 10리를 가서 화소포(火燒鋪)를 지났다. 다시 남서쪽으로 5리를 가서 소동령(小洞嶺)에 이르렀다. 소동령의 북쪽 20리에 흑산(黑山)이 있는데, 높고 가파른지라 뭇산의 으뜸이다. 이 고개는 그 남쪽 아래의 등성이이다. 소동령 동쪽의 물길은 동쪽으로 흘러, 화소포와 역자공역을 거쳐 북서쪽의 흑산의 동쪽 골짜기로 흘러들었다가 북쪽으로 나와 북반강에 합쳐진다. 소동령 서쪽의 물길은 북쪽 골짜기에서 남쪽으로 흘러, 명월소(明月所) 서쪽의 움푹한 평지를 거쳐 남동쪽의 역좌현(亦佐縣)으로 흘러나왔다가 남쪽의 남반강으로 흘러내린다. 소동(小洞)이라는 고개는 남반강과 북반강의 경계를 이루는 등성이인 셈이다.

　『일통지』에 따르면, 남반강과 북반강은 모두 점익주(霑益州)의 남동쪽 200리에서 발원하여, 북쪽으로 흐르는 것은 북반강이고, 남쪽으로 흐르는 것은 남반강이라고 했다. 모두 이 흑산 남쪽의 소동령의 두 줄기, 즉 한 줄기는 동쪽의 화소포로 흘러나가고, 다른 한 줄기는 서쪽의 명월소로 흘러나가는 두 줄기를 가리킨다.

　이후 서쪽의 교수성(交水城) 동쪽에 이르니, 가운데에 움푹한 평지가 드넓게 펼쳐져 있다. 평지는 북쪽의 점익주 염방역(炎方驛)에서 남쪽의 이곳을 넘어 곡정군(曲靖郡)을 거치는데, 움푹한 평지가 남북으로 100리가 넘게 펼쳐져 있고, 그 가운데는 온통 평탄한 들판이다. 이 사이로 세 줄기 물길이 제멋대로 흐르다가 한데 모여 호수를 이룬다. 남쪽의 월주(越州)로 가는 배가 있는데, 월주는 곡정군의 남동쪽 40리에 있다. 배가 월주에 이르면, 물은 남서쪽의 바위골짜기 속으로 흘러든다. 까마득한 절벽인지라 배가 오르내릴 수 없으니, 뭍으로 올라갔다. 15리를 가서 다시 배에 올라타면, 남쪽의 육량주(陸涼州)에 닿는다. 월주 동쪽의 한 줄기 물길은 백석애(白石崖)의 용담(龍潭)에서 흘러와 교수해자(交水海子)와 합쳐졌다가 바위골짜기로 흘러나온다. 이 물길은 운남 동부의 가장 큰 시내로서, 남반강의 상류라고 한다.

나는 교수(交水)에서 쉬다가 곡정군에 있는 석보(石堡) 온천이 빼어나다는 말을 듣고서, 호수의 서쪽에서 남쪽으로 나아갔다. 남쪽으로 20리를 내려가자, 북서쪽에서 흘러내려오던 시내 한 줄기가 남동쪽으로 흘러가 교해(交海)로 흘러든다. 그 위에 다리가 걸쳐져 있는데, 이곳은 백석강(白石江)이다. 물길이 가늘어 너비는 겨우 몇 길이나, 이름은 홀로 널리 알려져 있다. 목서평(沐西平)이 맨 처음 달리마(達里麻)를 여기에서 깨뜨리고서 운남에 들어섰기 때문이다.

고찰해보니, 달리마가 십만의 군대를 동원하여 우리 군대와 강을 사이에 두고 진을 쳤다. 안개가 자욱한 어느 날, 목영(沐英)은 병사를 나누어 상류에서 몰래 강을 건넌 뒤, 그 배후로 돌아들어 마침내 달리마의 군사를 깨뜨렸던 것이다. 이제 살펴보니, 실처럼 가는 산간의 시내이니, 의지할 만한 험준한 요새가 어찌 있었겠는가? 게다가 백석애의 상류는 과가충(戈家衝)인데, 수원이 짧고 수량도 미미하여 감돌아 흐르는 물길도 몇 리에 지나지 않을 따름이다. 목영이 곡정부에서 거둔 승전보는 안개를 무릅쓴 채 강을 건너 상류에서 기묘한 계략으로 적을 협공하여 불세출의 공훈을 세웠다고 과장하지만, 조그마한 웅덩이와 별반 다를 게 없다는 것을 어찌 모르는가!

다리를 건너 남쪽으로 6리를 가서 곡정군에 이르렀다. 곡정군의 남문을 나와 남동쪽으로 25리를 가자, 호수가 일렁거리면서 물이 넘친다. 이곳에 이르러 동서 양쪽의 산이 죄이는지라, 물은 남쪽의 골짜기 사이로 낮게 엎드려 흐른다. 시내 위에는 상교(上橋)라는 다리가 걸쳐져 있다.

다리 서쪽에는 움푹한 평지가 동쪽을 향해 펼쳐져 있다. 다리에서 서쪽으로 꺾어져 움푹한 평지로 들어가 반리만에 온천에 이르렀다. 온천은 목욕을 할 만했다. 물거품이 못 바닥에서 수시로 떠오르고, 북쪽의 못은 끓어오르는 물거품이 더욱 많다. 온천은 육각정(六角亭)과 마주하고 있으며, 분옥(噴玉)이라고 한다.

동쪽으로 비탈을 넘어 반리를 가서 교두촌(橋頭村)에 이르렀다. 마을 서쪽의 밭두둑 사이를 나아갔다. 홀연 바위 하나가 높다랗게 매달려 있고, 사방에는 숲이 우거져 있는데, 누각의 기둥이 위로 솟구쳐 있다. 이곳은 석애보(石崖堡)로서, 온천과는 북쪽의 움푹한 평지를 사이에 두고 있다. 평평한 밭 사이로 1리 남짓을 가서 석애보의 동쪽 기슭에 이른 뒤, 남쪽의 층계를 타고서 꼭대기로 기어올랐다. 호수 동쪽에 줄지은 산이 앞에서 남쪽으로 에워싸고 있으며, 서쪽에 줄지은 산은 북쪽에서 뻗어오다가 도중에 불쑥 솟구쳐 이 벼랑을 이룬 뒤, 다시 서쪽으로 치솟아 남쪽으로 뻗어가다가 수구산(水口山)을 이룬다.

교계(交溪)는 남쪽의 상교에서 흘러나오고, 앞쪽은 동쪽의 줄지은 산이 남쪽으로 에도는 바람에 가로막혀 남서쪽에 모여 호수를 이루고 있다. 호수는 석애보의 남쪽에 자리하고 있다. 그 북동쪽의 백석애의 용담은 남동쪽의 역좌현의 물길과 월주에서 교계의 하류와 합쳐진 뒤, 남서쪽의 골짜기를 뚫고 흘러간다. 석애보는 뭇봉우리 가운데에 높다랗게 서 있는지라, 여러 물길들이 모여들어 빙 둘러간다. 까마득한 벼랑과 오래된 소나무가 그윽하고 빼어난 경관을 배나 더해준다.

북쪽으로 산을 내려오다가 서쪽으로 1리를 가서 석보촌(石堡村)에 이르렀다. 고개를 돌려 석애보를 바라보니, 서쪽과 북쪽 양쪽의 허공 속에 움팬 모습이 기이할 만큼 가파르다. 걸음걸음 차마 떠날 수가 없다. 석보촌에서 남쪽의 비탈을 내려와 동쪽으로 반리를 가서 돌다리 하나를 넘었다. 다리 아래에서 남쪽으로 흘러가는 물길은 교계이다. 교계는 남동쪽으로 꺾어져 흘러간다.

동쪽으로 1리 반을 더 가서 동쪽 산의 기슭에 이르렀다. 북동쪽의 산을 올라 바위조각 사이로 나아갔다. 흙은 기울고 골짜기가 푹 꺼져내린 채, 갈라지고 움패어 어지러이 엇섞여 있고, 바위마다 갈라진 꽃잎마냥 날카로운 모서리를 다투듯 드러내고 있다. 바위틈 사이로 비스듬히 꺾어져 길을 찾아 나아갔다. 바위의 재질은 대부분 기기묘묘하고, 색깔은 먹물을 들인 듯 검다. 조각조각이 아름다운 산의 걸작품이다.

바위 속에서 1리를 올라 고개의 움푹 꺼진 곳에 이르렀다. 아래를 내려다보니, 서쪽의 움푹한 평지에서 남쪽으로 흐르는 강이 고개 남쪽의 골짜기로 떨어져 내린다. 교두촌에서 남쪽으로 흘러내리는 교계가 이 산의 남쪽 기슭을 가로질러 동쪽으로 흘러가는 것이다.

나는 이미 남반강의 원류를 몸소 살펴보았다. 서쪽의 원류가 훨씬 멀다는 말을 들었기에, 쭉 남서쪽의 석병주(石屛州)까지 물길을 따라 고찰했다. 이 물길은 석병주의 서쪽 40리에 있는 관문 어귀에서 발원하여 보수산(寶秀山)의 커다란 못에 흘러든 뒤, 남동쪽의 석병주에 흘러내리다가 모여 이룡호(異龍湖)를 이룬다. 이룡호에는 아홉 굽이와 세 개의 섬이 있으며, 둘레는 150리이다. 섬의 맨 북서쪽 가까이에 있는 성은 대수성(大水城)이며, 꼭대기에는 해조사(海潮寺)가 있다. 약간 동쪽의 섬은 소수성(小水城)이다.

배는 대수성의 남쪽 모퉁이를 지나는데, 마름과 연꽃이 백 무(畝) 가량의 넓이에 자라나 있다. 커다란 꽃송이가 호숫가를 아름답게 수놓고 있으며, 호수 안에는 연꽃이 심어져 있는데, 이곳이 가장 만발해 있다. 물길은 다시 동쪽의 임안부(臨安府) 남쪽을 지나 노강(瀘江)을 이루었다가, 안동(顔洞)을 뚫고 나와 동쪽의 아미주(阿彌州)에 이르러 북동쪽의 반강에 흘러든다.

이 반강이 곧 교수해자이다. 반강의 물길은 남쪽의 월주, 육량주, 노남주(路南州), 녕주(寧州)를 거쳐 녕주의 동쪽 60리에 있는 파혜전(婆兮甸)에 이르러 무선호(撫仙湖)의 물과 합쳐진다. 이어 다시 남쪽으로는 파기가(播

箕街의 하전(河甸)에 이르러 곡강과 합쳐지고, 다시 동쪽으로는 아미주에 이르러 약간 동쪽으로 흐르다가 노강(瀘江)에 합쳐진다. 이 두 물길이 합쳐져 남반강을 이룬 뒤, 북동쪽의 광서부의 동쪽 산 너머로 흘러간다.

나는 이 무렵 광서성의 여러 토박이들에게 물어보았으나, 남반강의 경로에 대해 아는 이가 끝내 없었다. 이에 북쪽의 사종주(師宗州)를 지난 뒤, 북동쪽으로 나평주(囉平州)에서 15리 되는 곳으로 갔다가 홍다라(興哆囉)라는 움푹한 평지에 이르렀다. 이 움푹한 평지는 서쪽으로는 백랍산(白蠟山)에 기대어 있고, 동쪽으로는 나장산(羅莊山)을 굽어보고 있으며, 남쪽으로는 대단히 멀리 펼쳐져 있다. 울창하게 우거진 채 동쪽에 우뚝 솟구쳐 있는 나장산은, 온통 바위봉우리가 나란히 늘어선 채 줄지어 다투 듯하니, 다시 한 번 광서성의 면모를 보이고 있다. 대체로 숲이 우거진 채 높다랗게 솟구친 괴이한 이 봉우리는 남서쪽의 이곳에서 나타나기 시작하여 북동쪽의 도주(道州)에서 끝나기까지, 수천 리에 끝없이 펼쳐져 남서부의 기이한 명승을 이루고 있다. 이곳은 또한 그 남서부의 맨 끝이기도 하다.

얼마 지나지 않아 나평주에 이르러 토박이에게 남반강의 굽이에 대해 물어보았다. 그제야 비로소 남반강이 광서부에서 사종주의 경내로 흘러들었다가, 곧바로 나평주의 남동쪽 모퉁이의 나장산 너머로 흘러나가 파단이채(巴旦彛寨)에 이르러 강저하(江底河)와 만난다는 것을 깨달았다. 파단이채는 나평주로부터 남동쪽 200리에 떨어져 있으며, 남반강 동쪽이 곧 광남부(廣南府)의 경내이다.

남반강은 다시 북동쪽의 파택(巴澤), 하격(河格), 파길(巴吉), 홍륭(興隆), 나공(那貢)을 거쳐 패루(霸樓)에 이르러 패루강(霸樓江)을 이룬다. (여섯 곳의 지명은 모두 광서성廣西省 안륭장관사安隆長官司의 관할지이다. 현재 안륭장관사에는 토사가 없는 채, 모두 광남부와 사성주泗城州에 점유되어 있다.) 이어 사성주 경내의 팔랍(八蠟), 자향(者香)으로 흘러들어 우강(右江)을 이룬다. 더 흘러 내려가면 광남부 부주의 물길이 있는데, 자격에서 사성주의 갈랑(葛閬), 역리

(歷裏)를 거쳐 우강과 합쳐진 뒤 전주(田州)로 흘러내린다고 한다.

후에 내가 운남성 성성에 이르러 양림소(楊林所)를 지날 적에 북쪽에 유난히 큰 호수 한 곳이 보였다. 예전에는 가리택(嘉利澤)이라 불리웠다는데, 북쪽의 커다란 시내를 이루어 하구(河口)로 흘러나간다. 시내 북쪽에는 요림산(堯林山)이라는 몹시 험준한 산이 있다. 물길은 북동쪽으로 10리를 더 가서 골짜기를 흘러나와 과자원(果子園)을 거쳐 북쪽의 심전부(尋甸府)에 이르러, 부성 북서쪽의 물길과 합쳐져 남해자(南海子)를 이룬다. 다시 북동쪽으로 부성의 동쪽 20리에 있는 칠성교(七星橋)에서 마룡수(馬龍水)와 합쳐져 아교합계(阿交合溪)를 이룬다.

나는 아교합계의 물길의 경로를 조사해보고서, 그 아래의 점익주에 있는 가도하(可渡河)가 바로 북반강의 상류임을 알았다. 나의 조사에 따르면, 남북의 두 반강은 명칭만 같을 뿐, 같은 산에서 발원하는 물이 아니다. 북반강은 가도하에서 동쪽으로 흐르다가, 비로소 남쪽의 역자공역과 화소포의 물길과 합쳐지니, 화소포는 북반강의 발원지가 아니다. 남반강은 교수에서 발원하여 남쪽의 월주를 건너고서야 비로소 명월소의 물길과 합쳐지니, 명월소는 남반강의 발원지가 아니다. 『일통지』는 북반강을 언급하면서 양림소를 빼버리고, 남반강을 언급하면서 교수를 빼버린 채, 남동쪽의 갈래를 발원지로 삼았던 것이다. 따라서 남반강과 북반강의 발원지가 같은 산이라는 오류는 마땅히 바로잡아야 할 첫 번째이다.

아울러 남반강이 팔랍, 자향에 이르러, 북동쪽에서 흘러오는 한 줄기 물길과 합쳐진다고 했는데, 토박이들은 이 물길을 북반강으로 여기고서, 남반강과 북반강이 모두 전주에서 흘러나온다고 여기고 있다. 북반강은 안남(安南)을 지난 뒤 얼마 후 남동쪽의 도니(都泥)로 흘러내리고, 사성주의 북동쪽 경계에서 나지(那地), 영순(永順)을 거쳐 나목도(羅木渡)로 흘러나와 천강(遷江)으로 흘러내린다. 그렇다면 북동쪽에서 흘러와 남반강에 합쳐진다는 이 물길은 사성주 북서쪽의 나무숲이 우거진 산에서 흘러나오는 것이다. 두 강이 보안주(普安州)와 사성주에서 합쳐진다는 오류는 마땅히 바로잡아야 할 두 번째이다.

『일통지』에서 가장 큰 오류는 남반강과 북반강이 각기 천리나 따로 흐르다가 합강진(合江鎭)에서 합쳐진다는 점이다. 대체로 남녕부(南寧府) 서쪽의 좌강(左江)과 우강(右江)이 합류하는 곳을 합강진이라 하는데, 『일통지』에서는 바로 이로 인해 태평부(太平府)의 좌강을 남반강이라 여기고, 전주의 우강을 오히려 북반강이라 여기고 말았다.

이제 내가 몸소 다니면서 고찰한 바에 따라 종합적으로 바로잡으면 다음과 같다. 즉 남반강은 점익주의 염방역(炎方驛)에서 남쪽으로 흘러내렸다가 교수, 곡정부를 거쳐 남쪽의 교두를 지난다. 이어 월주, 육량주, 노남주를 따라 남쪽의 아미주 경계의 북쪽에 이르러, 곡강, 노강과 합쳐진 다음, 비로소 동쪽으로 돌아들어 차츰 북쪽으로 흘러 미륵주(彌勒州)의 파전강(巴甸江)과 합쳐진다. 이것이 액라강(額羅江)이다. 다시 북동쪽의 대백오(大柏塢)와 소백오(小柏塢)를 거쳐 북쪽의 광서부(廣西府)의 동쪽 80리에 있는 영안도(永安渡)를 지난다. 이어 북동쪽의 사종주의 동쪽 70리에 있는 흑여도(黑如渡)를 지난 뒤, 북동쪽의 나평주(羅平州)의 남동쪽에 있는 파단이채를 지나 강저수(江底水)와 합쳐진다. 다시 파택과 파길을 거쳐 황초패(黃草壩)의 물길과 합쳐졌다가, 남동쪽으로 패루(霸樓)에 이르러 자평(者坪)의 물길과 합쳐지고서야, 옛 안륭(安隆)으로 내려가 백애(白隘)로 흘러나온다. 이것이 우강(右江)이다.

북반강은 양림해자(楊林海子)에서 북쪽의 숭명주(嵩明州)의 과자원(果子園)으로 흘러나와 북동쪽의 열수당(熱水塘)을 거쳐 마룡주(馬龍州)에 있는 중화산(中和山)의 물길과 합쳐진다. 이어 심전부(尋甸府)의 부성 동쪽에 이르러 북쪽의 이족 거주지로 흘러가 차홍강(車洪江)을 이루고, 가도교(可渡橋)로 흘러내리다가 남동쪽으로 돌아들어 보안주(普安州)의 북쪽 경계를 지나 삼판교(三板橋)의 여러 물길과 합쳐져 남쪽의 안남위(安南衛) 동쪽의 철교로 흘러내린다. 다시 남동쪽의 평주(平州)의 여러 물길과 합쳐져 사성주 북동쪽 경계로 흘러든 뒤, 동쪽의 나지주(那地州)와 영순사(永順司)로 흘러들었다가, 나목도를 거쳐 천강과 내빈(來賓)으로 흘러나와 도니강(都泥江)을 이룬 다음, 동쪽의 무의(武宜)의 유강(柳江)으로 흘러든다.

이로써 남반강은 남녕부(南寧府)에서 흘러나가고, 북반강은 상주(象州)에서 흘러나간다. 두 반강은 서로 천리 넘게 떨어져 있는 셈이다. 남녕부의 합강진은 남반강과 교지의 여강이 합쳐지는 곳이지, 북반강과 남반강이 합쳐지는 곳이 아니다. 남반강과 북반강이 합쳐지는 곳은 쭉 흘러가다가 심주부의 검강(黔江)과 울강(鬱江)이 만나는 곳에서야 비로소 합쳐진다. 다만 이곳의 남반강과 북반강은 이미 이름을 감춘 채 울강과 검강이 되어 있을 따름이다. 그러므로 남반강과 북반강이 곧 남녕부의 좌강과 우강이라는 오류는 마땅히 바로잡아야 할 세 번째이다.

전주의 우강의 원류는 명백히 남반강에 속한다. 『지서』에서 우강이 부주(富州)에서 발원한다고 여기는 것은 커다란 원류를 제쳐둔 채 지류를 취한 것이다. 이는 마치 남반강이 명월소에서 발원하고, 북반강이 화소포에서 발원한다고 기록한 것과 같다. 시작과 끝, 거대한 것과 미세한 것을 구분하지 못한 채, 되는 대로 함부로 기록하기는 마찬가지이다.

원문

南北兩盤江, 余於粵西已睹其下流, 其發源俱在雲南東境. 余過貴州亦資孔驛, 輒窮之. 驛西十里, 過火燒鋪. 又西南五里, 抵小洞嶺. 嶺北二十里有黑山, 高峻爲衆山冠, 此嶺乃其南下脊. 嶺東水卽東向行, 經火燒鋪、亦資孔, 乃西北入黑山東峽, 北出合於北盤江; 嶺西水自北峽南流, 經明月所西塢, 東南出亦佐縣, 南下南盤江. 小洞一嶺, 遂爲南北盤分水脊. 『一統志』謂, 南北二盤俱發源霑益州東南二百里, 北流者爲北盤, 南流者爲南盤, 皆指此黑山南小洞嶺, 一東出火燒鋪, 一西出明月所二流也. 後西至交水城東, 中平開巨塢, 北自霑益州炎方驛, 南逾此經曲靖郡, 塢亘南北, 不下百里, 中皆平疇, 三流縱橫其間, 匯爲海子. 有船南通越州, 州在曲靖東南四十里. 舟行至州, 水西南入石峽中, 懸絶不能上下, 乃登陸. 十五里, 復下舟, 南達陸涼州. 越州東一水, 又自白石崖龍潭來, 與交水海子合出石峽, 乃滇東第一巨溪也, 爲南盤上流云.

余憩足交水, 聞曲靖東南有石堡溫泉勝, 遂由海子西而南. 南下二十里, 一溪來自西北, 轉東南去, 入交海, 橋跨之, 爲白石江; 涓細僅闊數丈, 名獨著, 以沐西平首破達里麻於此, 遂以入滇也. 按達里麻以師十萬來拒, 與我師夾江陣, 是日大霧, 沐分兵從上流潛濟, 繞出其後, 遂破之. 今觀線大山溪, 何險足據; 且白石上流爲戈家衝, 源短流微, 濚帶不過數里內. 沐公曲靖之捷, 誇爲冒霧涉江, 自上流出奇夾攻之, 爲不世勳, 不知乃與坳堂無異也! 度橋南六里, 抵曲靖郡. 出郡南門, 東南二十五里, 海子汪洋漲溢, 至是爲東西山所束, 南下伏峽間. 橋橫架交溪上, 曰上橋. 橋西開一塢東向, 卽由上橋西折入塢, 半里至溫泉. 泉可浴, 泡珠時發自池底, 北池沸泡尤多, 對以六角亭, 曰噴玉. 東逾坡半里, 抵橋頭村. 村西行田疇間, 忽一石高懸, 四面蓊叢, 樓楹上出, 卽石崖堡也, 與溫泉北隔一塢. 逕平畦里許, 抵堡東麓, 南向攀級, 上淩絶頂, 則海子東界山南繞於前, 西界山自北來, 中突爲此崖, 又西峙而南爲水口山. 交溪南出上橋, 前爲東界山南繞所扼, 輒西南匯爲海子, 正當石堡南; 其東北白石崖龍潭, 與東南亦佐之水, 合交溪下流於越州, 乃西南破峽去. 而石堡正懸立衆峰中, 諸水又匯而濚之, 危崖古松, 倍見幽勝. 北下山, 西一里抵石堡村. 迴眺石堡, 西北兩面嵌空奇峭, 步步不能去. 由村南下坡, 東半里, 逾一石梁. 南走梁下者, 卽交溪, 溪遂折東南去. 又東一里半, 抵東山麓. 東北上山, 從石片中行, 土傾峽隆, 崩嵌紛錯, 石骨競露如裂瓣, 從之傾折取道. 石多幻質, 色正黑如着墨, 片片英山絶品. 石中上者一里, 至嶺坳, 下見西塢南流之江, 下墜嶺南之峽, 乃交溪由橋頭南下, 橫截此山南麓以東去者也.

余已躬睹南盤源, 聞有西源更遠, 直西南至石屏州, 隨流考之. 其水源發自石屏西四十里之關口, 流爲寶秀山巨塘, 又東南下石屏, 匯爲異龍湖. 湖有九曲三島, 週一百五十里. 島之最西北近城者, 曰大水城, 頂有海潮寺; 稍東島曰小水城. 舟經大水城南隅, 有芰荷百畝, 巨朵錦邊, 湖中植蓮, 此爲最盛. 水又東經臨安郡南, 爲瀘江, 穿顔洞出, 又東至阿彌州, 東北入盤江. 盤江者, 卽交水海子, 南經越州、陸涼、路南、寧州, 至州東六十里婆兮甸, 合撫仙湖水; 又南至播箕街河甸, 合曲江; 又東至阿彌州稍東, 合瀘江. 二江合爲南盤江, 遂東北流廣西府東山外.

余時徵諸廣西土人, 竟不知江所向. 乃北過師宗州, 又東北去囉平州十五里, 抵一塢曰興哆囉. 其塢西傍白蠟, 東瞻羅莊, 南去甚遙, 而羅莊山森峭東界, 皆石峰離立, 分行競奮, 復見粵西面目. 蓋此叢蠹怪峰, 西南始此, 而東北盡於道州, 磅礴數千里, 爲西南奇勝, 此又其西南之極也. 已而至羅平, 詢土人盤江曲折, 始知江自廣西府流入師宗界, 卽出羅平東南隅羅莊山外, 抵巴旦彝寨, 會江底河; 寨去羅平東南二百里, 江東卽廣南府境. 又東北經巴澤、河格、巴吉、興隆、那貢, 至霸樓, 爲霸樓江; (六處地名俱粵西安隆長官司地. 今安隆無土官, 俱爲廣南、泗城所占.) 遂入泗城境之八蠟、者香, 於是爲右江. 再下, 又有廣南富州之水, 自者格經泗城之葛閭、歷裏來合, 而下田州云.

後余至雲南省城, 過楊林, 見北一海子特大, 古稱嘉利澤, 北成大溪, 出河口. 溪北有山甚峻, 曰堯林山. 又東北十里出峽, 經果子園, 北至尋甸府, 合郡城西北水, 匯爲海海子. 又東北與馬龍水合於郡東二十里七星橋, 爲阿交合溪. 余因究水所出, 知其下霑益州可渡河, 乃北盤江上流也. 按此則南北二盤, 但名稱之同耳, 發源非一山之水. 北盤自可渡河而東, 始南合亦資孔、火燒鋪之水, 則火燒鋪非北盤之源也. 南盤自交水發源, 南渡越州, 始合明月所之水, 則明月所非南盤之源也. 乃『一統志』北盤捨楊林, 南盤捨交水, 而取東南支分者爲源, 則南北源一山之誤, 宜訂正者一.

又以南盤至八蠟、耆香, 一水自東北來合, 土人指以爲北盤江, 遂謂南、北盤皆出於田州. 夫北盤過安南, 已東南下都泥, 由泗城東北界, 經那地、永順, 出羅木渡, 下遷江. 則此東北合南盤之水, 自是泗城西北箐山所出. 謂兩江合於普安州、泗城州之誤, 宜訂正者二.

爲合江鎭, 是直以太平府左江爲南盤, 田州右江反爲北盤矣. 今以余所身歷綜校之, 南盤自霑益州

炎方驛南下, 經交水、曲靖, 南過橋頭, 由越州、陸涼、路南, 南抵阿彌州境北, 合曲江、瀘江, 始東轉, 漸北合彌勒巴甸江, 是爲額羅江. 又東北經大柏堡、小柏堡, 又北經廣西府東八十里永安渡, 又東北過師宗州東七十里黑如渡, 又東北過羅平州東南巴旦寨, 合江底水, 經巴澤、巴吉, 合黃草壩水, 東南抵霸樓, 合者坪水, 始下舊安隆, 出白隘, 爲右江. 北盤自楊林海子, 北出嵩明州果子園, 東北經熱水塘, 合馬龍州中和山水, 抵尋甸城東, 北去彝地爲車洪江, 下可渡橋, 轉東南, 經普安州北境, 合三板橋諸水, 南下安南衛東鐵橋, 又東南合平州諸水, 入泗城州東北境, 又東注那地州、永順司, 經羅木渡, 出遷江、來賓, 爲都泥江, 東人武宜之柳江. 是南盤出南寧, 北盤出象州, 相去不下千里; 而南寧合江鎭, 乃南盤與交趾麗江合, 非北盤與南盤合也. 其兩盤江相合處, 直至潯州府黔、鬱二江會流時始合, 但此地南、北盤已各隱名爲鬱江、黔江矣. 則謂南盤、北盤卽爲南寧左、右江之誤, 宜訂正者三.

若夫田州右江源, 明屬南盤, 『志書』又謂源自富州, 是棄大源而取支水, 猶之志南盤者源明月所, 志北盤者源火燒鋪也. 彼不辨端末巨細, 悍然秉筆, 類一丘之貉也夫!

소강기원(溯江紀源)

일명 「江源考」라고 함

해제

「운남유람일기4」의 말미에 부기된 계몽량의 글에 따르면, 서하객은 일기가 결락된 1638년 11월 12일부터 11월 30일까지의 열아흐레 사이에 금사강(金沙江)을 유람했다. 이때 금사강을 몸소 다녔던 기록이 바로 이 「소강기원」이다. 숭정 13년(1641년) 서하객이 고향인 강음(江陰)으로 돌아 와 있을 때, 당시 『강음현지(江陰縣志)』를 편찬중이던 강음 지현(知縣) 풍 사인(馮士仁)은 서하객의 「소강기원」의 적요를 『강음현지』에 집어넣었다. 훗날 진홍(陳泓)이 『강음현지』에서 「소강기원」을 끄집어내어 자신이 정 리한 『서하객유기』의 부록에 실었다. 당시 사람들의 기록에 따르면, 「소강기원」의 원문은 수만 자였으나, 현재는 천여 자만 남아 있을 뿐이 다. 이 글에서 서하객은 여러 가지 실제의 관찰과 자료에 근거하여 장 강의 원류가 민강(岷江)이 아니라, 금사강임을 입증하고 있다.

역문

풍사인(馮士仁)은 다음과 같이 말했다. "장강(長江)의 근원을 이야기하는 이들은 오래도록 『우공(禹貢)』의 '민산도강(岷山導江)'의 견해를 따랐다. 최근 우리 마을의 서홍조(徐弘祖)는 자가 하객(霞客)으로, 일찍부터 멀리 유람하기를 좋아하였다. 그는 장강의 원류를 따져보고자 하여, 숭정(崇禎) 병자년[1] 여름에 집을 나서 유사(流沙) 너머까지 갔다가 경진년[2] 가을에 이르러 돌아왔다. 여정을 헤아려보니 10만리요, 날짜를 헤아려보니 4년이다.

그가 조사하여 기록한 것은 발로 가보고 눈으로 보아 바로잡아 얻은 것이니, 상흠(桑欽)의 『수경(水經)』과 역도원(酈道元)의 『수경주(水經注)』에 미흡한 바를 보완할 수 있을 것이다. 강음(江陰)은 장강의 꼬리 부분의 마을이다. 마침 이곳의 산천에 뜻을 두고 있는 터에, 하객이 돌아와 「소강기원(溯江紀源)」을 꺼내어 보여주니, 이를 덧붙여 새긴다.

장강과 황하(黃河)는 남북의 두 갈래인 주요 강물이니, 이들이 유독 바다에 이르기 때문이다. 우리 현은 커다란 강에서 바다로 들어가는 요충지에 자리하고 있다. 현의 이름은 장강 때문에 붙여졌으며, 또한 장강의 물살이 이곳에 이르러 커지는데다 끝나기 때문이다. 이곳에서 나고 자란 이들은 드넓은 강물을 바라보고 노를 저으니, 이 강이 크다는 것을 알지만 이 강이 얼마나 먼지는 알지 못한다. 또한 물길을 거슬러 근원을 궁구하여 이 강이 멀다는 것을 아는 이들 또한 민산(岷山)에서 발원한다고만 여겨왔을 따름이다.

내가 처음에 전적의 기록을 살펴보니, 황하는 적석산(積石山)에서 발원하여 중원에 흘러든다고 되어 있다. 황하의 근원을 거슬러 올랐던 이로 전에는 장건(張騫)이 뗏목을 탔으며, 후에는 도실(都實)[3]이 금으로 만든 호부를 찼다. 이들의 견해는 서로 일치하지 않으나, 모두 근원이 곤륜산 (崑崙山)의 북쪽에 있다고 한다. 그곳을 헤아려보니 민산에서 북서쪽으로 만여 리나 떨어져 있는데, 어찌하여 장강의 근원은 짧고 황하의 근원은 길다고 하는가? 어찌 황하의 크기가 장강보다 배나 되는가? 회하(淮河)를 넘고 변하(汴河)를 건너자, 허리띠와 같은 황하의 물길이 보인다. 황하의 너비는 장강의 3분의 1에 미치지 못한다. 그런데 어찌하여 장강의 크기가 이렇게 큼에도 불구하고 장강에 흘러드는 물이 황하에 미치지 못한단 말인가?

북쪽으로 삼진(三秦)[4]을 지나고 남쪽으로 오령(五嶺)[5]의 끝에 이르며, 서쪽으로 석문관(石門關)과 금사강에 가본 후에야, 비로소 중원에 황하의 물길이 흘러든 곳은 다섯 성(섬서陝西, 산서山西, 하남河南, 산동山東, 남직예南直隸)이고, 장강의 물길이 흘러든 곳은 열하나의 성(북서쪽으로는 섬서陝西, 사천四川, 하남河南, 호광湖廣, 남직예南直에서, 남서쪽으로는 운남雲南, 귀주貴州, 광서廣西, 광동廣東, 복건福建, 절강浙江에서 비롯된다)임을 알게 되었다. 이들 물길이 삼키고 토해낸 양을 헤아려본다면, 장강이 황하보다 배나 많을 터이고, 수량의 크기도 마땅히 그러할 것이다.

이들의 발원지를 고찰해보니, 황하는 곤륜산의 북쪽에서 비롯되고, 장강 역시 곤륜산의 남쪽에서 비롯된다. 거리의 멀기는 엇비슷하다. 북쪽에서 발원하는 것은 성수해(星宿海)라고 한다. (불경에서는 이를 사다하徙多河라고 한다.) 이 물은 북쪽으로 흐르다 적석산을 거치고서야 비로소 동쪽으로 꺾여져 녕하위(寧夏衛)로 들어가 하투(河套)를 이루었다가, 다시 남쪽으로 굽이져 용문협의 대하(龍門大河)를 이룬 뒤 위위하(渭渭河)와 합쳐진다.

남쪽에서 발원하는 것은 이우석(犁牛石)이라고 한다. (불경에서는 이를 긍가하殑伽河라고 한다.) 이 물은 남쪽으로 흐르다가 석문관을 지나서야 비로소 동쪽으로 꺾여져 여강부에 들어가 금사강을 이루었다가, 다시 북쪽으로 굽이져 서주부(敍州府)의 대강(大江)을 이룬 뒤 민산의 강과 합쳐진다.

나의 고찰에 따르면, 민강이 성도(成都)를 거쳐 서주부에 이르기까지는 천리가 채 되지 못하지만, 금사강이 여강부(麗江府), 운남(雲南), 오몽부(烏蒙府)를 거쳐 서주에 이르기까지는 모두 2000리가 넘는다. 먼 것을 제쳐두고 가까운 것을 본원으로 삼았으니, 어찌 그 근원이 유독 황하와는 다르단 말인가? 옳지 않도다!

황하의 근원은 여러 차례의 탐색을 거쳤기에 그 멀다는 것을 알아냈으나, 장강의 근원은 지금껏 조사해본 이가 없었기에 가까운 것을 원류로 삼은 것이다. 사실 민강이 장강에 흘러드는 것이나 위수(渭水)가 황하로 흘러드는 것이나, 모두 중원의 지류이다. 민강은 배를 저어 다닐 수 있으나, 금사강은 소수민족들이 모여사는 곳을 구불거리고 꺾이는지라 수로와 육로 모두 거슬러 갈 수가 없다.

(서주부의 사람들은 다만 그 물길이 마호부(馬湖府)와 오몽부에서 흘러나온다는 것만 알 뿐, 상류가 운남과 여강부를 거친다는 것을 알지 못한다. 운남과 여강부의 사람들은 그것이 금사강이라는 것만 알 뿐, 하류가 서주부를 흘러나와 장강의 원류가 된다는 것은 알지 못한다. 운남에도 두 갈래의 금사강이 있다. 한 갈래는 남쪽으로 흐르다가 북쪽으로 돌아든다. 바로 이 강으로서, 불경에서 일컫는 바의 긍가하이다. 다른 한 줄기는 남쪽으로 흐르다가 바다로 흘러내린다. 바로 왕기(王驥)가 녹천(麓川)을 원정했을 때, 미얀마 사람들이 험준한 지세라고 믿고 의지했던 곳이며, 불경에서는 신도하(信度河)라고 일컫는 곳이다. 운남의 여러 『지』들은 모두 이들 물길의 들고남의 다름을 기록하지 않은 채, 섞어버렸다고 서로 의심하고, 여전히 이 물길이 한 줄기인지 아니면 두 줄기인지, 북쪽으로 나뉘는지 남쪽으로 나뉘는지 제대로 알지 못한다. 이러하니 이 물길이 원류인지 아닌지를 어떻게 분별할 수 있겠는가?)

어느 것이 멀고 어느 것이 가까운지 제대로 알지 못한 채, 그저 『우공』의 '민산도강(岷山導江)'이란 글만 보고서 장강의 원류를 민강으로 귀속시켰을 뿐만 아니라, 우왕(禹王)이 민강의 물길을 소통시킨 것이 중원에 해를 끼친 시초이지, 민산이 장강의 시초가 아님을 모르는 것이다. 황하를 통하게 하는 것은 적석산에서 비롯되지만, 황하의 근원은 적석산에서 시작되지 않으며, 장강을 통하게 하는 것은 민산에서 비롯되지만, 장강의 근원 역시 민산에서 발원하지 않는다. 민강이 장강에 흘러들지만 장강의 근원이 아니라는 것은, 마치 위수가 황하에 흘러들지만 황하의 근원이 아닌 것과 마찬가지이다.

뿐만 아니라, 민강의 물길 남쪽에는 또 대도하(大渡河)가 있다 이 물길은 토번(吐蕃)에서부터 여주, 아주를 거쳐 민강과 합쳐지며, 금사강 북서쪽에 있다. 대도하의 원류 역시 민강보다는 길지만, 금사강에는 미치지 못한다. 따라서 장강의 근원을 따진다면, 반드시 금사강을 으뜸으로 여겨야 한다. 뿐만 아니라 송대의 유학자들은 중원에 3대의 커다란 용맥(龍脈)이 있는데, 남쪽의 용맥은 역시 민산에서 비롯되어 대강 남쪽 언덕을 따라 뻗어내리다가 동쪽의 성릉(城陵)과 호구(湖口)로 건너뻗어 금릉(金陵)에 이른다고 여겼다. 이 역시 대도하와 금사강의 경계가 그 사이를 끊고 있음을 알지 못한 것이다.

이 뿐만이 아니라 성릉기(城陵磯)와 호구현(湖口縣)이 각각 동정호(洞庭湖)와 파양호(鄱陽湖)라는 거대한 호수가 장강으로 흘러드는 어귀라는 것도 알지 못했다. 동정호의 서쪽 근원은 원강(沅江)에서 비롯되고 귀주(貴州)의 곡망관(谷芒關)에서 발원하며, 남쪽 근원은 상강(湘江)에서 비롯되고 광서(廣西)의 부산(釜山)과 용묘(龍廟)에서 발원한다. 파양호의 남쪽 근원은 공강(贛江)에서 비롯되고 광동(廣東)의 이두(浰頭)와 평원(平遠)에서 발원하며, 동쪽 근원은 신풍(信豊)에서 비롯되고 복건(福建)의 어량산(漁梁山), 절강(浙江)의 선하남령(仙霞南嶺)에서 발원한다. 이렇듯 남쪽의 용맥은 구불구불 장강의 남쪽으로부터 3천리나 떨어져 있는데, 남쪽의 용맥이 장강 가까이에 있다고 말할 수 있는가?

이 뿐만이 아니라, 용맥을 제대로 알지 못했기에 장강의 근원도 분간하지 못했다. 이제 3대 용맥의 대략적인 추세를 상세히 알고 있다. 즉 북쪽 용맥은 황하의 북쪽에 끼어 있고, 남쪽 용맥은 장강의 남쪽을 싸안고 있으며, 가운데 용맥은 이들 사이에 놓여 있고 특히 짧다. 북쪽 용맥 역시 남쪽으로 뻗은 반쪽 갈래만 중원으로 들어온다. (이 모두 다른 견해도 있다.) 다만 남쪽 용맥만은 나라의 절반 안쪽으로 끝없이 뻗어있다. 그 산줄기는 곤륜산에서 시작되어, 금사강과 서로 나란히 남쪽으로 뻗어내리다가, 석문과 여강부를 거쳐, (동쪽의 금사강과 서쪽의 난창강瀾滄江의 두 물길이 이곳을 사이에 끼고 있다) 전지(滇池)의 남쪽을 감돈 뒤, 보정(普定)에서 귀축(貴竺), 도려(都黎)의 남쪽 경계를 건너뛰어 오령(五嶺)으로 치달린다. 용맥도 길고, 근원 또한 기니, 이것이 장강이 황하보다 큰 까닭이다.

이 뿐만이 아니다. 남쪽 용맥은 오령에서 동쪽으로 복건의 어랑산으로 치달리다가 남쪽으로 흩어져 복건성의 고산(鼓山)을 이루고, 동쪽으로 갈라져 절강의 천태산(天台山)과 안탕산(雁宕山)을 이룬다. 정맥(正脈)은 북쪽으로 돌아들어 소간령(小箕嶺, 복건성과 절강성을 경계짓는다)을 이루고서 초평역(草坪驛, 강소성과 절강성을 경계짓는다)으로 건너뻗었다가 솟구쳐 절령(浙嶺, 안휘성安徽省과 절강성을 경계짓는다)과 황산(黃山, 안휘성과 영국부寧國府을 경계짓는다)을 이룬다. 이어 동쪽으로 총산관(叢山關, 적계績溪와 건평建平을 경계짓는다)에 이르러 동쪽으로 갈라져 천목산(天目山)과 무림산(武林山)을 이룬다. 정맥은 북쪽의 동패(東壩)로 건너뻗어 솟구쳐 구곡(句曲)을 이루었다가, 용맥을 휘감아 서쪽의 금릉을 맺는다. 또한 잔갈래는 동쪽의 나의 고향으로 치달린다. 이렇듯 나의 고향은 대강의 끄트머리일 뿐만 아니라, 남쪽 용맥의 끄트머리이다.

용맥과 장강은 함께 곤륜산에서 시작했다가, 나의 고향에서 함께 끝난다. 우뚝 솟아 장강에서 바다로 흘러드는 곳의 요새를 이룸으로써 금릉의 기초를 다지고 수도를 감싸안아 유지하도록 했으니, 천년동안 흔들리지 않는 기초는 바로 이로 말미암는다. 어찌 대하(大河)의 하류는 예전에 굽이져 북쪽의 갈석(碣石)으로 치달리고, 이제는 남쪽으로 옮겨와 회하(淮河)와 사수(泗水)의 물길을 빼앗았으니, 멋대로 요충지같은 곳이 한 곳도 없는 것과 같겠는가? 그러므로 장강이 황하보다 큰 것은 그 근원이 똑같이 멀 뿐만 아니라, 장강은 용맥이 모이기 때문이다.

그러므로 장강의 근원을 탐색하지 않고서는 장강이 황하보다 크다는 것을 알지 못하며, 황하와 함께 거론하지 않고서는 장강의 근원이 멀다는 것을 알지 못한다. 물길을 이야기하는 이들은 먼저 남쪽을 먼저 밝힌 다음에 북쪽을 거론해야 옳을 것이다.

진홍(陳泓)은 이렇게 말했다. "이 「강원고」의 원본은 이미 일실되고 말았다. 이것은 우리 강음의 풍(馮)씨가 펴낸 『강음현지』에서 베껴낸 것인데, 문장 전체는 아니다. 이전의 사람들은 이 글이 수만 자라고 말하는데, 지금 남은 것은 겨우 천여 자에 지나지 않을 따름이다. 이 글 안의 '북쪽 용맥 역시 남쪽으로 뻗은 반쪽 갈래만 중원으로 들어온다.'는 부분에 '이 모두 다른 견해도 있다'고 주석을 붙이고 있다. 그 견해가 틀림없이 대단히 길 텐데, 한꺼번에 없애버렸으니, 특히 아쉽기 그지없다."

---

1) 숭정(崇禎) 병자년(丙子年)는 숭정 9년인 1636년이다.
2) 경진년(庚辰年)은 숭정 13년인 1640년이다.
3) 도실(都實)은 원나라 사람으로, 『원사(元史)·지리지(地理志)』에 따르면, 금으로 만든 호부(虎符)를 차고서 황하의 원류를 탐색했다.
4) 삼진(三秦)은 진나라가 망한 후 항우(項羽)가 항복해온 진나라 장수인 장한(章邯), 사마흔(司馬欣)과 동예(董翳)에게 관중(關中) 지역을 세 부분으로 나누어 주었다. 지금의 섬서성과 감숙성의 경계지역을 가리킨다.
5) 오령(五嶺)은 월성령(越城嶺), 도방령(都龐嶺), 맹저령(萌渚嶺), 기전령(騎田嶺), 대유령(大庾嶺)을 가리킨다. 이들 다섯 군데의 고개는 지금의 호남성, 강서성, 광서성, 광동성의 네 성 사이를 구불구불 잇고 있다.

원문

馮士仁曰 : "談江源者, 久沿『禹貢』'岷山導江'之說. 近邑人徐弘祖, 字霞客, 夙好遠遊, 欲討江源, 崇禎丙子夏, 辭家出流沙外, 至庚辰秋歸, 計程十萬, 計日四年. 其所紀核, 從足與目互訂而得之, 直補桑經、酈注[1]所未及. 夫江邑爲江之尾閭, 適志山川, 而霞客歸, 出「溯江紀源」, 遂附刻之.[2]

江、河爲南北二經流, 以其特達於海也. 而余邑正當大江入海之衝, 邑以江名, 亦以江之勢至此而大且盡也. 生長其地者, 望洋擊楫, 知其大, 不知其遠; 溯流窮源, 知其遠者, 亦以爲發源岷山而已. 余初考紀籍, 見大河[3]自積石入中國. 溯其源者, 前有博望[4]之乘槎, 後有都實之佩金虎符. 其言不一, 皆云在崑崙之北, 計其地, 去岷山西北萬餘里, 何江源短而河源長也? 豈河之大更倍於江乎? 迨逾淮涉汴, 而後睹河流如帶, 其闊不及江三之一, 豈江之大, 其所入之水, 不及於河乎? 迨北歷三秦, 南極五嶺, 西出石門、金沙, 而後知中國入河之水爲省五(陝西、山西、河南、山東、南直隷.) 入江之水爲省十一(西北自陝西、四川、河南、湖廣、南直, 西南自雲南、貴州、廣西、廣東、福建、浙江.) 計其吐納, 江旣倍於河, 其大固宜也.

按其發源, 河自崑崙之北, 江亦自崑崙之南, 其遠亦同也. 發於北者曰星宿海, (佛經謂之徙多河.) 北流經積石, 始東折入寧夏, 爲河套, 又南曲爲龍門大河, 而與渭渭河合. 發於南者曰犁牛石, (佛經謂之殑伽河.) 南流經石門關, 始東折而入麗江, 爲金沙江, 又北曲爲敍州大江, 與岷山之江合. 余按岷江經成都至敍, 不及千里, 金沙江經麗江、雲南、烏蒙至敍, 共二千余里, 舍遠而宗近, 豈其源獨與河異乎? 非也! 河源屢經尋討, 故始得其遠; 江源從無問津, 故僅宗其近. 其實岷之入江, 與渭之入河, 皆中國之支流, 而岷江爲舟楫所通, 金沙江盤折蠻僚谿峒間, 水陸俱莫能溯. (在敍州者, 祇知其水出於馬湖、烏蒙, 而不知上流之由雲南、麗江; 在雲南、麗江者, 知其爲金沙江而不知下流之出敍爲江源. 雲南亦有二金沙江: 一南流北轉, 卽此江, 乃佛經所謂殑伽河也; 一南流下海, 卽王靖[5]遠征麓川, 緬人恃以爲險者, 乃佛經所謂信度河也. 雲南諸『志』, 俱不載其出入之異, 互相疑溷, 尚不悉其是一是二, 分北分南, 又何由辨其爲源與否也.) 旣不悉其孰遠孰近, 第見『禹貢』'岷山導江'之文, 遂以江源歸之, 而不知禹之導, 乃其爲害於中國之始, 非其濫觴發脈之始也. 導河自積石, 而河源不始於積石; 導江自岷山, 而江源亦不出於岷山. 岷流入江, 而未始爲江源, 正如渭流入河, 而未始爲河源也.

不第此也：岷流之南, 又有大渡河, 西自吐蕃, 經黎、雅, 與岷江合, 在金沙江西北, 其源亦長於岷而不及金沙, 故推江源者, 必當以金沙爲首. 不第此也：宋儒謂中國三大龍, 而南龍之脈, 亦自岷山, 瀕大江南岸而下, 東渡城陵、湖口而抵金陵, 此亦不審大渡、金沙之界斷其中也. 不第此也：并不審城陵磯、湖口縣爲洞庭、鄱陽二巨浸入江之口. 洞庭之西源自沅, 發於貴州之谷芒關; 南源自湘, 發於粤西之釜山、龍廟. 鄱陽之南源自贛, 發於粤東之浰頭、平遠; 東源自信豐, 發於閩之漁梁山、浙之仙霞南嶺. 是南龍盤曲去江之南且三千里, 而謂南龍瀕江乎? 不第此也：不審龍脈, 所以不辨江源. 今詳三龍大勢, 北龍夾河之北, 南龍抱江之南, 而中龍中界之, 特短. 北龍亦祇南向半支入中國. (俱另有說.) 惟南龍磅礴半宇內, 而其脈亦發於崑崙, 與金沙江相持南下, 經石門、麗江, (東金沙, 西瀾滄, 二水夾之.) 環滇池之南, 由普定度貴竺、都黎南界, 以趨五嶺. 龍遠江亦遠, 脈長源亦長, 此江之所以大於河也. 不第此也：南龍自五嶺東趨閩之漁梁, 南散爲閩省之鼓山, 東分爲浙之台、宕. 正脈北轉爲小箄嶺, (閩、浙界.) 度草坪驛, (江、浙界.) 峙爲浙嶺、(徽、浙界.) 黃山, (徽、寧界.) 而東抵叢山關. (績溪、建平界.) 東分爲天目、武林. 正脈北度東壩, 而峙爲句曲, 於是迴龍西結金陵, 餘脈東趨余邑. 是余邑不特爲大江盡處, 亦南龍盡處也. 龍與江同發於崑崙, 同盡於余邑, 屹爲江海鎖鑰, 以奠金陵, 擁護留都, 千載不拔之基以此. 豈若大河下流, 昔曲而北趨碣石, 今徙而南奪淮、泗, 漫無鎖鑰耶? 然則江之大於河者, 不第其源之共遠, 亦以其龍之交會矣. 故不探江源, 不知其大於河; 不與河相提而論, 不知其源之遠. 談經流者, 先南而次北可也.

陳体靜曰：此考原本已失, 茲從本邑馮『志』中錄出, 非全文也. 前人謂其書數萬言, 今所存者, 僅千有餘言而已. 考內"北龍亦祇南向半支入中國"下, 注云："俱另有說." 其說必甚長, 乃一概刪去, 殊爲可惜.

---

1) 상경(桑經)은 한나라 때에 상흠(桑欽)이 지었다고 전해지는 『수경(水經)』을 가리키며,

력주(酈注)는 력도원(酈道元)의 『수경주(水經注)』를 가리킨다.
2) 이 문장은 풍사인이 엮은 『강음현지(江陰縣志)』에서 인용한 것이다.
3) 대하(大河)는 황하(黃河)를 가리킨다.
4) 박망(博望) 혹은 박망후(博望侯)는 한나라 무제의 명을 받아 황하의 원류를 조사했던 장건(張騫)을 가리킨다.
5) 왕정(王靖)은 녹천(麓川)의 토사 사임발(思任發)의 반란을 진압했던 왕기(王驥, 1378~1460)를 가리킨다. 왕기가 정원후(靖遠侯)로 추서되었기에 왕정이라 일컬었다.

부록

운남의 꽃나무(滇中花木記)

수필 두 편(隨筆二則)

영창지략(永昌志略)

등월 부근의 여러 소수민족에 관한 약술(近騰諸彝說略)

여강에 관한 간략한 기록(麗江纪略)

법왕연기(法王緣起)

계산지목(鸡山志目)

계산지략1(鸡山志略一)

계산지략2(鸡山志略二)

계몽량의 서문(季夢良序)

사하륭의 서문(史夏隆序)

반뢰의 서문(潘耒序)

해우부의 서문(奚又溥序)

양명시의 서문1(楊名時序一)

양명시의 서문2(楊名時序二)

사고전서 · 서하객유기총목제요(四庫全書 · 徐霞客遊記總目提要)

『하객유기』를 베껴 쓴 후에(書手鈔『霞客遊記』後)

『서하객유기』를 쓴 후(書『徐霞客遊記』後)

서진의 서문(徐鎭序)

섭정갑의 서문(葉廷甲序)

중인본『서하객유기』및 신저『연보』의 서문(重印徐霞客遊記及新著年譜序)

운남의 꽃나무(滇中花木記)

역문

운남의 꽃나무는 모두 기이하지만, 산차와 산견[1]이 으뜸이다.

산차꽃은 크기가 사발보다 크며, 꽃잎이 겹겹이 공처럼 둥글게 모여 있다. 사방으로 퍼진 채 가장자리가 말려 있고 가지가 부드러운 것을 으뜸으로 친다. 운남에서 손꼽는 것은 성밖 태화사(太華寺)의 산차이다. 성안의 장석부(張石夫)가 거처하는 타홍루(朶紅樓) 앞에는 산차 한 그루가 세 길 남짓의 높이로 우뚝 솟구쳐 있고, 또 한 그루는 축 늘어진 채 거의 반 무(畝)를 뒤덮고 있다. 축 늘어진 산차나무는 가지와 줄기가 빽빽하게 우거진 채 아래로 땅에까지 덮어내린다. 이른바 부드러운 가지인데다가 사방으로 퍼져 있고 진홍색인지라, 운남 내의 으뜸이라 여긴다.

두견화에는 다섯 가지 색깔이 있으며, 꽃의 크기는 산차만하다. 운남 서부 일대에서는 대리부(大理府)나 영창부(永昌府) 경내의 두견화보다 무성한 것이 없다고 한다.

화홍[2]은 형태가 나의 고향의 것과 흡사하다. 그러나 집에서 먹을 적에는 색깔이 이름과 어울리지 않은 듯했다. 그런데 이곳에 와보니 화홍의 열매가 붉고 탐스러워, 붉은 꽃에 손색이 없다.

---

1) 산견(山鵑)은 두견화(杜鵑花)이며, 혹 영산홍(映山紅)이라고도 한다. 중국 3대 명화(名花) 중의 하나이다. 중국에는 400여 종의 두견화가 있는데, 그 가운데 운남에 250여 종이 있다.
2) 화홍(花紅)은 crab apple로서 흔히 해당(海棠), 사과(沙果) 혹은 임금(林檎)이라 일컫는다. 장미과 평과(苹果)속의 교목으로, 가을에 붉거나 노란색의 과일을 맺는데, 맛은 사과와 흡사하다.

원문

滇中花木皆奇, 而山茶、山鵑杜鵑爲最。

山茶花大逾碗, 攢合成球, 有分心、卷邊、軟枝者爲第一。省城推重者, 城外太華寺。城中張石夫所居朵紅樓樓前, 一株挺立三丈餘, 一株盤垂幾及牛畝。垂者叢枝密幹, 下覆及地, 所謂柔枝也; 又爲分心大紅, 遂爲滇城冠。

山鵑一花具五色, 花大如山茶, 聞一路迆西, 莫盛于大理、永昌境。

花紅, 形與吾地同, 但家食時, 疑色不稱名, 至此則花紅之實, 紅艷果不減花也。

수필 두 편(隨筆二則)

역문

　검국공[1] 목창조(沐昌祚)[2]가 세상을 떠나자, 손자인 목계원(沐啓元)이 작위를 이어받았다. 마을의 여러 유생들이 그의 조부를 추도하러 갔다. 중문이 열리자, 어느 유생이 고개를 쳐들어 문안을 들여다보았는데, 문지기가 몽둥이로 그를 때렸다. 분노한 유생들이 문지기를 몽둥이질했다가, 오히려 여러 흉악한 하인들에게 맞아 상처를 입자, 직지[3]인 김(金)공에게 알렸다. 김공의 이름은 감(城)으로, 그는 그 하인들을 체포하려 하였다. 하인들은 목계원에게 여러 유생들을 먼저 상소하여 무고하도록 부추겼다.

　그리하여 일은 감찰어사에게 내려갔다. 김공은 전과 마찬가지로 하인들을 체포했다. 더욱 화가 치민 목계원은 병사를 동원하고 군기에 제사를 지내고서, 직지의 관아를 둘러싼 채 대포를 쏘아 김공을 을러댔다.

그러나 김공은 꿈쩍도 하지 않았다. 목계원은 수십 명의 유생을 매질하여 못살게 굴고 그들의 목에 칼을 씌웠다. 김공은 유생들에게 그와 다투지 말라고 타이르고서, 급히 상소하여 조정에 알렸다.

조정은 귀주성 총독인 장학명(張鶴鳴)에게 사실을 조사하도록 명령하였으며, 장학명은 사실대로 상주했다. 이때 정권을 잡고 있던 위당(魏瑞)[4]은 중재하라는 지시를 내렸다. 그러자 목계원은 더욱 날뛰어 도저히 제어할 수 없었다. 그의 어머니 송(宋)부인은 세습되던 작록이 끊길까 염려하여 사흘간 흐느껴 울더니, 독약을 먹여 아들을 죽였다. 이리하여 일은 해결되었다.

송부인은 상소하여 손자가 어려 작록의 지위를 감당할 수 없으니 당분간 대리를 두었다가 손자가 자란 후에 작위를 세습하도록 해달라고 요청했다. 마침 이때 즉위하신 숭정(崇禎) 황제께서 그를 어여삐 여겨 실제의 작록을 주도록 하명하셨다. 이가 바로 지금 검국공의 작위를 계승한 목천파(沐天波)이며, 작위를 계승한 지 겨우 1년째이다.

---

1) 목영(沐英)은 명나라의 개국공신의 한 사람으로, 서평후(西平侯)에 봉해졌다. 이후 그의 자손은 목영의 작위를 이어받아 검국공(黔國公)에 봉해져 진수운남총병관(鎭守雲南總兵官)을 세습했다.
2) 목창조(沐昌祚)는 목영(沐英)의 후손으로 1572년부터 1596년까지 검국공을 지냈다.
3) 직지(直指)는 한나라 무제(武帝) 때에 설치한 관원으로, 각지를 순시하면서 정사를 처리할 수 있는 권한을 지녔다. 순시할 때에 수의(繡衣)를 입었기에 '수의직지(繡衣直指)'라고 일컬었다.
4) 위당(魏瑞)은 명나라 말에 국정을 전횡했던 환관 위충현(魏忠賢, 1568~1627)을 가리킨다.

원문

黔國公沐昌祚卒, 子啓元嗣爵[1]。 邑諸生往祭其父, 中門啓, 一生翹首
內望, 門吏杖箠之。多士怒, 亦箠其人, 反爲衆桀奴所傷, 遂訴於直指金
公。公諱城, 將逮諸奴, 奴聳啓元先疏誣多士。事下御史, 金逮奴如故。
啓元益嗔, 徵兵祭纛, 環直指門, 發巨炮恐之, 金不爲動。沐遂掠多士數十
人, 毒痛之, 囊其首於木。金戒多士毋與爭, 急疏聞。下黔督張鶴鳴[2]勘,
張奏以實。時魏璫專政, 下調停旨, 而啓元愈猖狂不可制。母宋夫人懼斬
世緒, 泣三日, 以毒進, 啓元隕, 事乃解。宋夫人疏請, 孫稚未勝爵服, 乞權
署名, 俟長賜襲。會今上登極,[3] 憐之, 輒賜敕實授。卽今嗣公沐天波, 時
僅歲一周支也。

---

1) 『명사(明史)·목영전(沐英傳)』에는 "목창조가 세상을 뜨자 손자인 계원이 상속했다
   (昌祚卒, 孫啓元嗣)"고 적혀 있다. 이에 근거하여 '子啓元嗣爵'는 '孫啓元嗣爵'로 고쳐
   야 하며, 그 뒤의 '祭其父' 역시 '祭其祖'로 고쳐야 한다.
2) 장학명(張鶴鳴)은 원래 장명학(張鳴鶴)으로 되어 있었으나, 『명사·장학명전(張鶴鳴
   傳)』에 근거하여 고쳤다.
3) '今上登極'은 1628년 주유검(朱由檢)이 의종(毅宗)에 오른 것을 가리킨다.

역문

보명승(普名勝)이란 자는 아미주(阿迷州)의 토비이다. 조부는 자로(者輅)
이며, 아들과 함께 삼향현(三鄕縣), 유마주(維摩州) 일대에서 난리를 일으
켰다. 만력 42년[1] 광서부 지부인 소이유(蕭以裕)가 영주(寧州)의 녹(祿)토사
의 병사를 동원하여 함께 공격한 끝에 일거에 깨뜨렸다. 자로 부자가

함께 죽자, 조정은 비로소 유마주를 회복하고 삼향현을 설치했다.

당시 보명승이 아미주로 달아나자, 영주 토사인 녹홍(祿洪)은 그를 제거하려 했다. 임안부(臨安府)의 지부인 양귀몽(梁貴夢), 향신인 중승(中丞) 왕무민(王撫民)은 영주의 토사가 강대해질까 염려했다. 그들은 보명승을 살려두어야 영주 토사와 맞설 수 있다고 여겨 보명승을 힘껏 비호했다. 보명승은 처음에는 아미주의 변방에 주둔했는데, 십여 년 후에 병력이 강대해져 여러 토사를 깨뜨리더니 아미주 주성에 주둔하여 권력을 모두 장악했다. 숭정 4년²⁾에 이를 우려한 순무 왕항(王伉)은 펠트로 만든 모자를 쓰고서 두 명의 기병과 함께 아미주에 잠입하여, 반란을 꾀하려는 것을 죄다 알아내어 토벌할 것을 상주했다. 황제께서는 사천, 귀주 등의 네 성에 함께 토벌하도록 명했다.

석병주(石屛州)의 용(龍)토사의 군대가 맨 먼저 양전(漾田)에 다가섰다가 보명승의 군대에게 섬멸당했다. 3월 8일에 왕항은 몸소 임안부에 주둔하고, 포정사 주사창(周士昌)은 13명의 참장을 거느리고 운남성의 병사만 칠천 명을 이끌고서 심가분(沈家墳)에 바짝 다가섰다. 반군은 여아선(黎亞選)에게 관군을 막도록 명했다. 관군은 진군하지 못한 채, 양측은 두 달간 대치했다. 5월 2일 여아선은 보명승의 축수(祝壽)를 위해 군중에서 몰래 빠져나갔다가 술에 취해 돌아왔다. 한 사내아이가 이 일을 용토사에게 알려주었다. 용토사는 왕(王)토사와 함께 밤을 틈타 공격하여 여아선을 죽였다. 이어 아미주 주성 가까이 다가가 넉 달간 에워쌌으나, 끝내 함락하지 못했다.

이때 아미주 사람인 요대형(廖大亨)은 직방랑(職方郎)³⁾을 맡고 있었는데, 반군은 그를 든든한 후원자로 믿고 있었다. 반군은 은밀히 그를 북경에 사자로 파견하여 이간책을 부리도록 했다. 즉 보명승은 모반하지 않았는데, 순무 왕항이 공을 세우려고 생트집을 잡는 바람에 백성들 모두가 도탄에 빠졌다는 것이다. 이리하여 병부 직방랑은, 보명승의 땅이 백리도 채 되지 않고 군대도 천 명이 되지 않으며, 설사 반란을 일으킬지라도 격문을 띄우기만해도 평정할 수 있을 테인데, 왜 하필 떠들썩하게 수많은 병사를 일으키는가라고 상소했다. 그러나 궁유 왕석곤(王錫袞)[4]과 서상 양승무(楊繩武)[5]는 각기 토벌해야 한다고 상소했다. 이 일은 중추부로 하달되어 논의되었다.

이에 앞서 순무 왕항은, 보명승이 흑심을 품은 지 이미 오래인데, 전임 장관이 부스럼을 키운 채 그의 간악함을 적발하지 못한 탓에 뿌리 뽑기 어려운 지경에 이르렀으니, 황제께서는 전임 순무와 순안어사를 엄하게 질책해야 한다고 상소했다. 그런데 전임 순무 민홍학(閔洪學)은 이미 이부상서로 발탁된 터였다. 그는 자신을 변호할 길이 없을까봐 두려워, 허무맹랑한 말로 병부상서를 꼬드겼다. 병부상서는 이미 병부 직방랑의 말을 들었는지라, 보명승의 땅이 일개 현에도 미치지 못한데, 순무와 순안어사가 서로 결탁하여 일을 부풀리고 날짜를 질질 끌어 조정의 양곡을 허비할 따름이라고 말했다.

이렇게 상주하자, 조정은 왕항과 순안어사 조세룡(趙世龍)을 잡아들이라는 엄명을 내렸다. 10월 15일, 순무와 순안어사는 모두 임안부에서 체포되었다. 12월 18일 주사창은 총에 맞아 죽고, 13명의 참장은 모두 전사했다. 숭정 5년 정월 초하루에 반군은 전군을 동원하여 임안부를 쳤다. 그들은 만 량의 은자를 모아 군사를 위로하겠노라고 임안부를 속였다. 그러나 은자를 받은 후, 공세는 더욱 거세졌다.

16일이 이르러, 부성이 곧 함락될 즈음, 반군은 홀연 병사를 퇴각시켰다. 하천구(何天衢)가 그들의 소굴을 습격했기 때문이었다. 하천구는 강서성 출신으로, 보명승의 열세 두목 가운데의 한 사람이다. 그는 보명승이 다른 뜻을 품고 있음을 알고서 마음이 불안했는데, 그의 아내 진씨가 조정에 귀순하라고 극력 권했다. 그리하여 하천구가 투항하겠노라 청하자, 실권자는 그를 삼향현 현성에 배치했다. 그 덕분에 이제 포위망을 풀 수 있게 되었던 것이다. 후에 보명승이 여러 차례 병사를 이끌고 삼향현을 쳤으나, 서로 버틴 채 승리를 거두지 못했다.

보명승은 병사를 물려, 먼저 영주로 가서 조부의 원한을 갚으려 했다. 바야흐로 영주를 공격할 때, 토사 녹홍은 명을 받들어 중원에 가 있었다. 그의 어머니는 여러 두목을 불러 모아 각자에게 다섯 냥의 은자와 북경의 청포(靑布) 두 필을 주어 위로하고서, 요충지를 잘 지켜 반군이 들어오지 못하도록 하라고 했다. 나중에 녹홍이 돌아와 너무 많이 주었다면서 은자를 돌려달라고 요구했다. 두목들은 모두 마음이 떠나고 말았다. 반군은 염탐하여 이 사실을 알고서 기회를 틈타 쳐들어왔다. 녹홍은 무선호(撫仙湖)의 고산(孤山)으로 달아났으며, 영주는 함락되고 말았다. 1년여 뒤 녹홍은 옛 땅을 회복했으나 우울한 채 죽었다.

반군은 이어 석병주 및 사(沙)토사 등 13곳의 장관사를 공격했다. 이들 지역은 모두 반군의 손아귀에 들어가고 말았다. 보명승은 유마주 남쪽의 노백성(魯白城)에 눈독을 들여 병사를 크게 일으켰다. 노백성은 광남부 남서쪽으로 이레 거리에 있고, 임안부 남동쪽으로 아흐레 거리에 있으며, 교지와의 접경지역에 있다. 천연의 험한 요새에 의지하여 백이(白彝)가 자리잡고 있었다. 보명승은 늘 "나아가 중원을 도모하고, 물러나 노백성을 지킨다면, 근심이 없을 것이다"고 말했다. 보명승은 3년 동안 공격했지만, 끝내 승리하지 못했다. 숭정 7년 9월, 보명승은 갑자기 병들어 죽었다. 그의 아들 보복원(普福遠)은 나이가 겨우 아홉 살이었다. 보명승의 아내 만(萬)씨는 권모술수에 능하여, 위세를 원근에 떨쳤다. 실권자는 잠시 무마하는 방법으로 형세를 마무리지었다.

이렇게 키운 화근이 지금까지 이어지니, 임안부의 동쪽, 광서부의 남쪽에 명나라의 관원이 있을 날이 언제 올지 알 수 없도다! 지금 임안부는 이런 일에 대해 한 마디도 질책하지 못하고, 나그네가 물어보면 그때마다 입을 꾹 다문 채 경계할 뿐이니, 부(府)와 주(州)의 공문서 하달은 허울 좋은 글에 지나지 않을 따름이다. 내가 안장(安莊)을 지날 적에 수서(水西)의 토사로 인해 피폐해진 사람들을 보았는데, 누구나 복수심을 지닌 채 목숨을 아끼지 않았다. 이곳 사람들이 입을 다문 채 원망을 늘어놓지 않았는데, 뜻밖에도 한 아녀자의 위세와 모략이 이럴 줄이야!

남쪽으로 사(沙)토사를 포함하여 몽자현(蒙自縣)에 이르기까지, 북쪽으로 미륵주(彌勒州)를 포함하여 광서부에 이르기까지, 동쪽으로 유마주를 포함하여 삼향현에 이르기까지, 그리고 서쪽으로 임안부에 이르기까지, 모두 만씨가 횡행하는 지역이다. 동쪽에는 삼향현의 하천구만이, 서쪽에는 용붕(龍鵬)의 용재전(龍在田)만이 만씨와 맞설 수 있을 뿐, 그 나머지는 모두 소문만 들어도 간담이 서늘해져 무릎을 꿇을 지경이다. 관리 가운데 만씨에게 농락당하고, 향신 가운데 만씨에게 속박당하는 이가 열에 여덟아홉이다. 왕항은 분쟁의 생트집을 잡았다는 죄명으로 체포되었고, 이후의 관리는 구차스럽게 형세만 무마하였다. 하는 일이 모두 이러하니, 조정에 사람이 있다고 말할 수 있겠는가!

왕항의 죄는 주사창을 잘못 기용하고 용병의 전술에 어두워 전쟁을 몇 달이나 질질 끈 데 있다. 용병의 시간이 오래되면, 변고가 생기는 법이다. 당시 전쟁을 질질 끈 것은 질책해야 마땅하지만, 그를 유임시켜 이후에 성과를 내도록 도모해야 했다. 적과 마주하여 장수를 바꾸어서도 안될 일인데, 하물며 느닷없이 군중에서 그를 체포한 것은 너무 지나친 처사였다. 오호라! 주변에 대한 조정의 용병이 하는 일마다 이러하니, 남서지구의 소수민족에 대해서만이 아니도다!

---

1) 만력(萬曆)은 신종(神宗)의 연호이며, 만력 42년은 1614년이다.

2) 숭정(崇禎)은 의종(毅宗)의 연호이며, 숭정 4년은 1631년이다.

3) 명대에는 병부(兵部)에 직방사(職方司)를 두어, 변경의 도적(圖籍)과 군제(軍制), 성황(城隍), 진수(鎭戍), 연병(練兵), 토벌 등의 업무를 관장하도록 했다. 직방사의 장관을 직방랑이라 일컫는다.

4) 왕석곤(王錫袞, ?~1647)은 운남 녹풍(祿豊) 사람으로, 자는 용조(龍藻), 호는 곤화(昆華)이다. 대학사(大學士), 예부상서를 역임했다. 명말에 사정주(沙定州)의 난을 당하여 순절했다.

5) 양승무(楊繩武, 1596~1641)는 운남 미륵(彌勒) 사람으로, 한림원 서길사(庶吉士)를 거쳐 감찰어사로 발탁되었다가 병부시랑을 역임했다. 자는 념이(念爾)이고, 호는 취병(翠屛)이다.

원문

普名勝者, 阿迷州土寇也。祖者輅, 父子爲亂三鄉、維摩間。萬曆四十二年, 廣西郡守蕭以裕, 調寧州祿土司兵合剿, 一鼓破之, 輅父子俱就戮, 始復維摩州, 開三鄉縣。時名勝走阿迷, 寧州祿洪欲除之。臨安守梁貴夢、郡紳王中丞撫民, 畏寧州強, 留普樹之敵, 曲庇名勝。初猶屯阿迷境, 後十餘年, 兵頓強, 殘破諸土司, 遂駐州城, 盡奪州守權。崇禎四年, 撫臣王伉憂之, 裹氈笠, 同二騎潛至州, 悉得其叛狀, 疏請剿。上命川、貴四省合剿之。石屛龍土司兵先薄漾田, 爲所殲。三月初八日, 王中丞親駐臨安, 布政周士昌[1]統十三參將, 將本省兵萬七千人, 逼沈家墳。賊命黎亞選扼之, 不得進, 相持者二月。五月初二日, 亞選自營中潛往爲名勝壽, 醉返營。一童子泄其事於龍。龍與王土司夜劫之, 遂斬黎; 進薄州城, 環圍四月, 卒不下。時州人廖大亨任職方郎, 賊恃爲奧援, 潛使使入京縱反間, 謂普實不叛, 王撫起釁徼功, 百姓悉糜爛。於是部郎疏論普地不百里, 兵不千人, 卽叛可傳檄定, 何騷動大兵爲? 而王宮諭錫袞、楊庶常繩武, 各上疏言宜剿。事下樞部議。先是王撫疏名勝包藏禍心已久, 前有司養疽莫發奸, 致成難圖蔓草, 上因切責前撫、按。而前撫閔洪學已擢冢宰,[2] 懼勿能自解, 卽以飛語慫恿大司馬[3]。大司馬已先入部郎言, 遂謂名勝地不當一縣, 撫、按比周[4], 張大其事勢, 又延引日月, 徒虛糜縣官餉。疏上, 嚴旨逮伉及按臣趙世龍。十月十五日, 撫、按俱臨安就逮。十二月十八, 周士昌中銃死, 十三參將悉戰沒。五年正月朔, 賊悉兵攻臨安, 詐郡括萬金犒之, 受金, 攻愈急。迨十六, 城垂破, 賊忽退師, 以何天衢襲其穴也。天衢, 江右人, 居名勝十三頭目之一, 見名勝有異志, 心不安, 妻陳氏力勸歸中朝, 天衢因乞降, 當道以三鄉城處之, 今遂得其解圍力。後普屢以兵攻三鄉, 各相拒, 無所勝, 乃退兵, 先修祖父怨於寧州。方攻寧時, 洪已奉調中原, 其母集衆目, 人犒五金、京青布二, 各守要害, 賊不得入。後洪返, 謂所予

太重, 責之金, 諸族目悉解體。賊諜知, 乘之入, 洪走避撫仙湖孤山, 州爲
殘破。歲餘, 洪復故土, 鬱鬱死。賊次攻石屛州, 及沙土司等十三長官, 悉
服屬之。志欲克維摩州南魯白城, 卽大擧。魯白城在廣南西南七日程, 臨
安東南九日程, 與交趾界, 城天險, 爲白彝所踞。名勝常曰:「進圖中原, 退
守魯白, 吾無憂矣。」攻之三年, 不能克。七年九月, 忽病死。子福遠, 方
九歲。妻萬氏, 多權略, 威行遠近。當事者姑以撫了局, 釀禍至今, 自臨安
以東、廣西以南, 不復知有明官矣! 至今臨安不敢一字指斥, 旅人詢及者,
輒掩口相戒, 府州文移, 不過虛文。予過安莊, 見爲水西殘破者, 各各有同
仇志, 不惜爲致命; 而此方人人沒齒無怨言, 不意一婦人威略乃爾! 南包沙
土司, 抵蒙自縣; 北包彌勒州, 抵廣西府; 東包維摩州, 抵三鄉縣; 西抵臨安
府; 皆其橫壓之區。東唯三鄉何天衢, 西唯龍鵬龍在田, 猶與抗鬥, 餘皆聞
風慴伏。有司爲之籠絡, 仕紳受其羈靮者, 十八九。王伉以啓釁被逮, 後
人苟且撫局, 擧動如此, 朝廷可謂有人乎! 夫伉之罪, 在誤用周士昌, 不諳
兵機, 彌連數月, 兵久變生耳。當時止宜責其遲, 留策其後效。臨敵易帥
且不可, 遽就軍中逮之, 亦太甚矣。嗟乎! 朝廷於東西用兵, 事事如此, 不
獨西南彝也!

---

1) 주사창(周士昌)은 원래 주세창(周世昌)으로 되어 있으나, 『명사·운남토사전(雲南土司傳)』의 기록에 근거하여 고쳤다.
2) 총재(冢宰)는 원래 주나라 때의 관직 명칭으로, 육경의 우두머리로서 태재(太宰)라고도 일컬었다. 명나라 때에는 이부상서를 총재라 일컬었다.
3) 대사마(大司馬)는 명청대에 병부상서(兵部尙書)의 별칭이다.
4) 비주(比周)는 작당하여 사리사욕을 꾀함을 의미한다.

영창지략(永昌志略)

역문

    한나라 때의 영창군(永昌郡)은 원나라 때에 대리(大理)와 금치(金齒) 등지의 선무사(宣撫司)가 되었다. 총관은 선무사의 치소를 영창에 설치했으며, 훗날 선위사사도원수부(宣慰使司都元帥府)로 개칭했다. 홍무(洪武) 15년[1]에 운남을 평정하였는데, 이전 왕조에서 영창의 만호를 지낸 아봉(阿鳳)은 자신의 무리를 이끌고서 지휘(指揮)인 왕정(王貞)에게 나아가 투항했다. 여전히 영창부를 설치하고 금치위(金齒衛)를 세웠다. 홍무 16년 6월 녹천(麓川)의 이족(彝族)이 반란을 일으켜 영창부의 부성을 유린했다. 홍무 23년에는 부(府)를 없애고 금치위를 금치군민지휘사사(金齒軍民指揮使司)로 바꾸었다.(지휘사 호연(胡淵의 요청에 따른 것이다.) 이리하여 영창이라는 명칭을 없애고 금치로 개칭했지만, 실제로는 금치의 지역이 아니다. 이는 난창강(瀾滄江)이 영창에 있으나 난창위(瀾滄衛)는 북승(北勝)에 있듯이, 서로

부합하지 않는다. 대체로 개국 초기에 위(衛)를 세울 때, 그 경영 및 관리가 모두 무신들의 손에서 나온 것이기에 명칭과 실제가 어긋나는 일이 많다. 경태(景泰) 연간[2]에는 진수(鎭守)를 설치하고, 홍치(弘治) 2년[3]에는 금등도(金騰道)를 설치했다. 가정(嘉靖) 원년[4]에는 순무 하맹춘(何孟春, 원적은 침주郴州이며, 강음현江陰縣 사람이다)과 순안어사 진찰(陳察, 常熟縣 사람이다)이 상소했다. 즉 진수를 없애고 영창부를 설치하며, 보산현(保山縣)을 설치하고 금치지휘사사를 영창위 및 영창부로 바꾸어, 주 한 곳(등월주騰越州)과 현 두 곳(보산현과 영평현永平縣)을 이끌며, 계속해서 노강안무사(潞江安撫司), 봉계(鳳溪)와 시전(施甸)의 두 장관사를 거느리자는 것이었다.

보산현에 호적을 편입한 곳은 열 개의 리(里)이며, 또한 성 북쪽의 '훤(喧)'이라는 소수민족이 모두 열다섯 곳, 그리고 성 남쪽의 '채(寨)'라는 소수민족이 모두 스물여덟 곳이다. 홍무 33년에는 등충수어천호소(騰衝守禦千戶所)를 바꾸어 금치사(金齒司)에 예속시켰다. 정통(正統) 14년[5]에는 등충군민지휘사사(騰衝軍民指揮使司)로 승격시켜 금치와 동등하게 했다. 가정 2년에는 다시금 주(州)를 설치하여 영창부에 예속시켰으며, 지휘사사를 등충위(騰衝衛)로 바꾸고 주는 등월주(騰越州)라 일컬었다. (등월주는 부성 남쪽 360리에 있다. 이 지역에 등나무가 많기에 원나라 때에는 등주藤州라 일컬었다.)

영평은 동한의 박남현(博南縣, 산의 이름에서 따왔다)이다. 홍무 초기에는 영창부에 예속되었다. 홍무 23년에는 부(府)를 금치지휘사로 바꾸어, 지휘사의 관할에 예속시켰다. 가정 2년에 부를 회복하여 계속해서 부(부의 동쪽 170리에 있다)에 예속시켰다.

노강안무사(潞江安撫司)는 성 남서쪽 130리에 있다. (원나라 때에는 유원로柔遠路였으며, 명나라 초에 유원부柔遠府였다. 영락永樂 9년[6]에 안무사를 설립했다.)

봉계장관사(鳳溪長官司)는 성 동쪽 25리에 있다.

시전장관사(施甸長官司)는 성 남쪽 100리에 있다.(당나라 때 은생부銀生府의 북쪽경계이며, 원대에는 석전石甸이었으나, 후에 시전施甸으로 와전되었다.)

1) 홍무(洪武)는 명나라 태조(太祖)의 연호이며, 홍무 15년은 1382년이다.
2) 경태(景泰)는 명나라 경제(景帝)의 연호이며, 경태 연간은 1450년부터 1457년까지이다.
3) 홍치(弘治)는 명나라 효종(孝宗)의 연호이며, 홍치 2년은 1489년이다.
4) 가정(嘉靖)은 명나라 세종(世宗)의 연호이며, 가정 원년은 1522년이다.
5) 정통(正統)은 명나라 영종(英宗)의 연호이며, 정통 14년은 1449년이다.
6) 영락(永樂)은 명나라 성조(成祖)의 연호이며, 영락 9년은 1411년이다.

원문

漢永昌郡, 元爲大理金齒等處宣撫司, 總管置司治於永昌, 後改爲宣慰使司都元帥府。洪武十五年平雲南, 前永昌萬戶阿鳳, 率其衆詣指揮王貞降附, 仍置永昌府, 立金齒衛。十六年六月, 麓川彝叛, 屠其城。二十三年, 省府改金齒衛爲金齒軍民指揮使司。(從指揮使胡淵請也) 於是遂名金齒, 不名永昌, 而實非金齒之地, 如瀾滄江在永昌, 而瀾滄衛在北勝, 各不相蒙。蓋國初立衛, 經理皆出武臣, 故多名實悖戾耳。景泰中設鎭守, 弘治二年設金騰道。嘉靖元年巡撫何孟春(郴州籍, 江陰人)、巡按御史陳察(常熟人), 疏革鎭守, 設永昌府, 立保山縣, 改金齒指揮使司爲永昌衛府, 領州一(騰越)縣二(保山, 永平), 仍統潞江安撫司、鳳溪、施甸二長官司。

保山編戶十里。又城北彝民曰「喧」, 共十五; 城南彝民曰「寨」, 共二十八。

洪武三十三年, 改騰衝守禦千戶所, 隸金齒司。正統十四年, 升爲騰衝軍民指揮使司, 與金齒並。嘉靖二年, 復置州, 隸永昌府, 改指揮使司爲騰衝衛, 州名騰越。(在府城南三百六十里, 以地多藤, 元名藤州。)

永平, 卽東漢之博南縣。(以山名。) 洪武初隸永昌府。二十三年,[1] 改府爲金齒指揮司, 屬指揮司管轄。嘉靖二年, 復府, 仍屬府。(在府東一百七十里。)

潞江安撫司, 在城西南一百三十里。(元柔遠路, 國初柔遠府, 永樂九年, 立安撫司.)

鳳溪長官司, 在城東二十五里。

施甸長官司, 在城南一百里。(唐銀生府北境, 元爲石甸, 後訛爲施甸.)

---

1) ‘二十三年’은 원래 ‘三十二年’으로 되어 있으나, 『명사·지리지(地理志)』에 근거하여 고쳤다.

등월 부근의 여러 소수민족에 관한 약술(近騰諸彝說略)

역문

등월(騰越)은 여러 소수민족과 가깝기에, 실제로 운남 서쪽의 울타리 이다. 운남성 변경의 대략적인 형세를 살펴보면 다음과 같다. 북쪽으로 는 티베트에 가깝고, 남쪽은 죄다 소수민족과 미얀마이다. 군(郡)과 읍 (邑)이 설치된 지구가 그 사이에 끼어 있으나, 명망과 교화로써 회유했을 따름이다. 정통(正統) 연간[1] 이래 남쪽의 소수민족을 계획하고 운영했던 이들은 여섯 곳의 선위사(宣慰司)와 두 곳의 어이부(御彝府),[2] 세 곳의 선 무사(宣撫司), 네 곳의 주(州), 한 곳의 안무사(安撫司), 두 곳의 장관사(長官 司)를 설치했다. 맹양(孟養)과 같은 곳은 서쪽으로 가로막혀 있는데, 가장 거칠고 외진 곳이다. 반면 미얀마와 팔백(八百), 라오스(老撾) 등은 지세가 바닷가를 접하고 있으며, 목방(木邦), 차리(車里), 맹밀(孟密) 등은 또한 그 안에 있다. 이들 지역은 이미 잡아매어 제어할 수 있는 곳이 아니다. 부근에서 맹약을 따르는 곳은 남전(南甸), 간애(乾崖), 롱천(隴川) 뿐이다.

수십 년간 미얀마로 인해 자주 골치를 썩여왔다. 이를테면 조락참(刁落參)은 남전이 소수민족을 가까이했기 때문에 조락녕(刁落寧)의 관직을 박탈했는데, 오히려 미얀마인의 내분을 일으켰다가 병비도(兵備道)³⁾ 호심충(胡心忠)에게 섬멸되었다. 악봉(岳鳳) 부자는 롱천의 두목이란 신분을 내세워 다사순(多思順)의 영지를 넘보고자 반란을 일으켰다가, 유격장군 유정(劉綎)에게 붙잡히고 나서야 경내는 안정을 되찾았다. 그 후 아와(阿瓦)⁴⁾가 날로 강해져, 변경을 잠식하는 일이 날로 잦아졌다. 다행히 무위동지(撫彛同知) 칠문창(漆文昌), 지주(知州) 여무학(余懋學)이 대사마 진용빈(陳用賓)더러 섬라(暹羅)⁵⁾에게 격문을 띄워 미얀마를 쇠약케 해달라고 청한 덕분에, 등월은 조금이나마 평안해졌다.

사정(思正)이 죽임을 당하자, 와(瓦)의 우두머리가 마구 날뛰어, 사화(思華)에게는 운남 서부를, 사례(思禮)에게는 목방을, 사면(思綿)에게는 만막(蠻莫)을 각각 점거케 했다. 이리하여 내지는 차츰 반역하는 미얀마인에게 빼앗기고 말았다. 다엄(多俺)이 녹천의 옛 땅을 석권하더니 미얀마인에 달라붙어 우리 조정을 배반하자, 참장 호현충(胡顯忠)이 평정했다. 다안민(多安民)이 안(安)과 와(瓦)의 우두머리의 지원에 힘입어 험준한 지세를 믿고서 우리 조정에 맞서자, 병비도 황문병(黃文炳)과 참장 동헌책(董獻策)이 그를 공격했다. 등월이 존속할 수 있음은 참으로 요행이로다!

이제 와의 우두머리가 사나와 영웅을 자처하고, 여러 소수민족이 모두 그의 부름을 따르고 있다. 만약 이 지역을 통제하지 못한다면, 반란을 일으키는 자들이 이전보다 더욱 심해질 것이다. 등월을 운영하려는 자들은 이러한 형세에 신중해야 하리라! 바깥의 망시(芒市)가 비록 부(府)에 예속되어 있으나, 최근 맹온(猛穩)⁶⁾이 목방의 관할지가 되고, 티베트의 반군들이 노략질을 일삼아, 등월의 변경이 불안하기 짝이 없다. 믿는 것은 조정의 신하를 보내 이곳을 지키는 것이지만, 오히려 그들에게 해를 당하고 있다. 앞으로 자신의 책임을 더욱 다하여 변란을 방지한다면, 등월은 좀 더 안전해질 수 있으리라.

1) 정통(正統)은 명나라 영종(英宗)의 연호이며, 정통 연간은 1436년부터 1449년까지이다.
2) 두 곳의 어이부(御彝府)는 맹정(孟定) 어이부와 맹간(孟艮) 어이부를 가리킨다. 전자는 지금의 경마(耿馬)의 태족와족(傣族佤族)자치현을 관할했으며, 후자는 지금의 미얀마 경동(景棟)을 관할했다.
3) 병비도(兵備道)는 명나라 때에 각성의 요충지에 군수물자를 공급하던 관원이다. 병비(兵備)라고도 한다.
4) 아와(阿瓦, Ava)는 미얀마의 옛 지명이자, 1364년부터 1555년에 걸쳐 미얀마 지역에 세워진 왕조이다.
5) 섬라(暹羅)는 오늘날의 태국(泰國)을 가리킨다.
6) 맹온(猛穩)은 지금의 맹온(勐穩)이며, 노서현(潞西縣) 남쪽에 위치해 있다.

원문

<u>騰越密邇</u>[1]諸彝, 實滇西藩屏。而滇境大勢, 北近<u>吐蕃</u>, 南皆彝緬, 郡邑所置, 介於其間, 不過以聲教羈縻而已。<u>正統</u>以來, 經略<u>南彝</u>者, 設宣慰司六, 御彝府二, 宣撫司三, 州四, 安撫司一, 長官司二。如<u>孟養</u>阻負於西, 最爲荒僻, 而緬甸、<u>八百</u>、<u>老撾</u>, 地勢瀕海, <u>木邦</u>、<u>車里</u>、<u>孟密</u>, 又在其內, 業非羈縻所可制馭, 而近聽約束者, 惟<u>南甸</u>、<u>乾崖</u>、<u>隴川</u>而已。數十年頻爲緬患, 如<u>刁落參</u>以<u>南甸</u>近<u>彝</u>, 奪<u>刁落寧</u>之官, 尚構緬內訌, 爲兵備<u>胡公心忠</u>所殲; <u>岳鳳</u>父子以<u>隴川</u>舍目謀主<u>多思順</u>之地, 造逆犯順, 爲遊擊<u>劉綎</u>所擒,[2] 邊境賴以安。其後<u>阿瓦</u>日強, 蠶食日多。幸撫彝同知<u>漆文昌</u>、知州<u>余懋學</u>, 請大司馬<u>陳公用賓檄<u>暹羅</u>以弱緬, 而<u>騰</u>獲稍康。迨<u>思正</u>就戮, <u>瓦</u>酋猖獗, 命<u>思華</u>據<u>迤</u>西, <u>思禮</u>據<u>木邦</u>, <u>思綿</u>據<u>蠻莫</u>, 而內地漸爲逆緬所竊。

至若多俺席麓川之舊, 附緬而叛天朝, 參將胡顯忠平之。多安民藉安酋、瓦酋之援, 負固以拒天兵, 兵備黃公文炳、參將董獻策取之, 騰之獲存者, 幸也! 目今瓦酋梟悍稱雄, 諸彝悉聽號召, 倘經略失馭, 其造亂者, 尤有甚於昔也。爲騰計者愼之, 外芒市雖屬府, 近於猛穩爲木邦轄, 藏賊劫掠, 騰境不安, 所恃放廷臣防禦之, 而反罹其害。自後當重其責以弭變, 庶於騰少安云。

---

1) 邇는 '가깝다'는 의미이며, '密邇'는 '바짝 가까이 있다'는 의미이다.
2) '遊擊劉綎'은 원래 '參將劉綎'으로 되어 있으나, 『명사·유정전(劉綎傳)』과 진홍본(陳泓本)에 근거하여 고쳤다.

여강에 관한 간략한 기록(麗江紀略)

역문

　여강(麗江)의 명산 고강(牯岡)과 연과(輦果)는 모두 납라(臘羅)와 가깝다. (북동쪽 경계이다.) 호고(胡股)와 필렬(必烈)은 모두 여강 북쪽 경계의 소수민족의 명칭이다. 갑술년[1]에, 전에 필렬의 부하였던 관응견(管鷹犬) 부락이 필렬족의 우두머리에게 죄를 지어, 변경으로 도망쳐 살면서 도적질로 해를 끼쳤다. 그 북쪽의 호고(胡股)의 장사꾼들이 북서쪽의 대보법왕(大寶法王)[2]과 왕래하던 길은 그들에 의해 끊기고 말았다. 을해년[3] 가을에 여강이 병사를 일으켜 그들을 토벌했다. 그들은 먼저 공손한 말로 여강의 군대를 추켜세우더니, 멀리 도망가겠노라 핑계를 댔다. 여강 사람들은 그들의 말을 믿었으나, 그들이 느슨한 틈을 타 되돌아와 기습하는 바람에, 여강의 군대는 크게 패했다. 여강은 선대로부터 남방에서 군림하여 가는 곳마다 승리했는데, 느닷없이 당하는 바람에 온 나라 사람들이 크게 분노했으나, 보복하지 못하고 있다.

---

1) 갑술(甲戌)년은 숭정(崇禎) 7년인 1634년이다.
2) 대보법왕(大寶法王)은 원나라와 명나라 때에 티베트의 라마교 우두머리에게 수여한 봉호(封號)이다.
3) 을해(乙亥)년은 숭정(崇禎) 8년인 1635년이다.

원문

麗江名山牯岡、輦果, 俱與臘羅相近。(東北界.) 胡股、必烈, 俱麗江北界番名。甲戌歲, 先有必烈部下管鷹犬部落, 得罪必烈番主, 遁居界上, 剽竊爲害。其北胡股販商, 與西北大寶法王往來之道,[1] 皆爲其所中阻。乙亥秋, 麗江出兵往討之。彼先以卑辭驕其師, 又托言遠遁, 麗人信之, 遂乘懈返襲, 麗師大敗。麗自先世雄視南服, 所往必克, 而忽爲所創, 國人大憤, 而未能報也。

---

1) '與西北大寶法王往來之道'는 원래 '往來'가 없었으나, 서본(徐本)에 근거하여 보충했다.

법왕연기(法王緣起)

역문

티베트에는 법왕(法王)과 인왕(人王)[1]이 있다. 인왕은 군사를 주관하는데, 처음에는 넷이었다가 지금은 하나로 합쳐졌다. 법왕은 불교를 주관하는데, 역시 두 명[2]이 있다. 인왕은 영토에 의지하여 법왕을 양육하지만, 중국이 있음을 알지 못한다. 법왕은 인왕을 대신하여 백성을 교화하고, 조정을 떠받든다. 이들의 교리에 따르면, 대법왕과 이법왕은 서로 스승과 제자가 된다. 대법왕은 세상을 떠날 즈음에 이법왕에게 환생할 곳을 미리 알려준다. 이법왕은 그의 말에 따라 가서 찾아보는데, 틀림없이 환생한 이를 찾아낸다. 이법왕은 곧바로 그를 싸안아 돌아와 대법왕으로 키우고 그에게 교리를 전수한다. 그가 싸여 돌아올 때 비록 나이가 매우 어릴지라도, 전생에 남긴 일은, 마치 굴에서 팔지를 끄집어내듯 역력하여 조금도 틀림이 없다. 이법왕 또한 죽을 때에 대법왕에게 미리 알려주는데, 대법왕이 가서 찾아내어 싸안고 돌아와 교리를 전수하는 것 역시 마찬가지이다. 이들이 환생하는 집은 각기 그다지 멀리 떨어져 있지 않으며, 다만 다른 집을 빌려 어린 싹이 되었을 뿐, 열매는 변함이 없는 것과 같다. 대법왕과 이법왕 역시 서로 연원이 될 뿐, 지위는 바뀌지 않는다.

경술년[3]에 이법왕이 여강에 왔다가 계족산에 이른 적이 있다.

대보법왕은 가정 연간에 북경에 왔다가 오대산을 참배했다.

여강은 북쪽으로 필렬(必烈)의 경계에 이르는데, 거의 두 달의 여정이다. 두 달을 더 가면 북서쪽으로 대보법왕이 있는 곳에 이른다.

---

1) 인왕(人王)은 명나라 때에 티베트지구의 우두머리에게 붙여준 칭호이다. 인왕은 다섯 명으로, 천교왕(闡敎王), 천화왕(闡化王), 보교왕(輔敎王), 호교왕(護敎王), 찬선왕(贊善王)이며, 각자 일정한 지역을 관할했다.
2) 이 두 명은 대법왕(大法王)과 이법왕(二法王)을 가리키는데, 지금의 달라이라마와 판첸라마이다.
3) 경술(庚戌)년은 만력(萬曆) 38년으로, 1610년이다.

원문

吐蕃國有法王、人王。人王主兵革, 初有四, 今併一。法王主佛敎, 亦有二。人王以土地養法王, 而不知有中國; 法王代人王化人民, 而遵奉朝廷。其敎, 大法王与二法王更相爲師弟。大法王將沒, 卽先語二法王以托生之地。二法王如其言往求之, 必得所生, 卽抱奉歸養爲大法王, 而傳之道。其抱歸時, 雖年甚幼, 而前生所遺事, 如探環穴中, 歷歷不爽[1]。二法王沒, 亦先語于大法王, 而往覓與抱歸傳敎, 亦如之。其托生之家, 各不甚遙絶, 若只借爲萌芽, 而果則不易也。大與二, 亦只互爲淵源, 而位則不更也。

庚戌年, 二法王曾至<u>麗江</u>, 遂至<u>鷄足</u>。

大寶法王於<u>嘉靖</u>間朝京師, 參<u>五臺</u>。

<u>麗江</u>北至<u>必烈</u>界, 幾兩月程。又兩月, 西北至大寶法王。

---

1) '不爽'은 조금도 틀림이 없음을 의미한다.

계산지목(鷄山志目)

역문

1권 : 진형통회(眞形統匯) (이것은 산 전체의 벼리이다.)

　　산명(山名) 산맥(山脈) 산형(山形) 산계(山界) 개벽(開闢) 정성(鼎盛)

2권 : 명승분표(名勝分標) (명승은 하늘에서 비롯되니, 그것이 시작되는 줄기를 따
　　라 꼭대기에서 아래로 나눈다.)

　　봉(峰) 암(巖) 동(洞) 대(臺) 석(石) 령(嶺) 제(梯) 곡(谷) 협(峽)
　　정(篝) 평(坪) 림(林) 천(泉) 폭(瀑) 담(潭) 간(澗) 온천(溫泉)

3권 : 화우수지(化宇隨支) (공적은 사람에게서 비롯되니, 그 산세를 따라 올라 낮
　　은 곳에서 높이 올라간다.)

　　중조찰사(中條刹舍)

4권 : 화우수지(化宇隨支)

　　　동조찰사(東條利舍) 서조찰사(西條利舍)

5권 : 화우수지(化宇隨支)

　　　절정라성(絶頂羅城) 산외찰사(山外利舍) 부방정교취(附坊亭橋聚)

6권 : 신적원시(神跡原始)

　　　전법정종전(傳法正宗傳) 부법현사적(附法顯事跡) 부소침사적(附小沈事跡)
　　　고덕수분(古德垂芬)
　　　명숙전(名宿傳) 고은전(高隱傳)

7권 : 재관호법(宰官護法)

　　　명환전(名宦傳) 향현전(鄕賢傳) 부단월신시(附檀越信施)
　　　승사기여(勝事記餘)
　　　영이십칙(靈異十則) 경치십칙(景致十則) 물산(物産) 임리(臨莅) 조참(朝參)
　　　시집(市集) 탑묘십칙(塔墓十則)

8권 : 예원집성(藝苑集成)

　　　집시(集詩) 집문(集文)

　　나는 이렇게 말한다. "지리지를 기술하려는 이에게는 산천이란 한 가지 항목이 있고, 산천을 기술하려는 이에게는 또한 지리지의 전체 체례가 있으니, 서로 빌려쓰지 않는다. 이 책은 우선 참된 모습을 기술하고, 그 다음으로 빼어난 경관을 기술하며, 그 다음으로 불사(佛寺)를 기술함으로써, 하늘에서 차츰 사람으로 나아간다. 그 다음에는 고승(高僧)에 대해 기술하고, 그 다음에는 호법(護法)을 기술하니, 오로지 사람에 대해서뿐이다. 법회와 제례는 하늘의 나머지이고, 문학과 예술은 사람의 나머

지이기에, 그 다음에 넣었다. 이것이 이 책의 배열순서의 대략적인 의미
이다.

원문

一卷 眞形統匯 (此山之綱領也。)

　　山名 山脈 山形 山界 開闢 鼎盛

二卷 名勝分標 (勝槪本乎天, 故隨其發脈, 自頂而下分也。)

　　峰 岩 洞 臺 石 嶺 梯 谷 峽 箐 坪 林 泉 瀑 潭 澗 溫泉

三卷 化宇隨支 (功業本乎人, 故因其登陟, 自卑而上升也。)

　　中條利舍

四卷 化宇隨支

　　東條利舍 西條利舍

五卷 化宇隨支

　　絶頂羅城 山外利舍 附坊亭橋聚

六卷 神跡原始

　　傳法正宗傳 附法顯事跡 附小沈事跡

　　古德垂芬

　　名宿傳 高隱傳

七卷 宰官護法

　　名宦傳 鄕賢傳 附檀越信施

　　勝事記余

　　靈異十則 景致十則 物産 臨莅 朝參 市集 塔墓十則

八卷 藝苑集成

　　集詩 集文

　　徐子曰 : 志圖經者, 有山川之一款; 志山川者, 又有圖經之全例, 不
　　相假也。茲帙首眞形, 次名勝, 次化宇, 漸由天而入; 次古德, 次護
　　法, 則純乎人矣; 勝事[1]天之餘, 藝苑人之餘, 故又次焉。此編次之
　　大意也。

---

1) 승사(勝事)는 사찰이나 도관에서 열리는 법회 혹은 제례를 가리킨다.

계산지략1(鷄山志略一)

역문

영이십칙(靈異十則)

방광(放光) 노승향(老僧香) 금계천(金鷄泉) 수사혈(收蛇穴) 석문복개(石門復開) 토주보종(土主報鐘) 경성응이(經聲應耳) 연신뇌우(然身雷雨) 원후집취(猿猴執炊) 영천표이(靈泉表異)

경치십칙(景致十則)

산에 경관이 있음은 곧 산의 봉우리와 동굴이 드러내는 것이다. 사람이 그것을 만나기에 경관이 이루어지고, 정감에 의지하여 그것을 전하기에 경관은 유별나게 된다. 그러므로 천하에 4대 경관이 있고, 지도가 곁들여진 지방지에 8경이나 10경 등이 있게 된다. 천하 경관의 숫자가 어찌 부(府)와 현(縣)의 숫자보다 적겠는가? 4는 그 가운데에서 빼어난 곳을 가려뽑은 것이고, 10은 그 숫자를 가득 채운 것이다. 계족산은 이와 다르니, 나누어 말하자면 봉우리 하나마다 천하의 4가지 경관이 이미 모여 있고, 합쳐 말하자면 10경이라 해도 부와 현의 통상적인 숫자에 얽매인 셈이다.

절정사관(絕頂四觀 : 동쪽의 일출, 서쪽의 이해洱海, 북쪽의 설산雪山, 남쪽의 구름)

경관에는 네 가지가 있다. 이는 직지사 장씨가 나눈 것이지만, 실제로는 천지개벽 이래 펼쳐져 이루어진 것이다. 네 가지 경관 가운데에서 하나만 갖추어도 온 나라의 기이한 절경이라 할 만한데, 하물며 모두 갖추었음에랴? 이것은 계족산의 으뜸일 뿐만 아니라, 실로 온 나라의 으뜸이다.(다섯 수의 시가 '계산십경雞山十景'에 보인다.)

화수중문(華首重門)[1]

용화사(龍華寺)가 대참화를 입어, 이 문 열리지 않음이 더욱 한스럽다. 이 안의 깊은 곳을 몰래 통하게 한다면, 설사 별천지가 있을지라도 그 으한 곳에 지나지 않을지도 모르겠다. 어찌하여 쌍궐[2]처럼 높이 매달려 있는데, 가운데에 막혀 있는 둥그런 바위 하나는 우러러볼수록 더욱 더 높아져 끝이 보이지 않는가?. 그렇기에 방광사의 석량[3]은 오백 나한이 계시던 곳임에도 옆에는 남은 구멍 하나 없으니, 그 뜻이 마침 화수문과 똑같도다.(한 수의 시가 '계산십경'에 보인다.)

태자현관(太子玄關)

경대(瓊臺)[4]는 허공 속에 매달린 채 이미 넓고 시원한 하늘을 넘어섰고, 현관(玄關)은 위로 트여 있어서 더욱 청신하다. 암벽의 잔도는 구름을 밀어낸 채 안개와 노을 위에서 나타났다 사라졌다 한다. 군옥봉두(群玉峰頭)와 요지월하(瑤池月下)라 일컫는 곳이 이곳인가 하노라.(한 수의 시가 '계산십경'에 보인다.)

나한절벽(羅漢絶壁)

늘 원석공(袁石公)[5]의 "쌓인 눈을 메워 새 길을 내고, 한가로운 구름 열어젖혀 자그마한 오두막집 세웠네"라는 시구를 좋아했다. 나한벽을 가노라니, 영락없이 시 속의 그림이다. 구름을 뚫은 겹겹의 푸르른 절벽에 이르러, 사람마다 암벽을 마주하니, 바위라도 고개를 끄덕일 만하다. 절로 서역에서 온 풍경이니, 번거롭게 울긋불긋 그릴 필요가 있으랴!(한 수의 시가 '계산십경'에 보인다.)

사림령천(獅林靈泉)

산 아래에서 샘물이 흘러나와, 고인 물도 있고 흐르는 물도 있으니 기이할 게 없다. 이 샘은 산기슭에서 비롯되는 게 아니라 산봉우리에서 비롯되고, 산봉우리는 산속 움푹 꺼진 곳에서 비롯되는 게 아니라 산등성이에서 비롯되며, 산등성이는 밖으로 쏟아져내리는 곳에서 비롯되는 게 아니라 산자락 가운데에서 비롯되고, 산자락 가운데는 사방으로 넘쳐흐르는 곳에서 비롯되는 게 아니라 산꼭대기의 물대는 곳에서 비롯된다. 이러한 경관은 사자림의 염불당에서만 볼 수 있는데, 신령스럽다 말하지 않을 수 없다.(두 수의 시가 '계산십경'에 보인다.)

방광서영(放光瑞影)

하천과 못의 기운은 휘황한 빛으로 발산되고, 바다의 신기루와 골짝의 불광(佛光)은 모두 아래에서 위로 향한다. 방광탑(放光塔)은 사방이 깊게 에두르고, 깎아지른 듯한 벼랑이 위를 감싸고 있는지라, 신령한 기운이 모이고 상서로운 빛이 뚜렷한 곳이다. 이곳의 흥성함은 4대 명산과 견줌이 마땅하다. 그러나 4대 명산 역시 아미산(峨嵋山)과 오대산(五臺山)의 빛만이 가장 신이하며, 구화산(九華山)과 보타산(普陀山)은 불등(佛燈)일 뿐, 불광을 지니고 있지는 않다. 그러므로 방광탑의 상서로운 빛은 참으로 4대 명산의 중간이요, 두 산의 위이다.(한 수의 시가 '계산십경'에 보인다.)

부도관승(浮屠觀勝)

세 갈래의 닭발톱이 동쪽으로 에워싸고, 백 곳의 사찰이 산속에 우뚝 솟아 있다. 용화사는 쌍궐에 틀어박힌 채 하늘 높이 우뚝 매달려 있다. 부처님의 법력이 온 땅이 가득하나, 오직 문을 닫는 빗장 하나만 없을 따름, 하늘 한복판의 선인(仙人)의 손바닥이 홀연 화장계의 천 가지 상서로움으로 화한다. 이미 이 탑의 뾰족한 곳에 모여 있으니, 영원히 선한 업과(業果)를 증명하리라.(두 수의 시가 '계산십경'에 보인다.)

폭포등공(瀑布騰空)

여산(廬山)의 폭포는 안탕산(雁宕山)에 미치지 못하건만, 유독 유명한 4대 경관에 넣은 것은 누구나 쳐다볼 수 있기 때문이다. 계족산의 옥룡폭포 역시 후자동(猴子峒) 골짜기만큼 바위벼랑이 돋보이지는 않지만, 홀로 산 앞에 내걸린 채 뭇 골에 흩날리니, 여러 명승을 이끎이 여산과 마찬가지인지라 경관의 크고 작음을 가릴 수 없다.(한 수의 시가 '계산십경'에 보인다.)

전의고송(傳衣古松)

계족산의 소나무는 오렵송이 기이함을 띠고 있다. 오렵송은 하늘 높이 솟구친 채 산등성이를 뒤덮고 백리에 걸쳐 짙푸른 녹음을 드리우고 있으며, 가지들은 온통 초록빛이지만, 구불거리지 않고 꼿꼿하며, 크고 윤기가 흐르지만 예스럽지 않다. 예스러운 것은 늘상 보이는 수종(樹種)인데, 용의 비늘과 같은 줄기와 학의 깃털과 같은 잎이 가로로 휘감기고 거꾸로 드리워져 수없이 얽키설키 얽힌 채, 전의사(傳衣寺) 앞에 홀로 우뚝 솟구쳐 있다. 뜻밖에도 여러 아름다움 외에, 유독 이 노송 한 그루를 드러내고 있다.(한 수의 시가 '계산십경'에 보인다.)

고동별천(古洞別天)

 계족산의 동굴에는 겹겹의 바위문이 있는데, 동굴에 깊숙한 방이 없지만, 유독 산 뒤에 신기한 경계가 따로이 펼쳐져 있다. 산줄기가 이곳에 이르러 끝나려는 터에 다시 한 번 움을 틔웠으니, 헤아릴 수 있는 이 아무도 없다. 누구나 쳐다볼 수 있는 곳은 가로막아 알아채지 못하게 하고, 누구나 이를 수 없는 곳은 트이게 하여 들어가는 입구를 보여주니, 어찌하여 산의 신령스러운 변환이 이러한가?(두 수의 시가 '계산십경'에 보인다.)

---

1) 화수문(華首門)은 계족산 정상인 천주봉(天柱峰) 남서쪽에 있는 천연의 절벽이다. 문은 20여미터의 너비에 높이가 40여 미터인데, 가운데가 마치 문틈처럼 곧게 갈라져 있으며, 그 사이에 자물쇠 모양의 바위가 매달려 있다.

2) 쌍궐(雙闕)은 절강성 태주부(台州府) 천태현(天台縣) 북쪽에 위치한 천태산(天台山)에 있으며, 만길의 암벽이 갈라져 있는 곳이다.

3) 방광사는 천태산에 위치한 절이며, 석량(石梁)은 방광사를 끼고 있는 폭포이다.

4) 경대(瓊臺)는 천태산에 있는 명승으로서, 쌍궐과 이어져 있는 봉우리이다.

5) 원석공(袁石公)은 명대의 문학가 원굉도(袁宏道, 1569~1610)를 가리킨다. 자는 중랑(中郞) 혹은 무학(無學)이며 호는 석공(石公) 혹은 육휴(六休)이다. 그는 '문장은 반드시 진한(秦漢)을 받들고, 시는 성당(盛唐)을 받든다(文必秦漢, 詩必盛唐)'는 풍조에 반대하여 '오직 성령을 펼쳐낼 뿐, 격률에 얽매이지 않는다(獨抒性灵, 不拘格套)'는 성령설(性靈說)을 주창했다. 그의 형인 원종도(袁宗道), 동생인 원중도(袁中道)와 더불어 공안삼원(公安三袁)이라 일컬어진다.

원문

靈異十則

 放光 老僧香 金鷄泉 收蛇穴 石門復開 土主報鐘 經聲應耳 然身雷雨
猿猴執炊 靈泉表異

景致十則

山之有景, 卽山之巒洞所標也。以人遇之而景成, 以情傳之而景別, 故天下有四大景, 圖志有八景、十景。豈天下之景數, 反詘于郡邑乎? 四乃拔其優, 十乃足其數也。若鷄山則異於是, 分言之, 卽一頂而已萃天下之四觀, 合言之, 雖十景猶拘郡邑之成數也。

絶頂四觀(東日、西海、北雪、南雲。)

觀之有四, 分于張直指, 而實開闢以來, 卽羅而致之。四之中, 海內得其一, 已爲奇絶, 而況乎全備者耶。此不特首鷄山, 實首海內矣。(詩五首見「雞山十景」)

華首重門

龍華浩劫, 轉恨此門不關。不知使其中堂奧潛通, 縱別有天地, 不過一窈窱之區耳; 何如雙闕高懸, 一丸中塞, 使仰之彌高, 望之不盡乎。故方廣石梁, 以爲五百應眞之地, 而亦旁無餘寶。其意正與華首同也。(詩一首見「雞山十景」)

太子玄關

瓊臺中懸, 已凌灝爽。玄關上透, 更轉虛靈。棧壁排雲, 出沒於烟霞之上。所稱群玉峰頭, 瑤池月下, 仿佛在此。(詩一首見「雞山十景」)

羅漢絶壁

每愛袁石公"補塡積雪成新徑, 展拓閒雲架小廬"之句。行羅漢壁, 宛然詩中之畵也。至其崩雲疊翠, 人皆面壁, 石可點頭, 自是一幅西來景, 不煩丹青落筆。(詩一首見「雞山十景」)

獅林靈泉

山下出泉, 有渟有流, 皆不爲異, 乃泉不出於麓而出於巒, 巒不出於坳而出於脊, 脊不出於外瀉而出於中垂, 中垂不出於旁溢而出於頂灌。此惟<u>獅林念佛堂</u>見之, 欲不謂之靈不得也。(詩二首見「雞山十景」)

放光瑞影

川澤之氣, 發爲光焰, 海之蜃樓, 谷之光相,[2] 皆自下而上。<u>放光</u>四面深環, 危崖上擁, 靈氣攸聚, 瑞影斯彰, 其與四大比隆, 宜也。然四大亦惟<u>峨嵋</u>、<u>五臺</u>, 其光最異; 若<u>九華</u>、<u>普陀</u>, 亦止佛燈, 未着光相, 故放光之瑞影, 眞四之中, 二之上者矣。(詩一首見「雞山十景」)

浮屠縮勝

三距東環, 百刹中峙, 扃<u>龍華</u>於雙闕, 懸象魏[3]於九重, 玉毫[4]遍地, 只欠當門一楗, 金掌中天, 忽成華藏[5]千祥。旣合此尖, 永證勝果。(詩二首見「雞山十景」)

瀑布騰空

<u>匡廬</u>之瀑, 不及<u>雁宕</u>, 獨得列名四景, 以人所共瞻也。<u>雞山玉龍</u>瀑布, 亦不若<u>猴子峒</u>峽中崖石掩映, 然<u>玉龍</u>獨挂山前, 漾蕩衆壑, 領挈諸勝, 與<u>匡廬</u>同, 不得分大小觀也. (詩一首見「雞山十景」)

傳衣古松

<u>雞山</u>之松, 以五鬣見奇, 參霄蔽隴, 碧蔭百里, 鬚眉盡綠, 然挺直而不虯, 巨潤而不古。而古者常種也, 龍鱗鶴氅, 橫盤倒垂, 纓絡千萬, 獨峙於<u>傳衣</u>之前, 不意衆美之外, 又獨出此一老。(詩一首見「雞山十景」)

古洞別天

<u>鷄山</u>巖有重門, 洞無奧室, 獨於山後另闢神境。蓋山脈至此將盡, 更出一番胚胎, 令人不可測識。人所共瞻者, 則局之使不可幾; 人所不到者, 則通之示有所入, 何山靈之幻乃爾? (詩二首見「雞山十景」)

---

1) 응진(應眞)은 불교에서 나한(羅漢)을 가리키는 별칭이다.
2) 광상(光相)은 안개 낀 날씨에 햇빛에 반사되어, 고산 꼭대기의 그림자가 안개에 투영되어 나타나는 광환(光環) 현상, 즉 보광(寶光) 혹은 불광(佛光)을 가리킨다.
3) 巍는 높다는 의미의 巍와 같다.
4) 옥호(玉毫)는 부처님의 눈썹 사이에 난 하얀 털을 가리키며, 부처님이 지닌 거대한 신력(神力)을 의미한다.
5) 화장(華藏)은 연화장세계(蓮華藏世界)·연화장장엄세계해(蓮華藏莊嚴世界海)의 준말로 화장계(華藏界)라고도 한다. 석가모니불의 진신(眞身)인 비로자불의 정토를 가리킨다. 불교의 교리에 따르면, 극락세계는 연화(蓮花) 속에 포장된 무수한 작은 세계로 이루어져 있다.

계산지략2(鷄山志略二)

역문

여러 절의 기원(모두 연도의 순서에 따른다.)

접대사(接待寺) : 가정 연간에 천심(天心) 스님이 화수문에 꿇어 꿇어앉아 초조인 가섭께 절을 올려 스승으로 모시고서 머리를 깎고 출가했다. 이리하여 산기슭에 이 절을 창건하고, 산 중턱에 성봉사(聖峰寺)를 세웠다. 그후 보산(寶山) 선사가 의발을 이어받았다. 현재 강론하는 법사는 화아(和雅)이며, 성봉사에 거처하고 있다.

성봉사(聖峰寺) : 보산 법사가 창건하였으며, 후에 이어받은 이는 화아이다.

용화사(龍華寺) : 융경(隆慶) 연간에 원경(元慶) 스님이 창건했으며, 뒤쪽의 각(閣)은 손자인 설정(雪亭)이 중건했다. 앞의 전(殿)의 편액에는 '석고

명구(石鼓名區)'라 씌어 있고, 뒤의 각(閣)의 편액에는 '수월(水月)'이라 씌어 있다. 석고라 한 것은 왼쪽 봉우리의 꼭대기가 높이 솟아 있는데, 북소리와 같은 소리가 나기 때문이다.

석종사(石鐘寺) : 누각 아래에서 종 모양의 바위를 파냈기에 석종이라 일컫는다. 또는 절을 건립할 때 옆의 벼랑에 있는 바위가 바람이 불 때마다 종소리와 비슷한 소리를 냈다고도 한다. 확실한 증거는 전혀 없다.

방광사(放光寺) : 가정 연간에 하남 출신의 덕이 높은 선배인 무궁(無窮) 선사가 창건했다. 호법시주는 이원양(李元陽) 선생이다. 무궁 선사의 후계자는 귀공(歸空) 선사이며, 그는 장경각을 세웠다. 장경각이 완공되자, 신종(神宗)께서 『법장(法藏)』을 하사하셨다.

적광사(寂光寺) : 가정 연간에 덕이 높은 선배 정당(定堂) 선사가 창건했다. 시주는 이원양, 소대운(蘇大雲), 조설병(趙雪屛)이며, 세 분 모두 한림이다. 또한 거사 양벽천(楊碧泉)과 귀의(皈依) 선사가 절을 짓도록 돈을 기부했다. 후계자인 용주(用周) 선사는 공사를 크게 일으켜 확장했으며, 또한 대각사(大覺寺)를 지어 무심(無心) 선사께 주지를 부탁했다. 후계자인 야우(野愚) 대사는 현재 정실에 거처하고 있으며, 견효(見曉) 스님은 현재 남직(南直) 중봉에 거처하고 극심(克心) 스님이 현재 지주를 맡고 있다.

대각사(大覺寺) : 만력 연간에 무심 선사가 황제의 밀지를 받들어 화엄사(華嚴寺)의 『장경(藏經)』을 가지고서 이곳에 오자, 용주 스님이 이 절에 계셔달라고 청했다. 후계자인 편주(遍周) 스님이 지금도 계신다.

환주암(幻住庵) : 가정 연간에 적안(寂安) 선사가 창건했다. 덕행은 모두 비문에 기록되어 있다. 후계자는 정광(定光) 스님이며, 현재는 복녕(福寧)이라 일컫는다. 현재의 주지는 묘종(妙宗) 스님이며, 천향(天香) 스님의 나이는 아흔이다.

화엄사(華嚴寺) : 가정 연간에 남경의 덕이 높은 선배인 월당(月堂) 스님이 창건했다. 황태후께서 『장경』을 하사했다. 화재가 일어난 후 재전제자인 야지(野池) 스님이 중건했으며, 참장의 수종인 장빈헌(張賓軒)이 호법

(護法)했다.

나란타사(那蘭陀寺) : 만력 연간에 덕이 높은 선배인 소암(所庵) 선사가 창건했다. 선사는 심전(尋甸) 사람이다. 호법 시주는 검국(黔國) 무정공(武靖公), 참장 수종인 장빈헌이다. 후계자는 고승 본무(本無)이며, 설법하는 이로는 료종(了宗) 스님과 염휴(念休) 스님이 현재 있다. 극휘(克徽) 스님은 운남성 원통사(圓通寺)에 있다. 대력(大力) 선사는 아직 건재하다. 정실의 주인은 난종(蘭宗) 스님과 간고(幹蠱) 스님이며, 간일(艮一) 스님이 상주하고 있다.

실단사(悉檀寺) : 만력 연간에 덕이 높으신 선배 본무(本無)가 창건했다. 호법 시주는 여강부(麗江府)의 생백목공(生白木公)이다. 후계자인 법윤(法潤), 홍변(弘辨), 안인(安仁), 체극(體極) 스님은 백운사(白雲寺)의 정실에 거처하고 있다.

보처암(補處庵) : 가정 연간에 광서성의 덕이 높으신 선배인 여정(如正) 선사가 창건했다. 후계자인 본진(本眞)과 소암(所庵) 선사는 기록을 전하고 있으며, 염성(念誠) 스님이 주지를 맡고 있다.

서축사(西竺寺) : 만력 연간에 덕이 높으신 선배 음광(飮光) 선사가 창건했다.

회등사(會燈寺) : 가정 연간에 활연(闊然) 노선사께서 먼저 정실을 지었다. 이제 그의 후계자인 낭요(朗耀) 스님이 사원을 창건했는데, 그는 가섭전과는 동문 제자이다.

대사각(大士閣) : 만력 연간에 직지사자(直指使者)[1]인 심(沈)씨가 건립하여, 덕이 높으신 선배인 졸우(拙愚) 선사를 청해 주지를 맡겼다. 선사는 오화사(五華寺)와 용천사(龍泉寺)의 동문 제자의 스승이다. 후계자인 허우(虛宇) 스님이 현재 대사각에서 주지를 맡고 있다.

전의사(傳衣寺) : 예전의 원신암(圓信庵)으로, 덕이 높은 선배인 대기(大機) 선사가 창건했으며, 호법은 이원양 선생이다. 후계자인 영광(映光) 선사가 확장했다. 화재를 입은 후 영광 선사의 후계자인 법계(法界) 스님이 중건했으며, 지금은 각오 스님이 주지를 맡고 있다. 사방에는 팔각암(八角庵), 원통암(圓通庵), 자성암(慈聖庵), 뇌운사(雷雲寺), 정운암(靜雲庵), 정토암(淨土庵), 개화암(開化庵), 구련사(九蓮寺), 보은사(報恩寺), 백석암(白石庵) 등이 세워져 있다.

만송암(萬松庵) : 만력 연간에 덕이 높은 선배인 중천(中泉) 선사가 창건했으며, 후계자인 이미(離微) 선사가 중건하여 지금에 이르렀다.

옛 가섭전(迦葉殿)

나한벽(羅漢壁) 정실 : 광서(廣西) 선사, 인종(印宗) 선사, 환공(幻空) 선사

사자림(獅子林) 정실 : 난종(蘭宗) 선사, 대력(大力) 선사

대정실(大靜室) : 야우(野愚) 선사

전단령(旃檀嶺) 정실 : 극심(克心) 선사

구중애(九重崖) 정실 : 본무(本無) 선사, 대정(大定) 선사, 문새(聞璽) 선사

각 사찰의 비기(碑記)

「지지암기(止止庵記)」: 빈주(賓州)의 지주인 황강(黃岡) 출신의 요자신(廖自伸)이 만력 32년[2]에 기록했다.

또 다른 「지지암기」: 형주(荊州) 지부이자 한림원 서길사, 감찰어사를 역임한 이곳 출신의 이원양이 가정 38년[3]에 기록했다.

「전의사기(傳衣寺記)」: 장로(長蘆)의 전운사를 역임한 이곳 출신의 완상빈(阮尙賓)이 만력 갑신년[4]에 기록했다.

「정건대사각삼마선사기(鼎建大士閣三摩禪寺記)」: 빈주의 지주인 요자신이 만력 병오년[5]에 기록했다.

「중건방광사동비(重建放光寺銅碑)」: 이원양이 기록했다.

「앙고정기(仰高亭記)」: 어사 주무상(周茂相)이 만력 35년에 기록했다.

「적광사전의법사기략(寂光寺傳衣法嗣紀略)」: 운남 이해위(洱海衛)의 거인 손계조(孫啓祚)가 숭정(崇禎) 9년[6]에 지었다.

「서축사비기(西竺寺碑記)」: 진사 도정(陶珽)이 만력 무오년[7]에 지었다.

「적광사용주선사도행비기(寂光寺用周禪師道行碑記)」: 곤명 출신의 어사 부종룡(傅宗龍)이 만력 기미년[8]에 지었다.

---

1) 한나라 무제(武帝) 때에 설치한 관직으로서, 각지의 정무를 순시하고 관리하는 관원이다. 순시할 때 수놓은 옷을 입고 나가기에 흔히 '수의직지(繡衣直指)'라고도 한다.
2) 만력(萬曆)은 명나라 신종(神宗)의 연호이며, 만력 32년은 1604년이다.
3) 가정(嘉靖)은 명나라 세종(世宗)의 연호이며, 가정 38년은 1559년이다.
4) 만력 갑신년(甲申年)은 만력 32년, 즉 1604년이다.
5) 만력 병오년(丙午年)은 만력 34년, 즉 1606년이다.
6) 숭정(崇禎)은 명나라 의종(毅宗)의 연호이며, 숭정 9년은 1636년이다.
7) 만력 무오년(戊午年)은 만력 46년, 즉 1618년이다.
8) 만력 기미년(己未年)은 만력 47년, 즉 1619년이다.

원문

諸寺原始(俱以年次爲先後。)

接待寺: 嘉靖間, 天心和尙跪華首門, 遙禮初祖迦葉爲師, 落髮, 乃創此寺於山麓, 又建聖峰寺於山半。其後有寶山禪師得授衣鉢。現在, 講師和雅, 住聖峰寺。

聖峰寺: 寶山禪師建, 後嗣和雅。

龍華寺: 隆慶間, 元慶和尙開山, 後閣是嗣孫雪亭重建。前題"石鼓名區", 閣題"水月"。石鼓, 以左峰絶頂高聳, 有聲如鼓也。

石鐘寺: 以樓下掘出石形如鐘, 故云石鐘。又云以建寺時, 側崖有石, 風吹如鐘聲。皆無的據。

放光寺: 嘉靖間, 古德[1]無窮禪師, 河南人, 創建。護法[2]檀越[3]李中谿先生。無窮後嗣有歸空禪師，建藏經閣。閣成，神宗賜『藏』。

寂光寺：嘉靖間，古德定堂禪師創建。檀越李中谿、蘇大雲、趙雪屏三先生俱翰林。又居士楊碧泉，皈依禪師，捐資建造。後嗣用周禪師，大興弘敞，又建大覺寺，請無心禪師住持。後嗣野愚大師現住靜，見曉現住南直中峰，克心現住持。

大覺寺：萬曆間，無心禪師奉密旨，賚華嚴寺『藏經』至此，用周請住此寺。後嗣遍周現在。

幻住庵：嘉靖間，寂安禪師創建。德行具碑紀。後嗣定光，今名福寧。現在住持妙宗，天香壽九旬。

華嚴寺：嘉靖間，南京古德月堂創建。聖母賜『藏』。回祿[4]後，有法孫野池重建，參隨張賓軒護法。

那蘭陀寺：萬曆間，古德所庵禪師創建。師尋甸人。護法檀越黔國武靖公，參隨張賓軒。後嗣高僧本無，講師了宗、念休，現在。克徽，在滇省圓通寺。禪師大力現在。靜主蘭宗、幹蠱，常住艮一。

悉檀寺：萬曆間，古德本無建。護法檀越麗府生白木公。後嗣法潤、弘辨、安仁、體極，住靜白雲。

補處庵：嘉靖間，古德广西如正禪師創建。後嗣本眞、所庵禪師傳記，念誠住持。

西竺寺：萬曆間，古德飲光禪師創建。

會燈寺：嘉靖間，闊然老師先結靜室，今法嗣朗耀創建叢林，迦葉殿法眷。[5]

大士閣：萬曆間，直指沈建立，請古德拙愚禪師住持。師乃五華、龍泉二寺法眷之主。後嗣虛宇，現在大士閣中住持。

傳衣寺：古圓信庵，古德大機禪師創建，中谿李先生護法。後嗣映光禪師弘建。回祿後，映光後嗣法界重建，即今覺悟住持。旁建八角庵、圓通庵、慈聖庵、雷雲寺、靜雲庵、淨土庵、開化庵、九蓮寺、報恩寺、白石庵。

萬松庵 : 萬曆間, 古德中泉禪師創建, 後嗣離微禪師重建, 現在。

古迦葉殿

羅漢壁靜室 : 广西禪師, 印宗禪師, 幻空禪師

獅子林靜室 : 蘭宗禪師, 大力禪師

大靜室 : 野愚禪師

旃檀嶺靜室 : 克心禪師

九重崖靜室 : 本無禪師, 大定禪師, 聞璽禪師

各刹碑記

「止止庵記」: 賓州知州黃岡廖自伸記。萬曆三十二年。

又「止止庵記」: 荊州知府、前翰林庶吉士、監察御史、郡人李元陽記,
　　　嘉靖三十八年。

「傳衣寺記」: 長蘆運使、郡人阮尚賓記, 萬曆甲辰。

「鼎建大士閣三摩禪寺記」: 知賓州廖自伸記。萬曆丙午。

「重建放光寺銅碑」: 李元陽記。

「仰高亭記」: 柱史[6]周茂相記。萬歷三十五年。

「寂光寺傳衣法嗣紀略」: 雲洱擧人孫啓祚撰。崇禎九年。

「西竺寺碑記」: 進士陶珽撰, 萬曆戊午。

「寂光寺用周禪師道行碑記」: 御史昆明傅宗龍撰。萬歷己未。

---

1) 고덕(古德)은 나이가 많고 덕이 높은 고승에 대한 존칭이다.

2) 호법(護法)은 원래 불법을 수호함을 의미하며, 차츰 사찰에 집이나 재물을 시주하는
　사람을 가리키게 되었다.

3) 단월(檀越)은 범어의 음역으로, 시주를 의미한다.

4) 회록(回祿)은 화신(火神)의 이름이며, 이로써 흔히 화재를 가리킨다.

5) 법권(法眷)은 수행을 함께 한 도반을 의미하는 불교어이다.

6) 주사(柱史)는 어사(御使)를 가리킨다. 어사가 관장하는 직책과 시립하는 위치가 전각
　기둥 아래에 고정되어 있기에 흔히 주사 혹은 주하사(柱下史)라 일컬었다.

계몽량의 서문(季夢良序)

숭정 병자년[1] 가을, 서하객은 장강 너머로 유람에 오르면서 편지로 나와 작별하고 떠났다. 떠난 지 5년만에야 비로소 돌아왔는데, 돌아오고서는 두 다리를 모두 쓰지 못하게 되었다. 오호라! 뗏목을 타고 떠났던 장건(張騫)은 이미 돌아왔으며, 장해(章亥)[2]의 걸음 또한 다했도다. 이후로는 그저 와유(臥遊)[3]를 할 따름이었다.

나는 때로 침상 앞으로 나아가 그와 더불어 유람했던 일을 이야기하곤 했는데, 매번 한밤중까지 지루한 줄을 몰랐다. 이윽고 상자 속의 원고를 꺼내어 나에게 보여주면서, "나는 날마다 반드시 기록을 했는데, 다만 흩어져 어지럽고 두서가 없으니, 그대가 나를 위해 이것을 정리하여 모아주시오"라고 말했다. 나는 불민하다 하여 사양했다. 서하객이 굳이 나에게 주고자 하여 내가 막 그 일을 맡으려 하던 차에, 얼마 지나지 않아 서하객은 세상을 떠나고 말았다! 무릇 하객의 일은 끝났으되, 내가 하객의 뜻을 섬길 일은 아직 끝나지 않았도다.

그 후에 이르러 기록은 모두 왕충인(王忠紉)선생이 가지고 갔다. 나는 그 일을 사양해도 되리라고 여겼다. 왕충인이 복주(福州)로 부임하자, 서하객 집안의 맏아들에게 기록을 가지고 돌아오게 했다. 맏아들이 다시 기록을 내놓아 나에게 보여주면서 말하기를, "선생님이 아니면 선친의 뜻을 이룰 수가 없습니다."라고 말했다. 상자를 열어보니, 하나하나 왕충인이 손수 대조한 덕분에, 대략 차례가 매겨져 있었다.

내가 다시 한 번 읽어보니, 그 중에는 여전히 모자라고 빠져 있는 것이 많았다. 남겨진 책을 두루 모아 왕충인이 미처 보완하지 못한 곳을 채워넣고, 지역에 따라 나누고 모아 기록하여 한 편으로 엮었으니, 훌륭한 이가 바로잡아 확정지어 출간함으로써 하객의 이름을 길이 남기기를 바라노라. 나는 천추의 지기(知己)라 감히 말할 수는 없으나, 이로써 한때나마 더불어 함께 한 정을 보일 따름이다.

임오년[4] 섣달 보름 아우 계몽량[5] 씀

---

1) 숭정(崇禎) 병자년(丙子年)은 1636년이다.
2) 장해(章亥)는 달리기를 잘 한다는 전설 속의 인물인 대장(大章)과 수해(豎亥)를 가리킨다.
3) 와유(臥遊)는 산수화를 감상함으로써 유람을 대신함을 가리킨다.
4) 임오년(壬午年)은 1642년이다.
5) 계몽량(季夢良)은 계회명(季會明)이며, 몽량은 그의 자이다. 그는 강음(江陰) 사람으로서, 서하객 집안의 가정교사이다.

원문

崇禎丙子秋, 霞客爲海外遊, 以緘別余而去. 去五年始歸. 歸而兩足俱廢. 噫嘻! 博望之槎[1]旣返, 章亥之步亦窮. 今而後, 惟有臥遊而已. 余時就榻前與談遊事, 每丙夜不倦。旣而出篋中稿示余曰:"余日必有記, 但散亂無緒, 子爲我理而輯之." 余謝不敏。霞客堅欲授余, 余方欲任其事, 未幾, 而霞客遂成天遊! 夫霞客之事畢矣, 而余事霞客之事, 猶未畢也。迨其後, 紀盡爲王忠紉先生攜去, 余爲可以謝其事矣。忠紉之任福州, 仍促家君²⁾攜歸。家君復出以示余曰:"非吾師不能成先君之志也." 啓篋而視, 一一經忠紉手較, 略爲敍次。余復閱一過, 其間猶多殘闕焉。遍蒐遺帙, 補忠紉之所未補, 因地分集, 錄成一編, 俟名公刪定, 付之梓人, 以不朽霞客。余不敢謂千秋知己, 亦以見一時相與之情云爾。

壬午年臘月望日友弟季夢良錄完

---

1) 박망(博望)은 전한(前漢)의 장건(張騫, ?~B.C. 114)을 가리킨다. 장건의 자는 자문(子文)이며, 지금의 산서 성 성고현(城固縣) 사람이다. 그는 한나라 때의 여행가이자 외교관으로서, 동서무역로 개척에 커다란 공을 세웠다. 그는 흉노를 정벌하기 위해 참전한 공으로 무제(武帝)에 의해 박망후(博望侯)에 봉해졌다. 박망지사(博望之楂)는 장건이 황하의 근원을 찾으라는 무제의 명령을 받들어 뗏목을 타고 떠났던 일을 가리킨다.

2) 총군(冢君)은 원래 열국의 군주에 대한 경칭이다. 여기에서는 서하객의 맏아들을 가리킨다.

사하륭의 서문(史夏隆序)

　　서하객 선생은 기인이다. 그를 위해 전기를 지은 전겸익(錢謙益)은 그의 사람됨을 전하면서 그의 사적을 전했는데, 인물과 사적의 기이함은 모두 『유기』라는 한 권의 책에 있다. 어찌하여 한 권의 책이 기이하다 말하는가? 무릇 경전에서 일컫는 기인이란 한 가지 사적의 기이함이나 한 마디 말의 특이함이지만, 서하객선생의 기이함은 유람에 있기 때문이다.

　　유람의 기이함은 한 가지 사적이나 한 마디 말로 다할 수야 없다. 수만 리를 분주히 돌아다니며 30년간 이리저리 떠돌았다. 뛰어난 경관을 만나면 반드시 기이함을 드러내고 오묘함을 들추어냈으며, 산과 강은 반드시 근원과 줄기를 찾았다. 몸은 시간을 헛되이 보내지 않고 길은 정해진 여정을 따라, 사물의 내력과 사방의 변경, 지역마다 다른 토양과 물산의 차이에 이르기까지 하나하나 유람일기 안에 상세히 기록했다. 이 유람일기를 읽어보면, 마치 그곳의 사람을 직접 보는 듯하고, 그곳의 현지를 직접 다닌 듯하다. 연보나 「직방도(職方圖)」[1]·『십주기(十洲記)』[2]·『수경주(水經注)』[3]·『주후비서(肘後秘書)』·『황화고(皇華考)』[4]와 같고, 그림이나 이야기와 같다.

기이함은 이것만이 아니다. 명승을 기어오름은 마치 천부적인 자질을 타고난 듯하니, 우뚝 치솟은 봉우리와 깎아지른 듯한 골짜기, 험준하고 머나먼 길을 원숭이가 기어오르듯, 학이 날아오르듯, 말이 치달리는 듯하다. 하루에 이틀 길을 가면서도 지친 기색이 없으며, 게다가 추위와 더위가 침범하지 못하고 굶주림과 목마름이 해치지 못하니, 서하객의 기이함은 천부적인 점에서 기이하다. 더욱이 군왕의 다스림이 밝게 행해지고 변경이 평온할 때, 자루 하나에 하인 한 명을 데리고서 인적이 닿지 않은 변경과 황제의 교화의 덕이 미치기 어려운 지역을 노닐면서 소탈하고 대범하다. 귀로는 전쟁의 소란스러움을 듣지 않고 눈으로는 황폐함을 보지 않으니, 서하객은 시대 상황에 비추어 더욱 기이하다.

듣자하니 그는 책 상자에 달라붙어 원고를 썼는데, 기술한 것이 심히 많다고 한다. 이제 간직하고 있는 『유기』네 책은 같은 마을의 조준보(曹駿甫)가 사들여 비전(秘傳) 보서(寶書)로 삼은 것인데, 내가 누차 찾았으나 구하지 못했던 것이다. 병오년[5]에 이르러 그것을 얻어 기쁜 마음으로 펼쳐 읽어보았다. 그러나 거칠고 번잡하여 보기에 대단히 힘든지라, 베껴 바로잡아야만 책을 이룰 수가 있었다. 곧바로 4분의 1을 베껴 쓰다가 우연히 붓을 놓은 지 훌쩍 20년이 흘렀다. 책을 집어들 때마다 마음이 언짢고 괴로웠다. 모아 엮기를 마치고 싶었으나, 눈은 더욱 흐릿하고 손은 더욱 말을 듣지 않으며 나이는 더욱 많아졌다. 올해 내 나이 일흔 둘이다!

뜻하지 않게 벗이 이 책을 아직 보지 못했다고 이야기하는지라, 유람 일기를 꺼내 보여주었다. 벗은 기뻐하면서 내 대신에 베끼고 싶어 했다. 마음이 동해 펼쳐보니, 끝내 남에게 맡기기 어려웠다. 그래서 마침내 팔에 힘을 내고 눈을 부비면서 하루에 한 편씩 하기로 하여 아홉 달 만에 일을 마쳤다. 서하객이 평생 심혈을 기울여 붓을 들고 책을 이루었음을 다시금 생각하여, 50년 후에 내가 탈고한 것이다. 남이 그것을 내버려두면 폐지나 다름이 없겠지만, 집에 간직하면 세상의 진귀한 것이다. 마침 젊은이들이 징강(澄江)으로 응시하러 가는 길에 서하객의 자손을 찾아가 그것을 건네주도록 명했는데, 나라는 망하고 사람은 죽었는지라 물어볼 길이 없었다.

내가 바야흐로 크게 탄식하며 나의 애쓰는 마음이 성과를 맺지 못하던 차에, 홀연 도가의 법술에 뛰어난 오천옥(吳天玉)이 사방을 돌아다니다가 돌아가는 길에 우리집을 들러 책상머리에서 무엇을 베껴 쓰는지 물었다. 나는 그에게 책을 보여주면서 책의 사연을 들려주었다. 오천옥은 크게 기뻐하면서 이렇게 말했다. "오늘 내가 온 것이 바로 이 책 때문이었구려. 서하객에게 아직 자식이 있습니다. 어려서 난을 만나 도망하여 이씨의 성으로 꾸미고 있으나, 부친의 풍도를 지니고 있으며 본디 나와는 잘 아는 사이입니다. 마침 장강 가에서 만났는데, 조준보의 집에 가서 이 책을 찾아보라고 부탁하더군요. 조준보는 이미 세상을 떠났고 조씨네 자식들은 망연히 대답할 바를 모르더이다. 이제 선생님 댁을 지나다가 그 책을 얻었으니, 이는 하늘이 선생의 힘을 빌어 서하객의 기이함을 이루려는 것입니다." 마침내 갑자년[6] 음력 4월에 그의 자식을 데리고 와서 원래의 책을 절하여 받았다. 그의 책을 전하고 그의 사적을 전하며 그의 사람됨을 전하노니, 서하객은 참으로 기인이도다.

격호(滆湖)가에서 일흔 세 살의 노인 사하륭 씀

---

1) 직방(織方)은 주대의 관직명으로서, 천하의 지도와 사방의 직공(職貢)을 담당했다. 직방도(織方圖)는 직방이 작성한 지리도(地理圖)이다.
2) 『십주기(十洲記)』는 『해내십주기(海內十洲記)』라고도 하며, 『산해경(山海經)』을 모방하여 지은 것이다. 흔히 동방삭(東方朔)이 지었다고 하지만, 후대의 방사의 위작이라는 견해도 있다. 이 책은 서왕모(西王母)로부터 조주(祖洲)·영주(瀛洲)·현주(玄洲)·염주(炎洲)·장주(長洲) 등 10주에 대해 이야기를 들은 한나라 무제(武帝)가 동방삭을 불러 각지의 기이한 사물에 대해 물은 것을 기술했다. 여기에는 산천, 지리는 물론

신선과 이물(異物) 등의 신괴한 이야기들이 많이 수록되어 있어서, 중국의 신화, 전설 연구에 중요한 자료로 손꼽히고 있다.

3) 『수경주(水經注)』는 북위(北魏)의 역도원(酈道元)이 지은 중국의 지리서이다. 본래 3세기 무렵에 기술된 『수경(水經)』이라는 책에는 중국의 주요 하천의 발원지와 경로 및 하구 등이 매우 간단히 기재되어 있었는데, 여기에 역도원이 6세기 초에 상세한 주석을 붙인 것이 『수경주』이다.

4) 장천복(張天復)과 그의 아들 장원변(張元忭)은 명나라 가정(嘉靖) 연간에 씌어진 지리서 『황여고(皇興考)』를 수정·보완하여 『광황여고(廣皇興考)』 20권을 편찬했다. 『광황여고』 가운데 제19권과 제20권을 『황화고(皇華考)』라 일컫는다.

5) 병오년(丙午年)은 1666년이다.

6) 갑자년(甲子年)은 1684년이다.

원문

霞客徐子, 畸人也。錢宗伯牧齊[1]爲之立傳, 傳其人, 因傳其事, 而人與事之畸皆在遊記一書。曷言乎一書之畸也? 凡經傳所稱畸人, 或一事之畸, 或一言之特, 而徐子之畸在遊。遊之畸未可一事一言盡也。馳騖數萬里, 躑躅三十年。遇名勝, 必披奇抉奧;一山川, 必尋源探脈:身無曠晷, 路有確程, 以至沿革方隅, 土宜[2]物異, 一一詳誌記中。讀其記, 如見其人, 如歷其地, 如年譜, 如職方圖, 如十洲記, 如水經註, 如肘後秘書, 如皇華考, 如繪如談。畸矣, 而未已也。其濟勝似有天授, 危巒絶壑, 險道長途, 如猿升, 如鶴擧, 如駿足, 有兼程無倦色, 加以寒署不侵, 飢渴無害, 而霞客之畸, 畸於天矣。更值王途坦蕩, 邊徼晏寧, 一囊一僕, 徜徉瀟灑于人跡不到之境, 聲敎難通之域, 耳不聞金革, 目不睹荒殘;而霞客更畸於時與世矣。

聞其隨笈屬稿, 載述甚多。今所存遊記四冊, 同里曹生學遊[3]購爲枕祕, 余累索不得。至丙午而得之, 方快披閱, 而草塗蕪冗, 殊難爲觀, 須經抄訂, 方可成書。卽錄其四之一, 偶爾閣筆, 忽忽二十年, 每一檢書, 心爲快悵。

計圖完繕而眼愈昏, 手愈懶, 年愈邁。今宜七十二矣! 偶友人談及未見書, 因出記以示。友人雅興, 願代抄之。余心動展閱, 終難託兩手, 遂鼓腕拭目, 日限一篇, 凡九閱月而告竣。更念霞客一生心血, 走筆成書, 五十年後, 余爲脫稿。人置之, 則廢紙也;家存之, 則世珍也。適兒輩赴試澄江, 命訪其子若孫而畀之, 奈淪亡凋落, 不可問。余方浩嘆, 一片苦心, 未完勝果。忽吳子天玉以善靑囊術遊四方, 歸而過我, 問案頭何抄? 余示以書, 且告書故。吳子躍然曰: "今日之來, 正爲此書。霞客尙有子也。幼遇亂出亡, 冒李姓, 有父風, 素與相善。方遇江干, 囑往曹室訪此書。曹已亡, 曹家兒惘然不知所答。今過先生而得其書, 是天假先生以成霞客之畸也。" 遂于甲子年淸和月率其子拜授原書。傳其書, 傳其事, 以傳其人, 而霞客眞畸人矣。

滆[4]濱七十三老人史夏隆[5]題

---

1) 전종백목재(錢宗伯牧齋)는 전겸익(錢謙益, 1582~1664)을 가리킨다. 전겸익은 자가 수지(受之)이고, 호는 목재(牧齋)이며, 강소성 상숙(常熟) 사람이다. 그는 청대 문단을 이끌었던 시인이자 문장가이며, 동림당(東林黨)의 영수로서 예부시랑(禮部侍郞)에 올랐다. 명나라 말에 마사영(馬士英), 완대월(阮大鉞)이 남경에 복왕(福王)을 옹립하자, 이들과 뜻을 함께 했던 그는 예부상서(禮部尙書)에 올랐다. 종백(宗伯)은 예부상서의 별칭이다.

2) 토의(土宜)는 각지의 상이한 성질의 토양에 따라 알맞은 생물이 생겨남을 가리킨다.

3) 조학유(趙學遊)는 강서성 의흥(宜興) 사람인 조준보(曹駿甫)를 가리킨다. 학유(學游)는 그의 자이다.

4) 격(滆)은 격호(滆湖) 혹은 사자호(沙子湖)를 가리킨다. 격호는 무진(武進) 남서부와 의흥(宜興) 북동부 사이에 있으며, 강소성에서 태호(太湖)에 버금가는 호수이다.

5) 사하륭(史夏隆)은 의흥(宜興) 관림진(官林鎭) 사람으로, 이 서문의 내용으로 볼 때 서하객보다는 26,7세 어리다. 그는 숭정 16년에 벼슬길에 올랐으며, 그의 부친 사맹린(史孟麟)은 저명한 동림당(東林黨)이었다.

반뢰[1]의 서문(潘耒序)

　식견이 높은 문인들은 대체로 유람을 즐겨 이야기한다. 유람은 말만큼 쉬운 것이 아니다. 세속을 벗어날 흥금을 갖지 않으면 산수를 감상할 수 없고, 멋진 풍광을 찾아다닐 튼튼한 팔다리가 없으면 그윽하고 신비한 곳을 구석구석 찾아다닐 수 없으며, 여유로운 시간이 없으면 자기 뜻대로 소요할 수 없다. 가까운 유람은 넓지 않고, 얕은 유람은 기이하지 않으며, 짧은 유람은 후련하지 못하고, 떼를 지은 유람은 오래가지 못한다. 스스로 자신을 물외(物外)에 두고서 온갖 일을 내던져버린 채 외로이 자기의 뜻을 행하지 않는다면, 비록 유람한다 할지라도 유람하는 것이 아니다.

　나는 예전의 여러 명인들의 유기를 읽고서, 내가 직접 눈으로 보고 몸으로 겪은 것에 그것을 검증해보았다. 이를 통해 그들이 모두 고기 한 점을 맛보고 한 마디를 펼친 채, 대략 문앞 마당에 이르렀을 뿐 문지방 너머의 깊은 곳은 거의 살펴보지 못했음을 알게 되었다. 나는 유람하여 이르는 곳마다 반드시 높고 깊은 곳 끝까지 가보았다. 이를테면 임옥동(林屋洞)을 유람하여 격범동(隔凡洞)²⁾에 직접 이르렀고, 안탕산(雁蕩山)을 유람하여 안호(雁湖)를 직접 바라보았다. 또한 노산(勞山)을 유람하여 화루산(華樓山)²⁾의 산꼭대기에 올랐고, 나부산(羅浮山)을 유람하여 비운정(飛雲頂)⁴⁾의 꼭대기에서 묵었다. 이렇게 하고서야 스스로 지극하다 여겼다.

그런데 『서하객유기』를 읽은 후에는 이만 못하다고 공손히 사양할 수밖에 없었다. 서하객의 유람 가운데, 중원 지구의 경우는 남보다 뛰어난 점이 별로 없다. 그의 기이하고 절묘함은 복건성, 광동성과 광서성, 호남성, 사천성, 운남성, 귀주성 등의, 수많은 소수민족과 황량한 변방 지구를 모두 여러 차례 오갔다는 점이다. 그는 길을 갈 때에 관도(官道)를 따르지 않은 채, 오직 명승이 있는 곳이라면 에돌아서라도 그곳을 찾아갔다. 그는 먼저 산줄기가 어떻게 뻗어가고 오는지, 물줄기가 어떻게 나누어지고 합쳐지는지를 살펴 대체적인 윤곽을 파악한 다음, 언덕 하나 골짜기 한 곳마다 갈래와 마디를 찾아 살폈다.

산을 오를 때에는 반드시 길이 있을 필요가 없었다. 황량한 가시나무와 빽빽한 대나무숲이라도 모두 뚫고 나갔다. 물을 건널 때에는 반드시 나루가 있을 필요가 없었다. 험한 여울과 세찬 급류일지라도 모두 건넜다. 봉우리가 몹시 가파른 곳은 반드시 뛰어서라도 그 꼭대기에 걸터앉았으며, 동굴이 매우 깊은 곳은 반드시 원숭이처럼 매달리고 뱀처럼 기어서라도 그 옆으로 뻗어나간 구멍을 끝까지 가보았다.

그는 길이 끝나도 염려하지 않고, 길을 잘못 들어도 후회하지 않았다. 어두워지면 나무와 바위틈에서 잠을 자고, 배고프면 풀과 나무의 열매를 씹어 먹었다. 비바람을 피하지 않고 호랑이와 이리를 꺼리지 않았으며, 여정의 기한을 따지지 않고 함께 할 동무를 구하지 않았다. 성령(性靈)에 따라 유람하고, 생명을 걸고서 유람했던 것이다. 예로부터 오직 그 한 사람뿐이었다!

지난날 전겸익(錢謙益)은 서하객의 됨됨이를 기이하게 여겨 특별히 전(傳)을 지었다. 그러나 그의 생평은 대략 알고 있었으나 그가 지은 『유기』를 보지는 못한지라, 전 가운데에는 실제와 맞지 않는 점이 꽤 있다. 나는 그의 책을 구하여 얻고서야, 옥문관(玉門關)[5]을 나서고, 곤륜산(昆侖山)[6]에 오르며, 성수해(星宿海)[7]의 끝까지 가보는 등의 일은 죄다 없었던 일이며, 그의 발자취는 계족산(鷄足山)에 이르러 멈추었음을 알게 되었다.

그렇지만 그가 광서와 귀주, 운남 등의 여러 소수민족의 부락을 드나들고, 난창강(瀾滄江)과 금사강(金沙江)을 따라 거슬러 오르며, 남반강(南盤江)과 북반강(北盤江)의 근원을 끝까지 가본 일 등은 중원 사람 가운데 최초의 일이다. 그의 유기를 읽은 후에야, 남서 구역이 드넓고 괴이한 산천이 많음이 중원을 크게 능가하다는 것을 알았다.

유기의 글은 날짜에 따라 차례를 두었으며, 정경을 곧바로 서술했다. 세심하게 다듬어 글을 짓지는 않았으나, 천연의 정취가 널리 퍼져 자연스럽고 참신하다. 산천의 맥락이 눈앞에 펼쳐져 있고, 토속 인정과 관문 및 다리, 요새 등이 때때로 드러나 있으며, 지금까지의 산천지리에 관한 여러 서적의 오류를 남김없이 바로잡았다. 기이한 자취와 이야깃거리가 끊임없이 이어져 있지만, 비현실적이거나 과장된 이야기가 있거나, 알지 못한 것으로 남을 속인 적이 없다. 그러므로 나는 서하객의 유람에 대해 그 멀고 넓음을 탄복하지 않으나, 그의 정밀하고 상세함에 탄복해마지 않는다. 서하객의 책에 대해서는 그 박식함을 대단하다고 여기지 않으나, 그 진실됨을 대단하다고 생각한다. 전겸익은 그의 유기를 고금의 유기문 가운데에 으뜸이라 칭찬했는데, 참으로 그러하다!

어떤 이는 이렇게 말한다. "장건(張騫), 감영(甘英)[8]이 서역을 다닌 것은 속국을 통하게 하기 위함이고, 현장(玄奬)[9]이 천축국(天竺國)을 유람한 것은 불경을 얻기 위함이며, 도실(都實)[10]이 티베트의 서쪽 변경에 이른 것은 황하의 근원을 끝까지 가보고자 함이었다. 그렇다면 서하객은 도대체 무엇을 위함이었던가?"

무릇 하려는 의도 없이 행하는지라 뜻이 일관되고, 뜻이 일관된지라 행함이 전단(專斷)되며, 행함이 전단된지라 오고감이 자기 뜻대로이고 바람대로 이루어지지 않는 일이 없다. 조물주는 산천의 신령스럽고 기이함을 오래도록 감추어둔 채 드러내지 않게 하고 싶지 않아서, 이 사람을 낳아 그것을 들추어내게 했는가? 요컨대 온 우주 안에는 이만큼 기이한 이가 없어서는 안 되며, 서적 가운데 이만큼 이채로운 책이 없어서는 안 된다. 아쉽게도 내가 노쇠한지라 옷자락을 추어올리고 소매를 떨치고서 그의 고상한 뜻을 따르지 못하니, 이 사람 홀로 천고에 뛰어나고 기이하게 하는도다.

---

1) 반뢰(潘耒, 1646~1708)는 오강(吳江, 지금의 강소(江蘇)) 사람으로, 자는 차경(次耕) 혹은 가당(稼堂)이고, 만년에 지지거사(止止居士)라 일컬었다. 그는 서방(徐枋)과 고염무(顧炎武)를 스승으로 모셨으며, 경사(經史)는 물론 음운학과 훈고학에 정통했다.

2) 임옥동(林屋洞)은 강서성 소주시(蘇州市)의 태호(太湖) 근처에 있는 석회암 동굴이며, '천하제구동천(天下第九洞天)'이라 일컬어지고 있다. 이 동굴은 우동(雨洞)·격범동(隔凡洞)·금룡동(金龍洞) 등의 6개의 동굴로 이루어져 있다. 이 가운데 격범동은 전설 속의 신선이 거주했던 곳으로, 임옥동에서 면적이 가장 넓고 유람여정이 가장 긴 동굴이다. 격범동은 생동감 넘치는 모습으로 줄지어 서 있는 갖가지 모양의 바위들로 유명하다.

3) 화루산(華樓山)은 산동성 청도시(靑島市)에 있는 노산(嶗山)의 산줄기가 북서쪽으로 뻗어내린 산이다. 산 위의 화루궁(華樓宮) 동쪽에 첩첩이 쌓인 바위 모양이 마치 누각과 같아서 화루산이라 일컬었다.

4) 나부산(羅浮山)은 광동성 혜주(惠州) 박라현(博羅縣)에 위치해 있으며, 중국의 10대 도교명산 가운데 하나이다. 이 산에는 크고 작은 봉우리들과 폭포, 동굴 등이 많아서 '영남제일산(嶺南第一山)'이라 일컬어진다. 비운정(飛雲頂)은 나부산의 최고봉으로, 해발 1296미터이다.

5) 옥문관(玉門關)은 오늘날의 감숙성(甘肅省) 돈황시(敦煌市) 북서쪽에 위치해 있는 교통요지이다. 한나라 무제 때에 설치되었으며, 서역에서 옥석(玉石)을 들여올 때 이곳에 길을 냈기에 옥문관이라 일컬어졌다.

6) 곤륜산(昆侖山)은 아시아 중부의 대산맥이자 중국 서부의 중요 산줄기이다. 서쪽으로 파미르고원의 동쪽에서 치솟아 신강(新疆)과 티베트 사이를 가로질러 청해성(靑海省)까지 뻗어 있으며, 전체 거리는 2500킬로미터에 달한다.

7) 성수해(星宿海)는 동쪽으로 찰릉호(扎陵湖)와 이웃하고 서쪽으로 황하의 원류인 마곡(瑪曲)과 접해 있다. 황하의 물길은 이곳에 이르러 완만한 지세에 따라 넓어지고 유속도 느려진다. 이에 따라 사방 곳곳에 크고 작은 못과 호수가 형성되었다. 이들 못과 호수가 햇빛에 반짝이는 모습이 마치 밤하늘의 별과 같은지라 성수해라 일컬

어졌다.

8) 감영(甘英, 생졸년 미상)은 후한 사람으로, 자는 숭란(崇蘭)이다. 그는 화제(和帝) 영원(永元) 9년(97년)에 서역도호(西域都護)인 반초(班超)의 명을 받아 대진(大秦, 당시의 로마제국)에 사신으로 갔다. 그는 사절단을 이끌고서 귀자(龜玆, 지금의 신강 고차庫車)를 출발하여 조지(條支, 지금의 이라크 경내)와 안식(安息, 페르시아 파르티아왕국)을 거쳐 페르시아만에 이르렀다. 원래의 목표대로 로마제국에 이르지는 못했지만, 이번 여행을 통해 중앙아시아 각국에 대한 이해를 넓힐 수 있었다.

9) 현장(玄奬, 602~664)은 당나라의 승려로서, 흔히 삼장법사(三藏法師)로 알려져 있다. 그는 불경의 원전을 구하기 위해 629년 인도로 떠났으며, 불경의 원전을 구해 645년 장안(長安)으로 돌아왔다. 이후 그는 태종(太宗)의 후원을 받아 불경 번역에 종사했다.

10) 도실(都實, 생졸년 미상)은 몽고인으로서 원나라의 여행가이다. 원나라 지원(至元) 17년(1280년)에 세조(世祖) 쿠빌라이의 명을 받들어 황하의 근원을 찾아다녔다. 넉 달 만에 황하의 근원지를 찾은 뒤, 같은 해 겨울에 북경으로 돌아와 고찰상황을 그림으로 그려 보고했다. 황하 상류의 여러 지류들을 상세히 조사한 이번 고찰은 중국 역사상 최초로 황하의 근원을 탐험한 것이었다.

원문

文人達士, 多喜言遊。遊、未易言也：無出塵之胸襟, 不能賞會山水; 無濟勝之支體, 不能搜剔幽秘; 無閑曠之歲月, 不能稱性逍遙; 近遊不廣; 淺遊不奇; 便遊不暢; 群遊不久; 自非置身物外, 棄絶百事, 而孤行其意, 雖遊猶弗遊也。余覽往昔諸名人遊記, 驗諸目覩身經, 知其皆嘗一臠, 披一節, 略涉門庭, 鮮窺閫奧。若余遊履所至, 必窮高極深, 如遊林屋而身至隔凡, 遊雁岩而目覩雁湖; 勞山[1]則登華樓之巓, 羅浮則宿飛雲之頂: 自以爲至矣。及讀徐霞客遊記而後遜謝弗如也。霞客之遊, 在中州者, 無大過人; 其奇絶者, 閩、奧、楚、蜀、滇、黔, 百蠻荒徼之區, 皆往返再四。其行不從官道, 但有名勝, 輒迂迴屈曲以尋之, 先審視山脈如何去來, 水脈如何分合, 即得大勢, 然後一丘一壑, 支搜節討。登不必有徑, 荒榛密箐, 無不穿也; 涉不必有津, 衝湍惡瀧, 無不絶也。峯極危者, 必躍而踞其巓; 洞極邃

者, 必猿掛蛇行, 窮其旁出之寶。途窮不憂, 行誤不悔。暝則寢樹石之間,
饑則啖草木之實。不避風雨, 不憚虎狼, 不計程期, 不求伴侶。以性靈遊,
以軀命遊。亘古以來, 一人而已! 往年錢木齊奇霞客之爲人, 特爲作傳, 略
悉其生平, 然未見所撰遊記, 傳中語頗有失實者。余求得其書, 知出玉門
關、上崑崙、窮星宿海諸事, 皆無之, 足跡至雞足山而止。其出入奧西、
貴筑、滇南諸土司蠻部間, 沿溯瀾滄、金沙、窮南、北盤江之源, 實中土
人創闢之事。讀其記而後知西南區域之廣, 山川多奇, 遠過中夏也。記文
排日編次, 直敍情景, 未嘗刻畫爲文, 而天趣旁流, 自然奇警, 山川條理, 臚
列目前;土俗人情, 關梁阨塞, 時時著見;向來山經地志之誤, 釐正無遺;奇
踪異聞, 應接不暇。然未嘗有怪迂侈大之語, 欺人以所不知。故吾於霞客
之遊, 不服其闊遠, 而服其精詳; 於霞客之書, 不多其博辨, 而多其眞實。
牧齊稱爲古今紀遊第一, 誠然哉! 或言 : "張騫、甘英之歷西域, 通屬國也;
玄奘之遊竺國, 求梵典也; 都實之至吐蕃西鄙, 窮河源也; 霞客果何所爲?"
夫惟無所爲而爲, 故志專; 志專, 故行獨;行獨, 故去來自如, 無所不達意。
造物者不欲使山川靈異, 久祕不宣; 故生斯人以揭露之也? 要之, 宇宙間不
可無此畸人, 竹素中不可無此異書。惜吾衰老, 不復能褰裳奮袂, 躡其清
塵, 遂令斯人獨擅奇千古矣。

---

1) 노산(勞山)은 산동성 청도시에 있는 노산(嶗山)을 가리킨다.

해우부의 서문(奚又溥序)

　서하객 선생의 『유기』 10권은 고금의 일대 기서이다. 그의 저술 의도
는 유종원(柳宗元)과 흡사하고, 그의 사물의 서술은 사마천(司馬遷)과 비슷
하다. 그러므로 산의 모습을 그리면, 오르내리는 뭇봉우리가 붓 끝에 어
른거리고, 물의 모습을 그리면 굽이굽이 흐르는 물이 종이 위에 솟구쳐
달리며, 멀고 외진 지방을 기술하면 리(里)를 헤아려 지역을 나눔이 손바
닥처럼 분명하고, 인적 드문 골짜기와 막다른 동굴을 기술하면 기이하
고 빼어난 발자취가 별을 늘어놓은 듯 빛난다. 엮어놓은 것 모두가 기
묘하고 괴이한 것을 찾아 드러내고, 새롭고 빼어난 운치를 토해내니, 절
로 일가의 언어를 이루었다.

　이 글을 읽는 이들은 비록 수 천리나 멀리 떨어져 있을지라도, 산의
높음과 강의 드넓음, 그리고 괴상한 나무와 기이한 재질, 풍토병과 혹서
의 침범, 장마와 태풍의 밀려옴, 뱀과 호랑이와 도적의 위협, 들판과 역
참의 시골뜨기와 산신의 조롱 등과 부딪쳤음을 깨닫게 될 것이다. 무릇

강소성에서 호남성, 광서성, 귀주성, 운남성에 이르기까지, 물과 뭍의 모든 놀라운 일들을 선생께서 몸소 겪으셨으니, 후인들은 마음으로 깨달아 눈과 귀에 활짝 트이지 않은 것이 없다. 참으로 예로부터 지금까지 일찍이 없었던 기서가 아니랴! 이는 선생의 인품의 기이함이 아니면 이러한 유람의 기이함이 있을 수 없고, 선생의 유람의 기이함이 아니면 이러한 책의 기이함을 이룰 수도 없다.

사마천과 유종원은 유람으로써 글을 지었다. 그렇지만 유종원이 영주(永州)를 유람한 저작은 언덕 하나와 골짜기 하나를 빌어 자신의 가슴 속에 쌓인 분노와 기벽한 심사를 스스로 적은 것이니, 유람이 장관을 이룬 것은 아니다. 사마천은 서쪽으로 공동산(崆峒山)에 이르고 북쪽으로 탁록(涿鹿)을 지났으며, 동쪽으로 바다에 다가가고 남쪽으로 장강과 회수(淮水)에 배를 띄웠으니, 그의 유람 역시 장관이었다. 요컨대 자신의 정신을 가다듬고 자신의 기이한 기세를 북돋음을 문장의 쓰임으로 여겼다. 그러므로 『사기』라는 책은 호탕하고 웅혼하여 천고에 겨룰 만한 것이 없으나, 유람을 기록한 글은 없다. 서하객 선생의 유람은 사마천을 넘어서며, 선생의 재기는 사마천만큼이나 성하다. 이것을 유람의 기록에 발휘했으니, 그가 산천풍우의 도움을 얻은 바는 참으로 마땅히 사마천의 『사기』와 더불어 영원히 전해질 것이다. 어찌 상흠(桑欽)의 『수경(水經)』과 역도원(酈道元)의 『수경주(水經注)』에 갖추어져 있지 않은 것을 보충했을 뿐이겠는가?

애석하게도 선생은 돌아온 지 얼마 되지 않아 세상을 떠나고 말았는데, 이 책은 아직 베껴지지 않았다. 그때 계회명(季會明)이라는 어른이 서하객 선생의 집에서 가르치던 터에 이 책을 보고서 기이하게 여겼다. 원고가 오래되어 전해지지 않을까 염려하여, 원고의 순서를 나누고 앞뒤를 바로잡아 직접 베끼고 책을 만들어 마침내 장관을 이루게 되었다. 그런데 뜻밖에 왕조가 바뀌는 때에 원고는 전란의 화마를 만나 베껴놓은 책이 다시 없어지고 말았다. 옥이 부서지고 구슬이 물에 빠지는 슬품이 있게 되었던 것이다. 서하객 선생의 임신한 첩 이씨가 출가하여 낳은 이기(李寄) 어른이 남겨진 글이 빠지고 없어지는 것을 애통히 여겨 의흥(義興)의 옛집을 찾아가 구했다. 그런데 마구 칠하여 지우고 제멋대로 잘라내고 바꾸어 더 이상 본래의 참모습이 아닌지라, 이기 어른께서 햇빛에 원본을 비추어 하나하나 그것을 기록했다. 비록 이 가운데에 모자라고 빠진 곳이 없지는 않지만, 이미 부서진 옥이 곤륜산(昆侖山)에서 다시 나왔을 뿐만 아니라, 이미 빠져버린 구슬이 다시 합포(合浦)로 되돌아온 셈이니, 그 기이함을 드러낼 수 있음은 참으로 불행 중의 다행이었다.

뒤늦게 태어난 나는 그의 발자취를 뒤쫓아 기이하고 험한 곳을 찾아다니지 못한다. 그렇지만 선생의 책을 읽으면서, 종소문(宗少文)[1]의 와유(臥遊)를 남몰래 본뜨기를 바랐다. 임오년[2] 겨울, 서하객선생의 증손인 근하(覲霞)의 거처에서 그 책을 얻어 훑어볼 수 있었다. 소매에 넣어 돌아와 직접 베낀 지 다섯 달을 넘겨서야 비로소 끝마치게 되었다. 오호라, 기록 가운데의 사라진 것은 다시 얻게 되고, 빠진 것은 다시 온전하게 되어, 끝내 없어지지 않게 되었다. 이는 쇠가 대장장이에게 단련되어 그 정신이 더욱 빛나고, 소나무와 잣나무가 서리와 눈에 부러지면서도 구불구불 얽혀 더욱 기이하고 단단해지는 것과 같다.

무릇 하늘의 뜻이 있으니 억지로 할 수는 없는 일이다. 선생의 됨됨이와 책의 기이함은, 참으로 궁색하고 시름겨워 글을 쓴 것과 비할 바가 아니다. 기이하고 신비한 것을 설명하고 밝혔으니, 천지간의 커다란 보물이다. 만약 장기적인 계책을 세우지 않는다면, 쥐와 벌레가 어지럽혀 끝내 흩어지고 사라지는 일이 없도록 보존할 수 있을까? 세상에는 이를 보고 아끼는 동지들이 있다. 사사로운 이익을 앞세우지 않고 출판함으로써 오래도록 전하여, 계회명과 이기 두 어른이 모으고 고친 정성을 헛되이하지 않을 뿐만 아니라, 선생의 매우 기이한 저작 또한 청평검(靑萍劍)과 결록옥(結綠玉)[3]처럼 번쩍이는 빛을 내뿜으면서 『사기』 등의 여러 책과 더불어 사라지지 않은 채 전해질 수 있기를 축원하노라. 나는 장차 눈을 비비면서 이를 지켜보겠노라.

강희 계미년⁴⁾ 4월, 같은 마을의 후학 해우부 삼가 씀

---

1) 종소문(宗少文)은 남조 송(宋)나라의 화가인 종병(宗炳, 375~443)을 가리키며, 소문은 그의 자이다. 산수 유람을 좋아했던 그는 만년에 자신이 다녔던 산수를 방안에 그려두고서 감상했으며, 이를 '와유(臥遊)'라 일컬었다.
2) 임오년(壬午年)은 1702년이다.
3) 청평검(靑萍劍)은 보검의 일종이며, 결록옥(結綠玉)은 송(宋)나라 지역에서 출산되는 미옥(美玉)이다.
4) 강희(康熙) 계미년(癸未年)은 1703년이다.

원문

霞客徐先生記遊十卷, 蓋古今一大奇著作也。其筆意似子厚,¹⁾ 其敍事類龍門,²⁾ 故其狀山也, 峯巒起伏, 隱躍毫端; 其狀水也, 源流曲折, 軒騰紙上; 其記遐陬僻壤, 則計里分疆, 瞭如指掌; 其記空谷窮巖, 則奇蹤勝跡, 燦若列星; 凡在編者, 無不搜奇抉怪, 吐韻標新, 自成一家言。人之讀之, 雖越數千里之遠, 而知夫山之所以高, 川之所以大, 與夫怪木奇材, 瘴風暘暑之所侵蝕, 淫霖狂飆之所摧濡, 蛇虎盜賊之所脅伺, 野泊郵羈傖父山鬼之所揶揄而激觸, 凡自吳而楚、而兩越、而黔、而滇, 一切水陸中可驚可訝者, 先生以身歷之, 後人以心會之。無不豁然于耳目間也。不誠自古及今未有之奇書也哉! 是非先生之人之奇, 不能有此遊之奇, 而非先生之遊之奇, 亦不能成此書之奇也!

夫司馬柳州以有爲文者也, 然子厚永州記遊諸作, 不過借一邱一壑, 以自寫其胸中塊壘奇倔之思, 非遊之大觀也。子長³⁾西至崆峒, 北過涿鹿, 東漸於海, 南浮江、淮, 遊亦壯矣; 要以助發其精神, 鼓盪其奇氣, 爲文章用, 故史記一書, 峽岩雄邁, 獨絶千古, 而記遊之文顧闕焉。先生之遊, 過於子長, 先生之才之氣, 直與子長埒, 而卽發之於記遊, 則其得山川風雨之助者, 固應與子長之史記並垂不朽, 豈僅補桑經酈註4)之所未備也耶?

惜先生歸未幾, 卽損館舍, 是書未經謄寫。時有會明季翁者, 設教先生家, 見而奇之。恐原稿久而失傳, 爲之分其卷次, 訂其前後, 手錄成峽, 遂郁然大觀。不意鼎革時, 原稿遭兵燹, 謄本又缺, 幾有玉毁珠沈之慨。而先生妊妾李氏出家所生介立李5)翁, 痛遺文缺殘, 訪得於義興之故家, 塗抹刪改, 非復盧山面目, 翁從日影中照出原本, 一一錄之, 雖其間不無少缺, 然不啻已毁之玉, 復出崑山,6) 旣沉之珠, 又還合浦,7) 得以一顯其奇者, 固亦不幸中之大幸矣。

予生也晚, 不獲追隨杖履, 探奇歷險, 然讀先生之書, 庶幾竊擬宗少文之臥遊焉。壬午冬, 從先生之曾孫觀霞所, 乃得縱觀其書。袖歸手錄, 五越月, 始告竣。嗟乎!記之失而復得, 缺而復全, 不至終歸湮沒者, 殆與金之鍛煉於冶, 而愈耀其精神, 松柏之催折於霜雪, 而虯結盤鬱, 益奇以固也。蓋有天焉, 不可强矣。以先生之人之書之奇, 固非窮愁著書者比也, 而析奇闡秘, 爲天地間鴻寶;設不爲久遠計, 能保無鼠蟲狼籍而終歸散軼耶? 世有同志, 見而愛之, 願弗以自私, 壽之梨棗,8) 非惟不沒季、李二翁搜訂苦心, 而先生大奇之著作, 亦如青萍結綠, 一吐光芒, 得與史記諸書相傳弗替。予將拭目望之。

康熙癸未四月, 同里後學奚又溥拜撰

---

1) 자후(子厚)는 당나라의 시인이자 문장가인 유종원(柳宗元, 773~819)의 자이다.
2) 용문(龍門)은 전한의 역사가인 사마천(司馬遷)을 가리킨다. 사마천이 용문(龍門)에서 태어났기 때문이다.
3) 자장(子長)은 사마천의 자이다.
4) 상경(桑經)은 전한의 상흠(桑欽)이 지은 『수경(水經)』을 가리킨다. 『수경』은 장강과 황하를 비롯한 40개의 본류와 지류의 지리와 물길을 기록한 책이다. 여기에 역도원이 주석을 붙인 것이 『수경주』이다.

5) 이개립(李介立)은 서하객의 서자인 이기(李寄)를 가리킨다. 개립은 이기의 자이다.

6) 곤산(崑山)은 곤륜산(崑崙山)을 가리킨다. 전해지는 이야기에 따르면, 곤륜산의 옥 (玉)은 화로의 숯불로 사흘밤낮을 구워 만드는데, 색깔과 광택이 변치 않아 옥 가운데 가장 아름답다고 한다.

7) 합포(合浦)는 한나라 때에 설치한 옛 군의 명칭으로, 지금의 광서성 장족(莊族)자치구 합포현 동북쪽에 있으며, 진주의 산지로 유명하다.

8) 예전에는 책을 조판하여 인쇄할 때 배나무 혹은 대추나무로 조판했으므로, 이조(梨棗)는 서적 출판의 의미로 쓰이게 되었다.

양명시의 서문1(楊名時序一)

    기축년[1] 한여름, 회포(淮浦)에 가는 길에 배안에서 할 일이 없어 외삼촌 남개(南開) 선생이 베껴 쓴 『서하객유기』를 펼쳐 읽었다. 처소에 당도한 후 책을 다 읽고서 생각에 잠겼다. 그는 평생 손발에 굳은살이 박이도록 쓰러지고 넘어지면서 수만리를 다녔다. 비바람을 무릅쓰고 더위와 추위에 시달린 지 30여년, 그가 기록한 여행의 자취는 날마다 여정에 따라 조리있고 딱딱 들어맞는다. 화려한 문사로 도중에 겪은 일을 주로 적었는데, 소탈하고 상세한 바탕을 잃지 않았으며, 사물의 모양을 형용하고 정경을 그려낼 때에도 자신의 느낌을 화려하게 꾸며 사람을 감동시키기에 충분하니, 스스로 즐길 뿐더러 남에게 증정할 만도 하다.

    이리하여 손으로 베껴 간직하고자 했는데, 두 달 만에 끝마쳤다. 그는 아마도 세속을 초탈하여 얽매이지 않겠다는 뜻을 품고서, 자유분방하여 벼슬살이 따위는 나 몰라라 했던 자이리라! 그의 의취가 기탁하는 바를 살펴보니, 그는 흔히 불교와 도교를 넘나드는데, 이 또한 성질의 비슷함이 그렇게 만든 것이다. 그러나 그의 됨됨이가 기이하고 호탕함이 여기에 대략 드러나 있으니, 묻어둘 수는 없으리라!

옛날의 천문지리학에 온 마음을 다하여 이름을 날린 이들은, 오묘함을 남몰래 찾고 아득히 먼 곳을 널리 살펴보고자, 사람 발자취가 괴이한 곳을 매번 찾아나섰다. 기이함을 좋아하는 습벽이 있는 게 아니라면, 어느 누가 지극한 위험을 무릅쓰고서 막다른 황량한 곳에 가서 온 힘이 다하도록 그 일을 행하겠는가? 만약 그것이 보고 들은 바를 보태줄 수 있다면, 바로 배우는 이에게 도움이 없지 않을 것이다.

이제 「국풍(國風)」과 「이아(二雅)」[2]에 서술된 것, 「우공(禹貢)」과 「직방(職方)」[3]에 기록된 것, 그리고 「지리(地理)」와 「하거(河渠)」[4] 등의 여러 기록을 살펴보면, 모두 산천풍토(山川風土)를 상세히 밝힘으로써, 농전(農田)의 수리, 정치교화의 실시 및 때맞추어 해야 마땅한 일을 위한 도구로 삼고 있다. 그 안의 벌레와 물고기, 풀과 나무의 생산 등은 견식을 넓히는 데 아울러 도움을 주므로, 성인의 가르침에서 없애버리지 않았으니, 이것이 증거를 충분히 밝혀주는 게 아니겠는가?

단도직입적으로 말하자면, 깊은 산과 커다란 못이 영원토록 흐르고 솟구침은 모두 천지가 모습을 본떠 사람에게 보여주는 지극한 가르침이니, 사람들이 마땅히 다 가보아야 할 곳이다. 다만 사람의 손발의 힘에는 한계가 있고 백년의 기간이 눈 깜짝할 사이인지라, 몸소 가보고 직접 볼 수는 없다. 이 책을 얻을 경우, 만약 힘이 닿고 적당한 상황이 닥치면, 참으로 책을 펴놓은 채 마음을 툭 터놓고서 이미 지나온 곳을 짚어 여정으로 삼을 수 있다. 만약 아직 이르지 못한 곳일지라도, 그 경계를 돌아다니듯 마음속으로 그 대략을 짐작할 수 있다.

예전에 공자께서는 증석(曾晳)이 무우(舞雩)에서 바람을 쐬다가 시를 읊으며 돌아오겠노라[5]고 말한 것을 매우 칭찬했다. 아마도 삼라만상은 함께 노닐어야 천기를 깊이 깨닫고 가슴속의 정감을 토로할 수 있기 때문이리라. 책상머리에 이것을 두면 마치 아침저녁으로 책상과 자리 사이에서 유명한 산수를 만나는 것과 같으니, 어찌 어질고 지혜로운 이들이 마음을 기르는 좋은 물건이 아니겠는가?

더욱이 족히 본받아 할 만한 점이 있으니, 서하객의 유람은 깎아지른 듯한 절벽과 가파른 골짜기를 오르내리고, 구불구불한 동굴을 찾아나섰으며, 옛사람의 발자취가 닿지 못한 구역에 이르러서는 목숨을 아끼지 않고 이모저모 온힘을 다해 나아가, 반드시 그 영역에 이르고 깊은 곳 끝까지 닿은 이후에야 발걸음을 멈추었다는 것이다. 배우는 자가 도(道)에 대해 깊이 생각하고 용기를 북돋아, 서하객이 산수에 대해 하듯이 한다면, 아무리 깊고 멀더라도 어찌 이르지 못하겠는가?

게다가 이 책에 들어서면 편안한지라, 위험을 무릅쓰고 삶을 가벼이 여길 우려가 없으며, 이 책을 맛보면 살찌는지라, 굶주리고 목마르며 피곤에 지칠 어려움이 없다. 이 책은 높고 깊으며 아름답고 풍부하니, 어찌 동굴과 골짜기, 샘과 바위의 기이함, 태산(泰山)과 화산(華山), 장강과 황하의 거대함뿐이랴? 뜻 있는 자는 이것을 보고 벌떡 일어설 것이로다! 나는 이 책이 무익하지 않음을 기꺼워하고, 사람의 도리를 깨우치기에 족한지라, 이에 서문을 써서 스스로를 권면하고자 하노라.

강희 기축년 8월 계묘일, 같은 마을의 후학 양명시[6] 씀

---

1) 기축년(己丑年)은 강희(康熙) 48년인 1709년이다.
2) 「국풍(國風)」은 『시경(詩經)』의 일부로서, 주로 주(周)나라 초부터 춘추 시대에 걸쳐 15국의 민간시가, 총 160편을 가리킨다. 「이아(二雅)」는 『시경』의 「대아(大雅)」와 「소아(小雅)」의 합칭(合稱)으로서, 주로 왕정(王政)과 관련이 있는 노래들이다.
3) 「우공(禹貢)」은 『서경(書經)』의 편명으로서, 우(禹)가 홍수를 다스리고 구주(九州)를 정한 사적을 기록하고 있다. 「직방(職方)」은 『주례(周禮)·하관(夏官)』에 속한 편명인 「직방씨(職方氏)」로서, 천하의 지리를 담당한 관직을 서술하고 있다.
4) 「지리(地理)」는 『한서(漢書)』의 편명인 「지리지(地理志)」로서, 「우공」의 전문과 『주례·하관·직방씨』의 구주 부분을 인용·수록하고, 아울러 전한의 행정구역을 중심으로 산천과 물산, 고적 등의 각종 지리자료를 기록하고 있다. 「하거(河渠)」는 『사기』의 편명인 「하거서(河渠書)」로서, 우(禹)의 치수로부터 그 이후에 이르기까지의 수리관개와 관련된 각종 역사적 사실을 기술하고 있다.
5) 『논어·선진(先進)』에 다음과 같은 구절이 있다. "늦은 봄, 봄옷이 지어지거든 어른

대여섯 사람과, 아이들 예닐곱 명과 함께 기수에 목욕하고 무에 올라 소풍하다가 시를 읊으며 돌아오겠습니다(莫春者, 春服旣成, 冠者五六人, 童子六七人, 浴乎沂, 風乎舞雩, 詠而歸.)"

6) 양명시(楊名時, 1661~1737)는 강음 사람으로, 자는 빈실(賓實) 혹은 응재(凝齋)이다. 관직은 이부상서에 올랐으며, 『주역절중(周易折中)』과 『성리정의(性理精義)』 등을 편찬했다.

원문

己丑仲夏, 將赴淮浦, 舟中無事, 展閱外舅南開先生所鈔徐霞客遊記. 抵寓後, 旣終卷, 念其平生胼胝竭蹶[1]歷數萬里, 衝風雨, 觸寒暑者垂三十餘年, 其所記遊跡, 計日按程, 鑿鑿有稽, 文詞繁委, 要爲道所親歷, 不失質實詳密之體, 而形容物態, 摹繪情景, 時復雅麗自賞, 足移人情, 旣可自怡悅, 復堪供持贈者也. 因手錄而存之, 凡兩閱月而畢. 曰: 是殆負邁俗不羈之志, 狂而不知取裁者與? 觀其意趣所寄, 往往出入於釋老仙佛, 亦性質之近使然; 而其爲人之奇倔豪岩, 於斯槪見, 未可沒也!

古之殫心於天文地理之學以成名者, 冥搜閟奧, 曠覽幽遐, 每出於蹤跡瓌異之士, 自非有好奇之癖, 亦孰肯蹈絶險, 赴窮荒, 疲敝精力以爲之哉? 若其足以裨助聞見, 正於學者不無補也. 今觀國風、二雅所陳, 禹貢、職方所紀, 以及地理、河渠諸志, 皆詳山川風土, 以爲農田水利, 施政立敎, 因時制宜之具, 其間蟲漁草木之山, 兼資多識, 聖敎不廢, 茲非其足相發明證佐者與? 切而言之, 深山大澤, 流峙終古, 皆天地法象示人之至敎, 本人生所應窮歷; 特以手足之力有限, 百年之期若瞬, 勢弗能親至而目見. 得斯書也, 苟力所可至, 境所適逢, 固可展卷披對, 按所已經者以爲程, 而所未能至者, 亦可以心知其槪, 如涉其境焉. 昔夫子亟稱原泉曾氏風雩詠歸, 蓋造物與遊, 所以涵泳天機, 陶寫胸次. 案頭置此, 如朝夕晤名山水於几席間, 詎非仁智養心之善物耶?

抑尤有足以警心者:霞客之遊也, 升降於危崖絶壑, 搜探於蛇龍窟宅, 亘古人跡未到之區, 不惜損軀命, 多方竭慮以赴之, 期於必造其域, 必窮其奧而後止;學者之於道也, 若覃思鼓勇, 亦如霞客之於山水, 則亦何深之不窮, 何遠之不屆? 且入焉而安, 曾無犯難輕生之虞;味焉而腴, 非有飢渴疲憊之困;其爲高深美富, 奚啻於洞壑泉石之奇, 岱、華、江、河之大哉? 有志者可以觀此而興矣!余旣喜其書之不爲無益, 且以其足爲入道喩也, 奚爲之序, 以自勖焉。

康熙己丑八月癸卯, 同邑後學楊名時序

---

1) 변지(胼胝)는 손과 발에 굳은살이 박임을 의미하며, 갈궐(竭蹶)은 넘어지고 쓰러짐을 의미한다.

양명시의 서문2(楊名時序二)

　　기축년 여름 가을 사이에 『서하객유기』를 베껴 쓰고, 이를 위해 서문을 지었다. 중양절에 집에 이르러, 또다시 벗이 소장하고 있던 원본을 얻어 대조해보았다. 그제야 이전에 베껴 쓴 원고가 의흥(宜興)의 사(史)씨에게 나왔으며, 잘못되고 틀린 글자가 많음을 알게 되었다. 그가 잘라내고 줄이며 위치를 바꾸어버린 곳마다, 실제의 경우에 부합하지 않고 문장의 뜻도 매끄럽지 않았다. 천하에 제멋대로 글자를 바꾸어 작자의 본래 모습을 잃게 만든 것을 탄식하나니, 의흥의 사씨와 같은 경우가 그 본보기이다!

　　처음 내가 이 글모음을 베껴 쓴 의도는 이 책을 간직하고자 함이었다. 언젠가 힘이 닿고 적당한 상황이 닥치면, 참으로 책을 펴놓은 채 마음을 툭 터놓고서 이미 지나온 곳을 짚어 여정으로 삼을 수 있고, 아직 이르지 못한 곳일지라도, 마음속으로나마 그 대략을 짐작하여 그 풍광을 그려볼 수 있으리라. 그런데 사씨의 초본(抄本)은 그 참모습을 잃어버렸으니, 무슨 쓸모가 있단 말인가? 이에 서둘러 바로잡고 보태넣어 다시 한 번 베껴 써서 그 옛모습을 복원하고자 했다.

대체로 서하객의 글쓰기는 경물에 근거하여 그대로 쓰는지라 세밀하고 장황함을 꺼리지 않았다. 묘사하고 꾸미며, 감흥에 의탁하여 감회를 풀어내어, 옛사람의 유기와 더불어 문장의 빼어남을 다투는 데에 뜻을 두지는 않았다. 그러나 그 안에서 명산과 큰 물이 크고 넓으며 풍만하고 아름답다고 말한 것은, 높고 낮음이 정해지고 움직임과 멈춤이 변화하는 법도이며, 아래로 산골물과 언덕, 날짐승과 물고기, 초목에 이르러서도, 현인군자(賢人君子)가 한가로이 지내면서 잠결에 심경을 써내는 경지이다. 이야말로 옛 사람이 말하는 바 '취하여도 금함이 없고 사용하여도 다함이 없는'[1] 경지이다.

비록 그 형체와 구역만을 상세히 밝힐지라도, 천지 산천의 성정은 사람이 절로 깨달은 후에야 의미가 밝혀지는 법인데, 이 모든 것이 이미 이 책에 깃들어 있다. 그 얻음의 많고 적음, 앎의 깊고 얕음은 사람에게 달려 있을 따름이다. 무릇 삼라만상의 기이하고 오묘함은 늘 기다리고서야 피어나며, 또한 기다리고서야 전해지는 법이다. 이 경계(境界)를 지니고 있음에도 사람이 알아주지 않는다면, 이 경계는 헛됨이다. 이 경계를 유람하면서도 묵묵히 말하지 않는다면, 이 유람은 헛됨이다.

서하객의 이전에 경계는 절로 천하 어디에나 있었다. 그러나 그것을 알아주는 이가 없고 그것을 말하는 이가 없었다. 설사 그것을 알아주고 말할지라도, 수천 수백의 10분의 1을 거론했을 따름이다. 만약 서하객이 직접 가보고 눈으로 목도한 곳에서 오직 자신만 그것을 알고 즐길 뿐, 책에 기록하여 세상에 전하지 않았다면, 사람들이 어찌 그것이 있고 없음을 알겠는가? 그러한 즉 이 책이 사라져서는 안되는 것은 천지의 자취가 이 책에 간직되어 있기 때문이다! 하물며 천지의 마음, 인생의 근본에 대해 옛 성현은 마음으로 그것을 깨닫고 몸에 익혀서, 얻은 바를 실천하여 세상에 널리 드러냈던 것이니, 그가 남긴 글은 그 얼마나 소중한가?

경인년[2] 2월 병신일 초하루, 양명시 씀

---

1) 원문은 '取之無禁, 用之不竭'이다. 이 말은 송나라 소식(蘇軾)의 「전적벽부(前赤壁賦)」에서 비롯되었다.
2) 경인년(庚寅年)은 강희 49년인 1710년이다.

원문

己丑夏秋, 旣手錄徐霞客遊記而爲之序矣。重陽抵家, 復得友人所藏原本校之, 乃知前所鈔本, 出於宜興史氏者, 字多譌誤; 其刪減易置處, 輒於實境不符, 文意不協, 用歎天下之率意改竄文字, 而致失作者之本來, 如宜興史氏者, 爲可鑒也! 初余錄是集之意, 謂存斯書也, 他年力所可至, 境所適逢, 可展卷披對, 按已經者以爲程, 而所未能至者亦可以心知其槪, 日涉其趣焉。若如史本, 則旣失其眞, 又安用之? 奚亟爲改正添入, 再手膽一過, 以復其舊。

大抵霞客之記, 皆據景直書, 不憚委悉煩密, 非有意於描摹點綴, 託興抒懷, 與古人遊記爭文章之工也。然其中所言名山巨浸弘博富麗者, 皆高卑定位, 動靜變化之常; 下至一潤一阿, 禽漁草木, 亦賢人君子, 偃仰棲遲,[1] 寤言寫心之境; 正昔人所云取之無禁;用之不竭者也。雖止詳其形體區域, 而天地山川之性情, 俟人之神會而意喻者, 悉已寓之矣。其得之多寡, 知之淺深, 存乎人耳。夫造物之奇閟, 恆有待而發, 亦有待而傳。有是境而人不知, 則此境爲虛矣。遊是境而默不言, 則此遊爲虛矣。霞客之前境自在天下也而無人乎知之, 無人乎言之; 卽知而言之, 亦擧什一於千百而已。設霞客於身到目歷之處, 惟自知之而自樂之, 不以記於書而傳於世,

又烏知其有與無耶? 然則斯書之不可沒, 謂天地之迹存焉耳! 而況於天地
之心, 生人之本, 古之聖賢, 心知之而身備之, 而推所得以公於世者, 其遺
文之可寶愛爲何如哉!

庚寅二月丙申朔, <u>楊名時序</u>

---

1) 언앙(偃仰)은 한가로이 지냄을 의미하며, 서지(棲遲)는 노닐면서 쉼을 의미한다.

사고전서 · 서하객유기총목제요(四庫全書 · 徐霞客 遊記總目提要)

명나라 서굉조(徐宏祖)가 지었다. 서굉조는 강음(江陰) 사람이며, 하객(霞客)은 그의 호이다. 그는 어려서 기이한 기질을 지니고 있었다. 나이 서른에 유람을 떠나 보따리 하나를 들고서 남동쪽의 아름다운 산수를 두루 돌아다녔다. 즉 강소성과 절강성에서 복건성과 호남성에 가고, 북쪽으로 산동성과 하북성, 숭산(嵩山)과 낙수(雒水)를 다녔으며, 화산(華山)에 올랐다가 돌아왔다. 얼마 후에 다시 복건성에서 광서성으로, 다시 종남산(終南山)[1]의 북쪽에서 아미산(峨眉山)[2]으로 걸어나와, 항산(恒山)을 찾았다. 다시 남쪽으로 대도하(大度河)[3]를 지나 여주(黎州)와 아주(雅州)에 이르러 금사강(金沙江)을 찾았으며, 난창강(瀾滄江)의 북쪽을 따라 반강(盤江)을 찾아갔다가 다시 석문관(石門關)을 나와 수천 리 끝에 성수해의 끝까지 갔다가 돌아왔다.

그는 이르는 곳마다 글을 지어 유람한 자취를 기록했지만, 세상을 떠난 후 그의 수고(手稿)는 뿔뿔이 흩어지고 없어져버렸다. 그의 벗인 계회명(李會明)이 이를 찾아 구했으나, 그 가운데에는 빠지고 없어진 것이 많았다. 의흥(宜興)의 사(史)씨에게도 초본이 있었으나, 잘못되고 틀린 곳이 더욱 많았다. 이것은 양명시(楊名時)가 다시금 덧붙이고 바로잡아 엮은 것이다. 제1권은 천태산(天台山)과 안탕산(雁宕山)으로부터 오대산(五臺山), 항산(恒山), 화산(華山)에 이르기까지 각각 1편씩으로 했다. 제2권 이하는 모두 『서남유기(西南遊記)』로서 25편인데, 첫머리에 절강·강서 1편, 다음에 호남 1편, 다음에 광서 6편, 다음에 귀주 1편, 다음에 운남 16편이며, 빠진 것은 1편뿐이다.

예로부터 명산대천은 차례에 따라 제사지낼 때에 우선시하던 것으로, 망(望)을 표시하고 기(圻)[4]를 나타낼 뿐, 명승으로 품평하는 것은 들어보지 못했다. 진(晉)나라에 이른 후에야 유람 또한 성행하기 시작했다. 육조시대의 문인들 가운데에는 사물을 빌려 정감을 기탁하고 명산대천을 유람하지 않은 이가 없었다. 역사서에 실려 있는 것으로는 사령운(謝靈運)의 『거명산지(居名山志)』와 『유명산지(遊名山志)』 등을 들 수 있다. 이들 기록들은 날로 번성했으나, 글을 길게 이어 하나의 집(集)으로 만든 일은 없었다.

서하객은 기벽함을 좋아하고 즐기어 멀리 유람하는 것을 힘썼다. 그는 골라 찾음에 날카로울 뿐 아니라, 묘사함에 더욱 뛰어났는데, 유기의 많음이 이보다 더한 경우는 없었다. 비록 발자취가 거친 곳을 날짜별로 기록하며 수식에 뜻을 두지는 않았지만, 눈과 귀로 직접 겪은지라 보고 들은 내용이 비교적 정확하다. 아울러 귀주와 운남은 황량하고 멀어서, 지리지에 소홀한 점이 많지만, 이 책은 산천의 맥락에 대한 분석이 상세하고 밝아, 특히 고증에 도움이 될 것이다. 이 또한 산해경의 별책(別冊)이요, 지리지의 외편(外篇)일지라. 이를 간직함이 지리의 학문에 도움됨이 적지 않으리라.

서하객유기 12권 양강(兩江)[5]총독 채진본

1) 종남산(終南山)은 진령(秦嶺)산맥의 일부로서, 현재의 섬서성 서안시(西安市) 북서쪽에 있다. 서쪽으로 섬서성 함양(咸陽) 무공현(武功縣)으로부터 동쪽으로 섬서성 남전(藍田縣)에 걸쳐 있으며, 봉우리가 많고 경관이 아름다워 예로부터 '선도(仙都)'나 '천하제일복지(天下第一福地)'라 일컬어져 왔다.

2) 아미산(峨眉山)은 현재의 사천성 아미산시 경내에 위치해 있으며, 최고봉인 만불정(萬佛頂)은 해발 3099미터이다. 지세가 험준하고 풍광이 수려하여 '수갑천하(秀甲天下)'라는 명성을 얻고 있다. 이 산은 중국 4대 불교명산의 하나로서, 사묘가 대단히 많고 불사가 자주 행해지고 있다.

3) 대도하(大渡河)는 사천성 서부에 있는 강으로서, 민강(岷江)의 최대 지류이자, 장강의 이급 지류이다. 예전에는 말수(沫水)라 일컬어졌던 이 강은 청해성(青海省) 경내의 과락산(果洛山) 남동쪽 기슭에서 발원하여, 단파현(丹巴縣)에서 소금천(小金川)과 합류했다가, 낙산현(樂山縣)에서 민강으로 흘러든다.

4) 망(望)은 고대의 제왕이 산천과 일월성신에게 제사지내는 것을 의미하며, 기(圻)는 천자가 직할하는 사방 천리의 땅을 의미한다.

5) 양강(兩江)은 청나라의 행정구역인 강남성(江南省)과 강서성(江西省)의 합칭이다. 양강의 관할지역은 강소성, 안휘성, 강서성의 세 곳이다.

원문

明徐宏祖撰。宏祖、江陰人, 霞客其號也。少負奇氣。年三十出遊, 攜一襆被, 遍歷東南佳山水; 自吳、越之閩, 之楚, 北歷魯、燕、冀、嵩、雒, 登華山而歸。旋復由閩之粵, 又由終南背走峨嵋, 訪恆山, 又南過大渡河, 至黎、雅, 尋金沙江, 從瀾滄北尋盤江, 復出石門關數千里, 窮星宿海而還。所至輒爲文以志遊蹟。沒後手稿散逸。其友季夢良求得之, 而中多闕失; 宜興史氏亦有鈔本, 而譌異尤甚。此則楊名時所重加編訂者也。第一卷自天台雁蕩以及五臺、恆、華, 各爲一篇; 第二卷以下, 皆西南遊記, 凡二十五篇: 首浙江、江西、次湖廣一篇, 次廣西六篇, 次貴州一篇, 次雲南十有六篇; 所闕者, 一篇已而。自古名山大澤, 秩祀所先, 但以表望封圻, 未聞品題名勝; 逮典午1)而後, 遊迹始盛。六朝文士, 無不託興登臨; 史冊所載, 若謝靈運居名山志、遊名山志之類, 撰述日繁, 然未有累牘連篇, 都爲一集者。宏祖耽奇嗜僻, 刻意遠遊; 旣銳於搜尋, 尤工於摹寫; 遊記之夥, 遂莫過於斯編。雖足迹所經, 排日紀載, 未嘗有意於爲文, 然以耳目所親, 見聞較確; 且黔滇荒遠, 輿志多疏, 此書於山川脈絡, 剖析詳明, 尤爲有資考證; 是亦山經之別乘, 輿記之外篇矣。存玆一體, 於地理之學, 未嘗無補也。

徐霞客遊記十二卷 兩江總督採進本

---

1) 『삼국지・촉지(蜀志)・초주전(譙周傳)』에 "전오는 사마씨를 가리키고, 월유는 8월을 가리킨다(典午者, 謂司馬也; 月酉者, 謂八月也)"라고 씌어 있다. 진(晉)나라의 제왕이 사마(司馬)씨이기에, 훗날 전오(典午)로써 진나라를 가리키게 되었다.

『하객유기』를 베껴 쓴 후에(書手鈔『霞客遊記』後)

우리 읍에는 세 권의 책이 뛰어나다. 왕오계(王梧溪)¹⁾의 『시집(詩集)』,
황란계(黃蘭溪)의 『읍지(邑志)』, 서하객의 『遊記』가 바로 그것이다. 황란계
의 『읍지』는 내가 집안의 극간(克艱)의 교정본을 얻어 베낀 적이 있는데,
다른 판본보다 조금 낫기는 하지만, 그래도 간혹 잘못된 글자가 있었다.
왕오계의 『시집』은 내가 한 번 대충 초록하기는 했으나, 아직 베껴 쓰
지는 않았다. 다만 『유기』만은 여러 차례 대조하여 교정하고, 아울러 융
교(融郊) 선생님의 정정을 거쳐 끝마쳤다. 앞으로 이 책에서 얻는 바가
있다면, 응당 나를 위해 그것을 귀하게 여기리라.

후학 진홍(陳泓) 씀

---

1) 왕오계(王梧溪)는 강음(江陰) 사람으로, 원나라 때의 시인이다.

원문

　吾邑有三書, 皆卓絶 : 王梧溪詩集、黃蘭溪邑志、徐霞客遊記是也。黃
志余曾得家克覲校本, 錄過, 視他本稍佳, 然猶間有譌字。梧溪集余止草
錄一過, 尚未謄眞。獨遊記校對數次, 並經融郊師訂正完好。後有得者當
爲余寶之。

後學陳泓識

『서하객유기』를 쓴 후(書『徐霞客遊記』後)

『하객유기』는 양명시에게 수초본이 있다. 내가 전에 강음에 있을 적에 그의 집안 사람이 베껴 쓴 부본(副本)을 나에게 주었다. 그러나 상자 안에 놓아둔 채 끝까지 읽을 짬을 내지 못했다. 올해 서하객의 족손 균욕(筠峪) 서진(徐鎭)이 10권의 책으로 판각하여 각각 상하로 나누었는데, 또 나에게 주었다. 나는 늙어서 나라 안의 명산대천을 두루 유람할 수가 없으니, 애오라지 이 책을 와유 삼아 읽지 않을 수 없었다.

서하객은 기이함을 좋아하는 성품이 참으로 너무 지나치다 싶을 정도인데, 황석재(黃石齋)에게 중시받을 수 있었다. 어느 고을의 관리가 그를 만나고 싶어했는데, 그가 환관 위(魏)씨의 당파라는 것을 알고서 피한 채 만나지 않았다. 토사 막(莫)씨가 귀순주(歸順州)와 진안위(鎭安衛)의 두 토사의 지역을 차지하자, 실권자의 임시방편이 후환을 남겼다고 분개했으며, 또한 미얀마의 강함을 목도한 후 깊이 우려했다. 이렇듯 그는 천성이 강직하여, 세상을 다스릴 의무를 모조리 팽개친 채 그저 느긋하게 유람만 한 것은 아니었다.

이것은 유람 다닌 곳을 기록한 것인데, 눈에 보이는 대로 적었으며, 일부러 아름답게 수식하여 글을 짓지는 않았다. 글을 아는 자는 진실성에 근거하여 이 책을 높이 인정하지만, 대체로 풍수가 부류의 자들은 내용이 너무 많다고 말한다. 서하객은 유람할 적에 몸에 지닌 양식이 많지 않아, 여러 차례 어려움에 빠지곤 했지만, 끝내 도움을 받았다. 마치 신이 도와주는 게 아닌가 하는 생각이 들었다. 순안관(巡按官)이 동굴을 유람하자, 마을 주민들이 돈을 거두느라고 근심하다가 이백냥을 썼던 사실을 그는 기록했다. 산수의 정취는 진실로 일군을 통솔하는 장군이 겸하여 지닐 수 있는 것이 아니다. 이 또한 지위에 있는 자가 마땅히 듣고서 경계로 삼아야 하리라.

서진이 여러 판본을 합하여 서로 대조하여 교열한 일은 참으로 훌륭하다. 그렇지만 판각(板刻)은 그다지 공교롭고 정밀하지 않다. 각 권의 앞에, 원본에는 그가 다녔던 곳을 총괄적으로 서술하여 제강으로 삼았던 것이 있었는데, 이번 판각본에서는 그것을 없애 마치 두서가 없는 듯하다. 「계족산지(鷄足山志)」 가운데의 여러 시 및 황석재 등 여러 사람의 시 등, 초본(抄本)에 있던 것들 역시 후인들이 잘라내야 할 것은 아닌 듯하다. 그것을 잘라냈다면, 더 이상 전서(全書)가 아니다. 그래서 나는 양명시가 준 초본을 제일 좋은 판본으로 여기고 있다.

노문초 씀

원문

霞客遊記, 楊文定公[1]有手鈔本。余前在江陰, 其家以臨鈔副本畀余。

置之篋中, 不暇竟讀也。今年徐之族孫筠崿鎭刻成十大冊, 各分上下, 又
以貽余。余老矣, 無能遍遊宇內名山大川, 聊以此作臥遊, 是不可以不
讀。霞客性好奇, 誠未免太過, 而能見重於黃石齋。有某鄕官欲與之相見,
知其魏閹[2]黨也, 避不往。莫酋據歸順鎭安兩土司之地, 而慨當事之姑息
貽患, 又覘緬甸之强, 有深慮焉。則其負性直介, 而又非全闕經世之務, 徒
爲汗漫遊者比。此記所遊歷, 直書卽目, 非有意藻繪爲文章也。知書者亦
正以其眞而許之, 然大約類形家者言爲多。霞客之遊裏糧無多, 屢瀕於困,
而迄獲濟, 疑若神助。其記巡按官一遊洞, 而居民受科斂[3]之患, 費金二
百。山水之趣, 誠非高牙大纛[4]者所可兼而有。此又在位者所當聞而知戒
也。筠崿合諸本相讎校, 洵善矣, 而繡梓尙未盡工緻也。卷之前, 元本間
有總敍其所歷以爲提綱者, 今刻本去之, 似少眉目。雞足山志中諸詩, 及
石齋諸公之詩, 凡鈔本所有者似亦非後人所當削也。削之則仍非全書矣。
余故仍以楊氏所貽之鈔本爲善本云。

盧文弨

---

1) 양문정공(楊文定公)은 양명시(楊名時)를 가리킨다.
2) 위엄(魏閹)은 명나라 말에 국정을 전횡했던 환관 위충현(魏忠賢, 1568~1627)을 가리
킨다.
3) 과렴(科斂)은 할당하여 돈 따위를 거둠을 의미한다.
4) 고아대독(高牙大纛)은 장군의 본진에 세우는 아기(牙旗)와 독기(纛旗), 즉 상아로 장
식한 깃발과 검은 소꼬리털로 장식한 깃발을 가리키며, 일군을 통솔하는 장군의 지
위를 의미한다.

서진의 서문(徐鎭序)

    예전에 유협(劉勰)은 『문심조룡(文心雕龍)』 50편을 지어, 천고의 작품을 품평하고 온 천하의 글의 질서를 바로잡았다. 심약(沈約)은 이 책을 보자마자 깜짝 놀라 이서(異書)라 여겼다. 그리하여 마침내 이 책은 심약에 힘입어 세상에 전해지게 되었다. 이 책은 오래도록 전해지는 중에 없어지고 사라짐이 자못 심했다. 그리하여 가화(嘉禾)와 운간(雲間)의 여러 간본[1] 가운데 완전한 판본이 없었다. 전부(錢府)가 송(宋)의 판각본을 얻어 보충한 이후에야 후대의 선비들은 전문을 볼 수 있게 되었으며, 오늘에 이르도록 사라지지 않게 되었다. 한유(韓愈)는 "그를 위해 앞서 행하는 이가 없다면 아무리 아름다워도 드러나지 않으며, 그를 위해 뒤이어 행한 이가 없다면 아무리 뛰어나도 전해지지 않는다"고 했다. 옳도다! 사람의 이름이 세상에 전해지고 오래도록 알려지는 것은 그를 이끌어주고 후원해주는 사람이 반드시 있기 마련이다. 이 책 역시 이와 마찬가지일 따름이다!

집안의 할아버지뻘인 서하객공은 태어나면서부터 떠돌이 습벽을 지니고 있었다. 발이 닿는 곳마다 산수를 그대로 그려내니, 쌓인 기록이 질(帙)을 이루고 쌓인 질이 책을 이루었다. 옛 사람이 천고의 기서라 일컬었던 것이 바로 이것이다. 그런데 안타깝게도 탈고하시지 못한 채 돌아가시고 말았다. 계회명이 이 책을 위해 글의 순서를 정했지만, 얼마 지나지 않아 병란의 화재에 훼손되고 말았다. 다시 이기(李寄)가 의흥(義興)의 사(史)씨와 조(曹)씨²⁾의 초본을 얻어 대조하여 교열한 덕분에 『유기』는 다시 책을 이룰 수 있게 되었다. 그 당시 명사들 가운데 그가 남긴 글을 기꺼이 구입하여, 와유하기에 좋은 도구로 삼지 않은 이가 없었다. 마침내 베껴 쓴 초본을 전하여 감상하다보니, 그 가운데 뒤바꾸고 없애버린 이가 한 사람만이 아니었다. 오늘에 이르도록 140여 년 동안, 비록 우리 고향의 양명시 선생이 앞서서 직접 대조하고, 뒤이어 진홍(陳泓)이 다시 바로잡았지만, 더욱 널리 전사(傳寫)됨에 따라 틀리고 누락된 것이 차츰 많아졌다. 이와 함께 세상의 필경사들이 다투어 이 책으로 생계를 꾸리면서 제멋대로 빼버리거나 순서를 뒤바꾸어버렸으니, 유협의 원문을 오매불망 찾으려 했던 것과 마찬가지이다. 왕왕 읽는 이로 하여금 빠진 뜻을 알 수 없게 만드니, 애통하기 짝이 없도다!

을미년³⁾ 여름, 마침 양선생과 진선생이 교정한 진본(眞本)을 구하여 대조·교정한 끝에, 직접 한 통을 기록했으니, 지금의 것을 믿고서 후세에 전할 수 있으리라 생각한다. 다만 생각건대 두 선생은 당시 세심하게 모아서 영원토록 그 참모습을 간직할 수 있으리라 여겼을 터이지만, 이리저리 돌고 돌아 전사(傳寫)되면서 잘못되고 누락된 것이 이미 저러하고, 빼버리고 없앤 것이 이미 이러하다. 그래서 나는 곧 이를 위해 그 빠지고 잘못된 것을 고증하고 그 같고 다름을 바로잡았다. 그러나 회(淮)와 혼(混), 노(魯)와 호(虎)를 혼동하여 잘못 따른 일이 없다고 어찌 장담하며, 혹은 정강이를 잘라 발에 붙여 작자의 진면목을 망쳐버리지 않았다고 어찌 장담하리오?

무릇 이 책의 이름이 대대로 전해질 지는 나 같은 소인배가 감히 알 수 있는 바가 아니다. 작자의 정신이 남은 잿더미 속에 사라지지 않게 하고, 나아가 못난 자들의 손에 소멸되지 않게 하는 것, 이는 후인의 물리칠 수 없는 책임이다. 이에 서둘러 출판에 부치니, 원컨대 후세에 전부(錢府)와 같은 이가 있어 혹 이것을 완화산(阮華山)의 판각본[4]에 비길 수 있다면, 이 또한 내 개인의 바라는 바이다!

건륭 41년[5] 병신년 가을 4월 손자 진(鎭) 삼가 씀

---

1) 가화(嘉禾)의 간본은 원나라 유정(劉貞)이 지정(至正) 15년(1355년)에 가화학궁(嘉禾學宮)에서 판각한 간본을 가리킨다. 유정은 자가 정간(庭幹)이며, 장서가로서 수많은 책을 판각했다. 운간(雲間)의 간본은 명나라 장지상(張之象, 1496~1577)이 만력(萬曆) 7년(1579)에 판각한 간본을 가리킨다. 장지상은 자가 월록(月鹿) 혹은 현초(玄超)이고 별호는 벽산외사(碧山外史)이다. 운간은 예전의 송강부(松江府), 즉 지금의 상해시 송강현 부근을 가리킨다.

2) 사(史)씨와 조(曹)씨는 사하륭(史夏隆)과 조준보(曹駿甫)를 가리킨다.

3) 을미년(乙未年)은 1775년이다.

4) 『문심조룡』은 원나라 지정(至正) 을미년(1355년)에 가화(嘉禾)에서 판각된 이래, 명나라 홍치(弘治), 가정(嘉靖), 만력(萬曆) 연간에 다섯 차례에 걸쳐 판각되었다. 그러나 「은수(隱秀)」편은 계속 빠져 있었다. 명나라 말에 상숙(常熟)의 전부(錢府)가 완화산(阮華山)의 송참본(宋槧本)을 구해 400여 자를 보충했다고 하지만, 진위 여부를 의심받고 있다.

5) 건륭(乾隆) 41년은 1776년이다.

원문

昔劉彦和[1]著文心雕龍五十篇, 品藻千古, 經緯六合, 沈水部[2]一見卽詫爲異書, 卒賴其力, 以傳於世. 迨傳之久, 而滅沒滋甚, 嘉禾、雲間諸刻, 無完書; 自錢功甫[3]得宋槧本鈔補, 而後綴學之士始得見全文, 以至於今不廢. 昌黎韓子有云: "莫爲之前, 雖美弗彰; 莫爲之後, 雖盛弗傳." 信乎! 人之名之傳世而行遠, 莫不有爲之先後者, 其於書也, 亦若是焉已矣!

族祖霞客公, 生有遊癖, 凡屐齒所到, 模範山水, 積記成帙, 積帙成書, 昔人所稱爲千古奇書者此也; 惜未脫稿而公卒, 賴季君會明爲之次其簡編; 後旋燬于兵燹. 又賴公子介立訪得義興史氏曹氏録本參校, 而遊記得復成書. 於時名人巨公, 莫不樂購其遺編, 當臥游勝具. 卒皆以謄本傳玩, 而就中改換竄易者, 更不一人. 迄今百有四十餘年, 雖得邑中楊凝齋先生手校於前, 陳君體靜[4]再訂於後, 而傳寫益廣, 訛落寖多, 兼之俗下書傭, 競於此作生計, 而任意刪節撞湊, 一如彦和嘗夢索源之文, 往往使讀者莫悉漏義, 是可痛也!

乙未夏, 適得楊、陳兩先生訂定眞本, 比對讎勘, 將手録一通, 思有以信今而傳後. 獨念兩先生當日細意搜討, 謂可存其眞以永世, 乃轉相傳寫, 而訛落者已如彼, 刪抹者又如此; 予卽爲之考其缺失, 訂其異同, 又安保無沿別淮混魯虎者, 或從而斷脛添足, 無復有作者之眞面目存歟? 夫是書之名世傳世, 均非予小子之所敢知, 要使作者之精神不澌滅於煨燼之餘, 更不滅沒於妄庸之手, 是卽後人之責所萬不獲辭者也. 爰急付梓, 庶幾後世有功甫其人, 或得以此比於華山栗本, 卽又私心之所冀幸也夫!

　　　時乾隆四十一年歲次丙申秋九月玆浦族孫鎭謹序

---

1) 유언화(劉彦和)는 남조 양(梁)나라의 문학평론가인 유협(劉勰, 465~520)을 가리키며, 언화는 그의 자이다. 그가 지은 『문심조룡(文心雕龍)』은 중국문학사상 최초의 문학 비평이론서로서, 이후 중국문학의 발전에 지대한 영향을 미쳤다.

2) 심수부(沈水部)는 남조 양(梁)나라의 문인인 심약(沈約, 441~513)을 가리키며, 자는 휴문(休文)이다. 그의 사성팔병설(四聲八病說)은 중국어의 성조의 조화를 통해 시의 음률미를 추구했던 이론이며, 이것은 훗날 당나라의 근체시 성립에 커다란 영향을 미쳤다.

3) 전공보(錢功甫)는 명대의 문학가이자 화가인 전부(錢府, 1541~?)를 가리키며, 자는 윤치(允治) 혹은 공보이다. 부친인 전곡(錢谷)과 더불어 유명한 장서가였던 그는, 『문심조룡』의 판본문제에 대해 깊이 연구했다.

4) 진체정(陳體靜)은 진홍(陳泓)을 가리킨다.

섭정갑의 서문(葉廷甲序)

　『주관(周官)』의 대사도(大司徒)가 맡은 직분은, 천하 토지의 그림으로써 구주 지역의 토지면적을 두루 알고, 산림과 천택(川澤), 구릉, 물가와 낮고 평평한 땅, 벌판과 습지의 명칭과 물산을 분별하는 것이다. 한나라의 사마천(司馬遷)은 「하거서(河渠書)」를 처음 만들고, 후한의 반고(班固)는 「지리지(地理志)」를 처음으로 기록했으며, 남조의 송(宋)의 범엽(范曄)은 처음으로 「군국지(郡國志)」를 지었다. 이로부터 역사 기록이 있으면 지(志)가 있게 되었다.

　당·송대에 이르러 군현(郡縣)에는 지(志)가 있게 되고, 천하에는 기(記)가 있게 되었다. 그리하여 행정구역의 설치·연혁·강역(疆域)·조세·호구·관새(關塞)·요충지·명승·고적 등, 모든 것이 상세하게 밝혀져 있다. 그러나 산천의 근원과 줄기의 경우, 마치 손바닥 안처럼 분명히 그 굽이굽이를 알거나 그 날줄과 씨줄을 밝히지는 못했다. 건륭 47년[1]에 간행된 『흠정사고전서간명서목(欽定四庫全書簡明書目)』을 읽어보면, 사부(史部) 지리류(地理類)에 『서하객유기』 12권이 실려 있는데, 주에서 다음과 같이 설명하고 있다. 즉 "명나라 서굉조는 젊어서부터 유람하기를 즐겨, 발자취가 거의 천하에 두루 이르렀다. 서쪽으로 수천 리를 다니면서 황하의 근원을 찾기도 했다. 여기에 엮은 것은 모두 그의 유람을 기록한 글이다. 예전의 판본은 모자라고 차례가 어긋나 있다. 양명시가 다시금 바로잡고, 지역에 따라 구분하여 이 간본을 확정했다. 이 책이 위로 황제의 읽을거리가 된 것은, 남이 소홀히 한 바를 상세히 밝혀, 지금까지의 역사서의 지(志)에는 갖추어져 있지 않은 것이기 때문이다."

가경 11년[2] 겨울, 서진이 인쇄하여 간행한 『유기』의 판본이 내 손에 들어왔다. 나는 평생 별다른 취미를 지니고 있지 않다. 학술과 치도(治道)에 유익한 책을 볼 때마다, 아낌없이 비싼 값으로 그것을 구했다. 드디어 쌓인 책이 만여 권에 이르자, 교정하고 차례를 정하느라 날마다 눈코 뜰 새가 없었다. 전에 『양씨전서(楊氏全書)』를 교정하여 판각했는데, 이제 다시 서씨의 『유기』 판본을 구하여 펼쳐 읽어보니, 썩고 좀 먹은 부분이 자못 많았다.

이에 양명시의 초본 및 진홍의 교정본을 빌려 서진의 간본과 세심하게 대조·교정했다. 글이 다른 것은 만 곳을 헤아리며, 글자가 어그러지고 잘못된 것은 천 곳을 헤아렸다. 글이 다르지만 뜻이 통하는 것은 옛그대로 놓아두고, 글자가 어그러지고 잘못되어 글의 의미가 통하지 않는 것은 부득불 서둘러 개정하지 않을 수 없었다. 다만 서진의 판각본은 10책으로 나뉘어져 있는지라, 헌정한 양씨의 권질과 달랐다. 이것은 바로잡을 길이 없었다. 또한 양씨와 진씨의 두 판본의 경우, 「운남유람일기」의 권 머리 부분에 제강(提綱)이 있고, 양씨의 판본에는 기록마다 총평이 있으며, 진씨의 판본에는 기록마다 원문 곁에 평어가 있다. 이또한 덧붙일 길이 없었다.

다만 서하객이 수십 수의 시를 남겨 놓았고, 황석재가 글의 뜻이 절묘하다고 찬탄했으니, 어찌 차마 감추어둔 채 드러내지 않겠는가? 또한 모든 명사들이 여러 편의 글을 증정했는데, 모두 서하객이 평소 행한 일을 살펴볼 수 있으니, 또한 어찌 그 증거를 후세에 전하지 않을 수 있겠는가? 13년[3] 봄 인쇄공을 집으로 불러, 그릇된 것은 깎아 고치고 썩어버린 것은 다시 새겼으며, 게다가 「보편(補編)」 한 권을 뒤에 덧붙여 늘렸으니, 서하객의 정신면모가 온 나라 안에 더욱 전파될 수 있기를 바란다.

비록 그러하지만, 서하객이 유람을 기록한 책이 어찌 이뿐이랴? 선인들은 서하객이 서쪽으로 석문관을 나서서 곤륜산에 이르고 성수해의 끝까지 갔다고 여겼다. 그런데 지금 판각한 간본, 그리고 양씨와 진씨의 두 초본은 그의 유람일기가 운남의 남쪽 계족산에 이르러 멈추었을 따름이다. 나는 우리 현성의 장(莊)씨가 60권의 초본을 집안에 소장하고 있다는 이야기를 들었다. 무진년[4] 3월에 현성에 가서 그를 방문했다. 장씨의 후손은 "선대에는 틀림없이 있었는데, 지금은 이미 흩어지고 없어져버렸습니다"라고 말했다.

과연 지금의 간본은 6분의 1에 지나지 않을 따름이다. 그러나 한 번 책을 펼치자 절강으로, 복건으로, 강서로, 하남에서 섬서로, 형양(荊襄)으로, 다시 하북에서 안문(雁門)으로, 운중(雲中)으로, 다시 호남에서 광서로, 귀주로, 운남으로 나아갔다. 그가 다녔던 산천은 그 근원과 줄기를 죄다 밝힌 채 하나하나 상세히 기록되어 있으며, 현지의 풍토와 민속, 산물 또한 지역에 따라 덧붙여져 있다. 이 어찌 명승을 찾아 오르는 도사나 은사에게 도움이 될 뿐이겠는가? 백성의 삶을 자신의 임무로 삼아 정치 교화의 책임을 지고 있는 이들이 이 책을 두루 살펴본다면, 훌륭한 관리를 길러내고 백성을 편안하게 할 방도에 조금이나마 도움을 줄 것이다.

우리 고향의 선배인 양명시는 운남과 귀주에서 오래도록 임직하면서, 백성을 이롭게 하는 일을 차근차근 시행했다. 그러나 사람들은 그의 학술이 깊고 돈후함을 알 뿐, 그가 『유기』라는 책을 두 번이나 베껴 쓰고,

산림과 천택(川澤), 구릉, 물가와 낮고 평평한 땅, 벌판과 습지의 명칭과 물산에 대해 이미 해박하다는 것을 어찌 알겠는가? 협제(夾漈) 정초(鄭樵)[5]는 "주현(州縣)의 설치는 때로 바뀌기도 하지만, 산천의 모습은 천고에 변하지 않는다"라고 말했다. 서하객의 이 책은 참으로 천고에 변치 않는 책이다! 선비들은 머리를 묶고 배움을 시작하여 집안에서 지낼지라도, 온 천하의 광대함에 대해 모르는 게 없어진 후에야, 나서서 천하의 맡은 바 일을 실행할 수 있다. 만약 이 책을 그저 와유하기 좋은 수단으로만 여긴다면, 어찌 내가 이 책을 보완하여 엮은 의도이겠는가?

가경 13년 무진년 4월,
같은 마을 후학 섭정갑[6]이 수심재(水心齋)에서 씀

---

1) 건륭(乾隆) 47년은 1782년이다.
2) 가경(嘉慶) 11년은 1806년이다.
3) 13년은 가경 13년으로, 1808년이다.
4) 무진년(戊辰年)은 1808년이다.
5) 정초(鄭樵, 1104~1162)는 송대의 사학자이자 목록학자로서, 자는 어중(漁仲)이고 흔히 협제(夾漈)선생이라 일컫는다. 그가 편찬한 기전체 사서인 『통지(通志)』는 당나라 두우(杜佑)의 『통전(通典)』, 원나라 마단림(馬端臨)의 『문헌통고(文獻通考)』와 더불어 '삼통(三通)'으로 불리운다.
6) 섭정갑(葉廷甲, 1754~1832)은 강음 사람으로, 자는 보당(保堂)이고 호는 운초(雲樵)이며, 저명한 장서가이다.

원문

周官大司徒之職, 以天下土地之圖, 周知九州地域廣輪之數; 辨其山林、川澤、邱陵、墳衍、原隰之名物。漢司馬子長創爲河渠書, 後漢班孟堅始志地理, 前宋范蔚宗[1]始志郡國; 自是有史卽有志。沿及唐、宋, 而郡縣有志, 寰宇有記; 凡建置、沿革、疆域、田賦、戶口、關塞、險要、名勝、古蹟, 皆在所詳; 至於山川之源委脈絡, 未必能知其曲折, 辨其經緯, 歷歷如指諸掌也。恭讀乾隆四十七年刊行欽定四庫全書簡明書目, 史部地理類開列徐霞客遊記十二卷, 分注云: 明徐宏祖少好遊, 足跡幾遍天下。嘗西行數千里, 求河源。是編皆其紀遊之文。舊本缺殘失次, 楊名時重爲編訂, 以地理區分, 定爲此本。是書上邀乙覽,[2] 蓋能詳人所略, 爲從來史志之所未備。

嘉慶十一年冬, 筠峪徐氏以所梓行遊記之板歸余。廷甲生平無他嗜好, 見書之有益於學術治道者, 每不惜重價得之, 遂積至萬有餘卷, 丹鉛[3]甲乙, 日不暇給。前旣校刻楊氏全書, 今復得徐氏遊記板, 翻閱之, 朽蠹頗多。乃借楊文定公手錄本曁陳君體靜所校本, 與徐本悉心讎勘。其文之不同者以萬計, 其字之舛誤者以千計。其文不同而義可通者仍其舊, 其字之舛誤而文義不可通者不得不亟爲改正。抑徐刻分十冊, 與進呈之楊本卷帙不同此無從更正者。且楊、陳二本於滇遊日記卷首俱有提綱, 楊本每記有總評, 陳本每記有旁批, 此又無從增補者。惟是霞客有遺詩數十首, 石齊黃公歎爲詞意高妙, 忍令其秘藏而弗彰乎? 又一切名人巨公題贈諸作, 俱足以考見霞客之素履, 又安可不傳信於來茲乎? 十三年春, 廷梓人於家, 訛者削改, 朽者重鐫, 又增輯補編一卷附於後, 庶幾霞客之精神面目, 更可傳播於宇內也。

雖然, 霞客記遊之書, 豈僅此哉? 前人謂霞客西出石門關, 至崑崙山, 窮星宿海; 今所刻之本, 曁楊、陳二鈔本, 其遊覽日記, 不過至滇南雞足山而止耳。廷甲聞郡城莊氏家藏鈔本有六十卷。戊辰三月往郡訪之。莊後人云: "先世信有之, 今已散失。" 果爾, 今之所刊, 不過六分之一耳。然一展卷而浙、而閩、而江右; 自豫而秦、而荊襄; 又自燕而雁門、而雲中: 又自楚而粵西、而貴筑、而滇南; 其所經歷之山川, 靡不辨其源委脈絡, 而一一詳記之, 至土風民俗物産, 亦隨地附見焉。是豈獨爲山人逸士濟勝之資? 凡以民物爲己任而有政敎之責者, 周覽是書, 於裁成輔相左右宜民之道, 不無少補焉。邑前輩文定楊公, 久任滇、黔、利民之事, 次第舉行, 人第知其學術之深醇, 庸詎知其於遊記一書, 手錄二過, 於山林、川澤、邱陵、墳衍、原隰之名物, 早已周知也哉? 夾漈鄭氏曰 : "州縣之設, 有時而更; 山川之形, 千古不易。" 霞客此書, 固千古不易之書也! 士人束髮受書, 在堂戶之上, 而四海九州之大, 無所不知, 然後可以出而履天下之任。若僅以此書當臥遊勝具, 豈廷甲補輯是書之志也耶?

時嘉慶十三年歲次戊辰四月, 同邑後學葉廷甲識於水心齋

---

1) 전송(前宋)은 남조(南朝)의 송(宋)을 의미한다. 범울종(范蔚宗)은 남조의 송(宋)나라의 문인이자 역사가인 범엽(范曄, 398~445)을 가리키며, 울종은 그의 자이다. 그는 관직이 좌위장군(左衛將軍), 태자첨사(太子詹事)에 올랐다. 문제(文帝) 원가(元嘉) 9년(432년)에 선성(宣城)태수로 좌천되었을 때부터 여러 종의 『후한서(後漢書)』를 비교하여 정리하기 시작한 이래, 원가 22년(445년) 모반죄로 죽임을 당할 때까지 이 작업을 계속했다.

2) 당나라 소악(蘇鶚)의 『두양잡편(杜陽雜編)』에는 "문종 황제께서 …… 좌우의 신하들에게 '초경에 정사를 돌보고, 이경에 책을 보지 않는다면, 어찌 임금이라 하겠는가?'라고 말했다(文宗皇帝 …… 謂左右曰 : '若不甲夜視事, 乙夜觀書, 何以爲人君耶?')"는 기록이 있다. 여기에서 비롯되어 을람(乙覽)은 황제가 글을 읽음을 의미하게 되었다.

3) 단연(丹鉛)은 서적을 교감할 때 사용하는 주사와 연분(鉛粉)이며, 흔히 교정하는 일을 의미한다.

중인본『서하객유기』및 신저『연보』의
서문(重印徐霞客遊記及新著年譜序)

나는 열여섯 살에 출국했다가 스물여섯 살에 귀국했는데, 10년 동안 우리나라의 책을 읽어본 적이 없어서 애초에는 서하객이란 사람을 알지 못했다. 신해년[1]에 유럽에서 귀국하는 길에 월남을 거쳐 운남에 들어왔으며, 운남에서 귀주로 들어갈 작정이었다. 그런데 선배인 섭호오(葉浩吾)씨가 내게 이렇게 말했다. "그대가 지질학을 연구하고 유람하기를 즐겨한다니, 틀림없이『서하객유기』를 읽어보았겠구만. 서하객 또한 그대의 고향 사람이니, 그를 드러내주는 것 또한 그대들의 책무일세." 그리하여 곤명의 서점을 뒤졌다. 책을 구해 장거리를 다닐 적에 밤에 읽을거리로 삼을 요량이었다. 그러나 운남은 궁벽한 곳인지라, 끝내 이 책을 파는 곳이 없었다. 민국 원년에 상해에서 지냈는데, 비로소 도서집성공사(圖書集成公司)의 연자본(鉛字本)을 구입했다. 그러나 이때에는 강의로 생계를 꾸리느라 밤낮으로 짬을 내지 못하여, 책 전체를 한 번 읽지도 못했다.

3년 후 다시 운남에 들어갔다.[2] 텐트 두 개에 하인 다섯 명, 노새 아홉 마리를 이끌고서 200여 일 동안 운남 동쪽과 북쪽을 홀로 돌아다녔다. 싫증이 나면 『유기』를 꺼내 읽으면서 직접 보고 들은 바로써 확인했다. 비로소 선생의 넘치는 정력, 정확한 관찰, 상세하고도 알찬 기록에 탄복하지 않을 수 없었다. 지질학은 지도가 없으면 정확하지 않다. 그럼에도 선생께서는 타고난 자질로써 각고의 정성을 기울이고 방방곡곡을 두루 다니신지라, 마치 손바닥 안처럼 말씀하실 수 있었다. 후인들은 예전에 들은 이야기에 한정되고 참고할 만한 지도가 없는지라, 그저 선생의 글의 기이함만 알 뿐, 그의 깨달음에 대해서는 언급하지 못했다.

그리하여 새로운 지도를 수집하여 각각의 폭으로 나누어 만들고 싶었다. 이렇게 한다면 독자는 지도에 따라 책의 내용을 증명할 수 있을 터이니, 맹인이 눈먼 말을 탄 느낌이 들지 않을 것이다. 그러나 소장하고 있는 지도가 많지 않아 책 전체를 증명하기에는 모자랐다. 북경에 돌아온 후 다시 직무에 얽매여 더 이상 힘을 쓸 수 없었다. 겨우 1921년 여름에 유람 총도(總圖)를 만들어 유람한 노선을 덧붙였으며, 북경의 문우회(文友會)에서 영문 논설 한 편을 낭독하여 선생의 생평을 간략하게 서술했을 뿐이다.

벗인 호적(胡適)[3]이 마침 『장실재연보(章實齋[4]年譜)』를 만들고 있었다. 그에 따르면, 전기는 학문을 연구하고 인재를 양성하는 이의 본보기이고, 연보는 전기의 특별한 양식으로서 우리나라 사람이 발명한 것인 바, 개선하여 넓혀야 한다고 말했다. 그리하여 그의 뜻을 본떠 선생을 위해 연보를 만들었다. 마침 강음의 정위삼(鄭偉三)이 『청산당첩(晴山堂帖)』 전부를 구해주고, 아울러 『서씨가보(徐氏家譜)』 6책을 베껴주었다. 또한 나숙온(羅叔韞)과 양계초(梁啓超), 장국생(張菊生) 등의 여러 선배들은 소장하고 있던 명나라 문인의 시문집 및 현지(縣志)를 빌려주었다. 이리하여 두 달간 온 힘을 기울인 끝에 수만 언(言)을 이루었다.

글이 이루어지자, 조그마한 책자로 찍어 단행본을 만들려고 했다. 그런데 호적이 마땅히 『유기』와 함께 찍어야 서로 고증할 수 있다고 말했다. 당시 심송천(沈松泉)의 『서하객유기』가 마침 출판되었다. 심송천은 신식부호로 책 전부에 구두점을 찍었다. 신경을 많이 썼으나 역시 삽도(挿圖)가 없는지라, 그 결점은 옛 판본과 마찬가지였다. 이에 지질조사소(地質調査所)에 소장된 각 성의 지도를 수집하는 한편, 조사소 내의 동료와 여러 벗들에게 여행할 때 이를 유념해달라고 부탁했다. 이리하여 주정우(朱廷祐)는 천태산과 안탕산을, 섭량보(葉良輔)는 백악산과 황산을, 담석주(譚錫疇)는 숭산을, 이제지(李濟之)는 화산을, 사가영(謝家榮)은 태화산을, 왕죽천(王竹泉)은 여산을, 유계신(劉季辰)은 형산의 각 명승의 상세한 도면을 보내왔다. 또한 문제(聞齊)와 조지신(趙志新)이 기록에 따라 편찬한 것을 얻어, 모두 36장의 도면을 구했다. 비록 완벽하게 정확하다고는 할 수 없지만, 『유기』를 읽는 데에 도움이 될 수는 있었다. 헤아려보니 1923년에 시작하여 1926년 겨울에 이르러서야 비로소 일을 끝마쳤다. 구두점은 문제와 조지신, 방장유(方壯猷) 및 나, 4사람이 분담했기에, 부호 운용이 왕왕 일률적이지 않다. 교열은 조지신, 풍경란(馮景蘭), 사제영(史濟瀛) 및 내가 맡았다. 대체로 나는 직무에 얽매여 짬을 내기가 힘들었으니, 여러 분의 도움이 없었더라면 오늘에 이르기까지도 책을 이루지 못했을 것이다.

내가 보았던 『유기』로는 심송천이 새로 찍어낸 판본 외에, 도서집성공사의 연자본(鉛字本), 소엽산방(掃葉山房)의 석인본(石印本), 광서 연간의 활자본(活字本), 가경 연간의 섭씨(葉氏) 초각본(初刻本), 장여조(蔣汝藻)와 섭경기(葉景夔)가 소장하고 있던 청나라 초의 초본(抄本) 등이 있다. 교감의 저본으로는 오직 섭씨의 판본에 의거했다. 대체로 섭씨의 판본은 여러 인본(印本)의 마루라고 할 수 있다. 즉 이것은 건륭 연간에 선생의 족손인 서진(徐鎭)이 초각한 판본에 의거하고, 양명시(楊名時)와 진홍(陳泓)의 각각의 정밀한 초본을 참고했으니, 그 가치는 실로 여러 초본보다 훨씬 낫다. 다만 섭씨의 판본에는 구인본(舊印本)과 신인본(新印本)의 구분이 있다. 구인본은 전겸익(錢謙益)이 지은 전(傳)을 싣지 않고, 다만 그의 두 편의 글을 실었을 뿐이다. 그런데 그중 한 편의 아래에는 그의 이름이 있었으나, 나중에 칠하여 지워버렸다. 섭씨가 소장한 판본은 원래 건륭 연간에 서진에 의해 판각된 것이며, 섭씨는 다만 덧붙이고 수정했을 뿐이다. 전(傳)은 한 페이지에 따로 실렸기에 없애버리기가 아주 쉬웠지만, 편지는 편폭이 서로 이어져 있는지라 작자의 이름만 지운 것이다. 아마 당시는 건륭 때로부터 멀지 않아 전씨의 저작이 금서에 포함되어 있었기 때문에 꺼려 피했던 것이리라. 신인본은 그의 전을 싣기는 했지만, 그의 이름은 감추었다. 또한 함풍 연간의 인본이 있는데, 맨 첫 권에 선생의 초상이 덧붙여져 있다. 이것은 호적이 상해의 고서점에서 구입한 것이다. 이 초상은 여러 판본에서 보지 못한 것이어서, 이 책의 첫 권에 실었다.

여러 인본들은 모두 10책으로 나누어져 있으며, 각 책마다 다시 상하로 나뉘어 있다. 편지, 묘지(墓志), 「제본이동고략(諸本異同考略)」 및 「변위(辯僞)」는 외편에 모으고, 제10책의 끝에 덧붙였다. 이는 서진의 각본의 옛 체제를 따르는 것이다. 10책 외에도 「보편(補編)」이 있는데, 그가 남긴 시, 그가 받은 시나 글, 「추포신기도부기(秋圃晨機圖賦記)」, 「서씨삼가전(徐氏三家傳)」 및 「광지명(壙誌銘)」 등이 실려 있다. 이는 대체로 섭씨에게서 비롯되었다. 섭씨의 판본은 원래 서진의 판본을 이용했는데, 다시 새기기에는 비용이 너무 많이 드는지라 부득이 이것을 출판했지만, 살펴보기에는 자못 불편하다.

이것은 모두 스무 권으로 엮었다. 책마다 각각 두 권씩이고, 제10책 하권은 제10책 상권에 집어넣어 한 권으로 만들었다. 그리고 별도로 「외편」과 「보편」 및 청산당첩 등 여러 판본에서 판각하지 않은 것들을 제20권으로 만들었는데, 시문(詩文)·제증(題贈)·서독(書牘)·전지(傳誌)·가사총각(家祠叢刻)·구서(舊序)·교감(校勘) 등으로 나뉘어 있다. 「반강고

(盤江考)」・「강원고(江源考)」 등의 글 역시 시문에 포함시켰는데, 검사하기에 편하도록 하기 위한 것이지, 일부러 다르게 한 것은 아니다.

『유기』의 평판 및 선생의 됨됨이에 대해서는 이미 「연보」에 산견되는지라, 여기에서는 다시 기술하지 않는다. 기술할 만한 것은 선생이 처한 시대이다. 명나라 말에 이르러 학자들은 속유(俗儒)의 천박함을 싫어하여 장구(章句)를 버리고서 실학을 추구했다. 그리하여 고염무(顧炎武), 왕부지(王夫之), 황종희(黃宗羲) 등이 분연히 떨쳐 일어나 각기 일가를 이룸으로써, 마침내 청나라의 질박한 학풍을 개척했다. 서하객 선생께서는 고염무와 황종희, 왕부지 등보다 먼저 태어났으며, 그의 충실하고도 근면한 작업, 진지한 지식 탐구는 그들보다 넘쳤으면 넘쳤지 결코 모자람이 없다. 이렇게 본다면 선생은 질박한 학풍의 선구자가 아니겠는가? 또한 명나라 말에 태어난 선생께서 운남을 유람할 때에는 천하가 몹시 어지러웠다. 그의 짤막한 기록을 살펴보면, 당시의 정치적 형세를 매우 상세히 기술하고 있는데, 선생께서 결코 시국에 무관심하지 않았음을 알 수 있다. 지식을 추구하는 생각이 일관되었기에, 도적을 두려워하지 않고 오랑캐도 가로막을 수 없었으며, 정치적 혼란 또한 그의 뜻을 흔들지 못했다. 그는 죽음이 닥쳐올 때까지 자신의 뜻대로 홀로 실천했던 것이다. 오늘날 천하의 어지러움은 명나라 말에 미치지 못하건만, 학술의 쇠락함은 그보다 심하다. 젊은 지식인들은 분발할 줄 모른 채, 세상의 어지러움을 핑계 삼아 스스로 포기하고 만다. 선생의 기풍을 보건대, 이 또한 부끄럽지 아니한가!

1927년 7월 7일 정문강[5)]

---

1) 신해년(辛亥年)은 1911년이다.
2) 정문강(丁文江)은 1914년 2월부터 이듬해 1월까지 운남에서 현장조사를 진행했다.
3) 호적(胡適, 1891~1962)은 중국문학의 근대화에 크게 공헌한 문학가이자 사상가이다. 그는 5·4신문화운동기에 언문일치를 주장하여 백화문운동에 앞장섰으며, 대표적인 저작으로 『중국철학사대강(中國哲學史大綱)』, 『백화문학사(白話文學史)』 등이 있다.

4) 장실재(章實齋)는 청나라의 사학자이자 문인인 장학성(章學誠, 1738~1801)을 가리킨
다. 그는 자가 실재이고, 호는 소암(小巖)으로, 강소 회계(會稽) 사람이다. 그의 대표
적인 저서로는『문사통의(文史通義)』가 있다.

5) 정문강(丁文江, 1887~1936)은 중국 지질학의 창시자로 일컬어지는 지질학자이다.
그는 중국 최초의 지질기구인 중국지질조사소(中國地質調査所)를 창립했으며, 중국
초기의 지질조사와 과학연구사업을 이끌었다.

원문

余十六出國, 二十六始歸, 凡十年未嘗讀國書, 初不知有徐霞客其人。
辛亥自歐歸, 由越南入滇, 將由滇入黔。葉浩吾前輩告之曰 : "君習地學,
且好遊, 宜讀徐霞客遊記。徐又君鄕人, 表彰亦君輩之責。" 因搜昆明書
肆, 欲得之爲長途消夜計, 而滇中僻陋, 竟無售是書者。元年寓上海, 始購
得圖書集成公司鉛字本, 然時方以舌耕爲活, 晝夜無暇晷, 實未嘗一讀全
書也。

三年復入滇, 攜棚帳二、僕五、騾馬九, 獨行滇東、滇北二百餘日, 倦
甚則取遊記讀之, 並證以所見聞。始驚歎先精力之富, 觀察之精, 記載之
詳且實。因思輿地之學, 非圖不明, 先生以天縱之資, 刻苦專精, 足迹又遍
海內, 故能言之如指掌。後人限於舊聞, 無圖可考, 故僅知先生文章之奇,
而不能言心得之所在。頗欲搜集新圖, 分製專幅, 使讀者可以按圖證書,
無盲人瞎馬之感, 而所藏圖不多, 不足以證全書;回京後又爲職務所羈, 無
復餘力; 僅於十年夏間, 作一總圖, 加一先生遊歷之路線, 乃於北京文友會
中, 宣讀英文論說一篇, 略敍先生之生平而已。

時友人胡君適之, 方作章實齊年譜, 謂傳記可以爲治學作人之範, 年譜
爲傳記之特式, 乃吾國人之所發明, 宜改善而擴充之。因思仿其意, 爲先
生作一年譜, 適江陰鄭君偉三爲覓得晴山堂帖全部, 並爲抄徐氏家譜六巨

冊，羅叔韞、梁任公、張菊生諸前輩，復假以所藏明人之詩文集及縣志，乃發憤盡兩月力，成數萬言。

書既成，欲印一小冊子，爲單行本。適之謂宜與遊記同印，方足以互爲考證。時沈君松泉之徐霞客遊記適出版。沈君用新式符號點全書，用心甚苦，然亦無插圖，其缺點與舊本正同。乃搜集地質調查所所藏各省地圖，並囑所中同人及諸友，於放行時爲之留意。於是朱君廷祜遺以天台雁宕、葉君良輔遺以白岳黄山、譚君錫疇遺以嵩山、李君濟之遺以華岳、謝君家榮遺以太和、王君竹泉遺以廬山、劉君李辰遺以衡岳各名勝詳圖。復得聞君齊、趙君志新爲之按記編纂，共得圖三十有六，雖不能盡精盡確，然已可爲讀遊記者之助。計自十二年起，至十五年冬，始克竣事，而標點尚爲聞君齊、趙君志新、方君壯猷及余四人所分任，故符號運用往往不能一律，校對則爲趙君志新、馮君景蘭、史女士濟瀛及余，蓋余困於職務，苦不得暇，非諸君之助，則至今亦不能成書也。

余所見遊記，沈松泉之新印本外，有集成之鉛字本、掃葉山房之石印本、光緒年之活字本、嘉慶年之葉氏初刻本、蔣君汝藻及葉君景夔所藏之清初抄本。而校讎所據，一依葉氏。蓋葉本爲諸印本之宗，且係據乾隆年先生族孫徐鎮初刻本，而參以楊名時、陳泓各家精抄之本，其價值實遠在諸抄本之上。惟葉本又有舊印新印之分：舊印本載錢牧齊所作傳，僅載其二書，其一下有其名而後塗去，葉氏藏版，原爲乾隆年徐鎮所刻；葉氏僅爲添補修正。傳另立一頁，去之甚易；書牘則篇幅相連，故僅去作者之名。蓋當日距乾隆時不遠，錢氏著作，列在禁書，故有所忌諱；新印本則載其傳而隱其名。又有咸豐年印本，卷首加先生小像，乃胡君適之在申之所購得；像爲諸本之所未見，即本書卷首之所載也。

凡諸印本，皆分十冊，每冊復分上下。書牘、墓志、諸本異同考略及辯譌，則彙爲外編，附於十冊下之末。是蓋徐氏刻本之舊。十冊之外，復有補編，錄遺詩、題贈、秋圃晨機圖賦記、徐氏三可傳及壙誌銘。是蓋出於葉氏。以葉本原用徐版，重刻太費，不得已而出此，然頗不便於檢查。兹都編爲二十卷: 每冊各爲二卷, 十冊下併入十冊上爲一卷, 而另以外編、補編及晴山堂帖諸本所未刻者第二十卷 : 分詩文、題贈、書牘、傳誌、家祠叢刻、舊序、校勘。盤江考、江源考諸文, 亦編入詩文, 以便檢查, 非故爲異同也。

　至於遊記之評判, 及先生之爲人, 已散見年譜, 茲不復述。所足述者, 乃先生所處之時世:當明之末, 學者病世儒之陋, 捨章句而求實學, 故顧亭林[1]、王船山[2]、黃梨洲[3]輩, 奮然興起, 各自成家, 遂開有淸樸學[4]之門。然霞客先生, 生於顧、黃、王諸公之前, 而其工作之忠勤, 求知之眞摯, 殆有過之無不及焉, 然則先生者, 其爲樸學之眞祖歟? 又先生生於明季, 遊滇之時, 天下已亂。觀其小記諸則, 述當日政事甚詳, 知先生非不關心時局者。乃求知之念專, 則盜賊不足畏, 蠻夷不能阻, 政亂不能動;獨往孤行, 死而後已。今天下之亂, 不及明季, 學術之衰, 乃復過之。而青年之士, 不知自奮, 徒藉口世亂, 甘自暴棄;觀先生之風, 其亦可以自愧也乎!

十六, 七,七, 丁文江

---

1) 고정림(顧亭林)은 명말 청초의 학자인 고염무(顧炎武, 1613~1682)를 가리킨다. 그는 자가 영인(寧人), 호는 정림이며, 청나라 고증학(考證學)의 창시자라 일컬어지고 있다.
2) 왕선산(王船山)은 명말 청초의 사상가인 왕부지(王夫之, 1619~1692)를 가리킨다. 그는 자가 이농(而農), 호는 강재(薑齋) 혹은 일호도인(一壺道人)이며, 만주족의 지배에 강한 반감을 지닌 사상가이다.
3) 황리주(黃梨洲)는 명말 청초의 사상가인 황종희(黃宗羲, 1610~1695)를 가리킨다. 그는 자가 태충(太沖), 호는 남뢰(南雷) 혹은 이주(梨洲)이며, 만주족의 침입에 맞서 청에 저항하다가 명나라의 멸망 이후에는 강학과 저술, 후진 양성에만 전념하였다
4) 박학(樸學)은 청나라의 학자들이 한나라의 유학 학풍을 계승하여, 경전의 훈고와 교감을 중시한 학문 풍조를 가리킨다.

1587년(만력萬曆 14년 병술) : 1세

만력 14년 11월 27일(서기 1587년 1월 5일), 서유면(徐有勉)과 왕(王)부인 사이에서 세 아들 가운데 둘째 아들로 태어남.

1603년(만력 31년 계묘) : 17세

부친 서유면과 동생 서홍제(徐弘禔)가 야방교(冶坊橋)의 별장에 머무르던 중, 집안 의 노비들의 반란이 일어나 부친이 다침.

1604년(만력 32년 갑신) : 18세

아버지가 세상을 떠남.

1607년(만력 35년 정미) : 21세

허(許)씨를 맞아 결혼함. 진함휘(陳函輝)의 「서하객묘지(徐霞客墓誌)」에 따르면, 이 해에 처음으로 태호(太湖)를 유람함.

1609년(만력 37년 기유) : 23세

태산(泰山)과 공릉(孔陵), 맹묘(孟廟) 등을 유람함.

1613년(만력 41년 계축) : 27세

절강에 들어가 조아강(曹娥江)을 따라 홀로 영파(寧波)에 가서 족형인 서중소(徐仲昭)를 만났으며, 바다를 건너 낙가산(落迦山)을 유람한 후, 돌아오는 길에 천태산(天台山)과 안탕산(雁宕山)을 유람함.

1614년(만력 42년 갑인) : 28세

겨울에 금릉(金陵)을 유람함.

1615년(만력 43년 을묘) : 29세

큰아들 기(屺)가 태어남.

1616년(만력 44년 병진) : 30세

백악산(白岳山), 황산(黃山), 무이산(武彝山)을 유람함.

1617년(만력 45년 정사) : 31세
의흥(宜興)의 선권동(善卷洞)과 장공동(張公洞) 등을 유람함.
아내 허씨가 세상을 떠남.

1618년(만력 46년 무오) : 32세
여산(廬山)을 유람하고, 황산을 다시 유람함. 이 해에 나(羅)씨와 재혼.

1619년(만력 47년 기미) : 33세
둘째 아들 현(峴)이 태어남.

1620년(태창泰昌 원년 경신) : 34세
복건성 선유현(仙游縣)에 있는 구리호(九鯉湖)를 유람함.

1623년(천계天啓 3년 계해) : 37세
숭산(嵩山), 태화산(太華山)과 태화산(太和山)을 유람함.

1624년(천계 4년 갑자) : 38세
여든 살을 맞은 어머니 왕씨를 모시고 형계(荊溪)와 구곡(勾曲)을 유람함.
복건 출신의 왕기해(王琦海)의 소개로 진계유(陳繼儒)를 만나 축수문을 받음.
첩 김(金)씨에게서 셋째 아들 구(岣)가 태어남.

1625년(천계 5년 을축) : 39세
9월에 어머니 왕씨가 세상을 떠남.

1628년(숭정崇禎 원년 무진) : 42세
복건성을 유람하여 나부산(羅浮山)에 이름. 이 해에 첩 주(周)씨에게서 넷째 아들
기(寄)가 태어남.*

1629년(숭정 2년 기사) : 43세
북경(北京)과 반산(盤山), 공동산(崆峒山), 갈석산(碣石山)을 유람함.

---

* 이기(李寄)의 출생년도에 대해서는 여러 가지 견해가 존재한다. 즉 1619년에 태어났
다는 견해, 1628년에 태어났다는 견해, 1641년에 태어났다는 견해 등이 있다. 여기에
서는 정문강(丁文江)의 「서하객연보」에 따라 1628년 출생설을 취하기로 한다.

1630년(숭정 3년 경오) : 44세
2월에 상주(常州)로 정만(鄭鄤)을 찾아갔다가, 황석재(黃石齋)가 이곳을 거쳐갔다는 말을 듣고 그를 뒤쫓아 단양(丹陽)에 이름.
8월에 다시 복건성을 유람함.

1632년(숭정 5년 임신) : 46세
천태산과 안탕산을 다시 유람함.

1633년(숭정 6년 계유) : 47세
북경을 들러 오대산(五臺山)과 항산(恒山)을 유람함. 유람에서 돌아와 세 번째로 복건성을 유람함.

1634년(숭정 7년 갑술) : 48세
큰아들 기(屺)가 무창기(繆昌期)의 손녀와 결혼함.
큰아들에게서 손자 건극(建極)이 태어남.

1635년(숭정 8년 을해) : 49세
큰아들에게서 손자 건추(建樞)가 태어남. 둘째아들 현(峴)이 황(黃)씨와 결혼함.

1636년(숭정 9년 병자) : 50세
일생의 마지막 유람길에 올라 절강성과 강서성을 유람함.

1637년(숭정 10년 정축) : 51세
호남성을 거쳐 광서성에 들어가 삼리성(三里城)에서 세밑을 보냄.

1638년(숭정 11년 무인) : 52세
귀주성을 거쳐 운남성에 들어가 계족산(雞足山)에서 세밑을 보냄.

1639년(숭정 12년 기묘) : 53세
계족산에서 여강(麗江)으로 가서 목증(木增)을 만나고, 대리(大理), 영창(永昌), 등월(騰越)을 유람한 후, 다시 영창, 순녕(順寧), 운주(雲州)로 갔다가 몽화(蒙化)를 거쳐 계족산으로 돌아옴.
9월 15일 이후 목증의 요청에 따라 『계산지(鷄山志)』를 저술.

1640년(숭정 13년 경진) : 54세

목증의 도움을 받아 운남을 떠나 고향으로 돌아옴.

1641년(숭정 14년 신사) : 55세

1월 27일(양력 3월 8일)에 집에서 세상을 떠났으며, 강음(江陰)의 마만(馬灣)에 장사 지냄. 진함휘(陳函輝)가 「서하객묘지(徐霞客墓志)」를 지음.

찾아보기

ㄱ

가섭(迦葉) 6-54, 6-59, 6-60, 6-63, 7-294
갈현(葛玄) 2-108, 2-112
갈홍(葛洪) 3-354
강랑산(江郎山) 1-152, 1-153, 1-218, 1-240,
　1-244
강만리(江萬里) 2-85
강산현(江山縣) 1-239, 2-11
강화현(江華縣) 2-274, 2-275, 2-277
개봉부(開封府) 1-170
개화현(開化縣) 2-11
건녕현(建寧縣) 2-51, 2-52
건창부(建昌府) 2-27, 2-41, 2-43, 2-49, 2-58,
　2-62, 2-76, 2-83
검강(黔江) 5-253
검천주(劍川州) 6-226, 6-233
결륜주(結倫州) 4-122, 4-131
경대(瓊臺) 1-39, 1-44, 1-267, 1-268, 1-273
경원부(慶遠府) 3-265, 4-277, 4-283, 4-316,
　5-221
계림(桂林) 3-40, 3-49, 3-79, 3-118
계양주(桂陽州) 2-316
계족산(鷄足山) 1-127, 1-336, 4-11, 5-443, 6-34,
　6-41, 6-42, 6-43, 6-44, 6-47, 6-53, 6-55, 6-90,
　6-94, 6-106, 6-114, 6-130, 7-247, 7-249,
7-250, 7-283, 7-287, 7-289
계회명(李會明, 李夢良) 5-158, 6-370, 7-302
고행(顧行) 2-348, 4-47, 4-48
곡정부(曲靖府) 5-201, 5-276, 5-281
곤명(昆明) 5-403
곤양주(昆陽州) 5-370, 5-377, 5-378
공복전(龔福全) 2-330
공용(孔鏞) 3-79
공융(孔融) 4-247
공주부(贛州府) 2-67
곽자려(郭子廬) 4-332
관색(關索) 5-68
광명정(光明頂) 1-85, 1-86
광서부(廣西府) 5-179, 5-180, 5-181, 5-184
광신부(廣信府) 2-12
광창현(廣昌縣) 2-51
구강부(九江府) 1-122, 1-127, 2-341
구리갱 1-272, 1-273
구리호(九鯉湖) 1-154, 1-155, 1-220
구무중(寇武仲) 1-176
구식사(瞿式耜) 4-243
구제(九㴖) 1-152
구주부(衢州府) 1-351, 1-368, 2-11
구준(寇准) 3-70
국청사(國淸寺) 1-39, 1-265
굴원(屈原) 3-66

귀계현(貴溪縣) 2-26, 2-38, 2-69
귀곡자(鬼谷子) 2-31, 2-33
귀순주(歸順州) 4-33, 4-43, 4-51, 4-65, 5-220
귀양부(貴陽府) 5-34
귀현(貴縣) 3-393, 3-394
균주(均州) 1-204
근죽령(筋竹嶺) 1-35
금곡현(金谿縣) 2-39, 2-40, 2-80
금보정(金寶頂) 3-14
금사강(金沙江) 5-437, 5-443, 6-11, 6-12, 6-13,
    6-14, 6-41, 6-54, 6-131, 6-149, 6-202, 6-207,
    6-218, 6-426, 6-428, 7-243, 7-328, 7-329
금정(金頂) 1-206, 1-207
금화부 1-351, 1-355, 1-357, 1-366
금화현(金華縣) 1-352
기양현(祁陽縣) 2-249, 2-350, 2-354
길수현(吉水縣) 2-75, 2-81, 2-82
길안부(吉安府) 2-82, 2-85, 2-93, 2-94

ㄴ ─────────────

나기(羅玘) 2-61
나부산(羅浮山) 1-152
나여방(羅汝芳, 羅近溪) 6-110, 6-118, 6-331
나평주(羅平州) 5-193, 5-195, 5-196, 5-201,
    5-202, 5-203, 5-210, 5-211, 5-219, 5-262,
    5-266
낙안현(樂安縣) 2-72, 2-74, 2-75, 2-77, 2-79
낙용현(洛容縣) 3-247, 3-248, 3-264
낙청현(樂淸縣) 1-62, 1-280, 1-294
난계현(蘭溪縣) 1-353, 1-357, 1-362, 1-366
난창강(瀾滄江) 3-342, 6-41, 6-240, 6-330,
    6-351, 6-356, 6-357, 6-363, 6-364, 6-367,
    6-369, 6-412, 7-181, 7-182, 7-202, 7-212,
    7-219, 7-222, 7-226, 7-234
남강부(南康府) 1-127
남녕부(南寧府) 3-265, 3-399, 3-407, 4-224
남단위(南丹衛) 4-240, 4-250

남단주(南丹州) 4-365, 4-368, 4-369, 4-371,
    5-221
남반강(南盤江) 3-266, 4-277, 5-201, 5-220,
    5-221, 5-227, 5-253, 5-280, 5-287, 5-301,
    7-314, 7-317, 7-318, 7-319
남성현(南城縣) 2-60, 2-64
남풍현(南豐縣) 2-53, 2-55, 2-58, 2-59
남해조(藍海潮) 4-268, 4-273
노강(潞江) 6-412, 6-415, 6-417, 6-428, 7-181,
    7-182
농지고(儂智高) 4-113, 4-235
뇌양현(耒陽縣) 2-337, 2-338, 2-339

ㄷ ─────────────

다릉주(茶陵州) 2-112, 2-177, 2-178, 2-180,
    2-185, 2-196, 2-202, 2-335
담륜(譚綸, 譚襄敏) 2-68, 2-69, 2-71
당소경(唐少卿) 3-71
당절(唐節) 2-266
당태(唐泰) 5-357, 5-359, 5-361, 5-362, 5-367,
    5-368, 5-370, 5-371, 5-372, 5-374, 5-375,
    5-411, 5-416, 6-46
대룡추(大龍秋) 1-284, 1-286, 1-287, 1-289,
    1-290, 2-42
대리부(大理府) 6-151, 6-206, 6-305, 6-321
덕흥현(德興縣) 2-11
도강주(都康州) 4-122
도결주(都結州) 4-127, 4-137, 4-141
도균부(都勻府) 5-27, 5-29
도니강(都泥江) 4-235, 4-276, 4-277, 4-316,
    4-338, 5-10, 5-19, 5-33, 5-35, 5-43, 5-71,
    5-220, 7-321
도륭(屠隆, 屠赤水) 1-354, 1-357
도실(都實) 7-326
도주(道州) 2-246, 2-259, 2-266, 2-268, 2-269,
    2-340
독산주(獨山州) 5-18, 5-19, 5-21, 5-221

동관(潼關) 1-191
동기창(董其昌) 5-370
동려현(桐廬縣) 1-349
등긍당(滕肯堂) 4-44, 4-45, 4-46, 4-92
등애(鄧艾) 2-192
등왕각(滕王閣) 2-219
등월주(騰越州) 6-206, 6-422, 6-424, 6-428,
　　6-434, 6-436, 7-14, 7-15
등종승(鄧宗勝) 4-280
등천주(鄧川州) 6-254, 6-301

마엽동(麻葉洞) 2-193, 2-198
마원(馬援) 3-50, 3-342, 5-182, 5-183
마은(馬殷) 3-27, 3-46
마합주(麻哈州) 5-29
막지선(莫之先) 3-126, 3-132
맹정서(猛廷瑞) 6-366, 7-205, 7-212, 7-217
맹획(孟獲) 6-254, 7-217
명암(明巖) 1-39, 1-40, 1-43, 1-103, 1-269
목영(沐英, 沐西平) 5-279, 6-337, 7-315
목증(木增, 木公) 6-123, 6-134, 6-157, 6-158,
　　6-159, 6-191, 6-192, 6-193, 6-195, 6-198,
　　6-200, 7-282, 7-284
몽화부(蒙化府) 7-203, 7-231, 7-232, 7-233,
　　7-239
무공산(武功山) 2-104, 2-111, 2-112, 2-113,
　　2-114, 2-115
무량수불탑(無量壽佛塔) 3-12
무석현(無錫縣) 1-334
무선현(武宣縣) 3-323
무원현(婺源縣) 2-11
무이계(武彝溪) 1-101
무이산(武彝山) 1-171, 1-249, 1-323
무정부(武定府) 5-442, 5-443, 6-18
무주부(撫州府) 2-39, 2-58
문진맹(文震孟, 文湛持) 2-235, 7-290

문천상(文天祥) 2-85
미륵주(彌勒州) 4-277
미불(米芾) 1-205

ㅂ

반강(盤江) 5-101, 5-106, 5-111, 5-119, 5-124,
　　5-179, 5-184, 5-201, 5-211, 5-212, 5-217,
　　5-218, 5-219, 5-256, 5-271, 5-301, 7-317
방신유(方信孺) 2-284, 3-80, 3-150, 3-163,
　　3-165, 4-320
방정(方政) 6-414
배형(裴逈) 1-176
백로서원(白鷺書院) 2-84, 2-219
백록서원(白鹿書院) 2-94
백악산(白岳山) 1-69, 1-73, 1-81, 1-140
백이(伯夷) 1-267, 5-223
번치현(繁峙縣) 1-320
범성대(范成大) 3-68, 3-81, 3-88, 3-111, 3-115,
　　3-146, 3-150
보림(寶林) 2-118
보명승(普名勝) 5-60, 5-222
보안독(普顏篤) 6-254, 6-256
보안위(普安衛) 5-114
보안주(普安州) 5-201, 5-211, 5-212, 5-221
보정위(普定衛) 5-44, 5-60
복파산(伏波山) 3-40, 3-44, 3-45, 3-48
부개산(浮蓋山) 1-240, 1-241, 1-244, 1-249,
　　1-251
부종룡(傅宗龍) 5-102
부평현(阜平縣) 1-307, 1-308
북류현(北流縣) 3-354, 3-391
북반강(北盤江) 3-266, 3-322, 4-277, 5-201,
　　5-220, 5-221, 5-227, 5-278, 5-280, 5-287,
　　5-301, 5-314, 6-365, 7-314, 7-319
빈천주(賓川州) 6-39, 6-40, 6-42, 6-45

ㅅ ————————————

사명부(思明府) 4-33, 4-40
사성주(泗城州) 5-220, 5-253
사숭명(奢崇明) 6-225
사은부(思恩府) 3-266, 3-391, 5-203, 5-253
사조제(謝肇淛) 3-151, 4-236
사종주(師宗州) 5-190, 5-191, 5-195, 5-203,
    7-318
상강(湘江) 2-205, 2-218, 2-220, 2-221, 2-224,
    2-225, 2-228, 2-229, 2-233, 2-242, 2-248,
    2-249, 2-250, 2-251, 2-254, 2-257, 2-341,
    2-345, 2-352, 2-356, 3-10, 3-23, 3-25, 3-32,
    3-34
상녕현(常寧縣) 2-248
상비산(象鼻山) 3-68, 3-80
상산현(常山縣) 1-369, 2-11
상자곽(向子廓) 2-292
상흠(桑欽) 7-326
서기(徐屺) 5-159, 5-173
서령기(徐靈期) 2-221
서복생(徐復生) 2-85, 2-95, 2-96
서중소(徐仲昭) 1-265, 1-271, 1-272, 1-280,
    1-281, 1-283, 1-287, 1-289, 1-291, 1-296,
    1-333, 1-335, 1-339, 5-159
서진(徐鎭) 5-159
서현(徐鉉) 2-83
서호(徐浩) 1-176
석량(石梁) 1-269
석량동(石梁洞) 1-281
석반(石盤) 3-146
석순강(石笋矼) 1-85, 1-87, 1-92, 1-144
석순봉(石笋峰) 1-153
선유현(仙遊縣) 1-364
설백고(薛伯高) 2-283
성무정(成武丁) 2-292
소강(瀟江) 2-254, 2-257, 2-263, 2-265, 2-280
소룡추(小龍湫) 1-55, 1-283, 1-292, 1-293, 6-103

소림사(少林寺) 1-176, 1-177, 1-180, 1-181
소무부(邵武府) 2-51
소선(蘇仙) 2-330, 2-332, 2-333
소식(蘇軾, 蘇東坡) 2-241, 2-336, 3-109, 3-255,
    3-258
소실산(少室山) 1-172, 1-178, 1-179, 1-211
소재옹(蘇才翁) 1-176
수렴동(水簾洞) 2-39
숙제(叔齊) 1-267, 5-223
순녕부(順寧府) 6-351, 7-180, 7-195, 7-200,
    7-212, 7-216, 7-217, 7-218
순안현(淳安縣) 1-349
숭명주(嵩明州) 5-311, 5-312, 5-313, 5-314,
    5-315, 6-11, 7-320
숭산(嵩山) 1-169, 1-170, 1-211
숭인현(崇仁縣) 2-73, 2-75
습득(拾得) 1-40, 1-41
신감현(新淦縣) 2-79
신녕주(新寧州) 4-16, 4-18, 4-27, 4-29, 4-30,
    4-31
신성현(新城縣) 1-344, 1-345, 1-366, 2-46, 2-49,
    2-50, 2-53
신첨위(新添衛) 5-30
심전부(尋甸府) 5-300, 5-301, 5-302, 5-303,
    5-304, 5-305, 5-314, 7-320
심주부(潯州府) 3-265, 3-323, 3-325, 3-383
십팔탄(十八灘) 2-97
쌍궐(雙闕) 1-39, 1-44, 1-268, 1-267, 1-273
쌍봉(雙峰) 1-323

ㅇ ————————————

아미산(峨眉山) 1-152, 1-168, 4-11
아미주(阿迷州) 4-277, 5-60, 5-100
아미주(阿彌州) 7-317, 7-320
악록산(岳麓山) 2-221
악록화(萼綠華) 2-292
안경(顔鯨) 2-290

안남위(安南衛) 5-105, 5-108
안녕주(安寧州) 5-390, 5-392, 5-402
안동란(顔同蘭) 7-62
안방언(安邦彦) 5-133, 5-285, 5-414
안복현(安福縣) 2-93, 2-111, 2-119
안인현(安仁縣) 2-35, 2-38, 2-184
안진경(顔眞卿) 2-251, 2-340
안탕산(雁宕山) 1-52, 1-73, 1-153, 1-159, 1-266,
　　1-269, 1-280, 1-284, 1-287, 1-288, 1-292,
　　1-294, 2-26, 2-41, 6-103
안평주(安平州) 4-51, 4-54, 4-55
안호(雁湖) 1-59, 1-60
양균송(楊筠松) 2-89
양리주(養利州) 4-59
양삭(陽朔) 3-97, 3-117, 3-119, 3-252, 3-265
양시(楊時, 楊龜山) 1-221
양신(楊愼, 楊升庵) 6-253
어잠현(於潛縣) 1-343, 1-344
엄광(嚴光, 嚴子陵) 3-309
여강(瀘江) 5-168, 5-169, 5-180, 5-255
여강(麗江) 4-12, 4-37
여강부(麗江府) 6-14, 6-55, 6-136, 6-148, 6-153,
　　6-154, 6-156, 6-158, 6-193, 6-201, 6-202,
　　6-207
여동빈(呂洞賓) 6-434
여릉현(廬陵縣) 2-96, 2-97
여산(廬山) 1-122, 1-129, 1-145, 1-159, 2-41
여항현(餘杭縣) 1-342
여호문(呂好問) 3-43
역도원(酈道元) 7-326
연산현(鉛山縣) 2-12, 2-13, 2-15
연평부(延平府) 1-219, 1-221, 1-225, 1-226,
　　1-227, 1-228, 1-245
연화동(蓮花洞) 1-143
연화봉(蓮花峰) 1-85, 1-86, 1-93, 1-140, 1-141
영녕현(永寧縣) 2-102
영도현(寧都縣) 2-76, 2-78, 2-79
영명현(永明縣) 2-273

영복현(永福縣) 3-172, 3-246
영순현(永淳縣) 3-402, 3-403
영신현(永新縣) 2-93, 2-96, 2-97, 2-101, 2-102,
　　2-122
영안현(永安縣) 1-219, 1-221, 1-225, 1-226,
　　1-246, 1-247, 1-250
영암(靈巖) 2-180, 2-181, 2-182
영양현(寧洋縣) 1-226, 1-228
영원현(寧遠縣) 2-268, 2-279, 2-280
영은사(靈隱寺) 1-340, 1-341
영주부(永州府) 2-254, 2-255, 2-257, 2-261,
　　2-266, 2-295, 2-340, 2-341, 2-349
영창부(永昌府) 6-206, 7-180
영풍현(永豊縣) 2-11, 2-13, 2-53, 2-75, 2-78,
　　2-79, 2-80
영해현(寧海縣) 1-263
영흥현(永興縣) 2-335, 2-336, 2-337
예사강(禮社江) 7-212, 7-237, 7-238
예운림(倪雲林) 5-422
오대산(五臺山) 1-307, 1-310, 1-313, 1-315,
　　1-320, 1-322, 1-324, 1-326
오대현(五臺縣) 1-310
오도자(吳道子) 6-298
오린징(吳麟徵) 7-105
오설산(五泄山) 1-152
오현종(吳顯宗) 3-379
옥산현(玉山縣) 2-11
왕간(王艮) 2-87
왕기(王驥) 3-43, 6-414, 7-30, 7-328
왕립곡(王立轂, 王紫芝) 6-250
왕문성(王文成) 3-397
왕반(王磐) 6-363, 6-366
왕사성(王士性, 王十岳) 6-59, 7-296
왕수시(王受時) 1-334
왕수인(王守仁, 王陽明) 3-78, 3-152, 4-249,
　　4-269
왕원한(王元翰) 6-110
왕유(王維) 2-241

왕자진(王子晋) 1-295, 1-296
왕충인(王忠紉) 1-334, 1-337, 7-302
왕회석(王淮錫) 2-314, 2-315
왕효선(王孝先) 1-334
요안부(姚安府) 6-10, 6-18, 6-29, 6-30
요주부(饒州府) 2-11, 2-35
용동(龍洞) 2-311
용영주(龍英州) 4-56, 4-59, 4-63
용천관(龍泉關) 1-314, 1-324, 1-326
우강(右江) 4-12, 4-82, 4-119, 4-122, 4-123,
　　4-146, 4-152, 4-155, 4-231, 4-235, 5-220,
　　7-318, 7-320, 7-321
우번(虞翻) 4-247
울강(鬱江) 4-230, 4-233, 5-253
울림주(鬱林州) 3-338, 3-341, 3-355, 3-369,
　　3-391
웅개(熊槩) 2-81
웅문거(熊文擧) 4-243
원결(元結) 2-251, 2-266, 2-269, 2-291, 2-340,
　　2-341, 2-353
원안(袁安) 5-278
원자훈(袁子訓) 2-331
위료옹(魏了翁) 3-12
위준(魏濬) 3-151
위충현(魏忠賢) 2-93, 2-94
유개(柳開) 3-12
유대여(劉對予) 1-239
유대유(兪大猷) 3-79
유동승(劉同升) 7-62
유비(劉棐) 4-331
유선(劉仙) 3-70, 3-71
유성현(柳城縣) 3-264, 3-265, 3-307
유세증(劉世曾) 5-201
유엄(劉儼, 劉大魁) 2-88
유우공(劉愚公) 2-235
유원경(劉元卿) 2-118
유원진(劉元震, 劉肩吾) 2-103
유종원(柳宗元) 2-255, 2-257, 2-340, 3-255,

3-257, 3-258, 3-259
유주부(柳州府) 3-247, 3-253, 3-265, 3-308
유준(劉峻) 1-361
유축(劉竺) 2-93
유향(劉香) 2-340
유현(攸縣) 2-184, 2-203, 2-204
유현(劉鉉) 2-63
육구연(陸九淵, 陸象山) 2-27, 2-32
육량주(陸涼州) 5-203, 5-268
육영(陸郢) 1-176
육유(陸遊, 陸務觀) 1-353, 3-115, 3-150, 3-151
육장원(陸長源) 1-176
육적(陸績) 3-342
육휴복(陸休服) 4-332
융안현(隆安縣) 4-145, 4-146, 4-147, 4-149,
　　4-150
융현(融縣) 3-260, 3-267, 3-275
은성주(恩城州) 4-51, 4-55, 4-57
응주(應州) 1-322
의장현(宜章縣) 2-316, 2-323
의황현(宜黃縣) 2-57, 2-58, 2-59, 2-60, 2-64,
　　2-66, 2-71, 2-72, 2-73, 2-76
이강(灘江) 3-24, 3-34, 3-68, 3-73, 3-81, 3-82,
　　3-83, 3-118, 3-119
이궐(伊闕) 1-323
이기(李奇) 5-159, 5-173
이동양(李東陽) 2-61
이습지(李襲之) 2-284
이시량(李時亮) 3-11
이언필(李彦弼) 3-89, 3-99, 3-146
이원양(李元陽, 李中谿) 2-291, 6-110, 6-117,
　　6-319, 6-322, 6-324, 6-364, 7-248
이정조(李挺祖) 2-284
이항안(李恒顔) 2-291
이해(洱海) 6-136, 6-247, 6-302, 6-327
이해위(洱海衛) 6-37, 6-39, 7-239, 7-241
익양현(弋陽縣) 2-15, 2-16, 2-26, 2-29
임무현(臨武縣) 2-310, 2-313, 2-317

임안부(臨安府) 5-168, 7-317
임안현(臨安縣) 1-342
임천현(臨川縣) 2-64
임파(林岯) 3-12

ㅈ ─────────────────────

자계영(者繼榮) 5-201, 5-202
자소궁(紫霄宮) 1-205
잠계상(岑繼祥) 4-96, 4-98
장거정(張居正) 3-397
장건(張騫) 7-326
장계맹(張繼孟) 5-181
장락현(長樂縣) 1-225
장량(張良, 張子房) 2-187
장륜(章綸, 章恭毅) 1-295
장릉(張陵) 2-32
장명봉(張鳴鳳) 3-150
장선(張仙) 1-110
장순민(張舜民) 2-340
장식(張栻, 張南軒) 2-211, 2-212, 2-219, 2-351,
    3-43, 3-57
장유(張維) 3-49, 3-147
장자명(張自明) 4-318, 4-321, 4-324, 4-325,
    4-328, 4-350
장정례(張正禮) 2-292
장조서(張朝瑞) 1-354
장종련(張宗璉, 張侯) 2-81, 2-231, 2-235, 2-240
장주부(漳州府) 1-230, 1-239, 1-254
장창(莊昶, 莊定山) 2-235
장평숙(張平叔) 3-70, 3-71
장평현(漳平縣) 1-228
장효상(張孝祥) 3-147
적송자(赤松子) 2-187
적청(狄青, 狄武襄) 4-230, 4-235
전겸익(錢謙益, 錢牧齋) 2-235, 4-243
전기봉(展棋峰) 1-55
전앙(田仰) 2-93

전주(全州) 2-362, 3-11, 3-12, 3-24
전지(滇池) 5-364, 5-365, 5-376, 5-377, 5-378,
    5-380, 5-403, 5-404, 5-408, 5-410
전횡(田橫) 5-223
점창산(點蒼山) 6-34, 6-305, 6-310, 6-320,
    6-324, 6-325, 6-327, 6-329, 6-339, 7-231
정과(鄭果) 3-379
정남운(程南雲) 2-63
정만(鄭鄤) 4-243
정문(靜聞) 1-333, 1-336, 1-339, 1-345, 1-351,
    1-354, 1-355, 1-362, 1-364, 1-366, 2-15,
    2-27, 2-31, 2-34, 2-63, 2-67, 2-72, 2-90, 2-93,
    2-95, 2-98, 2-101, 2-104, 2-124, 2-177,
    2-216, 2-224, 2-225, 2-227, 2-228, 2-230,
    2-231, 2-234, 2-239, 2-240, 2-244, 2-246,
    2-341, 2-342, 2-343, 2-344, 2-345, 2-350,
    2-354, 3-10, 3-17, 3-31, 3-35, 3-42, 3-45,
    3-50, 3-56, 3-65, 3-71, 3-75, 3-84, 3-98,
    3-110, 3-114, 3-138, 3-142, 3-149, 3-162,
    3-164, 3-247, 3-253, 3-255, 3-256, 3-258,
    3-262, 3-308, 3-326, 4-10, 4-46, 4-158,
    4-222, 6-47, 6-51, 6-52, 6-106, 6-108, 7-149
정순경(鄭舜卿) 2-291, 2-293
정안기(鄭安期) 2-292, 2-294
정이(程頤) 1-176
정호(程顥) 1-176
제갈량(諸葛亮) 2-339, 3-79, 5-68, 5-102, 6-343,
    6-345, 6-366, 6-411, 6-414, 7-43, 7-151
제운산(齊雲山) 1-73
조계종(趙繼宗) 4-63
조맹부(趙孟頫, 趙松雪) 2-28, 2-33, 6-298
조무택(祖無擇) 1-176
조변(趙抃, 趙淸獻) 4-317
조사춘(趙士春) 7-62
조언휘(趙彦暉) 3-11
조원수(趙元帥) 1-70
조준보(曹駿甫) 5-158, 5-159
조학전(曹學佺, 曹能始) 2-236, 3-11, 3-42, 3-45,

3-132, 3-144

좌강(左江) 4-12, 4-82, 4-119, 4-122, 4-146,
    4-155, 5-221, 7-320, 7-321

주국필(朱國弼) 4-243

주돈이(周敦頤) 2-271, 2-340

주우덕(周于德) 3-62

주전선(周顚仙) 1-125

주침(周忱) 2-93

주희(朱熹, 朱晦庵) 1-108, 2-19, 2-211, 2-212,
    2-219, 3-43

중악묘(中岳廟) 1-171, 1-172, 1-176

증포(曾布) 3-53

증희안(曾晞顏) 2-316

진계유(陳繼儒, 陳眉公) 1-336, 1-337, 5-370,
    5-411, 6-250

진광문(陳光問) 2-181

진금(秦金) 2-330

진녕주(晋寧州) 5-360, 5-361, 5-364, 5-368,
    5-369, 5-373, 5-374, 5-377

진단(陳摶, 禧夷) 1-210

진보(陳輔) 3-57

진서(陳曙) 4-235

진안부(鎭安府) 4-64, 4-65

진연(陳衍) 2-251

진용경(陳用卿) 2-236

진원주(鎭遠州) 4-103, 4-120

진인동(秦人洞) 2-190, 2-192, 2-196, 2-197

진함휘(陳函輝, 陳木叔, 陳全) 1-339, 6-250

진헌장(陳獻章, 陳白沙) 2-235

진현현(進賢縣) 2-57, 2-75

진홍(陳泓) 5-159, 7-331

ㅊ

채옹(蔡邕) 2-284, 2-291

채정(寨頂) 2-17, 2-18, 2-19, 2-20, 2-21

천도봉(天都峰) 1-84, 1-85, 1-86, 1-140, 1-141,
    1-142, 1-143

천불동(千佛洞) 1-310

천주봉(天柱峰) 1-209

천태산(天台山) 1-74, 1-103, 1-263, 1-266,
    1-273, 1-280

천태현(天台縣) 1-263, 1-265, 1-266, 1-268

첩채산(疊綵山) 3-41, 3-45, 3-52

청포현(靑浦縣) 1-336

최호(崔浩) 4-275

추원표(鄒元標, 鄒南皐) 2-83

추응룡(鄒應龍) 7-245

추창명(鄒昌明) 1-124

추호(鄒浩) 2-351

침주현(郴州縣) 2-329

E

태녕현(泰寧縣) 2-51

태산(泰山) 1-169

태실산(太室山) 1-172, 1-178

태주부(台州府) 1-263

태평부(太平府) 3-265, 4-27, 4-28, 4-40, 4-224,
    7-320

태평주(太平州) 4-52, 4-54

태평현(太平縣) 1-86

태화궁(太和宮) 1-206

태화산(太華山) 1-152, 1-211

태화산(太和山) 1-168, 1-204, 1-211

태화현(泰和縣) 2-96

ㅍ

파양호(鄱陽湖) 1-128, 1-133, 2-11

팽교(彭敎) 2-89

평월위(平越衛) 5-29

평이소(平彝所) 5-253

평천강(平天矼) 1-86, 1-92, 1-144

평패위(平壩衛) 5-44, 5-52, 5-57

평향현(萍鄕縣) 2-111

포강현(浦江縣) 1-351
포성현(浦城縣) 1-245, 1-246
풍시가(馮時可, 馮元成) 6-108
필관지(畢貫之) 1-124

ㅎ ──────────

하뢰주(下雷州) 4-56, 4-75, 4-76, 5-220
하지소(河池所) 4-340, 4-344, 4-345
하지주(河池州) 4-358, 4-370, 4-371
학경부(鶴慶府) 6-138, 6-148, 6-151, 6-153,
　　　6-202, 6-217
한산(寒山) 1-40, 1-41
한암(寒巖) 1-39, 1-40, 1-42, 1-43, 1-269
한옹(韓雍) 3-324
한유(韓愈) 2-219, 2-220, 2-256, 2-291, 3-255,
　　　3-258
한충헌(韓忠獻) 3-282, 3-292, 3-297
한희재(韓熙載) 2-83
항산(恒山) 1-152, 1-314, 1-322, 1-324, 1-325
항수심(項水心) 7-62
항주(杭州) 1-339, 1-340
향무주(向武州) 4-80, 4-92, 4-100, 4-104, 4-105,
　　　4-224
현공사(懸空寺) 1-315, 1-323, 1-327
형산(衡山) 1-152, 2-206, 2-212, 2-213, 2-214,
　　　2-220, 2-221, 2-225, 2-270
형산현(衡山縣) 2-204, 2-205, 2-214
형양현(衡陽縣) 2-214, 2-338, 2-339
형주(衡州) 2-177, 2-215, 2-217, 2-220, 2-221,
　　　2-225, 2-229
형주부(衡州府) 2-216, 2-253, 2-339, 2-341
호구현(湖口縣) 1-128
호규(胡槻) 3-99, 3-112
혼원주(渾源州) 1-321, 1-322, 1-326, 1-327
홍추(洪芻, 洪駒父) 2-29, 2-33
화봉현(華封縣) 1-229
화산(華山) 1-168, 1-191, 1-194, 1-206

환이(桓伊) 2-225
황니하(黃泥河) 5-251, 5-254, 5-255, 5-256
황도주(黃道周, 黃石齋) 1-333, 1-339, 2-235,
　　　3-368, 4-95, 4-242, 4-313, 6-103, 6-198,
　　　7-13, 7-62, 7-149
황산(黃山) 1-81, 1-107, 1-141, 1-153, 1-249
황석공(黃石公) 2-187
황소륜(黃紹倫) 4-92, 4-93, 4-94, 4-95, 4-99,
　　　4-100, 4-102, 4-109, 4-116, 4-118
황여형(黃汝亨) 1-82
황정견(黃庭堅, 黃文節) 2-262, 3-282, 3-292,
　　　3-293, 4-317, 6-253
황초패(黃草壩) 5-184, 5-203, 5-213, 5-217,
　　　5-219, 5-221, 5-227, 5-253
황초평(黃初平) 1-354, 1-356
황학루(黃鶴樓) 2-219
황헌경(黃憲卿) 2-93
황현상(黃賢相) 4-18
황휘(黃輝, 黃愼軒) 7-216
횡주(橫州) 3-395, 3-398, 3-399, 3-402
후팽로(侯彭老) 3-88, 3-111
휘주부(徽州府) 1-343, 2-11
흡현(歙縣) 1-86
흥안현(興安縣) 2-15, 3-24
흥화부(興化府) 1-154